Kate Ross · Der Sturz des Engels

Kate Ross

Der Sturz des Engels

Roman

Deutsch von Anne Rademacher
und Birgit Moosmüller

C. Bertelsmann

Die Originalausgabe erschien 1995
unter dem Titel »Whom the Gods Love« bei
Viking, New York

Umwelthinweis:
Dieses Buch und der Schutzumschlag wurden auf
chlorfrei gebleichtem Papier gedruckt.
Die Einschrumpffolie (zum Schutz vor Verschmutzung)
ist aus umweltschonender und recyclingfähiger
PE-Folie.

1. Auflage
Copyright © Katherine J. Ross, 1995
Copyright der deutschsprachigen Ausgabe © bei
C. Bertelsmann Verlag GmbH, München 1996
Satz: Uhl + Massopust, Aalen
Druck: Presse-Druck, Augsburg
Bindung: Großbuchbinderei Monheim
ISBN 3-570-12259-X
Printed in Germany

Für Steven Come, Reed Drews,
Jay Harris und Peter Mowschenson, ohne die
es keinen Julian Kestrel gäbe

I

Der Ring im Fisch

Gehen Sie durch den Ilexbogen, hatte es in Sir Malcolms Brief geheißen, *und biegen Sie dann in den langen, geraden Pfad, der an der Kirche vorbeiführt.* Dies hier mußte der Bogen sein. Er war in eine Stechpalmengruppe neben dem Kirchturm geschnitten. Die Öffnung war schmal; Julian schob die glänzenden stacheligen Blätter mit seiner Reitgerte zur Seite und trat hindurch.

Er fand sich auf einem kleinen, hügeligen Friedhof wieder, über den sich ein dichtes Blätterdach wölbte, das den Ort fast irreal wirken ließ. Auch hier standen Stechpalmen; es gab riesige Rhododendronsträucher, und zwischen ungepflegten Grasbüscheln wucherte der Efeu. Aus den hohen Ästen der Bäume zwitscherten unsichtbare Vögel; Mückenschwärme schwebten durch die Luft, und hin und wieder segelte langsam und behäbig wie ein Schleppkahn eine Hummel vorbei. Die verwitterten Grabsteine standen in unregelmäßigen Reihen. Einige verschwanden fast vollständig unter den üppig wuchernden Kletterpflanzen und Büschen, andere ragten nackt aus dem Grün heraus – die einzigen leblosen Objekte in einer Landschaft, die widersinnigerweise von ungebändigtem Leben pulsierte.

Julian blickte sich suchend nach dem Weg um, dem er jetzt folgen sollte. Es gab hier so viele Trampelpfade; sie schlängelten sich um die Gräber und Büsche herum und folgten den Hebungen und Senkungen der winzigen Hügel. Endlich entdeckte er einen Pfad, der in einen langen, engen Weg mündete. Er steuerte darauf zu, wobei ihm die verstohlenen Blicke einiger Spaziergänger folgten, die zwischen den Gräbern entlangschlenderten. Obwohl Hampstead nah bei London lag und von einer ständig wachsenden Gemeinde von Künstlern und Intellektuellen bevölkert wurde, war es immer noch klein genug, um einen Fremden auffallen zu lassen – besonders wenn es sich um einen jungen Mann handelte, der nach der neuesten Mode des eleganten West End gekleidet war.

Es war Anfang Mai und entsprechend kühl. Nur hin und wieder gelang es der Nachmittagssonne, sich durch die grauweißen Wolkenmassen zu kämpfen. Jetzt war gerade so ein Moment: Die Luft erwärmte sich überraschend schnell, und das stumpfe Jadegrün des Blattwerks glänzte in einem matten Schimmer. Julian folgte dem Pfad bis an den Punkt, an dem er zu enden schien. Dort machte er jedoch eine Biegung nach rechts, wo Julian in einem Sonnenfleck unter einem knorrigen alten Baum einen Mann stehen sah.

Er mochte um die fünfundvierzig bis fünfzig Jahre alt sein; eine stattliche Erscheinung mit großem Kopf, breiten Schultern und kräftigem Knochenbau. Gekleidet war er in dunklen, gedeckten Farben, und um seinen Hut trug er ein breites schwarzes Kreppband. Als er Julian erblickte, winkte er ungeduldig und trat einen Schritt vor, als wolle er ihm entgegengehen. Doch dann hielt er plötzlich inne und blickte auf einen Grabstein hinab. Er schien das Grab nur ungern verlassen zu wollen.

Julian ging auf ihn zu. »Sir Malcolm?«

»Mr. Kestrel!« Sir Malcolm ergriff seine Hand. »Danke, daß Sie gekommen sind.«

»Keine Ursache. Ich freue mich, Sie kennenzulernen. Ich habe schon viel über Ihre Fähigkeiten bei Gericht gehört.«

Sir Malcolm schüttelte den Kopf. »Ach, was ist schon dabei, ein paar Geschworene genügend zu verwirren, um gelegentlich einen Fall zu gewinnen. Trotzdem bin ich froh, daß die Welt meinen Namen noch mit anderen Dingen in Verbindung bringt als mit – diesem.«

Er blickte wieder auf den Grabstein hinab. Es war eine schlichte weiße Marmorplatte, auf der das Wetter noch keine Spuren hinterlassen hatte. Lediglich an ihrem Sockel nahm langsam und schmeichelnd das Gras von ihr Besitz. Die Inschrift lautete:

ALEXANDER JAMES FALKLAND
1800–1825
WEN DIE GÖTTER LIEBEN,
STIRBT JUNG

»Wir waren unsicher, wie wir die Daten handhaben sollten«, sagte Sir Malcolm leise, »denn wir wissen nicht, ob er vor oder nach Mitternacht ermordet wurde. Darum habe ich mich entschlossen, Monat und Tag ganz wegzulassen.«

Ich habe mich entschlossen, dachte Julian. Bedeutete dies, daß Alexanders Witwe es Sir Malcolm überlassen hatte, eine Grabinschrift zu wählen? Vielleicht war sie ja zu sehr vom Schmerz überwältigt gewesen; schließlich war ihr Ehemann erst eine knappe Woche zuvor ermordet worden. Und die letzte Zeile war ganz sicher Sir Malcolm zuzuschreiben, denn er stand in dem Ruf, ein erstklassiger Humanist zu sein und alle großen klassischen Werke zu kennen.

»Wie geht es Mrs. Falkland?« fragte Julian.

»So gut, wie man es unter diesen Umständen erwarten kann. Nein – warum sollte ich mich Ihnen gegenüber verstellen? Ich will Sie ganz ins Vertrauen ziehen. Sie befindet sich nämlich in ausgesprochen schlechter Verfassung. In meinem gestrigen Brief an Sie habe ich erwähnt, daß sie krank war – eine plötzliche Unpäßlichkeit, die im ersten Moment sehr ernst aussah, aber Gott sei Dank schon wieder überstanden zu sein scheint. Es ist die Wunde in ihrem Herzen, die ihr alle Lebenskraft genommen und ihr die Jugend geraubt hat. Sie ist verzweifelt, Mr. Kestrel, abgrundtief verzweifelt. Wer sie sieht, versteht erst richtig, was Verzweiflung ist: Es bedeutet, alle Hoffnung verloren zu haben. Sie redet zwar nicht darüber, aber ich weiß es. Sie glaubt nicht mehr, daß das Leben ihr noch irgend etwas zu bieten hat.«

»Die Zeit wird ihren Schmerz lindern. Auf die Dauer kann niemand ohne Hoffnung leben – das ist einfach gegen die menschliche Natur.«

»Wir leben im Hier und Jetzt, Mr. Kestrel; und im Hier und Jetzt muß sie so fühlen. Und ich muß es jeden Tag mitansehen, ohne etwas für sie tun zu können. Und dann muß ich mich noch mit meinen eigenen Dämonen herumschlagen: der Wut und der bitteren Erkenntnis, daß hier mein Sohn liegt, und die Justiz bei ihrer Suche nach dem Schurken, der ihn ermordet hat, einfach nicht weiterkommt! Wir wissen nicht, wer ihn umgebracht hat – schlimmer noch, wir wissen nicht einmal, warum er getötet wurde! Es war kein Raubmord, es war kein Duell, es war nichts, was man als normaler Mensch begreifen oder akzeptieren könnte. Und genau das ist es, was die ganze Sache so fürchterlich macht – daß er getötet, auf brutale Art niedergeschlagen wurde, ohne irgendeinen Grund!«

»Ohne *ersichtlichen* Grund«, korrigierte Julian ihn vorsichtig. »Mörder haben immer einen Grund für das, was sie tun. Sogar Verrückte glauben einen Grund für ihr Handeln zu haben, auch wenn es uns normalen Menschen völlig sinnlos vorkommen mag.«

Sir Malcolm blickte ihn durchdringend an. »Ich glaube, Mr. Kestrel, daß Mord eine Spezialität von Ihnen ist. Ich meine, daß Sie viel von dieser Sache verstehen.«

»Ich habe entsprechende Erfahrungen gemacht. Einmal hielt ich mich in einem Haus auf, während dort ein Mord geschah, und plötzlich steckte ich mitten in den Untersuchungen. Ein andermal stieß ich zufällig auf Beweismaterial, das nur ich richtig entschlüsseln konnte.«

»Und beide Male waren Sie es, der den Mörder fand, während alle anderen hilflos waren.«

»Ich hatte das Glück, ja.«

»Mr. Kestrel, ich will ganz offen sein: Ich habe von Ihren Fähigkeiten bei der Aufdeckung von Verbrechen gehört, und deshalb habe ich Sie gebeten, sich mit mir zu treffen. Es war natürlich etwas theatralisch, Alexanders Grab als Treffpunkt zu wählen. Wahrscheinlich schlummert in jedem Rechtsanwalt ein versteckter Schauspieler. Aber ich wußte, daß wir uns hier ungestört unterhalten können.« Er blickte sich auf dem Friedhof um – sie hatten diesen Bereich ganz für sich allein. »Ich komme jeden Tag hierher, und niemand stört mich.« Traurig zuckte er mit den Schultern. »Niemand weiß, was er zu mir sagen soll.«

»Wollen Sie damit andeuten, daß ich Ihnen irgendwie zu Diensten sein kann?« fragte Julian taktvoll.

Sir Malcolm zögerte. »Lassen Sie mich von vorn anfangen. Ich nehme an, Sie kannten Alexander?«

»Wir sind uns recht oft über den Weg gelaufen, und ich habe einige seiner Gesellschaften besucht. Aber ich kann nicht behaupten, ihn besonders gut gekannt zu haben. Er hatte sehr viele Freunde.«

»Ja, er hat immer schnell Freunde gefunden. Die meisten von ihnen kenne ich nicht. Alexander und ich haben uns in sehr unterschiedlichen Kreisen bewegt. Meine Freunde sind alle Juristen oder Gelehrte. Sein Element war die feine Gesellschaft – Empfänge, Bälle und Gartenpartys. Er brillierte in allen Betätigungen eines Gentleman – beim Reiten, bei der Jagd, beim Kartenspiel – und fand immer die passenden Worte, um die Damenwelt zu unterhalten und zu erfreuen. Und zu allem Überfluß sah er auch noch gut aus – das kann ich behaupten, ohne eingebildet zu erscheinen, denn von mir hat er sein Aussehen nicht.« Sir Malcolm schüttelte nachdenklich den Kopf. »Als er noch ein kleiner Junge war, habe ich mich oft gefragt, nach wem er schlägt. Er war schön und fremdartig, wie ein exotischer Vogel, der sich aus mir völlig unverständlichen Gründen entschlossen hatte, sein Nest in meinem Haus zu bauen.«

»Was ist mit seiner Mutter? Ist er ihr ähnlich?«

»Ganz und gar nicht. Agnes war das scheuste und zurückhal-

II

tendste Mädchen, das man sich vorstellen kann. Außerdem hat Alexander sie nicht gekannt – sie starb bald nach seiner Geburt.«

»Aber in einer Hinsicht ist er in Ihre Fußstapfen getreten«, bemerkte Julian. »Er studierte doch die Rechte, nicht wahr?«

»Ja.« Die Erinnerung ließ Sir Malcolms Gesicht kurz aufleuchten. »Er hätte einen sehr guten Anwalt abgegeben, und ich hätte alles in meiner Macht Stehende getan, um ihn zu fördern. Aber er spielte auch mit dem Gedanken, in die Politik zu gehen, und das hätte vielleicht noch besser zu ihm gepaßt.«

Julian konnte dem nur beipflichten. In der Politik hätte Alexander seine Begabungen am besten einsetzen können: seinen Charme, seine Redegewandtheit, sein Talent, mit den unterschiedlichsten Leuten gut auszukommen.

»Für eine Karriere im Parlament braucht man natürlich Geld«, fuhr Sir Malcolm fort, »aber daran hat es Alexander nie gemangelt. Er hat reich geheiratet, und wie Sie sicher wissen, hatte er bei Geldgeschäften immer eine glückliche Hand. Als ich in seinem Alter war, hätte ein Gentleman sich niemals mit der Börse abgegeben, aber heutzutage ist das Spekulieren ja sehr in Mode gekommen. Alexander hat aus nichts Geld gemacht und es dann in alle Richtungen um sich geworfen. Und überall, wo es hinfiel, entstand etwas Schönes: sein Haus, seine Kunstsammlung, seine Kutschen, seine Gesellschaften.

Ich war natürlich stolz auf ihn und freute mich an seinem Erfolg. Es ist doch wirklich eigenartig, nicht wahr? Da liest und schreibt man sein ganzes Leben lang über eine Sache und bezieht sie doch niemals auf sich selbst. Alle großen Werke der Klassik sind voll von Warnungen, wie gefährlich es ist, von den Göttern zu sehr geliebt zu werden. Erinnern Sie sich an die Geschichte von Polykrates?«

»Ich weiß, daß er in einem Gedicht von Byron auftaucht.«

»Und außerdem in den *Historien* des Herodot. Polykrates herrschte über die Insel Samos und war berühmt für seine Macht und seinen Reichtum. Er besaß eine riesige Flotte, gewann jede

Schlacht und füllte seine Schatzkammern mit Beutegut und die Herzen seiner Feinde mit Furcht. Eines Tages warnte ihn sein Freund Amasis vor dem Neid der Götter und riet ihm, er solle nach einer Möglichkeit suchen, seine lange Glückssträhne zu unterbrechen. Also nahm Polykrates den Gegenstand, den er am meisten liebte, einen Smaragdring, und warf ihn ins Meer. Einige Tage später schenkte ihm ein Fischer einen riesigen Fisch aus seinem Fang, und als man diesem Fisch den Bauch aufschlitzte, lag darin der Ring. Da wußte Amasis, daß sein Freund eines schrecklichen Todes sterben würde. Und tatsächlich hat bald darauf ein persischer Statthalter Polykrates gefangengenommen, und er ist gekreuzigt worden.«

Nachdenklich blickte Julian auf die Inschrift des Grabsteins. »Aber dort steht, daß die Götter den sterben lassen, den sie lieben, und nicht, den sie beneiden.«

»Im Griechischen gibt es nur ein Wort für die beiden Begriffe ›bewundern‹ und ›beneiden‹. Außerdem war Alexander wie Polykrates: Bis zu dem Tag, an dem er eines grausamen Todes starb, ist ihm immer alles gelungen. Darf ich Ihnen ein Wort im Vertrauen sagen?«

»Selbstverständlich.«

»Kaum jemand weiß, daß Alexander kurz vor seinem Tod in großen Schwierigkeiten steckte. Er hatte in südamerikanische Minen investiert, und in letzter Zeit gab es dort bekanntlich einige Probleme. Vor ein paar Monaten sind innerhalb von wenigen Tagen zwei seiner Spekulationsobjekte in Konkurs gegangen. Damals wußte ich noch gar nichts von der ganzen Sache. Er hat mit mir nie über seine Investitionen gesprochen, und in Geldangelegenheiten hat er immer einen so klaren Kopf bewahrt, daß niemand auf den Gedanken gekommen wäre, ihn könne es einmal wirklich hart treffen. Zum Schluß stand er mit dreißigtausend Pfund Schulden da.«

Julians Augenbrauen schossen in die Höhe. »Das ist allerdings eine beträchtliche Summe.«

»Ja. Aber jetzt kommt der außergewöhnlichste Teil der Geschichte. Alexander hatte das Geld, mit dem er in die Minen investierte, geliehen und bei mehreren Männern in der Stadt Schuldscheine hinterlegt. Er hatte schon seit geraumer Zeit immer wieder Geld aufgenommen. Seine Investitionen waren vermutlich so erfolgreich, daß er sich zu immer größeren Risiken hinreißen ließ. Das Leben, das er führte, war teuer. Er hatte seinen Ruf in der Gesellschaft zu wahren, und für Belinda war ihm natürlich immer nur das Beste gut genug.«

Sir Malcolm warf Julian einen trotzigen Blick zu, bereit, seinen Sohn gegen alle Anschuldigungen bezüglich seines ausschweifenden Lebenswandels zu verteidigen. Aber Julian sagte nur höflich »natürlich« und wartete auf weitere Informationen.

»Nun gut –«, Sir Malcolm räusperte sich. »Sicherlich kennen Sie David Adams?«

»Ja, er wurde mir auf einer Gesellschaft Ihres Sohnes vorgestellt. Und natürlich kenne ich seinen Ruf.«

Adams handelte mit Sicherheiten. Hauptsächlich vermakelte er Anleihen für die gerade unabhängig gewordenen südamerikanischen Nationen. Obwohl er erst Mitte Dreißig war, hatte er sich bereits bei ausländischen Regierungsbeamten und auch englischen Gesandten einiges Vertrauen erworben. Julian hatte von seinem kompromißlosen Ehrgeiz gehört; er war ein Mann, vor dem man sich in acht nehmen mußte. Alexander hatte erfolgreich in einige seiner Projekte investiert. Völlig ungewöhnlich aber war, daß er Adams in seinen Freundeskreis aufgenommen und zu seinen Gesellschaften eingeladen hatte. Das konnte nur jemand wagen, der so sehr hofiert und bewundert wurde wie Alexander. Adams war nämlich nicht nur Geschäftsmann – er war auch Jude.

»Adams hat Alexanders Schuldscheine mit Verlust aufgekauft«, sagte Sir Malcolm. »Ob Alexander das wußte, ist nicht klar. Wenn überhaupt jemand davon gewußt hat, dann höchstens eine Handvoll Männer in der Stadt, und die behielten es für sich. Zu dem Zeitpunkt, als die beiden Minen in Konkurs gingen, hielt Adams fast alle Schuldscheine von Alexander. Und ungefähr drei Wochen vor seinem Tod – erließ er ihm seine Schulden.«

»Sie wollen sagen, daß er und Ihr Sohn zu einer Einigung kamen?«

»Ich will sagen, daß Adams ihm seine gesamte Schuldenlast erließ, ohne daß Alexander dafür auch nur einen Finger rühren oder einen Pfennig zurückzahlen mußte.«

»Das ist ungewöhnlich.« Sicher, Adams war wohlhabend – die Kommissionen bei südamerikanischen Anleihen sollten außergewöhnlich hoch sein –, aber selbst er konnte es sich kaum leisten, sein Geld in solchen Dimensionen zum Fenster hinauszuwerfen. »Sicherlich hat man ihn über diese Angelegenheit schon befragt – nicht nur, warum er die Schuldscheine erließ, sondern warum er sie überhaupt aufkaufte?«

»O ja. Er sagte, er habe es getan, um Alexander einen Gefallen zu tun.«

Julian zog skeptisch eine Augenbraue hoch. »Kein Geschäftsmann ist so entgegenkommend. Daß er für Ihren Sohn leichtere Bedingungen schafft, könnte ich ja verstehen, aber daß er ihm seine Schuld ganz erläßt?«

»Ja, ich weiß.« Sir Malcolm nickte bedrückt. »Natürlich behauptet Adams nicht, daß er es nur aus Freundschaft getan hat. Er sagt, daß Alexander ihm nützlich war, und das trifft sicherlich zu. Alexander hat ihn mit wohlhabenden und einflußreichen Männern bekannt gemacht – mit potentiellen Investoren, Parlamentsmitgliedern und allen möglichen Leuten, die ihm geschäftlich von Nutzen sein konnten. Sie sehen, Alexander hatte immer einen guten Schutzengel. Selbst das eine Mal, als er in großem Stil scheiterte, wurden ihm die Konsequenzen erspart. Bis ihm dann vor einer Woche irgendein schlechter oder verrückter Mensch – vielleicht auch beides – in seinem eigenen Arbeitszimmer mit dem Schürhaken den Kopf einschlug, während eine Etage über

15

ihnen das Haus voller Gäste war, die Alexanders Wein tranken und sich fragten, wo er blieb!«

Sir Malcolm ballte die Fäuste und ging unruhig auf und ab. Julian ließ ihm einen Moment Zeit, sich wieder zu fassen. Dann fragte er: »Wenn Sie mir jetzt bitte sagen könnten, warum Sie sich mit mir treffen wollten?«

»Das werden Sie sicherlich schon erraten haben. Peter Vance hat mir den Vorschlag gemacht, Ihnen zu schreiben. Er ist der Bow Street Runner, der mit der Untersuchung von Alexanders Mordfall beauftragt ist, und er findet die Nachforschungen sehr mühselig. Das liegt nicht an ihm – dieses Verbrechen würde jeden vor ein Rätsel stellen. Der Mörder hat keinerlei Spuren im Arbeitszimmer hinterlassen. Jeder hätte die Tatwaffe führen können. Im Haus wurde nichts gestohlen, und es gibt auch keine Anzeichen dafür, daß jemand eingebrochen ist. Der Mörder muß also einer von Alexanders Dienern gewesen sein – oder einer seiner Gäste. Aber an diesem Abend waren achtzig Gäste im Haus, und nur die wenigsten haben ein Alibi.

Vance verspricht sich am meisten davon, zunächst jemanden mit einem Motiv zu suchen und dann zu überlegen, ob diese Person etwas mit dem Verbrechen zu tun haben könnte. Weil wir so wenig Indizien haben, ist das Motiv für ihn von größter Bedeutung. Doch seine Versuche, die Gäste zu vernehmen, wurden immer wieder durchkreuzt. Für Leute wie Sir Henry Effingham und Lady Anthea Fitzjohn ist schon der Gedanke unerträglich, von einem Bow Street Runner verhört zu werden. Sie kennen die Einstellung der feinen Gesellschaft zur Bow Street. Für sie ist es eine Einrichtung, die ihnen ihre ganz alltäglichen Vergnügungen vergällt. Die Bow Street stört sie bei ihren Trinkgelagen und Glücksspielen, dem Umschmeißen von Wachhäuschen und den Duellen, in denen sie sich gegenseitig Kugeln durch die Köpfe jagen. Und solange Vance nicht über konkrete Beweismittel verfügt, die eine Person mit dem Verbrechen in Verbindung bringen, hat er kaum eine Möglichkeit, jemanden zur Aussage zu zwingen. Normalerweise arbeiten sie in der Bow Street mit Belohnungen, um den Zeugen die Zungen zu lösen, und Geld habe ich weiß Gott ausreichend angeboten. Doch über Geld sind Alexanders Gäste natürlich erhaben, dafür reden sie nicht. Sie beteuern zwar immer wieder, daß sie helfen wollen, sind aber andrerseits nicht bereit, sich zur Zusammenarbeit mit der Bow Street herabzulassen. Und diese Menschen haben sich Alexanders Freunde genannt!«

Er holte tief Luft und sprach dann ruhiger weiter: »Darum schlug Vance vor, daß wir Sie um Hilfe bitten. Er kennt Sie noch vom Mordfall in der Besserungsanstalt.«

Julian nickte. Das war vor sechs oder sieben Monaten gewesen. Die Bow Street hatte sich erst eingeschaltet, als Julian den Fall schon gelöst hatte, aber während der Festnahmen und der Verhandlung hatten er und Vance immer wieder miteinander zu tun gehabt. »Sie können sich glücklich schätzen, daß er mit Ihrem Fall beauftragt wurde. Er ist schlau und tüchtig und in jeder Krise ein Fels in der Brandung.«

Sir Malcolm lächelte. »So ähnlich spricht er von Ihnen. Außerdem hat er darauf hingewiesen, daß Sie überall Zugang zur feinen Gesellschaft haben. Nachforschungen, die man sich von einem Bow Street Runner nicht gefallen lassen würde, fände man von Ihnen vielleicht nicht nur hinnehmbar, sondern regelrecht schmeichelhaft. Seit Brummell hat es keinen Gentleman mehr gegeben, der wie Sie die Mode diktierte. Sie genießen überall hohes Ansehen. Ich will Ihnen nicht schmeicheln – jeder weiß das.« Verlegen fügte er hinzu: »Bitte legen Sie mir das nicht falsch aus, aber bevor ich mich an Sie wandte, habe ich an Samuel Digby geschrieben. Ich wußte, daß er Sie unterstützt hat, als Sie dem Mordfall in der Besserungsanstalt nachgingen. Er ist ein guter Richter und ein ehrlicher Mensch. Deshalb habe ich ihn um, nun ja –«

»Eine Referenz gebeten?« fragte Julian amüsiert.

»Bitte nehmen Sie das nicht als Beleidigung. Wenn Sie nur

wüßten, wie sehr mir die Auflösung dieses Verbrechens am Herzen liegt! Ich habe mir den Kopf darüber zermartert, den armen Vance geplagt. Zweimal habe ich den Innenminister aufgesucht – aber ich habe bis jetzt noch nichts erreichen können –«

»Ich verstehe«, sagte Julian leise. »Und ich fühle mich nicht im geringsten beleidigt.«

»Ich bin froh, daß Sie das sagen. Nun, Mr. Digby hat mir zurückgeschrieben, daß Sie ein Ehrenmann seien, sehr begabt und klüger, als es einem Mann Ihres Alters zusteht. Da haben Sie es also, Mr. Kestrel. Ich appelliere an Sie als Vater, als Rechtsgelehrter, als Bürger Britanniens – warum nur kann ich mich niemals einfacher ausdrücken? Nach zwanzig Jahren bei Gericht vergißt ein Mann, wie man ein offenes und direktes Gespräch führt.« Sir Malcolm blickte Julian fest in die Augen: »Helfen Sie mir, Mr. Kestrel. Helfen Sie mir den Mörder meines Sohnes zu finden.«

2

ALEXANDERS PORTRÄT

Julian fühlte sich sehr in Versuchung geführt. Wie sollte er dem Angebot widerstehen, einen so berühmten Fall zu übernehmen? Die fehlenden Beweise und der illustre Kreis der Verdächtigen waren eine Herausforderung. Und Sir Malcolms Schmerz, seine Verwirrung und sein Verlangen nach Gerechtigkeit hatten durchaus etwas in ihm bewegt. Doch nach den Erfahrungen mit seinem ersten Mordfall, der sich auf dem Landsitz einer stolzen alten Familie zugetragen hatte, war Julian vorsichtig geworden, wenn es darum ging, Nachforschungen innerhalb einer Gruppe enger Freunde oder Verwandter anzustellen. Es bedeutete, in ihre Geheimnisse eingeweiht zu werden, jeden gegen jeden auszuspielen und alle zusammen gegen sich selbst.

»Sir Malcolm«, sagte er, »Ihnen muß bewußt sein, daß meine Ermittlungen peinliche, ja sogar schockierende Dinge ans Licht bringen könnten. Ihr Sohn wurde nicht ausgeraubt, und das legt nahe, daß er aus persönlichen Gründen umgebracht wurde. Der Mörder oder die Mörderin muß also jemand gewesen sein, der ihm nahestand – ein Freund oder sogar ein Verwandter. Wenn ich den Fall übernehme, werde ich dieser Möglichkeit nachgehen müssen. Ich werde die persönlichen Gegenstände und Papiere Ihres Sohnes durchwühlen; ich werde unverschämte Fragen stellen, ich werde jedermanns Privatsphäre verletzen und kein Tabu kennen. Wer kein lückenloses Alibi hat, wird für mich verdächtig sein. Ich sage dies nicht, um Sie zu erschrecken – ich möchte Ihnen nur bewußt machen, daß Sie sich, bevor Sie sich auf so eine Untersuchung einlassen, nicht nur nach der Wahrheit fragen müssen, sondern auch, ob sie diese Wahrheit überhaupt wissen wollen.«

»Ja, Mr. Kestrel«, sagte Sir Malcolm mit fester Stimme. »Ich will sie wissen, die Wahrheit. Von ganzem Herzen und wie immer sie auch lauten mag. Unwissenheit ist für mich die schlimmste aller Qualen – es gibt für einen Mann keinen schrecklicheren und deprimierenderen Zustand. Und ich schwöre Ihnen hier und jetzt, daß ich Ihnen keine Vorwürfe machen werde, was immer Sie auch fragen und entdecken mögen. Jeden Kummer, den ich durch Ihre Ermittlungen erleide, habe ich mir selbst zugefügt – der Preis, den ich für meine Überzeugung zahlen muß, daß Licht immer besser ist als Dunkelheit.«

»Und Mrs. Falkland? Ist sie auch Ihrer Meinung?«

»Ich habe alles mit Belinda besprochen, bevor ich Ihnen geschrieben habe. Ohne ihre Zustimmung hätte ich wohl kaum einen Schritt wie diesen tun können. Sie war damit einverstanden, daß wir Sie hinzuziehen. Obwohl ich nicht behaupten kann, daß sie viel Hoffnung oder Interesse gezeigt hätte. Aber das liegt einfach an ihrer momentanen Verfassung. Sie ist zu unglücklich, um noch für irgend etwas Interesse zu empfinden.«

Eine Pause trat ein. Die Sonne verschwand hinter einer Wolke und ließ einen Schattenschleier über sie fallen. Julian fragte sich, ob Sir Malcolm sein Versprechen wohl halten würde. Aber eigentlich spielte das keine Rolle mehr, denn im Grunde seines Herzens wußte er schon längst, wie seine Antwort lauten würde.

»Also gut, Sir Malcolm. Ich nehme Ihr Angebot an.«

»Danke, Mr. Kestrel!« Sir Malcolm drückte ihm die Hand. »Ich habe keinen Zweifel daran, daß Sie und Vance gemeinsam dieses Verbrechen auflösen werden! Ich hoffe, Sie müssen nicht sofort nach London zurück. Ich würde Sie gern mit zu mir nach Hause nehmen – es gibt da etwas, das ich Ihnen zeigen möchte. Außerdem will sich Belinda sicher persönlich dafür bedanken, daß Sie so freundlich sind, uns zu helfen. Aber wir sollten sie trotzdem nicht mit Fragen strapazieren, solange sie sich nicht ein wenig besser fühlt.«

»Mit einem Verhör würde ich nur ihre und meine Zeit vergeuden. Schließlich weiß ich selbst noch viel zuwenig über das Verbrechen. Die letzten vierzehn Tage habe ich mich in Newmarket aufgehalten. Zwar konnte ich dort die Berichterstattung in den Zeitungen verfolgen, aber die besteht nur zu einem Viertel aus Information und zu drei Vierteln aus Übertreibung und Gerüchten. Ich muß erst mit Vance darüber sprechen, was er bislang herausfinden konnte, vor allem, was Verdächtige und deren Alibis angeht.« Er hielt inne und blickte Sir Malcolm nachdenklich an. »Es gibt da eine Sache, die ich Sie besser gleich zu Beginn frage: Wo waren Sie an dem Abend, als Ihr Sohn ermordet wurde?«

»Wo war...?« Sir Malcolm starrte Julian verwirrt an. Dann weiteten sich seine Augen vor Schrecken. »Sie meinen doch nicht – oh, ich verstehe. Sie demonstrieren mir gerade Ihre Ansicht, daß niemand über einen Verdacht erhaben ist. Aber Sie haben völlig recht. Ich will ja, daß Sie gründlich vorgehen. Ich war an jenem Abend zu Hause. Meine Diener können bestätigen, daß ich das Haus den ganzen Abend nicht verlassen habe und schon gar nicht den langen Weg nach London zurücklegte, meinen Sohn ermordete und dann die ganze Strecke wieder zurückkam.«

»Danke, Sir Malcolm. Mir ist bewußt, daß dies eine entsetzliche Frage war.« Julian konnte die Gefühle von Sir Malcolm nachvollziehen, aber er beschloß gleichzeitig, Vance zu fragen, ob das Alibi so hieb- und stichfest war, wie Sir Malcolm behauptete. Es war immerhin nicht völlig auszuschließen, daß Sir Malcolm seinen Sohn ermordet hatte und nun die fanatische Suche nach dem Mörder in die Wege leitete, um den Verdacht von sich abzulenken. Auch wenn er den Eindruck erweckte, Alexander wirklich geliebt und bewundert zu haben, war er selbst es gewesen, der bemerkt hatte: *Im Griechischen gibt es nur ein Wort für »bewundern« und »beneiden«*. Nichts wäre unangenehmer, als den Mann des Verwandtenmords zu verdächtigen,

21

der ihn mit den Ermittlungen beauftragt hatte. Aber er mußte die Möglichkeit in Betracht ziehen.

»Sie kommen also mit?« fragte Sir Malcolm.

»Ja.«

»Schön! Ich nehme an, Sie sind zu Pferd von London hierhergekommen?« Sir Malcolm blickte auf Julians hohe Stiefel und seine Reitgerte.

»Ja. Ich habe mein Pferd bei einem Wirtshaus mit dem Namen Holly Bush stehengelassen.«

»Ich wohne ganz in der Nähe davon, im Grove. Wenn Sie nichts dagegen haben, können wir zu Fuß gehen. Ich werde Ihr Pferd von einem Bediensteten holen lassen.«

Sie verließen den Friedhof durch ein Seitentor und stiegen eine steile enge Straße hinauf, die von hübschen braunen Backsteinhäusern flankiert wurde. In den Gärten und auf den grasbewachsenen Grenzstreifen der Grundstücke bauschten sich dichte Ilexbüsche. Wäscherinnen hatten einige von ihnen als Trockengestelle zweckentfremdet und mit Hemden behängt, so daß die feuchten, weißleinenen Ärmel gespenstisch im Wind zu grüßen schienen.

Oben auf dem Hügel, der den Namen Holly Bush trug, bogen sie in den Grove ein, eine enge, kurvenreiche Straße. Hinter hohen Ziegelmauern verbargen sich stattliche Villen. Sir Malcolm blieb vor einem vergoldeten Eisentor stehen, das noch die Initialen eines früheren Besitzers und die Jahreszahl 1705 trug. Aus dieser Zeit schien auch das Haus zu sein, das sich hinter dem Tor erhob. Es war ein massiver quadratischer Backsteinbau, dessen Fenster rot eingefaßt waren. Das steile Dach ließ das Haus vornehm und erhaben wirken. Auf beiden Seiten sprang ein kleiner Flügel vor, von dem ein einfacher, aber eleganter Säulengang zur Eingangstür führte.

Sir Malcolm und Julian traten ein. Ein Dienstbote kam herbei und nahm ihnen ihre Hüte ab. Es war ein älterer Mann, der offensichtlich schon lange in Sir Malcolms Diensten stand und wie sein Herr Trauer trug. Sir Malcolm wies ihn an, jemanden zum Holly Bush zu schicken, um Julians Pferd zu holen. Dann fragte er nach Mrs. Falkland.

»Sie ist im Salon, Sir. Martha ist bei ihr.«

»Martha ist ihr Mädchen«, erklärte Sir Malcolm und wandte sich dann wieder an den Diener. »Bitte fragen Sie Mrs. Falkland, ob sie sich in der Lage fühlt, uns zu empfangen.«

»Ja, Sir.« Der Dienstbote verbeugte sich und ging nach oben.

»Im Moment nehme ich besonders viel Rücksicht auf sie«, wandte sich Sir Malcolm vertrauensvoll an Julian. »Ich habe Ihnen ja schon erzählt, daß meine Schwiegertochter vor ein paar Tagen sehr krank war. Anfangs habe ich noch gedacht, sie hätte etwas gegessen, das ihr nicht bekommen ist, aber dann begann ich mich zu fragen, ob –« Sir Malcolms Stimme wurde leiser. »Es war sehr schmerzhaft für mich, daß Alexander keine Kinder hinterlassen hat. Ich bin der letzte in meiner Linie, und mit Achtundvierzig werde ich mich wohl kaum noch einmal verheiraten. Welche Frau könnte schon meine Bücher und meine eigenbrötlerischen Gewohnheiten dulden? Aber seit Belinda so krank war, wage ich zu hoffen, daß Alexander vielleicht doch einen Nachkommen hinterlassen hat. Das wäre für Belinda und mich ein großer Trost.«

»Dann wünsche ich Ihnen von ganzem Herzen, daß sie recht haben mögen.«

»Ich danke Ihnen. Sicher würde es ihr wieder neuen Lebensmut geben, wenn sie für jemanden sorgen und planen könnte. Die erste Zeit nach Alexanders Tod schien es ihr noch recht gut zu gehen, weil sie soviel zu tun hatte: Sie mußte sich um die Dienstboten kümmern, für das ganze Haus Trauer anordnen und Kondolenzschreiben beantworten. Ich wollte sie immer überreden, sich zu schonen, aber heute erkenne ich, daß sie genau wußte, was das Beste für sie war. Seit ich sie hier in mein Haus geholt habe, hatte sie nicht mehr genug zu tun, und so fing sie an zu grübeln.«

Der Dienstbote kehrte zurück. »Mrs. Falkland bittet Sie und Mr. Kestrel zu sich, Sir.«

»Wunderbar! Mr. Kestrel, würden Sie mir bitte die Treppe hinauffolgen?«

Der Salon war in jedem Haus das Reich der Frau. Das Zimmer, das sie jetzt betraten, war in den langen Jahren von Sir Malcolms Witwerschaft verwaist gewesen und etwas heruntergekommen. Die altmodischen Möbel strahlten eher Erhabenheit als Eleganz aus. Der Marmorkamin war zu groß für den Raum und die karminroten Tapeten zu dunkel. Auf dem Kaminsims standen ein paar Porzellanschäferinnen, die in ihrer Geschmacklosigkeit schon fast komisch wirkten. Die meisten Möbel reihten sich streng an den Wänden entlang, nur ein Sofa war vor den Kamin gerückt worden. Auf ihm saß, unbewegt und die Hände abwesend im Schoß gefaltet, Mrs. Falkland.

Julian kannte Belinda Falkland nur flüchtig, und jedesmal, wenn er sie sah, war er erneut von ihrer Schönheit geblendet. Selbst die kränkliche Blässe und die Anspannung des Schmerzes konnten diesem Gesicht nichts anhaben. Ihr Profil war fast perfekt: eine gerade Nase, eine etwas vollere Unterlippe und ein Kinn, das sich stolz über einem makellosen schlanken Hals reckte. Ihr Haar war kupfergold, und ihre Augen glänzten eisblau. Sie trug ein schwarzes Kleid, das ganz nach der neuesten Mode geschnitten war; mit langen, in der Schulter weiter werdenden Ärmeln, einer enggegürteten Taille und einem ausgestellten Rock. Auf ihrer Brust prangte eine ovale Trauerbrosche, die ein rotbraunes geflochtenes Band einfaßte. Es schien aus Alexanders Haar gemacht zu sein. Eine Sepiazeichnung bildete den Innenteil; sie zeigte eine zerbrochene Säule, zu deren Füßen eine kaputte Waage lag. Es war eine Waage, wie sie von der Göttin Justitia getragen wurde. Sie mochte auf Alexanders gewaltsam abgebrochene Justizlaufbahn verweisen oder auch auf die Art seines Todes. Doch was immer sie auch bedeutete, si-

cherlich war diese Metapher, ebenso wie die Grabinschrift, von
Sir Malcolm gewählt worden.

»Meine liebe Belinda.« Sir Malcolm ging zu seiner Schwiegertochter und küßte sie auf die Stirn. »Wie geht es dir?«

»Schon besser, Papa. Danke.«

»Ich glaube, du kennst Mr. Kestrel.«

»Guten Tag, Mrs. Falkland.« Julian trat vor und beugte sich
über ihre Hand. »Ich wünschte, wir hätten uns unter anderen
Umständen wiedersehen können. Ich habe mit großem Bedauern vom Tod Ihres Mannes gehört.«

»Ich danke Ihnen. Papa hat gesagt, daß wir Sie vielleicht
überreden könnten, uns bei der Suche nach dem Mörder zu
helfen. Und da Sie hergekommen sind, nehme ich an, daß Sie
zugestimmt haben.«

»Ja.«

Belinda blickte in eine Ecke des Zimmers, wo eine Frau bei einer
Näharbeit saß. Dies mußte Martha sein, ihr Mädchen. Julian hatte
ein hübsches junges Ding erwartet, aber diese Frau war um die
Vierzig. Sie hatte ein kantiges Gesicht und mausbraunes Haar.
Wie alle im Haus trug sie Trauer; ihre Kleidung war ordentlich
und von peinlicher Sauberkeit, aber völlig schmucklos.

Martha und Mrs. Falkland verstanden sich ohne Worte. Sie
stand sofort auf und brachte Stühle für Julian und Sir Malcolm
herbei. Die Stühle waren groß und schwer, aber sie hob sie
mühelos hoch und glich damit einer Bauersfrau, die es gewohnt
ist, schwere Getreidesäcke zu schleppen. Bestimmt kommt sie
vom Land, dachte Julian.

Als sie ihre Aufgabe erfüllt hatte, zog sich Martha in die Ecke
zurück und nahm ihre Näharbeit wieder auf. Mrs. Falkland
starrte ins Feuer. Sir Malcolm wirkte ein wenig hilflos. »Ich
fürchte, wir ermüden dich, meine Liebe. Wenn Mr. Kestrel
vielleicht in ein oder zwei Tagen wiederkommen würde –«

»Ich bin nicht müde, Papa.« Sie wandte sich an Julian. »Haben
Sie irgendwelche Fragen?«

25

»Nur solche ganz allgemeiner Natur, und es ist auch nicht dringend. Ich möchte Sie wirklich nicht überanstrengen.«

»Das ist sehr rücksichtsvoll von Ihnen, aber Sie müssen sich um mich keine Sorgen machen. Ich fühle mich durchaus in der Lage, Fragen zu beantworten.«

Julian beschloß, sie beim Wort zu nehmen. »Was glauben Sie, wer Ihren Mann ermordet hat, Mrs. Falkland? Haben Sie irgendwelche Vermutungen?«

»Nein. Ich habe keine Vermutungen.«

»Hatte er Feinde?«

»Nicht, daß ich wüßte. Er war sehr beliebt. Alle mochten ihn.«

»Hatte er in letzter Zeit mit irgend jemandem Streit gehabt?«

»Alexander hat sich nie gestritten. Das entsprach gar nicht seinem Wesen.«

»Aber jeder hat doch einmal Unstimmigkeiten.«

»Das ist etwas anderes. Unstimmigkeiten sind kein Streit. Manchmal hatte Alexander Meinungsverschiedenheiten mit anderen Leuten, aber er ist nie wütend geworden oder hat andere wütend gemacht. Sie kannten ihn – Sie haben doch selbst gesehen, wie er war.«

»Ich habe ihn in der Gesellschaft getroffen, in Clubs und auf Empfängen. War er privat genauso?«

»Ja. Er hat mir gegenüber nie Launen gezeigt. Ich würde fast sagen, er hatte überhaupt keine Launen. Er strahlte immer eine gewisse Unbeschwertheit aus. Das Leben mit ihm war sehr unkompliziert. Wo wir auch hingingen, er war immer der perfekte Gastgeber, in dessen Gesellschaft sich alle wohl und glücklich fühlten. Wir haben nie unangenehme Situationen erlebt. Er hat immer alle Unstimmigkeiten geglättet.«

»Der Mann, den Sie da beschreiben, ist bemerkenswert – fast unmenschlich.«

»Ja«, sagte sie leise. »Ich weiß.«

Martha kam aus ihrer Ecke hervor und stellte sich in einer

Mischung aus Ergebenheit und Wachsamkeit neben Mrs. Falkland. »Entschuldigen Sie, Madam, aber es ist Zeit für Ihre Medizin.« Ihrer Sprache hörte man den schwungvollen Rhythmus und das gutturale R des West Country an.

Sir Malcolm erhob sich. »Wir wollen dich nicht weiter belästigen, Liebes. Passen Sie gut auf sie auf, Martha – aber ich weiß ja, daß Sie das immer tun. Mr. Kestrel, würden Sie mir bitte in die Bibliothek folgen?«

Julian verabschiedete sich von Mrs. Falkland. Sie nahm es mit derselben Gleichgültigkeit auf wie seine Begrüßung, aber Martha schien deutlich froh darüber zu sein, ihn gehen zu sehen.

Sir Malcolms Haus war nach einem einfachen Muster gebaut. Zu beiden Seiten der zentralen Eingangshalle im Erdgeschoß lag jeweils ein Zimmer. Oben waren vier weitere Räume um das Ende der großen Treppe angeordnet. Sir Malcolm führte Julian nach unten in die Bibliothek, die sich gleich rechts neben der Eingangstür befand.

Die Bibliothek schien das Refugium von Sir Malcolm zu sein: ein schlichter, in Eichenholz getäfelter Raum, der von oben bis unten mit Regalen ausgekleidet war, in denen sich die klassischen Werke der Weltliteratur reihten. Antike Tonvasen und Skulpturen dienten als Briefbeschwerer oder Buchstützen. Auf den großen Schreibtischen häuften sich aufgeschlagene Bücher, fleckige Tintenlöscher und Papierstapel. In dem Zimmer herrschte die Art Chaos, die nur von seinem Besitzer als überschaubar empfunden wird.

»Ein heißes Getränk könnte jetzt nicht schaden, meinen Sie nicht?« sagte Sir Malcolm. »Rumpunsch oder vielleicht lieber Brandy mit Wasser?«

»Brandy mit Wasser, wenn es Ihnen recht ist.«

Sir Malcolm klingelte nach dem Dienstboten, der ihnen bereits die Hüte abgenommen hatte. Julian schlenderte unterdessen zum Kamin hinüber – und dort sah er Alexander Falkland.

Es war ein riesiges Gemälde, auf dem er in voller Lebensgröße abgebildet war und das vom Kamin bis zur Zimmerdecke reichte. Obwohl er in der typischen Pose des Porträtierten stand, wirkte er ganz natürlich. Sein Arm ruhte lässig auf einem Kaminsims, als habe er sich dort während einer Unterhaltung aufgestützt. Der Maler hatte ihn hervorragend getroffen. Alexanders äußere Merkmale – das rotbraune Haar, die braunen Augen und die schlanke, jugendliche Figur – waren nicht nur einfach abgebildet, sondern strahlten auch den ihm eigenen Charme aus. Die Augen leuchteten fröhlich, und die Lippen öffneten sich zu einem breiten, gewinnenden Lächeln, das jeden Fremden in ein privilegiertes Vertrauen zu ziehen schien. Dort stand ein junger Mann, der sich wohl in seiner Haut fühlte und dieses Gefühl auch bei anderen auslöste.

Jetzt trat Sir Malcolm an Julians Seite, so daß er Gelegenheit hatte, Vater und Sohn zu vergleichen. Sie hatten beide kastanienbraunes Haar und zimtbraune Augen, aber da hörte die Ähnlichkeit auch schon auf. Sir Malcolms dichter Haarschopf und sein markant zerfurchtes Gesicht hatten nichts gemein mit Alexanders Locken und seinen feingeschnittenen Zügen.

»Das ist ein bemerkenswert gutes Porträt«, sagte Julian.

»Ja. Ich bin sehr froh, es zu besitzen. Ich wünschte nur, der Maler hätte einen anderen Hintergrund gewählt. Erkennen Sie, wo Alexander steht?«

Julian blickte genauer hin. Alexander stand an einem Kamin, über dem die Reproduktion einer architektonischen Zeichnung von Palladio hing. In einer Nische im Hintergrund standen antike Urnen und Statuen aus Marmor und Bronze. Die Wände waren in dezenten Weiß- und Grautönen gehalten. »Sein Arbeitszimmer?«

»Ja. Er hat es zum großen Teil selbst entworfen.«

Julian nickte. »Er hat doch fast das ganze Haus selbst entworfen, oder? Ich habe nur die Räume gesehen, in denen er seine Gäste empfing, aber ich weiß, daß man von dem Haus als einem Meisterwerk spricht.«

»Ja. Jedes Zimmer ist in einem anderen Stil gehalten: griechisch, gotisch, türkisch, chinesisch –«

»Renaissance«, murmelte Julian nachdenklich, während er das Arbeitszimmer auf dem Gemälde genauer betrachtete. Seine Augen blieben an einem blankpolierten stählernen Schürhaken hängen, der ordentlich an den Kaminrost gelehnt stand. »Ist das der Schürhaken, mit dem –«

»Ja. Der Schürhaken, mit dem er ermordet wurde«, vollendete Sir Malcolm Julians Frage bedrückt.

»War es das, was Sie mir zeigen wollten?«

»Nein, nein.« Sir Malcolm zwang sich, den Blick von dem Bild abzuwenden, und ging zu einem kleinen, mit einer Marmorplatte bedeckten Wandschrank hinüber. »Was ich Ihnen zeigen wollte, ist in diesem Schrank. Ich halte ihn immer verschlossen. Seit Alexanders Tod ist sein Inhalt zu meinem wertvollsten Besitz geworden.«

Der Dienstbote brachte ein Tablett, auf dem eine Karaffe, Gläser, eine Kanne mit heißem Wasser und eine Zuckerdose standen. Auf ein Zeichen von Sir Malcolm hin verbeugte er sich und ging wieder hinaus. »Stehen Sie nicht so förmlich herum, Mr. Kestrel – mixen Sie sich bitte selbst ein Glas. Ich werde es Ihnen gleich nachtun.«

Während Julian sich mit Brandy und Wasser bediente, schloß Sir Malcolm das Schränkchen auf. Den Schlüssel dazu trug er an einer Schlüsselkette bei sich. Er nahm einen Stapel Papierbogen mit gebrochenen Siegeln heraus und brachte ihn zu Julian.

»Briefe?« fragte Julian.

»Mehr als nur Briefe – eine Seite von Alexander, die den meisten Leuten unbekannt ist. Vor knapp einem Jahr sagte er mir, daß er vorhabe, sich im Lincoln's Inn als Student der Rechte einzuschreiben. Natürlich war ich sehr erfreut darüber, daß er in meine Fußstapfen treten wollte, aber ehrlich gesagt habe ich nicht ganz geglaubt, daß er sich wirklich ernsthaft hinter diese Sache klemmen würde. Es gibt viele junge Männer, die in den

Inns of Court, den Innungen der Rechtsgelehrten, eine Art Club für Gentlemen sehen. Da es als Qualifikation mehr oder weniger ausreicht, einige Male im Jahr in den Inns of Court am Dinner teilzunehmen, kann man die Zulassung zum Anwalt erlangen, ohne jemals ernsthaft studiert zu haben. Einige tun es natürlich trotzdem – das sind diejenigen, die wirklich eine entsprechende berufliche Laufbahn einschlagen wollen. Aber Alexander war damals gerade frisch verheiratet und vollauf damit beschäftigt, sein Haus einzurichten. Er hatte so viele Freunde und gesellschaftliche Verpflichtungen, daß ich mir nicht vorstellen konnte, wie er noch Zeit finden sollte, über Gesetzestexten zu brüten.

Aber er hat mich überrascht. Er hat gelesen und Wissen aufgesaugt wie ein Schwamm. Und das nicht nur in den Rechtswissenschaften, sondern auch in den Bereichen Politik, Philosophie und Wirtschaft. Seine Freunde hatten bestimmt keine Ahnung von dieser Seite an ihm; in ihrer Gegenwart war er immer so sorglos und fröhlich, ständig darauf bedacht zu amüsieren. Aber diesem Papier« – Sir Malcolm hielt den Briefstapel hoch – »hat er seine Gedanken anvertraut, seine Ideale, seine politischen und moralischen Überzeugungen. Im vergangenen Jahr hatten wir nur selten Gelegenheit, uns zu sehen. Ich war oft bei Gericht und zu Verhandlungen in den Grafschaften unterwegs, und er war sehr von seinem gesellschaftlichen Leben in Anspruch genommen. Aber in seinen Briefen fühlte ich mich ihm näher als jemals zuvor. Und das macht seinen Tod so besonders grausam für mich: Ich habe ihn in genau dem Moment verloren, als wir uns einander näherten, als wir begannen, Freunde zu werden.«

Julian war bewegt; trotzdem hielt er einiges der Parteilichkeit eines trauernden Vaters zugute. Es war kaum vorstellbar, daß Alexander so starke politische und moralische Überzeugungen gehabt haben sollte. Er war nicht die Art Mann, bei dem man überhaupt irgendwelche Überzeugungen vermutete. »Glauben Sie, daß diese Briefe ein Licht auf den Mord werfen könnten?«

»Ich weiß es nicht. Ich meine nur, Sie sollten Alexander kennen – richtig kennen. Sie sollen wissen, was sich hinter der fröhlichen Oberfläche, die er der Welt zeigte, verbarg.« Sir Malcolm zögerte einen Moment und reichte ihm dann die Briefe. »Ich werde sie Ihnen ausleihen, damit Sie sie in Ruhe lesen können. Ich gebe sie nicht gerne aus der Hand, aber ich sehe keine andere Möglichkeit. Und hier...« Er ging zum Wandschrank zurück und nahm einen weiteren Papierstapel heraus. »Sie sollten wohl auch meine Briefe an ihn kennen, um den Meinungsaustausch besser verfolgen zu können. Ich habe sie nach seinem Tod wieder an mich genommen. Er hat mir all seine Papiere hinterlassen – und auch seine Bücher.«

»Wo wir gerade davon sprechen«, sagte Julian, »wem hat er seine restlichen Besitztümer vermacht?«

»Fast alles ging an Belinda. Sein wertvollster Besitz war natürlich das Landgut, das sie mit in die Ehe gebracht hat. Nach seinem Tod ist es automatisch an sie zurückgefallen. Außerdem hat er alle seine Bediensteten sehr großzügig bedacht, ganz besonders seinen Kammerdiener, einen pingeligen kleinen Franzosen namens Valère. Und dann gab es noch ein bedingtes Erbe für Eugene, einige Gemälde und andere Besitztümer im Wert von ungefähr viertausend Pfund.«

»Soweit ich weiß, ist Eugene Mrs. Falklands Bruder.«

»Ihr Halbbruder, um genau zu sein. Alexander war sein Vormund. Im Moment wohnt er bei mir. Belinda hat ihn mitgebracht.«

»Was meinten Sie damit, als Sie sagten, das Erbe sei bedingt?«

»Daß es davon abhängig gemacht wurde, ob Alexander ohne Nachkommen starb. Hätten er und Belinda ein Kind gehabt, wäre Eugenes Erbe um drei Viertel gekürzt worden. Alexander hatte Eugene sehr gern, aber sicher glaubte er es seinen eigenen Kindern zu schulden, sie an die erste Stelle zu setzen.«

»Was ist, wenn sich Ihre Hoffnungen erfüllen und Mrs. Falkland in anderen Umständen ist?«

»Nun, wenn es einen direkten Nachkommen gibt, ist Eugene

der Verlierer. Eine unangenehme Situation, aber so ist es nun
einmal.«

»Auf jeden Fall werde ich mich mit Eugene unterhalten müssen.«

Sir Malcolm warf ihm einen besorgten Blick zu. »Ihnen ist
bewußt, daß er erst sechzehn ist?«

»Sicherlich ist er in der Lage, einen Schürhaken zu schwingen.«

»Ja, schon.«

»War er an dem Abend von Alexanders Tod im Haus?«

»Ja. Aber Sie müssen verstehen – Alexander war sein Held!
Jedesmal, wenn Alexander ihn anblickte, hat er aufgemerkt wie
ein Hund, der seinen Herrn wittert. Es ist einfach unvorstellbar,
daß er ihn für viertausend Pfund umgebracht haben soll.«

»Menschen haben einander für vier Pfund getötet, sogar für
vier Shilling. Die Zinsen aus den viertausend Pfund würden sich
auf zweihundert Pfund im Jahr belaufen – eine hübsche Summe
für einen Gentleman. Hat Eugene eigenes Geld?«

»Nicht einen Pfennig«, gab Sir Malcolm zu. »Sie müssen
wissen, daß es mit seinem Vater ein schlimmes Ende genommen
hat. Belindas Vater – der erste Mann ihrer Mutter – war ein
angesehener Landedelmann, der starb, als Belinda noch ein Baby
war. Einige Jahre später heiratete die Witwe Tracy Talmadge. Er
war ein gewinnender junger Bursche, aber ein Lebemann und
Verschwender. Er hat sein gesamtes Vermögen verspielt und
auch das von seiner Frau, soweit er darüber verfügen konnte.
Zum Glück konnte er Belindas Erbe nicht antasten – ihr Vater
hatte es sicher angelegt. Schließlich ist Talmadge von seinen
Freunden erwischt worden, wie er beim Kartenspiel betrog. Er
fiel in Ungnade und hat sich in einem Anfall von Verzweiflung
die Kehle durchgeschnitten. Seine Frau hat er mittellos zurückgelassen, sie lebte von den Einkünften ihrer Tochter. Und für
Eugene, der damals drei Jahre alt war, blieb nur die Familienschande.«

»Sir Malcolm, Ihnen ist sicher bewußt, daß Sie mich damit nicht gerade von seiner Unschuld überzeugt haben«, erklärte Julian vorsichtig.

»Nein, das habe ich wohl nicht. Dann vernehmen Sie ihn – in Gottes Namen. Sie dürfen vernehmen, wen Sie wollen – ich gebe Ihnen *carte blanche*. Mit wem werden Sie anfangen?«

»Mit Vance. Ich werde versuchen, mich noch heute abend mit ihm zu treffen. Morgen würde ich dann gern Alexanders Arbeitszimmer und das restliche Haus besichtigen.«

»Warum treffen wir uns nicht dort? Ich werde Sie einlassen, Sie den Dienstboten vorstellen und Ihnen alle Fragen beantworten. Ich würde Ihnen gern zusehen, wie Sie Ihre Nachforschungen anstellen. Sie wissen gar nicht, wie hilflos ich mich gefühlt habe – immer nur warten und grübeln. Zwar hat mir Vance regelmäßig Bericht erstattet, aber ich wußte nie so recht, was vor sich ging oder wie ich mich nützlich machen könnte.«

»Einverstanden. Sagen wir um zehn Uhr?«

»Zehn Uhr. Ich kann Ihnen gar nicht sagen, wieviel mir Ihre Hilfe bedeutet, Mr. Kestrel. Sie haben mir wieder Hoffnung gegeben.«

Sir Malcolms Hang zur Klassik schien ansteckend zu wirken. Julian erinnerte sich nämlich vage, daß die Hoffnung in der griechischen Mythologie die letzte und schrecklichste Plage war, die der Büchse der Pandora entfloh.

3
BRIEFE

»Genau, wie ich erwartet hatte«, sagte Julian und streckte seinem Diener ein bestiefeltes Bein entgegen. »Sir Malcolm wollte mit mir über den Mord an seinem Sohn reden. Und nicht nur das – er hat mich gebeten, der Bow Street bei der Aufklärung des Falls zu helfen.«

Dipper zog ihm den Stiefel mit einem sanften Ruck aus. »Woll'n Sie's versuchen, Sir?«

»Ja, ich befürchte, ich habe eingewilligt.«

Dipper nickte zustimmend. Mr. Kestrel brauchte die Herausforderung eines neuen Mordfalls. Und er selbst brauchte sie auch. Bis vor ein paar Jahren, als Mr. Kestrel nach London gekommen war und ihn in seine Dienste nahm, hatte sich Dipper mehr oder weniger ehrlich durchs Leben geschlagen. Was Mr. Kestrel vorher gemacht hatte, wußte Dipper selbst nicht so genau, aber er war sich sicher, daß sein Herr nicht auf der faulen Haut gelegen hatte. Dazu kannte er die Glanz- und Schattenseiten des Lebens zu gut und war entsprechend besonnen in allem, was er tat. Aber im Moment führten sie ein Leben, das schon fast zu unbeschwert gewesen wäre, hätte Mr. Kestrel nicht dieses einzigartige Interesse an Mordfällen entwickelt.

Julian streckte ihm den zweiten Stiefel hin. »Du weißt, was unter Dienstboten alles geredet wird, Dipper. Kannst du mir sagen, welches Ansehen Alexander Falkland bei seiner Dienerschaft genoß? Hat er sie knappgehalten, den Butler angeschrien und die Zimmermädchen verführt?«

»Er war in jeder Hinsicht ein vorbildlicher Herr, Sir. Dabei war es nicht unbedingt der Lohn, den er zahlte, obwohl auch der in der oberen Klasse lag. Er hat einfach, wie soll ich sagen, seine

Diener wie Menschen mit Gefühlen behandelt. Er sagte ›bitte‹ und ›danke‹ und lobte, wenn sie etwas gut gemacht hatten. Und wenn mal was schiefging, hat er nur gelacht, statt ihnen die Leviten zu lesen. Seinen Kammerdiener, so einen *mounseer* namens Valère, hat es ziemlich mitgenommen, als sein Herr das Zeitliche gesegnet hat, und jetzt ist er in heller Aufregung, weil sie den Mörder noch immer nicht erwischt haben. Er sagt, in Frankreich . . .«

». . . hätte man den Mörder sofort geschnappt, und wir würden jetzt alle bei *foie gras* und Chambertin feiern. Damit hat er gar nicht so unrecht. In England sind solche Kriminalfälle noch recht konfuse Angelegenheiten – der Lohn dafür, daß wir hier keine richtige Polizei haben. Die Bow Street Runners sind zwar gerissen und effektiv – auch wenn sich die *beau monde* noch so bemüht, sie als Schwachköpfe hinzustellen –, aber es gibt einfach zu wenig davon. Außerdem sind ihre Bemühungen zu sehr von privaten Belohnungen abhängig. Daß man die alten Vollzugsbehörden noch immer nicht abgeschafft hat, macht alles nur noch schlimmer: Die Runners vertragen sich nicht mit den Gemeindepolizisten, die unbezahlten Friedensrichter blicken naserümpfend auf die bei den Behörden angestellten Richter hinab, während die Wachmänner sich jeden Abend stillschweigend betrinken und das ganze übrige Pack ignorieren. Und wenn Sir Robert Peel dann den Versuch unternimmt, einen Anschein von Ordnung in dieses Durcheinander zu bringen, erntet er nichts als entsetztes Protestgeschrei, weil alle Welt meint, eine Berufspolizei sei gleichbedeutend mit dem Ende der englischen Freizügigkeit. Man fragt sich doch, was zum Teufel das Parlament sich dabei denkt . . . Na, ich scheine ja gerade zu einer längeren Rede auszuholen.«

»Ja, Sir.« Dipper fuhr unbeirrt damit fort, Julians Abendkleidung bereitzulegen.

»Das hatte ich gar nicht vor. So was stört nur die innere Harmonie und philosophische Gelassenheit, die man zum Ankleiden braucht. Wußtest du übrigens, daß unser alter Freund

Peter Vance mit den Untersuchungen im Falkland-Fall beauftragt ist?«

»Tatsächlich, Sir?«

»Ja. Sobald ich mit dem Ankleiden fertig bin, werde ich ihm eine Nachricht schreiben, und ich möchte, daß du sie ihm bringst, ohne in der Bow Street größeres Aufsehen zu erregen.«

»Ja, Sir.«

»Nun, sehr begeistert wirkst du gerade nicht. Ich dachte immer, ihr beide würdet einigermaßen gut miteinander auskommen, wenn man bedenkt, daß ihr mal auf verschiedenen Seiten des Gesetzes standet.«

»Ja, Sir. Es ist nur einfach ein komisches Gefühl, freiwillig in die Bow Street zu gehen. Wo ich doch früher immer dahin abgeführt wurde. Macht mir richtig eine Gänsehaut, Sir.«

»Ich befürchte, in diesem Fall bleibt mir nichts anderes übrig, als auf deinen Gefühlen herumzutrampeln. Ich möchte, daß Vance noch heute abend bei mir vorbeikommt und alle Papiere, die er über diesen Fall hat, mitbringt. Falls das ein Trost ist – ich werde dich heute erst wieder spätabends brauchen. Geh also ruhig mit anderen Dienstboten, die gerade frei haben, etwas trinken. Und dabei könntest du einigen von ihnen erzählen – natürlich nur unter dem Siegel strengster Verschwiegenheit –, daß ich Sir Malcolm Falkland bei der Suche nach dem Mörder seines Sohns helfen werde.«

»Wenn ich das mache, Sir, wird es morgen die ganze Stadt wissen.«

Julian lächelte. »Ganz genau.«

Dipper stellte keine Fragen. Für ihn war es eine eiserne Regel, daß sein Herr für alles, was er tat, sehr gute Gründe hatte, egal, wie rätselhaft sie ihm auch erscheinen mochten. »Essen Sie heute auswärts, Sir?«

»Nein. Laß vom Kaffeehaus unten in der Straße ein paar Koteletts und eine Flasche Claret heraufschicken. Ich werde heute abend mit Alexander Falkland speisen.«

36

»Sir?«

»Ich werde seine Briefe lesen, wenn du es genau wissen willst.«

Während er auf sein Dinner wartete, blätterte Julian durch die Abendpost, in der er die üblichen Einladungen und Rechnungen vorfand. Aber dann zog er noch einen Brief heraus, auf den seine Adresse flüchtig, aber überraschend gut lesbar gekritzelt worden war. Keine noch so strenge Gouvernante würde Philippa Fontclair jemals die Handschrift einer Lady beibringen.

Julian hatte Philippa vor einem Jahr auf dem Landsitz ihres Vaters kennengelernt, wo er zum erstenmal in einen mysteriösen Mordfall verwickelt worden war. Außerdem hatte ihn dort ihr Bruder Hugh fälschlicherweise mit seiner Eifersucht verfolgt, weil Julian sich mit dessen verzweifelter Verlobten Maud Craddock angefreundet hatte. Seither korrespondierte er regelmäßig mit Philippa. Wäre sie älter gewesen, hätten ihre Eltern dem sicherlich einen Riegel vorgeschoben, denn Philippa kam aus einer begüterten alten Familie, während Julian ein entwurzelter, besitzloser Dandy war. Doch da sie erst zwölf war, erschien ihre Freundschaft zwar etwas außergewöhnlich, aber ungefährlich. In ihren Briefen tauschten sie Neuigkeiten, Anekdoten und Meinungen aus, wobei sich Julian stets um einen besonnenen und respektvollen Ton bemühte. Er war sich seiner Verantwortung ihr gegenüber nur zu bewußt; es war fast, als hätte er eine Schwester.

Julian nahm den Brief mit in sein Arbeitszimmer, brach das Siegel auf und faltete ihn auseinander:

Bellegarde
30. April 1825

Lieber Mr. Kestrel,

haben Sie herzlichen Dank für den Globus, den Sie mir zu meinem Geburtstag geschickt haben. Er ist wunderschön. Am besten gefallen mir die Seeungeheuer in den Meeren. Manchmal drehe ich ihn, schließe die Augen und lasse den Finger auf irgendeinen Ort fallen. Und dann stelle ich mir vor, wie es wäre, dort zu sein. Ich würde auch gern wie Marco Polo eine lange Reise machen und ein Buch darüber schreiben. Pritchie schnalzt dann nur mit der Zunge und sagt, Sie würden mir Rosinen in den Kopf setzen. Man sollte doch meinen, daß sich eine Gouvernante über so etwas freuen müßte!

Und jetzt verrate ich Ihnen ein Geheimnis. Ich werde Tante! Pritchie meint, ich dürfte Ihnen das nicht schreiben, weil es unpassend ist, aber das ist doch dumm, oder? Wir freuen uns alle so sehr darüber, obwohl Hugh fürchterlich ängstlich ist. Ständig rennt er hinter Maud her und bringt ihr Kissen und andere Dinge, die sie nicht brauchen kann. Es geht ihr nämlich ganz ausgezeichnet. Ich fühle mich überhaupt nicht wie eine Tante, aber vielleicht dauert es deshalb so lange, bis ein Baby kommt, damit sich die Leute an so einen Gedanken gewöhnen können.

Leider muß ich Ihnen gestehen, daß man hier nicht sehr gut auf Sie zu sprechen ist. Mir ging es am Anfang auch so. Dr. MacGregor hat uns nämlich erzählt, daß sein alter Lehrer Dr. Greeley seine Praxis in London aufgibt, um in irgendein Nest von einem Kurbad zu ziehen. Er habe sich deshalb entschlossen, nach London zu gehen und Dr. Greeleys Praxis zu übernehmen. Und das sei Ihre Idee gewesen – Dr. MacGregor wäre etwas so Haarsträubendes nämlich niemals eingefallen. Wir waren alle sehr erbost darüber, daß Sie uns MacGregor wegnehmen wollen, wo wir doch so an ihm hängen und er schon so lange bei uns ist. Aber dann habe ich noch einmal darüber nachgedacht und er-

kannt, daß das sehr egoistisch von uns war. Dr. MacGregor hat fast sein ganzes Leben hier verbracht und langweilt sich womöglich sehr – so stelle ich es mir zumindest vor. Ich glaube, es würde ihm gar nicht schaden, wenn man ihn etwas wachrüttelte und den Staub aus ihm klopfte wie aus einem alten Teppich. Genau das habe ich auch zu ihm gesagt – allerdings habe ich mich etwas höflicher ausgedrückt, weil doch alle denken, ich hätte keinerlei Taktgefühl. Aber das stimmt nicht. Er hat dann gesagt, ich hätte mich mit Ihnen verschworen, und Sie hätten mir wahrscheinlich hinter seinem Rücken geschrieben. Als wäre ich nicht in der Lage, mir eine eigene Meinung zu bilden!

Ich muß jetzt aufhören, weil ich den Brief sonst nicht mehr rechtzeitig zur Post bringen kann. Ich habe die Ehre, Sir, hochachtungsvoll die Ihre zu verbleiben

Philippa Fontclair

Gefällt Ihnen diese Formel? So unterzeichnen Papas Anwälte ihre Briefe.

Julian lächelte, faltete den Brief wieder zusammen und steckte ihn unter den Tintenlöscher auf seinem Schreibtisch. Dann flog ein Schatten über sein Gesicht. Es hatte ihn schon die ganze Zeit belastet, welchen Kummer er den Fontclairs damit bereitete, daß er Dr. MacGregor nach London lockte. Als hätte er nicht schon genug Schaden angerichtet, einen der ihren als Mörder zu überführen! Aber er war einfach überzeugt davon, daß ein etwas aufregenderes Leben und die Herausforderung eines buntgemischten Patientenstamms MacGregor sehr guttun würde. Allerdings hatte er dabei auch an sich gedacht: Er mochte den bärbeißigen Arzt mit seiner schonungslos direkten Art und wollte ihn in seiner Nähe wissen.

MacGregor war so ungekünstelt, so absolut aufrecht – in Julians schnellebiger Welt, wo der schöne Schein das Sein beherrschte, war er ein Fels in der Brandung.

Gerade jetzt wünschte er sich, der Arzt wäre in seiner Nähe. Bei seinen ersten beiden Mordfällen hatte Julian seine Thesen an MacGregors gesunder Skepsis geschärft wie ein Messer an einem Schleifstein. Diesmal würde er also ohne ihn auskommen müssen. Er hörte den Mann aus dem Kaffeehaus mit seinem Dinner kommen. Es war Zeit, in die Welt von Alexander Falklands Briefen einzutauchen.

Selbst Alexanders Handschrift strahlte Charme aus. Sie war graziös, ohne affektiert zu sein; gut lesbar, aber nicht so regelmäßig, daß es ihr an Charakter gefehlt hätte. Soviel wurde schon bei einem flüchtigen Blick auf die Briefe deutlich. Ob ihr Inhalt den Beschreibungen von Sir Malcolm standhalten konnte, war eine andere Sache.

Julian ordnete die Papiere chronologisch, so daß sich Sir Malcolms Briefe mit denen von Alexander abwechselten, und las dann die gesamte Korrespondenz. Es dauerte nicht lange, bis er verstand, warum Sir Malcolm von Alexanders umfassendem Wissen so beeindruckt war. Geschichte, die Literatur des klassischen Altertums, Philosophie und Politikwissenschaft – Alexander kannte sich in allen Bereichen sehr gut aus. Einige ihrer juristischen Diskussionen wirkten regelrecht obskur: mit einer Leidenschaft, die nur für Rechtsgelehrte nachvollziehbar war, erörterten Vater und Sohn Begriffe wie *assumpsit* und *quantum meruit*. Doch Alexander machte sich auch über Probleme allgemeinerer Natur Gedanken. Einmal hatte Sir Malcolm in einem seiner Briefe ein paar zynische Bemerkungen über die Strafverteidiger fallenlassen, die man in letzter Zeit immer öfter in den Prozessen anträfe. Es sei noch gar nicht lange her, daß ein Angeklagter einen Anwalt nur hinzuziehen durfte, damit er in komplizierten Rechtsfragen das Wort für ihn ergreifen konnte. Mittlerweile aber sei den Rechtsvertretern sogar gestattet, Zeugen ins Verhör zu nehmen oder sich an die Geschworenen zu wenden. Es würde nicht mehr lange dauern, bis die Angeklagten überhaupt nichts mehr zu ihrer Verteidigung sagen müßten. Und wie sollte eine Jury über Schuld oder Unschuld entscheiden, wenn juristische Fertigkeit und Redekunst wie eine Nebelwand zwischen ihr und dem Angeklagten stand?

Alexander zeigte Verständnis für die Bedenken seines Vaters, konnte sie aber nicht teilen:

Ich habe schon oft die Meinung gehört, das Verhalten eines Angeklagten vor Gericht sei ein verläßlicher Hinweis auf seine Ehrlichkeit und Redlichkeit. Aber bedenken Sie, Sir, daß ein Schuldiger oft gewandter und überzeugender sein kann als ein Unschuldiger! Der Unschuldige bringt vor Scham kaum ein Wort heraus, wenn man ihn mit einer Anklage konfrontiert, während der Schuldige die Vorwürfe gegen ihn schon erwartet und sich allerlei Geschichten dazu zurechtgelegt hat. Ist es nicht so, daß über jeder Anklage bereits ein Schatten von Schuld steht? Ohne die Hilfe eines Verteidigers würde ein voreingenommener Geschworener leicht die generelle Vermutung der Unschuld, den alten Grundsatz in dubio pro reo, *aus dem Auge verlieren, die doch letzte Hoffnung und sicherste Zuflucht des Angeklagten ist. Jeder Mensch – und das gilt vor allem für die ärmsten, ungebildetsten und angreifbarsten Untertanen Seiner Majestät – sollte sich zu seiner Verteidigung der Hilfe von Redekunst und Gelehrtheit bedienen dürfen, bevor man ihm die Freiheit oder das Leben nimmt.*

In einem anderen Brief sprach Alexander bewundernd über eine Sache, die er als das »amerikanische Abenteuer der Demokratie« bezeichnete. In seiner Antwort erinnerte ihn Sir Malcolm daran, daß die Sklaverei, die schon vor einem halben Jahrhundert in England abgeschafft worden war, in jenem Land der Freiheit jenseits des Ozeans nach wie vor florierte. Alexander gestand dies bedauernd ein, betrachtete das Thema dann aber unter einem überraschend neuen Aspekt.

Sklaverei ist meiner Meinung nach mehr eine Frage der Dimension als der Definition. Wir sind uns einig, daß der Mensch ein Sklave ist, der gegen seinen Willen unter den schlimmsten Umständen arbeitet, ohne die Möglichkeit zu haben, seinem Dienstherrn zu kündigen oder einen angemessenen Lohn für seine Arbeit zu verlangen. Das ist sicherlich das Los der schwarzhäutigen Menschen in den Vereinigten Staaten, aber unter den gleichen Bedingungen arbeiten auch in den Fabriken unseres Landes viele Männer, Frauen und Kinder. Ich glaube, ich kann Ihren Einwand schon vorwegnehmen: Die Nationalökonomen haben bewiesen, daß durch staatliches Eingreifen in die Führung der Unternehmen das Prinzip der freien Arbeit unterwandert würde, auf dem unser Wohlstand basiert. Ich befürchte, Sie werden mich jetzt für naiv halten, Sir, aber ist es für das Wohlergehen unserer Textilindustrie wirklich unumgänglich, daß ein neunjähriges Kind zwölf Stunden am Tag in einer Spinnerei arbeitet? Wenn die Welt tatsächlich so beschaffen ist, Sir, dann kann ich nur eins sagen – die Welt muß verändert werden.

Wenn Sir Malcolms Vermutung zutraf und Alexander tatsächlich vorhatte, in die Politik zu gehen, dann hätten ihn diese Ansichten wohl kaum bei den begüterten Männern beliebt gemacht, die über die meisten Parlamentssitze verfügten. War das der Grund, weshalb er seine ernsthafte Seite vor seinen Freunden verborgen hielt? Wollte er seinen wahren Charakter geheimhalten, bis er sich auf dem politischen Parkett etabliert hatte?

Als Julian den letzten Brief gelesen hatte, lehnte er sich nachdenklich zurück. Der Briefwechsel war faszinierend, für seine Ermittlungen aber leider nicht sehr ergiebig. Alexanders Briefe warfen keinerlei Licht auf sein Privatleben oder irgendeine seiner Beziehungen, außer der zu seinem Vater. Daß sogar die kleinste Bemerkung über seine Frau, seinen Schwager oder seine zahlreichen Freunde fehlte, mutete regelrecht eigenartig an. Man hatte fast den Eindruck, er wolle sie vollständig ausschließen, um wenigstens einmal dem Leben, das er so sehr zu genießen schien, zu entfliehen. Julian konnte daraus nur schließen, daß es zwei Alexander Falklands gegeben hatte. Und bei der Auflösung des Mordes konnte es von entscheidender Wichtigkeit sein, auf welchen von beiden der Mörder es abgesehen hatte.

4

Die letzte Nacht auf Erden

Unter den Kriminellen war Peter Vance als Leuchtturm-Pete bekannt. Diesen Namen verdankte er seiner riesigen roten Knollennase, die wie durch ein Versehen in sein sonst unauffällig geschnittenes Gesicht geraten zu sein schien. Sie gab ihm das Aussehen eines fröhlichen Schluckspechts, obwohl Julian ihn niemals betrunken gesehen hatte. Vance war nämlich ausgesprochen häuslich und hatte irgendwo in Camden Town eine hübsche kleine Frau und einen ganzen Stall voller Kinder versteckt. Er war um die Vierzig, ein großer, jovialer Mann, dessen blaue Augen unter faltig zusammengekniffenen Lidern hervorblitzten.

Vance traf um kurz nach acht bei Julian in der Clarges Street ein. Julian führte ihn in den vorderen Salon. Es war der größte Raum seiner Dreizimmerwohnung, in dem er seine Gäste zu empfangen pflegte. Der Salon war sparsam, aber elegant möbliert und mit Souvenirs von Julians Reisen geschmückt: einem maurischen Gebetsteppich, einer astronomischen Uhr und einer römischen Venusbüste, deren Nase schon leicht angeschlagen war. Auf dem Notenständer eines schönen, geöffneten Klaviers lag die jüngste Komposition von Rossini.

Vance ließ sich schwerfällig in einen Sessel beim Kamin sinken, legte seinen Hut darunter ab und plazierte eine abgewetzte Ledermappe auf seinen Knien. Julian ging zu einem Tisch, auf dem eine venezianische Karaffe und Gläser standen. »Brandy?«

»Da würde ich nicht nein sagen, Sir.«

Julian goß jedem ein Glas ein, und sie stießen an. Vance nahm einen Schluck und grinste anerkennend. »Kein schlechter Tropfen, Sir! Nicht jeder Gentleman würde einen wie mich in seinen Salon führen und ihm einen Drink anbieten. Wenn ich geschäftlich mit Ihresgleichen zu tun habe, bietet man mir meist noch nicht einmal einen Stuhl an.«

»Aber ich bin ein Kollege von Ihnen und kein Kunde«, sagte Julian lächelnd. »Solche Allüren würden mir wohl kaum anstehen.«

»Das ist wirklich sehr anständig von Ihnen, Sir. Wo das für Sie doch alles nur ein Sport ist. Ich wollt' sagen, Sie müssen nicht davon leben.«

Julian wußte, was er meinte: Natürlich geziemte es sich nicht für einen Gentleman, für die Überführung von Alexanders Mörder einen Anteil an der Belohnung in Anspruch zu nehmen. Das wäre einfach unter seiner Würde. Dabei hätte Julian das Geld nur zu gut brauchen können. Doch durfte er seine gelegentlichen pekuniären Engpässe angesichts horrender Schneiderrechnungen kaum mit den Mühen eines Mannes vergleichen, der von seiner Hände Arbeit eine ganze Familie ernähren mußte.

»Sie haben natürlich recht«, erwiderte er. »Aber Sie müssen mir zugestehen, daß der Sport für einen Gentleman eine sehr ernsthafte Angelegenheit ist.«

»Und etwas, das Ihnen viel Ehre einbringt, Sir!« sagte Vance herzlich. »Also gut, Sir: Womit sollen wir anfangen?«

»Ich schlage vor, wir fangen mit den Ereignissen vor dem Mord an. Gehen Sie einfach davon aus, daß ich nichts von der ganzen Sache weiß – was fast zutrifft –, und erzählen Sie mir alles, was Sie über Alexander Falklands letzte Nacht auf Erden wissen.«

»In Ordnung, Sir.« Vance löste die Schnüre an der Mappe auf seinen Knien. »Ich habe alles dabei: Vernehmungsprotokolle, Zeitungsberichte, meine eigenen Notizen. Die wichtigsten Zeugenaussagen habe ich aussortiert, damit Sie sie sofort lesen können und einen Eindruck von der ganzen Sache kriegen. Wenn Sie nichts dagegen haben, beschreibe ich Ihnen zunächst den Ort der Handlung. Am dreiundzwanzigsten April, einem Freitagabend, gaben Mr. und Mrs. Falkland in ihrem Haus in der Hertfort

Street eine Gesellschaft. Der Grundriß des Hauses sieht so aus: Küche im Keller; Empfangszimmer, Bibliothek und Arbeitszimmer im Erdgeschoß; Salon im ersten Stock; Schlafzimmer im zweiten Stock. Bill Watkins – der Streifenpolizist, mit dem ich zusammenarbeite – ist ein guter Zeichner, deshalb habe ich ihn gebeten, mir eine Skizze vom Erdgeschoß und vom ersten Stock anzufertigen. Hier ist sie, Sir.«

Julian betrachtete die Skizze. »Ich nehme an, die Gesellschaft fand im ersten Stock statt?«

»Ja, Sir. Karten und Konversation im Salon, musikalische Unterhaltung im Musikzimmer und ein spätes Abendessen im Eßzimmer. Alle drei Räume waren mit Blumen und Kerzen geschmückt, und es gab vier Musiker: Harfe, zwei Fiedeln – *Sie* würden Violinen sagen, Sir.« Vance senkte den Kopf, doch seine Augen funkelten. Der Umgang mit der feinen Gesellschaft amüsierte ihn immer wieder. »Und eine große Fiedel – wie nennt man sie noch gleich?«

»Ein Violoncello?«

»Genau, Sir. Also, die Gesellschaft sollte um neun Uhr beginnen, aber ich habe mir sagen lassen, daß zu solchen Festivitäten niemand pünktlich erscheint.«

»Mein lieber Freund«, näselte Julian in seinem schönsten Salonton, »Pünktlichkeit ist etwas genauso Vulgäres, wie *Verabredungen* zu treffen.«

Vance lachte still in sich hinein. »Also, die ersten Gäste trafen gegen zehn ein, und um elf waren fast alle Geladenen versammelt. Es waren ungefähr achtzig Personen – alles irgendwelche feinen Pinkel. Und jetzt zu den Zeugenaussagen. Sie klingen vielleicht ein wenig gestelzt, weil es die wörtlichen Antworten auf die Fragen unserer Beamten sind, aber die Schreiber haben sich bemüht, die Aussagen ganz genau zu erfassen. Hier.« Er reichte Julian ein Papierbündel, das von einem Band zusammengehalten wurde. »Am besten, Sie fangen mit Mr. Quentin Clare an.«

46

Quentin Clare war ein Mitstudent von Alexander gewesen. Alexander hatte sich mit ihm angefreundet, doch niemand konnte so recht verstehen, warum, denn es gab keine zwei Menschen, die unterschiedlicher gewesen wären. Julian kannte Clare flüchtig von Alexanders Gesellschaften: ein blasser, dünner, linkischer junger Mann in schlechtsitzender Abendkleidung, der immer so aussah, als wäre er am liebsten irgendwo anders.

»Seine Aussage ist ziemlich lang. Er hatte wesentlich mehr zu sagen als alle anderen Gäste. Stand zufällig immer genau da, wo gerade etwas Wichtiges geschah.«

Julian zog eine Augenbraue hoch. »Und das kommt Ihnen verdächtig vor?«

»Da haben Sie seine Aussage, Sir. Urteilen Sie selbst.«

ZEUGENAUSSAGE VON QUENTIN CLARE, ESQ.

Mein Name ist Quentin Clare. Ich wohne im Serle's Court Nr. 5, Lincoln's Inn.

Ich habe Alexander Falklands Gesellschaft am 22. April besucht, wo ich gegen elf Uhr eintraf. Falkland hat mich begrüßt. Er schien recht guter Laune zu sein. Danach habe ich ihn kaum noch gesehen, denn er hatte sehr viele Gäste. Mrs. Falkland habe ich überhaupt nicht gesehen. Man sagte mir, sie habe sich kurz vor meiner Ankunft wegen Kopfschmerzen von der Gesellschaft zurückgezogen.

Ich kann mich an keinerlei ungewöhnliches Verhalten bei einem der Anwesenden erinnern – bis auf eine Episode. Gegen halb zwölf ließ sich eine der jungen Damen zu einem Gesangsvortrag überreden. Anscheinend gilt sie als Schönheit, denn alle drängten sich plötzlich ins Musikzimmer, da jeder in ihrer Nähe stehen wollte. Falkland und noch ein paar andere zogen sich in den Salon zurück, um mehr Platz zu schaffen. Mir wurde es zu heiß, weshalb ich mich ins Foyer des ersten Stocks hinausschlich. Zu dem Zeitpunkt war es ungefähr fünfundzwanzig Minuten vor zwölf.

Julian runzelte die Stirn. »Mit der Zeit scheint er es sehr genau zu nehmen.«

»Nun ja, das scheint zu seinem Charakter zu passen, Sir. Gewissenhaft, gutes Gedächtnis, immer bemüht, es allen recht zu machen.«

»Oder er wußte schon vorher, daß man ihn danach fragen würde. Normalerweise macht man sich als Gast auf einer Gesellschaft über so etwas keine Gedanken.«

Zuerst war ich allein im Foyer, aber ein paar Minuten später kam eine Frau über die Dienstbotentreppe herauf. Sie war um die Vierzig, breit gebaut und trug ein sehr einfaches, dunkles Kleid und eine Kette mit einem Kreuz. Später erfuhr ich, daß es sich um Mrs. Falklands Mädchen handelte, eine Martha Gilmore. Sie machte einen kurzen Knicks vor mir und blieb dann einfach im Foyer stehen.

In dem Moment trat Luke, einer der Lakaien, aus dem Salon. Martha flüsterte ihm etwas zu. Vermutlich bat sie ihn, Falkland zu holen, denn er ging in den Salon zurück, und Falkland kam heraus. Ja, es war sehr ungewöhnlich, daß ein Bediensteter Falkland von der Gesellschaft rief. Normalerweise liefen seine Gesellschaften immer ganz reibungslos ab, und nichts durfte sie stören.

Hinter Falkland trat David Adams aus dem Salon und blieb im Türrahmen stehen. Ich kenne Mr. Adams nicht sehr gut. Soviel ich weiß, hat er Mr. Falkland bei seinen Geldgeschäften beraten.

Falkland ging zu Martha und sagte etwas wie: »Du wolltest mich sprechen? Ich hoffe, es geht deiner Herrin nicht schlechter?« Und dann schaute er plötzlich ganz eigenartig. Er starrte sie mit weit aufgerissenen Augen an, und sein Atem schien schneller zu gehen. Aber es dauerte nur einen Moment lang. Er war immer sehr selbstbeherrscht und hatte sich fast sofort wieder in der Gewalt.

Martha sagte, Mrs. Falkland habe noch immer Kopfschmerzen und würde nicht mehr nach unten kommen. Etwas verwirrt erwiderte Falkland: »Ist das alles, was du mir sagen wolltest?« Sie sagte ja, knickste und verschwand durch die Tür zur Dienstbotentreppe. Mr. Adams, der immer noch hinter Falkland in der Tür zum Salon stand, blickte ihr nach und schaute dann haßerfüllt zu Falkland hinüber. Ich weiß nicht, wie ich den Ausdruck in seinen Augen anders beschreiben soll. Falkland schaute jedoch nicht in seine Richtung. Vielleicht hatte er ihn auch gar nicht bemerkt.

Erst jetzt schien Falkland mich zu entdecken. Er kam lächelnd auf mich zu und fragte, was ich denn so allein im Foyer täte. Dann nahm er meinen Arm und führte mich in den Salon zurück. Mr. Adams schlüpfte kurz vor uns durch die Tür. Offensichtlich sollte Falkland nicht wissen, daß er das Gespräch mit Martha belauscht hatte.

Als Falkland und ich wieder in den Salon zurückkehrten, kamen mehrere Leute auf uns zu und fragten, was Martha gewollt habe und ob es Mrs. Falkland sehr schlecht gehe. Falkland sagte, es gäbe keinen Grund zur Sorge – sie hätte einfach nur sehr hartnäckige Kopfschmerzen, die es ihr nicht erlaubten, noch einmal nach unten zu kommen. Dann sagte er, er wolle jetzt kurz nach ihr schauen, und entschuldigte sich. Das war irgendwann zwischen Viertel vor zwölf und Mitternacht.

Gegen zwanzig vor eins verließ ich die Gesellschaft erneut. Ich hatte mich dort nicht sehr wohl gefühlt. Falkland war nicht zurückgekommen, und die Leute begannen sich zu fragen, warum beide, Falkland und seine Frau, ihre eigene Gesellschaft verlassen hatten. Gerüchte machten die Runde, die ich hier lieber nicht wiederholen möchte.

(Der Zeuge wird zu einer Antwort gedrängt.)

Wenn Sie es unbedingt wissen müssen – die Leute sagten, Falkland und seine Frau hätten gestritten. Sie hätte sich in ihr Zimmer zurückgezogen, und er würde versuchen, sie zur Rückkehr auf die Gesellschaft zu überreden. Einige der Gäste schienen zu denken, ich wüßte mehr über die ganze Sache, als ich mir anmerken ließ. Warum, kann ich auch nicht sagen; außer daß Falkland mit mir befreundet war und ich zufällig Zeuge seiner Unterhaltung mit Martha wurde, gab es keinen Grund dafür. Lady Anthea Fitzjohn befragte mich besonders hartnäckig. Es war sicherlich unhöflich, aber ich hatte den dringenden Wunsch, mich von ihr zu entfernen. Ich trat wieder ins Foyer hinaus, nahm eine Kerze von einer Anrichte und ging nach unten, um mir in der Bibliothek die Zeit mit Lesen zu vertreiben, bis um eins das Essen serviert würde.

Ich ging durch die Eingangshalle auf die Bibliothek zu, die auf der linken Seite liegt. Das Arbeitszimmer liegt rechts. Die Tür zum Arbeitszimmer stand halb offen, und da es in der Halle recht dunkel war, konnte ich drinnen ein Licht flackern sehen. Ich dachte mir, jemand habe aus Versehen eine Kerze brennen lassen, und ging hinein, um sie zu löschen.

Ich sah ...

(Der Zeuge wird kurzfristig von Gefühlen übermannt.)

Ich sah Falkland unter einem der Fenster liegen. Sein Kopf lehnte an der niedrigen Fensterbank, und sein rechtes Bein lag eigenartig abgewinkelt unter ihm, während das linke ausgestreckt war. Auf dem Fensterbrett über ihm brannte eine Kerze.

Ich rannte ins Zimmer und kniete neben ihm nieder. Ich wollte ihn gerade hochheben, als ich die Wunde an seinem Hinterkopf bemerkte. Sie sah schrecklich aus. Neben ihm lag der Schürhaken vom Kamin. Mir war klar, daß man ihn damit niedergeschlagen hatte. Wer es getan haben könnte, fragte ich mich jedoch nicht. Mir war schlecht und schwindlig, und ich konnte kaum einen klaren Gedanken fassen.

Ich versuchte mich zu sammeln und fühlte an seinem Handgelenk und am Hals nach dem Puls. Ich spürte nichts. Seine Haut wurde langsam kalt. Ich rannte aus dem Arbeitszimmer und die Treppe hinauf. Doch kurz vor der Tür zum Salon fiel mir ein, *welche Panik ich unter den Gästen auslösen würde. Die Tür zum Eßzimmer stand offen, und dort sah ich den Butler und Luke, die mit den Vorbereitungen zum Abendessen beschäftigt waren. Ich ging hinein und teilte ihnen mit, daß Falkland ermordet worden war. Im ersten Moment müssen sie mich wohl für verrückt gehalten haben. Ich nahm sie mit nach unten und zeigte ihnen die Leiche. Der Butler schrie entsetzt auf und wollte zu ihr hinrennen, aber ich sagte, daß wir am besten nichts anrührten.*

Dann beschrieb Clare, wie der Butler alles in die Hand genommen hatte: Er ließ nach Falklands Arzt schicken, benachrichtigte die Bow Street und beauftragte Martha damit, Mrs. Falkland die traurige Nachricht zu überbringen. Clare war auf die Gesellschaft zurückgekehrt. Die Gäste waren jetzt noch unruhiger und verwirrter als zuvor, aber niemand wollte nach Hause gehen, bevor nicht das Rätsel um Falklands Verschwinden geklärt worden war.

Plötzlich hörten wir aus dem Stockwerk über uns einen Schrei. Es klang wie »Nein! Nein!«. Dieser Schrei löste allgemeine Bestürzung aus. Viele Gäste rannten aus dem Salon ins Foyer. Einige wollten sogar die Treppe hinaufeilen, und Luke mußte ihnen den Weg versperren.

Dem Butler sei es gelungen, wieder Ruhe zu schaffen, fuhr Clare fort. Bald darauf sei Mrs. Falkland nach unten gekommen und habe die Gäste vom Mord an ihrem Ehemann unterrichtet.

Julian blätterte zum Beginn der Aussage zurück. »Er sagt, Falkland sei an jenem Abend guter Laune gewesen, aber da er gleichzeitig zugibt, ihn kaum gesehen zu haben, kann er das wohl nicht richtig beurteilen.«

»Die anderen Gäste haben allerdings das gleiche gesagt, Sir. Wenn Mr. Falkland wußte, daß er in Gefahr schwebte, hat er sich das nicht anmerken lassen.«

Julian blätterte weiter durch die Papiere. »Er sagt, Falkland habe die Gesellschaft zwischen Viertel vor zwölf und Mitternacht verlassen.«

»Ja, Sir. Die meisten Gäste geben als Zeitpunkt kurz vor Mitternacht an – frühestens um zehn vor zwölf.«

»Was wissen wir über die Zeit danach?«

»Absolut nichts, Sir. Außer daß er zum Schluß im Arbeitszimmer war, wo Mr. Clare ihn gefunden hat. Wenn jemand ihn in der Zwischenzeit gesehen hat, hat er das für sich behalten.«

»Falkland sagte, er würde nach oben gehen, um nach Mrs. Falkland zu schauen. Hat sie ihn nicht gesehen?«

»Nein, Sir. Sie sah ihn zum letztenmal, als sie die Gesellschaft wegen ihrer Kopfschmerzen verließ. Das war ungefähr eine Stunde früher.«

»Kann es sein, daß er bei ihr hereingeschaut hat, während sie schlief?«

»Sie sagt, sie hätte nicht geschlafen, Sir. Ihre Kopfschmerzen haben sie wach gehalten.«

»Dann hat Falkland also die Gesellschaft verlassen, um nach oben zu seiner Frau zu gehen, ist aber statt dessen nach *unten* in sein Arbeitszimmer gegangen. Warum?«

Vance schüttelte den Kopf. »Das ist eine gute Frage.«

»Allerdings. Also gut: Der früheste Zeitpunkt, zu dem Falkland gestorben sein kann, ist zehn vor zwölf. Da hat er die Gesellschaft verlassen. Was ist der spätestmögliche Zeitpunkt?«

»Hier.« Vance fischte eine weitere Aussage aus dem Papierstapel. »Mr. Falklands Arzt kam noch in derselben Nacht, um die Leiche zu untersuchen. Hier steht, was er dazu zu sagen hatte.«

Julian überflog die Aussage des Arztes. Sie war mit medizinischen Fachbegriffen gespickt, aber die wichtigsten Punkte waren unmißverständlich. Alexanders Tod war durch einen schweren Schlag auf seinen Hinterkopf verursacht worden. Er mußte fast sofort gestorben sein. Die Möglichkeit, daß er sich die Wunde selbst beigebracht hatte oder daß alles ein Unfall war, konnte man ausschließen. Er hatte wahrscheinlich genauso gelegen, wie er gestürzt war. Als der Schlag ihn getroffen hatte, mußte er gerade nach links geschaut haben; auf seiner Stirn befand sich ein Bluterguß, der darauf hinwies, daß der Schlag ihn zunächst gegen die Vertäfelung des linken Fensterladens geworfen hatte. Als man Alexander fand, war der Laden zu; vielleicht hatte er selbst ihn gerade geschlossen.

Die Mordwaffe war ohne Zweifel der Schürhaken, den man neben Alexanders Leiche fand; an seinem Ende hatten Blut und Schädelfragmente geklebt. Zusammen mit den Informationen, die er vom Butler und Mr. Clare erhalten hatte, war der Arzt nach seiner Untersuchung zu dem Ergebnis gekommen, daß Alexander schon mindestens eine halbe Stunde tot war, als er gefunden wurde. Was bedeutete, daß der Mord nicht später als Viertel nach zwölf stattgefunden haben konnte.

»Also ist er irgendwann zwischen zehn vor zwölf und Viertel nach zwölf ermordet worden«, schloß Julian. »Das ist wenigstens ein enger Zeitrahmen.«

»Nicht eng genug, Sir«, sagte Vance bedeutungsvoll.

»Alibis sind anscheinend kaum vorhanden. Nun gut, dazu kommen wir gleich.« Julian überflog noch einmal die Aussage von Clare. »Die Begegnung zwischen Falkland und Martha, die er da beschreibt, könnte sich als wichtig erweisen. Kurz nachher hat Alexander die Gesellschaft verlassen. Martha hat ihm sogar den Vorwand für sein Fortgehen geliefert, da sie sagte, daß es Mrs. Falkland immer noch schlecht gehe und sie nicht mehr nach unten kommen würde. Aber ist das ein Grund, ihn von seiner Gesellschaft zu rufen? Warum wirkte er so beunruhigt, als er zu ihr herauskam? Und warum sollte David Adams ihr Gespräch belauscht haben, um Alexander dann – wie hat Clare es formuliert – haßerfüllt anzublicken?«

»Schauen Sie sich mal die Aussage von Mr. Adams an, Sir. Dann kennen Sie seine Version der Geschichte.«

ZEUGENAUSSAGE VON MR. DAVID ADAMS

Mein richtiger Name lautet David Samuel Abrahms. Aus geschäftlichen Gründen halte ich es jedoch für günstiger, mich Adams zu nennen. Ich lebe am Bedford Square, und mein Kontor befindet sich am Cornhill. Mein Geschäft ist das Arrangieren von Anleihen für fremde Länder, hauptsächlich für Südamerika. Außerdem handle ich mit ausländischen Anlagepapieren. Welcher Art? Nun, erfolgreichen natürlich.

Ich bin am 22. April irgendwann zwischen halb elf und elf auf Falklands Gesellschaft gekommen. Falkland eilte wie immer ruhelos von einer Gästegruppe zur anderen. Wir haben uns unterhalten, aber nur über belanglose Dinge. Er wirkte ganz normal. Von Mrs. Falkland habe ich nicht viel gesehen. Sie zog sich kurz nach meiner Ankunft mit Kopfschmerzen zurück.

Gegen halb zwölf wurde eine der heiratsfähigen jungen Damen von ihrer Mutter zu einem Gesangsvortrag überredet. Die meisten Gäste drängten ins Musikzimmer, um ihr zuzuhören. Falkland zog sich in den Salon zurück, um mehr Platz zu schaffen. Ich schloß mich ihm an. Junge Damen, die ihr Können zur Schau stellen, kann ich auf den Tod nicht ausstehen.

Einer der Lakaien trat ein und richtete Falkland aus, das Mädchen seiner Frau wünsche ihn im Foyer zu sprechen. Er ging. Ich folgte ihm, weil ich wissen wollte, worum es sich handelte. Das Mädchen stand im Foyer. Ebenso Quentin Clare, ein Freund Falklands aus dem Lincoln's Inn. Falkland ging zu dem Mädchen und sprach mit ihm. Nein, ich hatte nicht den Eindruck, daß das, was sie sagte, ihn in irgendeiner Weise berührte oder beunruhigte. Aber da er mir den Rücken zukehrte, konnte ich sein Gesicht nicht sehen.

Das Mädchen richtete ihm aus, Mrs. Falkland habe noch immer Kopfschmerzen und würde nicht mehr auf die Gesellschaft zurückkehren. Mehr sagte sie nicht – sie hat nur noch geknickst und ist dann durch die Tür zur Dienstbotentreppe verschwunden. Ich ging in den Salon zurück. Nein, ich war nicht wütend

*auf Falkland. Warum sollte ich? Ich habe ihn weder haßerfüllt
noch sonstwie angeschaut. Wenn Clare den Verdacht auf mich
lenken wollte, hätte er sich etwas Originelleres einfallen lassen
können.*

Julian legte den Papierbogen mit der Aussage fort. »Ich habe
nicht gerade das Gefühl, daß Mr. Adams einen guten Eindruck
auf Ihre Kollegen gemacht hat.«

»Alles andere, Sir. Sie sagen, er sei unverschämt gewesen.
Ganz unter uns, Sir: Meinen Kollegen käme es sicher gut zupaß,
wenn er unser Mann wäre.«

»Vielleicht war ihm das klar. Ein Geschäftsmann, Jude, ein
krasser Außenseiter. Ich glaube, vom Innenminister bis hinunter
zum armseligsten Sträfling würde ihm jeder gern den Mord
anhängen.«

»Daß er sich beim Verhör so schroff verhielt, hat die Sache
auch nicht besser gemacht.«

»Er wäre nicht der erste, der mit seinem Verhalten genau das
bewirkt, was er fürchtete und vermeiden wollte.« Julian lehnte
sich in seinem Stuhl zurück und schlug die Beine übereinander.
»Sagen Sie mir doch, Vance, was halten Sie von dieser Geschichte
mit den dreißigtausend Pfund?«

»Das ist schon sehr eigenartig, Sir.« Vance schüttelte den
Kopf. »Da macht sich Mr. Adams, ein Experte in allen Finanzge-
schäften, die Mühe, sämtliche Schuldscheine von Mr. Falkland
aufzukaufen. Und dann übergibt er sie Mr. Falkland, ohne auch
nur einen Penny dafür zu verlangen.«

»Wie haben Sie davon erfahren?«

»Ich habe mir Falklands Geschäftsbücher angeschaut. Er hat
über seine finanziellen Angelegenheiten immer sehr genau Buch
geführt. Sie werden gehört haben, daß er viel Geld in Investi-
tionsgeschäfte gesteckt hat. Unter dem zweiten April fand ich
einen Eintrag in seiner Handschrift, mit dem er sich den Betrag
der Schuldscheine gutschrieb. Daraufhin habe ich mich ein we-

nig in der Stadt umgehört und herausgefunden, daß Mr. Adams
die Schuldscheine aufgekauft hatte.«

Julian schaute noch einmal auf Adams' Aussage. »Seine Version darüber, wie Martha ihren Herrn von der Gesellschaft rief,
deckt sich mit der von Clare. Er streitet lediglich ab, daß er
Falkland haßerfüllt angeschaut haben soll. Und was sagt Martha
dazu?«

Vance hatte ihre Aussage schon herausgesucht. Sie hieß Martha Gilmore und stand seit dreizehn Jahren in Mrs. Falklands
Diensten, erst als Kindermädchen und später als ihre Kammer-
dienerin. Am Abend der Gesellschaft hatte Mrs. Falkland um
kurz vor elf nach ihr gerufen. Sie hatte ihr gesagt, sie habe
Kopfschmerzen und wolle den Rest des Abends in ihrem Zimmer verbringen.

*Um kurz nach halb zwölf ging ich noch einmal in ihr Zimmer,
um nach ihr zu sehen. Die Tür war abgeschlossen. Ich klopfte,
und sie ließ mich herein. Mrs. Falkland trug noch immer ihr
Abendkleid, aber sie sah sehr krank aus. Ich fragte, ob ich ihr
eines meiner Kopfschmerzmittel bereiten sollte, aber sie antwortete, das sei nicht nötig. Sie sagte, sie wolle sich hinlegen und zu
schlafen versuchen.*

*Ich ging nach unten und wartete neben der Tür zum Salon.
Mr. Clare stand ebenfalls da, aber wir sprachen nicht miteinander. Schließlich kam Luke aus dem Salon, und ich sagte ihm, er
solle unseren Herrn bitten herauszukommen, da ich ihm etwas
zu sagen hätte. Ich richtete ihm aus, daß sich meine Herrin noch
immer unwohl fühlte und nicht mehr nach unten kommen
würde. Nein, sie hat mich nicht darum gebeten, ihm das zu sagen.
Ich dachte einfach, er sollte es wissen. Mr. Adams stand hinter
meinem Herrn und hörte zu, aber ich habe ihn nicht weiter
beachtet.*

*Dann ging ich wieder in meine Kammer unter dem Dach
zurück, wo ich den Abend mit Nähen verbrachte. Ich ging nicht*

zu Bett, weil ich dachte, meine Herrin würde mich vielleicht noch einmal brauchen. Ich war die ganze Zeit allein dort oben, bis Luke gegen ein Uhr morgens heraufkam und mir erzählte, unser Herr sei tot. Daraufhin ging ich nach unten, um mit Mr. Nichols, dem Butler, zu sprechen. Er bat mich, Mrs. Falkland die Nachricht vom Tod ihres Mannes zu überbringen.

Ich ging zu ihrem Zimmer. Die Tür war noch immer abgesperrt. Nachdem meine Herrin geöffnet hatte, erzählte ich ihr, was vorgefallen war. Zuerst reagierte sie hysterisch. Sie schrie immer nur »nein, nein!« und schlug mit den Armen um sich. Ich tat mein Bestes, sie zu beruhigen, und bald war sie gefaßt genug, um nach unten zu gehen und mit den Gästen zu sprechen. Anders hatte ich es auch nicht von ihr erwartet. Sie ist nämlich die tapferste Lady, die ich jemals gesehen habe – wenn ich mir die Bemerkung erlauben darf.

Danach gab es einen großen Aufruhr, aber ich bekam nicht viel davon mit, weil man mich nach unten ins Dienstbotenzimmer schickte. Um kurz vor zwei nahm mich meine Herrin mit ins Zimmer von Mr. Eugene, um ihm vom Tod ihres Mannes zu erzählen. Mr. Eugene ist der Halbbruder von Mrs. Falkland und lebt mit in ihrem Haus. Sie klopfte an, und als er antwortete, traten wir ein. Er lag im Bett und sah aus, als ob er geschlafen hätte. Meine Herrin setzte sich an sein Bett und sagte ihm, Mr. Falkland sei tot. Er sah sehr schockiert aus und fragte dann: »Womit hat man ihn umgebracht?« Warum er das fragte, weiß ich nicht.

»»Womit hat man ihn umgebracht?«« wiederholte Julian. »Warum nicht einfach: ›Woran ist er gestorben?‹ Nun ja, eins ist nach Marthas Aussage immerhin klar: Sie hat kein Alibi. Zwischen zehn vor zwölf und Viertel nach zwölf kann sie überall und nirgends gewesen sein.«

Er überflog erneut ihre Aussage. »Diese Kopfschmerzen von Mrs. Falkland machen mich doch verdammt neugierig. Eigentlich ist sie gar nicht so zartbesaitet. Sie scheint mir vielmehr zu den Menschen zu gehören, die es als eine Schande empfinden, krank zu sein. Als ich sie heute sah, war sie ganz offensichtlich vom Schmerz der letzten Tage erschöpft und noch nicht ganz von einer Magenkrankheit genesen, an der sie laut Sir Malcolm in der vergangenen Woche gelitten hat, aber sie betonte immer wieder, daß sie sich wohl fühle.«

»Sie glauben also, es ist etwas dran an der Geschichte, daß sie die Gesellschaft verlassen hat, weil sie Streit mit Mr. Falkland hatte?«

»Was sagt sie dazu?«

»Es gibt keine schriftliche Aussage von ihr. Die Beamten wollten sie nicht darum bitten. Sie wissen schon, Sir, eine trauernde Witwe... Aber sie hat ein paar Fragen beantwortet. Sie sagt, sie sei gegen Viertel vor elf nach oben gegangen, wo sie wegen ihrer Kopfschmerzen blieb, bis sie von dem Mord hörte. Bis auf Martha, die sich nach ihrem Befinden erkundigte, hat sie in dieser Zeit niemanden gesehen, und niemand hat sie gesehen.«

»In anderen Worten – kein Alibi.«

»Noch nicht einmal den Anschein eines Alibis, Sir.«

»Das ist bedauerlich. Vermutlich streitet sie ab, mit Falkland aneinandergeraten zu sein?«

»O ja, natürlich, Sir. Sie fand schon den Gedanken daran beleidigend.«

»Das war nicht anders zu erwarten – *wenn* es sich wirklich um eine Verleumdung handelt. Doch andernfalls hätte sie vermutlich genauso reagiert. Egal, ob sie nun bei dem Mord ihre Hand im Spiel hatte oder nicht, wäre es auf jeden Fall verdammt unangenehm, wenn aufkäme, daß sie sich eine Stunde, bevor er ermordet wurde, wegen eines Streits mit ihm in ihr Zimmer zurückzog.«

»Mr. Poynter bestätigt ihre Aussage, Sir, und das will etwas heißen.«

Julians Augenbrauen schossen nach oben. »Felix Poynter? Ist er in diese Geschichte verwickelt?«

»Ich weiß nicht, ob ›verwickelt‹ das richtige Wort ist, Sir. Aber er war der letzte Gast, der mit Mrs. Falkland gesprochen hat, bevor sie die Gesellschaft verließ, und deshalb konnten wir ihn nicht ignorieren.«

»Es ist kaum möglich, Felix zu ignorieren. Das liegt an der Art, wie er sich kleidet.«

Vance blickte ihn pfiffig an. »Wohl ein Freund von Ihnen, Sir?«

»Ja. Aber ich werde mir Mühe geben, mich davon in meiner Urteilskraft nicht beeinflussen zu lassen. Was sagt er?«

Vance fischte seine Aussage aus den Papieren:

ZEUGENAUSSAGE DES EHRENW. FELIX POYNTER

Mein Name ist Felix Poynter. Oder genauer, Felix Horatio Poynter, aber bitte schreiben Sie das nicht auf. Ja, ich bin der Sohn von Lord Saltmarsh oder besser einer seiner Söhne. Der jüngste.

Ich habe am 22. April die Gesellschaft von Alexander Falkland besucht. Es war ein ganz normaler Abend. Bis auf den Mord – aber das wissen Sie natürlich.

Wie bitte? Ja, es war ungewöhnlich, daß sich Mrs. Falkland wegen Kopfschmerzen zurückzog. Als ich mich mit ihr unterhielt, bemerkte ich, wie schlecht sie aussah. Da sagte sie auch schon, daß sie Kopfschmerzen habe. Sie wollte in ihr Zimmer gehen und sich ein wenig hinlegen. Wir sollten uns aber keine Sorgen um sie machen oder gar genötigt fühlen, die Gesellschaft ihretwegen zu verlassen. Sie hat das immer wieder betont, sonst hätte ich es wohl für verd...t unpassend gehalten, mich zu amüsieren, während sie sich nicht auf der Höhe fühlte.

Nein, ich hatte wirklich nicht den geringsten Grund zu der Annahme, sie und Falkland könnten gestritten haben. Ich weiß, daß ein Gerücht dieser Art umgeht, aber ich bin überzeugt, daß an diesem Gerede nichts dran ist. Falkland war an jenem Abend

*bester Laune, und sie – nun ja, sie konnte schließlich nichts dafür,
daß sie Kopfschmerzen hatte, oder?*

»Ihm scheint ja sehr daran gelegen, sie zu verteidigen«, sagte
Julian mit einem Stirnrunzeln.

»Wie es wohl jeder Gentleman tun würde, denke ich.«

»Ich hoffe, das ist der einzige Grund. Sie müssen wissen, daß er
in der vorletzten Saison in sie verliebt war – bevor sie Falkland
geheiratet hat.«

»Verliebt in die Frau des Opfers, Sir?« Vance pfiff leise durch
die Zähne.

»Ja. Aber Sie kennen Felix nicht, er verliebt sich nämlich gern
und häufig, ohne sich viel Hoffnung zu machen, daß seine Gefühle bemerkt oder gar erwidert werden könnten. Es gibt keinen
Grund zu der Annahme, daß es um seine Gefühle für Mrs.
Falkland anders bestellt gewesen wäre.« Julian unterbrach sich
mit einem gequälten Lächeln. »Wie leicht man doch für seine
Freunde Ausreden findet! Sie haben natürlich völlig recht: Felix'
alte Schwäche für Mrs. Falkland reicht völlig aus, ihn als Verdächtigen in Betracht zu ziehen. Es sei denn, er hat ein Alibi?«

»Hat er nicht, Sir. Aber das hat fast keiner der Gäste.«

Vance langte in seine Mappe und zog mehrere Blätter heraus.
»Das ist eine Liste mit sämtlichen Namen und Adressen. Die
Gäste mit einem Alibi habe ich durchgestrichen. Ungefähr ein
Dutzend von ihnen haben Whist oder *Ecarté* gespielt und können
füreinander bürgen. Und dann gibt es noch ein paar junge Ladys,
die ständig unter der Aufsicht ihrer Anstandsdamen waren. Ach
ja, die Musiker scheiden auch aus: Sie haben die ganze Zeit für alle
sichtbar gespielt. Aber immerhin drei Viertel der Gäste haben
keinerlei Alibi. Alle sind irgendwann zwischen zehn vor und
Viertel nach zwölf auf der Gesellschaft gesehen worden, aber
keiner kann beweisen, daß er die ganze Zeit dort war. Ich will
damit sagen, daß jeder von ihnen kurz nach unten schleichen, Mr.
Falkland ermorden und wieder zurückkommen konnte.«

»Einschließlich Clare und Adams?«

»Ja, Sir. Doch sicherlich könnte man von den Gästen noch mehr erfahren, als ich es bis jetzt getan habe. Wenn es darum geht, sich von einem wie *mir* verhören zu lassen, sind diese Herrschaften nicht gerade das, was ich entgegenkommend nennen würde. Das ist einer der Gründe, weshalb ich hoffte, daß Sie mich in der Arbeit an diesem Fall unterstützen würden. Sie kennen diese Leute; Sie wissen, was sie zum Reden bringt. Setzen Sie einen Dieb auf einen Dieb an – mit Verlaub, Sir...«

»Gestattet. Konnten Sie bei den Gästen etwas darüber erfahren, wo das Gerücht über den Streit von Alexander und Mrs. Falkland seinen Ursprung nahm?«

»Soweit ich weiß, fing Lady Anthea Fitzjohn damit an. Sie erinnern sich, daß Clare sie in seiner Aussage erwähnt hat. Sagt, sie habe versucht, aus ihm herauszukitzeln, wohin Falkland verschwunden sei.«

»Das kann ich mir lebhaft vorstellen. Sie ist eine ältere alleinstehende Dame ohne Verpflichtungen und mit zuviel Geld. Und das bedeutet, daß ihre einzige Beschäftigung im Leben der Klatsch ist. Was Gerüchte angeht, ist sie absolut zuverlässig – ausgesprochen genau und scharfsichtig. Wenn sie der Meinung ist, die Falklands hätten an jenem Abend einen Streit gehabt, kann durchaus was dran sein. Aber sie liebt es auch, junge Männer zu ihren Schoßhündchen zu machen und über deren Ehefrauen oder Verlobte herzuziehen. Alexander war einer ihrer Lieblinge, deshalb war sie vielleicht nur zu geneigt zu glauben, daß es zwischen ihm und Mrs. Falkland zu einer Unstimmigkeit kam.«

Vance verdaute dies und nickte dann. »Es gibt noch eine Zeugenaussage, die Sie lesen sollten, Sir. Natürlich gibt es noch jede Menge Aussagen – wir haben fast alle Dienstboten und Gäste vernommen –, aber die will ich zunächst beiseite lassen. Sie können sie sich später anschauen.«

Er reichte Julian ein weiteres Papierbündel. Julian las:

ZEUGENAUSSAGE VON MR. EUGENE TALMADGE

*Mein Name ist Eugene Talmadge. Ich bin sechzehn Jahre alt.
Meine genaue Adresse kann ich Ihnen nicht sagen. Meine Eltern
sind tot, und jetzt ist mein Vormund ermordet worden, ich habe
also kein Recht mehr, irgendwo zu leben. Im Moment wohne ich
im Haus von Sir Malcolm Falkland in Hampstead.*

*Mrs. Falkland ist meine Halbschwester. Wir haben verschie-
dene Väter. Meiner hat beim Kartenspiel betrogen und sich die
Kehle durchgeschnitten. Ich vermute, Sie wissen das – alle wissen
es.*

*Ja, ich habe mich am Abend des 22. April im Haus von Alexan-
der aufgehalten. Eigentlich hätte ich im Internat sein sollen, aber
in den Weihnachtsferien habe ich die Masern gekriegt und mußte
bei Belinda und Alexander bleiben, bis es mir wieder besser ging.
Nein, es hat nicht vier Monate gedauert, bis ich wieder gesund
war. Ich hätte schon viel früher ins Internat zurückgekonnt, aber
ich wollte nicht, weil ich die Schule hasse. Und Alexander war zu
gutherzig, um mich gegen meinen Willen zurückzuschicken.
Schließlich sagte er dann doch, daß ich gehen müßte, aber nur,
weil Belinda ihn dazu veranlaßte. Er konnte wirklich nichts
dafür. Ich sollte am 16. April abreisen, aber ich hatte mir eine
fieberhafte Erkältung zugezogen, weil ich die ganze vorausge-
gangene Nacht draußen im Regen verbrachte. Warum ich die
ganze Nacht im Regen war? Um mich zu erkälten, natürlich.*

*Ich hielt mich also in der Nacht, in der Alexander ermordet
wurde, noch immer in seinem Haus auf. Ich habe die Gesellschaft
nicht besucht. Ich bin in meinem Zimmer geblieben und gegen elf
zu Bett gegangen. Gegen zwei Uhr in der Früh weckte mich
Belinda und sagte mir, Alexander sei ermordet worden. Ich
konnte es kaum glauben. Nein, ich habe an dem Abend nichts
Ungewöhnliches gehört oder gesehen. Ich habe geschlafen.*

»Der Streit um seine Rückkehr ins Internat scheint ihn ja mäch-
tig aufgekratzt zu haben«, überlegte Julian. »Und er war sehr

darum bemüht, Mrs. Falkland die Schuld daran zu geben, und nicht Alexander. Wahrscheinlich ist das die natürliche Reaktion bei einem Verdächtigen, egal, ob schuldig oder unschuldig, besonders ritterlich ist es allerdings nicht. Wir müssen uns Eugene wohl genauer anschauen. Er hat viertausend Pfund von Alexander geerbt – oder er wird sie erben, wenn Alexander kein Kind hinterlassen hat. Und wenn man bedenkt, daß er eine Londoner Regennacht über sich ergehen ließ, nur um sich eine Erkältung einzufangen, kann man bei ihm durchaus von einem Hang zu verwegenen Verzweiflungstaten sprechen. Außerdem hat er eindeutig kein Alibi. In dieser Hinsicht steht keiner aus Alexanders Familie besonders gut da. Ich hoffe, daß wenigstens Sir Malcolm über jeden Zweifel erhaben ist?«

»Ja, Sir. Seine Dienstboten haben bestätigt, daß er den ganzen Abend zu Hause war, und ich sehe keinen Grund, an ihren Aussagen zu zweifeln.«

»Dem Himmel sei Dank, wenigstens etwas. Lassen Sie uns zu Alexanders Dienstboten zurückkehren. Welche von ihnen scheiden aus unserem Rennen aus?«

»Der Butler und das Küchenpersonal sind draußen, Sir. Zwischen zehn vor und Viertel nach zwölf waren sie alle im Keller mit den Vorbereitungen fürs Abendessen beschäftigt. Die Zimmermädchen waren bereits zu Bett gegangen, und da sie sich ein Zimmer teilen, können sie füreinander bürgen. Martha hat kein Alibi, wie Sie sich erinnern werden, und Mr. Falklands Kammerdiener auch nicht. Ein hochnäsiger kleiner Franzose namens Valère. Sagt, er sei in seinem Zimmer gewesen, um sich eine Mütze voll Schlaf zu gönnen, bevor sein Herr ihn nach der Gesellschaft brauchen würde. Keiner kann beweisen, ob das nun stimmt oder nicht.

Die beiden Lakaien, Luke und Nelson, haben auf der Gesellschaft bedient. Sie hatten vorher verabredet, daß Luke für die Gänge von unten nach oben zuständig sein sollte, während Nelson die ganze Zeit im ersten Stock bleiben wollte, um immer bereitzustehen, falls ein Gast ihn brauchen sollte. Damit hat Nelson ein ziemlich gutes Alibi: Irgend jemand wollte immer etwas von ihm, man hätte ihn sicherlich vermißt, wenn er eine Zeitlang gefehlt hätte. Mit Luke ist es eine andere Geschichte. Er sagt, er habe die Party wenige Minuten, nachdem die Uhr zwölf schlug, verlassen, um neuen Wein zu holen. Der Butler bestätigt, daß er nach unten kam, um ein paar Flaschen zu holen, aber niemand kann sagen, wie lange er brauchte, um vom ersten Stock in den Keller und zurück zu gehen. Ich glaube, jetzt sind wir mit den Dienstboten durch, Sir.«

»Also, fassen wir zusammen: Mrs. Falkland, Eugene, Mrs. Falklands Mädchen und Falklands Kammerdiener haben überhaupt kein Alibi, und der Lakai Luke hat für die Zeit, als er nach unten ging und wieder heraufkam, Lücken in seinem Alibi. Clare und Adams sind in den kritischen fünfundzwanzig Minuten auf der Gesellschaft gesehen worden, aber sie können nicht beweisen, daß sie die ganze Zeit dort waren. Dasselbe trifft auf fast alle Gäste zu, einschließlich meinen Freund Felix.« Julian schüttelte den Kopf. »Das sind verflixt viele Verdächtige. Wahrscheinlich ist es zuviel erwartet, auf irgendein Indiz zu hoffen?«

»Watkins und ich haben das ganze Arbeitszimmer durchkämmt, Sir, aber wir können Ihnen lediglich sagen, was wir *nicht* gefunden haben. Es gab keinen Hinweis auf einen Kampf, nichts ist durchwühlt worden, es fehlte auch nichts. Dabei gab es im Arbeitszimmer erlesene Gegenstände und Möbel: Antiquitäten, silberne Tintenfässer und ähnliche Dinge. Wir haben es also nicht mit einem Raubmord zu tun – es sei denn, etwas wurde gestohlen, von dessen Existenz niemand wußte. Ein Brief zum Beispiel oder ein Testament.«

»Damit haben wir jede Menge Verdächtige und nichts Konkretes, was einen von ihnen mit dem Verbrechen in Verbindung bringen könnte. Lassen Sie uns versuchen, das Feld einzugrenzen. Der Mörder war vermutlich mit Alexanders Haus und den Lebensgewohnheiten dort vertraut, sonst wäre er kaum in der

Lage gewesen, in einer Nacht, in der das Haus voller Gäste war, ins Arbeitszimmer und wieder zurück zu kommen, ohne gesehen zu werden. Außerdem mußte er oder sie Alexander einigermaßen gut kennen, um überhaupt ein Motiv zu haben. Es ist also sehr wahrscheinlich, daß unser Mörder entweder ein Mitglied seines Haushalts war oder ein regelmäßiger Gast. Darf ich einmal die Gästeliste sehen?«

Vance reichte sie ihm hinüber, und Julian überflog sie. »Ich würde sagen, um die zwanzig von ihnen haben fest zu Alexanders Kreis gehört, einschließlich Clare und Adams. Ich werde auf jeden Fall darauf bestehen, mit den beiden zu sprechen. Aber zunächst werde ich prüfen, ob aus Alexanders Dienern nicht doch noch etwas herauszubekommen ist. Morgen früh treffe ich mich mit Sir Malcolm im Haus von Alexander – dann werde ich sie mir vornehmen.«

»Nun, ich wünsch' Ihnen viel Glück, Sir. Wenn ich irgend etwas für Sie tun kann, lassen Sie es mich nur wissen. So wie ich es sehe, Sir, werden Sie bei den feinen Herrschaften herumschnüffeln – wenn Sie mir meine Ausdrucksweise verzeihen –, während ich den Fährten nachgehe, die Sie für mich aufspüren, und mich mit Dingen beschäftige, mit denen ein Gentleman sich nicht die Hände schmutzig macht.«

»Eine dermaßen klare Arbeitsteilung wird dieser Fall wohl kaum zulassen. Aber ich danke Ihnen trotzdem. Ich werde nicht zögern, mich vertrauensvoll an Sie zu wenden.«

»Recht so, Sir!« Vance stemmte sich aus seinem Sessel hoch. »Danke auch für den Brandy. Ich mach' mich jetzt am besten auf den Weg. Schließlich ist Sonntag, und ich war den ganzen Tag noch nicht zu Hause, und die Frau – na, Sie wissen schon, wie sie sind, die Frauen. Aber vielleicht wissen Sie's auch nicht, Sir. Schließlich sind Sie Junggeselle.« Er grinste gutmütig. Es war deutlich, daß er jeden unverheirateten Mann für einen Grünschnabel hielt, auch wenn er vielleicht ein oder zwei Mordfälle gelöst haben mochte. »Sie werden jetzt alle Hände voll zu tun haben, nicht wahr, Sir? Allein die Liste der Verdächtigen abzu-haken – es sind doch eine schöne Menge Leute in diesen Fall verwickelt.«

»Ja. Und um die Sache noch komplizierter zu machen, gibt es immer noch die Möglichkeit, daß der Mörder jemand ist, von dessen Gegenwart im Haus niemand etwas weiß.«

»Wie kommen Sie darauf, Sir? Wir haben uns im Haus genau umgesehen, an den Türen und Fenstern hat sich niemand zu schaffen gemacht. Ich wüßte also nicht, wie sich ein Gelegen-heitsdieb oder eine ähnliche Existenz Zugang zum Haus hätte verschaffen sollen.«

»Ich habe keine Zweifel an Ihrer Gründlichkeit. Aber beden-ken Sie einmal, wie es gegen Mitternacht, dem Zeitpunkt des Mordes, im Haus ausgesehen haben muß. Das Küchenpersonal war im Keller, die Gesellschaft im ersten Stock, Mrs. Falkland und Eugene in ihren Schlafzimmern im zweiten Stock und Mar-tha, Valère und die Mädchen in ihren Kammern unterm Dach. Das Erdgeschoß war also völlig verlassen, bis auf die Dienstbo-ten, die gelegentlich auf der Treppe hindurchkamen. Falls sich dort um Mitternacht jemand aufhielt, der nicht dort hingehörte, ist es sehr unwahrscheinlich, daß er oder sie von irgend jeman-dem gesehen worden wäre.«

»Es sei denn, von Mr. Falkland selbst, Sir. Er ist nämlich genau zu dem Zeitpunkt ins Erdgeschoß hinabgegangen.«

»Und wir haben keinen blassen Schimmer, warum er das tat. Gesagt hat er, daß er nach oben gehen würde, um nach Mrs. Falkland zu sehen. Halten Sie es für möglich, daß er sich nach unten begeben hat, um die unbekannte Person hereinzulassen?«

»Durchaus, Sir«, sagte Vance langsam. »Dieser Unbekannte – wir wollen ihn John Noakes nennen, genau wie die Anwälte es machen – könnte durch die Straßentür oder auch von hinten durch die Gartentür hereingekommen sein. Allerdings hätten die Dienstboten ihn gehört, wenn er an einer der Türen geläutet hätte.«

»Vielleicht hat er gar nicht läuten müssen. Falkland könnte ihn erwartet und zum vereinbarten Zeitpunkt hereingelassen haben. Mitternacht ist genau die richtige Zeit für ein geheimes Treffen – oder ein Rendezvous.«

»Sie wollen andeuten, daß unser John Noakes auch eine Jane gewesen sein könnte, Sir?« grinste Vance.

Julian runzelte die Stirn. »Wenn dem so wäre, macht es keinen Sinn, daß Falkland sich in seinem eigenen Haus mit ihr getroffen hat. Und jeder weiß, wie sehr er seiner Frau ergeben war – gar nicht der Typ, der Theatermädchen nachstellt oder sich eine *chère amie* hält.« Er zuckte mit den Schultern. »Trotzdem könnte es sich um ein Rendezvous gehandelt haben. Natürlich darf uns diese Möglichkeit nicht von unseren handfesteren Verdächtigen ablenken. Aber wir sollten im Kopf behalten, daß wir es mit einer unbekannten Größe zu tun haben könnten. Mrs. Falkland hat behauptet, ihr Mann habe keine Feinde. Die Wahrheit könnte lauten, daß er einen Feind hatte, von dem keiner wußte.«

5

GROSSES ORCHESTER

»Bist du Luke oder Nelson?« fragte Julian am nächsten Morgen den Lakai, der ihm die Tür zu Alexander Falklands Haus öffnete.

Der Lakai, der sich hinter der Maske eines unbewegten Dienstbotengesichts verbarg, blickte erstaunt auf und verwandelte sich plötzlich in einen Menschen. »Ich bin Luke, Sir.«

Er war um die einundzwanzig und ein prächtiges Exemplar von einem Lakai: gut über einen Meter achtzig groß, mit breiten Schultern und Beinen, die keine Polster brauchten, um vorteilhaft zur Geltung zu kommen. Doch trotz seines imposanten Äußeren hatte er das Gesicht eines kleinen Jungen: Seine Wangen glänzten in einem gesunden Rot, und sein feines blondes Haar ringelte sich wie bei einem Kind. Normalerweise hätte er eine türkis-silberne Livree angehabt, die Farben von Alexanders Haushalt, aber jetzt trug er Trauer, wie es sich für den Dienstboten eines Toten geziemte.

»Ich bin hier mit Sir Malcolm verabredet«, sagte Julian.

»Ja, Sir.« Luke nahm ihm Hut, Handschuhe und Stock ab. »Wenn Sie mir bitte folgen würden. Sir Malcolm wartet im Arbeitszimmer auf Sie.«

Offensichtlich will er keine Zeit verlieren, dachte Julian. Mit verhohlener Neugierde musterte er Luke. Es war nicht zu übersehen, daß der junge Mann sich unbehaglich fühlte, aber ob das nun mit seinem unvollständigen Alibi zu tun hatte, konnte keiner sagen.

Luke führte Julian durch die geräumige Eingangshalle, die sich vom vorderen Portal bis zur Hintertür erstreckte. Sie war wie eine Renaissanceloggia gehalten, mit geschickt modellierten und gemalten blinden Bogen, die den Eindruck von Tiefe und Raum erweckten. Zwischen den Bogen waren auf runden Reliefs allegorische Szenen festgehalten. Zufällig fiel Julians Blick auf eine Darstellung der Zeit, die die Wahrheit enthüllt. Wollen wir's hoffen, dachte er.

Das Arbeitszimmer befand sich in der hinteren rechten Ecke des Hauses. Luke trat zur Seite, um Julian eintreten zu lassen. Sir Malcolm eilte herbei. »Guten Morgen, Mr. Kestrel! Ich habe gedacht, wir fangen hier an und befragen dann die Dienstboten. Luke, veranlasse bitte, daß sie sich im Salon versammeln, und wartet dort auf uns.«

»Ja, Sir.« Luke verbeugte sich und verließ das Zimmer.

Julian blickte Sir Malcolm nachdenklich an. Dieser Mann schien geradezu nach Antworten zu lechzen – nach jeder Art von Information, die diesem für ihn so unverständlichen Verbrechen irgendeinen Sinn geben könnte. Und dieses Wunder erwartete er von niemand anderem als ihm. Er sollte aus dem Schauplatz des Verbrechens Erkenntnisse ziehen wie ein Zauberer Kaninchen aus seinem Hut. Es blieb ihm also gar nichts anderes übrig, als die Dinge anzupacken. So hätte Dipper es zumindest ausgedrückt.

Julian begann deshalb sofort durchs Zimmer zu gehen und alles zu registrieren. Es maß ungefähr viereinhalb Meter im Quadrat. Die einzige Tür war die zur Eingangshalle. Zu beiden Seiten der Zimmertür standen Schränkchen aus indischem Atlasholz. Sie hatten kleine Räder, so daß man sie durchs Zimmer bewegen konnte, und sahen vollkommen identisch aus. Als Julian sie öffnete, entdeckte er, daß nur eines als Schrank diente, während das andere eine kleine Leiter verbarg, mit deren Hilfe man an die Bücher in den oberen Regalen gelangen konnte.

Die Bücherregale waren in die Wand links von der Tür eingelassen und mit Büchern über Architektur und Inneneinrichtung vollgestellt. Ein Buch lag aufgeschlagen auf einem langen Tisch vor dem Regal. Es sah ziemlich technisch aus, mit Detailzeichnungen und Höhenangaben, die nur ein Fachmann verstehen konnte. Daneben lag ein Papierbogen, auf dem Notizen in Alexanders geschwungener, eleganter Handschrift standen. Sir Malcolm trat hinter ihn und blickte über Julians Schulter. »Er wollte gerade Belindas Landhaus renovieren«, erklärte er. »Wir haben seine Notizen so liegengelassen, wie wir sie zum Zeitpunkt seines Todes vorfanden.«

In der dem Bücherregal gegenüberliegenden Wand befanden sich zwei Fenster, zwischen denen ein Spiegel hing, der den Raum noch heller wirken ließ. Vor den Fenstern stand ein Mahagonischreibtisch, der mit Einlegearbeiten aus einem helleren Holz und Perlmutt verziert war. Er wirkte klein und kompakt, aber als Julian ihn öffnete, fand er eine Schreibfläche aus Löschpapier und raffiniert arrangierte Schubladen vor, Ablagefächer und eigene Plätze für Federhalter, Tinte, Kerzen und Siegelwachs.

»Der Schreibtisch ist offensichtlich nicht angerührt worden«, murmelte Julian. »Es gibt keinen Hinweis darauf, daß seine Papiere durchwühlt worden sind. Und soviel wir wissen, fehlte auch nichts.«

Direkt gegenüber der Tür befand sich der graue Marmorkamin, den Julian von Alexanders Porträt kannte. Zu beiden Seiten der Feuerstelle waren Nischen in die Wand eingelassen, in denen griechische Vasen mit roter Ornamentik, Bronzestatuen und Fragmente klassischer Säulen ausgestellt wurden. Der Kaminrost war ein ganz neues Modell und so gestaltet, daß er maximale Wärme bei minimaler Rauchentwicklung ermöglichte. An ihm lehnten, ordentlich aufgereiht, die stählernen Feuerwerkzeuge: Schaufel, Zange – und natürlich der Schürhaken, der vom Blut und den Schädelfragmenten seines Besitzers gereinigt und auf Hochglanz poliert worden war.

Julian wog ihn in der Hand. Es war ein schlankes, aber erstaunlich schweres Gerät. »Eine sehr schlagkräftige Waffe«, bemerkte er. »Mit einem Totschläger hat sie nicht mehr gemein als ein Rapier mit einem schweren Schwert. Man muß nicht sehr stark sein, um diesen Schürhaken zu schwingen; man muß nur zielen können.«

Er ging zu den Fenstern hinüber. Beide waren groß und bildeten tiefe Nischen in der Wand, vor denen schlichte weiße Leinenvorhänge hingen. Die niedrigen Fensterbretter dienten als Sitzflächen. Im Moment waren die Läden zurückgefaltet und in die Kästen geschoben worden, die beide Fenster umrahmten. Nur der linke Laden des linken Fensters war herausgezogen.

»Genau dort hat er gelegen«, sagte Julian. »Unter dem geschlossenen Laden, mit dem Gesicht nach unten und dem Kopf gegen den Fenstersitz gelehnt. Der Schürhaken lag neben ihm, und auf dem Fenstersitz über ihm stand eine Kerze.« Er sah sich den Fensterladen genauer an. »Die Diener sagen, alle Läden in diesem Raum seien geöffnet gewesen. Wer hat dann diesen hier zugezogen? Entweder Alexander oder sein Mörder, aber wahrscheinlich eher Alexander. Das würde erklären, warum er hier stand, als er ermordet wurde.«

Er faltete den Laden des linken Fensters sorgfältig in seinen Kasten zurück und zog ihn dann an dem Kupferknauf wieder heraus. »Seltsam. Warum hat er die beiden Läden nicht gleichzeitig herausgezogen, wenn er vorhatte, sie zu schließen?« Julian zog den anderen Laden heraus und schob ihn dann wieder zurück. »Sie sind etwas schwer zu handhaben, man muß schon rütteln und ziehen. Vielleicht hielt er es für besser, erst den einen und dann den anderen zu schließen. Aber warum wollte er sie überhaupt schließen? Hatte er Angst, man könnte ihn aus dem Garten beobachten?«

Julian blickte in den ruhig daliegenden Garten hinaus. Er sah halbrunde Blumenbeete, mit blauer Clematis überwucherte Mauern und eine Flöte spielende Panstatue. In der hinteren Begrenzung des Gartens befand sich ein grün gestrichenes Tor. Julian mußte an seine Theorie denken, die er Vance gegenüber geäußert hatte: Alexander könnte sein Arbeitszimmer aufgesucht haben, um sich mit einem geheimen Besucher zu treffen.

Vielleicht hatte er am Fenster gestanden und darauf gewartet, daß John (oder Jane) Noakes durch das Gartentor trat. Aber in dem Fall hätte er die Fensterläden doch sicher offengelassen, statt sie zu schließen. Und warum hätte er sie nach Ankunft des Besuchers herausziehen sollen?

Er drehte sich wieder zum Zimmer um. »Als nächstes stellt sich die Frage, wie es dem Mörder gelang, den Schürhaken vom Kamin zu nehmen und mit ihm zum Fenster zu gehen, ohne daß Alexander es bemerkte?«

»Aber das ist doch ganz einfach – oder nicht?« sagte Sir Malcolm. »Alexander stand mit dem Rücken zum Kamin und schaute durchs Fenster. Der Mörder mußte einfach nur zum Kamin gehen, den Schürhaken nehmen und sich von hinten anschleichen.«

»Schauen Sie bitte.« Julian ging zum linken Fenster zurück und winkte Sir Malcolm, er möge ihm folgen. »Alexander hat hier gestanden. Im Spiegel« – Julian deutete auf den Spiegel, der zwischen den Fenstern hing – »kann man den Kamin und den Raum zwischen Kamin und Fenster genau sehen. Wenn es im Zimmer nur etwas Licht gab, muß Alexander seinen Mörder, der mit erhobenem Schürhaken auf ihn zukam, wenigstens flüchtig gesehen haben. Aber er scheint sich der Gefahr nicht bewußt gewesen zu sein. Es gibt keinerlei Anzeichen dafür, daß er sich zum Angreifer umgesehen oder gar mit ihm gerungen hätte.

Natürlich stand er nicht direkt vor dem Fenster«, fügte Julian nachdenklich hinzu. »Er hatte sich vom Spiegel abgewandt und blickte auf den Ladenkasten. Der Mörder könnte die Gelegenheit genutzt haben, um sich den Schürhaken zu schnappen und auf ihn zuzustürzen. Aber wenn Alexander vorhatte, auch den anderen Laden zu schließen – und das ist wahrscheinlich –, war abzusehen, daß er sich im nächsten Moment umdrehen würde. Es hätte außerordentlicher Schnelligkeit und Geistesgegenwart bedurft, ihn in dem kurzen Moment zu überraschen, in dem er

72

mit dem ersten Laden beschäftigt war. Und das Risiko wäre riesengroß gewesen.«

»Aber eine andere Erklärung gibt es doch nicht.«

»Ganz im Gegenteil.« Die Gelegenheit, Sir Malcolm eine Kostprobe seiner Kombinationskünste zu geben, auf die dieser so offensichtlich wartete, entlockte Julian ein leichtes Lächeln. »Wir sind die ganze Zeit davon ausgegangen, daß Alexander mit dem Mörder ein Gespräch führte und dabei plötzlich angegriffen wurde. Aber es ist genausogut möglich, daß Alexander überhaupt nichts von der Anwesenheit des Mörders wußte.«

»Sie meinen, der Mörder hat sich irgendwo versteckt gehalten und ist hervorgesprungen, als Alexander ihm den Rücken zukehrte?«

»Genau. Der Mörder könnte vor Alexander ins Zimmer gekommen sein. Er hat den Schürhaken genommen und sich in einer dunklen Ecke versteckt, vielleicht in einer der Nischen neben dem Kamin oder – noch besser – hinter den Vorhängen des rechten Fensters. Als Alexander zum linken Fenster ging und sich dem Ladenkasten zuwandte, ist er hervorgesprungen und hat ihn von hinten erschlagen.«

»Aber wie kann der Mörder gewußt haben, daß Alexander während einer Gesellschaft in sein Arbeitszimmer kommen würde?«

»Weil er sich mit Alexander hier um Mitternacht verabredet hatte. Er mußte nur früher kommen und sich verstecken, so daß Alexander denken würde, er sei noch nicht eingetroffen. Und in der Nacht, beim schwachen Licht einer einzigen Kerze, wäre es leicht genug gewesen, sich zu verstecken. Ich nehme an, daß Alexander die Kerze, die man neben seiner Leiche fand, selbst mit ins Zimmer gebracht hat. Denn zu welchem geheimen Zweck Alexander sich auch in sein Arbeitszimmer begeben hat, es wird kaum einer gewesen sein, den er im Dunkeln erledigen konnte. Der Mörder jedoch hatte allen Grund, auf seinem Weg ins Arbeitszimmer jede Aufmerksamkeit zu vermeiden. Wahrscheinlich hat er sich ohne Licht dorthin geschlichen – was übrigens meine These stützt, daß er sich im Haus recht gut ausgekannt haben muß.«

»Warum hat er die Kerze neben Alexanders Leiche brennen lassen? Mr. Clare ist ins Arbeitszimmer getreten, weil er durch die halbgeöffnete Tür ein Licht erblickte. Es scheint fast, als hätte der Mörder die Aufmerksamkeit des nächstbesten Menschen, der vorbeikam, wecken wollen.«

»So könnte es gewesen sein. Vielleicht wollte er, daß der Mord noch vor dem Ende der Gesellschaft entdeckt würde, damit die Zahl der Verdächtigen besonders groß ist. Wäre die Leiche erst gefunden worden, nachdem alle Gäste das Haus verließen, hätte der Verdacht sich mehr auf Alexanders Familie und seine Dienstboten konzentriert.«

»Aber . . . aber das legt nahe, daß ein Mitglied von Alexanders Haushalt der Schuldige ist!«

»Das könnte die richtige Fährte sein. Aber es gibt noch andere Möglichkeiten. Der Mörder könnte ein Gast gewesen sein, der Alexanders Haushalt – oder eines seiner Mitglieder – vor jedem Verdacht schützen wollte. Und außerdem«, fügte er vorsichtig hinzu, »könnte der Mörder ihren Sohn so sehr gehaßt haben, daß er dabeisein wollte, als die Leiche entdeckt wurde, um Zeuge der allgemeinen Bestürzung zu werden.«

»Meine Güte, wie schrecklich.« Sir Malcolm legte einen Moment lang seine Hand über die Augen. »Was meinen Sie, machen wir Fortschritte? Glauben Sie an Ihre Theorie, daß der Mörder ihm auflauerte?«

»Nun ja, sie würde immerhin zwei schwierige Fragen beantworten: Warum Alexander in sein Arbeitszimmer ging und wie es dem Mörder gelingen konnte, sich unbemerkt mit dem Schürhaken an ihn heranzuschleichen. Aber trotzdem ist es nicht ganz so einfach. Wenn der Mörder sich hinter dem Vorhang des rechten Fensters versteckt hielt . . .«

Er ging zum rechten Fenster und versuchte sich selbst hinter den Vorhängen zu verstecken. »Im Dunkeln wäre dieser Ort als Versteck ausreichend. Aber der Mörder hätte sich schon sehr auf sein Glück verlassen müssen. Er konnte eigentlich nicht damit rechnen, daß Alexander hereinkommen und sich mit dem Rükken zu ihm ans andere Fenster stellen würde wie das Lamm vor seinen Schlächter – wenn Sie mir dieses Bild verzeihen, Sir Malcolm. Für einen Mordplan scheint mir dies doch sehr gewagt und unsicher. Jeder, der sich auf so etwas einläßt, muß verwegen und kaltblütig sein – und verzweifelt.«

Julian nahm sein Lorgnon – ein kleines, goldgerahmtes Vergrößerungsglas, das er an einem schwarzen Band um seinen Hals trug – und widmete sich einige Zeit den beiden Fensterverschalungen. Dann untersuchte er die Nischen neben dem Kamin und andere Stellen, an denen der Mörder Alexander aufgelauert haben könnte. »Leider hat er oder sie uns nicht den Gefallen getan, einen Mantelknopf oder einen Stoffetzen zu hinterlassen. Wahrscheinlich, weil man es uns dann zu leicht gemacht hätte. Dieser verteufelte Mangel an Beweisstücken ist wirklich äußerst unerfreulich. Kein Wunder, daß Vance soviel Wert auf das Motiv legt.«

»Wollen Sie damit sagen, daß dieses Verbrechen auch Sie vor ein Rätsel stellt? Genau wie die Bow Street?« fragte Sir Malcolm traurig.

Julian erkannte, daß man bei der Aufklärung von Verbrechen niemals auch nur die leiseste Verwirrung oder Unsicherheit eingestehen durfte. Darin war seine Arbeit der eines Arztes gar nicht so unähnlich. Dies war das erstemal, daß er unter den Augen eines trauernden Angehörigen des Opfers Nachforschungen in einem Mordfall anstellte, und es war ihm eine Lehre. Er lächelte spöttisch. »Ich will damit sagen, Sir Malcolm, daß unser Mörder sehr gerissen war oder sehr viel Glück hatte. Oder beides. Ich habe keinen Zweifel daran, daß wir ihn letztendlich überführen werden. Aber es wäre doch ein wenig überstürzt, dies an einem Vormittag schaffen zu wollen.«

»Sie haben natürlich recht. Ich weiß, daß ich in dieser Sache etwas zu eilig vorgeprescht bin.«

»So etwas könnte sich als Fehler erweisen. Man übersieht die Details.«

»Ein Vorwurf, den man Ihnen sicherlich nicht machen kann, Mr. Kestrel«, sagte Sir Malcolm lächelnd.

Julian hatte das deutliche Gefühl, daß ihm irgend etwas entging. Er blickte sich im Zimmer um, aber er kam nicht weiter. Er zuckte mit den Schultern. »Also gut, sprechen wir jetzt mit den Dienstboten.«

»Einverstanden. Würden Sie sie gern alle zusammen sehen?«

»Ja. Ich werde mit dem großen Orchester beginnen und dann bei Bedarf zu Duetten übergehen.«

Die Dienstboten hatten sich im Salon versammelt. Sie gaben ein eigenartiges Bild ab, denn ihre steife Trauerkleidung stand in starkem Kontrast zu den lebendigen Farben ihrer Umgebung. Der Salon war ganz im türkischen Stil gehalten und mit zierlichen Ottomanen, üppigen Kissen, mosaikverzierten Tischen und schweren Teppichen ausgestattet. Nach den nüchternen Grautönen des Arbeitszimmers wirkte dieser Raum fast zu grell; man hatte das Gefühl, sich in einer mit Plüsch ausgeschlagenen Schmuckschatulle voller Edelsteine zu befinden.

Julian machte sich einen Spaß daraus, so viele Dienstboten wie möglich zu identifizieren, bevor sie ihm vorgestellt wurden. Luke hatte er bereits getroffen. Der andere stämmige junge Mann mußte demnach der zweite Lakai sein, Nelson Beale. Er war ein eher dunkler Typ, und im Unterschied zu Luke schien er den ganzen Aufruhr zu genießen. Der würdige, fast glatzköpfige ältere Herr, dessen wenige eisengraue Haarsträhnen sorgfältig mit Pomade an den Kopf geklebt waren, war sicherlich Paul Nichols, der Butler; Alexanders Kammerdiener, Hippolyte Valère, war ebenfalls unverwechselbar: ein übertrieben akkurat gekleideter kleiner Mann, der mit seinem dreieckigen Gesicht,

76

den drahtigen Gliedmaßen und den von einer großen Brille betonten Augen fast wie ein Heupferdchen wirkte.

Dann waren da noch Alexanders französischer Koch, das übrige Küchenpersonal, die Zimmermädchen und die Stallburschen. Doch da sie alle über Alibis verfügten und mit den Ereignissen um Alexanders Mord nichts zu tun hatten, waren sie für Julian nur von untergeordneter Bedeutung.

»Zwei fehlen«, sagte Sir Malcolm, »Belindas Mädchen Martha weilt zusammen mit ihr in meinem Haus – Sie haben sie gestern kennengelernt. Ebenso ihr Pferdebursche, ein Ire namens Nugent.«

»Für den Anfang werden diese reichen.« Julian wandte sich an die Dienstboten. »Bitte setzt euch. Alle«, fügte er lächelnd hinzu, als er Küchenjungen und Pferdeburschen zögern und verlegen ihre Mützen in den Händen drehen sah. Sie gehorchten, auch wenn dieser Rollentausch sie offensichtlich verwirrte. Seit wann durften sich Dienstboten setzen, während die Herrschaft vor ihnen stand, so wie Mr. Kestrel jetzt?

Julian überprüfte zunächst noch einmal das, was die Bow Street bislang herausgefunden hatte. Es war immer möglich, daß eine verdrängte Erinnerung plötzlich ans Licht kam. Außerdem entspannten sich die Dienstboten bei diesen vertrauten Fragen deutlich, so daß Julian Gelegenheit hatte, die verschiedenen Typen und ihren Umgang untereinander zu studieren. Nichols, ein ruhiger, kompetenter Mann, war der Sprecher der Gruppe. Valère verfolgte das ganze Geschehen mit einer Mischung aus wacher Aufmerksamkeit und typisch französischer Arroganz. Nelson hörte gespannt zu und warf bei jeder Gelegenheit eine Bemerkung ein, während Luke wohl vorhatte, sich in eine Marmorstatue zu verwandeln. Der Kutscher, Joe Sampson, ein untersetzter Mann um die Vierzig, saß seelenruhig da und kaute auf seiner kalten Pfeife herum. Der Rest des Personals verfolgte in stummer Ergebenheit das Wechselspiel von Frage und Antwort.

Zunächst bestätigten die Dienstboten nur das, was sie bereits der Bow Street berichtet hatten. Sie konnten sich nicht erklären, weshalb Mr. Falkland während einer Gesellschaft in sein Arbeitszimmer gegangen sein sollte. Außergewöhnliches war ihnen an jenem Abend nicht aufgefallen, außer daß Mrs. Falkland sich mit Kopfschmerzen zurückgezogen hatte und Martha die Gesellschaft störte, um ihrem Herrn auszurichten, daß sie nicht mehr herunterkommen würde. Alle Türen, die nach draußen führten, waren den ganzen Abend über verriegelt gewesen und die Zimmer im Erdgeschoß geschlossen. Sie hatten keinen Fremden im Haus gesehen, und keiner der Gäste habe sich verdächtig verhalten.

War vielleicht einem der Dienstboten bekannt, ob irgend jemand einen Groll gegen Mr. Falkland hegte? Nein, alle mochten und bewunderten ihren Herrn. Er hatte auf der ganzen Welt keinen einzigen Feind. Die Dienstboten waren alle gut mit ihm ausgekommen; keinem war gekündigt worden, und niemand hatte sich in jüngster Zeit einen Tadel zugezogen.

Im Haus sei also alles in bester Ordnung gewesen? Die Dienstboten schauten sich unsicher an. Dann hüstelte Nichols und sagte, er glaube, Mr. Eugene habe nicht zur Schule zurückgewollt, aber Mrs. Falkland habe darauf bestanden.

»Er war in Harrow«, erklärte Sir Malcolm. »Alexander schickte ihn dorthin, nachdem er Belinda geheiratet hatte. Bis zu dem Tag hatte Eugene keine anständige Schule besucht, weil er kein Geld hatte und Belindas Vermögensverwalter es nicht als ihre Pflicht ansahen, die Mittel für Eugenes Ausbildung bereitzustellen. Nach der Hochzeit konnte Alexander natürlich über ihr Vermögen verfügen, und sie war völlig damit einverstanden, daß Eugene auf eine gute Schule geschickt wurde. Leider hat es dem Jungen dort überhaupt nicht gefallen. Er war mehr als erleichtert, als er wegen der Masern nach Hause geschickt wurde.«

Julian wandte sich wieder an die Dienstboten. »Wann begann Mrs. Falkland damit, ihn zur Rückkehr zu drängen?«

Nelson sprang auf. »Vor ein oder zwei Monaten habe ich gehört, wie sie darüber sprachen, Sir. Eines Abends machte ich gerade meine Runde durchs Haus – Lampen anzünden und so weiter –, als ich zufällig ein paar Worte einer Unterhaltung zwischen Mr. und Mrs. Falkland aufschnappte.«

Julian sah, wie einige der Diener die Augen verdrehten und Blicke austauschten. Offensichtlich war Nelson berühmt dafür, Dinge zufällig zu hören. »Was sagten sie?«

»Mrs. Falkland sagte, es wäre nicht gut für Mr. Eugene, so untätig herumzusitzen, und er solle zur Schule zurück. Aber der Herr war anderer Meinung.«

»Hat er gesagt, warum?«

»Nein, Sir. Er sagte nur, sie kenne seine Gründe ja.«

»Sie kannte seine Gründe«, wiederholte Julian nachdenklich. »Also müssen sie sich schon vorher darüber unterhalten haben?«

»Es scheint so, Sir.«

»Weiß noch jemand von euch etwas über diesen Streit?«

»Ich würde es nicht als Streit bezeichnen, Sir«, sagte Luke. »Unser Herr und Mrs. Falkland haben sich immer sehr gut vertragen.«

»Sie waren natürlich viel zu wohlerzogen, um in der Öffentlichkeit ein böses Wort zu wechseln«, erinnerte ihn Julian. Luke errötete. Offensichtlich wünschte er sich, lieber den Mund gehalten zu haben.

»*Mais, c'est absurde, ça!*« spottete Valère. »Niemand hätte Grund gehabt, mit Mr. Falkland zu streiten. Er war *tout à fait raisonnable*. Wenn er nicht wollte, daß Mr. Eugene zur Schule zurückging, dann hat er ganz sicher sehr gute Gründe dafür gehabt.«

»Haben Sie eine Idee, welcher Art die waren?« fragte Julian.

»Nein, *monsieur*.« Valère zuckte mit den Schultern.

Julian wandte sich wieder der ganzen Gruppe zu. »Soviel ich weiß, hat Mr. Falkland schließlich eingewilligt, Eugene wieder ins Internat zu schicken. Wann hat er sich dazu entschlossen?«

Nelson war wieder aufgesprungen, und es sprudelte förmlich aus ihm heraus. »Es war ein Samstag, Sir, der zweite April. Ich weiß das so genau, weil Waschtag war, und der ist immer am ersten Samstag im Monat. Mr. und Mrs. Falkland und Mr. Eugene haben nach dem Lunch hier gesessen, und da hat Mrs. Falkland zu Mr. Eugene gesagt, es sei beschlossen, daß er in vierzehn Tagen zurück nach Harrow müsse.«

»Wie kommt es, daß du das alles hören konntest?« fragte Nichols streng.

»Verzeihen Sie, Mr. Nichols, aber ich hatte gerade Kohlen in die Bibliothek gebracht und dort die Rouleaus geschlossen. Es war nicht zu vermeiden, daß ich ein paar Worte aus dem benachbarten Zimmer aufschnappte.« Er schaute beleidigt, als würde es zu den unangenehmsten Seiten seiner Arbeit gehören, die Herrschaften zu belauschen. »Auf jeden Fall hat Mr. Eugene ein fürchterliches Theater veranstaltet. Er sagte, Mrs. Falkland wolle ihn nur loswerden, und flehte den Herrn an, sich auf seine Seite zu stellen, weil er doch schließlich sein Vormund wäre. Aber der Herr sagte nur, Mrs. Falkland sei seine Schwester, und es läge an ihr zu bestimmen, was das beste für ihn wäre. Er könnte sich ihr nicht länger widersetzen. Und Mrs. Falkland sagte, es sei alles beschlossen, und es gäbe nichts mehr zu sagen.«

»Glaubt ihr, daß Eugene enttäuscht war über Mr. Falkland?« bohrte Julian vorsichtig nach und blickte dabei auch die anderen Dienstboten an.

Sie zögerten. »Mr. Eugene war sehr unglücklich, Sir«, sagte Nichols schließlich. »Und ich fürchte, er war sehr wütend auf Mrs. Falkland. Aber dem Herrn gegenüber habe ich ihn nie grollen gesehen.«

»Wissen Sie, Sir«, warf Nelson ein, »ihm war klar, daß es Mrs. Falkland war, die ihn wegschicken wollte und die sich dem Herrn gegenüber durchgesetzt hatte. Danach war er sehr schlecht auf sie zu sprechen. Er hat kaum noch mit ihr geredet.«

»Haben sie sich vorher sehr nahegestanden?«

Nichols runzelte die Stirn. »Ich weiß nicht recht, wie ich diese Frage verstehen soll, Sir? Unsere Herrin gehört nicht zu den Menschen, die sich zu großen Gefühlsäußerungen hinreißen lassen, und Mr. Eugene – nun ja, er ist sehr launisch. Ich würde sagen, sie kamen so gut miteinander aus, wie man erwarten konnte.«

Also so gut, wie ein Junge, der einen mit Schande beladenen Vater und kein Geld hatte, mit seiner wohlhabenden und tugendhaften Schwester auskommen konnte, dachte Julian im stillen. »War Mrs. Falkland unglücklich über diesen Streit mit ihrem Bruder?«

Mehrere Dienstboten erhoben die Stimme, um auf diese Frage zu antworten. In den Wochen nach diesem Gespräch hätte Mrs. Falkland sehr bedrückt gewirkt. Nicht daß sie heulend und überreizt herumgelaufen wäre – dazu sei sie nicht der Typ. Aber sie sei blaß gewesen und habe sich immer sehr gerade gehalten. Und an manchen Tagen hätte sie ausgesehen, als habe sie kaum geschlafen.

»Hat dieser Zustand bis zum Abend von Mr. Falklands Tod angedauert?« Die Dienstboten warfen sich Blicke zu, um dann zustimmend zu nicken und zu murmeln.

»Ist in den ersten Aprilwochen noch etwas vorgefallen, das sie hätte beunruhigen können?«

Die Dienstboten überlegten. Einmal waren zu einer Gesellschaft die Blumen nicht geliefert worden. Die Frau eines Bankiers, die unbedingt in die Gesellschaft aufgenommen werden wollte, hatte sie mit Besuchen und Billetts belästigt. Und eine Woche, bevor der Herr ermordet worden war, sei Mr. Eugene die ganze Nacht draußen im Regen geblieben, um sich eine Krankheit zuzuziehen, damit er nicht zurück zur Schule mußte.

Plötzlich nahm Joe Sampson, der Kutscher, die Pfeife aus dem Mund und sagte: »Vielleicht hat 'se sich Sorgen um die kranke Freundin gemacht.«

Die anderen blickten ihn überrascht an – alle außer Luke, der erstarrte und stur geradeaus blickte, als fürchte er, jede seiner Bewegungen könne etwas verraten.

»Was für eine Freundin meinst du?« fragte Julian.

»Na, die unten im Strand wohnt«, sagte Joe.

»Im Strand? Du meinst, unten am Themseufer? Bist du sicher?«

»Todsicher, Sir.«

Julian versuchte sich vorzustellen, daß eine Freundin von Mrs. Falkland in der von kleinen Läden, Theatern und leichten Mädchen geprägten Gegend am Themseufer wohnte, die sich Strand nannte. »Du erzählst mir besser alles, was du über diese Freundin weißt.«

Joe dachte einen Moment lang nach. Er war ganz deutlich kein Mensch, der sich gern in den Vordergrund drängte, aber wo er nun einmal mit der Sache angefangen hatte, mußte er sie auch zu Ende bringen. »Das war so, Sir. Ich hab' den Herrn und die Herrin im Stadtwagen gefahren, zusammen mit Luke, der oben bei mir auf dem Kutschbock saß. Es ging ans Themseufer, zu einem Laden namens ›Haythorpe and Sons‹. Dort waren Haushaltswaren ausgestellt – Kaminroste, Lampen und so was. Direkt daneben befand sich ein enger Torbogen. Er war so eng, daß kein Wagen durchpaßte. Wohin er führte, weiß ich nicht.

Mr. und Mrs. Falkland kamen gerade aus dem Laden raus, als eine junge Frau aus dem Torbogen kommt. Sah aus wie eine Dienstbotin. Als sie den Herrn und die Herrin sieht, bleibt sie stehen und rennt dann zu ihnen hin und spricht sie an. Als nächstes sehe ich sie und die Herrin durch den Torbogen laufen. Der Herr ist zu Luke und mir gekommen und hat gesagt, daß eine Freundin von der Herrin krank sei und sie nach ihr schauen wollte. Sie würde nach der Kutsche schicken, wenn sie sie wieder brauche. Dann sind wir heimgefahren, und das ist alles.«

»Was weißt du über diese Freundin?«

»Nichts, Sir. Nur daß das Mädchen ihre Dienerin war. Sie ist zu Mrs. Falkland gekommen, weil sie sie auf der Straße erkannt hat.«

»Das scheint mir ein außergewöhnlicher Zufall zu sein«, bemerkte Julian.

Joe zuckte mit den Schultern.

»Meinst du nicht auch?« Julian wandte sich an Luke.

»Ich weiß nichts über die ganze Sache«, sagte Luke kurz angebunden.

Julian wartete höflich ab, als würde er damit rechnen, daß Luke noch mehr sagte. Diese Taktik brachte die meisten Menschen dazu, nervös loszureden, aber diesmal hatte Julian keinen Erfolg mit ihr. Luke rutschte auf seinem Stuhl herum, wich Julians Blick aus und hüllte sich in Schweigen.

»Hat Mrs. Falkland nach der Kutsche geschickt, um abgeholt zu werden?« fragte Julian Joe.

»Nein, Sir.«

»Wie ist sie dann nach Hause gekommen?«

»Sie ist mit einer Droschke gekommen, Sir«, antwortete Luke widerwillig.

»Woher weißt du das?«

»Ich habe sie reingelassen, Sir.«

»Wann war das?«

»Ungefähr eine Stunde vor dem Dinner, Sir.«

»Das wäre...?«

»Gegen sechs, Sir.«

»Wie lange war sie fort?«

»Drei Stunden, Sir.«

»Du hast also genau auf die Zeit geachtet?«

Luke wurde rot. »Nein, Sir.«

»Und warum weißt du es dann so genau?«

»Ich weiß es nicht genau, Sir. Es waren ungefähr drei Stunden.«

»Warum willst du nicht über diese Sache sprechen?«

Luke antwortete sehr klar und deutlich: »Verzeihen Sie, bitte,

83

Sir. Ich habe nichts dagegen, darüber zu sprechen. Es gibt nur nicht mehr zu sagen, Mrs. Falklands Freundin war krank, also hat sie sie besucht. Ein paar Stunden später ist sie heimgekommen, und ich habe sie hereingelassen.«

»Kam es dir nicht seltsam vor, daß Mrs. Falkland in dieser Gegend eine Freundin hat?«

»Es steht mir nicht zu, mir über solche Dinge Gedanken zu machen, Sir.«

»Hat sie irgend etwas über diese Freundin gesagt, als sie nach Hause gekommen ist?«

»Nein, Sir.«

»In welcher Verfassung befand sie sich?«

»Das ... das kann ich nicht beurteilen, Sir.«

»Machte sie sich Sorgen um ihre Freundin?«

»Darüber hätte sie mit *mir* wohl kaum geredet!«

»Na hör einmal«, mischte Nichols sich ein. »So spricht man doch nicht mit einem Gentleman. Entschuldige dich sofort bei Mr. Kestrel.«

»Ja, Sir. Ich bitte um Entschuldigung, Mr. Kestrel.«

Insgeheim hätte Julian Nichols zum Teufel wünschen können. Mußte er sich, bei aller guten Absicht, ausgerechnet in dem Moment einmischen, als Luke die Beherrschung verlor und vielleicht etwas Interessantes gesagt hätte? »Diese Dienerin, die Mrs. Falkland zu ihrer Herrin geholt hat, wie sah sie aus?«

Joes Gesicht verzog sich langsam zu einem breiten Grinsen. »Hübsches kleines Ding, würde ich sagen. Hochgewachsen, flachsblond, mit schlanker Taille und ebensolchen Fesseln.«

»Wie war sie gekleidet?«

»Ich glaube, sie trug ein braunkariertes Kleid, Sir. Und eine weiße Haube mit so weißen Klappen an den Seiten.«

Julian blickte in die Runde der anderen Diener. »Weiß einer von euch etwas über Mrs. Falklands Freundin oder ihre Dienerin?«

Alle schüttelten den Kopf.

84

»Dann habe ich nur noch eine Frage. Kannst du dich erinnern, wann dieser Besuch bei der kranken Freundin stattfand?«

Falls Luke sich erinnern konnte, hatte er ganz offensichtlich nicht die Absicht, das zu sagen. Doch Joe nickte wissend. »Es war am ersten April. Das hab' ich nicht vergessen, wegen des Wetters. Typischer Apriltag, habe ich zu mir gesagt: Sonne und Regen, die eine Minute war's noch warm und in der nächsten schon wieder kalt.«

Der erste April. Julian verfolgte in Gedanken den Kalender zurück. Es war ein Freitag, also mußte der nächste Tag jener erste Samstag im April gewesen sein, an dem Mrs. Falkland Eugene mitgeteilt hatte, daß er zurück zur Schule müsse. So hatte es Nelson zumindest behauptet. An diesem zweiten April war noch etwas geschehen – was war es doch gleich? Genau: Alexander hatte in seinen Büchern notiert, daß Adams ihm seine Schuldscheine erlassen hatte. War es möglich, daß all diese Ereignisse zusammenhingen? Und wenn dem so war, was hatten sie dann mit dem Mord an Alexander zu tun, der drei Wochen später geschah?

»Danke«, sagte er zu den Dienern. »Ihr wart mir eine sehr große Hilfe. Ich will euch nicht länger aufhalten – nur mit Valère und Luke würde ich gern noch ein Gespräch unter vier Augen führen.«

Valère nickte gnädig, als hielte er ein Gespräch unter vier Augen für die einzig angemessene Art der Konversation. Aber Luke wurde steif und schob den Unterkiefer vor. Jetzt war Julian entschlossener denn je herauszufinden, was er zu verbergen hatte.

6

DUETTE

Es kostete Julian einige Mühe, Sir Malcolm davon zu überzeugen, daß seine Anwesenheit beim Verhör von Valère und Luke eher ungünstig sei. Falls sie irgend etwas zu sagen hatten, das ein schlechtes Licht auf Mr. oder Mrs. Falkland warf, würden sie sicher freier sprechen, wenn Sir Malcolm nicht dabei war. Doch wie sollte man das Sir Malcolm beibringen, für den es schon unvorstellbar war, daß irgend jemand schlecht über seinen Sohn oder seine Schwiegertochter reden könnte? Unter der Bedingung, daß Julian ihn später über alles Wichtige, das gesagt wurde, informieren würde, willigte er dann aber doch ein, dem Verhör nicht beizuwohnen.

Julian begann mit Valère; was ihm die willkommene Gelegenheit gab, Luke noch eine Weile schwitzen zu lassen. Die anderen Diener zerstreuten sich, und Sir Malcolm ging nach nebenan in die Bibliothek. Julian fragte sich, ob er wohl wie Nelson der Versuchung nachgeben würde, an der Tür zu lauschen. Doch wahrscheinlich war er zu so etwas gar nicht fähig: Seine Skrupel und seine Rechtschaffenheit, die für einen Anwalt eher untypisch waren, hinderten ihn daran.

Valère hatte zu den Ereignissen, die dem Mord vorangegangen waren, wenig zu sagen. Daß er kein Alibi hatte, schien ihn nicht weiter zu beunruhigen. »Ich habe in meinem Zimmer ein Nikkerchen gemacht, *monsieur*. Das war nichts Außergewöhnliches für mich. Nachdem der letzte Gast gegangen wäre, so gegen drei Uhr oder noch später, hätte mein Herr nach mir geklingelt, damit ich ihm beim Auskleiden helfe. Dies war meine einzige Gelegenheit, ein wenig Schlaf zu finden.«

»Ich habe gehört, dein Herr hinterließ dir fünfzig Pfund.«

»*Oui, monsieur.* Mein Herr war so gut, mir meinen ergebenen Dienst zu belohnen. Daß ich meinem Herrn nicht ergeben gewesen wäre, wird wohl kaum jemand zu behaupten wagen. Ich war sehr stolz darauf, in Diensten eines so vornehmen Gentleman zu stehen. Was Kleidung und Manieren anging, war er *le parfait gentilhomme.* Auch die *beau monde* hat das erkannt und ihn umschwärmt wie Motten das Licht. Seit seinem Tod haben mir schon mehrere Gentlemen die Ehre erwiesen, mich in ihre Dienste nehmen zu wollen, aber ich will im Moment noch keine neue Stellung antreten. Ich bin noch in Trauer. In ein oder zwei Monaten, *eh bien,* werde ich weitersehen. Man muß ja leben, *monsieur.* Aber einen Herrn wie Mr. Falkland werde ich nicht noch einmal finden.«

Julian war beeindruckt. Aus den formellen Worten des kleinen Mannes sprach eine ruhige Würde. Wenn er log, verschwendete er als Kammerdiener seine Zeit. Dann gehörte er in die Drury Lane auf die Bühne. »Was glaubst du, wer deinen Herrn umgebracht hat?«

Valères Gesicht verdüsterte sich. »Diese Frau, Martha Gilmore, weiß mehr, als sie sagt.«

»Das Mädchen von Mrs. Falkland?«

»*Oui, monsieur.* Sie hat Mr. Falkland nachspioniert. Ständig hat sie mich gefragt: Wohin geht er? Wo war er? Das ging sie gar nichts an. Und einmal habe ich sie in seinem Ankleidezimmer erwischt! Ich stellte sie zur Rede und wollte wissen, was sie dort suchte, aber sie hat nicht geantwortet. Ist einfach ohne ein Wort auf ihren Plattfüßen hinausgewatschelt. *Quelle effronterie!*«

»Wann begann sie damit, diese Fragen zu stellen?«

»Ein paar Tage vor Mr. Falklands Tod, vielleicht zwei Wochen vorher, *monsieur.*«

»Hat in dem Ankleidezimmer irgend etwas gefehlt, nachdem du sie dort entdeckt hast?«

»*Non, monsieur.* Aber sie hatte einige Sachen in der Hand gehabt. Ich halte – ich habe immer alle Sachen meines Herrn *en règle* gehalten. Deshalb wußte ich genau, daß sie sie angerührt hatte. Sie hat nach etwas gesucht, *monsieur*, nach was, weiß ich nicht.«

»Hast du seit dem Tod deines Herrn mit ihr darüber gesprochen?«

»Ich hatte keine Gelegenheit dazu, *monsieur*. Sie ist mit Mrs. Falkland nach Hampstead gezogen, und ich habe sie seither nicht mehr gesehen.«

»Warum hast du das nicht den Bow Street Runners erzählt?«

»*Voyons, monsieur*, sie sind nicht die Polizei! Sie arbeiten wie die Droschkenkutscher gegen Lohn. In England gibt es keine Polizeipräfektur, keine Staatsanwaltschaft. Und diese Bow Street Runners – sie können nichts und haben keinen Einfluß. Die französische Polizei kann jedes Haus auf den geringsten Verdacht hin betreten, jeden ins Verhör nehmen und Briefe in der Post abfangen. Ihre sogenannte Polizei braucht immer erst Durchsuchungsbefehle. Sie dürfen dies nicht, und sie dürfen das nicht, weil Ihre englische Freizügigkeit es nicht erlaubt. Kein Wunder, daß sie den Mörder meines Herrn noch nicht gefunden haben. Sie sind alle Amateure!«

»Aber ich bin selbst ein Amateur. Warum hast du es mir erzählt?«

Valère blickte ihn überrascht an. »Sie sind anders, *monsieur*. Sie haben in Frankreich gelebt. Sie bewundern die französische Polizei. Gestern abend habe ich im Red Lion Ihren Diener getroffen, der hat es mir erzählt.«

»Ach, hat er das?« sagte Julian leise. Natürlich hatte er Dipper am vergangenen Abend losgeschickt, damit er die Neuigkeit verbreitete, daß sein Herr die Untersuchungen im Mordfall Alexander Falkland übernommen hatte. Es war typisch für Dipper, daß er gleich die Möglichkeit genutzt hatte, Julian bei Valère freie Bahn zu schaffen.

»*Mais oui, monsieur*. Darum weiß ich auch, daß Sie herausfinden werden, was diese Martha zu verbergen hat.«

»Hast du selbst eine Vermutung?«

»*Non, monsieur*. Aber ich glaube, es gibt nichts, was sie für ihre Herrin nicht tun würde.«

»Meinst du jetzt das Herumspionieren oder den Mord?«

Valère zuckte mit den Schultern. »*Ça fait rien, monsieur*. Sie wäre zu beidem in der Lage.«

»Es muß ein sehr großer Schock für dich gewesen sein, daß dein Herr ermordet wurde«, sagte Julian zu Luke.

»Ja, Sir.«

»Du warst einer der ersten, die davon erfahren haben?«

»Ja, Sir. Mr. Clare hat Mr. Nichols und mir gesagt, daß er ermordet worden ist, und dann sind wir zusammen ins Arbeitszimmer gegangen. Ich hätte nicht gewußt, wie ich mich verhalten sollte, aber Mr. Clare hat uns angewiesen, nichts anzurühren. Und dann hat mich Mr. Nichols wieder nach oben geschickt, um nach den Gästen zu sehen und aufzupassen, daß niemand das Haus verläßt.«

»Und hat irgend jemand versucht, das Haus zu verlassen?«

»Nein, Sir. Ich glaube, alle haben gemerkt, daß etwas nicht stimmte, und wollten wissen, worum es sich handelte.«

»Gab es jemanden, der besonders unruhig oder nervös wirkte?«

»Nein, Sir. Zumindest nicht, bis wir Mrs. Falkland schreien hörten. Dann gab es einen allgemeinen Aufruhr. Einige Damen fielen in Ohnmacht, und ein par Gentlemen versuchten die Treppe hinaufzurennen. Als nächstes kam Mr. Nichols und sagte, Mrs. Falkland habe gerade eine schlechte Nachricht erhalten, und bald darauf ist Mrs. Falkland selbst heruntergekommen.«

»Wie sah sie aus?«

»Sie sah ... sie sah wie ein Engel aus, Sir! Sie hatte noch immer ihr himmelblaues Abendkleid an, über das sie einen schwarzen Schal geworfen hatte. Ihr Gesicht war weiß und wie aus Marmor.

Und sie war so tapfer, daß sich alle Gäste dafür schämten, so einen Aufruhr veranstaltet zu haben. Sie hat alle gebeten zu bleiben, bis die Bow Street Runners kommen würden, und niemand konnte es ihr abschlagen. Niemand, der sie sah, wäre dazu in der Lage gewesen, da bin ich sicher, Sir.«

Über Lukes Gefühle für Mrs. Falkland gab es keine Zweifel mehr, allerdings ging Julian davon aus, daß es sich um eine eher unschuldige Leidenschaft handelte. Sie mochte zwar nicht völlig keusch sein, aber Luke war viel zu unterwürfig und bescheiden, um sich dies anmerken zu lassen. Doch man hörte immer wieder von Affären zwischen Ladys und ihren Lakaien, und Luke war ein sehr attraktiver junger Mann. Allerdings hätte so etwas überhaupt nicht zu Mrs. Falkland gepaßt: Ihr Stolz und ihr Ehrgefühl hätten eine Affäre mit einem Domestiken niemals zugelassen. Julian machte sich klar, daß er in seinem Urteil über Mrs. Falkland besondere Strenge walten lassen mußte, da ihn seine lästige Ritterlichkeit dauernd drängen würde, sich auf ihre Seite zu schlagen.

»Du weißt wahrscheinlich, daß Mr. Falkland irgendwann zwischen zehn vor zwölf und Viertel nach zwölf ermordet worden ist«, sagte Julian. »In dieser Zeit bist du in den Keller hinuntergegangen, um neuen Wein zu holen.«

»Ja, Sir.«

»Hast du auf der Treppe irgend jemanden gesehen oder gehört?«

»Nein, Sir.«

»Hast du dich länger im Erdgeschoß aufgehalten?«

»Nein, Sir.«

»Bist du in die Nähe des Arbeitszimmers gekommen?«

»Nein, Sir.« Luke blickte ihn aus seinen großen blauen Augen fest an.

»Kommen wir nochmals zu Mrs. Falklands Besuch bei der Freundin, die unten am Themseufer wohnt. Was hast du uns darüber verschwiegen?«

Sofort war Luke wieder auf der Hut. »Verzeihen Sie, Sir. Ich habe Ihnen nichts verschwiegen.«

»Du hilfst deiner Herrin nicht dadurch, daß du uns etwas unterschlägst. Wenn es zum Schluß herauskommt, und das wird es sicherlich, wird es für sie nur noch belastender sein.«

»Ich maße mir nicht an zu glauben, Mrs. Falkland könnte Hilfe von einem wie mir brauchen, Sir.«

»Das hast du schön gesagt. Aber glauben tust du kein Wort davon, und ich auch nicht.«

Luke ging nicht darauf ein.

»Mein lieber Junge«, sagte Julian, obwohl er höchstens fünf Jahre älter war als Luke, »ist dir denn nicht klar, daß du uns mit dieser Heimlichtuerei nur mißtrauisch machst? Es setzt deine Herrin den schlimmsten Verdächtigungen aus. Dein Schweigen schadet Mrs. Falkland viel mehr als Offenheit.«

»Wenn ich glauben würde...« Luke unterbrach sich und schüttelte verwirrt den Kopf. »Ich weiß es einfach nicht, Sir. Sie sind viel klüger als ich. Ich weiß nicht, was richtig ist, und solange ich es nicht weiß, muß ich den Mund halten, selbst wenn ich dafür ins Gefängnis wandern sollte.«

»So weit wird es nicht kommen. Ich habe bestimmt nicht vor, dich zum Märtyrer zu machen – das würde dir nur zu gut gefallen. Verrat mir eins: Schützt du Mrs. Falkland, weil du von ihrer Unschuld überzeugt bist oder weil du befürchtest, daß sie schuldig ist?«

»Ich glaube, daß sie unschuldig ist, Sir«, sagte Luke langsam. »Aber das macht für mich keinen Unterschied.«

»Es würde deine Loyalität nicht im geringsten beeinflussen, wenn du wüßtest, daß sie eine Mörderin ist?«

»So habe ich das nicht gemeint, Sir. Aber, verstehen Sie, ich bin davon überzeugt, daß sie nichts Unrechtes tun würde. Selbst wenn herauskäme, daß sie jemanden umgebracht hat, würde ich glauben...«

»Ja?«

»Ich würde glauben, daß der Betreffende es nicht anders verdient hat.«

Julian ging zu Sir Malcolm in die Bibliothek und gab ihm eine Kurzfassung seiner Unterredungen mit Valère und Luke. »Als nächstes werde ich also Mrs. Falkland über diesen mysteriösen Besuch bei der kranken Freundin befragen müssen und dann Martha ins Verhör nehmen, um zu erfahren, warum sie so ein außergewöhnliches Interesse an Alexanders Kommen und Gehen hatte. Außerdem will ich mit Eugene sprechen. Kurzum – wenn Sie zurück nach Hampstead fahren, würde ich mich Ihnen gerne anschließen.«

Sir Malcolm stand vor dem Fenster und blickte unverwandt in den Garten hinaus. »Es geht schon los, nicht wahr? Die Enthüllungen, vor denen Sie mich gewarnt haben – die Geister, die ihre Köpfe aus den Kellergelassen recken. Martha spioniert Alexander nach, Luke verschweigt uns etwas über Belinda...« Er schüttelte den Kopf. »Wahrscheinlich wird es noch schlimmer kommen.«

»Es ist schwer, Sie zufriedenzustellen, Sir Malcolm. Anfangs haben Sie sich beklagt, daß wir keine Fortschritte machen, und jetzt scheint es Ihnen leid zu tun, daß wir welche machen.«

»Ich weiß.« Sir Malcolm trat vom Fenster weg und lächelte Julian wehmütig an. »Bitte hören Sie einfach nicht auf mich. Natürlich dürfen Sie mich nach Hampstead begleiten. Sind wir hier fertig?«

»Noch nicht ganz. Ich dachte, wir könnten vielleicht einen kurzen Gang durchs Haus machen.«

»Unbedingt. Suchen Sie nach etwas Besonderem?«

»Ich sammle Eindrücke über das, was meiner Meinung nach das Herzstück unserer Untersuchung ist: das Wesen und der Charakter – oder auch die Seele, wenn sie so wollen – von Alexander Falkland.« Julian trat einen Schritt zurück und blickte sich in der Bibliothek um. »Allein dieser Raum verrät eine

Menge über ihn. Kein anderer Stil läßt sich so leicht zur Satire reduzieren wie der gotische. Die Leute bauen Häuser wie Zukkerschlösser, mit Zimmern, die wie das Bühnenbild eines Theaterstücks aussehen. Aber dieses Haus ist nicht nur elegant, es hat auch etwas Solides. Es erinnert ein wenig an das wirkliche Mittelalter, das ganz anders war, als es sich Walter Scotts ärgste Epigonen vorgestellt haben.«

Er wanderte durchs Zimmer und betrachtete die riesigen, mit Glastüren versehenen Bücherregale. Überall standen Werke über Recht, Politikwissenschaft und Philosophie. Es waren wunderschön gebundene und guterhaltene Bände, wahre Schmuckstücke. Doch es gab auch Vertreter des leichteren Stils. »*Der Mönch, Die Burg von Otranto, Melmoth der Wanderer, Frankenstein* – offensichtlich gibt es jemanden im Haus, der Schauerromane liebt.«

»Es waren Alexanders Bücher. Belinda macht sich nicht viel aus Romanen.«

»Nein«, grübelte Julian, »das hätte ich mir denken können. Trotz ihres ätherischen Äußeren ist sie ein sehr nüchterner Mensch – die Art Frau, die zu Gedichten inspiriert, sie aber nicht liest. Während Alexander sicherlich eher zuviel Phantasie hatte. In seinem ganzen Zimmer ist nichts so typisch für ihn wie dies hier.«

Er ging zu einem Regal in der Ecke, auf das kein direktes Licht vom Fenster mehr fiel. Bei genauem Hinschauen entdeckte man, daß es sich bei Büchern und Regalen nur um eine Augentäuschung handelte – sie waren einfach auf die Wand gemalt.

»Diese Art von Effekt hat ihm anscheinend Spaß gemacht. Phantasievoll – wie ich schon gesagt habe. Das mag auch seine politischen Ansichten erklären, die er in seinen Briefen an Sie verraten hat. Menschen mit einer ausgeprägten Phantasie neigen dazu, Mitleid mit den Armen und vom Leben Benachteiligten zu empfinden. Sie stellen sich vor, sie selbst wären in dieser schlimmen Situation, und diese Vorstellung ist so real und entsetzlich für sie, daß sie einfach helfen müssen. Ich wage zu behaupten, daß aus diesem Grund einige unserer besten Dichter mit dem Extremismus geliebäugelt haben: Byron, Shelley, Wordsworth.«

»Sie haben selbst viel Phantasie«, erklärte Sir Malcolm lächelnd.

»Aber weder auf poetischem noch auf politischem Gebiet«, erwiderte Julian leichthin. »Wollen wir uns auf den Weg machen?«

Das Erdgeschoß – Empfangszimmer, Bibliothek und Arbeitszimmer – hatten sie schon besichtigt. Sir Malcolm schlug vor, sich als nächstes das Untergeschoß vorzunehmen. Sie gingen über die Dienstbotentreppe hinab, die hinter einer Tür neben dem Arbeitszimmer verborgen lag. Julian registrierte, daß sie vom Untergeschoß bis zum Dachboden führte. Kein schlechter Schleichweg für einen Mörder, vorausgesetzt, er begegnete auf ihr keinem Dienstboten.

Der vordere Raum im Untergeschoß war die Küche. Sie war mit dem modernsten Kombinationsboiler und einem kohlengefeuerten Herd ausgestattet, dessen Bratenwender das Fleisch nach einem Uhrwerk automatisch drehte. An Haken über dem Herd hingen auf Hochglanz polierte Kupfertöpfe und Kessel. Der Dienstbotenraum nebenan war für ein Zimmer im Untergeschoß sehr groß und luftig, mit hellen Chintzvorhängen, hübschen Arbeitstischen für die Frauen und Kartenspieltischen für die Männer. Das paßte alles zu Alexanders Ruf, seine Dienstboten gut zu behandeln.

Julian und Sir Malcolm kehrten ins Erdgeschoß zurück und begaben sich in den vorderen Teil der Eingangshalle. Auf einem Tischchen neben der Eingangstür stand ein Präsentierteller, der von Visitenkarten überquoll. Sie stammten alle aus der gegenwärtigen Saison. Während Julian sie durchblätterte, wußte er bereits, daß er darunter viele der ältesten und wichtigsten Namen des Landes finden würde. Sich in solchen Kreisen zu bewegen, war für den Sohn eines landlosen Baronets ohne alteingesessene, vornehme Familie keine geringe Leistung. Eine schöne Ehefrau war dabei sicher hilfreich gewesen, doch trotzdem war es hauptsächlich Alexanders Verdienst.

Sie stiegen Alexanders prächtige »schwebende Treppe« hinauf, die ohne sichtbare Mauerstützen aus dem Boden zu wachsen schien. Die Stufen waren aus Marmor, der Handlauf aus poliertem Mahagoni. In die schmiedeeiserne Balustrade waren Engel eingearbeitet, die auf und ab zu fliegen schienen. Die Wände im Treppenhaus waren in einem blassen Blauton und völlig schmucklos gehalten, um den Eindruck von Jakobs Himmelsleiter noch zu verstärken.

Die erste Tür kannte Julian bereits: Hinter ihr fanden Alexanders Gesellschaften statt. Der Salon ging in das Musikzimmer über, und wenn die Türen ganz geöffnet waren, bildeten beide Räume zusammen einen großen Saal. Alexander hatte sie modern möbliert und mit strahlendgelben Wänden und Vorhängen versehen, vor denen sich die schwarzen Marmorkamine und die geschwungenen Streifensofas mit ihren gedrechselten Beinen sehr gut abhoben. Das Eßzimmer war im chinesischen Stil gehalten. Ganz besonders fielen dort die mit exotischen Szenen kunstvoll bemalten Fensterläden ins Auge. Des Nachts, beim flackernden Licht der Kerzen, erweckten sie sicher den Eindruck, auf eine mondbeschienene chinesische Landschaft hinauszublicken.

Alle Zimmer waren geräumig und weitläufig. Trotzdem war Julian klar, daß man eine einzelne Person dort kaum ununterbrochen im Auge behalten konnte, wenn achtzig Gäste in wechselnden Gruppierungen herumstanden, sich Punsch nachschenkten und zum Luftschnappen auf die Balkone hinaustraten. Kein Wunder, daß nur wenige Gäste stichfeste Alibis für den gesamten Zeitraum hatten, in dem der Mord passiert sein konnte.

Im zweiten Stock befanden sich die Schlafzimmer. Das von Alexander war überraschend spartanisch möbliert; seine künstlerischen Neigungen schien er für die Räume reserviert zu haben, die von anderen Menschen benutzt wurden. Komfort und Bequemlichkeit waren ihm jedoch auch hier wichtig gewesen. Er war sogar so weit gegangen, sich eine kostspielige Wasserleitung bis hinauf ins Dachgeschoß legen zu lassen, und in seinem Badezimmer gab es eine raffiniert installierte Dusche.

Das dritte Schlafzimmer, das von Eugene bewohnt wurde, war römisch eingerichtet, mit Tapeten, die an die Wandmalereien von Pompei erinnerten. Mrs. Falklands Zimmer war im griechischen Stil gehalten; seine blauen, weißen und goldenen Farbschattierungen entsprachen den Farben ihrer Augen, ihres Teints und ihrer Haare. Sogar der Frisiertisch war ganz klassisch gestaltet: Auf ihm standen ein Parfümflakon aus Elfenbein, eine Tonvase und ein Bronzespiegel, dessen Fuß die Statuette einer Göttin mit Taube in der Hand war. Die Zimmerdecke über dem Bett zierte ein Marmorfries mit einer griechischen Jagdszene. In seinem Zentrum sah man eine schöne junge Frau, die ihr Gewand bis übers Knie geschürzt hatte. In der Hand trug sie einen Bogen und über der Schulter einen mit Pfeilen gefüllten Köcher.

»Das ist ein Kompliment an Belinda«, erklärte Sir Malcolm. »Diana, die Göttin der Jagd. Sie müssen wissen, daß Belinda eine unerschrockene Jagdreiterin ist.«

Julian wußte es, doch trotzdem fand er es eigenartig, daß Alexander ausgerechnet diese Szene für das Schlafzimmer seiner Frau gewählt hatte. Schließlich war Diana eine jungfräuliche Göttin, die einmal einen Mann, der sie beim Baden beobachtete, von ihren Hunden hatte zerreißen lassen.

Mit gerunzelter Stirn sah er sich weiter im Zimmer um. »Finden Sie es nicht seltsam, Sir Malcolm, wie wenig der Einfluß von Mrs. Falkland in diesem Haus deutlich wird? Noch nicht einmal in ihrem eigenen Zimmer. Ein Mieter in einer möblierten Wohnung hätte mehr von seinem persönlichen Stil hinterlassen als sie.«

»In solchen Dingen hat sie sich immer ganz auf Alexander verlassen. Wie wir alle bewunderte auch sie seinen Geschmack.«

»Daran habe ich keinen Zweifel.«

»Was denken Sie, Mr. Kestrel?«

»Ich denke gerade, daß Ihr Sohn ein Phänomen war, Sir. Und ich frage mich, wie es wohl für Mrs. Falkland gewesen sein muß, die Frau eines Phänomens zu sein.«

»Alexander und sie waren sehr glücklich!«

»Woher wissen Sie das?«

»Man mußte sie nur zusammen sehen! Es gab nichts, das er nicht für sie getan hätte. ›*So liebend / daß er des Himmels Winde nicht zu rauh / ihr Antlitz ließ berühren*‹. So war er.«

»Die Versuchung liegt nahe, mit einem Zitat aus demselben Stück zu antworten: ›*Dies scheint wirklich: / Es sind Gebärden, die man spielen könnte!*‹«

Sir Malcolm zuckte förmlich zusammen. »Wie kommen Sie nur auf den Gedanken, mein Sohn könnte in seinem Verhalten seiner Frau gegenüber nicht aufrichtig gewesen sein?«

»Bitte seien Sie nicht beleidigt. Ich will gar nicht andeuten, daß Alexander unaufrichtig gewesen sein könnte – es scheint nur so unmöglich, daß er das alles gleichzeitig war. In ihm vereinigten sich so viele Widersprüche. Er umgab sich mit schönen Möbeln, gutem Essen und Dienern, und trotzdem schrieb er voller Leidenschaft über die Fron von Fabrikarbeitern und Sträflingen. In seiner Bibliothek stehen Werke über Recht und Philosophie neben Schauerromanen. Er stieg zum Liebling des *corps d'élite* der Gesellschaft auf, trotzdem wählte er zu seinen engsten Freunden einen schüchternen, linkischen Burschen wie Clare und David Adams, einen Geschäftsmann und Juden.«

»Was wollen Sie damit sagen?« fragte Sir Malcolm, und in seinen Augen leuchtete etwas wie Furcht auf. »Wohin führt uns das alles?«

Julian lenkte ein. »Ich glaube, im Moment führt es uns zum Lunch. Und danach nach Hampstead.«

7

BÖSES BLUT

»Ich weiß ganz genau, was Sie denken«, sagte Eugene Talmadge.

»So, wissen Sie das?« Julian lehnte sich entspannt in seinem Stuhl zurück und musterte den jungen Mann mit hochgezogenen Augenbrauen. »Welch wunderbare Begabung! Ich finde es meistens schon schwierig genug, mich im Gewirr meiner eigenen Gedanken zurechtzufinden, so daß ich erst gar nicht auf die Idee käme, die eines anderen lesen zu wollen.«

Eugene starrte ihn an. Wie immer er sich den Beginn eines Verhörs auch vorgestellt haben mochte – so jedenfalls nicht.

»Und was denke ich Ihrer Meinung nach?« fragte Julian.

»Das gleiche wie alle anderen.«

»Ihre Begabung zum Gedankenlesen scheint ja recht umfassend zu sein. Außerdem haben wir es erstmals in der Geschichte des menschlichen Denkens mit einem Fall zu tun, wo ein ganzes Volk genau das gleiche denkt.«

Der Junge reckte seinen Kopf. »Sir Malcolm hat Sie hergebracht, damit Sie mir Fragen stellen können, nicht damit Sie sich über mich lustig machen.«

»Ich habe genügend Zeit für beides«, versicherte ihm Julian.

Eugenes Augen sprangen fast aus ihren Höhlen. Auf seinem Gesicht hielten sich Entsetzen, Verwirrung und Entrüstung die Waage. Es war ein hübsches Gesicht, das bei aller Unfertigkeit schon den attraktiven jungen Mann erahnen ließ, den Eugene in ein paar Jahren abgeben würde. Die hohe Stirn und die ausdrucksvollen blauen Augen waren jedenfalls vielversprechend. Etwas mehr Schlaf und etwas weniger Nervosität und Überspanntheit würden sicherlich auch nicht schaden; ebensowenig Wasser und Seife.

98

»Nun aber zur Sache«, sagte Julian. »Was denken denn nun alle – einschließlich meine eigene Wenigkeit?«

»Meinetwegen können Sie ruhig so tun, als wüßten Sie es nicht. Aber ich finde das recht schäbig. Die Leute könnten wenigstens ehrlich sein und es mir ins Gesicht sagen. Böses Blut – das ist es, was sie sagen. Mein Vater hat sein ganzes Vermögen durchgebracht und seine Freunde beim Kartenspielen betrogen. Als sie ihn dabei erwischt haben, hat er sich die Kehle mit dem Rasiermesser durchgeschnitten. Warum sollte ich also nicht den Ehemann meiner Schwester ermorden? Schließlich hat er mir Geld hinterlassen.«

»Wußten Sie schon vorher davon?«

»Wenn ich sage, daß ich es nicht wußte, würden Sie es mir nicht glauben.«

Julian lächelte. »Es ist wirklich ein Vergnügen, sich mit Ihnen zu unterhalten, Mr. Talmadge. Sie können nicht nur meine Gedanken lesen – Sie denken sie sogar für mich. Ich könnte hier einfach ein Nickerchen halten, und Sie würden das ganze Verhör allein führen.«

»Ich finde Sie ausgesprochen unverschämt! Und Sie sind es auch noch absichtlich.«

»Natürlich. Man sollte nur mit Absicht unverschämt sein.«

Plötzlich vergaß Eugene seine ganze Abwehrhaltung. Voll schüchterner Neugier blickte er Julian an. »Warum?«

Dieses kleine Wort verriet Julian mehr über Alexander Falkland als alles Lob seines Vaters, die Loyalität der Dienstboten oder seine eigenen redegewandten Briefe. Alexander war einenhalb Jahre lang Eugenes Schwager und Vormund gewesen und hatte mehrere Monate unter einem Dach mit ihm gelebt – und trotzdem hatte er ihm nichts beigebracht. Eugenes verwahrlostes Äußeres, seine Nervosität, seine Unkenntnis fast aller grundlegenden Anstands- und Umgangsregeln eines Gentleman – das alles waren Fehler, die mit brüderlicher Führung hätten korrigiert werden können. Und wer hätte ihn besser führen können als Alexander, dieser Ausbund an Charme und Geschmack. Alle behaupteten, Eugene hätte seinen Schwager angebetet. Wenn das stimmte, warum hatte ihm Alexander dann so wenig zurückgegeben?

Diese Gedanken schossen Julian durch den Kopf, ohne Spuren auf seinem Gesicht oder in seinem Verhalten zu hinterlassen. »Weil man niemals den Eindruck erwecken sollte, irgend etwas unbeabsichtigt zu tun«, belehrte er Eugene. »Das ist das ganze Geheimnis guter Konduite.«

»Ich wäre niemals auf den Gedanken gekommen, Unverschämtheit könnte erlaubt sein.«

»Das hängt immer von den Umständen ab. Für einen wohlhabenden und einflußreichen Mann ist Unverschämtheit eher unpassend. Er hat sowieso schon Vorteile genug.«

»Nun, Sie haben Einfluß. Jeder weiß, daß Sie ein berühmter Dandy sind und in Fragen der Mode den Ton angeben.«

»Ich mache niemandem Vorschriften. Einigen Gentlemen gefällt es einfach, mich zu kopieren.«

»Warum?«

»Weil ich den Eindruck erwecke, daß ich mich nicht die Bohne darum schere, ob sie es tun oder nicht.«

»Aber das macht doch keinen Sinn.«

»Was macht in der Gesellschaft schon Sinn?«

Eugene blickte ihn fassungslos an. Er sah aus, als hätte man ihn ohne die Zehn Gebote vom Berg Sinai zurückgeschickt.

Julian brachte es nicht übers Herz, ihn so in der Luft hängenzulassen. »Die Leute haben das Gefühl, daß das, was ich tue, richtig ist, weil ich es mit Überzeugung tue. Ein echter Dandy sollte in der Lage sein, mit einem umgedrehten Eimer auf dem Kopf die Pall Mall hinunterzuschlendern, bis alle aufstrebenden jungen Männer Londons sich auf die Suche nach genau demselben Eimer machen. Alles nur eine Frage des Selbstbewußtseins – oder reine Unverschämtheit, wenn Sie so wollen. Eine Art philosophischer Zauberspruch: *Ich glaube an mich, also bin ich…*«

Julian unterbrach sich. Manchmal mußte er sich selbst über das unerhörte Ausmaß seines Einflusses wundern. Aber in solchen Momenten fiel ihm auch ein, daß man nicht nach unten blicken durfte, wenn man in großer Höhe die Balance halten wollte. Es war eine seiner wichtigsten Verhaltensregeln. »Wir schweifen vom Thema ab. Ich habe Sie gefragt, ob Sie schon vor Alexanders Tod wußten, daß er Sie in seinem Testament berücksichtigen würde?«

Eugene blickte verwirrt. Anscheinend versuchte er, seinen Schutzwall wieder hochzuziehen, wobei er entdeckte, daß ihm einige Teile fehlten. »Er hat so etwas angedeutet«, sagte er schließlich. »Es war in den Weihnachtsferien. Er sagte, er wolle etwas für mich tun, weil er keine eigenen Kinder habe.«

»Und das haben Sie so interpretiert, daß er Ihnen Geld hinterlassen wollte?«

»Ich habe mir darüber nicht den Kopf zerbrochen. Ich dachte nur, er wolle mich aufmuntern, weil ich die Masern hatte und mich immer noch etwas elend fühlte. Allerdings habe ich mir über eventuelle Erbschaften niemals Gedanken gemacht. Ich habe noch nie Geld besessen und habe auch nicht damit gerechnet, daß sich das jemals ändern würde.«

»Und jetzt sieht es so aus, als würden Sie bald im Besitz von viertausend Pfund sein – falls Alexander keine eigenen Kinder hinterlassen hat.«

»Sie meinen, Belinda könnte...« Dieser Gedanke war ihm offensichtlich noch nicht gekommen. »Aber dann hätte sie doch etwas gesagt?«

»In solchen Sachen kenne ich mich nicht besonders gut aus, aber möglicherweise weiß sie es selbst noch nicht.«

Eugene begann im Zimmer auf und ab zu gehen wie ein Tier in seinem Käfig. »Darüber will ich jetzt nicht nachdenken. Wenn Belinda... in anderen Umständen... ist, soll mir das recht sein. Es ist mir egal. Ich habe mir sowieso nie was aus Geld gemacht. Ich habe schließlich nie eigenes besessen.«

Natürlich mußte es ihm etwas ausmachen. Eine ganze Menge sogar, dachte Julian. Viertausend Pfund würden ihm ein ordentliches Einkommen garantieren oder eine berufliche Karriere ermöglichen, die einem Gentleman angemessen war: bei Gericht, in der Armee oder in der Kirche. Sicherlich würde ihm dabei auch seine Schwester unter die Arme greifen, aber für dieses besitzlose Kind bedeutete es wahrscheinlich viel mehr, es allein zu schaffen.

»Wie kam es, daß Alexander Ihr Vormund wurde?« fragte Julian.

»Meine Mutter ist vor zwei Jahren gestorben, und mein Vater brachte sich um, als ich drei war. Keiner von beiden hatte enge männliche Verwandte. Meine Mutter mochte Alexander und bat ihn, sich zu meinem Vormund bestellen zu lassen.«

»Was hielten Sie von der Sache?«

»Ich fand ihn wunderbar.«

»In anderen Worten, sie mochten ihn?«

»Ihn mögen?« Eugene blickte erstaunt. »Ich befürchte, Sie begreifen da etwas nicht. Alexander mögen – das ist, als würden Sie mich fragen, ob ich den König mag oder den Tower. Sie sind großartig, und es gibt sie einfach. Alexander war der absolut Größte für mich, unvergleichlich. Manchmal kam er abends, bevor er ausging, in mein Zimmer und redete mit mir. Er trug schon Abendkleidung und erzählte mir, wen er treffen würde und was sie dann täten. Er war wie der Held in einem Roman. Sein Aussehen war einfach tadellos, und alles, was er sagte und tat, war ebenfalls tadellos. Wenn er nicht vor einem stand, konnte man sich das kaum vorstellen. Ich meine, daß es so jemanden überhaupt gibt.«

»Vermissen Sie ihn?«

»Ich kann einfach nicht glauben, daß er tot ist.«

»Gerade haben Sie noch gesagt, daß Sie nicht glauben konnten, daß es ihn überhaupt gab.«

»Eben, und wie kann man jemanden töten, den es überhaupt

nicht gibt? Ich wollte damit nur sagen, daß ich mir einfach nicht vorstellen kann, daß sich jemand von hinten an ihn heranschleicht und ihn niederschlägt – als wäre er ein normal sterblicher Mensch. Ich dachte immer, ein Lächeln von ihm würde genügen, um einen Schürhaken in eine Feder zu verwandeln, die ihn nicht mehr verletzen kann. Das klingt wohl ziemlich verrückt.«

»Nein. Ich glaube, ich verstehe Sie.«

Eine Pause trat ein. Eugene ging wieder auf und ab und biß auf seinen Nägeln herum. Das Haus war sehr still: Außer den gedämpften Schritten der Dienstboten und dem gelegentlichen Prasseln und Knistern des Feuers drang kein Laut zu ihnen. Sir Malcolm hatte Julian für das Verhör sein Arbeitszimmer überlassen und war spazierengegangen. Julian vermutete, daß er seinen täglichen Besuch auf dem Friedhof machte. Mrs. Falkland war schon vor der Ankunft von Sir Malcolm und Julian ausgeritten.

»Ich würde Ihnen gern noch ein paar Fragen über die Mordnacht stellen«, sagte Julian. »Sie sind um elf zu Bett gegangen?«

»J-ja.«

»Und Sie sind nicht aufgewacht, bis Ihre Schwester und Martha um kurz vor zwei hereinkamen und Sie von dem Mord unterrichteten?«

Eugene schüttelte den Kopf.

»Haben Sie Ihre Schwester nicht eine Stunde früher schreien gehört?«

»Ich habe etwas gehört wie ›nein, nein‹ und gedacht, ich hätte geträumt.«

»Als Sie hörten, daß Alexander tot war, haben Sie als erstes gefragt: ›Wie ist er umgebracht worden?‹ Woher wußten Sie, daß er eines gewaltsamen Todes gestorben war?«

»Nun, Leute in seinem Alter sterben nicht einfach so. Irgend jemand oder irgend etwas tötet sie. Oder sie bringen sich selbst um, wie mein Vater.«

»Daran scheinen Sie die Leute ja gerne zu erinnern.«

»Ich muß niemanden daran erinnern! Alle wissen es, und niemand wird es jemals vergessen. In der Schule haben sie mich deswegen immer gehänselt. Sie haben mich gefesselt, mit einer Rasierklinge unter meinem Kinn herumgefuchtelt und mich ständig gefragt, ob ich Lust auf ein kleines Kartenspiel hätte. Sie können sich gar nicht vorstellen, wie so etwas ist. Ich nehme kaum an, daß Sie in meinem Alter ähnliche Erfahrungen machen mußten.«

»Nein, solche wohl nicht.«

Eugene blickte ihn neugierig an. »Wo sind Sie denn zur Schule gegangen?«

»Ich hatte Privatunterricht.« Und mehr werde ich zu diesem Thema nicht sagen, dachte Julian. »Dann ist das also der Grund, weshalb Sie nicht zur Schule zurück möchten.«

»Ich *hasse* die Schule. Belinda und ich hatten deswegen einen fürchterlichen Streit. Ich weiß auch nicht, warum sie so versessen darauf ist, mich loszuwerden. Ich habe mir nichts zuschulden kommen lassen. Viele Jungen in meinem Alter werden zu Hause unterrichtet. Aber sie wollte mich unbedingt wegschicken, und Alexander mußte ihr schließlich nachgeben.«

»Waren Sie ihm deshalb böse?«

»Getötet hätte ich ihn deswegen sicherlich nicht!«

»Seien Sie bitte so gut, und beantworten Sie die Fragen, die ich Ihnen stelle.«

»Ich war enttäuscht. Ich dachte immer, er würde auf meiner Seite stehen. Aber er sagte einfach, es wäre Belindas Sache. Schließlich sei sie meine Schwester und würde mich schon länger kennen. Wütend war ich vor allem auf sie, nicht auf ihn. Aber das ist vorbei. Ich kann nicht mit ihr streiten, wenn es ihr so schlecht geht. Außerdem hat sie nach Alexanders Tod gesagt, ich müsse vor dem Herbst nicht in die Schule zurück. Ich hoffe, daß sie es sich bis dahin sowieso noch anders überlegt.«

»Irgendwann, früher oder später, müssen Sie sich der Welt

stellen, das wissen Sie doch. Es sei denn, Sie haben vor, Ihr Leben in einer Hutschachtel zu verbringen.«

»Sie haben leicht reden, so wie Sie aussehen. Wer sich sein Halstuch so elegant binden kann, muß keine Angst vor der Welt haben.«

Julian blickte ihn nachdenklich an. Dann stand er auf und zog seine Handschuhe aus. »Kommen Sie her.«

»Warum?« fragte Eugene erschrocken.

»Weil meine Arme nicht aus Gummi sind.«

Eugene näherte sich ihm nur zögernd. Julian zog dem Jungen sein Halstuch ab, hielt es gespreizt zwischen Zeigefinger und Daumen und musterte es kritisch. »Vor allen Dingen empfehle ich Sauberkeit. Es erfreut die Damen und ärgert die Männer, und das sind zwei ausgezeichnete Bedingungen, um es in der Gesellschaft zu etwas zu bringen. Aber versuchen wir trotzdem, das Beste aus dem zu machen, was wir haben. Diese Technik nennt sich *trône d'amour,* wirklich sehr einfach. Eine kleine Einbuchtung in der Mitte und keine Seitenfalten. Man bindet das Tuch vorne zu einem Knoten – so, bitte schön. Eigentlich sollte das Tuch noch gestärkt sein, aber belassen wir es dabei.«

Eugene stellte sich vor den Spiegel und blickte dann Julian ehrfürchtig an. »Aber ... aber ich würde es niemals so hinkriegen.«

»Vielleicht sollten Sie lieber eine schwarze Halsbinde tragen. Die läßt sich viel leichter ordentlich halten, und niemand merkt es, wenn sie mal nicht ganz sauber ist. Sie ist zwar recht steif, aber so lernen Sie gleich noch, den Kopf hoch und gerade zu halten, was ja nicht gerade eines Ihrer vorstechenden Merkmale ist.«

»Sie sind sehr streng.«

Nein, dachte Julian, viel zu nachgiebig. Vielleicht habe ich gerade dem Mörder von Alexander Falkland eine Lektion in der Kunst des eleganten Kleidens erteilt. Kann man denn einem Menschen eine Krawatte umbinden und ihm im nächsten Moment den Strick um den Hals legen? Zum Teufel! Jetzt fühle ich mich schon wieder persönlich betroffen, genau das, was ich diesmal vermeiden wollte.

Zu Eugene sagte er: »Dies ist ein Verhör in einem Mordfall, und Sie sind ein Verdächtiger ohne Alibi, der aus dem Tod des Opfers deutliche Vorteile zieht. Sie können nicht erwarten, daß Ihnen alle Unannehmlichkeiten erspart bleiben.«

»Na also. Ich wußte doch, daß Sie mich verdächtigen.«

»Ich verdächtige Sie. Genauso wie ich Mr. Clare, Mr. Adams und mehrere andere Personen verdächtige. Sie sind noch nicht aus dem Rennen. Wenn es soweit ist, werde ich Sie das wissen lassen.«

»Ich finde Sie verabscheuenswert kaltblütig. Sie wollten sich wohl mein Vertrauen erschleichen, um mir ein Geständnis zu entlocken? Als nächstes werden Sie mich verdächtigen, auch noch diese Frau getötet zu haben! Wenn ich meinem Schwager den Kopf eingeschlagen habe, warum dann nicht ihr?«

»Wovon, in drei Teufels Namen, reden Sie?«

»Über die Frau, die man in der Ziegelei hier in Hampstead gefunden hat. Ihr Gesicht ist mit einem Ziegel bearbeitet worden, bis es nur noch matschiger Brei war. Ich habe mir die Stelle angeguckt, wo man sie gefunden hat. Es war ein fürchterlicher Anblick, ich wünschte, ich wäre nicht hingegangen.«

»Der Mord in der Ziegelei«, wiederholte Julian langsam. »Den habe ich ganz vergessen. Die Zeitungen haben darüber berichtet, als ich in Newmarket war. Und dann ist Alexander ermordet worden, und man hat über die andere Geschichte nichts mehr gehört. Ich nehme an, der Fall ist noch nicht geklärt worden, oder?«

»Nein. Sie wissen noch nicht einmal, wer die Frau war, sie hatte ja kein Gesicht mehr ...«

Die Tür ging auf. Eugene schrak auf und wirbelte herum. Mrs. Falkland trat ein. Sie trug noch immer Reitkleidung, und mit ihren geröteten Wangen sah sie wesentlich gesünder aus als am Vortag. Mit der einen Hand hob sie den Rock ihres schwarzen

Reitkostüms hoch, der extra lang geschnitten war, um elegant von einem Damensattel herabzuhängen, in der anderen hielt sie einen geöffneten Brief.

»Eugene, ich muß mit dir sprechen. Oh, Mr. Kestrel. Ich wußte nicht, daß Sie hier sind.«

»Guten Tag, Mrs. Falkland.« Julian beugte sich über ihre Hand. »Ich freue mich, Sie so wohlauf zu sehen.«

»Danke. Heute ist der erste Tag, an dem ich mich gut genug für einen Ausritt gefühlt habe.«

»Ich nehme an, Sie reiten in der Heide?« Julian machte Konversation, während er sich fragte, warum sie wohl so entschlossen und streitlustig wirkte. Er selbst war sicherlich nicht der Grund dafür.

»Ja. Normalerweise reite ich lieber am Morgen aus, aber heute morgen hat es geregnet. Ich befürchte, ich habe Sie gestört. Ich weiß, daß Sie Eugene ein paar Fragen stellen müssen.«

»Bitte gehen Sie nicht meinetwegen. Ich glaube, Mr. Talmadge und ich sind fertig miteinander.« Er warf einen Blick in Eugenes Richtung.

Eugene blickte seine Schwester fragend an. Wie ein Tier, das Gefahr wittert, zitterte er förmlich vor Wachsamkeit. Schließlich blieben seine Augen an dem Brief in ihrer Hand hängen. »Stimmt etwas nicht?«

»Nein«, sagte sie ruhig, »alles in Ordnung. Ich wollte dich nur sprechen, aber das hat Zeit bis später.«

»Sag's mir jetzt.«

»Du wirst mir doch vor einem Gast keine Szene machen?«

»Ich weiß, was es ist!« schrie er. »Genauso hast du ausgesehen, als du mir gesagt hast, daß ich zurück zur Schule muß!«

Sie sagte nichts.

»Aber... aber du hast es versprochen! Du hast gesagt, ich müßte erst im Herbst nach Harrow zurück!«

»Ich schicke dich nicht nach Harrow zurück. Dazu ist das Schuljahr schon zu weit fortgeschritten, und ich weiß ja, daß es

dir dort nicht gefällt. Darum habe ich eine Privatschule für dich
ausgesucht. Vielleicht bist du dort glücklicher. Sie hat einen sehr
guten Ruf, und da sie sehr klein ist, kennt man dort vielleicht
die... die Geschichte deines Vaters nicht so genau.«

»Irgendwann kommt es doch raus! Das ist immer so. Du
kannst dein Versprechen nicht rückgängig machen, indem du
mich einfach in eine andere Schule schickst. Du hast mir dein
Wort gegeben, und jetzt hast du es gebrochen!«

»Wenn ich bei dir die Erwartung geweckt habe, du könntest
deine Ausbildung bis zum Herbst vernachlässigen, dann ist das
in einem Moment der Schwachheit und Verwirrung nach Alexanders Tod geschehen. Ich hätte dir dieses Versprechen nicht
geben sollen – aber du hättest es zu solch einem Zeitpunkt auch
nicht einfordern dürfen. Du kannst nicht von mir erwarten, daß
ich dich hierbleiben lasse, mitten in den Untersuchungen zu
einem Mordfall. Du bist sowieso schon morbid genug. Und Mr.
Kestrel wird sicherlich nichts dagegen haben, daß du gehst, jetzt,
wo er dich verhört hat.«

Sie drehten sich beide zu Julian um, Mrs. Falkland in kühler
Erwartung und Eugene mit flehendem Blick. Julian wußte, daß
es ihm nicht zustand, sich einzumischen. Wenn Alexander es
seiner Frau überlassen hatte, über Eugenes Ausbildung zu entscheiden, dann konnte er sich als Fremder erst recht nicht einmischen. »Im Moment habe ich keine Fragen mehr an Mr. Talmadge. Wenn sich das ändern sollte, werde ich um seine Rückkehr bitten.«

»Das nehme ich gerne in Kauf«, sagte Mrs. Falkland.

»Und wohin soll ich?« fragte Eugene grimmig.

»Die Schule ist in Yorkshire...«

»Yorkshire! Ich weiß alles über die Schulen in Yorkshire.
Dorthin schickt man Jungen, die niemand mehr wiedersehen
will. Sie haben keine Ferien, und allen ist es egal, was aus ihnen
wird...«

»So eine Schule ist es nicht! Hör mir zu, Eugene. Dies geschieht nur zu deinem Besten. Hier hast du zuwenig zu tun. Du wanderst den ganzen Tag über die Heide und brütest vor dich hin.«

»Dann werde ich eben lernen!« flehte er. »Sir Malcolm hat jede Menge Bücher...«

»Ich habe mich entschieden, und du wirst mich nicht mehr umstimmen, was immer du auch vorbringen magst. Ich habe mit dem Schulleiter vereinbart, daß du übermorgen abreist.« Er wollte protestieren, aber sie hob ihre Hand. »Das letztemal, als ich dich in die Schule zurückschicken wollte, habe ich dir zuviel Zeit zum Nachdenken gelassen, und du bist so weit gegangen, dir freiwillig eine Krankheit zuzuziehen, um hierbleiben zu können. Den Fehler werde ich nicht noch einmal begehen. Übermorgen in der Früh wirst du mit der Postkutsche abreisen. Mehr gibt es dazu nicht zu sagen.«

»Doch, es gibt noch etwas zu sagen.« Eugene war sehr blaß geworden. »Eins sollst du wissen – mir ist völlig klar, warum du mich so weit wegschicken willst. Du denkst, ich habe Alexander umgebracht. Und vielleicht willst du, daß alle anderen es auch denken. Du hast dich schon immer meinetwegen geschämt! Alexander war gut zu mir, aber du warst immer nur kalt und gehässig!«

»Oh, Eugene«, sagte sie traurig. Dann richtete sie sich auf. »Du hast gerade vor Mr. Kestrel eine häßliche Szene gemacht, in der wir beide nicht sehr gut ausgesehen haben. Bitte entschuldige dich bei ihm und gehe dann in dein Zimmer.«

»Bitte entschuldigen Sie, Mr. Kestrel. Aber ich habe Sie gewarnt – ich bin genauso schlecht wie mein Vater. Sie können nichts Besseres von mir erwarten.« Er wollte gehen, aber dann drehte er sich noch einmal zu seiner Schwester um. »Lange wirst du mir nicht mehr vorschreiben können, was ich zu tun habe. Ich habe jetzt selbst Geld – oder ich werde es haben, sobald ich volljährig bin. Das habe ich Alexander zu verdanken. Er hat mir das geschenkt, was ich mir auf der ganzen Welt am meisten gewünscht habe – er hat mich von dir befreit!« Dann stürmte er aus dem Zimmer.

Mrs. Falkland machte eine eigenartige Bewegung mit den Schultern, wie ein Kofferträger, der sich gerade eine Ladung auf den Rücken hievt. Und genauso sah sie aus: beherrscht, entschlossen und müde, wie jemand, der schon lange an einer schweren Last trägt, ohne Hoffnung, sie bald abladen zu können. »Es tut mir leid, daß Sie Zeuge dieses Streits werden mußten, Mr. Kestrel. Es ist eine alte Geschichte. Eugene hat die Schule immer gehaßt. Bis vor ein paar Jahren hat er mit Mama ein sehr zurückgezogenes Leben geführt. Nach ihrem Tod und meiner Hochzeit mit Alexander ist er etwas zu plötzlich mit der Welt konfrontiert worden. Harrow war zu groß und zu weltläufig für ihn. Diese neue Schule ist vielleicht besser geeignet.«

»Für meine Ermittlungen wäre es günstiger, wenn er hierbleiben würde.«

»Warum?« Sie blickte ihm fest in die Augen. »Verdächtigen Sie ihn?«

Er blickte genauso direkt zurück. »Ich verdächtige jeden, Mrs. Falkland.«

»Ich verstehe.« Einen Moment lang sagte sie nichts und dann: »Mein Bruder will nicht in dieser Welt leben. Ich verstehe seine Gefühle, aber ich kann sie ihm nicht durchgehen lassen. Sie haben selbst gesehen, wie unbeholfen und unhöflich er ist. Je länger er wie ein Eremit lebt, um so schlimmer wird das werden. Ich stehe ihm gegenüber in der Pflicht, auch wenn er das weder verstehen noch schätzen kann. Meine Mutter hat ihn mir anvertraut. Es waren fast ihre letzten Worte, daß ich mich um ihn kümmern soll. Und das werde ich tun, auch wenn er mich dafür haßt.« Einen kurzen Moment lang zitterte ihre Stimme.

»Wenn Ihr Bruder wüßte, wie schwer es Ihnen fällt, ihn wegzuschicken«, sagte Julian vorsichtig, »würde er vielleicht bereitwilliger gehen.«

»Wenn er wüßte, wie schwer es mir fällt, würde er nur hoffen, er könnte mich noch umstimmen. Das wäre noch grausamer als meine Härte. Sie müssen bitte akzeptieren, Mr. Kestrel, daß ich weiß, wie ich mit ihm umzugehen habe.«

»Selbstverständlich, Mrs. Falkland. Es geht mich auch nichts an.« Das wird es jedoch bald, dachte er, wenn es etwas mit dem Mord zu tun haben sollte. »Ich bin froh über diese Gelegenheit, mit Ihnen zu sprechen. Ich würde Ihnen gerne noch ein paar Fragen stellen.«

Sie senkte den Kopf und setzte sich. Der Rock ihres Kostüms breitete sich in einer schwarzen Lache auf dem Boden aus.

»Waren Sie vor dem Tod Ihres Mannes in seine finanziellen Angelegenheiten eingeweiht?«

»Nicht richtig. Manchmal hat er mir erzählt, wenn er mit einer seiner Investitionen erfolgreich war.«

»Und wenn er mit einer Investition Pech hatte?«

»Ich glaube, das ist nie vorgekommen, bis vor ein paar Monaten dieses Minengeschäft schiefgegangen ist.«

»Hat er es Ihnen erzählt?«

»Er hat es erwähnt.«

»Waren Sie beunruhigt darüber?«

»Nein. Ich hatte keine Zweifel daran, daß er die Sache wieder in Ordnung bringen würde.«

»Hat er Ihnen gesagt, wie er das bewerkstelligt hat – sie wieder in Ordnung zu bringen?«

»Ich glaube, er ist mit Mr. Adams zu einer Einigung gekommen. Adams hatte alle seine Schuldscheine aufgekauft.«

»Die Einigung sah so aus, daß Mr. Adams ihm seine Schulden ganz erließ – und zwar Schulden im Wert von dreißigtausend Pfund. Hat Ihr Mann Ihnen das erzählt?«

»Nein. Sie müssen wissen, Mr. Kestrel, daß ich mich für Geldangelegenheiten nie besonders interessiert habe. Alexander war sehr wohl in der Lage, diese Dinge ohne meine Hilfe zu bewältigen.«

»Und was hielten Sie von seiner Freundschaft mit Adams?«

»Darüber habe ich mir keine Gedanken gemacht. Ich kannte Mr. Adams kaum. Er hat gelegentlich unsere Gesellschaften besucht, aber in der Regel hat Alexander ihn ohne mich getroffen. Adams gehört nicht zu den Menschen, mit denen ich normalerweise Umgang pflege, aber da er ein Freund von Alexander war, habe ich ihn immer höflich behandelt.«

Julian musterte ihr Gesicht. Es war weiß, kalt und wie aus Stein. »Ich würde Ihnen gerne noch zu einer anderen Sache Fragen stellen. Es geht um einen Besuch, den Sie vor ungefähr einem Monat bei einer Freundin gemacht haben, die in der Nähe einer Haushaltswarenhandlung am Themseufer wohnt.«

Julian hätte es nicht für möglich gehalten, daß Mrs. Falklands Gesicht noch weißer und starrer werden konnte. Jetzt schien es aus Marmor zu sein. »Ja?«

»Wer war diese Freundin?«

»Mrs. Brown, eine ehemalige Pächterin meines Vaters auf unserem Gut in Dorset. Ich habe sie damals übrigens nicht gesehen. Sie wohnte gar nicht dort.«

»Vielleicht sollten Sie besser alles von Anfang an erzählen.«

Sie neigte zustimmend ihren Kopf. Julian fand es bemerkenswert, daß sie sich nicht mit der Frage aufhielt, was dies denn mit dem Mord an Alexander zu tun habe. Offensichtlich hatte Mrs. Falkland erwartet, daß man sie über diesen Besuch befragen würde. Und sie hatte sich ihre Antworten zurechtgelegt.

»Alexander und ich wollten ein Geschäft unten am Themseufer besuchen, Haythorpe and Sons hieß es. Er wollte sich die Kaminroste anschauen. Als wir wieder herauskamen, sprach uns auf der Straße ein Mädchen an. Es sagte, es sei das Dienstmädchen von Mrs. Brown und würde sich von meinen Besuchen in Dorset an mich erinnern. Ich konnte mich nicht an sie erinnern, aber natürlich war ich für sie auch auffälliger als sie für mich. Sie sagte, Mrs. Brown sei nach London gezogen und würde hier in der Nähe leben. Und sie sei sehr krank. Ich dachte nicht weiter nach, sondern sagte, ich würde nach ihr schauen. Man hat mir beigebracht, mich Dienstboten und Pächtern gegenüber verpflichtet zu fühlen. Als mein Vater noch lebte, haben sie bei ihm Schutz und Hilfe gesucht; es war also nur recht und billig, daß sie sich jetzt an mich wandten.

Ich sagte zu Alexander, daß ich sofort nach Mrs. Brown sehen wollte. Er wollte die Kutsche vor dem Geschäft auf mich warten lassen – durch den Torbogen, zu dem das Mädchen mich führte, hätte sie nicht gepaßt. Aber ich wußte, daß er noch eine Verabredung hatte, und konnte nicht sagen, wie lange ich weg sein würde. Deshalb schlug ich vor, daß er mit der Kutsche fahren sollte. Ich selbst wollte später eine Droschke nach Hause nehmen.«

»Und damit war er einverstanden?«

»Nicht sofort, aber ich konnte ihn überreden.«

»Verzeihen Sie mir, Mrs. Falkland, aber es fällt mir schwer zu glauben, daß er sie nur mit einem fremden Dienstmädchen als Begleitung in dieser fragwürdigen Gegend zurückgelassen hat.«

»Er konnte mich nicht begleiten. Ich habe Ihnen doch gesagt, daß er eine Verabredung hatte. Mit wem, weiß ich nicht mehr.«

»Warum hat er Ihnen dann nicht Luke mitgegeben?«

»Es ging alles so schnell. Uns blieb gar nicht die Zeit, über solche Dinge nachzudenken. Es ist nicht meine Art, ständig Gefahren zu wittern. Ich dachte nur an die alte Pächterin meines Vaters und an meine Pflicht ihr gegenüber.«

»Gut. Bitte erzählen Sie weiter.«

»Das Dienstmädchen führte mich durch den Torbogen auf einen engen Platz. Dort standen ungefähr ein halbes Dutzend grauer Backsteinhäuser, die meisten von ihnen völlig zerfallen. Und dann stellte sich heraus, daß Mrs. Brown gar nicht dort lebte. Das Mädchen hatte ihre Dienste schon vor längerer Zeit verlassen und mich nur dorthin gelockt, weil sie um Geld betteln wollte. Ich war sehr wütend, weil sie mich angelogen hatte, und habe sie stehengelassen. Eine Droschke hat mich nach Hause gebracht.«

»Luke hat gesagt, sie seien erst drei Stunden später nach Hause gekommen.«

Jetzt stockte ihr der Atem. »Was hat er Ihnen noch erzählt?«

»Was haben Sie die ganze Zeit gemacht?« fuhr Julian unbeirrt fort.

»Ich bin herumgelaufen, habe eingekauft.«

»Allein?«

»Allein.« Ihr Atem ging schwer, als müsse er sich seinen Weg durch einen Knoten in ihrem Hals suchen.

Julian wartete. Er wußte, daß er ihr keine Verschnaufpause gönnen durfte, aber es fiel ihm schwer, eine Frau so zu bedrängen. »Dieses Dienstmädchen: Wie war ihr Name?«

»Ich weiß es nicht. Ich habe Ihnen schon gesagt, daß sie mich erkannt hat, nicht umgekehrt.«

»Wie sah sie aus?«

»Sie war blond und schlank, auf eine püppchenhafte Art hübsch.« Sie blickte an ihm vorbei. »Sie sah aus wie einer dieser Köpfe aus Pappmaché, auf denen Hüte ausgestellt werden: lange, dunkle Wimpern und große, leere Augen.«

»Leer, weil ihnen der Verstand fehlte?«

»Leer, weil ihnen die Seele fehlte.«

»Diese Person scheint bei ihnen großen Eindruck hinterlassen zu haben.«

Ihr Kopf bewegte sich ruckartig in seine Richtung. »Sie hat versucht, mich zu betrügen. Ich bemühe mich immer um Großzügigkeit den Armen und Bedürftigen gegenüber, aber ich lasse mich nicht gern betrügen oder übervorteilen. Ja, sie hat einen Eindruck bei mir hinterlassen, und zwar einen sehr schlechten.«

»Ich verstehe. Mr. und Mrs. Brown waren also Pächter Ihres Vaters. Dann müssen ihre Namen ja auch auf den Pachtverträgen Ihres Gutes auftauchen.«

»Ich . . . ich weiß nicht. Vielleicht waren sie gar keine richtigen Pächter. Sie könnten auch Freisassen gewesen sein.«

»Wenn ich Ihr Gut aufsuchen und durch die Papiere schauen

würde, wenn ich mit Ihren Nachbarn, Ihren Pächtern und dem Dorfpfarrer sprechen würde – würde ich überhaupt einen Hinweis auf diese Browns finden?«

Sie atmete tief ein und schloß die Augen. »Sehr wahrscheinlich nicht, Mr. Kestrel.«

Sanft, aber unbeirrt fragte er weiter. »Mrs. Falkland, wer war dieses blonde Mädchen, an dessen ausdruckslose Augen Sie sich so lebhaft erinnern? Und warum sind Sie mit ihr gegangen?«

»Ich habe Ihnen meine Erklärung gegeben. Wenn sie Ihnen nicht genügt, müssen Sie tun, was Sie für nötig halten.« Sie erhob sich. »Gibt es noch etwas, das Sie mich fragen wollen?«

»Im Moment nicht. Ich habe ein paar Fragen an Ihr Mädchen. Wären Sie bitte so gut, es zu mir zu schicken?«

»Ja, natürlich. Guten Tag, Mr. Kestrel.«

Er war schon aufgesprungen und hatte die Hand auf dem Türknauf, um ihr die Tür zu öffnen, als er plötzlich innehielt. »Sie wissen, daß es bei Untersuchungen in einem Mordfall immer das beste ist, die Wahrheit zu sagen. Früher oder später kommt doch alles heraus, und zwar über Kanäle, die Sie weder erahnen noch kontrollieren können.«

Sie blickte ihn fest aus ihren eisblauen Augen an. »Sind Sie jemals in der Hölle gewesen, Mr. Kestrel?«

Er starrte sie an. »In letzter Zeit nicht.«

»Dann können Sie mir keine Ratschläge geben. Dort, wo ich im Moment bin, würden Sie mich noch nicht einmal finden.«

8

ARGUS

Martha Gilmore stand sehr aufrecht. Sie hielt die Hände vor dem Leib verschränkt und die Ellenbogen nach außen gedrückt.

»Bitte setze dich«, sagte Julian.

»Nein, danke, Sir. Ich würde lieber stehen.«

»Wie du willst. Du arbeitest schon seit einigen Jahren für die Familie von Mrs. Falkland?«

»Ja, Sir. Ich wurde nach dem Tod von Mr. Talmadge – dem Vater von Mr. Eugene – als Kindermädchen eingestellt. Meine Herrin war damals sieben und Mr. Eugene drei Jahre alt.«

»Damals lebte die Familie auf Mrs. Falklands Gut in Dorset, oder?«

»Ja, Sir.«

»Man hört dir an, daß du aus der Umgebung von Dorset stammst.«

»Ja, Sir. Ich komme aus Sherborne.«

»Ein Mr. oder eine Mrs. Brown – ehemalige Pächter auf dem Gut der Falklands – sind dir wahrscheinlich nicht bekannt.«

»Nicht, daß ich wüßte, Sir.«

Julian nickte. Er rechnete nicht damit, daß irgend jemand die Browns kannte. »Du kennst Mrs. Falkland länger als alle anderen, mit denen ich bislang geredet habe – außer Eugene natürlich. Sie scheint große Qualen durchzustehen. Kannst du dir vorstellen, was sie so bedrückt?«

»Sie war Mr. Falkland sehr ergeben. Ich meine, Sir, das erklärt ihren Zustand ausreichend.«

»Ihre Trauer würde das erklären, aber ich glaube, da ist noch etwas anderes, das sie bedrückt. Etwas, das von innen an ihr nagt, wie Eifersucht oder eine Schuld.«

»Wie sollte ich das wissen, Sir?«

Er lächelte und fragte ganz offen: »Verrate mir eins, Martha: Wirst du nach unserer Unterredung alles, was ich gesagt und gefragt habe, deiner Herrin wiedererzählen?«

»Das kommt darauf an, Sir. Wenn ich der Meinung bin, sie sollte es wissen, ja. Wenn es ihr mehr Schmerzen als Nutzen bringen würde, nein. Aber alles, was ich tu', Sir, wird immer zu *ihrem* Besten sein – Sie sind mir egal, und Sir Malcolm und die Bow Street auch. Das sage ich Ihnen ganz offen und ehrlich, Sir.«

»Ja, das ist tatsächlich ziemlich offen. Würdest du so weit gehen, für sie zu lügen?«

»Wenn ich das täte, Sir«, sagte sie gleichmütig, »würde ich es Ihnen gegenüber bestimmt nicht zugeben.«

Julian war beeindruckt und ziemlich verwirrt. Es war nicht leicht, an Martha heranzukommen. Sie war zu mürrisch, um für seinen Charme empfänglich zu sein, und zu dickköpfig für gute Worte. Außerdem war sie viel zu couragiert, um sich einschüchtern zu lassen: Dienstbotin oder nicht, diese Frau fürchtete sich vor niemandem. Sicher würde sie auch nicht davor zurückschrecken, ihren Herrn mit einem Schürhaken anzugreifen. Kraft genug hatte sie dazu, ihren breiten Schultern und sehnigen Armen nach zu schließen.

»Du warst es, die Mrs. Falkland vom Tod ihres Mannes unterrichtet hat, nicht wahr?« fragte er.

»Ja, Sir.«

»Das war gegen ein Uhr nachts?«

»Kurz danach, Sir.«

»Hat sie geschlafen, als du in ihr Zimmer kamst?«

»Ich glaube ja, Sir. Ich mußte sehr laut klopfen, bis sie mich gehört hat.«

»Warum bist du nicht einfach eingetreten?«

»Die Tür war verschlossen, Sir.«

»War das ungewöhnlich?«

Sie überlegte einen Moment. »Normalerweise hat Mrs. Falkland ihre Tür nicht abgeschlossen, Sir.«

»Warum hat sie sie dann an jenem Abend abgesperrt?«

»Das weiß ich nicht, Sir.«

»Sie hat dich klopfen gehört, ist zur Tür gekommen und hat dich hereingelassen?«

»Ja, Sir.«

»Sie trug wahrscheinlich immer noch ihr Abendkleid?«

»Ja, Sir.«

»Warum war sie noch angekleidet, wenn sie nicht mehr vorhatte, zur Gesellschaft zurückzukehren, sondern schlafen wollte?«

»Das weiß ich nicht, Sir. Sie hätte nach mir geläutet, wenn sie sich hätte ausziehen wollen. Warum sie das nicht getan hat, kann ich nicht sagen.«

»Wann hattest du sie zuletzt gesehen?«

»Um kurz nach elf, Sir. Ich habe zu ihr hineingeschaut, um mich nach ihrem Wohlbefinden zu erkundigen und ihr einen Kräutertrank gegen ihre Kopfschmerzen anzubieten. Sie wollte nichts und sagte, sie würde sich einfach ein wenig hinlegen und zu schlafen versuchen.«

»Hat sie dich gebeten, Mr. Falkland auszurichten, daß sie nicht mehr zur Gesellschaft zurückkehren würde?«

»Nein, Sir.«

»Dann hast du die Gesellschaft aus eigenem Entschluß gestört, um ihm diese Nachricht zukommen zu lassen.«

»Ja, Sir.« Unerschütterlich hielt sie seinem Blick stand. »Ich fand es unpassend, daß er mit seinen Freunden herumalberte, während es ihr so schlechtging. Ich war der Meinung, daß er zu ihr hinaufschauen sollte.«

»Aber sie hat doch zu Mr. Poynter gesagt, sie wolle, daß die Gesellschaft auch ohne sie weitergehe.«

»Das ist gut möglich, Sir. Sie wollte dem Herrn sicher nicht sein Vergnügen verderben. Es war ganz typisch für sie, ihn immer an die erste Stelle zu setzen. Aber für *mich* zählte nur sie. Und ich war der Meinung, er solle nach ihr schauen.«

»Also hast du ihn von Luke aus dem Salon rufen lassen. Und als er herauskam, hast du ihm erzählt, Mrs. Falkland habe noch immer Kopfschmerzen und würde nicht mehr zur Gesellschaft zurückkommen. Hast du sonst noch etwas gesagt?«

»Nichts, an das ich mich erinnern könnte, Sir.«

»Mr. Clare behauptet, Mr. Falkland habe verblüfft ausgesehen, als er mit dir gesprochen hat.«

»Kann schon sein, Sir. Ich erinnere mich nicht.«

»Hätte etwas von dem, was du sagtest, ihn erschrecken können?«

»Nein, Sir. Es sei denn, er hat sich Sorgen um die Herrin gemacht.«

»Er ist zur Gesellschaft zurückgegangen und hat den Gästen erzählt, er wolle nach oben gehen und nach ihr schauen. Aber statt dessen ist er nach unten in sein Arbeitszimmer gegangen. Hast du eine Ahnung, warum?«

»Nein, Sir.«

Die Frau war wie eine Backsteinmauer. Er hätte stundenlang dagegen anlaufen können, ohne irgendeine Reaktion zu bewirken. »Wohin bist du nach dem Gespräch mit ihm gegangen?«

»In mein Zimmer unterm Dach, Sir.«

»Über die Dienstbotentreppe?«

»Ja, Sir.«

»Das war gegen Viertel vor zwölf. Was hast du dann gemacht?«

»Genäht, Sir.«

»Wie lange bist du dort oben geblieben?«

»Ungefähr eine Stunde lang, Sir. Dann kam Luke und hat mir erzählt, der Herr sei umgebracht worden und Mr. Nichols und ich müßten Mrs. Falkland die Nachricht überbringen.«

»Hat dich in der ersten halben Stunde, die du dort warst, irgend jemand in deinem Zimmer gesehen?«

»Nein, Sir.«

Julian fand es eigenartig, daß keiner der Dienstboten ohne Alibi – Luke, Valère und Martha – darüber besonders betroffen zu sein schien. »Wie bist du mit Monsieur Valère ausgekommen?«

»Nicht sehr gut, Sir. Ich kann mit seiner hochnäsigen französischen Art nicht viel anfangen. Und dann ist er auch noch Papist. Aber eins muß man ihm lassen: Er war seinem Herrn sehr ergeben.«

»Vielleicht hat er es dir deshalb so übelgenommen, daß du Mr. Falkland nachspioniert hast.«

»Ihm nachspioniert, Sir?«

Zum erstenmal versuchte sie ihm auszuweichen. Das war vielversprechend. »Du hast Valère über das Kommen und Gehen von Mr. Falkland ausgefragt und in seiner Ankleidekammer herumgeschnüffelt.«

»Ich bin einmal in seine Ankleidekammer gegangen. Und manchmal habe ich Valère gefragt, wo der Herr hingegangen ist. Ich würde das nicht als Spionieren bezeichnen, Sir.«

»Aber du bist nicht einfach in seine Ankleidekammer gegangen – du hast sie durchsucht. Valère sagt, daß einige Dinge bewegt worden seien.«

»Das stimmt, ich habe mich umgesehen.« Sie versuchte sich durchzulavieren und wog jedes Wort ab. »Ich war der Meinung, der Herr würde nicht genug Zeit mit meiner Herrin verbringen, und habe mich gefragt, was wohl seine Aufmerksamkeit von ihr ablenkte.«

»Und woran hast du da gedacht? An geschäftliche Angelegenheiten? Oder an eine *chère amie*?«

»Ich hatte keinerlei Vorstellungen, Sir. Deshalb habe ich meine Augen offengehalten und Fragen gestellt.«

»Hat Mrs. Falkland dich darum gebeten?«

»Nein, Sir. Sie wußte nichts davon.«

»Hatten sie und Mr. Falkland gestritten?«

»Wie sollte ich das wissen, Sir?«

»Wie du das wissen solltest? Wenn ich verheiratet wäre, Martha, würde mein Kammerdiener immer genau wissen, wie es gerade zwischen mir und meiner Frau steht – nicht, weil er neugierig ist, sondern weil wir auf so engem Raum zusammenleben und er Augen und Ohren hat. Und das hast du sicherlich auch.«

»Von einem Streit habe ich nie etwas bemerkt, Sir. Ich hatte einfach den Eindruck, der Herr hätte andere Dinge im Kopf als seine Frau. Und das habe ich nicht für richtig gehalten.«

»Du scheinst dich sehr für Mrs. Falkland verantwortlich zu fühlen, ohne daß sie dich darum gebeten oder es von dir erwartet hätte.«

Gleichmütig erwiderte Martha Julians Blick. »Wenn ich weiß, was getan werden muß, dann tue ich es, Sir. Wie es die Pflicht einer jeden Christenfrau ist.«

Julian verspürte keine Neigung, Sir Malcolm mehr als unbedingt nötig von seinen Unterredungen mit Eugene und Mrs. Falkland zu erzählen. Es wäre Sir Malcolm nur peinlich, wenn er erführe, daß Julian Zeuge ihres Streits über Eugenes Rückkehr zur Schule geworden war. Und daß er sich selbst impulsiv als Mentor des Jungen aufgespielt hatte, war wiederum Julian peinlich. Er erwähnte lediglich, daß Mrs. Falklands Erklärung über ihre Begegnung mit der Dienstbotin ausgesprochen unzureichend gewesen war. Sir Malcolm konnte sich nicht vorstellen, was in seine Schwiegertochter gefahren sein mochte, daß sie einfach mit einem fremden Dienstmädchen fortgegangen war. Julian hatte mehrere Antworten dafür parat, aber da keine von ihnen ein besonders gutes Licht auf Mrs. Falkland warf, behielt er sie für sich.

Über sein Gespräch mit Martha war er mitteilsamer. »Haben Sie eine Ahnung, was sie veranlaßt haben könnte, jeden Schritt Alexanders zu verfolgen und seine Räume zu durchsuchen?«

»Nicht die geringste«, antwortete Sir Malcolm.

»Ich frage mich, ob sie etwas gefunden hat«, murmelte Julian nachdenklich.

»Ich dachte, Valère hätte gesagt, daß in Alexanders Ankleidezimmer nichts fehlte.«

»Vielleicht gab es etwas, von dem er nichts wußte. Außerdem glaube ich nicht, daß Marthas Nachforschungen sich auf Alexanders Ankleidezimmer beschränkt haben. Wenn sie dort gesucht hat, hat sie wahrscheinlich auch in anderen Zimmern gesucht: seinem Schlafzimmer und seinem Arbeitszimmer.«

»Halten Sie es für möglich, daß er sie an jenem Abend dabei ertappte, wie sie sein Arbeitszimmer durchsuchte?« fragte Sir Malcolm eifrig. »Und dann hat sie die Nerven verloren und ihn mit dem Schürhaken niedergeschlagen?«

»Möglich wäre es schon. Aber sie scheint mir nicht die Art Frau zu sein, die schnell die Nerven verliert. Und wenn er sie zur Rede gestellt hat, läßt sich schwer nachvollziehen, wie sie sich von hinten an ihn heranschleichen konnte. Außerdem bleibt uns dann immer noch die Frage, warum er überhaupt in sein Arbeitszimmer gegangen ist.«

»Stimmt«, seufzte Sir Malcolm. »Ich weiß, daß Alexander sie für sehr aufmerksam hielt. Er hat ihr den Spitznamen Argus gegeben, nach dem hundertäugigen Diener der Göttin Hera. Er war ewig wachsam, weil immer nur fünfzig seiner Augen schliefen.«

»Glauben Sie, daß Alexander gewußt hat, daß Martha ihn beobachtete? Fühlte er sich deshalb unwohl in ihrer Gegenwart?«

»Ich weiß es nicht. In seinen letzten Lebenswochen habe ich ihn nur selten gesehen, obwohl wir uns wie immer regelmäßig geschrieben haben.«

»Und aus seinen Briefen erfahren wir leider nichts über sein Leben oder seine Sorgen, wenn er überhaupt welche hatte.« Julian drehte eine Runde durchs Zimmer. »Sir Malcolm, was wissen Sie über den Mord in der Ziegelei?«

»Den Mord in der Ziegelei? Wie kommen Sie darauf?«

»Eugene hat das Thema aufgebracht. Und er hat meine Neugier geweckt – wahrscheinlich, weil es erst vor kurzem geschehen ist und noch dazu ganz hier in der Nähe.«

»Es war ein fürchterliches Verbrechen. Sehr beunruhigend, vor allem für eine so kleine Gemeinde wie die unsere. Aber natürlich sind wir nur vier Meilen von London entfernt, also müssen wir wohl damit rechnen, daß sich Diebe und anderes Gesindel zuweilen bis in unsere Hinterhöfe verirren können. Und diese Ziegelei war schon immer ein unguter Ort. Seit sie außer Betrieb ist, treiben sich dort davongelaufene Lehrburschen, Landstreicher und anderes Lumpenpack herum. Allerdings hat es dort vor diesem Mord noch kein Gewaltverbrechen gegeben.«

»Wann genau ist es passiert?«

»Es war eine Woche, bevor Alexander ermordet wurde – in der Nacht zum sechzehnten April. Ich erinnere mich, daß es an diesem Abend einen fürchterlichen Wolkenbruch gab. Am anderen Morgen war unser Wasserspeicher übergelaufen, und der Wind hatte viele Äste von den Bäumen gerissen. Und dann hieß es plötzlich, in der Ziegelei sei eine Frau ermordet worden. Niemand wußte, wer sie war, und ihr Gesicht war so übel zugerichtet worden, daß ihre eigene Mutter sie nicht erkannt hätte. Keine Frau war vermißt gemeldet worden, und es kam auch niemand, um ihre Leiche abzuholen, also haben wir sie in der Gemeinde beerdigt. Wir wissen immer noch nichts über sie, außer daß sie um die Vierzig gewesen sein muß und einfache Wollkleidung trug.«

»Und der Mörder? Weiß man etwas über ihn?«

»Ich glaube nicht. Der Regen hatte alle Spuren fortgespült – Fußabdrücke, Radmarken und ähnliches. Es war auch keine auffällige Person in der Gegend beobachtet worden – zumindest niemand, der nicht Rechenschaft über sein Tun in der Mordnacht ablegen konnte. Alle Welt geht davon aus, daß es sich bei dem Täter um einen Verrückten handelte. Man hat sogar in den hiesigen Krankenhäusern und Irrenanstalten nachgefragt, ob Patienten ausgebrochen sind. Dem war nicht so, aber es ist nur zu verständlich, warum die Vermutungen in diese Richtung gehen. Es war so ein sinnloses, brutales Verbrechen. Selbst wenn der Mörder sie ausgeraubt oder vergewaltigt haben sollte – ihr Körper war von Feuchtigkeit und Matsch so entstellt, daß der hinzugerufene Arzt das nicht mehr beurteilen konnte –, welchen Grund hätte es gegeben, sie so … so *gründlich* zu töten?« Seine Stimme senkte sich und klang jetzt verbittert und traurig. »Wir wissen doch von dem Mord an Alexander, daß ein einziger Schlag genügt, um ein Menschenleben auszulöschen. Warum sollte sich der Mörder dann die Mühe gemacht haben, ihr Gesicht so zuzurichten?«

»Einige Männer finden Gefallen an der Brutalität an sich. In so einem Fall hätte man jedoch erwartet, daß sie am ganzen Körper wahllos geschlagen worden wäre. Daß der Mörder sich ganz auf ihr Gesicht konzentriert hat, legt nahe, daß er genau wußte, was er erreichen wollte: sie unkenntlich machen.«

»Aber warum?«

»Ich habe nicht die geringste Ahnung. Vielleicht sollten wir zu unserem Mordfall zurückkehren. Morgen werde ich Quentin Clare aufsuchen. Was können Sie mir über ihn erzählen? Sie gehören doch beide demselben Inn of Court an.«

»Ja, aber ich kenne ihn nicht sehr gut. Wir Vorstandsmitglieder kommen nicht sehr oft mit den Studenten zusammen, obwohl ich mich immer um Kontakt mit ihnen bemühe. Meiner Meinung nach müßten wir diese jungen Leute noch viel mehr führen. Daß man viermal im Jahr ein paar Wochen lang mit ihnen zusammen das Dinner einnimmt, ist nicht das, was ich eine solide juristische Ausbildung nennen würde. Man könnte einen jungen Mann genausogut ins Meer werfen und behaupten, man habe ihm schließlich das Schwimmen beigebracht. Clare scheint ein sehr ordentlicher junger Mann zu sein – man hat ihn noch nie wegen irgendwelcher Trinkgelage in seinen Räumen tadeln müssen. Er gehört auch nicht zu denen, die herumlaufen und Türklinken stehlen oder ähnlichen typischen Studentenunsinn treiben. Clare ist sehr schüchtern und zurückhaltend. Ich hoffe nur, daß er nicht als Anwalt praktizieren will. Für Bescheidenheit und Zurückhaltung ist das Gericht der falsche Ort.«

»Was mag Alexander nur an ihm gefunden haben?«

»Ich weiß es nicht. Manchmal habe ich sie zusammen gesehen, aber Clare hat sich immer im Hintergrund gehalten und Alexander für sie beide reden lassen. Vielleicht hat er Alexander leid getan. Alexander war sehr großzügig gegenüber gesellschaftlich benachteiligten Menschen wie Eugene oder Adams. Es wäre doch sehr traurig, wenn einer von seinen Schützlingen ihm diese Güte damit gelohnt hätte, daß er ihn ermordet.«

»Das ist noch nicht erwiesen«, sagte Julian unverbindlich. Langsam begannen ihm Sir Malcolms ständige Lobreden auf seinen Sohn auf die Nerven zu gehen. Aber warum? Nur weil er selbst nicht ganz glauben konnte, daß Alexander wirklich so vollkommen war, wie es den Anschein hatte, durfte er nicht an der aufrichtigen und unübersehbaren Großzügigkeit dieses Mannes gegenüber Leuten wie Clare und Adams zweifeln. Und trotzdem...

»Ich vermute, daß Sie recht viele Menschen verhören werden«, unterbrach Sir Malcolm ihn in seinen Gedanken. »Die Gäste auf Alexanders Gesellschaft und alle anderen aus den besseren Kreisen, die ihn gut kannten.«

»Ja, natürlich brauche ich Informationen von ihnen. Aber ich werde sie nicht verhören. Das wäre wahrscheinlich die schlechteste Strategie, die ich anwenden könnte.«

»Aber wie wollen Sie dann herausfinden, was sie wissen?«

»Genau dadurch, daß ich keine Fragen stelle. Die einzige Möglichkeit, in der *beau monde* zu irgend etwas zu kommen, ist, immer das Gegenteil von dem zu tun, was man erreichen will.«

»Das verstehe ich nicht.«

»Ich will Ihnen ein Beispiel geben. Als ich vor drei Jahren vom Kontinent nach London kam, kannte ich fast niemanden, und niemand kannte mich. Damals bin ich jeden Tag im Hyde Park ausgeritten, und zwar genau zu der Stunde, in der alle es taten. Doch ich trat einfach nur in Erscheinung, ohne zu versuchen, mit jemandem ins Gespräch zu kommen oder um Aufmerksamkeit zu buhlen. Irgendwann begannen dann ein paar Leute, die mich in Italien getroffen hatten, damit zu prahlen, daß nur sie wüßten, wer ich sei. Und bald schon wurde es *de rigueur,* mich zu kennen. Alle Welt lud mich ein, aber ich ging fast nirgendwohin. Manchmal habe ich für einen Abend drei Einladungen erhalten und sie alle abgelehnt. Ich bin zu Hause geblieben, habe gelesen oder Klavier gespielt und die *beau monde* auf mich neugierig gemacht. Der ganze Trick ist, daß die Damen und Herren der feinen Gesellschaft entsetzlich gelangweilt sind und es fürchterlich satt haben, immer nur bewundert und umworben zu werden. Darum finden sie jeden interessant, der sich aus ihnen nichts zu machen scheint, weil er nicht ständig um sie herumscharwenzelt. Das war Brummells Geheimnis, aber nur wenige haben seine Lektion verstanden, und noch weniger sind in der Lage, sie in die Tat umzusetzen.

Ich habe vor, Sir Malcolm, einfach in der Öffentlichkeit zu erscheinen und Alexanders Bekannte auf mich zukommen zu lassen. Sie wissen, daß ich diesen Mordfall übernommen habe – ich habe das Gerücht gestern abend durch meinen Diener ausstreuen lassen, und mittlerweile wird es sich zu einem Flächenbrand entwickelt haben. Heute abend werde ich ins Theater gehen und danach auf eine Abendgesellschaft. Es ist einer jener Empfänge, die von den großen Gastgeberinnen für drei- oder vierhundert engere Freunde gegeben werden. Die Leute stehen in überhitzten Räumen und auf Treppen herum und wundern sich, daß sie sich nicht amüsieren. Alexanders Freunde werden erwarten, daß ich sie wegen des Mordes anspreche, aber ich werde mich hüten, das Thema auch nur anzuschneiden. Sie werden sich übergangen fühlen und mir zu beweisen versuchen, wie wertvoll ihre Meinungen und Beobachtungen sind. Kurzum: Indem ich niemanden um Informationen bitte, wird man mich damit überschütten. Und selbst wenn vieles sich als wertlos erweisen mag, wird es in der Spreu auch ein oder zwei Weizenkörner geben.«

»Ich will Ihre Methoden nicht anzweifeln, Mr. Kestrel, aber sind Sie sich da ganz sicher?«

»Ich kenne diese Menschen, Sir Malcolm. Sie sind das Element, in dem ich lebe.«

Sir Malcolm blickte ihn durchdringend an. Julian ahnte schon seine nächste Frage: *Warum? Was treibt Sie, Ihr Leben mit Menschen zu verbringen, die man wie Hunde abrichten, wie Kinder amüsieren und wie Schachfiguren bewegen muß? Ein Mann mit Ihren Fähigkeiten...*

»Wo werden Sie sich in den nächsten Tagen aufhalten«, fragte Julian schnell, »falls ich mit Ihnen sprechen muß?«

»Ich würde am liebsten zu Hause bleiben. Im Moment habe ich das Gefühl, daß genau dort mein Platz ist, in Belindas Nähe. Aber wir befinden uns mitten in der Sitzungsperiode, bei Gericht geht es hoch her, und im Lincoln's Inn gibt es für mich viel Verwaltungsarbeit zu erledigen. Sicherlich werde ich jeden Tag ein paar Stunden in meinem Amtszimmer verbringen müssen – Nummer 21, Lincoln's Inn Old Square. Wenn Sie mich dort nicht antreffen sollten, können Sie eine Nachricht bei meinem Schreiber hinterlassen.« Er lächelte wehmütig. »Im Moment ist es recht unangenehm, vor der Ersten Strafkammer, der Kings Bench, zu erscheinen. Die Geschworenen hängen an meinen Lippen – aber leider nicht, weil meine Plädoyers sie so faszinieren. Das Interesse gilt mehr meiner Person. Wie trägt es der Vater des Ermordeten? Wen verdächtigt er?«

»Und wen verdächtigen Sie, Sir Malcolm?«

»Vermutlich die Menschen, die ich am wenigsten kenne: Clare, Adams und die anderen Gäste auf der Gesellschaft. Vielleicht sogar das mysteriöse Dienstmädchen, das Belinda unten am Themseufer getroffen hat. *Sie* schien nichts Gutes im Schilde zu führen. Glauben Sie, daß wir eine Chance haben, diese Person ausfindig zu machen?«

»Wir werden es versuchen, Sir Malcolm. Mehr noch, wir werden schon heute abend damit beginnen.«

Als er zu Hause ankam, schrieb Julian zwei Nachrichten. Die eine war an Quentin Clare gerichtet:

Clarges Street 35
2. Mai 1825

Sir,

wie Sie vielleicht schon gehört haben, hat Sir Malcolm Falkland mich gebeten, ihm bei der Suche nach dem Mörder seines Sohnes behilflich zu sein. Ich habe ihm das Versprechen gegeben, mein Bestmögliches zu tun. Aus diesem Grund würde ich mich sehr gern mit Ihnen unterhalten. Ich werde mir die Ehre geben, Sie morgen früh um zehn aufzusuchen, und hoffe, Sie daheim anzutreffen.

Ich bin, Sir, Ihr ergebener Diener

Julian Kestrel

Die zweite Nachricht lautete:

Mein lieber Vance,

wären Sie bitte so gut, mir alle Informationen zukommen zu lassen, die Sie über den Mord in der Ziegelei haben? Wahrscheinlich werden Sie mich für etwas flatterhaft halten, so von einem Verbrechen zum nächsten zu springen, aber ich versichere Ihnen, daß ich Alexander Falkland nicht vergessen habe. Ich habe nur einfach das Gefühl, ich sollte mehr über diesen anderen Mordfall wissen. Warum, würde ich Ihnen gerne sagen – wenn ich es nur selbst wüßte.

Mit bestem Dank bin ich Ihr
J. K.

Julian übergab Dipper die Nachrichten, damit er sie überbringen konnte. »Und wenn du damit fertig bist, habe ich eine Aufgabe für dich, die sicher mehr nach deinem Geschmack ist. Es gibt da ein Dienstmädchen, über das ich gerne mehr wissen würde. Und da sie jung und hübsch sein soll, bin ich sicher, daß deine Untersuchungen sehr gründlich ausfallen werden.«

Wie fast alle Seitenhiebe seines Herrn steckte Dipper auch diesen mit dem still leidenden Blick des zu Unrecht Beschuldigten ein. Dieser Gesichtsausdruck mußte ihm in seiner Zeit als Taschendieb hervorragende Dienste geleistet haben.

Julian erzählte ihm von dem mysteriösen Dienstmädchen, das Mrs. Falkland durch einen Torbogen in der Nähe einer Haushaltswarenhandlung im Strand-Viertel gelockt hatte. »Mrs. Falkland sagt, der Durchgang führe auf einen engen Platz mit grauen Backsteinhäusern, die fast alle recht verfallen seien.«

»Das wird der Gygnet's Court sein, Sir.«

»Kennst du die Gegend?«

»Aber ja, Sir. Meine Kumpels und ich, wir sind da manchmal untergeschlüpft, wenn wir mit den Wachmännern Verstecken gespielt haben. Damals war keins von den Häusern in bewohnbarem Zustand, aber später sind dann die Rattenfänger dort gewesen, also muß jemand vorgehabt haben, sie wieder instand zu setzen.«

»Schau dich dort bitte einmal um und versuche, das Mädchen ausfindig zu machen. Es ist hochgewachsen und schlank, hat blondes Haar und große blaue Puppenaugen. Damals trug es ein braun-weiß kariertes Kleid und eine weiße Haube.«

»Und was soll ich tun, wenn ich sie gefunden habe?«

»Bekanntschaft anknüpfen. Ich weiß, daß du dieser Aufgabe mehr als gewachsen bist. Falls du sie nicht finden solltest, versuche in der Nachbarschaft soviel wie möglich über sie zu erfahren. Ich will wissen, wer sie ist und was sie mit Mrs. Falkland zu schaffen hatte.«

»Woran denken Sie denn, Sir?«

»Wahrscheinlich ist es etwas, das kein besonders gutes Licht auf Mrs. Falkland wirft, sonst würde sie es nicht zu verdunkeln versuchen. Vielleicht war es irgendeine Halsabschneiderin, und es ging um ein Darlehen. Oder Mrs. Falkland hatte eine *affaire de cœur*, und das Dienstmädchen fungierte als Kupplerin. Oder Mrs. Falkland ist erpreßt worden. Natürlich könnte sie auch den Mord an ihrem Mann arrangiert haben. Was mir aber bei all diesen Erklärungen nicht einleuchten will, ist folgendes: Warum sollte sie sich direkt unter Alexanders Augen mit dem Mädchen zum Arrangieren solcher Geschäfte entfernen?«

9

EIN HAUCH VON SKANDAL

In ganz London gab es keinen Ort, der Dipper so vertraut war
wie der Strand, das Viertel am Themseufer. Als Kind hatte er in
verschiedenen Gegenden Londons gewohnt: Elendsvierteln wie
Chick Lane und Seven Dials, wo sie mit der ganzen Familie in
einem engen Zimmer gehaust hatten; er kannte die Schlupfwin-
kel der Unterwelt, in denen er sein Handwerk als Taschendieb
gelernt hatte, und die heruntergekommenen Absteigen, wo er
sein Bett mit einem Dutzend anderer Jungen und Mädchen teilen
mußte. Gearbeitet hatte er jedoch meistens in der Nähe des
Themseufers. Hier kamen Angehörige aller Klassen zusammen,
um in den Läden nach Billigangeboten zu stöbern, sich das
Wachsfigurenkabinett anzusehen oder die Dienste eines der
Mädchen zu suchen, die in knappen Seidenfummeln und farbenprächtigen Kopfbedeckungen die Trottoirs entlangflanierten.
Alle, die hierherkamen, trugen prallgefüllte Geldbeutel bei sich,
und niemand behielt sie genau im Auge. Für einen Taschendieb
war das ein Paradies.

Die Uhr an St. Clement Danes, einer der beiden kleinen
weißen Kirchen, die wie Inseln inmitten der geschäftigen Gegend ruhten, schlug acht. In den Läden herrschte noch reges
Treiben, doch die Bäcker verkauften ihre Kuchen bereits zum
halben Preis, die letzten Angestellten eilten in ihren schäbigen
schwarzen Anzügen nach Hause, die Kaffeehäuser leerten sich,
und in den Wirtshäusern wurde es langsam voll. Kutschen pol-
terten über die Pflastersteine und brachten Theaterbesucher zum
Covent Garden oder in die Drury Lane.

Dipper schlenderte lässig die Straße entlang. Weil er die Gewohnheiten seiner ehemaligen Kollegen kannte, hatte er die

Hände in den Hosentaschen vergraben und hielt seine Rockschöße unter die Arme geklemmt, um auch die Jackentaschen im Auge zu haben. Er ging an Speiselokalen vorbei, aus denen ihm der Duft von gebratenem Fleisch in die Nase stieg, an Stoffhandlungen, in denen sich Leinenballen in allen Regenbogenfarben stapelten, und an einem Mann, der sich als riesiger Stiefel kostümiert hatte und Schuhwichse feilbot. Schließlich erreichte er das große Schaufenster von Haythorpe and Sons, aus dem ihm glänzend polierte Kaminroste und Feuerbestecke entgegenschimmerten. Direkt daneben befand sich der Torbogen, der in den Cygnet's Court führte.

Dipper ging hindurch. Der Platz hatte sich kaum verändert: eng und dunkel, mit zwei grauen Backsteinhäusern zu beiden Seiten und einem dritten am anderen Ende. Zwei der Häuser, das größte und das kleinste, waren vor kurzem renoviert worden. Das kleinere lag gleich linker Hand auf der anderen Seite des Torbogens. In seinen Fenstern hingen weiße Spitzengardinen, vor der Tür lag eine rot-blau gewirkte Fußmatte, und aus dem Schornstein stieg Rauch. Das größte Haus am anderen Ende des Platzes war dunkel und unbelebt. Als Dipper näher kam, sah er ein Schild mit der Aufschrift »Zu vermieten« in einem der Fenster.

Plötzlich spürte er ein unangenehmes Kitzeln in seinem Rükken – er hatte das sichere Gefühl, beobachtet zu werden. Als er sich umdrehte, konnte er hinter einem der Fenster des kleinsten Hauses ein Gesicht erkennen, das in seine Richtung schaute. Es war eine ältere Frau, die sich unter seinem Blick schnell hinter den Vorhängen versteckte. Dipper ging an ihre Haustür und klopfte.

Die Tür wurde von einer Dienstbotin geöffnet. Es war nicht das Mädchen, das Mrs. Falkland angesprochen hatte, denn die Gestalt vor ihm war grobknochig und plump, mit karottenroten Haaren und einem Glasauge. Dipper vermutete, daß sie nicht gerade mit großen Geistesgaben gesegnet war.

Langsam und deutlich sagte er: »Ich würde gern mit deiner Herrin sprechen, wenn es erlaubt ist.«

Das Mädchen starrte ihn aus ihrem guten Auge stumpfsinnig an, während ihm das Glasauge, das als Iris nur ein paar winzige braune Flecken hatte, weiß entgegenleuchtete.

Jetzt kam die alte Dame, die er im Fenster gesehen hatte, an einem Stock herbeigehumpelt. »Weg mit dir, du dummes Gör! Beachten Sie sie einfach nicht, junger Mann, sie ist mehr als nutzlos. Du bist mehr als nutzlos, Bet, verstehst du?«

Während sie das sagte, klang ihre Stimme jedoch nicht böse, sondern fast liebevoll. Und wahrscheinlich, so dachte Dipper, war der Tonfall alles, was dieses Mädchen verstehen konnte.

»Ja, Ma'am.« Sie nickte verständnislos.

Die alte Dame musterte Dipper ein wenig ängstlich, aber vor allem neugierig. Sie war eine mollige, gemütlich aussehende Frau mit breitem Gesicht, Grübchen in den Wangen und einem dreifachen Kinn. Sie trug ein blaues Kattunkleid und eine weiße Spitzenhaube, die aussah wie die Kuppel der St.-Pauls-Kathedrale.

»'n Abend, Ma'am«, sagte Dipper und lüftete seinen Hut.

»Guten Abend.« Seine ordentliche Erscheinung und die guten Manieren schienen sie ein wenig zu beruhigen.

»Ich habe gerade gesehen, wie Sie mich beobachtet haben. Das müssen Sie natürlich tun, so abgeschieden, wie Sie hier wohnen. Da rechnet man natürlich nicht mit irgendwelchen Fremden, die hier herumschnüffeln.«

»Ja, genau, mehr war es nicht. Wissen Sie, ich wollte wirklich nicht neugierig sein, aber Bet und ich leben ganz allein hier, und ich habe Angst vor Einbrechern.«

»Sie sollten einem Fremden eigentlich gar nicht verraten, daß Sie allein hier wohnen. Da reiben sich die Diebe nur die Hände.«

»Da mögen Sie recht haben. Aber sie scheinen ein wirklich netter junger Mann zu sein. Was wünschen Sie?«

»Ich möchte Sie gern was fragen, wenn ich darf.«

»Oh, kommen Sie rein! Ich wollte mich gerade zu meinem Abendtee setzen, und Sie sind herzlich eingeladen, mit mir zu speisen. Es gibt Toast, Käse und Stachelbeermarmelade, und vielleicht finde ich auch noch – aber da bin ich nicht ganz sicher – ein paar eingelegte Walnüsse.«

»Vielen Dank, Ma'am. Da würde ich gerne annehmen.«

Eilig watschelte sie den Flur entlang, und Dipper folgte ihr. Sie kamen in ein winziges Hinterstübchen, das trotz der abendlichen Kühle von einem prasselnden Kaminfeuer fast überhitzt war. Die alte Dame bekam offensichtlich selten Besuch. Ihre gute Stube schien mehr geschützt als benutzt zu werden. Über den Teppich war ein grober Wollstoff gebreitet, die Sessel verbargen sich unter braunen Schutzbezügen und der Tisch unter einer Papierdecke. Die Fenster wurden offenbar nur selten geöffnet, denn es roch muffig und ein wenig nach den getrockneten Blumen, die in einer Schale auf dem Tisch lagen. Auf dem Kaminvorleger hatten es sich zwei Katzen bequem gemacht, die eine war weiß, die andere gelb-braun getigert.

»Das ist Schneeflöckchen, und das ist Amber«, stellte die alte Dame sie vor. »Und ich bin Mrs. Wheeler.«

»Sehr erfreut, Ma'am. Mein Name ist Tom Stokes.« Das war Dippers echter Name, aber da ihn in seinem ganzen Leben noch niemand so gerufen hatte, war es ein sicherer Deckname.

Während er sich mit den Katzen anfreundete, machte Mrs. Wheeler den Tee. Als sie fertig war, nahm Dipper ihr gegenüber Platz und bediente sich von der Stachelbeermarmelade. Sie war ausgezeichnet, und das sagte er ihr.

»Sie haben einen süßen Zahn«, sagte sie.

»Ja, Ma'am, ganz außergewöhnlich.«

»Meine Älteste – das ist meine verheiratete Tochter Millie – hatte einen fürchterlich süßen Zahn, das können Sie sich gar nicht vorstellen. Mit Zwanzig wirst du keinen einzigen Zahn mehr im Mund haben, habe ich sie immer ermahnt und sie gefragt, wie sie dann wohl einen Ehemann abkriegen wolle?

Aber ich habe mich umsonst gesorgt, denn sie hat einen Gerichtsbuchhändler in Holborn geheiratet und drei prächtige Jungen gekriegt. Jeden Freitag morgen besuche ich sie und bleibe bis zum Samstag. Bet muß ich natürlich mitnehmen, denn das arme Ding hat sie nicht alle beieinander, und man kann sie nicht allein lassen. Ich wünschte, Mr. Wheeler hätte noch erleben können, was für aufgeweckte, fixe Burschen seine Enkel sind. Er war Handschuhmacher, und sein Geschäft lag ganz hier in der Nähe. Nach seinem Tod wollte ich die Gegend nicht verlassen, und darum habe ich dieses kleine Haus gemietet. Es ist ruhig, und die Katzen können herumlaufen, ohne von Pferden totgetrampelt oder von diesen frechen Lausebengeln gequält zu werden.«

»Aber ein bißchen einsam ist es hier schon, oder?«

»Nun ja, bis vor kurzem hatte ich eine Nachbarin, drüben, in dem großen Haus auf der anderen Seite des Platzes. Aber *sie* war schlimmer als überhaupt keine Nachbarin. Meine Güte, Sie wollten mich ja etwas fragen. Das habe ich wirklich völlig vergessen. Worum handelt es sich denn?«

Dipper hätte gern mehr über die Nachbarin erfahren und beschloß, das Gespräch so schnell wie möglich auf sie zurückzubringen. »Ich suche nach einer alten Freundin von meiner Ma – sie war meine Patin. Wir haben so lange nichts mehr von ihr gehört, darum hat meine Ma mich gebeten herauszubekommen, wie es ihr geht. Ich hatte gedacht, daß Sie vielleicht hier lebt, aber ich glaube, da lag ich völlig falsch.«

»Ja, das glaube ich auch. Außer mir und Mrs. Desmond hat in den letzten zwölf Monaten niemand hier in Gygnet's Court gelebt. Mrs. Desmond ist die Frau, die ich gerade erwähnt habe. Und *die* ist bestimmt nicht die Freundin von Ihrer Mutter, darauf möcht' ich wetten!«

»Nicht, Ma'am?«

»Gott bewahre, nein. Viel zu jung und nicht die Art Frau, die irgend jemandes Patin ist. Nicht, daß ich sie gekannt oder jemals mit ihr geredet hätte. Sie dachte wohl, sie wär' was Besseres, und hätte niemals einen Morgen damit vergeudet, jemandem wie mir einen Besuch abzustatten. Nicht, daß ich sie empfangen hätte, wenn sie gekommen wäre – nach allem, was ich wußte. Mrs. Desmond – hmm! Wenn die eine Mrs. war, freß ich einen Besen.«

»War sie, na ja, Sie wissen schon... so eine?« fragte Dipper vertrauensselig.

»Sicher kann ich das natürlich nicht sagen, aber ich habe Augen im Kopf. Sie ist vor ungefähr einem Jahr eingezogen und hat bis auf ein Dienstmädchen ganz allein gelebt. Und dann gab es da einen Mann, der sie immer besucht hat, und zwar nur nachts! Ich habe ihn nie richtig zu Gesicht bekommen, der Platz ist so schlecht beleuchtet. Alles, was ich gesehen habe, waren seine Umrisse. Er war jung, soviel konnte ich an seiner schlanken, hochgewachsenen Figur und der Art, wie er sich bewegte, erkennen. Und er war wie ein Gentleman gekleidet. Was sollte ich also daraus schließen? Doch nur das Schlimmste!«

»Klingt ganz nach so einer Geschichte«, stimmte Dipper zu.

»Ja, und normalen Besuch hat sie nie empfangen. Nur Händler, Manteau-Schneider, Putzmacherinnen und Polsterer. Offensichtlich hatte sie nichts anderes zu tun, als sich selbst mit schönen Kleidern und ihr Haus mit schönen Möbeln zu schmücken. Zur Kirche habe ich sie nie gehen sehen! Ach, es war fürchterlich, Mr. Stokes, mit so einer fast Tür an Tür zu leben. Ich kann Ihnen gar nicht sagen, wie froh ich bin, daß sie fort ist.« Mrs. Wheeler seufzte schwer auf.

»Aber ihr Mädchen ist in die Kirche gegangen«, fuhr sie fort. »Das arme Ding schien ein gottesfürchtiges Wesen zu sein. Sicher hat es ihr Gewissen sehr belastet, für so eine wie Mrs. Desmond zu arbeiten. Vielleicht war sie darum auch so schüchtern und verschreckt. Sie hat nie viel geredet, und schon gar nicht über ihre Herrin oder den Gentleman, der sie immer besuchen kam. Ich habe sie oft über den Platz gehen sehen und sie zum Tee eingeladen, aber das arme Ding hat sich nie länger aufhalten wollen.«

Dipper wagte ein Experiment. »Ich glaube, ich habe sie einmal gesehen – das Mädchen, meine ich. Ich bin schon mal hiergewesen, es muß der erste April gewesen sein.« Das war der Tag, an dem die Dienerin Mrs. Falkland durch den Torbogen geführt hatte, und Mr. Kestrel war schließlich der Ansicht, daß die Daten eine Rolle spielen könnten. »Sie war blond und hübsch, nicht wahr?«

»Wer, das Mädchen? Ganz und gar nicht. Grau und korpulent war sie, und mindestens vierzig Jahre alt.«

»Das Mädchen, das ich gesehen hab', war blond und schlank. Sie hatte große blaue Augen und trug ein braunkariertes Kleid und eine weiße Haube.«

»Ist das nicht seltsam? Fanny, das Mädchen, hat sich genauso gekleidet. Aber das hübsche blonde Mädchen, das klingt eher nach Mrs. Desmond selbst.«

»Sie meinen, sie hat sich vielleicht die Sachen von ihrem Dienstmädchen angezogen?«

»Gott bewahre! Warum sollte sie das tun? Aber trotzdem, bei der halte ich nichts für unmöglich. Eine Schande, daß ich nicht sehen konnte, was sie im Schilde führte! Nicht, daß ich mit solchen Sachen irgend etwas zu tun haben wollte, wenn Sie verstehen, was ich meine.«

»Natürlich nicht.«

»Ich meine nur, wenn sich eine Person die Sachen von der eigenen Dienstbotin anzieht, sollte man sie als anständiger Mensch besser im Auge behalten und aufpassen, daß sie nicht die ganze Nachbarschaft in Verruf bringt.«

»Ganz genau«, ermutigte Dipper sie. »Natürlich muß man an die Nachbarschaft denken.«

»Und ob. Moment mal: Haben Sie gesagt, Sie hätten sie am ersten April gesehen? Aber natürlich! Das war ein Freitag, und deshalb war ich bei Millie. So eine Schande! Jetzt werden wir nie wissen, was für Teufeleien sie im Schilde führte, wo sie einfach verschwunden ist und Fanny mit ihr. Der Himmel mag wissen, wohin.«

»Wann ist sie abgehauen?«

»Vor ungefähr zwei Wochen, und zwar ganz plötzlich. Ist einfach eines Nachts verschwunden. Es war ein Freitag, darum habe ich sie nicht gehen sehen.«

Offensichtlich geschah alles Anrüchige, das Mrs. Desmond tat, an einem Freitag – dem einzigen Tag in der Woche, an dem ihre neugierige Nachbarin nicht da war. Mrs. Wheeler gehörte zu den alten Damen, die alles gern ordentlich und überschaubar hatten; ihr Haus und auch ihre täglichen Gewohnheiten. Ihr Kommen und Gehen war absolut vorhersagbar, und Mrs. Desmond hatte sicherlich bald all ihre Gewohnheiten gekannt.

»Erst habe ich gedacht, sie sei bei Nacht und Nebel ausgezogen, damit es keiner merkte«, fuhr Mrs. Wheeler fort. »Ihr Verehrer hatte sie vielleicht sitzengelassen, und jetzt mußte sie vor ihren Gläubigern flüchten. Aber ich habe keinen Gerichtsvollzieher dort reingehen sehen, also muß es wohl doch nicht so gewesen sein. Und anscheinend hat sie nichts aus dem Haus, das gut eingerichtet war, mitgehen lassen – was man von so einer doch erwartet hätte. Ein paar Tage, nachdem sie verschwunden war, ist nämlich der Vermieter gekommen und hat eine Bestandsliste aufgenommen. Er sagte, daß nichts gefehlt habe.«

»Wer ist der Vermieter?« fragte Dipper leichthin.

»Ein Mr. Giles Underhill aus Clapham. Früher war er mal Bankier, aber jetzt ist er pensioniert und fürchterlich faul geworden. Er hat diese Häuser jahrelang verkommen lassen, bis er dann endlich meins und das von Mrs. Desmond renoviert hat. Der Himmel weiß, wann er die anderen bezugsfertig machen wird.«

Dipper dachte einen Moment lang nach. »Haben Sie Mrs. Desmond jemals in Begleitung einer Dame aus der Oberschicht gesehen – einer echten Lady, groß und mit goldblondem Haar, eine ausgesprochene Schönheit.«

»Gott bewahre, nein! Bei Mrs. Desmond habe ich noch nie einen anständigen Menschen reingehen sehen.« Dann sprach sie mit leiser, verschwörerischer Stimme: »Manchmal hat sie junge Frauen mit nach Hause gebracht. Sie ist tagsüber ausgegangen und mit einem hübschen Mädchen wieder zurückgekommen. Am Abend ist dann ihr Gentleman gekommen, und ein paar Stunden später ist das Mädchen wieder gegangen. Nun, was sollte ich davon halten, Mr. Stokes? Was soll man davon halten?«

»War es immer derselbe Gentleman?«

»Da bin ich ganz sicher. Auch wenn ich sein Gesicht niemals gesehen habe, seine Silhouette und seinen Schritt kannte ich ganz genau.«

Also hatte Mrs. Desmond kein Bordell betrieben, dachte Dipper, zumindest nicht im üblichen Sinn. So wie es aussah, hatte sie nur für einen Mann gekuppelt, dem ihre eigenen Vorzüge nicht ausgereicht hatten. Und in dieser Gegend hatte sie wirklich eine breite Auswahl: Kokotten mit schönen Juwelen und Kutschen, Schauspielerinnen, die sich zwischen zwei Engagements über Wasser halten mußten, und Schlampen, die für einen Drink alles taten. Aber was nur sollte Mrs. Falkland mit solchen Leuten zu tun haben? Konnte es sein, daß Mrs. Desmonds Gentleman ein Auge auf sie geworfen und seine Geliebte gebeten hatte, Mrs. Falkland anzusprechen?

Das würde erklären, warum Mrs. Falkland sich über ihren Besuch in Gygnet's Court so in Schweigen hüllte. So eine Episode würde sie natürlich lieber für sich behalten, egal, ob sie den Annäherungsversuch dieses Mannes nun abgewiesen oder zugelassen hatte. Denn sobald sich einmal herumsprach, daß eine Lady in eine Geschichte wie diese verwickelt war, würde man schnell das Schlimmste von ihr denken. Und was, wenn Mr. Falkland es erfahren hätte? Für einen Gentleman wäre das ein Grund zu einem Duell gewesen. Und wenn Mrs. Desmonds

Verehrer mit einem Duell rechnen mußte, hatte er vielleicht die Gefahr abzuwenden versucht, indem er zuerst zuschlug?

Als Julian an diesem Abend ins Theater ging, bemerkte er, daß man ihm mehr Aufmerksamkeit zollte als den Schauspielern. Natürlich war er es gewohnt, daß man ihn anstarrte. Leute, die fremd in London waren, besichtigten ihn wie das Carlton House oder den Tower. Aufstrebende Dandys registrierten genau, wie viele Siegel er an seiner Uhrkette trug (niemals mehr als zwei) und was er von farbigen Krawatten am Abend hielt (überhaupt nichts). Doch diesmal reagierte man mit einer sehr gespannten, nervösen Aufmerksamkeit auf ihn, wobei sich besonders diejenigen hervortaten, die als Gäste auf Alexander Falklands letzter Gesellschaft geweilt hatten. Die feinen Herren starrten ihn durch ihre Lorgnons an, während die Damen hinter ihren Fächern über ihn tuschelten. Julian jedoch konzentrierte sich ganz auf das Bühnengeschehen, womit er auf den Logenplätzen zur Minderheit der wenigen gehörte, die ins Theater kamen, um tatsächlich ein Stück zu sehen.

In der Pause mischte er sich unter die Menschenmenge im Foyer. Mit seinen weiblichen Bekannten plauderte er über die Fähigkeiten der Schauspieler und mit den Männern über die Fesseln der Schauspielerinnen. Er half, einen betrunkenen Bekannten an die frische Luft zu befördern, und holte den Damen, die es nicht über sich brachten, sich unter das gewöhnliche Volk in den Erfrischungsräumen zu mischen, Limonade und Punsch. Die ganze Zeit über kam nicht einmal das Wort *Mord* oder der Name Alexander Falkland über seine Lippen. Die Leute reagierten erleichtert, dann enttäuscht und schließlich verärgert. Noch bevor die Pause um war, begannen Alexanders Bekannte sich an ihn heranzumachen, um ihm ins Ohr zu flüstern, daß er sie vielleicht später sprechen wolle. »Tatsächlich?« lautete dann Julians stereotype Antwort, wobei er seine berüchtigte Augenbraue hob, als habe er Zweifel daran, ob sein Gegenüber irgend etwas Nützliches zu sagen hatte. Das stachelte die Leute erst recht an. Sie gaben ihm zu verstehen, daß sie vielleicht ungeheure Enthüllungen zu machen hatten. Ob er später noch zum Empfang bei Lady Gillingham käme? Gut, dann würden sie sich dort mit ihm unterhalten.

Nach der Vorstellung kam das Ritual des Herumstehens im Foyer, wo man auf die Kutschen wartete, von denen immer nur eine oder zwei auf einmal vorfuhren. »Wie klug Sie sind, Mr. Kestrel!« hörte Julian plötzlich eine Stimme hinter sich flöten.

Er drehte sich um. Da stand Lady Anthea Fitzjohn, in großer Abendrobe aus purpurrotem Satin und mit Diamantohrringen, die durch die glänzenden schwarzen Kunstlocken, die ihr Gesicht umrahmten, funkelten. Ihr echtes Haar hatte sie unter einen turbanähnlichen Hut gesteckt, der mit Straußenfedern geschmückt war.

»Meine liebe Lady Anthea, Sie sehen einfach umwerfend aus!«

»*Sie* umwerfen?« Ihre boshaften schwarzen Äuglein tanzten. »Wohl kaum, Mr. Kestrel! Dazu wären doch noch nicht einmal bewaffnete Dragoner imstande.«

»Was ist ein bewaffneter Dragoner im Vergleich zu einem Wort und einem Lächeln von Ihnen?«

»Ach, ich mag es, wenn junge Männer mich so umschmeicheln. Natürlich ist das alles Schall und Rauch, aber immerhin ein unschuldiges Vergnügen – nicht so teuer wie das Kartenspiel und wesentlich besser für den Teint als Madeira. Schon seit Ewigkeiten warte ich darauf, daß mich einer von euch jungen Kavalieren wegen meines Geldes heiratet. Sie wissen doch, daß ich fürchterlich reich bin und so ein vorbildliches Leben geführt habe, daß mir in meinem Alter noch ein wenig Aufregung und Liebesleid zustehen. Was meinen Sie?«

»Lady Anthea, Sie machen mich zum glücklichsten aller Männer. Nennen Sie mir nur den Tag, und ich werde ein Aufgebot in die *Morning Post* setzen.«

»Sie widerlicher Mann!« Lady Anthea lachte, wobei sich ihre

trockenen, mit Rouge bedeckten Wangen in Falten legten. »Als würde ich mir jemals das Vergnügen nehmen lassen, meine lieben Verwandten rätseln zu sehen, was ich wohl mit all meinem Geld machen werde. Sagen Sie, werden Sie jetzt wegen Wortbruch gerichtlich gegen mich vorgehen?«

»Haben Sie den geringsten Zweifel daran? Wenn die Geschworenen Sie zu Gesicht bekommen und sehen, was mir entgangen ist, wird die Entschädigung außergewöhnlich hoch ausfallen.«

»Unverfrorene Kreatur! Zum Abschied will ich Ihnen nur noch sagen, daß ich genau weiß, was Sie im Schilde führen.«

»Wie bitte?«

»Die ganze Zeit kein Wort von Ihnen und nur diese vielsagenden Blicke. Sie wollen uns alle verrückt machen – ich meine, diejenigen von uns, die auf Falklands Empfang waren. Wir wissen, daß Sie sich mit dem Mordfall beschäftigen, und fragen uns, ob Sie uns ignorieren, weil Sie uns verdächtigen oder weil Sie glauben, daß Ihnen unsere Beobachtungen kaum von Nutzen sein können.«

»Meine liebe Lady Anthea, ich bin so erleichtert, daß mir endlich jemand auf die Schliche gekommen ist. Ich habe mir schon Sorgen um den Verstand der Leute gemacht. Sie werden mich doch hoffentlich nicht verraten?«

»Dann würde mir ja entgehen, wie Sie all meine lieben Freunde quälen! Nicht um alles in der Welt. Ganz im Gegenteil – ich will Ihnen in die Hand spielen...«

Die Stimme eines Lakaien dröhnte durch den Raum: »Die Kutsche von Lady Anthea Fitzjohn ist soeben vorgefahren!«

»Wie ärgerlich!« war ihre Reaktion. Dann hellten sich ihre Züge auf. »Gehen Sie zu Lady Gillingham?«

»Ja.«

»Hervorragend, ich auch. Erlauben Sie mir, Ihnen einen Platz in meiner Kutsche anzubieten. Dort können wir uns ungestört unterhalten.« Sie seufzte. »Ach, wenn ich nur jünger wäre oder Sie älter – was für einen Skandal wir verursachen könnten!«

Draußen vor dem Theater herrschte ein regelrechtes Verkehrschaos. Julian und Lady Anthea bestiegen die Kutsche, zogen die Vorhänge zu und ließen sich zu einem ausführlichen Gespräch nieder. Julian begann damit, daß er sie nach ihrer Meinung zu Alexander befragte.

»Oh, ich habe sehr viel von ihm gehalten! Meine gegenwärtige Begleitung ausgenommen, war er bei weitem der angenehmste junge Mann, den ich kannte. So aufmerksam und höflich, so amüsant. Immer wußte er, wann er reden mußte und wann es besser war zuzuhören. Niemals rüpelhaft in der Öffentlichkeit, niemals langweilig und nie gelangweilt. Und dann sein exquisiter Geschmack! Sein Haus ist ein echtes Kunstwerk. Ich hoffe nur, Mrs. Falkland wird es nicht verpfuschen, jetzt, wo er von uns gegangen ist.«

»Halten Sie das für wahrscheinlich?«

Lady Anthea beugte sich vertraulich zu ihm hinüber. »Natürlich weiß jeder, daß das Haus ganz und gar sein Werk war. Alles, was die Falklands hatten – ihre Gesellschaften, ihre Beliebtheit, die Bewunderung, die sie auf sich zogen –, verdankten sie ihm. Zugegeben, sie ist sehr attraktiv. Aber das zeigt nur, daß sein Sammelinstinkt Menschen miteingeschlossen hat und sich nicht nur auf schöne Dinge beschränkte.«

»Wollen Sie damit andeuten, daß er sich seine Frau nach den gleichen Gesichtspunkten ausgesucht hat wie einen Aubussonteppich – um sein Haus zu schmücken?«

»Na ja, nicht ganz. Ein Aubussonteppich besitzt weder ein Landgut in Dorset noch ein Einkommen von zehntausend im Jahr.«

Julian war sich nicht sicher, wie ernst er diese spöttischen Bemerkungen nehmen sollte. Er wußte, wie gehässig Lady Anthea gegenüber den Frauen der Männer, die ihr gefielen, sein konnte. »Meinen Sie etwa, er war gar nicht so sehr in sie verliebt, wie er immer tat?«

»Ich glaube, sie hat ihn über alle Maßen gelangweilt. Außer von Pferden hat sie doch von nichts eine Ahnung. Im Prinzip ist sie nur ein einfaches Mädchen vom Lande, während er ein hochkultivierter junger Mann mit vielen Interessen war.«

»Erzählen Sie mir von seiner letzten Gesellschaft. Haben Sie viel mit ihm geredet?«

»Ich habe oft mit ihm zusammengestanden. Sie wissen ja, wie es ihm immer gelang, überall gleichzeitig zu sein. Aber wir hatten keine Gelegenheit zu einem *tête-à-tête*.«

»Wissen Sie, ob es zwischen ihm und Mrs. Falklands Mädchen irgendwelchen Ärger gegeben hat?«

»Himmel! Ich habe gehört, daß sie eine vierzigjährige Jungfer ist und regelrecht muskulös. Sie wollen doch wohl nicht andeuten, daß sie ihm schmachtende Blicke zugeworfen hat?«

»Nein, kaum. Aber es scheint ihn unangenehm berührt zu haben, als sie ihn von der Gesellschaft rief.«

»Wahrscheinlich hat er sich Sorgen um seine Frau gemacht. Sie hatte sich wegen Kopfschmerzen zurückgezogen. Es war schon eigenartig, daß sie aus heiterem Himmel plötzlich so krank wurde! Als der Abend begann, sah sie alles andere als leidend aus.«

»Man hat mir erzählt, Sie hätten sich sehr besorgt um sie gezeigt.«

»Ach, kommen Sie, seien wir doch offen. Ich wußte, was passiert sein mußte. Sie hat mit Alexander gestritten und sich dann schmollend zurückgezogen. Oder dieser schreckliche Junge, ihr Bruder, hatte einen Anfall oder so etwas. Aber einen Streit hielt ich für wahrscheinlicher.«

»Sind Sie noch immer dieser Ansicht?«

»Wenn ich jetzt ja sage, werden Sie denken, ich wollte die arme Mrs. Falkland beschuldigen, Ihren Mann umgebracht zu haben. Was ich natürlich *niemals* tun würde.« Sie lächelte schelmisch.

»Nachdem Falkland die Gesellschaft verlassen hatte, haben Sie Clare ausführlich befragt, wohin er gegangen sei und was er vorhabe. Warum?«

»Weil ich vermutete, daß er es wüßte, mein lieber Mr. Kestrel. Alexander und er waren eng befreundet, obwohl ich Ihnen wirklich nicht sagen kann, warum, wo doch der arme Mr. Clare so schrecklich unbeholfen und zurückhaltend ist. Alexander hatte die Party schon seit einiger Zeit verlassen, jetzt wissen wir natürlich, warum, aber damals erschien es uns recht eigenartig. Das Haus verwandelte sich ja regelrecht zum Schloß eines Schauerromans, in dem links und rechts die Leute verschwinden – erst die Dame des Hauses, dann der Herr.«

Noch eine Zeugin, die sich aus ihrem fehlenden Alibi nichts zu machen scheint, dachte Julian. Denn wie die meisten anderen Gäste konnte natürlich auch Lady Anthea nicht genau sagen, wo sie sich zwischen zehn vor und Viertel nach zwölf aufgehalten hatten. »Haben Sie David Adams gesehen?«

»O ja. Er wirkte an diesem Abend besonders gespenstisch und gefährlich. Ich fand schon immer, daß er etwas von einem Korsaren hat. Er würde einen erstklassigen Schurken abgeben.«

»Meinen Sie nicht, daß er ein zu dankbarer Sündenbock ist?«

»Oh, bitte verstehen Sie mich nicht falsch. Ich habe nicht einen Moment lang gedacht, daß er Alexander umgebracht haben könnte. Einen Mann mit einem Schürhaken zu erschlagen, ist ganz und gar nicht sein Stil. Er würde einen Gegner viel eher mit den Fäusten zusammenschlagen – oder noch besser, ihn finanziell ruinieren. Nein, wer immer Alexander auch umgebracht hat, die Person muß schwach, aber klug gewesen sein, gerissen in der Planung und leidenschaftlich im Haß. Kurzum, Mr. Kestrel – dies war das Verbrechen einer Frau.«

Als Julian von dem Empfang bei Lady Gillingham nach Hause kam, war es fast drei Uhr morgens. Er hatte dort kaum etwas Interessantes erfahren, was allerdings nicht daran lag, daß Alexanders Freunde sich in Zurückhaltung geübt hätten. Ganz im Gegenteil, sie waren eher zu mitteilsam gewesen und hatten in normalen Begebenheiten Omen für die spätere Gewalttat gesehen. Und jeder, der Alexander irgendwann einmal beneidet oder kritisiert hatte, überstürzte sich förmlich, Julian zu versichern, wie sehr er Alexander mochte, daß er ihm nie etwas Böses gewünscht hätte und desgleichen mehr. Immer wieder wurde auf mögliche Täter angespielt, und meistens war es David Adams, auf den die Verdächtigungen fielen. Wie Julian schon vermutet hatte, waren viele von Alexanders Bekannten erbost darüber gewesen, daß man Ihnen die Gesellschaft von Adams zugemutet hatte, und glaubten nun, Alexander habe den Preis dafür gezahlt, sich mit einem Juden und Geschäftsmann anzufreunden.

Das, was Dipper von seinem Gespräch mit Mrs. Wheeler zu berichten hatte, klang vielversprechender. Julian hielt es für wahrscheinlich, daß es sich bei der mysteriösen Dienstbotin, die Mrs. Falkland angesprochen hatte, um Mrs. Desmond in den Kleidern ihres Mädchens handelte. Doch was hatte sie mit Mrs. Falkland zu schaffen? Und warum hätte Mrs. Falkland Alexander mitbringen sollen, wenn sie sich zu dunklen Geschäften getroffen hatten? Um ihn mit der fadenscheinigen Ausrede von der kranken Bekannten wieder loszuwerden? Trotzdem mußte das Treffen geplant worden sein, denn wie hätte Mrs. Desmond sonst wissen sollen, daß Mrs. Falkland sich genau zu der Stunde in der Nähe des Cygnet's Court aufhalten würde? Vielleicht hatte Mrs. Falkland vorgehabt, allein zu gehen, und Alexander hatte in letzter Minute angeboten, sie zu begleiten, was sie nicht auszuschlagen wagte.

Nun galt es, Mrs. Desmond und ihr Mädchen zu finden. Julian wollte in dieser Sache gleich am nächsten Morgen an Vance schreiben. Im Moment hielt er es für das Beste, ein wenig zu schlafen. Doch es gab etwas, das ihn nicht zur Ruhe kommen ließ. Es war der Kalender: die Folge von anscheinend unzusammenhängenden Ereignissen, die zu dem Mord an Alexander

geführt hatten. Er würde keine Ruhe finden, bis er sie aufge-
schrieben hatte; auf Papier würde alles vielleicht mehr Sinn
ergeben. Julian wußte, daß er eigentlich viel zu müde war, um
sich darüber den Kopf zu zerbrechen, aber er wußte auch, daß er
nicht einschlafen würde, bevor er es getan hatte.

Julian tauschte Frack und Weste gegen seinen Hausmantel
aus. Dipper machte ihm einen mit Brandy parfümierten Kaffee,
ein Getränk, das er nicht nur wegen seines Geschmacks schätzte,
sondern auch wegen der angenehmen Wirkung, die es auf seinen
Kopf hatte – es war gleichzeitig beruhigend und stimulierend.
Dann schickte er Dipper zu Bett und begab sich mit der dampf-
fenden Kaffeetasse in sein Arbeitszimmer. Er band die Rüschen
an seinen Manschetten zurück, damit sie nicht die Tinte ver-
schmierten, und begann zu schreiben:

*CHRONOLOGIE DER EREIGNISSE, DIE ZUM MORD
AN ALEXANDER FÜHRTEN:*
März 1825
*Alexander hat Pech mit zwei Minengeschäften. Mrs. Falkland
bedrängt Alexander, Eugene zur Schule zurückzuschicken. Er
weigert sich und sagt, sie kenne seine Gründe.*
Freitag, 1. April
*Alexander und Mrs. Falkland besuchen ein Haushaltswarenge-
schäft am Themseufer. Mrs. Desmond nähert sich ihnen in den
Kleidern ihres Dienstmädchens. Sie reden miteinander, und dann
fährt Alexander mit der Kutsche fort. Dem Kutscher und Luke
sagt er, Mrs. Falkland würde eine kranke Freundin besuchen.
Mrs. Falkland geht mit Mrs. Desmond zum Cygnet's Court.
Laut Luke kommt sie drei Stunden später wieder nach Hause.
Sowohl er als auch Mrs. Falkland verschweigen etwas über diese
Episode.*
Samstag, 2. April
*Alexander notiert in seinen Büchern, daß Adams ihm seine
Schuldscheine erlassen hat.*

Mrs. Falkland und Alexander erklären Eugene, daß er in zwei Wochen nach Harrow zurückzukehren hat. Eugene beschimpft Mrs. Falkland, sie wolle ihn nur los sein, und wendet sich hilfesuchend an Alexander. Alexander sagt, er müsse sich den Wünschen Mrs. Falklands beugen.
Erste Aprilhälfte
Eugene spricht kaum noch mit Mrs. Falkland, die ganz offensichtlich unter irgend etwas leidet.
Die Nacht zum Freitag, dem 16. April

Die Spitze von Julians Federkiel zerbarst und hinterließ einen kleinen sternförmigen Fleck auf dem Papier. Während er sie mit einem Federmesser reparierte, dachte Julian noch einmal darüber nach, was sich in der Nacht zum sechzehnten April alles zugetragen hatte. Es waren drei Dinge, und als Julian sie jetzt nebeneinanderstellte, war er selbst verblüfft. Was konnten sie miteinander zu tun haben – wenn sie überhaupt etwas miteinander zu tun hatten?

Mrs. Desmond und ihr Mädchen verschwinden aus ihrem Haus.
Eugene bleibt die ganze Nacht draußen im Regen.
Der Mord in der Ziegelei.

Julian starrte auf die drei Sätze. Was verband diese drei Ereignisse miteinander? Die ersten beiden hatten in London stattgefunden, das letzte in der Nähe von Hampstead, aber das lag bloß vier Meilen von London entfernt. Ein gutes Pferd würde diese Entfernung in einer halben Stunde zurücklegen, vor allen Dingen zwischen Mitternacht und der Morgendämmerung, wenn es kaum Verkehr gab. Doch welchen Schluß sollte er daraus ziehen? Daß Eugene den Mord in der Ziegelei begangen hatte? Daß Mrs. Desmond oder ihr Mädchen das Opfer gewesen waren?

Er beendigte die Chronologie:

Die Nacht zum Freitag, dem 23. April
  Alexander wird ermordet.
Sonntag, 1. Mai
  Ich treffe mich mit Sir Malcolm an Alexanders Grab und willige ein, mich an den Untersuchungen in diesem Mordfall zu beteiligen.

Julian trocknete das Blatt mit Löschpapier und lehnte sich dann mit geschlossenen Augen in seinem Sessel zurück, um noch einmal über alles nachzudenken.

Er befand sich wieder auf dem Friedhof in Hampstead und suchte nach dem Grab von Alexander. Über ihm türmten sich die Bäume, seine Füße verfingen sich in den Bodendeckern, und die Pfade verwirrten sich zu unlösbaren Knoten. Schließlich sah er das Grab vor sich. Es war in Licht getaucht, wie an dem Tag, an dem er Sir Malcolm dort getroffen hatte. Doch jetzt war es ein weißes, kaltes Licht, und als Julian näher kam, sah er, daß die Person neben dem Grab nicht Sir Malcolm war, sondern Alexander selbst. Er trug Abendkleidung und schien sich ausgesprochen wohl zu fühlen. *Niemand kann mich identifizieren, weil mein Gesicht zerstört worden ist,* erklärte er lächelnd.

Julian wachte auf. Das Feuer ging gerade aus, die Kerze war heruntergebrannt, und eine kalte graue Morgendämmerung stieg auf. Er ging zu Bett.

10

Erinnerung an die Schwester

Am nächsten Morgen kam ein Bote von Vance mit einer Akte über den Ziegeleimord. Julian gab ihm einen Dankesbrief mit zurück, in dem er Vance kurz schilderte, was Dipper von Mrs. Wheeler erfahren hatte. Er bat ihn, einen Giles Underhill ausfindig zu machen, den Besitzer von Cygnet's Court, und ihn über Mrs. Desmond zu befragen.

Die Akte über den Ziegeleimord war alles andere als eine angenehme Frühstückslektüre. Man hatte das Opfer am Morgen des sechzehnten April gegen acht Uhr gefunden. Es wurde vermutet, daß die Frau zu dem Zeitpunkt schon sechs Stunden tot war. Sie lag auf dem Rücken; Kleider, Haare und das, was von ihrem Gesicht noch übrig war, waren mit lehmigem Schlamm verschmiert. Es gab keinen Hinweis auf einen Kampf. Anscheinend hatte sie mehr oder weniger wehrlos dagelegen, als ihr Gesicht zertrümmert wurde, vielleicht war sie auch betrunken oder bewußtlos gewesen. Es gab kaum einen Anhaltspunkt, um sie zu identifizieren. Ihr Alter wurde auf vierzig bis fünfundvierzig geschätzt. Sie war ungefähr einen Meter dreiundsechzig groß, hatte eine gedrungene Figur und Haar, das von Braun allmählich in Grau überging. Gekleidet war sie in ein grobes, beigefarbenes Kleid, billige Stiefel und Wollstrümpfe.

Das Ergebnis der Untersuchung lautete auf vorsätzlichen Mord durch eine oder mehrere unbekannte Personen. Alle weiteren Nachforschungen hatten nichts Neues mehr zutage gebracht. Über die Nachricht vom Mord an Alexander Falkland war der Ziegeleimord dann schnell in Vergessenheit geraten. Julian kam nicht umhin, die fieberhafte Jagd nach dem Mörder Alexanders mit der recht oberflächlichen Untersuchung im Fall des Ziegeleiopfers zu vergleichen. Aber was hatte er anderes erwartet? Alexander war der Liebling der *beau monde* gewesen, während das andere Opfer ein Niemand war. Dieser Mordfall hatte eher Angehörige der unteren Klassen interessiert, vor allem diejenigen, die nachts allein das verlassene Gelände der Ziegelei durchqueren mußten. Niemand war auf die Idee gekommen, die beiden Verbrechen miteinander in Verbindung zu bringen. Warum auch? Was konnte das schmutzige Verbrechen an einer unbekannten Frau mit Alexander Falkland zu tun haben, dem Liebling der Götter, den man in der Blüte seiner vielversprechenden Jugend niedergeschlagen hatte?

Außer, daß beide Verbrechen in Hampstead geschahen. Außer, daß sie innerhalb einer Woche passierten und das Opfer in beiden Fällen mit einem Gegenstand niedergestreckt wurde, der dem Täter zufällig in die Hand gefallen war: ein Ziegel aus der Ziegelei und ein Schürhaken in Alexanders Arbeitszimmer. Zufall? Vielleicht. Andernfalls mußte sich Julian zum drittenmal in seiner Karriere als Privatdetektiv der Identifizierung eines unbekannten weiblichen Opfers stellen und zu ergründen versuchen, wer vielleicht einen Grund hatte, sie zu töten.

Aus dem Fenster seiner Droschke blickte Julian hinaus auf das geschäftige Treiben des juristischen London auf dem Höhepunkt der Sitzungsperiode. Anwälte in schwarzen Mänteln und mit straff zusammengerollten Regenschirmen unterhielten sich flüsternd mit ihren Klienten. Schreiber, die sich durch die Tintenflecke an ihren Fingern verrieten, eilten mit einschüchternd wichtiger Miene und versiegelten Dokumenten umher oder kauerten an dunklen Fenstern über ihren Schreibtischen. Selbst die örtlichen Kaufleute waren allesamt Rädchen in der juristischen Maschinerie: Buchhändler, Robenschneider, Schreibwarenhändler. In der Carey Street stieg Julian an der Pforte zum Lincoln's Inn aus seiner Droschke. Männer, die mit ihren schmutzigen Halstüchern und geflickten Stiefeln eine eher schäbige Eleganz verkörperten, schlurften an ihm vorbei. Wahrscheinlich wollten sie zur Kammer für zahlungsunfähige Schuldner, die weiter unten in der Straße lag. Julian schritt durch den Eingang und erkundigte sich beim Pförtner nach den Zimmern von Quentin Clare, der im Serle's Court wohnte.

Der Serle's Court war ein gepflegter, mit Kies ausgestreuter Platz, in dessen Zentrum ein Springbrunnen und ein Miniaturuhrenturm standen. An drei Seiten war er von hübschen braunen Backsteinhäusern umgeben, während die vierte Seite den Blick auf die dahinterliegenden Gärten frei ließ. Julian stieg die knarrende Holztreppe des Hauses Nummer fünf hinauf und erkannte Clares Zimmer an dem Namen, der auf die Tür gemalt war. Er klopfte.

Die Tür auf der anderen Seite des Flurs öffnete sich, und ein dürrer Schreiber mit grüner Brille schaute heraus. »Mr. Julian Kestrel?«

»Ja.«

»Sie werden erwartet. Er hat mich gebeten, Ihnen auszurichten, daß er fortgerufen worden sei, aber er wird sofort zurück sein. Gehen Sie doch einfach rein – er hat bestimmt nichts dagegen.«

Julian hatte ebenfalls nichts dagegen, sich ungestört in Clares Zimmer umschauen zu können. Er dankte dem Schreiber und trat ein.

Die Wohnung bestand aus einem Salon und einem Schlafzimmer. Der Salon war sparsam, aber bequem möbliert und bestach vor allem durch seine riesige Büchersammlung. Sie lagen überall stapelweise, auf sämtlichen Regalen, auf dem Kaminsims, den Fensterbänken und entlang der Fußleisten auf dem Boden. Fast alle waren zerlesen; einige Einbände waren zerrissen und liebevoll wieder zusammengebunden oder geklebt worden. Julian griff wahllos ein paar Bücher heraus und stellte fest, daß viele Passagen unterstrichen waren und an den Seitenrändern Bemerkungen in einer ordentlichen, eleganten Handschrift standen.

Ein Großteil der Bücher waren natürlich juristische Abhandlungen: Werke über Gerichtsverfahren, Beweisführung und Strafrecht, Kommentare und ein abschreckender Wälzer mit dem Titel *Prinzipien des Plädoyers*. Aber es gab auch politische Abhandlungen von Nationalökonomen wie Smith, Ricardo und Malthus; historische Werke von Herodot und Titus Livius bis hin zu Gibbon und Guizot; griechische und römische Philosophen und ihre modernen Gegenstücke, einschließlich Hegel (in deutscher Ausgabe) und Saint-Simon (in französisch). Traditionelle politische Denker wie Burke und Locke standen Seite an Seite mit dem Utilitaristen Bentham, dem Evangelisten Wilberforce und den Radikalen Godwin und Paine. Außerdem gab es Dramatiker und Dichter aus allen Epochen und Sprachen.

Ganz offensichtlich war Clare gelehrter, als man es von Anwälten gemeinhin erwartete oder seine schweigsame Art vermuten ließ. Vielleicht erklärte dies die Freundschaft zwischen ihm und Alexander, über die sich so viele von Alexanders vornehmen und weltgewandten Freunden gewundert hatten. Clare hatte wohl Alexanders intellektuelle Seite angesprochen – die Seite, die Bücher über Recht und Politik verschlang, lange philosophische Briefe an seinen Vater schrieb und sich über das Los der Fabrikarbeiter Gedanken machte.

Ein Buch fiel Julian besonders ins Auge: Mary Wollstonecrafts *Verteidigung der Rechte der Frauen*. Er hatte es vor einigen Jahren in Paris in einer illegalen französischen Ausgabe gelesen; die wiederhergestellte Bourbonenmonarchie sah solch revolutionäre Äußerungen nicht gern. In England war das Buch zwar nicht verboten, aber keine Frau, die etwas auf sich hielt, hätte es gelesen, und für die meisten Männer war es skandalöser Unsinn.

Julian nahm das Buch aus dem Regal und blätterte darin herum. Der Einband war verschlissen und verblaßt und die Seiten so brüchig, daß man sie kaum wenden konnte, ohne daß die Ecken abbrachen. Wie die meisten Bücher war auch dieses

Werk mit Randbemerkungen versehen, aber es war eine andere Handschrift: Sie war schnell, kräftig und ungestüm. Ein Satz war mit blauer Tinte eingekreist und mit Ausrufezeichen versehen:

Ich liebe den Mann als meinen Gefährten. Aber seine Herrschaft, sie sei rechtmäßig oder angemaßt, erkenne ich nur dann, wenn die Vernunft eines Individuums mir diese Huldigung gebietet. Und selbst dann unterwerfe ich mich nur der Vernunft, *nicht dem Mann.*

In derselben Handschrift war »Ja, ja, ja!« neben eine andere Passage geschrieben worden:

Wenn man die Furchtsamkeit an Mädchen, statt sie ihnen zu nähren oder wohl gar erst zu erzeugen, ebenso behandelte, wie man die Feigheit an Knaben zu behandeln pflegt, so würden wir bald die Weiber in einer achtungswürdigeren Gestalt erblicken. Zwar würde man sie dann nicht mehr so treffend sanfte Blumen, die dem Manne auf seinem Pfade lächeln, nennen können. Dafür aber würden sie ehrwürdigere Glieder der Gesellschaft werden und ihre Pflichten gewissenhaft und aus eigener Überzeugung erfüllen.

»Erzieht die Weiber wie Männer«, sagt Rousseau, »und je mehr sie sich unserm Geschlechte nähern, desto weniger Gewalt werden sie über uns haben.«

Das ist gerade der Punkt, auf den ich ziele: Ich möchte sie gern nicht die Männer, sondern sich selbst beherrschen sehen.

Gerade als Julian das Buch schließen wollte, klappte es auf der Seite des Vorsatzblatts auseinander. Dort war mit derselben blauen Feder hingekritzelt worden:

Mein lieber Quentin,

ich will Dir mein liebstes Buch überlassen, damit Du, wenn Du über die Rechte des Menschen liest, schreibst oder von ihnen träumst, nicht vergißt, wie wenig Rechte die Frauen haben – Tausende von Menschen, die keine Stimme im Parlament haben und keine Rechtsfähigkeit. Aber vor allem sollst Du Deine Schwester nicht vergessen, die Dich mehr liebt als alles in der Welt,

Verity

»Mr. Kestrel«, sagte eine ruhige, leicht rauhe Stimme. Julian drehte sich um. »Guten Morgen, Mr. Clare.«

Clare wollte gerade weitersprechen, als er das Buch in Julians Händen sah. Seine Augen weiteten sich, und die Worte blieben ihm im Hals stecken.

»Bitte entschuldigen Sie, daß ich dies einfach aus dem Regal genommen habe«, sagte Julian leichthin, als würde er die Verwirrung seines Gegenübers nicht bemerken. »Man sieht es so selten, und es hat einen so berühmt-berüchtigten Ruf, daß ich der Versuchung nicht widerstehen konnte, einen Blick hineinzuwerfen. Ich hoffe, Sie verzeihen mir, daß ich die Widmung auf dem Vorsatzblatt gelesen habe.«

»Ja natürlich, das ist schon in Ordnung.«

»Mir war nicht bewußt, daß Sie eine Schwester haben.«

»Sie . . . sie lebt nicht in London.«

»Wie schade. Ich hätte sie gerne kennengelernt – sie scheint eine bemerkenswerte Frau zu sein.«

»Ja . . . ja, das ist sie.«

»Wo lebt sie?«

»In Somerset, bei unserem Großonkel. Es tut mir leid, daß ich Sie habe warten lassen – man hat mich kurzfristig weggerufen. Bitte nehmen Sie Platz.«

»Danke.«

»Ich fürchte, ich kann Ihnen keinen Drink anbieten. Aber ich könnte jemanden in ein Pub schicken...«

»Machen Sie sich meinetwegen keine Umstände.«

»Oh, danke. Ich meine...« Clare schien nicht zu wissen, was er meinte. Er hängte seinen Hut an einen Haken, nahm Julian gegenüber Platz und verschränkte die Finger ineinander.

Er war Anfang Zwanzig, hatte ein schmales, blasses Gesicht und blondes, glattes Haar, das ihm ständig in die Augen fiel. Es waren schöne Augen, grau und ernst – das einzige attraktive Merkmal an ihm. Ansonsten war er recht dünn und zierlich. Er schien dies verbergen zu wollen, indem er weite, schlechtsitzende Kleidung trug: einen schwarzen Gehrock und Hosen, eine beigefarbene Weste und ein weißes Halstuch, das er eng um den Hals gebunden trug. Julian, der über die Kleidung immer sehr viel über ihren Träger erfuhr, bemerkte, daß Clares Sachen in der Provinz geschneidert worden waren. Sie waren bequem und gut, aber völlig unelegant.

»Zuerst einmal danke ich Ihnen, daß Sie sofort eingewilligt haben, mit mir zu reden«, sagte Julian. »Damit erleichtern Sie mir meine Aufgabe ungeheuer. Ich würde Ihnen gerne ein paar Fragen über die Mordnacht und ihre Beziehung zu Alexander Falkland stellen.«

Clare rutschte auf seinem Stuhl herum. »Warum spielt denn meine Beziehung zu ihm eine Rolle?«

»Es geht nur um Hintergrundwissen. Wie haben Sie Alexander kennengelernt?«

»Wir haben beide hier studiert. Weil er verheiratet war, hat er nicht im Inn of Court residiert, aber er war verpflichtet, während der Sitzungsperiode eine bestimmte Anzahl von Abendessen hier einzunehmen. Wir haben in derselben Mensa gegessen.«

»Wann lernten Sie sich kennen?«

»Vor knapp einem Jahr, als Falkland sein Studium hier aufnahm.«

»Lebten Sie damals schon hier?«

»Ja, ich hatte mein Studium im vorangegangenen Semester aufgenommen.«

»Wie kam es, daß Sie und er so enge Freunde wurden?«

Clare blickte an Julian vorbei und strich sich ein paar widerspenstige Haarsträhnen aus der Stirn. »Letztes Jahr, im Ostersemester, wurde mir während des Dinners schlecht. Wahrscheinlich hatte ich eine schlechte Auster gegessen. Falkland bot sich an, mich in mein Zimmer zu begleiten. Ich wollte ihn davon abbringen, weil es eine Regel gibt, daß man den Speisesaal nicht vor dem Schlußgebet verlassen darf. Andernfalls wird die Anwesenheit beim Dinner für diesen Tag nicht angerechnet, und ich wollte nicht, daß er meinetwegen einen Tag verlor. Aber er bestand darauf, mich zu begleiten, und ich fühlte mich zu schlecht, um mich länger zu wehren. Danach...«, Clare hielt inne und schien sich seine Worte sorgfältig zurechtzulegen, »...entwickelte sich zwischen uns eine Vertrautheit. Er besuchte mich in meinem Logis hier, und ich kam auf seine Gesellschaften. Er war so gut, mich in seinen Freundeskreis einzuführen.«

»Worüber haben Sie sich unterhalten?«

»Das Übliche. Die Justiz, Verfahren, denen wir beigewohnt hatten, gesellschaftliches Engagement.«

»Was haben Sie in ihm gesehen?«

»Ich verstehe nicht, was Sie meinen.«

»Warum mochten Sie ihn? Warum haben Sie ihn zum Freund erwählt?«

»Ich glaube, er war es, der mich erwählte.«

»Warum?«

Clare ließ mit einer Antwort auf sich warten und hielt die Augen auf den Teppich gerichtet. Dann sagte er schließlich leise: »Ich weiß es nicht.«

»Ich will ganz offen zu Ihnen sein, Mr. Clare. Was ich an diesem Verbrechen am rätselhaftesten finde, ist Alexander selbst. Es gibt soviel, was ich an ihm nicht verstehe. Und ich habe das

Gefühl, daß Sie ihn ausgesprochen gut gekannt haben – besser als sein Vater, vielleicht sogar besser als seine Frau. Ich fürchte, ich habe Sie beunruhigt.«

Clare war aufgestanden und hatte eine Hand über seine Augen gelegt. »Dies ist... sehr schmerzhaft... sehr kompliziert...«

»Haben Sie ihm so nahegestanden?«

Clare vergrub das Gesicht in seinen Händen.

Julian ließ ihm einen Moment Zeit, sich zu fangen. Als Clare wieder aufblickte, war sein Gesicht gerötet, aber in seinen Augen standen keine Tränen. »Entschuldigen Sie. Bitte machen Sie weiter. Sie sagten gerade, ich würde Falkland besser kennen als seine engsten Verwandten. Ich hoffe, Sie irren da. Es wäre doch sehr traurig, wenn er mir mehr vertraut hätte als seiner Familie.«

Eine Pause trat ein. Dann fragte Julian: »Schauen Sie eigentlich oft auf Ihre Uhr?«

»Nein, ich glaube nicht«, antwortete Clare verblüfft.

»In Ihrer Aussage gegenüber der Bow Street sagten Sie, daß Sie in der Mordnacht Alexanders Gesellschaft um fünf nach halb zwölf verließen, um in der Eingangshalle frische Luft zu schnappen. Um zwanzig vor eins sind Sie nach unten gegangen und haben Licht in der Bibliothek gesehen. Warum konnten Sie die Zeit so exakt angeben?«

»Weil ich vorhatte, sofort nach dem Nachtessen um eins nach Hause zu gehen, und wissen wollte, wie lange es noch bis dahin dauern würde.«

»Warum hatten Sie vor, um eins nach Hause zu gehen?«

»Weil es der früheste Zeitpunkt war, an dem ich gehen konnte, ohne unhöflich zu erscheinen.« Clare stand wieder auf und begann im Feuer herumzustochern. »Ich mag Gesellschaften nicht. Ich fühle mich dort sehr deplaziert.«

»Trotzdem haben Sie viele von Alexanders Gesellschaften besucht.«

»Er hat mich darum gebeten.«

»Haben Sie immer alles getan, um das er Sie bat?«

158

Clares Hand zitterte so sehr, daß der Schürhaken gegen das Gitter des Feuerrostes schlug. »Nein.« Einen Moment später fügte er mit festerer Stimme hinzu. »Er mochte es, wenn ich seine Gesellschaften besuchte, denn er war sehr stolz auf sie. Und er dachte, ich hätte ein Interesse daran, wichtige Leute kennenzulernen. Ich befürchte, daß ich diese Gelegenheit nicht besonders gut genutzt habe. Es fällt mir schwer, auf andere Menschen zuzugehen, und ich weiß nicht, was ich in Gesellschaft sagen soll.«

»Als sie die Gesellschaft das erste Mal verließen, wurden Sie Zeuge einer Unterhaltung zwischen Falkland und Martha, dem Mädchen seiner Frau. Sie sagte ihm, daß Mrs. Falkland an diesem Abend nicht mehr herunterkommen würde. Ihnen zufolge soll er seltsam darauf reagiert haben.«

»Ja. Erschrocken, beunruhigt. Warum, weiß ich nicht.«

»Sind Sie sicher, daß Martha nicht mehr sagte als das, was Sie bereits wiedergegeben haben?«

»Ja, ganz sicher.«

»Sie sagten, David Adams habe hinter Falkland gestanden und diesem einen *haßerfüllten* Blick zugeworfen, nachdem Martha gegangen war. Soweit ich informiert bin, haben Sie sich genauso ausgedrückt.«

»Das ist möglich.«

»Sicherlich ist Ihnen bewußt, daß es Adams schwer belastet, wenn er an jenem Abend wütend auf Falkland war.«

Clare strich sich erneut das Haar aus der Stirn. »Ich will den Verdacht nicht auf Mr. Adams lenken, den ich kaum kenne. Ich gebe nur wieder, was ich gesehen habe.«

»Adams ging in den Salon zurück, und Falkland trat zu Ihnen, nahm Sie am Arm und führte Sie ebenfalls dorthin zurück. Demnach müssen Sie beide einen kurzen Moment lang allein im Foyer gewesen sein?«

»Ja.«

»Hat er in irgendeiner Form erwähnt, daß er nach unten in sein Arbeitszimmer gehen wollte?«

»Nein.«

»Sind Sie sicher?«

Clare zeigte erste Zeichen von Ungeduld. »Nach allem, was später passiert ist, hätte ich wohl kaum vergessen, wenn er etwas in dieser Richtung bemerkt hätte.«

»Sagte er, daß er nach oben gehen wolle, um nach seiner Frau zu sehen?«

»Er sagte es nicht zu mir persönlich, sondern zu allen, nachdem wir in den Salon zurückgekehrt waren.«

»Lady Anthea ist der Meinung, daß Alexander und Mrs. Falkland einen Streit hatten und sie sich deshalb von der Gesellschaft zurückzog.«

»Ja, sie hat mir gegenüber so etwas angedeutet.«

»Soweit ich informiert bin, hat sie Sie verfolgt, um mehr Informationen aus Ihnen herauszubekommen.«

»Ja. Deshalb bin ich auch nach unten gegangen – um mich ihren Fragen und Andeutungen zu entziehen.«

»Waren sie begründet? Hat Falkland mit seiner Frau gestritten?«

»Das weiß ich wirklich nicht.«

»Hätte er Ihnen von einem Streit erzählt?«

»Wahrscheinlich nicht. Er hat mit mir fast nie über Mrs. Falkland gesprochen.«

»Lady Anthea hat zu mir gesagt, sie sei überzeugt, daß dieses Verbrechen von einer Frau begangen wurde.«

Clare zuckte zusammen.

»Haben Sie eine Theorie, wer der Mörder gewesen sein könnte?« fragte Julian.

»Nein.«

»Würden Sie es mir sagen, wenn Sie eine hätten?«

»Das käme darauf an.« Clare schritt nachdenklich vor dem Feuer auf und ab. »Reine Theorie zählt für mich nicht besonders viel. Bevor ich irgend jemanden eines Mordes beschuldigen würde, müßte ich schon eindeutige Beweise haben. So eine Beschuldigung kann sich leicht verselbständigen. Und es ist viel leichter, einen Verdacht auszusprechen, als ihn wieder aus der Welt zu schaffen.«

Julian starrte ihn an – überrascht und dann fragend. War es möglich? Nein, es war zu abwegig. Doch es würde so vieles erklären oder ihm zumindest beweisen, daß hier die falschen Fragen gestellt wurden.

Er verdrängte den Gedanken aus seinem Kopf. Einen Verdacht wie diesen durfte er nicht äußern, ohne genügend Beweise dafür zu haben. »Sie haben Falklands Leiche gefunden?«

»Ja.« Clare unterbrach sein Auf- und Abgehen und blieb wie angewurzelt stehen.

»Was ist Ihnen dabei durch den Kopf gegangen?«

»Schrecken. Ungläubigkeit. Ekel. Er sah fürchterlich aus. Der Gedanke, einen so abscheulichen Anblick abzugeben, wäre ihm sicherlich verhaßt gewesen. Aber ich glaube, das ist mir erst später aufgegangen. In dem Moment konnte ich überhaupt nichts denken. Ich wußte nur, daß ich etwas tun mußte, jemanden herbeirufen mußte. Also habe ich den Butler und den Lakaien ausfindig gemacht und sie ins Arbeitszimmer gebracht.«

»Sie haben große Geistesgegenwart bewiesen, als Sie ihnen sagten, sie dürften nichts anrühren.«

»Ja, so war es wohl. Ich weiß auch nicht, wie ich darauf kam. Wahrscheinlich kenne ich es aus den Verbrechensberichten in den Zeitungen.«

Er setzte sich wieder und war jetzt einigermaßen gesammelt. Julian hatte den Eindruck, daß er, wenn überhaupt, lieber über den Mord als über seine Beziehung zu Alexander sprach. Aber offensichtlich gab es ein Thema, das ihm noch weniger gefiel. »Kannte Alexander Ihre Schwester?«

Clare schreckte auf. »Nein, ich glaube nicht.«

»Sie scheinen sich da nicht sicher zu sein.«

»Ich bin mir sicher. Ich meine, ich bin sicher, daß meine Schwester es erwähnt hätte, vor allem nach dem Mord.«

»Schreibt Sie Ihnen demnach oft?«

»Nein.« Er stand auf, wobei sein Stuhl über den Boden kratzte. »Nein, in letzter Zeit nicht. Darf ich fragen, was meine Schwester mit der ganzen Sache zu tun hat?«

»Soweit ich weiß, nichts. Aber Sie scheinen nur sehr ungern über sie zu sprechen, und in einem Mordfall ist es immer ausgesprochen verdächtig, wenn die Leute über etwas partout nicht reden wollen. Ein wirklich kluger Mörder würde ausschweifend über das sprechen, was ihn am meisten zu belasten scheint. Dann könnte er sichergehen, daß niemand dem Bedeutung beimißt.«

»Daß ich nicht über meine Schwester sprechen möchte, hat nichts mit dem Mord an Falkland zu tun. Wissen Sie, sie ist... keine sehr glückliche Frau. Sie haben selbst in das Buch dort geblickt«, Clare deutete auf die *Verteidigung,* »und vielleicht erkannt, daß sie recht unkonventionelle Ansichten über die Rechte der Frau und ihre Rolle in der Gesellschaft hat. Das macht sie unzufrieden und hindert sie daran, sich zu verheiraten und irgendwo niederzulassen. Ich mache mir große Sorgen um sie, aber ich kann offensichtlich nichts tun, was ihr helfen würde. Dabei fühle ich mich ihr gegenüber verantwortlich. Unsere Eltern sind schon lange tot. Außer mir und unserem Großonkel, der unser Vormund war, hat sie keine Verwandten mehr.«

»Sagten Sie nicht, sie lebt in Somerset?«

»Ja.« Clare wich Julians Blick aus. Er ging zum Kaminsims, stützte sich mit einem Arm ab und starrte ins Feuer.

Julian folgte ihm und legte eine Hand auf Clares Schulter, die sich unter seiner Berührung versteifte. »Wovor haben Sie Angst, Mr. Clare?«

»Ich habe keine Angst.«

»Sie sind sehr jung, und Ihnen schwankt der Boden unter den Füßen. Sie brauchen einen Vertrauten.«

»Bitte...«

»Welche Last es auch sein mag, die Sie mit sich herumschleppen, sie ist zu schwer, um sie allein zu tragen. Lassen Sie sich von mir helfen ...«

»Nein!« Clare riß sich von ihm los. »Sie ... Sie wissen nicht, was Sie da sagen. Niemand kann mir helfen.« Seine Stimme schnappte über wie bei einem Jungen im Stimmbruch. Er schluckte schwer und verkrampfte seine Hände ineinander. »Ich habe Ihnen alles gesagt, was ich weiß. Ich habe Falkland nicht ermordet, und ich weiß nicht, wer es getan hat. Ich wünschte ...«

»Was wünschen Sie?«

»Daß ich ihn nie getroffen hätte. Daß ich sein Haus niemals betreten hätte. Das meinte ich, als ich sagte, niemand könne mir helfen. Und Sie auch nicht, es sei denn, Sie können die Uhr zurückstellen und den Kalender zurückblättern.«

»Ich hoffe, Sie werden Ihre Meinung ändern und sich mir anvertrauen, solange Sie noch in der Lage sind, dies freiwillig zu tun.« Julian setzte seinen Hut auf. Dann hielt er inne und nahm noch einmal das Buch von Wollstonecraft in die Hand. »Darf ich es ausborgen? Ich werde sorgfältig damit umgehen, schließlich ist es eine Erinnerung an Ihre Schwester.«

»Was haben Sie damit vor?«

»Ich habe das Gefühl, daß es mir etwas sagen will. Und wenn nicht, wird es mich zumindest über die Rechte der Frau aufklären. Dagegen hätte Ihre Schwester doch sicherlich nichts einzuwenden?«

»Nein, wenn es nach ihr ginge, würde sich alle Welt über dieses Thema informieren«, seufzte Clare. »Ja, Sie können es ausleihen, wenn Sie wollen.«

»Ich danke Ihnen.«

Während Julian sich verabschiedete, fragte er sich, ob ihm das Buch wohl tatsächlich etwas zu sagen hatte. Daran, daß Verity Clare eine wichtige Rolle spielte, hatte er keine Zweifel. Clare schien Angst um sie zu haben. Vielleicht hatte er ja die Wahrheit gesagt, als er behauptete, sie habe Alexander niemals gesehen.

163

Sicher war sie in der Nacht, als er ermordet wurde, nicht auf seiner Gesellschaft. Aber es bestand noch immer die Möglichkeit, daß Alexander eine unbekannte Person ins Haus gelassen hatte. Den sogenannten John Noakes – der vielleicht auch eine Jane war.

II

EIN FAIRES ANGEBOT

Seiner Taktik gehorchend, sich regelmäßig in der Öffentlichkeit zu zeigen und die feine Gesellschaft mit ihren Informationen auf sich zukommen zu lassen, begab Julian sich in den White's Club. Als er das Morgenzimmer betrat, fand er dort eine Gruppe junger Männer mit ihren Wettbüchern vor. Die Londoner Dandys wetteten auf alles. Sie beschränkten sich nicht auf Pferderennen, Boxen und Kricket, sondern holten ihre Wettbücher immer dann heraus, wenn das Ergebnis einer Sache unsicher war, so etwa bei Wahlen, Liebesaffären oder Krankheiten. Und wenn es gar nichts mehr gab, worauf sie wetten konnten, erfanden sie einfach neue Wetten, je absurder, desto besser. Ein junger Lord hatte vor kurzem zweihundert Pfund darauf gesetzt, daß er in der Zeit, in der ein Freund eine Seite der *Morning Post* laut vorlas, auf einem Bein die ganze St. James Street entlanghüpfen könnte.

Als Julian eintrat, wurde es still im Raum, und man warf ihm verstohlene Blicke zu. Es war nicht schwierig zu erraten, worauf sie jetzt gerade gewettet hatten. Julian schlenderte auf die anderen zu. »Nun, meine Herren, welche Chancen geben Sie mir?«

Die jungen Männer blickten sich an, einige amüsiert, andere ein wenig nervös. Schließlich ergriff einer von ihnen das Wort. »Ich habe hundert Pfund darauf gewettet, daß Sie den Mord an Falkland in vierzehn Tagen aufklären.«

»Nur hundert?« Julian hob seine Augenbraue. »Ich würde auf fünfhundert erhöhen, wenn irgend jemand gegen mich wetten möchte.«

»Ich bin dabei.« Es war Oliver de Witt, ein Dandy, der sich in letzter Zeit als Rivale Julians aufgespielt hatte. Er war ein dürres, vertrocknetes Männlein mit einem verkniffenen aristokratischen Gesicht und einer langen Nase, die dazu geschaffen schien, entweder hoch getragen zu werden oder auf andere herabzublikken.

»Wenn ich Sie wäre, de Witt, wäre ich lieber vorsichtig«, warnte ihn einer der Umstehenden lachend. »Schließlich hält Kestrel alle Karten in der Hand. Nur er weiß, was er bereits über den Falkland-Mord herausgefunden hat und wann er einen Trumpf ausspielen kann.«

»Ich glaube nicht, daß er auch nur einen Schritt weitergekommen ist«, gab de Witt kalt zurück. »Soweit ich informiert bin, steht die Bow Street in diesem Fall seit Tagen vor einem Rätsel. Es gibt keine Indizien und nicht den leisesten Hauch eines Motivs.«

»Sie scheinen ja sehr viel über den Fall zu wissen«, wunderte sich Julian. »Womöglich haben Sie ihn selbst umgebracht?«

»Muß ich Sie daran erinnern, daß ich nicht auf der Gesellschaft war?«

»Ja, das stimmt«, sagte Julian. »Ich hatte vergessen, wie erlesen die Gäste waren.«

De Witt funkelte ihn zornig an. »Es wäre mir ein Vergnügen, auf Ihre Wette einzugehen, mit einer geringfügigen Änderung. Ich setze fünfhundert Pfund dagegen, daß Sie den Mord an Falkland aufklären werden – allerdings nicht in vierzehn, sondern in sieben Tagen.«

»Angenommen«, sagte Julian ohne zu zögern.

Sie trugen die Wette in ihre Wettbücher ein: Der Mord mußte bis Dienstag, den zehnten Mai, um zwölf Uhr mittags aufgeklärt sein. Unter den anderen Männern wurden gleichzeitig verschiedene Nebenwetten abgeschlossen.

Dann löste sich Felix Poynter aus der Gruppe und nahm Julian beim Arm. »Lieber Freund, ich kann es kaum abwarten, mit Ihnen zu reden. Lassen Sie uns ins Kaffeezimmer gehen.«

Felix war ungefähr genauso alt wie Julian und der Sohn eines autokratischen Peers aus den rauhen Nordostprovinzen. Julian vermutete, daß in der grauen, unfruchtbaren Landschaft seiner Kindheit der Grund für Felix' exotischen Kleidergeschmack zu suchen war, denn dafür brauchte er schon eine Entschuldigung. An diesem Tag trug er einen kanariengelben Frack, weiße Hosen und zwei Westen. Die innere war aus scharlachrotem Satin und die äußere schwarzweiß gestreift. Seine kirschfarbene Halsbinde aus indischem Tuch zierte ein blau-gelbes Blumenmuster. Von seiner Uhrkette baumelte ein Bund goldener Seerobben, die wie Schachfiguren geformt waren. Er hatte eine liebenswert schlaksige Figur und lockiges braunes Haar, das ihm meist zu Berge stand.

Die beiden jungen Männer schlenderten ins Kaffeezimmer und nahmen an einem Ecktisch Platz. Ein Ober brachte ihnen Kaffee, Gebäck und frisch gebügelte Zeitungen. Felix schob die Zeitungen zur Seite, wobei er darauf achtete, daß die Tinte nicht auf seine Handschuhe abfärbte. »Sie scheinen ja kurz davor zu stehen, den Mörder Falklands zu überführen.«

»So, tue ich das?« erwiderte Julian vergnügt.

»Wenn Sie so eine Wette eingehen, schon.«

»Sie sind wohl auf einen Tip aus? Das wäre aber wirklich nicht fair.«

»Natürlich nicht, lieber Freund. Ich habe mich nur gefragt, was für Fortschritte Sie machen. Wissen Sie, ich bin ein wenig in die ganze Geschichte verwickelt. Ich war auf Falklands Gesellschaft.«

»Ja, ich habe Ihre Aussage gegenüber der Bow Street gelesen.«

»So, haben Sie das?« erwiderte Felix interessiert. »Habe ich überhaupt irgend etwas Zusammenhängendes von mir gegeben? Ich war fürchterlich nervös. All diese Beamten, die mich anstarrten, und die Schreiber, die sich mit ihren Federmessern in den Zähnen herumstocherten. Und dann der Gefängniswärter, der mit seinen Schlüsseln rasselte, als wolle er unbedingt jemanden einschließen und habe sein Auge auf mich geworfen.«

»Ja, Sie haben sich einigermaßen verständlich ausgedrückt. Sie sagten, Sie hätten sich mit Mrs. Falkland unterhalten, und sie habe Ihnen erzählt, daß sie Kopfschmerzen hätte und nach oben gehen wolle, um sich hinzulegen. Offensichtlich waren Sie der Meinung, daß die Kopfschmerzen echt waren und nicht nur ein Vorwand, um die Gesellschaft zu verlassen.«

»O ja. Sie sah recht grün aus im Gesicht.«

»Haben Sie gesehen, wie Falkland die Gesellschaft eine Stunde später verließ?«

»Nein. Ich hielt mich mit den anderen im Musikzimmer auf.« Felix' Blick wurde träumerisch. »Miss Denbigh gab einen Gesangsvortrag.«

Julian reagierte darauf mit gutmütigem Spott: »Ich nehme an, es handelt sich um Ihre jüngste *grande passion*?«

»Sie müssen zugeben, daß sie eine Schönheit ist!«

»Ich gebe zu, daß ihr Kopf wie der einer Porzellanpuppe ist: von außen hübsch anzusehen und innen voller Sägemehl – zumindest, wenn man davon ausgeht, was sie zu sagen hat.«

»Sie wollen zuviel, lieber Freund. Bei einem Mädchen mit so einem Gesicht ist mir egal, was es zu sagen hat.«

»Und Sie wollen zuwenig. Sind Sie es denn immer noch nicht leid, die Frauen nur aus der Entfernung anzubeten?«

»Ganz und gar nicht. Es macht mir sogar großen Spaß. Das ist die einzige Sache, für die ich jemals Talent gezeigt habe. Fragen Sie meinen Vater.«

»Nun, Übung haben Sie allemal darin. Vor Miss Denbigh war es Miss Somerdale und davor Miss Warrington, jetzige Mrs. Falkland.«

Jetzt blickte Felix ihn genau an. Er hatte sehr runde, hellblaue Augen, die seinem Gesicht einen kindlich-überraschten Ausdruck verliehen. »Was wollen Sie damit andeuten, alter Freund? Stehe ich *unter Verdacht* – wenn das der richtige Ausdruck ist?«

»Ich muß zugeben, daß ich mir nur schwer vorstellen kann, wie Sie sich mit einer tödlichen Waffe an irgend etwas anderes als ein knuspriges Brathuhn heranschleichen. Ich habe beobachtet, wie Sie schon beim Hahnenkampf grün im Gesicht wurden. Und immer, wenn ich höre, daß Sie auf der Jagd sind, stelle ich mir vor, wie Sie den armen Füchsen Erste Hilfe leisten. Aber trotzdem – Sie waren auf Falklands Gesellschaft und haben für die Zeit zwischen zehn vor und Viertel nach zwölf kein Alibi.«

»Wie sollte ich, lieber Freund? Wer in aller Welt rechnet denn mit so etwas, wenn er eine Gesellschaft besucht? Stellen Sie es sich doch nur einmal vor: ›Guten Abend, Herzog. Verdammt guter Champagner, nicht wahr? Lassen Sie Ihr Pferd dieses Jahr im Derby mitlaufen? Also, ich muß weiter und Lady Thingummy meine Aufwartung machen. Oh, ehe ich's vergesse, könnten Sie sich bitte merken, daß wir uns um genau sechs nach zwölf unterhalten haben?‹«

»Sehr amüsant. Aber das ändert nichts an der Tatsache, daß Sie kein Alibi haben und vor einiger Zeit eine Schwäche für die Gattin des Opfers hatten.«

»Das könnten Sie von ungefähr der Hälfte der Männer, die auf der Gesellschaft waren, behaupten. Erinnern Sie sich nicht mehr, wie verrückt wir alle auf Belinda Warrington waren, als sie in die Gesellschaft eingeführt wurde? In der Saison haben alle anderen Frauen unscheinbar gewirkt. Dutzende von Männern wollten um ihre Hand anhalten. Es gab sogar Schlägereien, weil alle mit ihr tanzen wollten.«

Das stimmte, dachte Julian. Er selbst hatte damals für Belinda Warrington geschwärmt, auch wenn er niemals ernsthaft gefährdet war, sich in sie zu verlieben. Es gab da etwas an ihr, das ihn Abstand nehmen ließ. Das Bild der Diana, der jungfräulichen Göttin, schien nur allzugut zu passen. Selbst in ihrer gegenwärtigen Trauer und Verzweiflung hatte sie etwas distanziert Erhabenes: Sie wirkte düster und tragisch, aber es mangelte ihr an weiblicher Weichheit. Ein Mann, der sie wirklich liebte, hatte es bestimmt nicht leicht mit ihr. Wie konnte man den Panzer, mit dem sie sich umgab, durchdringen? Alexander schien es mit seinem Charme geschafft zu haben – aber es gab nur wenige Männer wie Alexander.

»Von dem Moment an, als sie Falkland kennenlernte, hatte natürlich keiner von uns mehr eine Chance«, fuhr Felix fort. »Sie unterwarf sich ihm völlig.«

»Hat Sie das damals schwer getroffen?«

»Jetzt wirft er mir diesen vielsagenden Blick zu«, wandte sich Felix an ein imaginäres Publikum, »und gleich werde ich auf die Knie fallen und zugeben, daß ich seit Monaten über Falklands Glück gegrübelt habe und nur auf die Chance wartete, ihm mit dem Schürhaken den Kopf einzuschlagen. Ach, lieber Julian...« Felix sah ihn mit amüsiertem Protest an, »jeder konnte sehen, daß Falkland und sie füreinander bestimmt waren. Ihre Schönheit und ihr Reichtum und sein Charme und Talent gehörten einfach zusammen. Wie sollte mir über so etwas das Herz brechen? Außerdem bricht es sowieso nie – es flattert höchstens. Andernfalls hätte ich mittlerweile gar keins mehr.«

Julian musterte ihn nachdenklich. »Kennen Sie zufällig eine Mrs. Desmond?«

»Warum? Gibt es etwa eine Mrs. Desmond, die behauptet, *mich* zu kennen? Oder – was noch wichtiger ist – gibt es einen Mr. Desmond, der mein Blut sehen will? Am schlimmsten ist es, wenn ich mich überhaupt nicht mehr daran erinnere. Ich bin wohl nicht ganz nüchtern gewesen...«

»Mein lieber Felix, was reden Sie da für einen Unsinn?«

»Ich weiß.« Felix seufzte. »Unsere Unterhaltung läßt mich nicht ganz unberührt. Es mag ja schön und gut sein, so einen Mord auf die leichte Schulter zu nehmen und Wetten darüber abzuschließen, aber es ist immer noch ein Mord.«

»Ja. Sagen Sie, mochten Sie Alexander Falkland eigentlich?«

»Natürlich. Wie konnte man ihn nicht mögen?«

»Ich meine, waren Sie befreundet? Werden Sie ihn vermissen?«

»Wollen Sie eine ernste Antwort? Nein, ich glaube nicht.

Meiner Meinung nach wollte Falkland auf zu vielen Hochzeiten tanzen. Verstehen Sie, was ich meine? Er wollte es allen recht machen und war doch für niemanden wirklich wichtig. In einem Jahr wird sich niemand mehr an ihn erinnern, oder wenn, dann nur daran, wie er umgekommen ist.«

»Das war wohl das Gescheiteste und Traurigste, was jemals über ihn gesagt worden ist.«

»Bevor wir jetzt noch länger Trübsal blasen, sollten wir lieber das Thema wechseln. Was halten Sie von meinem neuen Frack?«

»Falls wir einen der Unterteller zerbrechen, könnten uns die Knöpfe noch sehr nützlich werden.«

»Ich frage mich, wie Sie es überhaupt aushalten, mit mir gesehen zu werden«, erwiderte Felix freundschaftlich.

»Nun, das hat einen großen Vorteil. Neben Ihnen wirkt jeder andere Gentleman wie ein Muster an Geschmack und Diskretion.«

Einen Moment lang ging Julian auf den unbeschwerten Ton ein, dann nahmen seine Gedanken wieder eine ernste Richtung. Warum umgibt sich ein Mann mit unvorteilhaften Freunden? Einem linkischen, unkultivierten Jungen wie Eugene, einem scheuen Bücherwurm wie Clare und einem verachteten Außenseiter wie Adams? Was war es, das diese drei Männer gemeinsam hatten und das Alexander so sehr angezogen hatte? Daß sie alle auf der Verliererseite standen und seine Hilfe brauchten? Oder daß sie niemals ernsthafte Konkurrenten sein würden und er neben ihren Mängeln nur noch mehr glänzen konnte?

Bald darauf verabschiedete sich Felix. Julian blieb im Kaffeezimmer und tat so, als würde er die Zeitung lesen, während er in Wahrheit die Männer beobachtete, die im Zimmer ein und aus gingen. Einige Zeit verstrich, ohne daß er einen geeigneten Kandidaten erblickte, doch dann ging ihm ein dicker Fisch ins Netz. Herein kam Sir Henry Effingham. Er trug sein stoppeliges Haar hochgekämmt und das lange bläuliche Kinn arrogant über den steifgestärkten Kragen gereckt. Julian erkannte den Instinkt des Politikers daran, daß er mit dem Rücken zur Wand Platz nahm. Dann schüttelte er eine Zeitung auf und ließ seine Augen schnell über die Spalten gleiten. Wahrscheinlich suchte er nach den Stellen, an denen sein Name erwähnt wurde.

Julian machte sich an die Arbeit. Über seine Zeitung hinweg sah er zu Sir Henry hinüber und setzte das auf, was Felix seinen »vielsagenden Blick« nannte. Als Sir Henry ihn bemerkte, gab er vor, sich wieder in seine Zeitung zu vertiefen. Dieses Manöver wiederholte Julian mehrere Male. Als das Zimmer trotz des ständigen Kommens und Gehens für kurze Zeit ungewöhnlich leer geworden war, erhob sich Sir Henry schließlich und stolzierte auf ihn zu. »Möchten Sie mich vielleicht sprechen, Mr. Kestrel?«

»Es wäre mir ein außerordentliches Vergnügen, mich mit Ihnen zu unterhalten, Sir Henry, aber ich hatte nicht den dringenden Wunsch, dies zu tun.«

»Sie haben mich recht hartnäckig angeblickt.«

»Bitte verzeihen Sie, Sir Henry, aber das kann ich mir kaum vorstellen. Es ist noch viel zu früh am Morgen, um überhaupt irgendeine Sache hartnäckig zu verfolgen.«

Sir Henry warf sich in Pose, den einen Fuß leicht vorgestellt und die Hände am Frackrevers. »Wenn Sie mir etwas zu sagen haben, Mr. Kestrel, sollten Sie besser gleich die Sprache darauf bringen.«

»Den Gefallen würde ich Ihnen natürlich sehr gern tun, Sir Henry, wenn ich etwas zu sagen hätte.«

Ihre Blicke trafen sich, und keiner wollte auch nur einen Meter weichen. Beide wußten, daß Sir Henry Gast auf Alexanders letzter Gesellschaft war und daß er, wie die meisten anderen Gäste, für die entscheidenden fünfundzwanzig Minuten kein Alibi hatte. Darüber mußte ihn Julian erst gar nicht befragen – die Bow Street hatte bereits gründliche Arbeit geleistet. Er wollte einfach ausprobieren, zu welchen Äußerungen er Sir Henry mit seinem Schweigen provozieren konnte.

»Darf ich Platz nehmen?« fragte Sir Henry mit peinlicher Höflichkeit.

»Aber bitte sehr.«

Er setzte sich und legte die gefalteten Hände vor sich auf den Tisch. Julian fühlte sich wie das Mitglied eines Ausschusses, an den gerade eine Petition gerichtet wurde. »Mr. Kestrel, es ist allgemein bekannt, daß Sie versuchen, den Mord an Alexander Falkland aufzuklären. Es ist nur natürlich, daß Sie meine Meinung zu diesem Fall hören wollen. Falkland und ich waren miteinander bekannt; ich würde sogar soweit gehen zu behaupten, daß wir Freunde waren. Er genoß bei mir hohes Ansehen. Natürlich war er noch jung und unerfahren. Das kann wohl niemand bestreiten.«

»Es würde mir nicht im Traum einfallen, Sir Henry.«

»Und ich muß zugeben, daß er einen Hang zur Ausschweifung hatte. Doch was kann man von einem so jungen Mann, dem die allgemeine Bewunderung ein wenig zu Kopf gestiegen ist, anderes erwarten? Allerdings verfügte er auch über bemerkenswerte Fähigkeiten, obwohl ich nicht beurteilen kann, ob er jemals die Disziplin aufgebracht hätte, sie sinnvoll einzusetzen.«

»In Geldangelegenheiten schien er das ja bereits zu tun.«

Sir Henrys Mund wurde schmal. Alle Welt wußte, daß er sich ständig in finanziellen Engpässen befand. Er hatte eine ehrgeizige und anspruchsvolle Frau, einen Stall voller Kinder und einen heruntergekommenen Besitz. Und zu allem Überfluß wollte man ihm auch noch seinen Sitz im Parlament streitig machen, weshalb er noch mehr Geld für Bier und Bestechung ausgeben mußte, als ein normaler Wahlkampf sowieso schon erforderte. In jüngster Zeit hatte er deshalb sein Glück im Aktiengeschäft gesucht, bisher mit katastrophalen Ergebnissen.

»Ja, ich muß zugeben, daß er ein Talent für solche Dinge hatte«, lenkte Sir Henry ein. »Allerdings hatte er auch sehr viel

Glück. Und er hatte diesen jüdischen Geschäftsmann im Rükken.«

»Glauben Sie, daß Mr. Adams für seinen Erfolg verantwortlich ist?«

»Nun, immerhin hat er ihn an einige gute Geschäfte herangeführt. Ich weiß nicht, warum er das tat. Normalerweise stecken diese Leute doch nur mit ihresgleichen zusammen.«

»Sicherlich hat Adams davon profitiert, daß Falkland ihn in die Gesellschaft einführte. Außerdem waren sie Freunde.«

Sir Henry lächelte schwach und begann mit einer Kaffeetasse herumzuspielen. »Behauptet Mr. Adams das?«

»Warum? Gibt es einen Grund, daran zu zweifeln?«

»Was wäre, wenn ich Ihnen verraten würde, daß Adams ursprünglich gar nicht auf Falklands Gesellschaft eingeladen war? Ich meine die Gesellschaft, auf der er ermordet wurde. Er hat sich selbst eingeladen, und man kann nicht sagen, daß Falkland sehr erfreut darüber war.«

Jetzt kommen wir zum Wesentlichen, dachte Julian. Das ist es, was er mir unbedingt erzählen wollte. Aber kann man ihm vertrauen? Er hat kein Alibi für die Mordnacht und guten Grund, den Verdacht auf andere zu lenken. Und wer würde sich da besser eignen als Adams, für den er nur Verachtung empfindet, seine finanziellen Erfolge ausgenommen, um die er ihn beneidet?

Aber es konnte nicht schaden, sich anzuhören, was er zu sagen hatte. »Sie machen mich neugierig, Sir Henry. Bitte werden Sie deutlicher.«

»Nur, wenn Sie mir garantieren, meinen Namen aus der ganzen Geschichte herauszuhalten. Ich habe kein Interesse daran, daß er in den Polizeiquartieren die Runde macht. Kann ich davon ausgehen, daß das, was ich Ihnen von Gentleman zu Gentleman sage, auch unter uns bleibt?«

»Soweit wie möglich, Sir Henry.«

Sir Henry lächelte sauer. In seinen Kreisen schien er an unverbindliche Antworten gewöhnt zu sein. »Das soll vermutlich heißen, solange Sie nicht gezwungen werden, Ihre Informationsquelle zu nennen, werden Sie meinen Namen für sich behalten.«

»Genau.«

»Nun gut. Am Tag vor Falklands Gesellschaft tätigte ich ein paar Einkäufe bei Tattersall's.« Tattersall's war das Auktionshaus, in dem die Herren aus besseren Kreisen ihre Pferde und Kutschen kauften, ihre Wettschulden beglichen und über die Jagd oder die Rennbahn plauderten. »Kennen Sie den kleinen Säulenkreis, in dessen Mitte sich eine Statue befindet? Ich stand auf der einen Seite und Falkland auf der anderen. Bis Adams kam und ihn ansprach, habe ich ihn überhaupt nicht bemerkt. Und da ich in der Menschenmenge mehr oder weniger festsaß, konnte ich nicht umhin, einen Teil ihrer Unterhaltung aufzuschnappen.«

Und die Anlagetips, die vielleicht ausgetauscht würden, dachte Julian. »Wie unangenehm für Sie.«

»Ja, das war es in der Tat. Ich glaube nicht, daß die beiden mich gesehen haben, denn sie waren völlig in ihre Unterhaltung vertieft. An den exakten Wortlaut kann ich mich nicht mehr erinnern, aber ich weiß, daß Adams sich mehr oder weniger zu Falklands Gesellschaft am nächsten Abend einlud. Und es klang ziemlich entschieden, als würde sein ›Ich will aber kommen‹ als Einladung ausreichen.«

»Wie reagierte Falkland?«

Sir Henry runzelte die Stirn. »Er wirkte überrascht. Er sagte ›Wirklich?‹ oder etwas in der Richtung und dann ›Halten Sie das für klug?‹ Aber Adams fragte daraufhin nur, ob er nun eingeladen sei oder nicht.«

»War er wütend?«

»Er war – sehr erregt. Seine Stimme zitterte ein wenig. Deshalb erinnere ich mich auch so gut an ihre Unterhaltung. Damals schien sie nicht weiter wichtig zu sein, und trotzdem überraschte mich Adams' Beharrlichkeit. Wahrscheinlich ging es um Geld – das ist doch das einzige, was für diese Leute wirklich zählt.«

Julian sparte sich den Kommentar zu dieser Äußerung. »Bitte kommen Sie zum Ende Ihrer Geschichte, Sir Henry.«

»Wie ich schon sagte, Adams wollte wissen, ob er eingeladen war. Falkland reagierte ziemlich gelassen. Einen Moment lang legte er Adams freundschaftlich die Hand auf die Schulter und sagte: ›Lieber Freund, wenn Sie mich so nett bitten‹ oder etwas in der Richtung. Dann ließ er ihn stehen.«

Julian runzelte nachdenklich die Stirn. Die Geschichte klang wahr. Wenn Sir Henry log, um den Verdacht auf Adams zu lenken, hätte er sicherlich etwas erfinden können, das ihn stärker belastete. Sein nächster Schritt mußte also sein, sich mit Adams zu treffen und ihn zu fragen, warum er in der Mordnacht unbedingt an Alexanders Gesellschaft teilnehmen wollte.

12

Die Wurzel allen Übels

Das Kontor von David Adams befand sich in Cornhill, dem Zentrum des kaufmännischen London, und der Unterschied zum modischen West End hätte nicht größer sein können. Hier liefen die Männer in abgetragenen Gehröcken herum, trugen statt Spazierstöcken Regenschirme und schienen immer in Eile zu sein. Die Frauen waren entweder dralle Kaufmannsgattinnen oder verhärmte Arbeiterinnen – Damen oder gar Ladys ließen sich in dieser Gegend nicht sehen. Auch die Straßenmusikanten schienen in Cornhill nicht ihre Zeit verschwenden zu wollen; die einzigen Farbtupfer waren die Türken und Inder in ihren Nationaltrachten, die die Straßen in der Nähe der großen Handelshäuser bevölkerten. Außer den Kirchhöfen, die hinter rostigen Gitterzäunen versteckt lagen, gab es weit und breit keinen grünen Flecken.

Es verblüffte Julian, wie schnell man aus der Luxuswelt des reichen London in dieses schmutzige, lärmende und hektische Sammelbecken gelangen konnte. Wer in der *beau monde* etwas auf sich hielt, kannte diesen Teil der Stadt nicht einmal. Bei allem Interesse am Spekulieren hatte wohl auch Alexander Falkland seinen Freund Adams nur selten in seinem Kontor aufgesucht. Am meisten verwunderte Julian auf seinem Ausflug vom Westen zum Osten, wie sich die Größenordnungen änderten. Eigentlich war dieser Stadtteil nichts anderes als ein Labyrinth kleiner Orte: enge Plätze, dunkle, verwinkelte Wege, winzige Kramläden und schäbige Kabuffs, in denen sich die Kontore befanden. Aber vielleicht erschien ihm jetzt alles so klein, dachte Julian, weil es früher, als er als Kind durch diese engen, überlaufenen Straßen gezogen war, so groß gewirkt hatte.

Die Firma D. S. Adams & Company war in einem alten Backsteingebäude untergebracht, dessen vorspringendes Fachwerk-Dachgeschoß aussah, als könne es jeden Moment auf die Straße stürzen. Im Vorderzimmer des Erdgeschosses befand sich ein Schreibzimmer, in dem Julian nach Adams fragte. Auf hohen Hockern vor kleinen, halbschrägen Pulten saß dort ein halbes Dutzend Schreiber und kritzelte vor sich hin, während in der Kaminecke ein pickliger Junge hockte, der Federn spitzte und nach dem Feuer sah. Julian war es ein Rätsel, wie die Schreiber überhaupt an ihre Plätze gelangt waren, denn sie waren ringsum von einer Mauer aus ledergebundenen Geschäftsbüchern, Stapeln von Löschpapier, stählernen, durch eine Kette miteinander verbundenen Geldkassetten und einem Sammelsurium aus Tintenfässern, Siegelwachsstücken und Seildocken umgeben. Der Schafgeruch von Kerzen aus Hammelfett vermischte sich mit dem von Staub und Ruß, der jedesmal aufflog, wenn eine Schublade geschlossen oder ein Papierhaufen durchblättert wurde. An den Wänden klebten Karten von unbekannten Ländern, Kalenderblätter und Broschüren, die über die neuesten ausländischen Anlagemöglichkeiten informierten.

Julians Ankunft lockte einen leitenden Angestellten mit grünem Schild über den Augen aus einem kleinen Hinterzimmer heraus. Er begrüßte Julian höflich und trug seine Karte nach oben. Bald darauf kehrte er zurück und sagte, es wäre Mr. Adams eine Ehre, Mr. Kestrel in einer Viertelstunde empfangen zu dürfen, da er im Moment noch eine Unterredung mit ein paar Herren aus Bolivien habe. Julian beschloß, in der Zwischenzeit einen kurzen Spaziergang zu machen. Enge Räume bereiteten ihm Unbehagen, und die verbissene, leicht hektische Geschäftigkeit in dieser Schreibstube erinnerte ihn unangenehm an seine Hauswirtin Mrs. Mabbitt an einem ihrer gefürchteten Waschtage.

Als er zurückkam, verabschiedeten sich die Bolivianer gerade. Ihre üppig gerüschten Hemden und prächtigen Koteletten hoben sich kontrastvoll von diesem grauen Umfeld ab. Adams begleitete sie vor die Tür, wobei er sich in fließendem Spanisch mit ihnen unterhielt. Dann wandte er sich mit einem leicht ironischen Lächeln an Julian: »Mr. Kestrel? Ich habe Sie erwartet.«

»Ich bedanke mich ganz herzlich, daß Sie mich so bereitwillig empfangen. Ich habe kaum zu hoffen gewagt, daß Sie Zeit für mich hätten.«

»Eigentlich hatte ich das auch nicht. Ich habe eine andere Verabredung für Sie abgesagt. Mir war klar, daß ich früher oder später mit Ihnen reden muß, und ich will es am liebsten gleich hinter mich bringen. Bitte kommen Sie nach oben.«

Adams' Büro unterschied sich auffallend von der Schreibstube im Erdgeschoß. Die Mahagonimöbel hätten eher in die Bibliothek eines wohlhabenden Herrn gepaßt als in ein Geschäftszimmer. Die Tintenfässer waren aus Sèvresporzellan und der Kamin aus Porphyrgestein. Rote Seidentapeten und Gemälde von Schiffen und Landschaften gaben dem Raum ein behagliches Aussehen. Der Tisch war mit einem eleganten, silbernen Kaffeeservice gedeckt. Der Angestellte mit dem grünen Augenschirm trat ein und räumte Kanne und Tassen vom Tisch. »Er wird uns frischen Kaffee machen«, sagte Adams. »Ich hoffe, Sie haben nichts dagegen, daß wir Kaffee statt Tee trinken.«

»Ganz im Gegenteil, ich begrüße es.«

»Genau wie die Herren aus Bolivien, die Sie gerade gehen sahen. Sie brauchen Geld, um in ihrem Land eine Eisenbahn zu bauen. Ich befürchte, daß hier in England kaum jemand anbeißen wird. Wir wissen ja nicht einmal, ob wir mit unserer eigenen Eisenbahn Erfolg haben werden, von einer auf der anderen Seite der Welt ganz zu schweigen. Wir müssen abwarten, bis die Strecke zwischen Liverpool und Manchester fertig ist – dann werden wir weitersehen.«

»Glauben Sie, daß sie angenommen wird?«

»Das kann man im Moment noch nicht absehen.« Adams lächelte unverbindlich. »Bitte setzen Sie sich.«

Er deutete auf zwei Ledersessel, die vor dem Kamin standen, und ließ sich selbst in dem nieder, der dem Fenster gegenüber stand. Es war, als wolle er andeuten, daß er das Licht nicht fürchten mußte. Er war ungefähr fünfunddreißig Jahre alt und hatte ein hageres, scharf geschnittenes Gesicht und eine hohe Stirn. Sein Haar und seine Augen waren dunkel, und sein Teint leuchtete in einem schönen, blassen Olivton. Er lehnte sich zurück, schlug die Beine übereinander und ließ seine schmalen, verblüffend schönen Hände auf den Sessellehnen ruhen.

»Als erstes«, begann Julian ohne lange Vorrede, »möchte ich wissen, warum Sie unbedingt zu der Gesellschaft eingeladen werden wollten, auf der Alexander ermordet wurde.«

Adams schaute nachdenklich und nur leicht verwirrt, als sei dieser Punkt zwar interessant, aber nicht weiter wichtig. Doch es entging Julian nicht, wie sich seine Hände kurz um die Sessellehnen krampften. »Mir ist neu, daß dies bekannt war.«

»Ich habe Quellen, von denen die Bow Street nichts weiß.«

»Offensichtlich. Ich wollte an dieser Gesellschaft aus dem gleichen Grund teilnehmen, aus dem ich mich schon immer um Aufnahme in Falklands Kreise bemüht habe. Über ihn habe ich Verbindungen geknüpft und, was noch wichtiger ist, Klatsch aufgeschnappt. In meinem Gewerbe sind die neuesten Nachrichten aus Politik und Gesellschaft ungeheuer wichtig. Das Schicksal einer Firma, die sich noch im Entwicklungsstadium befindet, oder die Chancen einer Auslandsanleihe können durchaus davon abhängen, ob irgendein parfümierter kleiner Lord gerade im Streit mit seiner Geliebten liegt oder beim Pferderennen Geld verloren hat. Das mag vielleicht absurd erscheinen, aber wir sind hier in England, wo die Leute, die am wenigsten von Geschäften verstehen, den größten Einfluß haben. Nicht, daß sich Falklands Freunde überschlagen hätten, Informationen an mich weiterzuleiten. Aber ich habe viel erfahren, indem ich einfach herumstand und zuhörte – oder lauschte, wenn Sie so wollen. Natürlich wollte ich diese Gesellschaft besuchen. Auch wenn ich nicht erwartet habe, daß sie sich als dermaßen aufregend erweisen würde.«

»Meine Quelle behauptet, Sie hätten sehr hartnäckig darauf bestanden zu kommen – daß Sie erregt gewesen wären und Ihre Stimme gezittert hätte.«

»Dann muß Ihre Quelle verwirrt gewesen sein oder phantasiert haben. Oder sie wollte meinen Kopf in der Schlinge sehen, was bedeutet, daß fast jeder das behauptet haben könnte.«

»Sind Sie so unbeliebt?«

»Ich bin erfolgreich, was fast dasselbe ist. Es bleibt nicht aus, daß man einigen Leuten zu nahe tritt und sehr viele beleidigt. Ich will ganz offen sein, Mr. Kestrel. Ich stehe hinter dem, was ich sage, und ich halte, was ich verspreche. Es gibt nicht viele Männer in dieser Stadt, die das von sich behaupten können. Aber ich bin nicht besonders rücksichtsvoll, und mit Dummköpfen und Feiglingen habe ich wenig Geduld. So mache ich mir Feinde.«

»Sie sagten, außer Ihren üblichen Gründen dafür, sich in Falklands Kreisen zu bewegen, hätten Sie kein besonderes Interesse gehabt, die Gesellschaft zu besuchen.«

»Genau.«

»Als Sie ihm mitteilten, daß Sie kommen wollten, fragte er: ›Halten Sie das für klug?‹ Was meinte er damit?«

Adams' Finger trommelten auf der Sessellehne. »Ich kann mich nicht erinnern, daß er das gesagt hätte.«

»Meine Quelle behauptet es.«

»Und ich leugne es.«

Sie sahen sich unverfroren an, und keiner wollte als erster den Blick senken.

Schließlich nahm Julian das Gespräch wieder auf. »Erzählen Sie mir, woher Sie Alexander Falkland kannten.«

»Ich habe ihn vor anderthalb Jahren kennengelernt. Ein gemeinsamer Bekannter empfahl ihn mir als möglichen Investor. Wir haben zusammen ein Geldgeschäft gemacht, das für uns beide sehr profitabel wurde. Danach gab es noch mehrere gemeinsame Transaktionen. Manchmal bat er mich um meine Meinung, wenn er vorhatte zu spekulieren.«

»Hat er Ihre Meinung zu den beiden Minenobjekten eingeholt, die wenige Monate vor seinem Tod in Konkurs gingen?«

»O ja, nachgefragt hat er«, lächelte Adams hämisch. »Ich habe ihm gesagt, sie seien nicht gesund, und er wäre verrückt, wenn er sein Geld da reinstecken würde. Aber ausnahmsweise hat er einmal nicht auf mich gehört. Er hat mich um Rat gebeten, ihn aber nicht befolgt. Mehr konnte ich nicht für ihn tun. Er war mein Protegé, nicht meine Marionette.«

Er lehnte sich zurück und wappnete sich für Julians nächste Frage. Sicherlich erwartete er, daß es um die dreißigtausend Pfund gehen würde. Aber Julian wollte verhindern, daß er seine Fassung wiederfand. »Hat Falkland Ihnen jemals geschrieben?«

»Geschäftlich, ja.«

»Haben Sie seine Briefe aufbewahrt?«

»Ich glaube in irgendeiner Schublade habe ich ein halbes Dutzend oder so.«

»Ich würde sie gerne ausleihen.«

»Sie können sie haben. Ich bin nicht sentimental.«

Der Angestellte mit dem grünen Augenschirm brachte Kaffee und zwei frische Tassen und Untertassen. Adams wies ihn an, nach der Korrespondenz mit Alexander Falkland zu suchen und sie Mr. Kestrel zu geben, wenn er ging. Das Gesicht des Angestellten blieb gleichgültig. Wenn es ihn neugierig machte, daß sein Arbeitgeber in einen berühmten Mordfall verwickelt war, war er ein zu alter Hase, um dies zu zeigen.

Nachdem der Angestellte gegangen war, pries Julian den hervorragenden Kaffee und kam dann schnell wieder zur Sache. »Sie sind um Viertel vor elf auf der Gesellschaft angekommen. Bald danach hat sich Mrs. Falkland mit Kopfschmerzen zurückgezogen. Haben Sie eine Vermutung, warum sie das tat?«

»Ich nehme an, weil sie Kopfschmerzen hatte.«

»Einige Leute waren der Meinung, Falkland und sie hätten gestritten.«

»Einige Leute müssen ihre Nase in alles stecken.«

»Da haben Sie zweifellos recht. Aber ich würde gerne Ihre Meinung hören.«

»Damit verschwenden Sie nur Ihre Zeit. Ich kann Ihnen wirklich nichts über die Kopfschmerzen von Mrs. Falkland oder ihre Gründe, die Gesellschaft zu verlassen, sagen.«

»Sie sind jetzt unnötig heftig geworden.«

»Es mag Sie vielleicht verwundern, Mr. Kestrel, aber ich habe etwas dagegen, von einer Lady wie Mrs. Falkland zu reden, als wäre sie irgendein flatterhaftes Ding, dem man vorwirft, einen Streit mit ihrem Liebhaber vom Zaun gebrochen zu haben.«

Julians Augenbrauen schossen hoch. »So ritterlich, Mr. Adams?«

»Wohl kaum!« Adams lachte bitter. »Aber vielen Dank, daß Sie mir eine der Tugenden eines Gentleman zutrauen.«

Er blickte ins Feuer, sein Gesicht war zu Granit versteinert. Julian musterte ihn nachdenklich und fuhr dann fort: »Ungefähr eine Stunde, nachdem Sie auf der Gesellschaft angekommen waren, wurden Sie Zeuge einer kurzen Unterhaltung zwischen Falkland und dem Mädchen seiner Frau, Martha. Sie sagte, daß Mrs. Falkland nicht auf die Gesellschaft zurückkommen würde. Haben Sie eine Vorstellung, warum ihre Worte oder ihr Gebaren ihn beunruhigt haben könnten?«

»Nein. Ich weiß, daß Mr. Clare behauptet hat, er habe erschreckt ausgesehen. Aber da ich von der Bow Street erfahren habe, daß er auch behauptet, ich hätte Falkland mit Blicken durchbohrt, halte ich ihn nicht für einen besonders verläßlichen Zeugen.«

»War das etwa eine Lüge?«

»Die Wahrheit war es nicht. Ob er bewußt etwas Falsches gesagt hat, kann ich nicht beurteilen. Aber die Versuchung, mich zu dem Schurken in diesem Stück zu machen, scheint einfach überwältigend zu sein. Vielleicht handelte es sich bei Mr. Clare um einen Fall von Wunschdenken.«

Julian hielt es für durchaus möglich, daß Clare ihn angelogen hatte, aber in diesem Punkt war er ehrlich gewesen. »Als die beiden Minen, Falklands Spekulationsobjekte, bankrott gingen, stand er mit dreißigtausend Pfund Schulden da. Sie haben sämtliche Schuldscheine aufgekauft, und ungefähr drei Wochen vor dem Mord haben Sie ihm alle erlassen, ohne eine Bedingung daran zu knüpfen. Warum?«

»Sie meinen, wie kann ein Mitglied meiner Rasse so großzügig sein?«

»Solche Großzügigkeit wäre bei jedem erstaunlich, Mr. Adams.«

»Warum sollte ich ihm keinen guten Dienst erweisen? Das ist doch wohl kaum ein Grund, gleich des Mordes verdächtigt zu werden?«

»Und ob es das ist, Mr. Adams, denn es stellt uns vor zwei beunruhigende Möglichkeiten. Entweder hat er Sie für die Schuldscheine in einer Form entschädigt, die Sie beide nicht dem Papier anvertrauen wollten, oder er hatte etwas gegen Sie in der Hand, womit er Sie zwang, ihm seine Schulden zu erlassen. Sie müssen einsehen, Mr. Adams, daß die Sache in beiden Fällen einer Erklärung bedarf.«

Adams' Augen funkelten. »Wenn Sie Ihre Karten auf den Tisch legen, Mr. Kestrel, dann tun Sie es richtig. Aber sie scheinen nicht zu verstehen, wie wichtig mir Falklands Freundschaft war. Ein Geschäft wie das meine steht und fällt mit seinem Ruf. Wenn es darum geht, wem sie ihr Geld anvertrauen sollen, sind die Leute sehr heikel – sie wollen sicher sein, der betreffenden Person vertrauen zu können, und man muß ihnen etwas bieten, das die Konkurrenz nicht hat. Der freundschaftliche Umgang mit Lords und Parlamentsmitgliedern hat mir diesen Vorteil verschafft. Was ich von ihnen über Handel und Steuern erfuhr, war nicht so wichtig. Das Wichtigste war, daß *sie* den Eindruck

184

bekamen, daß ich von solchen Dingen etwas verstand. Dafür war ich Falkland dankbar – und für das Vergnügen, das er mir bereitet hat.«

»Vergnügen?«

»Ein Fenster zu seiner Welt. Die Möglichkeit, durch das Gitter der Exklusivität zu treten und zu sehen, wie die *société choisie* sich ihren ganz eigenen Vergnügungen hingibt.«

»Während Sie ein Außenseiter blieben?«

»Ich bin Realist, Mr. Kestrel. Ich habe mir niemals vorgemacht, daß mich Falklands Freunde als ihresgleichen akzeptieren würden. Eines Tages werde ich vielleicht so reich sein, daß sie es sich nicht leisten können, mich zu verachten. Über einen Nathan Rothschild wagt niemand die Nase zu rümpfen – zumindest nicht in seinem Beisein! Bis dahin wollte ich die Verachtung von Falklands Freunden ertragen, weil sie mir auch von Nutzen waren.«

»Und was ist mit Falkland selbst? Haben Sie ihn auch ausgenutzt?«

»Wenn ich das getan habe, war es beidseitig und ein faires Geschäft. Er hat aus unserer Bekanntschaft genau das gemacht, was er wollte: Geld.«

»Hat er sich soviel aus Geld gemacht?«

»Viel aus Geld gemacht!« Adams schoß aus seinem Sessel hoch und wanderte mit schnellen Schritten auf und ab. »Es war sein Lebenselixier! Falkland liebte Geld. Oder besser, er liebte das, was er dafür kaufen konnte: schöne Dinge, Vergnügen, Macht, Menschen. Mein Geschäft war viel zu brav für ihn. Ich gehe Risiken ein, aber sie sind wohlkalkuliert; oder, um es mit den Worten eines Gentleman auszudrücken, ich gehe nur sichere Wetten ein.

Doch es war nicht nur seine Geldgier. Er liebte das Spekulieren an sich: das ständige Auf und Ab, die Risiken, die Möglichkeit, aus geringen Summen großes Kapital schlagen zu können. Er mußte zum Schluß einfach scheitern – so enden alle Investoren, die in der Börse eine Art Spielkasino sehen. Ich habe ihn gewarnt. Es machte mir sogar Spaß, ihn zu warnen, weil ich wußte, daß er nicht auf mich hören würde...«

Er blieb stehen und ballte die Fäuste. Als er wieder ruhiger sprechen konnte, fuhr er fort: »Ich möchte nur, daß Sie wissen, daß ich ihn nicht zu überstürzten Investitionen überredet habe. Das Minengeschäft ging ganz auf seine Rechnung.«

»Es wäre auch ein ziemlich teurer Zeitvertreib, ihn erst bewußt in Schulden zu stürzen, um dann seine Schuldscheine aufzukaufen und sie ihm mit einem Geschenkband versehen zu präsentieren«, stimmte Julian zu.

»Wissen Sie, ich habe sie billiger bekommen. Ich habe nicht die vollen dreißigtausend gezahlt.«

»Aber es ist immer noch eine äußerst ungewöhnliche Geste – für einen Mann, den Sie haßten.«

»Haßten, Mr. Kestrel?« Adams riß in gespielter Entrüstung seine Augen auf. »Falkland und ich waren Freunde.«

»Tatsächlich?«

»So sicher, wie ich David Adams heiße.«

Aber so hieß er gar nicht, erinnerte sich Julian. In seiner Zeugenaussage hatte gestanden, daß er früher Abrahms hieß und sich in Adams umgetauft hatte. Da er sonst kein Geheimnis aus seiner jüdischen Abstammung machte, war dies eine leere, eher ironische Geste. Die Ironie schien Adams' vorstechendes Charaktermerkmal zu sein. »Was soll ich nun daraus schließen?«

»Daß Tatsachen nichts gelten und nur der schöne Schein zählt. Sie sagten, ich hätte ihn gehaßt – nun gut. Sie können es nicht beweisen. Ich war sein Freund und habe sein Vermögen gerettet. Und ich habe ihn sehr geschätzt – er war ein charmanter, begabter, offenherziger Mann mit hohen Grundsätzen!«

»Kurzum – wen die Götter lieben, stirbt jung?«

»Wen die Götter lieben, stirbt jung.« Adams lachte rauh und bitter auf. *»Aber nicht jung genug!«*

13
LONDONER LEHM

Als Julian das Kontor von David Adams verließ, händigte ihm der Angestellte mit dem grünen Augenschirm ein ordentlich verpacktes Bündel aus, das die Briefe von Alexander Falkland enthielt. Er las sie noch auf dem Rückweg in der Droschke. Es waren nur kurze Mitteilungen, die in Alexanders eleganter Handschrift auf Papier mit seinem Monogramm geschrieben waren. Meistens ging es um den Ankauf oder Verkauf von Sicherheiten oder um bestimmte Investitionen, zu denen Alexander die Meinung von Adams wissen wollte. Die ersten Schreiben waren vor ungefähr einem Jahr verfaßt worden und das jüngste im vergangenen März. Ihr Ton war freundschaftlich und inoffiziell, was sie nicht wie geschäftliche Anweisungen klingen ließ. Alexander hatte die Gabe, sich bei seinen Untergebenen einzuschmeicheln – obwohl er bei Adams damit wohl kaum Erfolg gehabt hatte. Ein Brief war ein wenig länger und im letzten November von Mrs. Falklands Landgut in Dorset abgeschickt worden. Er begann mit den üblichen Fragen über Geschäftliches. Aber dann ging es noch weiter:

Dies ist ein hübsches Haus – eine Art Feenschloß in groß. Überall sind kleine Giebel, es hat große hölzerne Flügelfenster und Myriaden winziger Türen. Die Fußböden sind ein wenig schief, so daß die Zuckerdose im Laufe des Frühstücks langsam den Tisch entlangwandert. Alles sehr ländlich und idyllisch, bloß von der Stadt und jeglichen Neuigkeiten ist man hier völlig abgeschnitten. Seien Sie also so gut, lieber Freund, und schreiben Sie mir, was an der Börse so vor sich geht. Ich glaube, ich vermisse sie mehr, als alle Clubs und Theater zusammen.

Julian las den Brief noch einmal. Der Verdacht, der ihm zum erstenmal in Clares Wohnung gekommen war, wurde Gewißheit. Doch zunächst einmal brauchte er Beweise, und er wußte, wie und wo er sie finden konnte.

Als Julian nach Hause kam, erzählte ihm Dipper, daß Vance dagewesen sei und angefragt habe, ob Mr. Kestrel ihn sobald wie möglich in der Bow Street aufsuchen könnte. Julian machte sich sofort auf den Weg.

Die Polizeiwache Bow Street bestand aus ein paar schmalen Backsteinhäusern ganz in der Nähe des Covent-Garden-Theaters. Als Julian ankam, wurden gerade die Gefangenen des Tages in Reihen und mit Handschellen aneinandergekettet abgeführt. Es waren die üblichen Diebe, Prostituierten und Vagabunden – kaum einer älter als achtzehn Jahre. Einige gaben sich mutig, andere blickten stumpfsinnig und gleichgültig vor sich hin, und wieder andere verbargen beschämt ihre Gesichter. Ein ungefähr zwölfjähriges Mädchen, dessen Wangenrouge von Tränen verschmiert war, zog den Saum eines roséfarbenen Seidenkleids, das für eine erwachsene Frau zugeschnitten war, hinter sich durch den Straßenstaub. Die ganze Nachbarschaft schien sich versammelt zu haben, um die Sträflinge anzustarren. Julian fragte sich ärgerlich, ob sie wohl nichts Besseres zu tun hatten, als den Kindern der Armen auf ihrem traurigen Weg ins Gefängnis, in die Deportation oder den Tod zuzuschauen.

Er schlängelte sich durch die Menschenmenge und betrat die Polizeiwache. Vance hatte ihm einmal versichert, daß die Räumlichkeiten der Bow Street regelmäßig gereinigt würden, aber es sah hier immer unbeschreiblich schmutzig aus. Die Ecken waren mit einer Rußschicht überzogen, und die Farbe schälte sich von den Wänden. In den Korridoren wimmelte es von den wütenden oder traurigen Existenzen, die man an solchen Orten immer vorfand. An seiner scharlachroten Weste erkannte Julian einen Streifenpolizisten und fragte ihn nach Peter Vance.

»Mr. Kestrel.« Vance bahnte sich einen Weg durch die Menschenmasse. »Sie nehmen es mir hoffentlich nicht übel, daß ich Sie hierherbestellt habe, aber ich wollte keine Zeit verlieren.«

»Ganz und gar nicht. Was haben Sie herausgefunden?«

»Sie haben mich doch gebeten, einen Mr. Underhill ausfindig zu machen, den Besitzer von Cygnet's Court. Nun, ich habe ihn gefunden, und wir haben ein wenig miteinander geplaudert, bis er mir den Schlüssel zu dem Haus, in dem Mrs. Desmond wohnte, gegeben hat. Ich dachte, wir gehen gleich vorbei und sehen uns dort um. Obwohl ich, wenn Sie mir bitte verzeihen mögen, nicht ganz verstehe, was Sie an Mrs. Desmond und ihrem Tun und Lassen so interessant finden.«

»Vielleicht ist auch wirklich nichts dran. Mein Freund MacGregor sagt immer, ich hätte die dumme Angewohnheit, verstiegene Theorien um unbedeutende Kleinigkeiten zu spinnen. Aber sicherlich ist es ungewöhnlich, daß eine Frau wie Mrs. Desmond etwas mit Mrs. Falkland zu tun hatte und vierzehn Tage später plötzlich verschwand – eine Woche bevor Alexander Falkland ermordet wurde.«

»Wenn Sie es so darstellen, Sir, scheint es wirklich ein bißchen seltsam. Na ja, es kann auf keinen Fall schaden, wenn wir ein wenig im Haus herumschnüffeln und schauen, was es dort zu finden gibt.«

Sie machten sich zum Themseufer auf. Unterwegs berichtete Vance von seiner Unterhaltung mit Underhill. »Er ist Bankier, pensioniert, und lebt in Clapham. Die Häuser in Cygnet's Court hat ihm irgendein Verwandter vererbt. Er jammert, daß sie ihm nichts als Ärger machen. Ich wünschte, mich würde mal ein Verwandter so ärgern – wirklich! Zwei Häuser hat er renovieren lassen, aber die anderen schienen die Mühe nicht mehr wert zu sein. Niemand, der auch nur einen Penny in der Tasche hat, würde dort wohnen wollen. Der Platz ist zu klein und dunkel, und die Einfahrt zu eng, um etwas größeres als ein Gig hindurchzulassen. Es wird erzählt, der Platz hätte ursprünglich Swan's

Court – Schwanenhof – heißen sollen, aber dann fand man ihn zu klein für so einen Namen.«

Underhill habe nicht viel über Mrs. Desmond gewußt, berichtete Vance weiter. Er habe sie nur einmal gesehen und sie als »gewöhnlich« eingestuft, wahrscheinlich irgendeine geheime Geliebte, die untergebracht werden mußte. Aber so lange seine Pächter die Miete zahlten und keinen Ärger machten, war es ihm egal, womit sie ihr Geld verdienten.

»Hatte er eine Ahnung, von wem sie ausgehalten wurde?« fragte Julian.

»Nein. Er glaubt allerdings, daß es sich um denselben Mann gehandelt haben muß, der ihm diese Nachricht zukommen ließ.«

Er reichte Julian einen Zettel. Darauf stand die knappe Mitteilung, daß Marianne Desmond das Haus in Cygnet's Court für immer verlassen habe und eine Monatsmiete als Ersatz für die rechtzeitige Kündigung beigefügt sei.

Julian sah sich das Papier von allen Seiten genau an. »Ganz normales, einfaches Papier und die anonyme Handschrift eines Büroschreibers, die jeder imitieren kann. Wenn die Notiz von Mrs. Desmonds Liebhaber stammt, hat er sich Mühe gegeben, seine Identität geheimzuhalten. Was wissen wir über ihn? Nur das, was Mrs. Wheeler Dipper erzählt hat: daß er jung und wie ein Gentleman gekleidet war und daß er Mrs. Desmond nur in der Nacht besucht hat. Quentin Clare käme in Frage und leider auch mein Freund Felix. Auch Eugene wäre alt genug, und Adams ist jung genug. Wir könnten sogar Luke oder Valère in geborgter Abendkleidung in Betracht ziehen. Und dann ist immer noch möglich, daß diese ganze Liebesaffäre nichts mit dem Mord an Falkland zu tun hat.«

Er berichtete Vance kurz von seinen Unterhaltungen mit Clare, Felix, Sir Henry und Adams. Vance schmunzelte. »Ich wußte doch, daß Sie diese feinen Herren zum Reden bringen würden. Aber was wir nun aus all dem schließen sollen, kann ich Ihnen leider nicht sagen.«

»Mich interessiert auch mehr, was sie nicht gesagt haben.«
Julian runzelte nachdenklich die Stirn. »Mrs. Falkland, Clare
und Adams sind sehr unterschiedliche Menschen, deren einzige
Gemeinsamkeit ihre Beziehung zu Alexander ist. Und noch
etwas. Sie wirken alle bedrückt, als ob sie irgend etwas schrecklich quälen würde. An Adams nagt ein ohnmächtiger Haß auf
Alexander. Clare hat Angst oder Gewissensbisse – man könnte
ihn leicht für schuldig halten. Und Mrs. Falkland hat mich
gefragt, ob ich jemals in der Hölle gewesen wäre – mit einem
Gesichtsausdruck, der nahelegte, daß sie sich dort nur allzugut
auskennt. Das einzige, was ich bei allen vermißt habe, war echter
Schmerz. Ich frage mich, ob es außer seinem Vater und seinem
Kammerdiener überhaupt jemanden gab, der Alexander wirklich geliebt hat. Sind wir da?«

Sie hatten eine enge Passage erreicht, die von der Hauptstraße
abzweigte. Vance nickte und winkte ihn hindurch. Der Platz
dahinter war genauso, wie Dipper ihn beschrieben hatte: dunkel
und eng. Direkt am hinteren Ende der Durchfahrt stand das
kleine Haus von Mrs. Wheeler und ihm gegenüber das größere
von Mrs. Desmond, dazwischen drei weitere, die langsam verfie-
len. Als Julian und Vance den Platz betraten, bewegten sich die
Vorhänge in einem der Fenster des Hauses von Mrs. Wheeler.
Offensichtlich behielt sie nach wie vor alles Kommen und Gehen
auf dem Platz im Auge.

Sie gingen zum ehemaligen Haus von Mrs. Desmond hinüber,
und Vance schloß die Tür auf. »Mr. Underhill hat mir eine
Inventarliste aller Gegenstände mitgegeben, die sich im Haus
befanden, als sie einzog. So können wir feststellen, was ihr
gehört hat und was nicht. Anscheinend ist das Haus möbliert
vermietet worden, aber sie hat eigene Sachen hinzugefügt. Als sie
ging, hat sie ein paar Möbel und anderen Kram stehengelassen,
und da Mr. Underhill nicht weiß, was er damit anfangen soll,
stehen sie immer noch dort. Was gut für uns ist, Sir, denn alles
sieht noch so aus, wie Mrs. Desmond und ihr Mädchen es

hinterlassen haben. Nur in der Küche ist saubergemacht worden, um die Ratten draußen zu halten.«

Das Haus war im typischen Londoner Stil gebaut: In jedem Stockwerk gab es ein Vorder- und ein Hinterzimmer und eine Treppe, die sich im Zickzack nach oben wand. Küche und Spülküche befanden sich im Keller. Im Erdgeschoß waren Eßzimmer und Salon untergebracht, und eine Hintertür führte in einen kleinen, ummauerten Hof, der nur vom Haus aus zugänglich war. Das Vorderzimmer im ersten Stock war Mrs. Desmonds Wohnzimmer und der hintere Raum ihr Schlafzimmer.

Julian erkannte bald, daß sie die Inventarliste nicht brauchen würden, um Mrs. Desmonds Sachen vom Mobiliar des Hauses zu unterscheiden. Alle Zimmer waren in einer bunt zusammengewürfelten Mischung aus einfachen, recht abgenutzten Möbeln eingerichtet, denen allerlei Tand und Flitter einen eleganten Anstrich geben sollte. Im Wohnzimmer hingen künstlerisch angehauchte Scherenschnitte von Männern mit Perücken, verblaßte Tuschzeichnungen der Stadt Bath in ihren besten Tagen und Kupferstiche längst verstorbener Mitglieder der königlichen Familie. Im krassen Gegensatz dazu hatte Mrs. Desmond ein riesiges, dilettantisch hingekleckstes Gemälde aufgehängt, das Europa mit dem Stier zeigte und an Zweideutigkeit wettmachte, was ihm an künstlerischem Ausdruck fehlte. Dann gab es noch ein zierliches Pianoforte, dessen Goldverzierungen ebenfalls Mrs. Desmonds Handschrift verrieten. Julian stellte fest, daß es innen völlig verschmutzt und außerdem schrecklich verstimmt war.

In allen Zimmern hingen Goldspiegel und grelle Vorhänge – wieder der Geschmack von Mrs. Desmond. Es gab auch einige alte Bücher: Abhandlungen von Geistlichen, Führer zu verschiedenen Badeorten, ein Buch über Etikette, in dem erklärt wurde, wie man als Schwertträger zu sitzen hat. Doch eine dicke Staubschicht verriet, daß sie schon lange nicht mehr geöffnet worden waren. Mrs. Desmond zog andere Lektüre vor, wie Julian gleich erkannte, als er unter dem Wohnzimmersofa die schlechte Übersetzung eines französischen Romans hervorschauen sah. Es war die Art Buch, die jeden englischen Moralapostel zusammenzukken läßt.

Vance nahm sich den Schreibtisch vor, schloß ihn aber nach kurzer Zeit mit einem enttäuschten Seufzen: »Keine Papiere, nur leere Blätter.«

»Ihre Papiere sind hier – oder besser das, was von ihnen übriggeblieben ist.« Julian deutete auf den Kaminrost, der voller schwarzer Papierfetzen lag. Jemand hatte sie nach dem Verbrennen noch mit dem Schürhaken bearbeitet, um sicherzugehen, das nichts mehr zu lesen war.

Als nächstes gingen sie in Mrs. Desmonds Schlafzimmer. Das Bett selbst gehörte zum Hausmobiliar; es war einfach und schnörkellos, mit Pfosten, die wie geschwollene Beine aussahen. Allerdings war es unter den purpurroten Vorhängen und den Quasten und Troddeln, mit denen Mrs. Desmond es geschmückt hatte, kaum noch zu sehen. Sie hatte auch vor den behäbigen Stühlen nicht haltgemacht und sie mit einem goldenen Anstrich und gelben Seidenpolstern versehen; jetzt wirkten sie wie gesetzte Jungfrauen, die man als Kokotten herausgeputzt hatte. Der altmodische Schrank war bis auf einen pinkfarbenen Seidenknopf und ein Stück Spitze leer.

Der Waschtisch war mit Holzintarsien geschmückt und hatte verborgene Fächer für Seife, Zahnpuder, Wasserkanne und Glas. Die Oberfläche öffnete sich zu einem von goldenen Delphinen umkränzten Spiegel. Er schien weder zum Hausinventar zu gehören noch Mrs. Desmonds Geschmack zu entsprechen. Vielleicht war er ein Geschenk ihres Kavaliers.

Das Zimmer des Mädchens befand sich im Dachboden. Es war winzig und hatte ein kümmerliches Bett, das tagsüber zugeklappt wurde. Dann gab es noch eine kleine Waschvorrichtung, einen Tisch und einen schmalen, recht wackeligen Schrank aus rohen Holzplanken. Der einzige Hinweis darauf, daß es bis vor kurzem bewohnt war, waren die Reste eines Kohlenfeuers im Kamin und eine heruntergebrannte Talgkerze auf dem Tisch.

Jetzt hatten Julian und Vance das ganze Haus gesehen. Einen Moment lang standen sie nachdenklich herum. Dann sagte Vance mit entschlossen klingender Stimme: »Papierkörbe!«

Nochmals gingen sie durch alle Zimmer und durchsuchten die Papierkörbe. Bei der Vorstellung, was wohl seine Freunde im Club von ihm denken würden, wenn sie ihn so sähen, mußte Julian lächeln. Als sie im Keller angekommen waren, hatten sie ein Sammelsurium aus trockenen Blumensträußchen, Seidenpapierschnipseln und Geschenkbändern, wie sie in Damengeschäften zum Einschlagen der Ware benutzt wurden, angehäuft. Hinzu kam halbgegessenes Naschwerk, eine leere Curaçaoflasche, ein zerrissener weißer Seidenstrumpf und ein paar blonde Haarbüschel, die aussahen, als seien sie aus einer Bürste gezogen worden.

Julian besah sich die Sammlung. »Nicht sehr aufschlußreich, oder?« fragte er spöttisch.

»Nein, kann man nicht sagen, Sir«, stimmte Vance zu.

»Nun, eins wissen wir immerhin: Mrs. Desmond hatte es furchtbar eilig, von hier wegzukommen. Sie hat weder die Blumenvasen geleert noch den Kamin ausgefegt und nur so viel gepackt, wie sie in einen Koffer zwängen konnte. Man sieht, daß sie an einigen Stellen etwas weggenommen hat und Bilder von der Wand gehängt wurden.«

»Außerdem hat sie ein paar wertvolle Sachen hier zurückgelassen. Das Pianoforte zum Beispiel – ihr Kavalier mußte dafür sicher ein anständiges Sümmchen auf den Tisch legen.«

»Eine Kutsche, die groß genug gewesen wäre, es zu transportieren, hätte nicht durch die Passage zum Cygnet's Court gepaßt. Und nachdem sie sich die Mühe machte, nachts auszuziehen – noch dazu an dem einen Tag in der Woche, an dem ihre Nachbarin sicher nicht da sein würde –, stand ihr wohl kaum der Sinn danach, mitten im belebten Theaterviertel ein Pianoforte aufzuladen.«

Vance runzelte die Stirn. »Wissen wir sicher, daß sie in der Nacht abgereist ist, Sir?«

»Das nehme ich an, weil sie sich so bemühte, jedes Aufsehen zu vermeiden. Aber ich weiß, wie wir ganz sichergehen können. Wir müssen in der vorderen Diele nach Spuren suchen, die Leute beim Beladen der Kutsche im Regen hinterlassen haben könnten.«

»Woher wissen Sie, daß es in jener Nacht geregnet hat, Sir?«

»Weil es dieselbe Nacht war, die Eugene in einem Regenschauer verbrachte, um krank zu werden. Und es war die Nacht des Ziegeleimords, in der der Regen alle Fuß- oder Wagenspuren, die der Mörder vielleicht hinterlassen haben könnte, wegspülte.«

»Da haben Sie recht, Sir! Lassen Sie uns nachschauen.«

Sie begannen die vordere Diele zu durchsuchen. Und tatsächlich fanden sie Schlammspritzer, die auf dem dunkel gemusterten Perserteppich fast nicht zu sehen waren. Julian bückte sich und betastete sie. »Ziemlich trocken, aber der Dreck muß trotzdem einigermaßen frisch sein, da er noch nicht in den Teppich eingetreten wurde. Und wir haben ihn sicher nicht hereingeschleppt, denn wir haben unsere Schuhe am Eingang abgetreten, und außerdem sind die Straßen heute trocken.«

»Niemand hat den Dreck mit seinen Schuhen hereingeschleppt«, sagte Vance, »denn es gibt nirgendwo Fußabdrücke.«

»Stimmt. Es sieht eher so aus, als seien Matsch und Regenwasser von der Kleidung einer Person heruntergelaufen – oder von etwas, das von dieser Person hereingetragen wurde.«

Vance ging ins Eßzimmer und anschließend in den Salon und untersuchte gebückt den Teppich. »Hier gibt es keine Schlammflecken.«

»Auf dem Treppenteppich sind ein paar Spritzer. Die betreffende Person muß also in den ersten Stock gegangen sein.«

Sie folgten der Spur, die nach oben in Mrs. Desmonds Schlafzimmer führte. Dort fanden sie wieder ein paar Schlammspritzer auf dem Teppich und einen auf dem Bettvorhang. Vance untersuchte auch noch das Wohnzimmer und die Dienstmädchenkammer. »Keine Schlammspuren«, berichtete er, als er wieder ins Schlafzimmer kam.

Julian kratzte etwas Dreck vom Teppich und musterte ihn mit gerunzelter Stirn. »Das hier sieht nicht wie Schlamm aus. Es ist zu rot – oder fast schon violett.«

»Londoner Lehm, Sir. Ziegelerde. Mein Vater war Vorarbeiter in einer Ziegelei, er hatte diesen Dreck immer an den Schuhen, wenn er nach Hause kam ...«

Er verstummte. Sie starrten sich an.

»Also, jetzt brat' mir einer einen Storch«, sagte Vance leise.

Sie eilten nach unten und nahmen Schlammproben vom Teppich in der vorderen Diele. Sie hatten dieselbe bläulich-rote Farbe. Vance wickelte die Dreckkrümel zur Aufbewahrung in sein Taschentuch. »Londoner Ziegelerde, das ist so sicher wie das Amen in der Kirche. Ich ziehe meinen Hut vor Ihnen, Sir: Sie haben als erster eine Verbindung zwischen dem Mord an Mr. Falkland und dem Ziegeleimord vermutet. Und kaum fangen wir an, nach Hinweisen auf den Mörder von Mr. Falkland zu suchen, stolpern wir auch schon über Ziegellehm, wo kein Ziegellehm sein sollte.«

Julian überhörte das Lob. »Gott sei Dank ist ein Mord noch keine so alltägliche Angelegenheit, daß es uns wundern sollte, wenn zwei so brutale Fälle miteinander zu tun haben. Vor allem, wenn sie im Abstand von nur einer Woche geschahen und die Methoden sich so ähnlich sind.«

»Aber welche Verbindung könnte es zwischen einem Gentleman wie Mr. Falkland und der armen Seele, die man in der Ziegelei fand, geben?«

»Da bin ich überfragt. Außerdem gibt es einen gewaltigen Unterschied zwischen den beiden Morden: Einmal wurde das Gesicht des Opfers unkenntlich gemacht, während es im anderen Fall gerade die Identität des Opfers ist, die ihn so brisant macht. Und da Mrs. Desmond und ihr Mädchen in der Nacht des Ziegeleimords verschwanden, legen die Lehmspuren, die wir gefunden haben, nahe, daß eine der beiden Frauen das Opfer war.«

»Mrs. Desmond kann es nicht gewesen sein. Das Opfer in der Ziegelei war mindestens vierzig Jahre alt, und Mrs. Desmond war allen Berichten zufolge noch ein ziemlich junges Ding. Aber es könnte das Mädchen sein.«

»Ja. Mrs. Wheeler hat Dipper erzählt, sie sei eine unscheinbare Frau um die Vierzig gewesen. Was hat sie noch gesagt? Fanny habe sie geheißen, und sie ging in die Kirche. Vor ihrer Herrin schien sie Angst zu haben, und mit Fremden wollte sie sich nicht einlassen.« Er runzelte die Stirn. »Aber warum sollte der Mörder sie in einer Ziegelei in Hampstead umgebracht haben und dann den ganzen Weg hierher zurückkommen und Schlamm und Lehm auf den Boden kleckern? Glauben Sie, Mrs. Desmond könnte sie getötet haben? Vielleicht hatte sie es deshalb so eilig, noch in derselben Nacht wegzukommen?«

»Oder ihr Kavalier war der Täter, und sie hat Angst gekriegt und sich davongemacht. Ich sage Ihnen was, Sir: Wir müssen diese Mrs. Desmond finden. Ich werde sofort mit der Suche beginnen und mich erst mal in der Nachbarschaft umhören.«

»Ausgezeichnet. Aber Sie wissen, daß in dieser Gegend auch recht zweifelhafte Existenzen hausen: Bettler, Straßenmädchen, Diebe. Ich meine, wir brauchen auch jemanden, der in ihrer eigenen Sprache mit ihnen spricht.«

»Oh, ich verstehe schon, Sir«, sagte Vance grinsend. »Sie wollen Dipper auf sie ansetzen.«

»Genau. Hätten Sie was dagegen?«

»Ganz und gar nicht, Sir. Je mehr, je lustiger. Sie parlieren mit der feinen Gesellschaft in ihrem eigenen Kauderwelsch, Dipper wird sich im Unterweltsjargon mit Gaunern und ähnlichem Gesindel unterhalten. Und ich ... ich werde mir alle anderen vornehmen.«

Als Julian am Abend nach Hause kam, lauerten ein paar entschlossen dreinblickende Männer mit Bleistiften hinter den Ohren vor seiner Tür. Sobald sie ihn erblickten, stürzten sie sich auf ihn.

»Mr. Kestrel!« schrie einer. »Hat man schon jemanden festgenommen?«

Julian lächelte. »Meine Herren, Sie sind doch immer über die Vorgänge in der Bow Street auf dem laufenden – Sie müßten es besser wissen als ich.«

»Was glauben Sie, wer Falkland ermordet hat?« rief ein anderer.

»Ich meine, es muß ein Journalist gewesen sein – in der Hoffnung, daß es eine gute Geschichte abgibt.«

»Im Ernst, Mr. Kestrel, haben Sie irgendwelche Fährten?«

»Keine, über die ich in großen Lettern in der *Times* lesen möchte. Guten Abend, meine Herren.« Julian bahnte sich einen Weg und verschwand im Haus.

Am selben Abend traf er sich mit Felix Poynter und ein paar anderen Freunden zum Dinner. Obwohl viel über den Mordfall geredet wurde, erfuhr Julian dort nichts Neues. Nach dem Dinner lehnte er die Einladung in eine Spielhölle ab und begab sich statt dessen zum Haus Alexander Falklands. Dem Butler Nichols, der ihm die Tür öffnete, sagte er, er wolle in Mr. Falklands Bibliothek ein paar Nachforschungen anstellen, worauf ihn dieser in das Zimmer führte. Mehr als zufrieden mit den Ergebnissen, verließ Julian es ein oder zwei Stunden später wieder und ging nach Hause.

Am nächsten Morgen suchte er ein zweites Mal Clare auf, der über seinen Besuch nicht sehr glücklich zu sein schien. »Mr. Kestrel. Bitte treten Sie ein.«

»Ich bringe Ihnen Ihr Buch wieder.« Julian hielt die *Verteidigung der Rechte der Frauen* hoch.

»Oh. Danke sehr, das ist sehr freundlich von Ihnen.«

Clare streckte die Hand nach dem Buch aus, aber Julian gab

vor, es nicht zu bemerken. »Ich fand es ausgesprochen lehrreich. Besonders gut haben mir die Randbemerkungen Ihrer Schwester gefallen. Das Schreiben in Büchern scheint bei Ihnen in der Familie zu liegen: Bei meinem letzten Besuch hier habe ich gesehen, daß auch Sie Ihre Bücher mit Anmerkungen versehen. In diesem Buch haben Sie sogar einen Satz unterstrichen und ›Wie wahr!‹ danebengeschrieben. Ich gehe davon aus, daß dies Ihre Handschrift ist und nicht die Ihrer Schwester?«

Clare schaute ängstlich auf die Seite. »Ja. Das habe ich geschrieben.«

Julian las vor: »›Doch darf man sich über die Wahrheit nicht ungestraft lustig machen, denn der arglistige Heuchler wird zum Schluß doch das Opfer seiner eigenen Kunst und jener Tugend verlustig, die man ganz zu Recht Vernunft nennt.‹ Verraten Sie mir eins, Mr. Clare. Als sie diese Passage unterstrichen, haben Sie da an Alexander Falkland gedacht oder an sich selbst?«

»Was . . . was wollen Sie damit sagen?«

Julian lächelte spöttisch. »Ich sehe schon, Sie wollen es mir schwermachen. Nun gut.« Er ließ seinen Blick durchs Zimmer schweifen, bis er auf Clares riesiger Büchersammlung hängenblieb. »Sie scheinen sehr belesen zu sein. Und nach Ihren Büchern zu urteilen, sprechen Sie nicht nur fließend Latein und Griechisch, sondern auch noch Französisch, Italienisch und Deutsch.«

»Ich bin auf dem Kontinent aufgewachsen. Da ließ es sich kaum vermeiden, ein paar Sprachen aufzuschnappen.«

»Sie sind zu bescheiden, Mr. Clare. Daß Sie auf dem Kontinent lebten, heißt noch lange nicht, daß Sie vom französischen Drama bis zur deutschen Philosophie alles gelesen haben müssen. Es gibt Engländer, die leben schon seit Jahren im Ausland und haben immer noch nicht gelernt, ihr Dinner in der Landessprache zu bestellen. Als mir klarwurde, wie gebildet Sie sind, dachte ich zuerst, das wäre die Erklärung für Ihre Freundschaft mit Alexander. Seine Briefe an Sir Malcolm zeugen von erstaunlichen Kenntnissen in der Rechtsgeschichte und der Literatur. Aber das wissen Sie natürlich selbst am besten.«

Clare erstarrte. »Ich hatte keine Gelegenheit, Falklands Briefe an seinen Vater zu lesen.«

»Ich wollte damit auch nicht sagen, daß Sie sie gelesen haben. Ich glaube, daß Sie sie geschrieben haben, Mr. Clare. Und ich würde gerne wissen, warum.«

14

Ein verworrenes Netz

Clare schloß die Augen und stand blaß und schweigend da. Endlich hob er die schweren Lider und fragte: »Wie kommen Sie darauf, daß ich Falklands Briefe geschrieben haben könnte?«

»Ich hatte von Anfang an Zweifel an ihrer Echtheit. Sie schienen überhaupt nicht zu Alexander zu passen. Zuerst einmal hat der Stil nicht gestimmt. Alexanders Stil war leicht und amüsant – in einem seiner Briefe an David Adams wird das sehr gut deutlich. Und der Inhalt hat erst recht nicht gepaßt. Alexander war alles andere als radikal in seinen Ansichten – wahrscheinlich war er überhaupt ein völlig unpolitischer Mensch. Er hatte Geschmack, aber keine Überzeugungen. Wenn er wirklich für das Parlament kandidieren wollte, dann sicher nur, um sich eine neue Welt zu erobern, einen neuen Bereich, in dem er glänzen konnte.

Anfangs dachte ich noch, er hätte vielleicht eine gelehrte, philosophische Seite, von der niemand etwas wußte. Der Gedanke, daß er die Briefe gar nicht selbst geschrieben hat, ist mir erst gekommen, als ich Sie kennengelernt habe.

Erinnern Sie sich an meine Frage gestern, ob Sie eine Theorie hätten, wer Alexander umgebracht haben könnte? Sie waren sehr eloquent, als es darum ging, mir zu erklären, warum Sie niemanden ohne einen festen Beweis verdächtigen wollten. Und daraus hörte ich den Ton der Briefe – vor allem des Briefes, in dem Alexander das Recht des Angeklagten auf einen Anwalt verteidigt.

Das hat mir zu denken gegeben. Gestern abend bin ich in sein Haus gegangen und habe nach den Büchern gesucht, die Alexander in seinen Briefen erwähnt. Er besaß die meisten davon, seine

Bibliothek ist ausgesprochen gut bestückt. Doch fast alle Bücher befanden sich in einem jungfräulichen Zustand, die Seiten waren nicht geschnitten und die Buchrücken noch ganz glatt. Die einzigen Bücher in seinem Haus, die nicht nur zu Dekorationszwekken dienten, waren Kunst- und Architekturbände und die Schauerromane. Sie, lieber Clare, besitzen ebenfalls sehr viele der in den Briefen erwähnten Bücher, und ihrem Zustand nach zu urteilen sind sie gründlich und mit Begeisterung gelesen und wieder gelesen worden. Liege ich soweit richtig?«

Clare schaute weg. »Ja, Mr. Kestrel. Völlig richtig.«

»Zu Hause habe ich mir dann noch einmal die Korrespondenz zwischen Sir Malcolm und Alexander angesehen und die Daten verglichen. Alle Briefe Alexanders waren mindestens eine Woche nach dem vorangegangenen Brief seines Vaters datiert. Völlig einleuchtend, denn er brauchte ja Zeit, um Ihnen Sir Malcolms Brief zu geben, Ihre Antwort abzuwarten und sie dann abzuschreiben. Und er hat sie wörtlich abgeschrieben, ohne Ihre politischen Ansichten im geringsten zu zensieren – er hat sich noch nicht einmal die Mühe gemacht, ein paar Bemerkungen über seine jüngsten Unternehmungen oder über Mrs. Falkland hinzuzufügen. Kein Wunder, daß wir diese Briefe so unpersönlich fanden. Nun, Mr. Clare? Streiten Sie es ab?«

»Nein. Nein, doch ich wünschte, ich könnte es.«

»Dann frage ich Sie noch einmal: Warum haben Sie die Briefe geschrieben?«

»Er hat mich darum gebeten.«

»Verzeihen Sie bitte, aber Sie werden selbst einsehen, daß das eine sehr unzureichende Antwort ist.«

»Mehr kann ich dazu nicht sagen. Er hat mich um einen Gefallen gebeten, und ich habe eingewilligt.«

»Welche Erklärung hat er Ihnen dafür gegeben, daß Sie Briefe für ihn schreiben sollten?«

»Er war sehr beschäftigt. Er wollte sein Haus renovieren, ging oft aus und gab viele Gesellschaften. Im Unterschied zu mir hatte er kaum Zeit zur Lektüre oder zum Schreiben langer Briefe. Zuerst hat er mich nur gebeten, einfach ein paar Dinge zu notieren, die er seinem Vater schreiben könnte, aber bald schon wurde es einfacher, mich gleich die Briefe verfassen zu lassen.«

»Warum haben Sie eingewilligt?«

»Ich habe Ihnen bereits gesagt, daß wir Freunde waren.«

»Auch ich habe Freunde, Mr. Clare, und ich würde fast alles für sie tun, aber nicht auf Kosten meiner Ehre.«

Clare errötete. »Sie haben völlig recht, mich zu verachten. Ich verachte mich selbst.«

»Hübsch gesagt, Mr. Clare, aber ich nehme Ihnen diese Schurkenrolle nicht ganz ab. Wenn Falkland Sie bezahlt oder Ihnen irgendeinen anderen Gefallen erwiesen hätte, könnte ich verstehen, warum Sie auf sein Spiel eingingen. Aber das einzige, was er jemals für Sie getan hat, war, Sie auf seine Gesellschaften einzuladen. Und die mochten Sie nicht. Er hat Sie mit wichtigen Leuten bekannt gemacht, woraus Sie keinerlei Nutzen gezogen haben. Sie haben mir erzählt, daß das gesellschaftliche Parkett nicht zu Ihren Stärken gehört, aber niemand kann Ihre außerordentlichen intellektuellen Fähigkeiten leugnen. Sie hätten unter Ihren Mitstudenten eine gute Figur abgegeben und Richter und Anwälte beeindrucken können, deren Einfluß Ihnen in Ihrer Karriere sicherlich behilflich gewesen wäre. Statt dessen standen Sie lieber in Falklands Schatten? Warum? Womit hat er Sie bedroht, daß er Ihnen solche Opfer abverlangen konnte?«

Clares Augen weiteten sich. »Er ... er hat mich nicht bedroht. Ich ... ich ...«

»Ihr Zögern ehrt Sie. Es fällt Ihnen schwer zu lügen, nicht wahr, Mr. Clare? Ich frage mich nur, warum Sie es dann tun?«

»Mehr kann ich Ihnen nicht sagen.« Clare ging ans Fenster und hielt sich am Rahmen fest wie ein Sträfling an den Gitterstäben seiner Zelle. »Ich hätte bei dieser Betrügerei nicht mitspielen dürfen. Ich schäme mich dafür. Aber es hat nichts mit dem Mord an Falkland zu tun.«

»Warum haben Sie es dann geheimgehalten?«

»Das habe ich Ihnen bereits gesagt – weil es eine Privatangelegenheit war und die Bow Street nichts anging.«

»Das können Sie nicht beurteilen. Die Bow Street braucht jede noch so kleine Information über Unregelmäßigkeiten in Falklands Leben. Und ich würde sagen, dieser ausgeklügelte Betrug an seinem Vater, der über achtzehn Monate währte und einzig und allein dem Zweck diente, Alexanders Eitelkeit zu befriedigen, war mehr als nur eine Unregelmäßigkeit.«

»Es gibt da noch etwas.« Clare senkte seinen Blick, und die Farbe stieg ihm wieder ins Gesicht. »Ich wollte nicht, daß Sir Malcolm erfährt, daß Alexander die Briefe gar nicht geschrieben hat. Sie haben ihm soviel Freude bereitet – oder zumindest vermittelte er in seinen Briefen an mich diesen Eindruck. Ich meine natürlich, in seinen Briefen an Alexander. Ich dachte, der Briefwechsel sei für ihn eine Art wertvolles Andenken an Alexander. Und dann hätte ich offenbaren müssen, daß Alexander sie gar nicht geschrieben hat, daß es ihm völlig egal war...« Clare stockte. »Auf jeden Fall dachte ich, daß es, egal, wie gemein es war, Sir Malcolm überhaupt zu betrügen, noch schlimmer wäre, diesen Betrug aufzudecken – jetzt, wo sein Sohn tot ist und nichts mehr erklären oder wiedergutmachen kann.«

»Sie sind sehr beredt, Mr. Clare. Das ist besonders erstaunlich, weil Sie sich für einen Mann verwenden, den Sie fürchterlich betrogen haben. Könnte es vielleicht daran liegen, daß er ein Vorstandsmitglied im Lincoln's Inn ist? Sir Malcolm könnte veranlassen, daß man Sie dort mit Schimpf und Schande entläßt, und dann wäre es mit Ihrer juristischen Karriere vorbei, noch bevor sie überhaupt begonnen hat.«

Clare winkte müde ab, als wolle er sagen, das sei wirklich die geringste seiner Sorgen. »Jetzt werden Sie es ihm wohl sagen müssen?«

»Natürlich. Ihm dies zu verschweigen, kommt überhaupt nicht in Frage.«

»Noch nicht einmal, wenn es zu Sir Malcolms eigenem Besten wäre?«

»Sir Malcolm will verstehen, was mit seinem Sohn passiert ist. Er hat mir gesagt, er wolle alles wissen, auch wenn es noch so bitter für ihn sei. Nichts ist für ihn schlimmer als Unwissenheit. Ich glaube, er schätzt die Wahrheit als Wert zu sehr, um einer Lüge Vorschub zu leisten, egal, wie tröstlich und bequem das auch für ihn wäre.«

Clare wandte sein Gesicht ab. Die widerspenstige Haarsträhne fiel ihm in die Stirn und bedeckte seine Augen.

Julian musterte ihn mit einem gequälten Lächeln. »Sie machen es mir sehr schwer, Ihnen zu helfen, Mr. Clare. Sie haben mir keine besonders befriedigende Antwort darauf gegeben, warum Sie die Briefe geschrieben haben und die ganze Angelegenheit nach dem Mord an Falkland für sich behielten. Es muß Ihnen klar sein, daß diese Unaufrichtigkeit keine Ihrer Aussagen besonders glaubhaft erscheinen läßt. Wenn ich Sie jetzt beleidigt habe, dürfen Sie mir einen Mann Ihres Vertrauens schicken und mich fordern. Aber ich glaube nicht, daß Sie das tun werden. Sie sind viel zu gewissenhaft, um Ihr oder mein Leben für eine Lüge zu riskieren.«

Clare stützte sich mit dem Arm am Fenster ab. Er sah erschöpft aus. Julian beschloß, ihn eine Zeitlang mit seinen Gewissensbissen allein zu lassen. Er nahm Hut und Stock und ging.

Da er schon einmal in Lincoln's Inn war, beschloß Julian, auch bei Sir Malcolm vorbeizuschauen. Schließlich hatte er ihm einiges zu erzählen. Er überquerte den Serle's Court und fragte eine rundgesichtige Waschfrau nach dem Weg zum Old Square Nummer 21. Ein schmutziger Regen begann zu fallen, und Julian stellte den Mantelkragen auf, um seine cremefarbene Seidenkrawatte zu schützen.

Der Old Square, der alte Platz, trug seinen Namen zu Recht: Die roten Backsteinhäuser mit den spitzen Giebeln mußten aus der Zeit Charles' I. stammen. Julian stieg die enge, verwinkelte Treppe des Hauses Nummer 21 hinauf und fand eine Tür, auf der Sir Malcolms Name in ordentlichen Buchstaben gemalt war. Drinnen saß über sein Pult gebeugt ein älterer Schreiber, dessen grauer Haarschopf eine Insel inmitten unzähliger mit rotem Band zusammengefaßter Papierbündel bildete. Als er Julian sah, klemmte er sich die Schreibfeder hinters Ohr, eine Gewohnheit, die die blauen Tintenflecken auf seinen Koteletten erklärte. »Guten Morgen, Sir.«

»Guten Morgen. Ich würde gern Sir Malcolm sprechen.«

»Er ist leider nicht da, Sir.«

Julian wußte, daß wichtige Anwälte nie da waren. Eine der Hauptaufgaben ihrer Schreiber war es, sie vor Störungen zu schützen und jeden abzuwimmeln, der es sich herausnahm, ohne einen Termin zu kommen. »Wenn Sie so freundlich wären, ihm diese Karte zu zeigen, würden Sie sicher die Entdeckung machen, daß er auf wundersame Weise zurückgekehrt ist.«

Der Schreiber blickte auf die Karte, und sein strenges Gesicht entspannte sich: »Mr. Kestrel! Na, so was, er hat schon gehofft, Sie heute hier zu treffen.« Er öffnete eine Tür im Hintergrund und rief: »Mr. Julian Kestrel, Sir.«

»Mr. Kestrel!« Sir Malcolm erschien in der Tür. »Treten Sie ein, treten Sie ein! Setzen Sie sich, und erzählen Sie mir, was Sie alles herausgefunden haben. Mich dürstet nach Neuigkeiten.«

Julian wartete, bis sich die Tür hinter ihm geschlossen hatte, und sagte dann warnend: »Ich fürchte, ich habe auch etwas zu sagen, das sehr schmerzhaft für Sie sein wird.«

»Dann schnell heraus damit.« Sir Malcolm nahm hinter seinem Schreibtisch Platz und wischte mit einer Handbewegung einen Stapel ungeöffneter Briefe und blauer Ordner, die von Papieren überquollen, zur Seite. Aus seiner Perücke, die auf einem Holzständer neben ihm hing, stob eine Puderwolke auf.

Julian brachte zuerst den grausamsten Teil seines Berichts hinter sich. Als er damit fertig war, starrte Sir Malcolm ihn verwirrt und ungläubig an. »Alle? Clare hat *alle* Briefe geschrieben?«

»Ja. Alle, die Sie mir zum Lesen gegeben haben.«

»Aber wie konnte Alexander... warum...« Er preßte die Fingerkuppen gegen die Schläfen und dachte fieberhaft nach. »Er... er hat versucht, mir eine Freude zu machen, natürlich – er wollte, daß ich stolz auf ihn bin. Wie er es gemacht hat, war natürlich schlecht, aber er hat es gutgemeint. Es ist genauso, wie Clare es Ihnen erzählt hat: Alexander hatte keine Zeit zum Lesen und Lernen, und Clare schon. Also hat Alexander – na ja, er hat die Lorbeeren für Clares Fleiß geerntet.«

»Nicht nur die Lorbeeren für seinen Fleiß«, erinnerte ihn Julian vorsichtig. »Auch für seine Gedanken, seinen Verstand, seine Ideale.«

»Ich weiß, er hätte das nicht tun dürfen. Aber es war ein Fehltritt aus Liebe – der Versuch eines Schuljungen, seinen Vater zu beeindrucken.«

Nur, daß Alexander kein Schuljunge war, dachte Julian. Was man einem Kind als Streich durchgehen läßt, ist bei einem erwachsenen Mann Betrug.

»Warum Alexander die Briefe von Clare geschrieben haben wollte, ist für mich nicht so wichtig. Mich interessiert vor allem, warum Clare sich dazu bereit erklärte. Sowohl er als auch Adams haben Alexander einen außerordentlichen Gefallen getan: Clare hat ihn auf Kosten seiner eigenen Karriere mit juristischen Erkenntnissen versorgt, und Adams hat ihm einen riesigen Schuldenberg erlassen. Noch nicht einmal Alexander kann das mit Charme allein bewirkt haben. Entweder konnte er diesen beiden Männern etwas bieten, was für diese sehr wertvoll war, oder er hat sie irgendwie bedroht. Und nachdem es nicht so aussieht, als hätte er Clare in irgendeiner Weise geholfen, müssen wir uns fragen, ob er etwas gegen ihn in der Hand hatte.«

»Sie vergessen, daß mein Sohn in diesem Verbrechen das Opfer ist!« Sir Malcolm stieg die Zornesröte ins Gesicht. »Er ist auf gemeine und brutale Art ermordet worden! Und Sie kommen daher und scheinen mehr daran interessiert zu sein, seine Verfehlungen aufzudecken als seinen Mörder!«

»Ich befürchte, diese beiden Dinge hängen auf äußerst verworrene Weise zusammen. Wenn wir nicht herausfinden, wem Alexander Unrecht getan oder wen er gegen sich aufgebracht hat, wie sollen wir dann wissen, wer ein Motiv hatte, ihn zu töten?«

Sir Malcolm sprang auf und wanderte mit geballten Fäusten auf und ab. Schließlich blieb er stehen und holte tief Luft. »Sie haben natürlich recht, wie immer. Bitte verzeihen Sie mir. Aber wenn Sie ihn an jenem Abend da liegen gesehen hätten: sein schöner Kopf eingeschlagen – das Werk von vierundzwanzig Jahren in einem Moment zunichte gemacht! Ein Haufen Knochen und blutendes Fleisch, was einmal redete und lachte und...« Er schlug die Hände vor das Gesicht.

»Mein lieber Sir Malcolm.« Julian ging zu ihm und legte ihm die Hand auf die Schulter. »Setzen Sie sich doch. Soll ich Ihren Schreiber bitten, uns einen Drink zu bringen?«

»Nein, danke. Sie sind sehr liebenswürdig, aber es geht schon.« Er ließ sich von Julian zu seinem Stuhl zurückführen und sprach ruhiger weiter. »Es ist einfach nur, weil Sie daherkommen und behaupten, den jungen Mann, den ich kannte und liebte, hätte es niemals gegeben. Daß er mich betrogen hat und seine Freunde vielleicht erpreßte. Jetzt bleibt mir noch nicht einmal die Erinnerung. Das ist hart, härter, als ich es mir jemals vorgestellt hätte.«

»Es tut mir leid.«

»Ich weiß.« Sir Malcolm strich Julian über die Schulter. »Sie haben nur getan, worum ich Sie gebeten habe. Lassen Sie uns weitermachen. Ich werde Ihnen beweisen, wie ruhig und nüchtern ich sein kann. Sie sagten, mein Sohn könnte etwas gegen Mr. Clare in der Hand gehabt haben. Woran denken Sie da?«

»Ich vermute, daß es etwas mit Clares Schwester zu tun hat.

Sobald ich von ihr spreche, zuckt er zusammen. Er streitet zwar ab, daß Alexander sie jemals getroffen hat, aber nach allem Vorangegangenen kann man auf seine Ehrlichkeit wohl kaum viel geben.«

»Was wissen Sie über sie?«

»Nur, daß sie bei ihrem Großonkel in Somerset lebt – und daß sie eine leidenschaftliche Anhängerin von Mary Wollstonecraft ist.«

»Die Rechte der Frauen, oder? Ich kenne das Buch – ein bißchen hysterisch, aber in vielem hat sie durchaus recht. Wissen Sie, Plato sah keinen Grund, weshalb eine Frau in seiner idealen Republik nicht auch alle Bürgerrechte genießen sollte. Er sagte, die Frauen auszuschließen wäre genauso unsinnig, wie wenn man sich das Haus nur von männlichen Hunden bewachen lassen würde. Warum sollte eine Frau nicht genau wie ein Mann lernen, studieren und denken können? Nur, daß sie es nicht tun«, fügte er bedauernd hinzu. »Und deshalb weiß ich auch nie, worüber ich mich mit Frauen unterhalten soll.«

Julian ließ ihn gern reden, da es ihm half, sich wieder zu fangen. Als Sir Malcolm gefaßt genug schien, um weitere Informationen aufzunehmen, schilderte Julian ihm in kurzen Umrissen seine Gespräche mit Lady Anthea Fitzjohn, Felix Poynter, Sir Henry Effingham und David Adams. Dann erzählte er, daß es sich bei dem Dienstmädchen, von dem Mrs. Falkland vor dem Haushaltswarengeschäft angesprochen worden war, in Wirklichkeit um eine Frau von fragwürdigem Ruf gehandelt hätte. Ihr Name sei Mrs. Desmond, und sie hätte sich aus bisher unbekannten Gründen als ihr eigenes Dienstmädchen verkleidet. Er beschrieb weiter, unter welchen Umständen diese Frau zusammen mit ihrem Dienstmädchen in der Nacht des Ziegeleimords verschwunden war und wie er und Vance Ziegellehmspuren in ihrem Haus gefunden hatten. »Und deshalb«, schloß er, »muß ich Mrs. Falkland unbedingt noch einmal über diese Frau befragen.«

»Ich kann mir nicht vorstellen, daß Belinda mit so einem Menschen bekannt war, und schon gar nicht mit der armen Seele, die in der Ziegelei ermordet wurde.«

»Vorstellen kann ich mir das auch nicht. Doch ich kann auch nicht darüber hinweggehen, daß Mrs. Falkland etwas über ihre Begegnung mit Mrs. Desmond verschweigt. Möglicherweise hat es mit keinem dieser beiden Morde etwas zu tun, aber bevor ich nicht genau weiß, worum es sich handelt, muß ich dem nachgehen.«

»Sie sind selbstverständlich herzlich eingeladen, uns noch einmal in Hampstead zu besuchen und meine Schwiegertochter zu befragen. Aber hat es Zeit bis morgen? Eugene hat Belinda heute morgen eine recht stürmische Abschiedsszene bereitet, und das hat sie sehr erschüttert.«

»Sie hat also ihren Entschluß, ihn wieder zur Schule zu schikken, in die Tat umgesetzt?«

»Ja. Wir hatten alle Angst, daß er im letzten Moment noch irgendeine Dummheit anstellen würde. Wie damals, als er die ganze Nacht draußen im Regen blieb. Aber wir haben ihn sicher und gesund auf die Reise geschickt. Jetzt müßte er schon bald in Yorkshire sein.«

»Dann werde ich morgen früh vorbeikommen.«

»Wenn es nicht gerade in Strömen regnet, reitet Belinda jeden Morgen um zehn aus.«

»Vielleicht gestattet sie mir, sie zu begleiten.« Das kam Julian sehr zupaß. Mrs. Falkland war eine leidenschaftliche Reiterin, und zu Pferd würde sie vielleicht besonders entspannt und unvorsichtig in ihren Äußerungen sein. Auch wenn es natürlich hart für ihn werden würde, mit den Gedanken bei der Sache zu bleiben. Belinda Falkland zu Pferd war schon ein ganz besonderer Anblick – eine Augenweide für jeden, der etwas von Reitkunst oder weiblicher Grazie verstand. »Noch etwas, Sir Malcolm: Mir wäre es lieb, wenn Sie ihr gegenüber nichts von dem wiederholen würden, was ich Ihnen über Mrs. Desmond erzählt habe.«

»Wollen Sie damit andeuten, daß sie sich eine Lüge zurechtlegen könnte, wenn sie vorgewarnt wird?«

»Sagen wir doch lieber, daß ich ihre Reaktion gern selbst beurteilen würde.«

Sir Malcolms Gesicht entspannte sich zu einem Lächeln. »Mr. Kestrel, ich glaube, Sie sind der taktvollste Mensch in ganz London.«

»Takt und Taktik, Sir Malcolm, sind die wichtigsten Werkzeuge in jeder Untersuchung.«

Am Nachmittag ging Julian nach Hause, wo er sich zu einer Besprechung mit seinem Schneider verabredet hatte. Er durfte über seinem kriminalistischen Hobby nicht seinen Ruf als wandelnder Kleiderständer vernachlässigen. Der Schneider nahm seine Maße für ein paar sportliche Kleidungsstücke für die Herbstsaison und versuchte wieder einmal, ihn zum Auspolstern der Gehröcke zu überreden. »Das ist jetzt wirklich die neuste Mode, Mr. Kestrel!«

»Guter Mann, wenn ich jemals eine Mode *mitmachen* würde, hätte ich nicht mehr die Autorität, sie einzuführen. Und weder Sie noch irgend jemand sonst wird mich dazu bringen, wie ein Nadelkissen auf Beinen herumzulaufen.«

»Ich wollte doch gar nicht sagen, daß Sie die Polster *brauchen*, Sir. Nicht wie dieser Mr. de Witt.« Der Schneider konnte es nicht lassen, die einzelnen Dandys gegeneinander auszuspielen. »Der könnte ein paar Polster hier und da recht gut vertragen.«

»Seine magere Figur paßt hervorragend zu de Witt. Er sieht damit wie ein langgezogenes Naserümpfen aus.«

»Sie wollen es sich also nicht überlegen, Sir?«

»Auf gar keinen Fall.«

»Wie Sie wünschen, Sir.« Der Schneider seufzte und verließ unter vielen Verbeugungen den Raum.

Bald darauf traf Peter Vance ein. Er hatte in der Nachbarschaft des Cygnet's Court Nachforschungen über Mrs. Desmond angestellt. »Genausogut hätte ich versuchen können, einen Mohren weiß zu waschen – wenn ich mir die Bemerkung erlauben darf, Sir. Die Nachbarn – fast alle Krämer und Händler – wußten nichts über sie. Sie scheint nie ausgegangen zu sein. Einige konnten sich an ihr Mädchen, Fanny Gates, erinnern, weil sie immer die Einkäufe für ihre Herrin erledigte oder ihr die Droschken rief. Sie war eine einfache und in jeder Hinsicht unscheinbare Frau: breites Gesicht, untersetzt und ängstlich wie ein Mäuschen. Sah aus, als hätte sie im Leben schon einige Schläge einstecken müssen. Meistens trug sie ein braun-weiß kariertes Kleid und eine weiße Haube mit Bändern, genau wie Mrs. Desmond, als sie Mrs. Falkland ansprach.«

»Das sind aber nicht die Kleider, die das Opfer in der Ziegelei trug. Allerdings hätte der Täter sich wohl kaum die Mühe gemacht, ihr das Gesicht unkenntlich zu schlagen, wenn er sie dann in ihrem gewohnten Kleid herumliegen lassen wollte.«

»Vielleicht besaß sie noch ein Sonntagskleid.«

»Oder sie war überhaupt nicht das Opfer des Ziegeleimords.«

Vance zuckte mit den Schultern. »Über eins waren sich alle Nachbarn einig: Sie hatte Angst vor ihrer Herrin und war immer bemüht, sich gut mit ihr zu stellen.«

»Ja. Das hat schon Mrs. Wheeler gesagt.«

»Na, die ist vielleicht eine gefährliche Fuchtel!« Vance grinste. »Zu der bin ich als erstes gegangen, und sie hat mich fast totgeredet. Wenn jemals eine Weiberzunge Räder hatte, dann ihre! Doch sie konnte mir auch nicht mehr sagen, als sie schon Dipper erzählt hatte. Und ihr Mädchen ist dermaßen schwachköpfig, aus der habe ich überhaupt nichts herausbekommen. Sonst wäre sie vielleicht unsere beste Zeugin gewesen – in solchen Gegenden freunden sich die Dienstmädchen doch immer an und tauschen ihre Geheimnisse aus.«

»Cygnet's Court scheint mir der ideale Ort zu sein, um eine *chère amie* zu verstecken. Dort könnten alle möglichen unmoralischen oder illegalen Händel abgewickelt werden, ohne daß irgend jemand etwas merkt – vor allem Freitag abends, wenn Mrs. Wheeler nicht da ist. Darum dürfen wir auch das Diebespack und ähnliches Gesindel in der Gegend auf keinen Fall vernachlässigen. Letzte Nacht hat Dipper fast der Hälfte aller Langfinger und leichten Mädchen dort einen Drink spendiert, ohne etwas Interessantes zu erfahren. Heute abend werde ich ihn noch einmal losschicken. Vielleicht hat er ja diesmal mehr Erfolg.«

»Man hat schon ein hartes Leben als Ihr Diener.« Vance grinste.

»Es hat auch seine guten Seiten.«

»Was werden Sie in der Zwischenzeit tun, Sir?«

»Mittwochs findet der wöchentliche Ball bei Almack's statt, also werde ich hingehen, mit allen Debütantinnen tanzen und mir einen Schwips antrinken – soweit das mit dem klebrigen Kirschlikör dort möglich ist. Und natürlich werde ich schauen, ob sich noch etwas Neues über Alexander Falkland in Erfahrung bringen läßt.« Er dachte einen Moment lang nach. »Ich wünschte, es gäbe eine Möglichkeit, mehr über das Opfer des Ziegeleimords herauszufinden. Ich habe das eigenartige Gefühl, daß wir diesen ganzen rätselhaften Fall entwirren könnten, wenn wir nur wüßten, warum dieser Frau das Gesicht zerstört werden mußte.«

15

NÄCHTLICHER BESUCH

Während sich Julian an diesem Abend bei Almack's vergnügte, mit Debütantinnen tanzte und Kirschlikör trank, saß Sir Malcolm allein in seiner Bibliothek und hielt leise Zwiesprache mit Alexanders Porträt.

»Warum hast du das nur gemacht? Warum glaubtest du, mich täuschen zu müssen? Hast du gedacht, ich... hast du gedacht, die Welt würde von dir erwarten, perfekt zu sein? Daß du alles sein mußtest, ein brillanter Anwalt, ein kenntnisreicher Kunstsammler, ein guter Ehemann und ein charmanter Gastgeber? Wußtest du denn nicht, daß ich viel lieber einen Sohn aus echtem Fleisch und Blut gehabt hätte, mit all seinen Fehlern, als ein über alles erhabenes, exotisches Wesen, das ich doch niemals verstehen würde?

Wahrscheinlich hast du geglaubt, ich würde dir niemals auf die Schliche kommen. Mein armer Junge, wie konntest du auch wissen, daß der Tod schon hinter der nächsten Ecke lauerte und all deine Geheimnisse bald ans Licht gezerrt werden würden. Bei Gott, ich wünschte, ich könnte dich noch ein einziges Mal sehen und dich fragen... dir sagen...«

Sir Malcolm verstummte. Plötzlich wurde ihm klar, daß er diese Unterhaltung mit dem lebenden Alexander niemals geführt hätte. Irgend etwas an Alexander hatte jede Vertrautheit von vornherein unterbunden. Er war wie ein sich ständig wandelndes Kaleidoskop gewesen: zu viele Farben, zu viele Facetten, nichts, woran man länger festhalten konnte. Wer konnte sagen, wie es unter dieser Oberfläche ausgesehen hatte? Alles wäre möglich gewesen – oder nichts...

»Sir?«

Sir Malcolm fuhr herum und hoffte, daß Dutton nicht gehört hatte, wie er mit einem Bild redete. Er nahm sich vor, sich in Zukunft besser zusammenzureißen. Sonst würde in der Nachbarschaft demnächst das Gerücht umgehen, er sei nicht mehr ganz richtig im Kopf.

Dutton trug ein Tablett mit einer Visitenkarte herein. Sir Malcolm las die Karte und schaute verwirrt auf. »Was will er von mir?«

»Er hat gebeten, zu Ihnen vorgelassen zu werden, Sir.«

Sir Malcolm lief unruhig im Zimmer auf und ab und fuhr sich mit den Fingern durchs Haar. »Ich denke, Sie führen ihn besser herein.«

Dutton verbeugte sich und verließ das Zimmer. Wenige Sekunden später kam er mit Quentin Clare zurück, der mit dem Hut in der Hand im Türrahmen stehenblieb, um zu signalisieren, daß er nicht vorhatte, länger zu bleiben. Sir Malcolm gab Dutton ein Zeichen, sie allein zu lassen.

Sie starrten sich durchs Zimmer an. Sir Malcolm war verwirrt, erbost und sprachlos. Was sagt man zu einem Mann, den man kaum kennt, aber dem man seit Monaten seine innersten Gedanken und Überzeugungen anvertraut hat, in der Annahme, er sei jemand anders?

»Ich hatte befürchtet, daß Sie mich nicht vorlassen würden, Sir«, sagte Clare. »Ich hätte es Ihnen nicht verübeln können.«

»Ich konnte Sie schlecht fortschicken, aber offen gestanden weiß ich auch nicht, was wir einander zu sagen hätten.«

»Sie dürften nichts zu sagen haben, Sir. Und was ich zu sagen habe, ist schnell gesagt – und dann werde ich gehen. Ich wollte Ihnen nur mitteilen, wie leid mir tut, was ich Ihnen angetan habe.«

»Warum haben Sie es dann getan?«

»Zuerst, weil Alexander mich darum bat. Im Frühjahr haben Sie im Schwurgericht über einen Fall von Urkundenfälschung verhandelt, und in dieser Verhandlung kam es auch zu einem

Disput über mittelbare Beweise. Alexander bat mich um meine Meinung zu diesem Thema, so daß er sich in seinen Briefen an Sie informiert zeigen konnte. Sie haben ihm daraufhin so detailliert geantwortet, daß er nicht wußte, was er erwidern sollte. Darum hat er mich gebeten, den Brief für ihn zu schreiben. Ich habe eingewilligt. Ich hatte keine Ahnung, daß er von mir erwarten würde, weiterhin die Briefe für ihn zu verfassen. Und ich hatte nicht damit gerechnet...« Er blickte errötend zu Boden.

»Daß Ihr Spiel aufgedeckt werden könnte?« fragte Sir Malcolm ironisch.

»Nein, Sir.« Clare blickte ihn offen aus seinen grauen Augen an. »Daß mir die Korrespondenz soviel Spaß machen würde. Ich habe damit angefangen, um Alexander einen Gefallen zu tun; aber weitergemacht habe ich zu meinem eigenen Vergnügen. Ich hatte niemanden, mit dem ich über das, was ich las und dachte, reden konnte. Mein Vater war Rechtsanwalt, aber er ist gestorben, als ich noch ein Kind war. Ich habe kaum Freunde, und die meiste Zeit ist mir das auch ganz recht. Ich bin lieber allein. Aber als ich Ihnen schrieb – da habe ich mich einfach selbst vergessen. Ich habe mich immer so auf Ihre Briefe gefreut und gar nicht mehr daran gedacht, daß ich etwas Falsches tat. Ich wollte einfach nicht daran denken, weil ich Ihnen weiter schreiben wollte.« Er schluckte. »Bitte glauben Sie mir das, Sir. Ich war dumm und egoistisch, aber ich wollte Sie nicht verletzen. Ich hoffe, Sie können sich dazu überwinden, mir zu verzeihen. Guten Abend, Sir.«

»Warten Sie!« Sir Malcolm sprang vor und erwischte Clare noch am Ärmel. »Sie können nicht einfach so eine Rede halten und sich dann davonmachen! Außerdem muß ich befürchten, daß Sie in den nächsten Fluß springen werden, so, wie Sie gerade aussehen. Dabei gibt es keinen Grund, die Sache zur Tragödie zu stilisieren. Ich verzeihe Ihnen, obwohl das, was Sie taten, wirklich nicht recht war. Aber ich verzeihe immer allen Menschen. Das ist eine meiner schlechten Angewohnheiten.«

Er zog Clare vor den Kamin, drückte ihn in einen Sessel und

läutete nach dem Butler. Dutton erschien. »Können Sie uns eine Flasche Port bringen, Dutton?«

»Ja, Sir. Dürfte ich vorschlagen, daß wir Mr. Clares Pferd hinter das Haus zu den Ställen führen, falls er vorhat, noch etwas länger zu bleiben. Im Moment ist es noch vorne am Tor angebunden.«

»Aber natürlich«, stimmte Sir Malcolm zu. »Dort kann es nicht stehenbleiben, die Straße ist viel zu eng. Bitte kümmern Sie sich darum, Dutton.«

Clare sah so überrumpelt und verwirrt aus, daß Sir Malcolm unwillkürlich lächeln mußte. Doch er sagte nichts mehr, bis sie sich mit einem Glas Port niedergelassen hatten. »Wissen Sie, Sie erinnern mich daran, wie ich selbst in Ihrem Alter war: ein Bücherwurm und Einzelgänger, der alles viel zu ernst nahm. Damals wollte ich noch als Gelehrter in Oxford bleiben und mein Leben ganz der Forschung widmen.«

»Warum haben Sie das nicht gemacht?« fragte Clare.

»Mein Onkel verstarb plötzlich und vermachte mir einen Titel, zu dem kein Land mehr gehörte. Ich mußte dem Titel gerecht werden und versuchen, über einen Beruf zu Ruhm und Ehre zu kommen. Außerdem hatte mein Onkel noch eine unversorgte Tochter hinterlassen. Ich hatte nicht vor zu heiraten – als Angehöriger meines Colleges war es mir gar nicht erlaubt –, aber ich mußte mich um Agnes kümmern. Also haben wir geheiratet, und ich habe Oxford verlassen und die juristische Laufbahn eingeschlagen. Doch ein paar Jahre später starb Agnes, und ich nahm meine alte mönchische Lebensweise wieder auf. Zurückblickend muß ich sagen, daß dies ein Fehler war. In Ihrem Alter sollte ein Mann sich nicht nur mit toten Sprachen beschäftigen, sondern auch mit lebenden Menschen. Sie sollten ins Theater gehen und in den Cider-Keller; Sie müssen im Fives Court das Boxen lernen und Erfahrungen mit Frauen sammeln. Werde ich jetzt zu persönlich?«

»Nein, Sir. Schließlich haben Sie ein Recht... ich meine...

nach allem, was passiert ist. Aber ich finde kein Vergnügen an solchen Dingen.«

»Wenn der Körper älter wird, bleibt immer noch Zeit genug, sich dem Geistesleben zu widmen.«

»Das Geistesleben ist das einzige, an dem mir etwas liegt.«

»Haben Sie es jemals mit dem anderen versucht?«

»In gewisser Weise, ja.« Clare hielt den Blick fest aufs Feuer gerichtet. »Und dabei habe ich die Erfahrung gemacht, daß der Geist der einzige sichere Zufluchtsort ist. Bis dorthin kann die Welt einen nicht verfolgen, und man ist sicher vor Spott und Demütigungen.«

»Sie sind schon ein eigenartiger junger Mann.«

»Oh, Sir.« Plötzlich lächelte Clare. »Wenn Sie wüßten.«

»Nun gut. Wo Sie schon einmal hier sind und ich Sie nicht davon abbringen kann, sich in Bücher zu vergraben, würde ich gern wissen, was Sie in Ihrem letzten Brief meinten, als Sie davon sprachen, in den *Troerinnen* sei Helena in der Debatte mit Hekuba besser weggekommen.«

Sie begannen ein Gespräch über Euripides. Von dort kamen sie auf das griechische Drama im allgemeinen zu sprechen, dann auf die griechische Geschichte. Sie verglichen Herodot mit Thukydides und beide mit Tacitus. Sie debattierten über Fragen, auf die es keine Antwort gab, zum Beispiel, wer nun Sokrates genauer beschrieben hätte, Plato oder Xenophon, und was es mit den Eleusinischen Mysterien in Wirklichkeit auf sich hatte. Als die Uhren im Haus Mitternacht schlugen, kämpften sie gerade die Schlacht von Salamis nach, indem sie Tintenfässer und Siegelwachs in Schiffe verwandelten. Beim Klang der Uhr blickten sie sich ungläubig an.

»Ich hatte wirklich nicht vor, so lange zu bleiben«, sagte Clare. »Mir war nicht bewußt, daß es schon so spät ist.«

»Mir auch nicht.«

Clare suchte nach seinem Hut und drehte sich dann mit schüchtern ausgestreckter Hand zu Sir Malcolm um. »Also – auf

Wiedersehen, Sir. Ich habe nicht zu hoffen gewagt, daß Sie mir vergeben würden, und mit soviel Freundlichkeit habe ich gleich gar nicht gerechnet. Herzlichen Dank.«

»Aber Mr. Clare, Sie haben noch nicht wiedergutgemacht, was Sie mir angetan haben.«

»Was... was meinen Sie? Was kann ich für Sie tun?«

»Mich wieder besuchen. Kommen Sie, wann immer Sie Gelegenheit dazu haben. Wir werden über die alten Griechen sprechen, das Recht, Ihre Zukunft. Sie haben sich für einen Beruf entschieden, in dem Sie auf viel Konkurrenz treffen werden. Wenn Sie das Beste aus Ihren Talenten machen wollen, brauchen Sie Führung, einen Tutor. Ich kann Ihnen helfen.«

Clares Augen weiteten sich vor Erstaunen. »Sir, ich... ich weiß nicht, was ich sagen soll. Ich dürfte überhaupt nichts von Ihnen erwarten, nach allem...«

»Lassen Sie uns dieses Thema für immer begraben. Wenn Sie nicht an sich selbst denken wollen, dann denken Sie an mich. Ich habe meinen Sohn zweimal verloren. Erst hat man mir die leibliche Gestalt genommen, dann den Mann, für den ich ihn gehalten habe – den Mann, der mir diese Briefe geschrieben hat. Ich bin völlig verunsichert, denn ich weiß nicht, was für Lügen er noch erzählt hat und was an ihm alles unecht war.«

»Aber warum ich?«

»Weil Sie der Mann sind, der die Briefe geschrieben hat. Sie sind die Verkörperung des Geistes, den ich Alexander zugeschrieben habe. Sie sind der einzige, der mir etwas von dem, was ich verloren habe, wiedergeben kann. Mr. Clare, Sie haben keinen Vater mehr und ich keinen Sohn. Was wäre also natürlicher, als daß wir einander das sind, was uns fehlt.«

»Ich glaube«, sagte Clare mit leiser Stimme, »daß Mr. Kestrel mich verdächtigt, Ihren Sohn umgebracht zu haben.«

»Mr. Kestrel verdächtigt jeden. Und das erlaubt mir den Luxus, nur diejenigen zu verdächtigen, die ich verdächtigen will. Also, was sagen Sie? Nehmen Sie mein Angebot an?«

Clare holte tief Luft. »Angenommen, Sir.«

Sie schüttelten sich die Hände, und dann läutete Sir Malcolm nach Dutton, damit er Clare zu den Stallungen führte. Nachdem er gegangen war, stellte sich Sir Malcolm noch einmal vor das Porträt. Doch jetzt war er ruhiger geworden und fühlte sich nicht mehr ganz so einsam. Plötzlich erkannte er, daß seine Einsamkeit schon älter war und über den Tod seines Sohnes weit hinausging. Am einsamsten war er immer gewesen, wenn er mit Alexander zusammen war.

Bei Almack's war es an diesem Abend noch langweiliger, als Julian ohnehin schon erwartet hatte. Er erfuhr nichts, was ihn in seinen Untersuchungen weitergebracht hätte. Alexanders Freunde waren alle sehr neugierig und wollten wissen, welche Fortschritte er machte – ein Thema, über das Julian sich in Schweigen hüllte –, hatten aber außer wilden und oft boshaften Spekulationen nichts anzubieten. Die Hasardeure hatten sich von der Frage, ob und wann Julian das Verbrechen aufdecken würde, zu der Wette verstiegen, welcher der Verdächtigen wohl der Schuldige war. Adams war hier der Spitzenreiter, dicht gefolgt von Valère, der seine Position wohl dem Umstand verdankte, daß einige der Herren ihre eigenen Kammerdiener als mögliche Täter in Betracht ziehen würden, sollten sie selbst eines unnatürlichen Todes sterben.

Der Ball dauerte bis zum frühen Morgen, aber Julian ging gegen eins nach Hause. Dipper ließ ihn herein und nahm ihm seinen Zweispitz ab, den er unter dem Arm trug. Die altmodische Kleiderordnung bei Almack's war fast schon absurd: Für Herren waren enge Pantalons, die Kniebundhosen glichen, Seidenstrümpfe und Pellerine vorgeschrieben. Einmal war der Duke of Wellington abgewiesen worden, weil er lange Hosen trug.

Julian war überrascht, Dipper daheim vorzufinden. »Ich dachte, du wärest ausgegangen, um dem Pöbel unten am Themseufer Runden zu schmeißen?«

»War ich auch, Sir. Und anschließend hab' ich mir ein paar der Jungs, die sich dort herumtreiben, genauer vorgenommen und glatt einen erwischt, der im Cygnet's Court etwas Seltsames beobachtet hat. Ich hab' ihn gleich mit nach Hause gebracht, damit Sie mit ihm reden können.«

»Wo ist er?«

»Im Salon, Sir. Ich habe ihm einen heißen Punsch gegeben, damit er's sich nicht anders überlegt und verduftet, bevor Sie heimkommen. Die ganze Sache kommt ihm nämlich ein bißchen spanisch vor, Sir – eigentlich wollte er gar nicht mitkommen.«

Sie gingen in den Salon. Ein ungefähr zehnjähriger Bursche kniete so nah am Kaminfeuer, daß er sich fast das Gesicht versengte. Als er Julian sah, rappelte er sich hoch und stand verlegen mit seiner Mütze in der einen und der Punschtasse in der anderen Hand da. Er hatte ein schmales, schmutziges Gesicht, große hervorstechende Augen und einen verfilzten Haarschopf. Gekleidet war er in einen abgetragenen Herrenmantel, den man nur notdürftig für seine Größe umgearbeitet hatte. Wohl um das fehlende Hemd zu kaschieren, trug er ihn bis zum Hals zugeknöpft.

Für Julian war der Kontrast zu den Leuten bei Almack's eine ernüchternde Erfahrung. »Guten Abend«, sagte er sanft. »Wie heißt du?«

»Jemmy, Sir. Jemmy Otis.«

»Setz dich, Jemmy. Es ist sehr nett von dir, daß du hergekommen bist, um mit mir zu reden. Du sollst es nicht umsonst getan haben.«

Der Junge starrte ihn verständnislos an. Dipper rieb Daumen und Zeigefinger aneinander, um ihm anzudeuten, daß Julian Geld meinte. Jemmys Gesicht hellte sich auf. Auch wenn er nach wie vor argwöhnisch und verwirrt war, schien ihm diese Aussicht die Zunge zu lockern.

Julian stellte zunächst ein paar Fragen über ihn selbst. Er kam aus St. Giles, wo er zusammen mit seiner Mutter lebte, die, wie er

sich ausdrückte, »Gesellschafterin« war. Nachts verließ er normalerweise das Haus, um aus dem Weg zu sein, wenn seine
Mutter ihre »Gesellschaft« mit nach Hause brachte. Manchmal
trieb er irgendwelchen Blödsinn mit anderen Jungen, aber meistens mußte er Geld verdienen; das, was seine Mutter einnahm,
reichte vorn und hinten nicht. Er kämmte die Straßen nach alten
Lumpen, Knochen oder Eisenstücken durch, die er verkaufen
konnte, übernahm Botengänge oder lief auf den Händen, um die
Passanten zu amüsieren. »Sehen Sie?« sagte er stolz und streckte
Julian seine schwieligen Handflächen entgegen.

Am liebsten verdiente er sich sein Geld jedoch mit Pferden. Er
paßte auf Kutschen auf, während ihre Besitzer die leichten Mädchen in Covent Garden besuchten, und rief den Leuten, die an
regnerischen Abenden aus der Oper kamen, Droschken herbei.
Wenn die Droschken gerade nicht im Einsatz waren, half er den
Kutschern, sie zu säubern. Das überraschte Julian, denn er war
noch nie in einer Droschke gefahren, die ausgesehen hätte, als sei
sie von irgend jemandem gereinigt worden.

»Weißt du, wo der Cygnet's Court ist?« fragte Julian.

»Ja, Sir.«

»Dipper hat gesagt, du hättest dort was Ungewöhnliches gesehen.«

»J-ja, Sir.« Hinter Jemmys Stirn arbeitete es. Er war es offensichtlich nicht gewöhnt, anderen Leuten etwas zu erzählen;
wahrscheinlich hatte er überhaupt nur selten Gelegenheit, mit
jemandem zu reden. »Da war ein Mann in einem Gig«, brachte er
schließlich heraus.

»Ja?« fragte Julian ermutigend. »Hast du ihn im Cygnet's
Court gesehen?«

»Im Strand war's, Sir. Ich bin ihm gefolgt, weil ich gedacht
hab', daß er vielleicht jemanden braucht, der sein Pferd hält.
Draußen vorm Cygnet's Court hat er angehalten.«

»Und was geschah dann?«

»Er ist aus der Kutsche gestiegen. Ich hab' gesagt: ›Soll ich Ihr

Pferd halten, Sir?‹, so wie ich das immer mache. Er hat mir die Zügel gegeben und gesagt: ›Hier hast du einen Shilling, und wenn ich wiederkomme, kriegst du noch einen.‹« Jemmy schaute ehrfurchtsvoll. »Die meisten geben nur Sixpence.«

»Wie sah der Mann aus?«

»Ich weiß nicht, Sir.«

»War er groß oder klein, jung oder alt?«

»Jung. Er hat 'ne Angströhre getragen und 'nen schwarzen Umhang.« Wieder arbeitete es in Jemmys Kopf, bis er hinzufügte: »Ich glaub', es war 'n Gentleman, Sir.«

»Wie kommst du darauf?«

»Er hat so komisch gesprochen – so wie Sie, Sir.

»Ich verstehe. Jemmy, weißt du noch, wann das war?«

Jetzt blickte Jemmy völlig verwirrt. Julian hatte nichts anderes erwartet – wie sollte so ein Junge auch die Uhr oder den Kalender kennen? »Also, gestern war's nicht«, sagte er nachdenklich. »Und den Abend davor auch nicht.«

»War es schon Frühling?«

»Ja, Sir.« In seinen Augen glomm die Erinnerung auf. »Und es hat geregnet – verdammt viel geregnet. Nicht, als ich den Gentleman gesehen hab', aber später. Das weiß ich noch, weil ich genügend Pinke hatte, um mir 'nen Gin zu kaufen, nachdem es mich naßgeregnet hatte.«

Julian und Dipper tauschten einen Blick aus. Vielleicht handelte es sich um den Abend, an dem Mrs. Desmond und ihr Mädchen das Haus im Cygnet's Court verlassen hatten; jenen Abend, an dem ein heftiger Regen alle Spuren in der Ziegelei weggeschwemmt hatte. »Wie spät war es denn da?« fragte Julian.

»Ich weiß nicht, Sir.«

»Nun, kamen die Leute schon aus den Theatern heraus?«

»Nein, Sir. Es war ungefähr die Zeit, wo die Leute kommen, die für den halben Preis rein wollen. Für so einen hab' ich *ihn* auch erst gehalten.«

»Das war dann gegen neun. Er hat dir also einen Shilling

gegeben und dich gebeten, auf sein Pferd aufzupassen. Was ist dann passiert?«

»Er ist durch die Einfahrt zum Cygnet's Court gegangen.«

Julian drehte sich zu Dipper um. »Das ist seltsam. Die Stadtkutsche der Falklands war zu breit für diese Passage, aber ein Gig hätte hindurchgepaßt.«

»Ja, Sir.«

»Warum ist er dann nicht mit dem Gig bis in den Hof gefahren?«

Sie schauten beide Jemmy an. »Ich weiß nicht, Sir«, sagte dieser nur.

»Vielleicht wollte er nicht gesehen werden«, überlegte Julian. »Angenommen, es war derselbe Abend, an dem Mrs. Desmond verschwand, und angenommen, der Mann in der Kutsche war Mrs. Desmonds Kavalier. Die Beschreibung paßt: ein junger Mann in Abendkleidung. Er war mit den Gewohnheiten im Cygnet's Court vertraut genug, um zu wissen, daß Mrs. Wheeler und ihr Mädchen nicht da waren, weil es ja ein Freitag war. Die einzigen, vor denen er also das Gig versteckt haben könnte, waren Mrs. Desmond und Fanny.«

Er wandte sich wieder an Jemmy. »Bitte sprich weiter.«

»Ich hab' das Pferd festgehalten, bis der Gentleman zurückgekommen ist. Er hat 'ne Lady auf dem Arm getragen.«

»Er hat sie getragen? Was meinst du damit? War sie krank?«

»Er hat gesagt, sie würde schlafen. ›Psst‹, hat er gesagt, ›sie schläft, und ich will nicht, daß sie wach wird.‹ Und sie hat ein bißchen gestöhnt und sich bewegt, als würde sie träumen.«

»Wie hat sie ausgesehen?«

»Ich weiß nicht, Sir. Ich hab' sie nur im Licht der Kutschenlaterne gesehen. Sie trug ein Cape und eine Haube und darüber noch 'nen Schleier. Aber als er sie in die Kutsche gelegt hat, hab' ich ihre Schuhe gesehen. Sie waren weiß mit so einer goldenen Kordel drauf, und sie haben geglänzt. Richtige Damenpantöffelchen waren das.«

»Glauben Sie, es war Mrs. Desmond, Sir?« fragte Dipper.

»Sicherlich eher Mrs. Desmond als ihr Mädchen. Doch wenn Mrs. Desmond sich als ihr Mädchen verkleidet hat, warum nicht auch umgekehrt? Allerdings könnte es sich auch um jemand ganz anderes gehandelt haben. Mrs. Wheeler hat erzählt, daß Mrs. Desmond an den Abenden, an denen ihr Kavalier kam, oft noch weibliche Gäste hatte.«

Jemmy hatte nicht mehr viel zu berichten. Der Gentleman habe die Frau in das Gig gehoben und sie in die Kutschendecke gehüllt. Dann gab er Jemmy den versprochenen Shilling, kletterte selbst hinauf und fuhr davon.

Julian wanderte nachdenklich auf und ab. »Also, was wissen wir jetzt? Eine Frau ist aus dem Cygnet's Court herausgetragen worden, vielleicht am Abend des Ziegeleimords. Wir haben keine Ahnung, um wen es sich handelte oder wer der Gentleman war, der sie fortgetragen hat. Wenn sie das Opfer des Ziegeleimords war, warum wurde sie dann den ganzen weiten Weg vom Themseufer bis in eine Ziegelei in Hampstead gebracht? Was ist aus ihren weißen Schuhen mit der Goldkordel geworden? Und angenommen, der Mann hat sie bis in die Ziegelei gebracht, ihr das Gesicht zertrümmert und die Schuhe mitgenommen, warum, in Gottes Namen, ist er dann zum Cygnet's Court zurückgekehrt und hat Schlammspritzer in Mrs. Desmonds Haus verbreitet?«

Jemmy blickte Julian ängstlich an. »Wir spielen nur ein wenig«, erklärte Julian. »Ein ganz besonderes Spiel. Wir wollen ein Rätsel lösen, und du hast uns dabei sehr geholfen.« Doch ich wünschte, du hättest uns noch mehr erzählen können, dachte er bei sich. Irgend etwas, das ihnen einen Hinweis gab, wie sie die Spur des Mannes aufnehmen konnten.

Er machte einen letzten Versuch. »Kannst du dich an irgend etwas Besonderes an der Kutsche oder an dem Pferd erinnern?«

Plötzlich blickte ihn Jemmy mit einem wachen, intelligenten Gesichtsausdruck an. »Das Gig war schwarz gestrichen, Sir, nur

Räder und Deichsel stachen weiß hervor. Er war noch recht gut in Schuß, aber die Federn ließen schon etwas nach – auf 'ner schlechten Straße könnten einem in dem Wagen ganz schön die Knochen durcheinandergerüttelt werden. Das Pferd war ein Rotschimmel mit 'nem weißen Fleck über der linken Nüster. War nicht mehr ganz jung und hatte 'nen leichten Hirschhals und unten am linken Vorderbein einen dicken Knorpel über dem Huf.«

Ich bin doch wirklich ein Idiot, dachte Julian. Warum habe ich diesem Pferdenarren nicht gleich die richtigen Fragen gestellt? »Jemmy, du warst wirklich unbezahlbar. Hier, nimm das.« Er gab ihm alle Münzen, die er in seiner Jackentasche finden konnte. »Das ist nur die erste Rate. Wenn sich die Informationen, die du mir gegeben hast, als nützlich erweisen – und davon gehe ich aus –, wirst du eine noch viel höhere Belohnung kriegen.«

Während Jemmy noch ungläubig auf seinen unverhofften Reichtum starrte, nahm Julian Dipper beiseite. »Bring ihn nach Hause, und merk dir, wo er wohnt. Kann sein, daß wir ihn noch einmal brauchen. Ich werde in der Zwischenzeit an Vance schreiben und ihn bitten, Himmel und Hölle in Bewegung zu setzen, damit wir herausfinden, wo diese Kutsche und das Pferd abgeblieben sind.«

16

Ein Paar Nägel

Am nächsten Morgen ritt Julian zum Haus von Sir Malcolm. Sir Malcolm empfing ihn in der Bibliothek. »Ich konnte mich heute nicht überwinden, meine Büroräume aufzusuchen«, sagte er. »Ich will in der Nähe sein, wenn Sie Belinda verhören.«

»Erwartet sie mich?«

»Nein. Sie haben mich gebeten, ihr nicht zu erzählen, was Sie über Mrs. Desmond in Erfahrung gebracht haben. Und um mich nicht aufs Glatteis zu begeben, habe ich Sie und Ihre Nachforschungen erst gar nicht erwähnt.«

»Vielen Dank. Mir ist bewußt, daß es Sie einige Überwindung gekostet haben muß, Geheimnisse vor ihr zu haben. Aber hat Sie denn gar nicht gefragt, ob wir Fortschritte gemacht hätten?« fügte er dann neugierig hinzu.

»Nein. Ich glaube, der Verlust Alexanders hat sie so sehr erschüttert, daß es ihr fast egal ist, wer ihn getötet hat. Doch sie fängt gerade an, sich Gedanken über eine Zukunft ohne ihn zu machen, und das ist doch ein gutes Zeichen. Gestern hat sie Martha nach London geschickt, um den Rest ihrer Sachen zu packen und sie hierherzubringen oder nach Dorset zu senden. Martha hat sie nur ungern allein gelassen, aber Belinda ließ sich nicht davon abbringen. Sie will das Haus in London verkaufen. Nach allem, was dort geschehen ist, kann sie es gar nicht schnell genug loswerden.«

Er läutete nach Dutton und fragte ihn, wo Mrs. Falkland sei. Dutton antwortete, sie befände sich in ihrem Zimmer und kleide sich gerade für ihren Ausritt an. »Bitten Sie sie, kurz bei uns vorbeizuschauen, wenn sie nach unten kommt«, sagte Sir Malcolm. Dutton verbeugte sich und verließ das Zimmer.

227

»Es gibt da noch etwas, das Sie wissen sollten«, sagte Sir Malcolm zögerlich. »Sie werden das seltsam finden, aber gestern abend hat mich Mr. Clare besucht, um sich für den Briefbetrug zu entschuldigen. Ich weiß selbst nicht ganz genau, wie es dazu gekommen ist, aber er ist drei Stunden geblieben.«

»Dann muß seine Entschuldigung recht lang ausgefallen sein.«

»Nein, aber wissen Sie, wir kamen über einige Themen ins Gespräch, vor allem die Klassiker. Er beherrscht das trochäische Metrum wirklich ganz einzigartig.«

»Tatsächlich?«

Sir Malcolm blickte schuldbewußt. »War es ein Fehler, mich mit ihm anzufreunden?«

»Ich würde nicht unbedingt von einem Fehler sprechen, Sir Malcolm. Schließlich tragen Sie selbst die Verantwortung für Ihr Handeln.«

»Nun, die will ich gerne übernehmen. Ich mag Mr. Clare, er ist kein schlechter Mensch. Er hat sich einfach zu etwas Falschem verleiten lassen.«

»Von Alexander?«

»Ja«, antwortete Sir Malcolm fest. »Nur weil mein Sohn auf niederträchtige Art und Weise ermordet wurde, ist er noch lange kein Heiliger. Die Geschichte mit den Briefen – das war wirklich nicht recht von ihm. Das muß ich so akzeptieren. Mr. Clare hat sich auch sehr schlecht benommen, aber er war jünger als Alexander und längst nicht so weltgewandt wie er.«

Sir Malcolm war in Julians Augen ebenfalls kein Mensch, der sich durch besondere Weltgewandtheit auszeichnete. Die Naivität, mit der er Clare unter seine Fittiche genommen hatte, war zwar rührend, aber gleichzeitig auch ärgerlich. Bei aller Unbeholfenheit hatte Clare durchaus etwas Anziehendes; er war der lebende Beweis dafür, daß das vollkommene Fehlen von Charme schon wieder einen ganz eigenen Charme hatte. Julian machte das nur noch vorsichtiger ihm gegenüber. Und wenn

Clare versuchen wollte, Sir Malcolms Gutherzigkeit und Einsamkeit auszunutzen, dann hatte er seine Rechnung ohne Julian gemacht.

»Du wolltest mich sprechen, Papa?« Mrs. Falkland erschien im Türrahmen. Sie trug ein strenges schwarzes Reitkostüm, das ihre weißgoldene Schönheit äußerst vorteilhaft zur Geltung brachte. Mit einer kühlen Neigung ihres Kopfes begrüßte sie Julian. »Guten Morgen, Mr. Kestrel.«

»Guten Morgen, Mrs. Falkland.« Er verbeugte sich. »Ich kam in der Hoffnung, mich mit Ihnen über ein paar Dinge unterhalten zu können, die wir bei unseren Nachforschungen aufgedeckt haben. Würden Sie mir erlauben, Sie auf Ihrem Ausritt zu begleiten?«

Einen Moment lang blickte sie erschreckt, als wäre sie in eine Falle gegangen. Er konnte ihre Ablehnung durch das Zimmer spüren. »Wie Sie wünschen«, antwortete sie schließlich.

Sir Malcolm schien unwillig, sie aus seinem Schutz zu entlassen. »Auf Wiedersehen, meine Liebe. Falls du mich bei deiner Rückkehr brauchen solltest, werde ich sofort zur Stelle sein.«

»Danke, Papa.« Sie wandte sich ihm zu und schaute dann schnell wieder weg. Julian erkannte, welchem Anblick sie ausweichen wollte: Nicht dem von Sir Malcolm, sondern Alexanders Porträt, das an der Wand hinter ihm hing.

Mrs. Falkland nahm Julians Arm, und sie gingen durch die Hintertür zu den Stallungen. Das Hoftor, das auf eine kurvenreiche Nebenstraße führte, stand bereits offen. Man hatte Julians Rappen Nero bereits hinter das Haus geführt. Neben ihm stand Phoenix, Mrs. Falklands prächtiger Brauner, dessen Stockmaß gut einen Meter fünfundsechzig betrug. Für ein Damenpferd war er recht lebhaft, doch seine Reiterin hatte ihn gut im Griff.

Einer der beiden Stalljungen hielt Neros Kopf, während Julian aufstieg. Der andere Junge wollte Mrs. Falkland in den Sattel helfen, aber ihr Pferdebursche Mike Nugent scheuchte ihn fort. In der Rotten Row, der Flaniermeile des schicken London, war Nugent fast genauso bekannt wie seine Herrin. Er war ein drahtiger kleiner Ire mit braunem, wettergegerbtem Gesicht und flinken schwarzen Augen. An Phoenix ließ er niemand anderes heran als seine Herrin und sich selbst. Nugent hielt Mrs. Falkland seine ineinander verschränkten Hände als Steighilfe hin, und sie schwang sich leichtfüßig in den Sattel. Dann zog er den Sattelgurt nach.

In dem Moment fuhr Phoenix' Kopf mit einem Ruck nach oben. Seine Augen blickten schreckgeweitet, und seine Nüstern bebten. Er bäumte sich auf, warf Mrs. Falkland aus dem Sattel und raste auf das Tor zu. Mrs. Falklands Fuß verfing sich im Steigbügel, und sie wurde über den Boden hinter ihm hergeschleift.

Julian gab seinem Pferd die Sporen und fing Phoenix am Tor ab. Phoenix machte kehrt und wäre in die andere Richtung davongesprengt, wenn Nugent ihm nicht in die Zügel gefallen wäre. »In Gottes Namen, nehmt den Sattel ab«, brüllte er die Stallburschen an. »Merkt ihr denn nicht, daß er ihn verrückt macht?«

Julian stieg ab und rannte zu Mrs. Falkland. Er befreite ihren Rock aus dem Steigbügel, trug sie in eine sichere Entfernung und legte sie auf den Boden. Sie war kalkweiß und ohnmächtig. Ihren Hut hatte sie verloren, und ihre goldblonden Locken hingen ihr dreckverschmiert ins Gesicht.

Sir Malcolms Kutscher hatte den Aufruhr gehört und kam aus dem Stall gerannt. »Gibt es irgend etwas, das wir als Tragbahre benutzen können?« rief Julian ihm zu.

»Eine alte Tür. Ich könnte ein Sackleinen drüberlegen.«

»Gut. Bring auch noch eine Decke mit – und etwas Alkoholisches.«

Die Stallburschen hatten Phoenix den Sattel abgenommen. Das Pferd war jetzt ruhiger geworden, obwohl es immer noch zitterte und mit den Hufen am Boden scharrte. Nugent redete beruhigend auf Phoenix ein und strich ihm über Hals und Nüstern.

Der Kutscher und die Stallburschen brachten die Behelfsbahre, eine Decke und eine Flasche Branntwein herbei. Julian wickelte die Decke um Mrs. Falkland und schob seinen Arm sanft unter ihre Schultern, um ihren Kopf hochzuheben. Er hielt ihr die Flasche an den Mund und flößte ihr ein paar Schlucke Branntwein ein. Sie hustete, ihre Augenlider flatterten, und ihr Gesicht verzog sich vor Schmerz.

Julian blickte kurz zu den Stallburschen auf: »Schnell! Holt einen Arzt.«

Einen Moment lang starrten sie sich an, und dann rannte einer von ihnen los.

»Fühlen Sie sich gut genug, um ins Haus getragen zu werden?« fragte Julian Mrs. Falkland.

Sie schloß die Augen und nickte schwach. Julian und der Kutscher hoben sie vorsichtig auf die Tragbahre und trugen sie zum Haus. Der andere Stallbursche rannte vor, um die Türen zu öffnen und allen Bescheid zu sagen.

Sir Malcolm kam ihnen im Flur entgegen. »Mein armes Mädchen! Belinda, Liebes ... Oh, mein Gott, sie ist ohnmächtig! Schnell, tragt sie hier herein.«

Julian und der Kutscher trugen Mrs. Falkland in die Bibliothek. Sir Malcolm half ihnen, sie von der Behelfsbahre auf ein Ledersofa zu betten. Dann stockte ihnen allen der Atem, und sie starrten auf die Bahre. In der Mitte des Sackleinens hatte sich ein riesiger, klebriger Blutfleck ausgebreitet.

Sir Malcolm winkte panisch zwei Frauen herbei, die unschlüssig in der Tür herumstanden. Wahrscheinlich handelte es sich um die Köchin und das Hausmädchen. »Kommt her! Schaut nach, wo sie verletzt ist.«

Die Männer drehten sich um, während die Frauen unter Mrs. Falklands Kleidern nachschauten. Ihre Untersuchung bestätigte, was Julian befürchtet hatte. Es handelte sich nicht um eine gewöhnliche Wunde. Was dort auf dem Sackleinen zerfloß, war Sir Malcolms Hoffnung auf einen Enkel.

Das Hausmädchen rannte, um frisches Leinen, Hirschhornsalz und heißes Wasser herbeizuholen. »Wo ist Martha?« fragte Julian Sir Malcolm.

»Sie ist noch nicht zurückgekommen«, sagte Sir Malcolm mit rauher Stimme. »Ich habe Ihnen doch erzählt, daß sie nach London gefahren ist, um Belindas Sachen zu packen. Wir erwarten sie erst am Nachmittag zurück.«

Plötzlich hörten sie einen Aufruhr in der Eingangshalle. Duttons Stimme schwoll wütend an: »Ich habe dir doch gesagt, daß du jetzt nicht mit Sir Malcolm sprechen kannst. Er kümmert sich um Mrs. Falkland.«

Sir Malcolm drehte sein von Kummer gezeichnetes Gesicht zur Tür. »Ich gehe schon«, sagte Julian und verließ das Zimmer, um zu schauen, was draußen vor sich ging.

In der Eingangshalle fand er Dutton und Mike Nugent vor, der Mrs. Falklands Damensattel in Händen hielt. Als er Julian erblickte, lief er zu ihm hin, drehte den Sattel um und warf ihn ihm vor die Füße. »Da, sehen Sie! Darf ich den werten Herrn fragen, ob er schon einmal etwas so Niederträchtiges gesehen hat?«

Julian spürte ein Prickeln seinen Rücken hinaufsteigen. Er ging in die Hocke und sah sich den Sattel genauer an. Im ersten Moment konnte er nichts Außergewöhnliches erkennen. Er sah seine ganz normale Sattelunterseite, die bis auf die tiefe Einbuchtung in der Mitte dick gepolstert war. Doch dann entdeckte er in der Einbuchtung zwei häßliche lange Nägel, die man auf den ersten Blick in dem braunen Leder kaum erkannte. Sie waren von oben in den Sattel geschlagen worden, so daß ihre Spitzen hinter den dicken Seitenpolstern fast nicht zu sehen waren. Es war eine einfache, aber effektive Falle. Solange der Sattel nur leicht auf dem Pferderücken lag, konnte das Tier die Nägel nicht spüren. Sobald aber das Gewicht eines Reiters auf den Sattel drückte und der Gurt angezogen wurde, bohrten sich die Nägel dem Pferd ins Fleisch.

Julian blickte Nugent erbost an. »Wer hat diese Nägel entdeckt?«

»Ich selbst natürlich, werter Herr, wer sonst. Sobald Phoenix sich genügend beruhigt hatte, daß ich ihn allein lassen konnte, habe ich mir den Sattel genauer angeschaut. Ich war nämlich felsenfest davon überzeugt, daß er sich nicht ohne Grund so aufgeführt hat, als sei der Teufel in ihn gefahren. Irgend etwas mußte mit dem Sattel nicht stimmen. Ein gutmütigeres Pferd als Phoenix müssen Sie erst mal finden, Sir. Bei allem Temperament sanft wie ein Lamm, und er liebt seine Herrin wie eine Mutter...«

»Ich will ihm ja gar keine bösen Absichten unterstellen. Nun zurück zum Sattel...«

»Gut. Also, hab' ich zu mir gesagt, irgend jemand muß sich daran zu schaffen gemacht haben. Ich selbst reinige ihn täglich und schaue ihn mir nach jedem Ausritt der Herrin genau an. Und ich schwöre Ihnen, werter Herr, als ich ihn gestern auf den Sattelbock gelegt habe, so sauber und blankpoliert, daß eine Lady sich davor die Haare hätte richten können, war alles damit in Ordnung. Alles, alles!«

»Wann genau war das?«

»Zwischen Mittag und ein Uhr, würde ich sagen, werter Herr.«

»Und wann hattest du ihn danach wieder in der Hand?«

»Heute morgen, werter Herr, als ich ihn Phoenix gegen halb zehn auflegte. Ach hätte man mir nur vorher beide Arme abgehackt! Aber ich wäre nicht im Traum darauf gekommen, daß Nägel drinstecken könnten. Wenn ich mir den Sattel nur genauer angeschaut hätte! Aber ich hatte ja keinen Grund dazu. Wer hätte ihn denn seit gestern in den Fingern haben sollen?« Er blickte finster und drohte mit der Faust. »Zum Teufel mit dem Kerl, der das gemacht hat. Ein unschuldiges Tier zu quälen, das noch keiner Menschenseele etwas zuleide getan hat, und es zum Werkzeug für einen Angriff auf seine Herrin zu machen ...«

An der Eingangstür klopfte es laut. Dutton ließ den Arzt herein und führte ihn in die Bibliothek. Alle anderen, Sir Malcolm, der Kutscher, die Köchin, das Hausmädchen und der Stallbursche, kamen aus dem Zimmer in die Eingangshalle heraus. Sir Malcolm wollte die Dienstboten gerade fortschicken, aber Julian bat darum, das Stallpersonal noch einen Moment bleiben zu lassen. Sir Malcolm, der am Boden zerstört war, blickte ihn fragend an. »Warum?«

»Ich muß Ihnen etwas sagen, Sir Malcolm, und ich befürchte, es wird ein Schock für Sie sein. Aber könnten Sie zuerst Dutton bitten, darauf zu achten, daß niemand ohne Ihre Erlaubnis das Haus verläßt – und vor allem, daß niemand zu den Stallungen geht?«

»Wie Sie wünschen. Dutton, Sie haben gehört, was Mr. Kestrel gesagt hat.«

Julian führte Sir Malcolm ins Arbeitszimmer und brachte ihm bei, daß Mrs. Falklands Sturz kein Unfall gewesen war. Sir Malcolm war außer sich: »Meine Güte, wer ist denn zu so einer barbarischen Tat fähig? Wer kann Alexander so sehr gehaßt haben, daß er nicht nur ihn, sondern auch noch sein Kind töten wollte?«

»Ich bin der Meinung, wir sollten nicht zu voreilig sein und annehmen, daß diese beiden Verbrechen von derselben Person begangen wurden.«

»Um Himmels willen! Wollen sie damit andeuten, daß meine Familie von zwei verschiedenen Verbrechern verfolgt wird?«

»Das ist äußerst unwahrscheinlich. Ich wollte damit nur sagen, daß es in solchen Fällen immer klug ist, nichts als selbstverständlich vorauszusetzen.«

»Aber Alexanders Feind wird sicherlich noch einmal zuschlagen. Es scheint sich um eine Art Blutfehde zu handeln, die sich bis in die nächste Generation erstreckt.«

Julian zog eine Augenbraue hoch. »Sie wußten, daß Mrs. Falkland in anderen Umständen war?«

»Nein. Sie hat es mir nicht erzählt.«

»Nun, wenn Sie es noch nicht einmal wußten, wie sollte es dann die Person wissen, die sich an dem Sattel zu schaffen machte?«

Sir Malcolm starrte ihn an. »Ich habe keine Ahnung.« Er ließ sich auf einen Stuhl sinken und schüttelte den Kopf. »Ich weiß nicht mehr aus noch ein. Was sollen wir jetzt tun?«

»Uns einen Drink genehmigen, meine ich. Und dann werden wir das Stallpersonal verhören.«

Das Stallpersonal wartete im Salon. Auf dem Weg dorthin trafen Julian und Sir Malcolm den Arzt. »Wie geht es ihr?« fragte Sir Malcolm besorgt.

»Es wird ihr bald besser gehen. Aber für das Kind gab es keine Hoffnung mehr. Doch sie ist jung, sie wird...« Der Arzt verstummte. Zu spät war ihm eingefallen, daß Mrs. Falkland ja gerade ihren Mann verloren hatte. »Ihre Schwiegertochter wird noch ein oder zwei Tage Schmerzen haben. Sie hat sich den Knöchel verstaucht und einen ordentlichen Schlag auf den Kopf abbekommen. Ich habe ihr das Fußgelenk bandagiert; sie darf mindestens eine Woche lang nicht auftreten. Ihre anderen Verletzungen sind nicht sehr ernst. Bei Kopfverletzungen sollte man den Patienten jedoch die ersten ein oder zwei Tage genau beobachten. Wenn sie bewußtlos wird, müssen Sie mich sofort rufen. Sonst kann man nichts anderes tun, als dafür zu sorgen, daß sie sich schont und im Bett bleibt. Falls sie Fieber bekommt, können Sie ihr die Stirn mit Essigwasser kühlen. Sollte es länger andauern, werde ich sie zur Ader lassen. Sie möchte auf ihr Zimmer gebracht werden, und ich bin damit einverstanden, daß man sie später, wenn sie sich ein wenig ausgeruht hat, hochträgt.«

»Ist sie in der Lage, ein paar Fragen zu beantworten?« fragte Julian.

»Wenn sie sich gut genug fühlt, sollte man sie sogar zum Reden ermutigen. Das wird sie bei Bewußtsein halten und ihre Gedanken von dem verlorenen Kind ablenken. Trotzdem sollten Sie noch ein wenig warten. Sie braucht jetzt Ruhe.«

Sir Malcolm dankte dem Arzt und begleitete ihn nach draußen. Dann schaute er nach Mrs. Falkland. Als er aus der Bibliothek zurückkam, schüttelte er den Kopf. »Es geht ihr sehr schlecht – sie ist mehr tot als lebendig. Das hat ihr nun endgültig das Herz gebrochen. Gerade jetzt, wo sie anfing, wieder zu ihrer Gesundheit und ihrem Lebenswillen zurückzufinden. Eins sage ich Ihnen, Kestrel, wenn wir den Kerl erwischen, der das gemacht hat, halten sie mich von ihm fern! Langsam verstehe ich, wie ein Mann zum Mörder werden kann.«

Sir Malcolm wies Dutton an, die Köchin und das Hausmädchen bei Mrs. Falkland sitzen zu lassen. Falls es ihr schlechter ginge, sollten sie ihn auf der Stelle rufen. »Und holen Sie noch mehr Decken und Kissen, alles, was sie braucht, um es so bequem wie möglich zu haben.«

»Ja, Sir.«

Sir Malcolm und Julian betraten den Salon. Das Stallpersonal stand unbeholfen herum, denn sie waren es nicht gewohnt, sich im Haus aufzuhalten. Die Mannschaft bestand aus dem Kutscher Bob Cheever, den beiden Stalljungen und Nugent. »Sind das alle?« fragte Julian.

»Ja«, sagte Sir Malcolm. »Ich halte nichts davon, sich mehr Personal zu halten als nötig. Ich habe zwei Kutschpferde, eine Reisekutsche und einen leichten Wagen, den ich selbst fahre.«

»Und wie viele Personen gehören zum Hauspersonal?«

»Dutton, der gleichzeitig als Butler und Lakai fungiert, die Köchin und das Hausmädchen. Ach ja, und noch einen Mann, der sich um den Garten kümmert, aber er wohnt nicht im Haus.«

Julian wandte sich an Nugent. »Du hast gestern mittag Mrs. Falklands Sattel gereinigt. Danach hat er bis heute morgen um halb zehn, als du Phoenix gesattelt hast, auf dem Sattelbock gelegen. Die Nägel müssen also zwischen gestern mittag und heute morgen um halb zehn in den Sattel gekommen sein. Habe ich dich da richtig verstanden?«

»Ja, werter Herr. Sie haben genau verstanden, was ich sagen wollte.«

»Wo im Stall werden die Sättel aufbewahrt?«

Zum erstenmal ergriff Cheever das Wort. Für einen so großen, stämmigen Mann klang seine Stimme überraschend leise. »In der Sattelkammer, Sir, direkt neben den Pferdeboxen.«

»Wird der Raum abgeschlossen?«

»Nein, Sir. Es gibt noch nicht einmal ein Schloß an der Tür.«

»Und der Stall?«

»Den schließe ich selbst jeden Abend ab, so gegen neun. Und am anderen Morgen schließe ich ihn um fünf wieder auf.«

»Was ist mit dem Tor zur Straße?«

»Das wird zur selben Zeit verschlossen und wieder aufgesperrt.«

»Hast du es gestern abend und heute morgen genauso gemacht?«

»Ja, Sir.«

»Wer hat außer dir noch einen Schlüssel zum Stall und zum Hoftor?«

»Mr. Dutton, Sir.«

Sir Malcolm nickte. »Dutton hat zu jeder Tür auf unserem Grund einen Schlüssel, egal, ob drinnen oder draußen.«

»Wo bewahrt er sie auf?«

»Ich glaube, daß er die Schlüssel, die er regelmäßig benutzt, immer in seiner Tasche trägt«, sagte Sir Malcolm. »Der Rest hängt am Schlüsselbrett im Butlerzimmer, das sich im Keller befindet. Ich befürchte, daß wir in dieser Beziehung etwas unvorsichtig sind – aber wie hätten wir auch ahnen sollen, daß sich einer der Hausbewohner in Gefahr befindet?«

»Das konnten Sie nicht wissen«, beruhigte Julian ihn. »Wird das Butlerzimmer abgeschlossen?«

»Ich glaube nicht. Es wäre durchaus möglich, daß sich jemand gestern abend den Stallschlüssel genommen hat und sich dort Zugang verschaffte.«

»Aber, Sir«, protestierte Cheever, »diese Person hätte durch den ganzen Stall gehen müssen, und das hätte die Pferde aufgeschreckt. Und die Jungen und ich hätten es gehört, wenn sie unruhig geworden wären; wir schlafen direkt über den Boxen.«

»Könnte sich denn jemand, den die Pferde kennen, durchschleichen, ohne sie aufzuschrecken?« fragte Julian.

»Schon möglich, Sir. Aber ich hab' einen sehr leichten Schlaf und hätte es sicherlich gehört, wenn sich irgend jemand dort unten herumgetrieben hätte.«

»Nun gut«, sagte Julian. »Gehen wir also davon aus, daß es eher unwahrscheinlich ist, daß sich zwischen neun Uhr gestern abend und fünf Uhr heute morgen jemand am Sattel zu schaffen machte. Dann bleibt uns für gestern noch die Zeit zwischen Mittag und neun Uhr abends und für heute morgen die Zeit zwischen fünf und halb zehn. Hat sich da außer euch vieren noch jemand im Stall oder bei den Stallungen aufgehalten?«

»Die Herrin kam gestern abend, um Phoenix zu besuchen«, sagte Nugent. »Sie kommt jeden Abend, Gott segne sie, und bringt ihm ein Körbchen mit Äpfeln.«

»Und dann war da noch ein Gentleman«, sagte Cheever. »Aber das war erst später, als der Stall schon zugesperrt war. Sein Pferd wurde nach Einbruch der Dunkelheit hinters Haus geführt, und später ist er dann gekommen, um es zu holen. Fred ist aufgeblieben, um drauf aufzupassen.« Er deutete mit dem Daumen auf einen der Stallburschen.

»Das war Mr. Clare«, sagte Sir Malcolm langsam.

»Wann ist er gegangen?« fragte Julian.

»Kurz nach Mitternacht«, sagte Sir Malcolm. »Ich habe nach Dutton geläutet, der ihm den Weg zum Stall leuchten sollte.«

»Wie ist Dutton in den Stall gekommen? Hat er seinen Schlüssel benutzt?«

»Muß er wohl«, sagte Cheever, »denn er hat mich nicht gerufen, damit ich ihn hereinlasse.«

»Dann wissen wir auch, daß sein Schlüssel nicht gestohlen wurde.« Julian wandte sich an Fred. »Ist Mr. Clare in den Stall gekommen?«

»Ja, Sir.«

»Wie lange ist er dort geblieben?«

»Ich weiß nicht, Sir«, stammelte Fred. Es verwirrte ihn deutlich, plötzlich im Mittelpunkt der Aufmerksamkeit zu stehen.

»Was hat er gemacht?«

»Nichts, Sir. Er hat nur drauf gewartet, daß ich ihm sein Pferd bringe. Und dann ist er weggeritten.«

»Ich nehme an, Dutton war die ganze Zeit bei ihm.«

»Nein, Sir. Mr. Dutton ist gegangen, um das Tor aufzuschließen.«

»Hattest du Mr. Clare die ganze Zeit im Auge, als er im Stall war?«

»Was wollen Sie damit andeuten, Mr. Kestrel?« unterbrach ihn Sir Malcolm scharf.

»Ich will damit gar nichts andeuten, Sir Malcolm. Ich versuche lediglich, allen Möglichkeiten nachzugehen.«

»Ich hatte ihn nicht die ganze Zeit im Auge«, gab Fred zu. »Boreas wurde plötzlich nervös, und ich mußte in seine Box gehen, um ihn zu beruhigen.«

»Könnte Mr. Clare in der Zeit, während du mit dem Pferd beschäftigt warst, in die Sattelkammer gegangen sein?«

»Möglich wär's.«

»Doch woher sollte er die Nägel haben?« fragte Sir Malcolm. »Glauben Sie, er trägt sie die ganze Zeit mit sich herum, für den Fall, daß er Gelegenheit hat, sie jemandem in den Sattel zu schlagen?«

»Das müßte er gar nicht«, bemerkte Cheever vorsichtig. »Im Sattelraum gibt es genügend Nägel, und die sehen genauso aus wie die in Mrs. Falklands Sattel.«

»Ihr glaubt also alle«, fragte Sir Malcolm mit gefährlich leiser Stimme, »daß Mr. Clare in die Sattelkammer ging, die Nägel herumliegen sah und sich dachte, es wäre doch lustig, meiner Schwiegertochter einen kleinen Streich zu spielen?«

Julian fiel ihm ins Wort. »Ich wiederhole, Sir Malcolm, daß ich überhaupt nichts glaube. Ich trage lediglich Informationen zusammen. Mr. Clare verfügte über die Mittel und die Möglichkeit zu dem Verbrechen. Sie erwarten doch nicht, daß wir darüber hinweggehen?«

»Nein, nein. Bitte verzeihen Sie. Machen Sie weiter mit Ihrem Verhör.« Sir Malcolm schritt unruhig im Zimmer auf und ab, um seiner Erregung Herr zu werden.

Julian machte sich daran, die Alibis zu umreißen. Das Stallpersonal hatte keine: Jeder von ihnen hatte in der möglichen Tatzeit Gelegenheit, in die Sattelkammer zu schlüpfen. Außerdem konnte Julian sich nicht vorstellen, was für ein Motiv diese Angestellten haben sollten, Mrs. Falkland ein Leid zuzufügen. Doch wenn man es mit Dienstboten zu tun hatte – den schlecht bezahltesten und am wenigsten angesehenen Arbeitskräften überhaupt –, mußte man immer die Möglichkeit in Betracht ziehen, daß sie käuflich waren. Ohne daß Julian ihn danach gefragt hätte, erklärte Sir Malcolm sofort, daß alle seine Dienstboten mit den besten Zeugnissen zu ihm gekommen seien und er keinen von ihnen jemals bei einer Unaufrichtigkeit oder Gewalttätigkeit ertappt habe. Doch was hieß das schon? Lediglich, daß das Bestechungsgeld hoch sein mußte, um einen integren Diener dazu zu bringen, seinen Herrn zu verraten.

Auf Julians Bitte hin ließ Sir Malcolm Dutton, die Köchin und das Hausmädchen rufen. Während Julian sie verhörte, ging er selbst zu Mrs. Falkland, um an ihrem Bett zu sitzen. Auch das übrige Hauspersonal beteuerte, nichts von den Nägeln in Mrs. Falklands Sattel zu wissen. Bis auf Dutton, der Mr. Clare zum Stall geführt hatte, war in der fraglichen Zeit niemand von ihnen auch nur in die Nähe des Stalls gekommen. Als Tatverdächtige schieden sie schon deshalb für Julian aus, weil sie ein hohes Risiko eingegangen wären, wenn sie sich an dem Sattel zu schaffen gemacht hätten. Normalerweise hatten sie im Stall nichts zu suchen und hätten wohl kaum eine plausible Erklärung für ihr Tun gefunden, wenn man sie dort erwischt hätte.

Julian fragte das Haus- und Stallpersonal, ob ihnen in letzter Zeit fremde Personen beim Haus aufgefallen wären. Alle waren sich ganz sicher, daß sie niemanden gesehen hatten.

Julian beschloß, sich als nächstes im Stall umzusehen. Er bat Cheever, ihn zu begleiten, und wies die anderen Dienstboten an, im Haus zu bleiben. Sie gingen durch die Hintertür in den rechteckigen Stallhof, der zu allen Seiten von Mauern umgeben war. Er war lediglich über das Haus oder durch das Tor zur Straße zu erreichen. Am hinteren Ende des Hofs befand sich der Stall, ein braunes Backsteinhaus, das bis auf die für Kutschen zugeschnittenen Türen eher einem Wohngebäude glich. Ein Teil des Hauses beherbergte Sir Malcolms Kutsche und den leichten Wagen, der andere die Pferdeboxen und die Sattelkammer, in die Julian jetzt trat.

Es war ein enger, schlechtbeleuchteter Raum, in dem die üblichen Stallutensilien herumlagen: Striegel, Scheren, Laternen, Eimer und Pferdedecken. Drei Sättel lagen auf ihren Böcken, während ein vierter Bock leer war. »Wurde dort Mrs. Falklands Sattel aufbewahrt?« fragte Julian.

»Ja, Sir«, antwortete Cheever.

»Es gibt hier nur einen Damensattel«, überlegte Julian laut, »das bedeutet, daß der Täter genau wußte, auf wen er es abgesehen hatte. Wo werden die Nägel aufbewahrt?«

Cheever deutete auf ein Kästchen, das offen auf einem Regalbrett stand. Darin befanden sich Nägel aller Größen und Arten, unter ihnen auch solche, wie man sie in Mrs. Falklands Sattel getrieben hatte.

Ein weiteres einfaches, aber perfektes Verbrechen, dachte Julian. Genau wie beim Ziegeleimord und bei Alexander hatte der

Täter sich einfach der Mittel bedient, die ihm gerade in die Hand fielen – ein Ziegel, ein Schürhaken, ein Kästchen mit Nägeln –, und nur soviel Schaden und Unordnung hinterlassen, wie nötig waren, um ein Leben auszuhauchen. Nur, daß der Mörder in der Ziegelei auch das Gesicht seines Opfers zerstört hatte. Er mußte also einen Grund haben, dessen Identität zu verwischen. Falls alle drei Verbrechen tatsächlich von derselben Hand verübt worden waren, handelte es sich um einen sehr ökonomisch vorgehenden Täter – er tat nie mehr als unbedingt nötig, um den erwünschten Effekt zu erzielen.

Julian durchsuchte die Sattelkammer gründlich, fand aber nichts, das einen Hinweis auf die Identität des Täters gegeben hätte. Er nahm auch den Rest des Stalls genau unter die Lupe, was ihm aber bis auf die Gewißheit, daß keine der Stalltüren gewaltsam geöffnet worden war, ebenfalls keinen Erfolg brachte.

»Vermutlich gab es zwischen gestern abend und heute morgen zahlreiche Möglichkeiten, unbemerkt in die Sattelkammer zu schlüpfen«, sagte er zu Cheever.

»Ich glaube auch, Sir. Die Jungen und ich hatten zu arbeiten; wir haben die Kutschen geputzt und die Pferde an die Luft geführt. Die Sattelkammer war öfter für einen längeren Zeitraum unbewacht.«

Julian schaute sich die Pferdeboxen an. »Welches Tier mußte Fred beruhigen, als Clare hereinkam, um sein Pferd zu holen?«

»Dieses hier, Boreas, Sir.« Cheever zeigte auf eine Box. »Er macht uns ständig Ärger. Der andere, Zephyr, ist sanft wie ein Lamm.«

Julian ging zur Box von Boreas hinüber. »Von hier hätte Fred es nicht sehen können, wenn Clare zur Sattelkammer gegangen wäre. Er hatte also recht gute Möglichkeiten.«

Julian dankte Cheever für seine Hilfe und ging ins Haus zurück. Das Stallpersonal war aus dem Salon entlassen und in die Küche hinuntergeschickt worden, um sich zu stärken. »Sie dürfen jetzt in den Stall zurück«, sagte Julian zu Dutton, der ihm im Flur entgegenkam.

»Ja, Sir. Ach ja, Sir. Sir Malcolm bittet Sie, sofort zu ihm ins Arbeitszimmer zu kommen.«

Julian trat ein und unterrichtete Sir Malcolm über die mageren Ergebnisse seiner Nachforschungen. Dann erkundigte er sich nach Mrs. Falkland. Sir Malcolm antwortete, daß sie wieder bei vollem Bewußtsein sei und in der Lage, ein wenig zu reden. »Sie hat nochmals darum gebeten, in ihr Zimmer gebracht zu werden, aber ich habe ihr gesagt, daß sie sich erst noch ein wenig ausruhen soll. Dann hat sie sich nach Phoenix erkundigt. Sie schien sich Sorgen um ihn zu machen – normalerweise scheut er nämlich nicht. Ich hielt es für besser, ihr reinen Wein einzuschenken, und habe ihr von dem Sattel erzählt.«

»Wie hat sie darauf reagiert?«

»Erst hat sie eine ganze Zeitlang gar nichts gesagt. Und dann ›Mein armer Junge‹. Ich glaube, sie meinte das Pferd, aber ganz sicher weiß ich das nicht. Sie schloß die Augen, als wolle sie einfach alles ausblenden, und ich wollte sie nicht weiter bedrängen.«

»Mein armer Junge«, wiederholte Julian leise für sich. Dann fragte er abrupt: »Wann genau ist Eugene gestern zu seiner neuen Schule abgereist?«

»Sie glauben doch wohl nicht... ihr eigener Bruder, ein sechzehnjähriger Junge!«

»Nein, ich hoffe nicht, Sir Malcolm. Aber wir können die Tatsache nicht ignorieren, daß er der einzige ist, der davon profitiert, wenn Alexander kinderlos bleibt. Schließlich steht sein eigenes Erbe auf dem Spiel.«

»Ja, das stimmt«, gab Sir Malcolm zu. Dann hellte sich sein Gesicht auf. »Aber er ist zu früh abgereist. Ich habe ihn gestern morgen um neun selbst in die Postkutsche gesetzt.«

»Dann ist er aus dem Rennen.« Julian war erleichtert. Er mochte Eugene und hätte es sehr bedauert, wenn er so ein kaltblütiges, verräterisches Verbrechen geplant hätte. »Gut. Und was ist mit Martha? Wann ist sie gestern nach London abgereist?«

»Gegen zehn Uhr morgens. Ich habe sie selbst gefahren und dann meine Büroräume im Lincoln's Inn aufgesucht.«

»Martha ist also auch gestrichen. Dann bleiben nur noch Sie selbst, Sir Malcolm. Wo haben Sie sich in der Zeit zwischen gestern mittag und heute morgen um halb zehn aufgehalten?«

»Mir ist klar, daß Sie das fragen müssen«, brachte Sir Malcolm hinter zusammengebissenen Zähnen hervor. »Trotzdem schokkieren Ihre Methoden mich immer wieder. Wie können Sie nur – nun gut. Ich war von elf Uhr bis zum späten Nachmittag in meinen Büroräumen; Sie haben mich doch selbst dort gesehen. Dann habe ich mich mit ein paar Kollegen getroffen, um bei einem gemeinsamen Essen geschäftliche Dinge zu besprechen. Ich bin zwischen acht und halb neun nach Hause gekommen. Mr. Clare kam ungefähr eine halbe Stunde später, und ich war bis Mitternacht mit ihm zusammen. Dann bin ich zu Bett gegangen. Ich hatte also kaum Gelegenheit, mich mit Belindas Sattel zu beschäftigen. Doch heute morgen bin ich schon um sieben aufgestanden, ohne von irgend jemandem genauer beobachtet zu werden. Da könnte es mir gelungen sein, mich unbemerkt zum Stall zu schleichen.«

»Ich danke Ihnen, Sir Malcolm.« Julian war es langsam leid, wegen seiner Gründlichkeit angegriffen zu werden. Was hatte Sir Malcolm noch vor ein paar Tagen versprochen? *Welche Fragen Sie auch stellen werden und wie schonungslos Sie vorgehen müssen, ich werde Ihnen keine Vorwürfe machen.* Soviel zu seinen guten Absichten.

»Ich glaube, wir sind beide ein wenig erschöpft«, sagte Julian in versöhnlichem Ton. »Ein kleines Mittagessen würde uns jetzt sicher guttun. Dann kann sich das, was wir bisher herausgebracht haben, erst einmal setzen.«

Sir Malcolm lächelte. »Was Sie in Ihrer unvergleichlich taktvollen Art sagen wollen, ist, daß *ich* ein wenig erschöpft bin und Ruhe und etwas zu essen brauche. Und Sie haben völlig recht. Sagen Sie mir nur eins: Haben Sie die geringste Vermutung, wer diesen Anschlag auf meine Schwiegertochter verübt haben könnte?«

»Nun, auf den ersten Blick ist der Kreis der Verdächtigen klein: Ihre Diener, Mrs. Falklands Pferdebursche, Mr. Clare und Sie selbst. Allerdings müssen wir in Betracht ziehen, daß einer der Diener bestochen wurde. Außerdem standen das Tor zur Straße und die Stalltüre gestern nachmittag auf. Es hätte also auch irgend jemand von der Straße hereinschlüpfen können, während das Stallpersonal abwesend oder beschäftigt war.«

»Mit anderen Worten: Praktisch jeder könnte der Täter gewesen sein!«

»Ich würde nicht so weit gehen, das zu behaupten. Wer immer diesen Unfall verursacht hat – wir wollen ihn X nennen –, muß einiges über Mrs. Falklands Reitgewohnheiten gewußt haben. Er wußte, zu welcher Stunde sie gewöhnlich ausritt, wo ihr Sattel aufbewahrt wurde, wann Nugent ihn reinigte und wann er damit fertig war und ihn sicher nicht mehr anfassen würde. Wenn X eine Fehlgeburt provozieren wollte – was noch lange nicht sicher ist –, dann hätte er auch wissen müssen, daß sie in anderen Umständen ist. Eine unserer ersten Fragen an Mrs. Falkland muß also sein, ob sie irgend jemandem erzählt hat, daß sie ein Kind erwartet.«

Julian runzelte nachdenklich die Stirn. »Es ist seltsam. Ich weiß, daß ich bei diesen Nachforschungen den einzig möglichen Weg gegangen bin. Ich habe die richtigen Fragen gestellt und die richtigen Orte durchsucht. Und trotzdem bin ich noch immer weit vom Ziel entfernt. Ich habe zu viele Fragen gestellt und zu wenig nachgedacht. Es gibt irgendein Muster in dieser Sache, aber ich stehe zu nahe davor, um es zu erkennen. Was ich brauche, ist ein wenig Abstand.«

Sir Malcolm legte ihm jovial eine Hand auf die Schulter: »Was wir beide brauchen, ist ein ordentliches Mittagessen.«

In der Eingangshalle wurde es laut. Sie hörten Türenschlagen, Schritte, Stimmen und dann das wütende Geschrei einer Frau: »Wo ist sie? Wo ist meine Herrin? Ich hätte sie niemals allein lassen dürfen! Wenn ich hiergewesen wäre, hätten sie es nicht gewagt!«

Julian und Sir Malcolm eilten hinaus. Im Flur stand Martha, die sich von Reisehaube und Schal befreite und die Sachen Dutton zuschmiß, der ihr gerade von Mrs. Falklands Unfall erzählt haben mußte. Neben ihr stand Luke Hallam, der große blonde Lakai, der gesehen hatte, wie Mrs. Falkland von Mrs. Desmond angesprochen wurde. Luke starrte Dutton entsetzt an. Und es war mehr als nur Entsetzen, dachte Julian. Noch nie zuvor hatte er einen jungen Mann gesehen, der so schuldbewußt gewirkt hatte.

Bar aller Hoffnung

»Wo ist Mrs. Falkland?« wollte Martha von Julian und Sir Malcolm wissen.

»In der Bibliothek«, antwortete Julian mit gedämpfter Stimme. »Wir sollten uns etwas weiter hinten im Flur unterhalten, damit wir sie nicht stören.«

Er erntete Zustimmung, obwohl Martha schnellstens zu ihrer Herrin vorgelassen werden wollte. Und Luke schien zu verstört zu sein, um überhaupt zu merken, wo er ging oder stand.

»Ich würde euch beiden gern ein paar Fragen stellen«, sagte Julian. »Kennt ihr jemanden, der ein Interesse haben könnte, Mrs. Falkland Schaden zuzufügen?«

Martha schäumte. »Glauben Sie etwa, ich hätte sie allein gelassen, wenn ich auch nur den geringsten Verdacht gehabt hätte, jemand könnte ihr ein Haar krümmen?«

»Hatte sie in letzter Zeit mit irgend jemand Streit?«

»Das allerdings!« Die Erkenntnis blitzte in Marthas Augen auf. »*Dieser Junge.*«

»Eugene? Für den Unfall kann er nicht verantwortlich sein. Dazu ist er gestern morgen zu früh abgereist.«

»Gut. Er ist der einzige Mensch, mit dem meine Herrin jemals aneinandergeraten ist. Wenn er es nicht gewesen sein kann, dann weiß ich auch nicht, wer es war. Aber wenn mir dieser Schurke jemals unter die Hände gerät, dann weiß ich, was ich mit ihm anstellen werde!«

Julian wandte sich an Luke. »Was ist mit dir? Weißt du, ob jemand schlecht auf deine Herrin zu sprechen war?«

»Nein, Sir«, krächzte Luke. Er räusperte sich und wiederholte mit etwas festerer Stimme: »Nein, Sir.«

Sir Malcolm warf Julian einen Blick zu, der sagen sollte: *Er weiß etwas!* Julian nickte kurz, ging aber nicht weiter darauf ein. Falls Luke im Zusammenhang mit Mrs. Falkland von Schuldgefühlen geplagt wurde, würde er sich mit einer Beichte leichter tun, wenn der wutschäumende Racheengel Martha aus dem Weg war.

»Wußtest du, daß deine Herrin in anderen Umständen war?« fragte Julian Martha.

»Sie hat es mir nicht gesagt, Sir, aber ich habe es vermutet.«

»Weißt du, ob sie es jemand anders erzählt hat?«

»Woher sollte ich das wissen, Sir?«

»Hast *du* es jemandem erzählt?«

»Nein, Sir. Ich gehöre nicht zu denen, die über die Angelegenheiten ihrer Herrschaft klatschen.«

»Bitte verzeih mir, wenn ich so hartnäckig bin, aber dies ist wirklich sehr wichtig. Bist du ganz sicher, daß du es niemandem erzählt hast?«

»So sicher, wie ich Martha heiße, Sir. Ich habe kein Wort gesagt.«

»Luke, hast du geahnt, daß deine Herrin in anderen Umständen war?«

»*Nein*, Sir.« Luke schien schockiert zu sein, daß jemand vermuten könnte, er wüßte über eine derart persönliche Angelegenheit Mrs. Falklands Bescheid.

»Hat es unter den anderen Dienern diesbezüglich Gerede gegeben?«

»Ich habe nichts dergleichen gehört, Sir.«

Julian hatte keine Fragen mehr an Martha. Sir Malcolm entließ sie, und sie eilte zu ihrer Herrin.

Sie hatte den Raum kaum verlassen, als Luke den Kopf hob. Er sah müde aus; seine Augen waren rot umrandet, und seine gesunde Gesichtsfarbe war einer Blässe gewichen. »Es gibt da etwas, das ich Ihnen erzählen muß, Sir.«

»Das habe ich mir gedacht«, sagte Julian. »Warum gehen wir nicht ins Arbeitszimmer?«

Nachdem er Dutton angewiesen hatte, das Mittagessen aufzutragen, schloß sich Sir Malcolm ihnen an. Julian begann mit ein paar eher harmlosen Fragen, um dem nervösen Luke die Zunge zu lösen. Er mußte wissen, welche von Alexanders Dienstboten Alibis für die Zeit von Mrs. Falklands Unfall hatten, deshalb befragte er Luke, was sie zwischen den Mittagsstunden des Vortags und halb zehn an diesem Morgen gemacht hatten.

»Wir waren alle sehr beschäftigt, Sir. Martha war gekommen, um Mrs. Falklands Sachen zu packen. Einige sollten hierhergeschickt werden und andere zu ihrem Gut in Dorset.«

Fast alle Dienstboten waren zu Marthas Hilfe abgestellt worden. Die Mädchen hatten die Kleider geplättet und gefaltet und die Möbel in Schonbezüge gehüllt, während die Lakaien die Schuhe putzten und schwere Kisten und Möbel schleppten.

»Ich hoffe, im Arbeitszimmer ist alles auf seinem Platz geblieben«, sagte Julian.

»Ja, Sir. Mr. Nichols hat uns angewiesen, daß wir dort nichts anrühren dürften.«

Am Morgen war ein Teil des Mobiliars in einem Möbelwagen nach Dorset geschickt worden; den Rest wollte Mrs. Falkland verkaufen. Ihre Kleider und persönlichen Dinge waren in die Stadtkutsche der Falklands gepackt worden, mit der Martha und Luke nach Hampstead zurückgekehrt waren. Luke sollte hier beim Ausladen helfen und dann mit eventuellen Botschaften von Mrs. Falkland nach London zurückkehren.

»Kurzum: Keiner von euch hatte die Möglichkeit, sich zwischen gestern mittag und heute morgen nach Hampstead davonzumachen?«

»Mr. Valère vielleicht, Sir. Er hat uns nicht viel geholfen, weil er es für unter seiner Würde hielt, Möbel zu rücken und Damenkleidung in die Hand zu nehmen. Aber wir anderen waren den ganzen Tag und die halbe Nacht auf den Beinen. Es mußte alles sehr schnell gehen, weil Martha unbedingt heute wieder in Hampstead sein wollte.«

»Warum das?« fragte Julian.

»Ich glaube, sie wollte Mrs. Falkland nicht länger allein lassen, als unbedingt nötig war, Sir.«

Julian dachte darüber nach. Nachdem sie von Mrs. Falklands Unfall erfahren hatte, waren Marthas erste Worte gewesen: *Wenn ich dagewesen wäre, hätten sie es nicht gewagt!* Hatte es irgendeine Bedeutung, daß der Anschlag in den vierundzwanzig Stunden ihrer Abwesenheit verübt wurde? Warum hätte der Täter vor ihr Angst haben sollen? Wie hätte das Dienstmädchen einer Lady ein Verbrechen im Stall verhindern können?

»Also gut«, sagte Julian. »Willst du mir jetzt erzählen, was dich bedrückt, oder müssen wir dieses Frage-und-Antwort-Spiel noch fortsetzen?«

»Es . . . es geht um etwas, das Sie mich schon gefragt haben, Sir. Sie erinnern sich an das Dienstmädchen, das meine Herrin unten am Strand angesprochen hat und mit dem Mrs. Falkland fortgegangen ist. Der Herr hat gesagt, sie würde eine kranke Freundin besuchen.«

»Ja.« Julians Herz machte einen Sprung, doch seine Stimme blieb kühl und beherrscht.

»Also, Sir, was ich Ihnen geantwortet habe, hat alles gestimmt, aber es war nicht die ganze Wahrheit. Ich habe es nur gutgemeint!« Er blickte flehend von Julian zu Sir Malcolm. »Ich habe gedacht, es ist etwas sehr Persönliches, und es wäre ihr peinlich, wenn es herauskommt. Nicht, daß ich glaubte, sie hätte sich etwas zuschulden kommen lassen, aber manchmal werden Menschen in Skandale verwickelt, ohne etwas dafür zu können. Und jetzt muß ich die ganze Zeit daran denken, daß sie angegriffen wurde und daß ich es vielleicht verhindert hätte, wenn ich Ihnen eher erzählt hätte, was ich weiß. Dann hätten Sie gewußt, daß sie vielleicht in Gefahr schwebt, und sie retten können . . .«

»Schau mal, mein Junge«, sagte Sir Malcolm. »Was passiert ist, ist passiert. Das Beste, was du jetzt tun kannst, ist, uns die ganze Wahrheit zu sagen, damit wir verhindern können, daß ihr noch einmal ein Leid geschieht.«

»Ja, Sir. Es war, als sie heimkam, Sir – nachdem sie mit der Dienstbotin weggegangen war. Sie war schon drei Stunden fort, und ich begann mir Sorgen zu machen. Der Strand ist keine Gegend, in der ich sie gern allein wußte. Doch der Herr hatte sich angekleidet und war zum Essen ausgegangen, also sagte ich mir, wenn er sich keine Sorgen macht, warum sollte ich es tun? Aber mir war trotzdem unwohl bei dem Gedanken an sie. Vielleicht gab es da etwas, von dem er nicht wußte. Ich will damit nicht andeuten, daß sie ihn angelogen hat – zumindest nicht ohne guten Grund...«

»Wir verstehen schon, daß du sie nicht beschuldigen willst«, sagte Julian.

»Das würde ich niemals wagen, Sir. Nun, ich schaute also ständig zur Tür oder aus den vorderen Fenstern hinaus, bis ich sie endlich kommen sah. Und ... und sie hat sich sehr eigenartig verhalten.«

»Inwiefern?« fragte Julian.

»Ängstlich, Sir. Als würde sie verfolgt. Sie schrak vor mir zurück und wollte sich nicht den Schal abnehmen lassen. Sie hat noch nicht einmal den Schleier von ihrem Hut gehoben. Aber ich konnte ihre Augen hinter der Gaze sehen, und sie waren – ich kann es nicht beschreiben. Als wäre sie in einem Alptraum und könnte nicht aufwachen!«

»Mein armes Mädchen!« sagte Sir Malcolm liebevoll.

»Erzähl weiter«, bat Julian.

»Sie hat nach Mr. Falkland gefragt, und ich habe ihr gesagt, er sei zum Essen ausgegangen. Dann hat sie gesagt, sie wolle nicht essen, sie habe keinen Hunger und wolle gleich auf ihr Zimmer gehen. Ich habe gefragt, ob ich ihr Martha schicken soll, und sie hat verneint. ›Ich will allein sein‹, hat sie gesagt und ist nach oben gegangen.«

»Wann hast du sie wiedergesehen?« fragte Julian.

»Am nächsten Morgen. Sie sah blaß und müde aus, aber sie hatte sich wieder in der Gewalt. Ich meine, sie hatte nicht mehr diesen fürchterlichen Ausdruck in ihren Augen.« Luke schaute zu Boden und errötete ein wenig. »Da ist noch etwas, das ich Ihnen sagen muß. An jenem Tag trug sie ein neues Kleid – ein fliederfarbenes Seidenkleid –, und ihr Schal war mit Blumen und Blättern bestickt. Als sie heimkam, hielt sie ihn fest um die Schultern gezogen. Ich wollte ihr den Schal abnehmen, aber sie schreckte zurück, und dabei verrutschte er. Da sah ich, daß ihr Kleid zerrissen war. Einer der Ärmel war an der Schulter fast ganz herausgetrennt.«

Julians Augenbrauen schossen hoch. »Hat sie dir erzählt, wie das passiert ist?«

»Nein, Sir. Sie ist gar nicht darauf eingegangen. Ich glaube, sie wußte, daß ich nicht darüber reden würde – weder mit ihr noch sonst jemandem –, wenn sie es nicht erwähnen würde. Jetzt wünschte ich, ich hätte es getan. Glauben Sie, Sir, dann wäre es anders gekommen?«

»Das weiß ich nicht«, sagte Julian. »Ich hoffe, daß du in Zukunft Fragen ohne Vorbehalt und ohne unangebrachte Versuche, jemanden zu schützen, beantworten wirst.«

»Ja, Sir«, erwiderte Luke niedergeschlagen.

Julian lächelte kaum merklich. »Dann will ich dir keine Vorhaltungen mehr machen – das tust du ja selbst schon zur Genüge. Du solltest allerdings nicht ganz so streng mit dir ins Gericht gehen, schließlich hattest du ja gute Absichten. Die Fehler, die man aus falsch verstandener Loyalität macht, sind nicht die schlimmsten.«

Dutton verkündete, daß das Essen serviert sei. Sir Malcolm schickte Luke zu einem Imbiß ins Dienstbotenzimmer. Dann setzte er sich mit Julian zu einem Lunch aus Steak mit Austernsoße, kaltem Geflügel und einer Flasche von seinem exzellenten Portwein. In stillschweigender Übereinkunft erwähnten sie Mrs. Falklands Unfall mit keinem Wort. Das gab Julian Gelegenheit, die bisherigen Fakten noch einmal durchzugehen, um das Muster hinter den Verbrechen zu suchen, von dessen Existenz er überzeugt war.

»Alles dreht sich um die Frage«, verkündete er Sir Malcolm, als sie bei Obst und Kaffee angekommen waren, »ob der Anschlag Mrs. Falkland oder ihrem ungeborenen Kind gegolten hat. Mit anderen Worten: Hatten Sie recht mit Ihrer Vermutung, daß Alexanders Mörder noch einmal zu einem Schlag gegen ihn ausholte, indem er sein Kind tötete, oder gibt es jemanden, der es auf Mrs. Falkland abgesehen hatte, aber nicht wußte – oder es in Kauf nahm –, daß diese ein Kind erwartete?«

Sir Malcolm blickte gedankenverloren auf den Orangenschnitz auf seiner Gabel, als sei dort die Antwort zu finden. »Lukes Geschichte legt nahe, daß Belinda im Cygnet's Court eine sehr unerfreuliche Begegnung hatte. Ich würde es mir lieber gar nicht vorstellen, aber vielleicht ist es dort zu einer handgreiflichen Auseinandersetzung gekommen, zum Beispiel mit dem Mann, der Mrs. Desmond aushielt. Und seither hat er es auf sie abgesehen. Oder es war Mrs. Desmond selbst, die die Nägel in den Sattel geschlagen hat. Sie sagten, daß niemand wisse, wo sie sich aufhält, sie könnte also auch ganz in der Nähe sein. Schließlich glauben Sie selbst, daß sich ein Fremder unbemerkt in den Stall hätte schleichen können.«

»Dieser Fremde hätte einiges über die Arbeitsabläufe in Ihrem Stall und Mrs. Falklands Reitgewohnheiten wissen müssen. Doch möglich ist es. Mrs. Desmond und Mrs. Falkland hatten in einer geheimen Sache miteinander zu tun. Vielleicht ist es dabei zu einem Streit gekommen, und Mrs. Desmond wollte sich rächen. Wenn Mrs. Desmond jedoch die Frau war, die laut Jemmy Otis von einem Gentleman mit Pferd und Kutsche aus Cygnet's Court weggebracht wurde, könnte sie selbst ein Opfer sein. Dann wäre sie gar nicht in der Lage, anderen böse Streiche zu spielen.«

»Hmmm.« Sir Malcolm goß sich eine weitere Tasse Kaffee ein. »Wollen Sie Alexanders Dienstboten noch einmal verhören?«

»Ich denke, das ist notwendig. Obwohl ich es für unwahrscheinlich halte, daß sich einer von ihnen an dem Sattel zu schaffen machte. Wenn Martha sie wirklich so beschäftigt hat, wie Luke erzählt, dann hatten sie wohl kaum Gelegenheit, sich nach Hampstead davonzustehlen. Aber wir müssen auch an Valère denken: Laut Luke hat er sich geweigert, den anderen Dienstboten beim Packen zu helfen. Wir müssen herausfinden, was er statt dessen getan hat. Obwohl ich mir kaum vorstellen kann, daß dieser pingelige kleine Franzose sich die Hände mit einem Sattel und Nägeln schmutzig machen würde.

Fassen wir also zusammen«, fuhr Julian fort. »Luke und Martha haben beide Alibis für den Reitunfall, aber nicht für den Mord an Alexander. Das gleiche gilt für Eugene. Mit Ihnen, Sir Malcolm, ist es genau anders herum: Sie haben ein Alibi für die Mordnacht, aber nicht für den Unfall. Clare ist unseres Wissens bisher der einzige, der beide Verbrechen begangen haben könnte. Die übrigen Verdächtigen – Valère, Adams, Felix und die anderen Gäste der Gesellschaft – haben kein Alibi für den Mord. Ob sie eins für den Unfall vorweisen können, bleibt noch abzuwarten.«

»Mir ist es ein Rätsel, wie Sie da den Überblick behalten. Mich macht das alles ganz schwindlig.«

Julian lächelte. »Ich glaube kaum, daß es schwieriger ist als lateinische Verben oder juristische Beweisführungen.«

»Und allemal nützlicher, denken Sie jetzt wahrscheinlich. Und ich kann Ihnen da gar nicht widersprechen!« Sir Malcolm wurde wieder ernst. »Sollten wir diesen Anschlag auf Belinda nicht den Behörden melden?«

»Ich werde mit Vance sprechen, sobald ich wieder in London bin. Und Sie sollten bei Ihrer lokalen Polizeibehörde Strafanzeige erstatten. So können wir erfahren, ob den hiesigen Wachmännern irgendwelche verdächtigen Gestalten aufgefallen sind.«

»Sie halten wohl nicht besonders viel von unseren Vollstrekkungsbehörden?«

»Ich will ihre guten Absichten gar nicht in Frage stellen, aber selbst die besten Absichten der Welt werden das gegenwärtige System nicht funktionieren lassen – zumindest nicht bei Kapitalverbrechen, in denen der Täter unbekannt ist. Diejenigen, die mit der Aufdeckung von Verbrechen beauftragt sind, haben keine Erfahrung. Die einzige Qualifikation zum Kriminalbeamten ist doch, über genügend Einkommen zu verfügen, um unbestechlich zu sein. Die Konstabler sind durch Losentscheid gewählte Kaufleute, weil man sonst niemanden für diese Aufgabe finden würde. Ihre Arbeit besteht mehr oder weniger darin, auf kranke oder betrunkene alte Männer achtzugeben, damit sie den Gemeinden nicht zur Last fallen. Das schlimmste Problem jedoch sind die Methoden, die sie anwenden. Bei der Auflösung von Kriminalfällen sollte man aktiv und systematisch vorgehen, während unsere Behörden eher passiv und willkürlich sind. Sie geben Suchanzeigen auf, bieten Belohnungen an und warten darauf, daß die Informationen bei ihnen eintrudeln. Die Bow Street Runners sind fleißig und gewitzt, aber es gibt zu wenige davon, und sie können nicht überall sein. Die Einrichtung eines richtigen, professionellen Polizeisystems wäre die Lösung, aber der Widerstand dagegen ist natürlich riesig.«

»Die Leute sollten doch klüger sein!« schäumte Sir Malcolm.

Julian zuckte mit den Schultern. »Für die meisten Menschen ist die Kriminalität so lange kein Problem, bis sie ihr selbst zum Opfer fallen.«

»Das stimmt. Ich kann nicht behaupten, daß ich mir jemals viel Gedanken darüber gemacht habe – und dabei verhandle ich sogar in Kriminalfällen.« Sir Malcolm lächelte traurig. »Für mich war es immer eine Sache, die nur anderen passiert.«

Dutton erschien in der Tür. »Mrs. Falklands Mädchen würde gern mit Ihnen sprechen, Sir«, sagte er zu Sir Malcolm.

»Schicken Sie sie herein«, antwortete Sir Malcolm.

Martha trat ein. »Mrs. Falkland geht es ein wenig besser, Sir. Falls Mr. Kestrel Fragen an sie hat, ist sie jetzt bereit, sie zu beantworten.«

Julian blickte Sir Malcolm an, der zustimmend nickte. »Danke«, sagte er zu Martha. »Bitte richte Mrs. Falkland aus, daß ich sofort bei ihr bin.«

Das erste, was Julian ins Auge fiel, als er die Bibliothek betrat, war die leere Stelle an der Wand. Jemand hatte Alexanders Porträt abgehängt und mit der Bildseite nach innen gegen die Wand gelehnt. »Ich habe Martha darum gebeten«, sagte Mrs. Falkland ruhig. »Diese Augen haben mich verrückt gemacht.«

Sie saß halb aufrecht auf dem Ledersofa und war bis zur Taille mit einem Quilt zugedeckt. Dort, wo ihr verbundener Fuß lag, beulte sich die Decke. Sie hatte ihr Reitkostüm gegen ein weißes Nachthemd und einen hellblauen Kaschmirschal gewechselt. Ihr Haar war offen, und feine Strähnen ihrer frisch gebürsteten goldenen Lockenpracht umgaben ihr Gesicht wie einen Heiligenschein.

Julian nahm ihr gegenüber Platz. Sie wich seinem Blick aus und schaute in ihren Tee, den sie langsam und monoton umrührte. »Fühlen Sie sich wirklich in der Lage, mit mir zu sprechen?« fragte Julian.

»Ja. Was wollen Sie wissen?«

Er zögerte. Plötzlich schreckte er vor der Aufgabe, die ihm bevorstand, zurück. Wie sollte man mit einer Frau über eine so frische Wunde, einen so schmerzlichen Verlust reden? Doch es mußte getan werden. Sie hatte ihn zu diesem Gespräch gebeten; er mußte sich darauf verlassen, daß sie es ertragen konnte.

»Bitte verzeihen Sie mir diese unwissende Frage eines Junggesellen«, begann er vorsichtig, »aber wußten Sie, daß Sie ein Kind erwarteten?«

»Ja.«

»Haben Sie irgend jemandem davon erzählt?«

»Nein.«

»Haben Sie es aus einem bestimmten Grund verschwiegen?«

»Ja. Ich habe niemandem etwas erzählt, weil ich nicht davon ausging, daß ich das Kind lebend zur Welt bringen würde.«

Das verblüffte Julian. »Wollen Sie damit sagen, daß Sie mit einem Unfall gerechnet haben?«

»Gerechnet? Nein. Aber wenn Sie durchgemacht hätten, was ich durchgemacht habe, würden auch Sie nicht mehr glauben, daß Ihnen noch etwas Gutes widerfahren könnte. Sie würden alle Hoffnung auf Glück oder Schönheit aufgeben – für immer.«

Jetzt erinnerte er sich, daß sie ihn gefragt hatte, ob er jemals durch die Hölle gegangen sei.

»Mrs. Falkland, haben Sie eine Vermutung, wer dies getan haben könnte?«

»Nein.«

»Sind Sie in jüngster Zeit bedroht worden, oder gab es jemanden, der wütend auf sie war?«

»Nein. Außer Eugene, und Martha berichtete, Sie hätten ihr bereits gesagt, daß er es nicht gewesen sein kann.«

»Nein, dazu ist er gestern zu früh abgereist. Haben Sie Anlaß, einen von Sir Malcolms Dienstboten zu verdächtigen?«

»Nein. Sie sind alle vertrauenswürdig und gut. Ich bin sicher, daß keiner von ihnen mir ein Leid zufügen würde.«

»Was ist mit Ihrem Pferdeburschen Nugent?«

»Nugent ist absolut aufrichtig und loyal. Er kommt auf keinen Fall in Frage. Selbst wenn er so weit gehen würde, mir etwas anzutun«, fügte sie noch hinzu, »Phoenix könnte er niemals auch nur ein Haar krümmen.«

Julian fand dies glaubwürdig. »Mr. Clare hatte gestern nacht Zugang zu Ihrem Sattel. Hat er sich Ihnen gegenüber jemals feindselig verhalten?«

»Nein, nie.«

»Wie gut kannten Sie ihn?«

»Nicht sehr gut. Ich glaube, er ist sehr schüchtern, besonders

Damen gegenüber. Zu mir war er jedoch immer höflich und galant.«

Julian überlegte. »Sind Ihnen in letzter Zeit irgendwelche verdächtigen Gestalten beim Stall aufgefallen? Oder hat man Sie beim Ausreiten beobachtet?«

»Nein.«

»Nugent hat erwähnt, daß Sie gestern abend mit einem Korb voller Äpfel für Phoenix in den Stall gekommen sind. Glauben Sie, daß Ihr Sattel zu dem Zeitpunkt bereits beschädigt war?«

»Wie soll ich das wissen? Ich hatte keinen Grund, nach meinem Sattel zu schauen.«

Julian hatte das Gefühl, daß er so nicht weiterkam. »Bitte versuchen Sie sich zu erinnern. Ist Ihnen gestern abend im Stall irgend etwas Ungewöhnliches aufgefallen?«

»Nein, nicht daß ich wüßte. Aber der Täter wird wahrscheinlich darauf geachtet haben, keine Aufmerksamkeit zu erregen. Das ist auch nicht besonders schwierig. Ich besuche Phoenix jeden Abend um die gleiche Zeit. Jemand, der sich mit den Gewohnheiten des Hauses auskennt, müßte das wissen.«

»Aber Sie haben gerade alle Bewohner des Hauses von jeglichem Verdacht freigesprochen«, bemerkte er vorsichtig.

»Warum soll ich dieses Rätsel lösen? Ich dachte, Sie wären hier, um das zu tun?«

»Das bin ich auch«, sagte Julian wehmütig. »Aber ich war nicht schnell genug. Dieses Verbrechen ist unter meinen Augen geschehen, und ich kann nicht in Worte fassen, wie leid mir das tut.«

»Bitte machen Sie sich keine Vorwürfe«, sagte sie müde. »Sie machen nur alles noch schlimmer. Haben Sie noch Fragen an mich?«

»Da ist eine Sache, über die wir noch gar nicht gesprochen haben: Mrs. Desmond.«

»Mrs. Desmond?«

Julian suchte in ihrem Gesicht. Er hätte schwören können, daß sie diesen Namen noch nie zuvor gehört hatte. »Mrs. Desmond ist die junge Frau, die Sie in den Cygnet's Court gelockt hat.«

Ihre Finger verkrampften sich um die Teetasse. »Wirklich? Ich kannte ihren Namen nicht.«

»Mrs. Falkland, Luke hat sehr entsetzt reagiert, als er von Ihrem Unfall gehört hat. Er befürchtete, er selbst habe Sie der Gefahr ausgesetzt, weil er uns Informationen über Sie vorenthalten hat. Darum hat er uns die Wahrheit über Ihre Rückkehr von der Begegnung in Cygnet's Court erzählt. Er sagte, Sie seien vollkommen verängstigt nach Hause gekommen und hätten sich Ihren Schleier nicht abnehmen lassen. Ein Ärmel Ihres Kleides sei halb herausgerissen gewesen.«

Sie sah ihn mit dem Blick eines in die Enge getriebenen Tiers an. »Und?«

»Und? Was hat Sie so erschreckt? Und wie haben Sie sich das Kleid zerrissen?«

»Ich bin mit dem Kleid an einem Zaunpfahl im Park hängengeblieben. Außerdem war ich nicht erschreckt, sondern schlicht und einfach müde. Und ich bin jetzt müde, Mr. Kestrel. Bitte gehen Sie.«

»Wenn Sie einen Feind haben, müssen Sie es uns in Gottes Namen sagen! Wer immer es ist, er könnte wieder zuschlagen.«

»Was macht das schon? Was habe ich denn noch zu verlieren? Mein Mann ist tot, mein Kind ist tot! Ich habe nur noch mein Leben, weil Gott mich nicht sterben läßt!«

Sie schlug die Hände vors Gesicht. Die Teetasse kippte um, und der Tee ergoß sich über den Quilt. Ihre Schultern bebten, ein Schluchzen entrang sich ihrer Kehle.

Julian sprang auf, nahm ihr Tasse und Untertasse ab und gab ihr sein Taschentuch. Sie preßte es ans Gesicht. »Bitte – wo ist Martha . . .«

Er eilte zur Tür, weil er ganz richtig vermutete, daß Martha nicht weit sein würde. Sie wartete im Flur und kam sofort herbeigelaufen. Als sie sah, in welchem Zustand sich ihre Herrin befand, warf sie Julian einen wütenden Blick zu und eilte an ihre Seite. Sie nahm Mrs. Falkland in ihre starken Arme und wiegte sie wie ein Kind.

Julian verließ das Zimmer, schloß die Tür hinter sich und lehnte sich dann dagegen. Langsam legte sich der Schock über Mrs. Falklands verzweifelten Ausbruch, aber nur, um einem noch größeren Schock Platz zu machen. Das Muster, nach dem er die ganze Zeit gesucht hatte, kam endlich zum Vorschein. Und was er erkannte, war entsetzlich.

18
Ein geplatztes Alibi

Julian kehrte am Spätnachmittag nach London zurück. In der Bow Street machte er halt und hatte das Glück, Vance in seinem Büro anzutreffen. Als dieser von dem Anschlag auf Mrs. Falkland hörte, schüttelte er betrübt den Kopf. »Es hat unserem Mann anscheinend nicht genügt, Mr. Falkland zu töten – er mußte auch noch Mrs. Falkland etwas antun. Das ist wirklich zu schlimm, Sir – sich an einer Frau zu vergehen oder gar an einem ungeborenen Baby!«

Julian hatte seine eigene Meinung zu diesem Thema, aber da sie noch nicht ganz Form angenommen hatte, behielt er sie für sich. »Ich habe Sir Malcolm geraten, die Sache den örtlichen Behörden zu melden und sie zu bitten, mit den Nachforschungen zu beginnen. Sie sollen zunächst die Leute in der Nachbarschaft befragen – ob jemand Fremde gesehen hat, verdächtige Gestalten, etwas in dieser Richtung.«

»Ich bin froh, das zu hören, Sir. Wir haben schon genug mit den Ermittlungen in London zu tun.«

»Haben Sie irgendwelche Fortschritte gemacht, was den Wagen und das Pferd angeht?«

»Nichts Nennenswertes, Sir. Heute war ziemlich viel los. Aus einer Postkutsche wurde ein Päckchen Banknoten gestohlen, und eine Bande von Straßenräubern hat auf der Straße nach Hounslow Radau gemacht. Aber ich will Sie gar nicht weiter mit diesen Geschichten belästigen. Ich werde Ihnen sagen, was ich getan habe: Ich habe Bill Watkins losgeschickt, damit er sich ein bißchen in Long Acre umsieht. In diesem Viertel gibt es jede Menge Kutschenbauer, und Cygnet's Court liegt nicht weit entfernt, gleich auf der anderen Seite von Covent Garden. Falls sich jemand an einen bestimmten Wagen erinnern kann, dann am ehesten die Leute, die selbst Kutschen verkaufen, meinen Sie nicht auch?«

»Das ist eine gute Idee. Überhaupt wäre diese Gegend für den Fahrer des Gigs der ideale Ort gewesen, sein Gefährt loszuwerden – es zum Beispiel einem Kutschenbauer zu verkaufen.«

»Vorausgesetzt, er hatte einen Grund, es loszuwerden, Sir.«

»Nun, Jemmy zufolge hat er die Kutsche benutzt, um in der Nacht des Ziegeleimords eine ohnmächtige Frau aus Cygnet's Court wegzuschaffen. In Mrs. Desmonds Haus haben wir Spuren von Ziegelerde gefunden, und sowohl Mrs. Desmond als auch ihr Mädchen sind spurlos verschwunden. Da kann man fast nicht umhin, den Schluß zu ziehen, daß dieser Mann und sein Gig in eine höchst üble Sache verwickelt sind.«

»Also, wenn jemand in Long Acre den Wagen hat, werden wir ihn finden, Sir. Und falls wir Glück haben, bekommen wir vielleicht sogar eine Beschreibung des Fahrers.«

»Vielleicht.« Julian schüttelte skeptisch den Kopf. »Aber irgendwie habe ich das Gefühl, daß unser Gentleman viel zu schlau ist, um uns so leicht ins Netz zu gehen.«

Dipper empfing Julian schon an der Wohnungstür. »Sie haben Besuch, Sir. Mr. Talmadge.«

»Eugene? Aber der sollte doch längst in Yorkshire sein!«

»Das ist schlecht möglich, Sir«, entgegnete Dipper nüchtern, »wenn man bedenkt, daß er sich im Moment hier aufhält.«

»Ein logischer Schluß, der sich kaum widerlegen läßt.« Julian reichte Dipper seinen Hut, die Handschuhe und die Reitgerte. Dann fragte er mit grimmiger Stimme: »Wo ist er?«

»Im Arbeitszimmer, Sir. Ich habe ihm aus dem Kaffeehaus um die Ecke einen Happen zu essen und ein Glas Bier besorgt, weil er mehr tot als lebendig war, als er hier ankam. Sah aus, als wäre er die halbe Nacht durch die Straßen geirrt. Und dafür hat er wirklich nicht die richtigen Schuhe an.«

»Was zum Teufel macht dieser Lausejunge zweihundert Meilen von dem Ort entfernt, an dem er eigentlich sein sollte?«

»Er schläft, Sir. Zumindest hat er das getan, als ich das letzte Mal nach ihm gesehen habe.«

»Dann steht ihm jetzt ein unsanftes Erwachen bevor. Schließlich hat er mir auch nichts anderes beschert.«

Julian ging ins Arbeitszimmer hinüber. Warme Luft und der Geruch von Rindfleisch und Bier schlugen ihm entgegen. Im Kamin brannte ein so großes Feuer, daß der kleine Raum völlig überheizt war. Eugene schlief in einem Lehnstuhl neben dem Kamin. Er wirkte viel sauberer und gepflegter als bei ihrem letzten Zusammentreffen. Statt des schlechtsitzenden, angeschmutzten Halstuchs trug er einen hohen schwarzen Kragen, der so steif und unbequem aussah, daß Eugene vollkommen erschöpft sein mußte, um damit schlafen zu können.

Julian entspannte sich ein wenig, als er sah, mit welch übertriebenem Eifer sein Rat befolgt worden war. »Mr. Talmadge.«

Eugene wachte auf, blinzelte und fuhr aus seinem Stuhl hoch. »Mr. Kestrel – ich – bestimmt fragen Sie sich, was ich hier zu suchen –«

»Das ist nur ein schwaches Echo meiner tatsächlichen Gedanken.« Julian durchquerte den Raum und öffnete ein Fenster. Die kalte Luft ließ Eugene erschauern.

Julian gab ihm ein Zeichen, sich wieder hinzusetzen, und nahm ihm gegenüber Platz. »Also, der Reihe nach. Gestern hat Sir Malcolm Sie um neun Uhr morgens in eine Postkutsche nach Yorkshire gesetzt. Ist das richtig?«

»Ich – ich glaube schon«, stammelte Eugene. »An die genaue Uhrzeit kann ich mich nicht erinnern.«

»Gehen wir davon aus, daß es gegen neun war. Ich möchte, daß Sie mir jetzt ganz genau erzählen, wo Sie sich seitdem aufgehalten haben und was Sie im einzelnen gemacht haben, bis Sie hierherkamen.«

»Aber warum?«

»Wenn es Ihnen recht ist, stelle erst einmal ich die Fragen. Glauben Sie mir eins, Sie befinden sich nicht in der Situation, Forderungen zu stellen.«

Eugene sah ihn unsicher an. Schließlich holte er tief Luft und fing an: »Ich wollte nicht in die Schule. Vor allem wollte ich nicht in eine Schule in Yorkshire. Egal, was Belinda sagt, diese Schulen sind für Jungs, die keiner haben will, und es passieren einem dort schreckliche Dinge – aber das interessiert Belinda überhaupt nicht! Als ich sah, daß sie ihre Meinung nicht ändern würde, beschloß ich davonzulaufen. Ich wußte nicht, was ich tun oder wo ich hin sollte – ich wußte bloß, daß ich den anderen Jungs und den Lehrern nicht gegenübertreten konnte. Sie würden alle über meinen Vater Bescheid wissen und, noch schlimmer, sie würden über Alexander Bescheid wissen. Sie würden behaupten, ich hätte ihn getötet. Vielleicht würden sie sogar versuchen, mich zu hängen. Ich weiß genau, wie es an solchen Schulen zugeht.

Als ich gestern aufbrach, hatte ich eigentlich gar keinen richtigen Plan. Aber als wir das dritte Mal anhielten, um die Pferde zu wechseln, sah ich eine Kutsche nach London, die auch gerade anhielt. Also faßte ich einen schnellen Entschluß. Ich bezahlte den Postjungen und schaffte meinen Koffer zu der anderen Kutsche hinüber. Ich sprach mit dem Stationswärter, er sprach mit dem Kutscher, und sie gaben mir einen Sitzplatz außen auf der Kutsche.«

Julian war keineswegs überrascht. Einen Reisenden aufzunehmen, der nicht auf der Liste stand – »Schultern«, wie man das nannte –, erlaubte es dem Kutscher und dem Stationswärter, das Fahrgeld untereinander aufzuteilen, statt es an den Besitzer der Kutsche weiterzugeben. »Erzählen Sie weiter.«

»Ich bin also hinaufgeklettert und mußte neben einem Mann sitzen, der Tabak kaute und den Saft alle paar Minuten seitlich von der Kutsche spuckte, leider nicht sehr treffsicher, so daß das Zeug gelegentlich auf meinem Mantel landete. Außerdem war da eine Frau mit einem Baby, das den ganzen Weg nach London schrie.

Aber der Blick von dort oben war umwerfend. Ich war noch nie zuvor oben auf einer Kutsche mitgefahren. Schließlich erreichten wir London und hielten an einem Gasthaus namens Belle Savage an –«

»Um welche Zeit war das?«

»Gegen sechs. Alle stiegen aus und gingen ihren Geschäften nach – aber ich hatte kein Geschäft, dem ich hätte nachgehen können. Ich wußte nicht, was ich tun sollte, und der Koffer war verflucht schwer. Deswegen beschloß ich, mir in dem Gasthaus ein Zimmer zu nehmen und erst mal zu Abend zu essen. Hinterher war ich so erledigt, daß ich gleich schlafen ging.«

»Hat Sie an diesem Abend im Gasthaus jemand gesehen?«

»Glauben Sie mir nicht?« Eugene starrte ihn bestürzt an. »Warum sollte ich lügen?«

»Seien Sie so gut, meine Frage zu beantworten. Hat Sie jemand gesehen?«

»Ich finde, Sir«, sagte Eugene vorsichtig, »daß Ihre Frage reichlich beleidigend ist. Aber da ich sonst niemanden habe, an den ich mich wenden könnte, nehme ich an, daß Sie mich fragen können, was Sie wollen. Ja, in der Gaststube haben mich ein paar Leute gesehen, aber ich weiß nicht, wer die waren. Die Kellner haben mich ebenfalls gesehen. Und ein Zimmermädchen, das, kurz bevor ich zu Bett ging, in mein Zimmer gekommen ist, um meine schmutzigen Stiefel zu holen.«

»Um welche Zeit war das?«

»Ich weiß es nicht. Es dürfte so gegen neun gewesen sein oder ein bißchen später. Ich weiß, daß es früh am Abend war, weil ich schon im Morgengrauen wieder aufgewacht bin. Alles wirkte grau und trist. Ich habe das Gasthaus verlassen – Sie wollen wahrscheinlich wissen, wie spät es da war; ich glaube, es war gegen sechs – und in einem Frühstückscafé angehalten, um mich mit Kaffee und Toast zu stärken. Danach bin ich einfach in der Stadt herumgewandert. Ich habe die Angestellten beobachtet, die zur Arbeit in die Innenstadt kamen. Manche von ihnen waren

jünger als ich, und ich habe sie um das Glück beneidet, ein Ziel zu
haben –«

»Wahrscheinlich haben die Sie um das Glück beneidet, kein
bestimmtes Ziel zu haben.«

»Ja, aber die haben eine Arbeit, sie verdienen ihr eigenes Geld,
sind unabhängig! Ich muß da hingehen, wo die Leute mich
hinschicken, sogar wenn es sich um eine schreckliche Schule in
Yorkshire handelt. Ich habe mir schon überlegt, ob ich mir eine
Arbeit suchen soll, aber ich kann ja nichts, und ich habe auch
kein Zeugnis. Ich glaube nicht, daß man ohne Zeugnis Arbeit
bekommen kann, oder doch?«

»Das hängt davon ab, wieviel Ihnen daran liegt, im Rahmen
des Legalen zu bleiben und innerhalb der Grenzen des Schickli-
chen.«

Eugene nickte. »Das habe ich befürchtet. Jedenfalls bin ich
einfach weiter durch die Stadt gelaufen und habe mich darüber
gefreut, Stadtteile kennenzulernen, die ich noch nie zuvor gesehen hatte. Aber irgendwann waren meine Füße wundgelaufen,
und ich machte mir immer mehr Sorgen darüber, was aus mir
werden sollte, wenn mir das Geld ausging. Schließlich war ich so
verzweifelt, daß ich beschloß, zu Ihnen zu gehen.«

»Das haben Sie aber nicht besonders geschickt ausgedrückt.«

»Ich habe es nicht so gemeint. Ich wollte damit nur sagen, daß
Sie mir gegenüber keinerlei Verpflichtungen haben und eigentlich auch keinen Grund, mir zu helfen. Aber da Sie ein Ehrenmann sind, dachte ich mir, daß Sie meine Beichte wenigstens
vertraulich behandeln würden. Außerdem kennen Sie die Welt –
vielleicht können Sie mir einen Rat geben. Ich fühle mich so
verloren. Sie wissen nicht, wie es ist, in meinem Alter zu sein und
das Gefühl zu haben, daß alle gegen einen sind und daß man
nirgendwo hinkann außer nach Hause, obwohl man lieber sterben würde, als dorthin zurückzukehren.«

»Sie irren sich«, erwiderte Julian ruhig. »Ich weiß ganz genau,
wie das ist.«

Eugene sah ihn voller Respekt an. »Ich glaube Ihnen, Sir.«

»Das ist sehr großzügig von Ihnen.« Julian erstickte das Thema im Keim. »Aber wir schweifen ab. Gibt es jemanden, der bezeugen kann, wo Sie sich heute morgen zwischen sechs Uhr und halb zehn aufgehalten haben?«

»Nein. Ich bin einfach so in der Stadt herumgelaufen. Warum stellen Sie mir all diese Fragen?« Seine Stimme klang flehend. »Was habe ich getan?«

»Was Sie getan haben, Sie unglückseliges Kind? Sie haben sich in höllische Schwierigkeiten gebracht.« Mit einem Blick auf Eugene fügte er hinzu: »Ich habe schlimme Neuigkeiten für Sie. Ihre Schwester hatte heute morgen einen Unfall.«

»Einen Unfall? Ist ihr etwas passiert?«

»Sie hat sich den Knöchel verstaucht. Und sie hat ihr Kind verloren.«

»Oh, die arme Bell! Geht es ihr sehr schlecht? Wird sie wieder ganz gesund?«

»Der Arzt glaubt schon.«

»Wie ist es passiert?«

»Sie wurde von ihrem Pferd abgeworfen.«

»Aber sie ist noch nie abgeworfen worden! Sie ist eine ausgezeichnete Reiterin!«

»Dieses Mal wurde etwas nachgeholfen. Jemand hat zwei Nägel in ihren Sattel getrieben.«

»Sie meinen – um sie zum Stürzen zu bringen? Aber das ist ja ungeheuerlich! Wer sollte ihr so etwas antun?«

»Einige Leute könnten sich die Frage stellen, ob Ihnen zu dem Thema etwas einfällt.«

»Ich – ich verstehe nicht –«

»Dann werde ich mich deutlicher ausdrücken. Ihre Erbschaft wurde an die Bedingung geknüpft, daß Alexander kinderlos stirbt. Was jetzt der Fall ist.«

»O nein!« flüsterte Eugene und schüttelte den Kopf. »O nein!«

»Sie sehen also, Sie befinden sich in einer unangenehmen Lage.«

»Aber – aber – ich habe nicht – ich würde so etwas nie tun! Ich könnte ihr kein Haar krümmen. Etwas so Gemeines und Niederträchtiges könnte ich keinem Menschen antun, geschweige denn meiner Schwester! Ich habe nicht einmal gewußt, daß sie guter Hoffnung war! Sie hat mir nie etwas davon gesagt.«

»Als ich sie letzten Samstag besuchen kam, war ihr übel. Daraus hätten Sie durchaus schließen können, daß sie ein Kind erwartete.«

»Das ist mir nie in den Sinn gekommen. Sie hat gesagt, sie habe wohl etwas Falsches gegessen. Und genauso hat es auch ausgesehen.«

»Ja«, antwortete Julian und nickte, »das würde ziemlich gut ins Bild passen.«

»In was für ein Bild?«

»Ach, nicht so wichtig. Ich habe bloß laut gedacht.«

»Sie glauben mir doch, oder? Sie denken doch nicht, daß ich diese Nägel in ihren Sattel getrieben habe?«

»Sie hatten jedenfalls ausreichend Gelegenheit dazu. Sie hätten sich heute in aller Herrgottsfrühe nach Hampstead davonstehlen, die Falle stellen und in aller Ruhe nach London zurückkehren können.«

»Ja, vielleicht hätte ich das können, aber ich habe es nicht getan.«

»Ein junger Mann mit Ihrem bösen Blut würde sich doch bestimmt nichts dabei denken, jemandem so übel mitzuspielen?«

»Hören Sie, ich weiß, daß ich letztesmal gesagt habe, ich hätte böses Blut, aber – aber das war – nun ja –«

»Wehleidiges Geschwätz?«

Eugene reckte sein Kinn hoch. »Ja. Genau das war es. Vielleicht war ich damals ein Esel, aber jetzt bin ich kein Lügner. Ich habe Belinda nichts zuleide getan, und ich habe Alexander nicht umgebracht. Das schwöre ich.«

Julian betrachtete ihn einen Augenblick schweigend. »Was gedenken Sie jetzt zu tun?«

»Ich weiß es nicht.« Schlagartig wurde Eugene wieder zum Kind. »Was würden Sie mir raten?«

»Sie haben nur eine Möglichkeit. Sie müssen sofort zurück nach Hampstead.«

»Zu – zu Sir Malcolm? Das kann ich nicht. Alle werden mich verdächtigen, und Belinda wird mich hassen. Sie wird glauben, ich hätte ihr Baby getötet!«

»Haben Sie einen besseren Vorschlag? Wollen Sie einfach verschwinden? Genausogut könnten Sie gleich ein Schuldgeständnis unterschreiben.«

»Aber jedesmal, wenn sie mich ansieht, wird sie denken: *War er es? Ist er ein Mörder?* Was soll ich ihr sagen?«

»Was Sie auch sagen, es ist auf jeden Fall besser als wegzubleiben und Ihre Abwesenheit für Sie sprechen zu lassen. Wer soll an Ihre Unschuld glauben, wenn Sie nicht einmal den Mut haben, sie persönlich zu beteuern?«

Eugene schwieg. Schließlich schluckte er heftig und fragte: »Werden Sie mit mir kommen?«

Julian hatte das Gefühl, daß er ihm das schuldig war. Er konnte ihn nicht in die Höhle des Löwen schicken und ihn dann seinem Schicksal überlassen. Außerdem wollte er sehen, wie Eugene in Hampstead empfangen wurde.

»Also gut«, sagte er und erhob sich.

»Müssen wir jetzt gleich aufbrechen?«

»Wenn Sie lieber hier herumhängen wollen, um noch ein bißchen über der Sache zu brüten und sich vorzustellen, wie es sein wird –«

»Nein!« Eugene schauderte. »Nein, Sir«, fügte er höflich hinzu.

Sie traten in die Diele hinaus. Julian warf einen skeptischen Blick auf sein Spiegelbild, kam aber zu dem Schluß, daß er es sich in diesem Notfall erlauben konnte, am Abend in Reitkleidung auszugehen. Auch Eugene warf einen verstohlenen Blick in den Spiegel und zupfte ein wenig an seinem furchterregenden schwarzen Kragen herum.

»Der Kragen stellt zweifellos eine Verbesserung dar«, sagte Julian zu ihm. »Aber wenn Sie mich fragen, bräuchten Sie ihn nicht gleich *à la guillotine* zu tragen.«

»Er ist tatsächlich ein bißchen hoch«, gab Eugene zu. »Aber Sie haben gesagt, ich solle lernen, meinen Kopf hoch zu tragen.«

»Was das betrifft, scheinen Sie Fortschritte zu machen.«

»Mit diesem Ding bleibt mir gar nichts anderes übrig.«

Julian lächelte. »Ich habe damit nicht Ihre Halsbekleidung gemeint.«

Die Sonne ging schon fast unter, als sie Hampstead erreichten. Die Schatten von Bäumen und Gaslampen deuteten wie Zeigefinger über die Straßen. Eugene saß steif und angespannt in der Droschke. Julian schoß der Gedanke durch den Kopf, daß der Junge bei der kleinsten Berührung wahrscheinlich wie eine Stimmgabel vibrieren würde.

Sir Malcolm empfing sie in der Bibliothek. Mrs. Falkland war in ihr Zimmer hinaufgetragen worden, und Alexanders Porträt hing wieder an der Wand. Mit lachenden Augen blickte er auf die Kümmernisse und Qualen seiner Familie herab.

Julian überließ es Eugene zu erklären, wie er sich davongemacht hatte und nach London zurückgekehrt war. Eugene wurde rot und stotterte ein bißchen, kämpfte sich ansonsten aber recht tapfer durch seine Geschichte. Am Ende holte er tief Luft und sagte: »Ich würde gerne meine Schwester sehen.«

Sir Malcolm nahm Julian beiseite. »Ich glaube nicht, daß wir das zulassen sollten. Sie haben selbst gesagt, daß er am ehesten einen Grund hatte, den Tod ihres Kindes zu wünschen. Jetzt wissen wir, daß er Gelegenheit hatte, sich an ihrem Sattel zu schaffen zu machen. Sie wird selbst auch auf diesen Gedanken kommen, und das könnte sie furchtbar aufregen.«

»Es könnte sie noch mehr aufregen, wenn sie von seiner Rückkehr erführe und den Eindruck hätte, er schäme sich, ihr gegenüberzutreten.«

»Da ist etwas dran«, räumte Sir Malcolm ein. »Ich nehme an, wir könnten zumindest hinaufgehen und nachsehen, ob sie wach ist und sich gut genug fühlt, ihn zu sehen.«

Zu dritt begaben sie sich nach oben und klopften an Mrs. Falklands Tür. Martha machte auf und starrte sie wie vom Donner gerührt an. »Mr. Eugene!«

»Ich – ich bin zurückgekommen, Martha.«

»Das sehe ich.« Sie kam heraus und schloß die Tür hinter sich. Dabei bedachte sie Julian mit einem grimmigen Blick, als wollte sie sagen: *Soviel zu seinem Alibi!*

»Martha?« rief Mrs. Falkland aus ihrem Zimmer. »Mit wem redest du da?«

Alle zögerten und sahen sich an.

»Martha!« drängte Mrs. Falkland mit erhobener Stimme. »Wer ist das? Doch nicht etwa Eugene!«

Widerwillig öffnete Martha die Tür einen Spalt weit. »Es ist tatsächlich Mr. Eugene, Ma'am. Er ist unerwartet zurückgekommen.«

»Nein! Das kann nicht sein. *Nein!*«

Das war zuviel für Eugene. Er wollte davonlaufen, rannte aber geradewegs Julian in die Arme. Sie sahen sich an, Eugene flehend, Julian unnachgiebig. Eugene schluckte schwer, drehte sich wieder um und öffnete Mrs. Falklands Tür.

Sie hatte sich halb im Bett aufgesetzt, ihr Schal war ihr von den Schultern gerutscht. Aus einem kalkweißen Gesicht starrten ihm große, von dunklen Ringen umgebene Augen entgegen. »Seit wann bist du wieder hier? Warum bist du nicht in der Schule?«

»Ich bin davongelaufen. Ich bin seit gestern wieder da.« Unsicher machte er ein paar Schritte in den Raum hinein. »Ich war es nicht, Bell!«

Mühsam setzte sie sich auf. »Komm her.«

Er zögerte einen Moment lang und ging dann zu ihr. Sie sah an ihm vorbei zu Sir Malcolm, Julian und Martha hinüber, die im Türrahmen standen. »Bitte kommt alle herein. Ich habe euch etwas zu sagen. Mein Bruder ist unschuldig, er hat dieses Verbrechen nicht begangen.« Sie nahm Eugenes Hand und sah die anderen angriffslustig an. »Auch wenn die Umstände noch so sehr gegen ihn sprechen – niemand wird mich je davon überzeugen können, daß er etwas getan hat, um mir oder meinem Kind zu schaden. Jeder, der ihn beschuldigt, beleidigt mich damit und wird mir dafür Rede und Antwort stehen.«

Sie ließ sich in ihre Kissen zurücksinken. »Ich bin müde. Bitte geht jetzt – alle außer Eugene. Bleibst du noch ein bißchen«, wandte sie sich an ihn, »und setzt dich einfach an mein Bett?«

»Ja, natürlich«, antwortete er mit belegter Stimme.

Den anderen blieb nur, ihr eine gute Nacht zu wünschen und zu gehen. Martha kochte vor Wut. »Mrs. Falkland geht mit ihrer Gutgläubigkeit wirklich zu weit. Wie kann sie diesem Jungen nur vertrauen!«

»Hast du einen Grund, an ihm zu zweifeln?« fragte Julian.

»An ihm zu zweifeln? Es ist doch sonnenklar, daß er derjenige ist, der ihren Unfall verursacht hat!« Herausfordernd starrte sie ihn an, die Hände in die Hüften gestützt. »Wer sonst hatte dabei etwas zu gewinnen?«

»Wer sonst hatte dabei etwas zu gewinnen?« wiederholte Sir Malcolm, nachdem er sich mit Julian in die Bibliothek zurückgezogen hatte. »Wir kommen nicht daran vorbei: Eugene war der einzige, der ein Motiv hatte, Alexanders Kind zu vernichten.«

»Das ist richtig. Zumindest ist uns nichts Gegenteiliges bekannt. Trotzdem glaube ich nicht, daß er schuldig ist.«

»Nein? Warum nicht?«

»Zum einen, weil ich jede Wette eingehen würde, daß er nichts von dem Unfall gewußt hat, bis ich ihm davon erzählt habe. Ich glaube nicht, daß er gut genug schauspielern kann, um soviel

Schreck und Sorge vorzutäuschen. Vor allem aber glaube ich zu wissen, wer diese Nägel in Mrs. Falklands Sattel getrieben hat.«

»Und wer?« fragte Sir Malcolm aufgeregt.

»Das würde ich vorerst lieber für mich behalten.«

»Wie bitte? Warum denn das?«

»Weil ich mir noch nicht schlüssig bin, ob dieselbe Person auch Ihren Sohn getötet hat.«

»Aber das ist doch höchst wahrscheinlich.«

»Ganz im Gegenteil, ich kann mir leicht vorstellen, daß die beiden Verbrechen von unterschiedlichen Tätern begangen worden sind. Nehmen wir beispielsweise an, daß Luke für Mrs. Falkland mehr empfunden hat als die Ergebenheit eines Dieners und Alexander in einem Anfall von Eifersucht tötete. Dasselbe Motiv, das ihn im ersten Fall zum Täter machen würde, hätte es ihm verboten, Mrs. Falkland etwas zuleide zu tun. Nehmen wir andererseits an, jemand, der Alexander nahestand – sein Freund Mr. Clare oder sein getreuer Diener Valère – hätten in Mrs. Falkland die Mörderin erkannt. Der Betreffende hätte sich an ihrem Sattel zu schaffen machen können, um sie zu bestrafen. Wahrscheinlich, ohne zu wissen, daß sie guter Hoffnung war. Im Gegenteil – hätte er es gewußt, hätte er sie um Alexanders Kind willen vielleicht sogar verschont.«

Sir Malcolm faßte sich mit beiden Händen an den Kopf. »Das Ganze ist reichlich kompliziert geworden. Wir haben den Mord an Alexander noch nicht aufgeklärt, und jetzt sind schon zwei Verbrechen zu klären!«

Drei, dachte Julian – wir wissen immer noch nicht, wie der Ziegeleimord ins Bild paßt. Aber dies schien nicht der beste Zeitpunkt zu sein, um Sir Malcolm daran zu erinnern.

»Alles, was Sie gesagt haben, ergibt einen Sinn«, räumte Sir Malcolm ein. »Aber ich verstehe immer noch nicht, warum Sie mir nicht sagen wollen, wer Ihrer Meinung nach den Unfall verursacht hat. Diese Unwissenheit wird mich noch in den Wahnsinn treiben.«

»Stimmen Sie mir zu, daß es wichtig ist, meinen Verdacht geheimzuhalten, bis wir wissen, ob dieselbe Person auch Ihren Sohn getötet hat?«

»Ja, ich denke schon.«

»Nun, wenn ich Ihnen sage, wer meiner Meinung nach für den Unfall verantwortlich ist, können Sie diesem Menschen dann noch gegenübertreten und mit ihm oder ihr sprechen, als wüßten Sie nichts von meinem Verdacht?«

»Nein, nein, ganz unmöglich. Sie haben recht, es ist besser, Sie sagen es mir nicht. Aber warten Sie – woher wissen wir, daß Belinda nicht immer noch in Gefahr ist? Wenn der Anschlag ihr selbst galt und nicht nur ihrem Kind, dann könnte der Betreffende noch einmal zuschlagen.«

Julian zog diese Möglichkeit in Betracht, schüttelte dann aber den Kopf. »Es würde ihr nicht helfen, wenn ich meinen Verdacht äußern würde. Die Gefahr könnte dadurch sogar noch größer werden – falls überhaupt noch Gefahr besteht.«

»Wie ist das möglich?«

»Können Sie es akzeptieren, wenn ich Ihnen sage, daß es einfach so ist? Glauben Sie mir, ich würde ihre Sicherheit niemals aufs Spiel setzen.« Er schwieg einen Augenblick. »Trotzdem sollten Sie sie nicht aus den Augen lassen. Wir wissen, daß sie von mindestens einem Feind bedroht wird.«

»Von wem?«

»Ihr selbst. Sie ist eine sehr starke Frau, aber ihre Verzweiflung könnte noch stärker sein. Ich würde sie nicht alleine lassen.«

»Das werden wir auch nicht«, antwortete Sir Malcolm mit Nachdruck. »Trotzdem sollten Sie Ihre Heimlichtuerei nicht übertreiben, Mr. Kestrel. Dem Arzt zufolge wird Belinda mit ihrem Knöchel noch eine Woche lang nicht gehen können. Wenn Sie Alexanders Mörder bis dahin nicht gefunden haben, sollten Sie mir sagen, wen Sie wegen ihres Unfalls in Verdacht haben. Ich möchte nicht, daß Belinda hier wieder herumläuft und dem Täter möglicherweise ein zweites Mal zum Opfer fällt.«

»Ja, natürlich.« Julian wußte, daß er in Wirklichkeit noch weniger Zeit zur Verfügung hatte. Er hatte mit Oliver de Witt um fünfhundert Pfund gewettet, daß er den Mord an Alexander innerhalb einer Woche aufklären würde, und es blieben ihm nur noch fünf Tage. Die Wette war hilfreich, weil sie ihn zwang, seine Nachforschungen aus einer gewissen Distanz zu sehen. Schließlich war Distanz die Grundlage jeder Perspektive. Natürlich würde er gerne gewinnen. Fünfhundert Pfund waren ein großer Gewinn – oder Verlust. Außerdem würde sich de Witt im Falle eines Sieges unerträglich benehmen; wochenlang würde es für ihn kein anderes Thema mehr geben. Julian gönnte ihm diesen Triumph nicht. Fünf Tage waren vielleicht nicht lang – aber sie würden ausreichen müssen.

19

VANCE PRÄSENTIERT EINEN TRUMPF

Julian aß mit Sir Malcolm zu Abend und kehrte erst spät in der
Nacht nach London zurück. Am nächsten Morgen überlegte er,
wie er weiter vorgehen sollte. Es war schön und gut, eine Theorie
darüber zu haben, wer Mrs. Falklands Unfall verursacht hatte;
nun mußte er sicherstellen, daß sich diese Theorie durch Fakten
untermauern ließ. Es galt, Aussagen nachzugehen, Alibis zu
überprüfen –

Unten klingelte es an der Haustür. Dipper ging hinunter und
kam mit Peter Vance zurück. »Guten Morgen, Sir!« begrüßte
Vance Julian und zog mit einer schwungvollen Bewegung seinen
Hut. »Und was für ein schöner Morgen es ist!«

»Sie scheinen ja bester Laune zu sein.«

»Nun, wie ich schon sagte, Sir, es ist ein schöner Morgen. So
schön, daß Sie vielleicht Lust haben, mit mir hinauszukommen
und sich anzusehen, womit ich hergefahren bin.«

Neugierig geworden, begleitete Julian ihn nach unten. Draußen auf der Straße wartete ein wackeliger, schwarz-weiß gestri-
chener Einspänner, gezogen von einem alten Rotschimmel, der
einen kleinen Flecken Weiß über der linken Nüster und einen
Knorpel am linken Vorderbein hatte.

»Mein lieber Vance«, rief Julian staunend aus, »Sie übertreffen
sich selbst! Wenn ich das nächste Mal ein Wunder brauche,
wende ich mich sofort an Sie. Wo haben Sie die beiden gefunden?«

Vance grinste. »Nun ja, Sir, ich hatte Ihnen ja gesagt, daß ich
ein bißchen unter den Kutschenbauern in Long Acre herumschnüffeln wollte, um herauszufinden, ob unser Gentleman versucht hat, Kutsche und Pferd oder eins von beiden zu verhökern.

Der dritte Kutschenbauer, bei dem ich vorsprach, begann sich sofort verlegen zu winden, als ich anfing, Fragen zu stellen. Also hakte ich nach, und er gab zu, ein herrenloses Gig gefunden zu haben, auf das meine Beschreibung genau paßte. Er behauptete, Kutsche und Pferd in Gewahrsam genommen zu haben, bis der Eigentümer sich melden würde. Natürlich hat er keinen Finger gerührt, um den Eigentümer zu finden, aber wieso sollte er auch? Falls sich niemand gemeldet hätte, hätte er Kutsche und Pferd verkaufen und das Geld einstecken können. Die beiden machen nicht mehr viel her, aber sie haben noch ein paar gute Jahre vor sich. Zum Glück hatte der Kutschenbauer nicht den Mut, sie sofort zu verkaufen. Er wollte erst eine Weile warten, um sicherzugehen, daß der Eigentümer tatsächlich nicht mehr auftauchen würde. Deswegen standen die beiden immer noch in seinem Stall, Sir, und warteten auf mich.«

»Da haben Sie ja einen richtigen Trumpf aus dem Ärmel gezogen! Wie ist der Kutschenbauer an das Gefährt gekommen?«

»Er sagt, er sei eines Morgens aufgestanden und habe Kutsche und Pferd auf der Straße gesehen. Er wohnt in Long Acre, gleich neben seiner Werkstatt und seinen Ställen. Zunächst nahmen er und seine Männer keine Notiz von dem Gig. An dem Tag regnete es in Strömen – übrigens schon stundenlang –, und er ging davon aus, daß der Fahrer in irgendeine Gaststätte gegangen war, um sich zu trocknen und aufzuwärmen. Aber als den ganzen Vormittag niemand kam, um die Kutsche abzuholen, beschloß er, die Sache selbst in die Hand zu nehmen – um zu verhindern, daß Kutsche und Pferd zu Schaden kämen, wie er es ausdrückt.«

»Sie sagen, es habe an dem Tag stundenlang geregnet? Dann kann es durchaus der Morgen nach dem Ziegeleimord gewesen sein.«

»Kann, Sir? Glauben Sie mir, es *war* dieser Tag! Der Kutschenbauer wußte das genaue Datum: Samstag, der sechzehnte

277

April. Ich nehme an, er hat es sich gemerkt, um im Auge zu behalten, wann er Pferd und Kutsche frühestens verkaufen könnte, falls der Eigentümer nach einem gewissen Zeitraum – sagen wir mal, einem Monat – noch immer nicht aufgetaucht wäre.«

»Es war teuflisch klug von unserem Gentleman, Kutsche samt Pferd einfach so zurückzulassen«, sagte Julian. »Wir sind ja davon ausgegangen, daß er versuchen würde, sie in Long Acre zu verkaufen oder einzustellen, aber auf diese Weise war es für ihn viel einfacher. Er mußte mit niemandem irgendwelche Bedingungen aushandeln – er hielt die Kutsche einfach an, sprang herunter und ging davon. In der Dunkelheit hätte ihn sowieso niemand genau gesehen. Und in der Dämmerung hätte auch keine Gefahr bestanden: Bei strömendem Regen sehen sich die Leute nicht um. Sie schützen sich mit einem Schal oder einem Schirm und ziehen den Kopf ein. Außerdem herrscht in Covent Garden um diese Tageszeit immer geschäftiges Treiben. Die Gemüsehändler bringen ihre Waren in die Stadt, und die Libertins schleichen sich nach Hause. Wenn unser Gentleman in den Ziegeleimord verwickelt war, hätte er sich keine bessere Zeit und keinen besseren Ort aussuchen können, um sich seines Transportmittels zu entledigen.«

»Ich würde sagen, daß er mehr als verwickelt war, Sir – er steckte bis über beide Ohren in der Sache drin. Sehen Sie mal hier.«

Vance winkte Julian näher an die Kutsche heran. Die Wagenräder, die Polsterung und das breite Trittbrett für die Füße des Fahrers waren über und über mit altem, eingetrocknetem Schlamm und Spuren rötlichen Lehms bedeckt. »Das ist eindeutig Ziegellehm, Sir. Was für ein Glück, daß der Kutschenbauer nichts weggeputzt hat. Er hatte solche Angst, des Diebstahls bezichtigt zu werden, daß er die Kutsche nicht mehr anrührte, nachdem er sie in seinen Stall gefahren hatte. Eigentlich möchte man meinen, er hätte hellhörig werden müssen, nachdem sich das mit dem Ziegeleimord herumgesprochen hatte. Es hätte ihm doch dämmern müssen, daß da etwas faul war. Eine lehmverschmierte, herrenlose Kutsche, die noch dazu am Morgen nach dem Mord auftauchte. Aber manche Leute sehen bloß bis zu ihrer eigenen Nasenspitze. Ich nehme an, alles, woran er dachte, war der Profit, den ihm die Kutsche einbringen würde.«

Julian ging langsam um die Kutsche herum, um sich die Schlamm- und Lehmflecken genauer anzusehen. »Da wird uns unser Gentleman aber einiges erklären müssen – falls wir ihn jemals finden.« Dann ging er nach vorn und tätschelte dem Pferd den Hals. Sein Blick wirkte fast amüsiert. »Wenn du nur sprechen könntest, alter Junge, dann wärst du unser wichtigster Zeuge.«

Er wandte sich zu Vance um. »Lassen Sie uns eine Bestandsaufnahme machen. Was wissen wir über unseren mysteriösen Kutscher? Wir wissen, daß er am Freitag, dem fünfzehnten April, gegen neun Uhr abends mit diesem Gig zum Eingang von Cygnet's Court gefahren ist. Er ging in den Hof hinein, während Jemmy Otis draußen das Pferd hielt. Als er wieder herauskam, trug er eine schlafende oder bewußtlose Frau auf dem Arm. Sie war mit einem Cape, einer Haube und weißen, goldbestickten Pantöffelchen bekleidet. Er setzte sie in den Wagen und fuhr mit ihr davon. In derselben Nacht verschwanden Mrs. Desmond und ihr Mädchen Fanny aus Cygnet's Court, und eine Frau in Fannys Alter wurde auf dem Gelände einer Ziegelei bei Hampstead ermordet aufgefunden. Als die Kutsche am folgenden Morgen entdeckt wurde, war sie voller Schlamm und Ziegellehm, und später sind wir in Mrs. Desmonds Haus auf Spuren von Ziegellehm gestoßen. Was erstens darauf hindeutet, daß unser Gentleman entweder Mrs. Desmond oder Fanny hat verschwinden lassen, zweitens, daß er in den Ziegeleimord verwikkelt war, und drittens, daß Fanny das Opfer des Ziegeleimords war.«

»Mal angenommen, Sir, unser Gentleman hat Fanny den wei-

279

ten Weg bis nach Hampstead gebracht und ihr dann den Garaus gemacht. Warum ist er zurückgekommen und hat überall in Mrs. Desmonds Haus Schlamm- und Lehmspuren hinterlassen? Ohne diese Spuren wären wir wahrscheinlich nie dahintergekommen, daß zwischen dem Ziegeleimord und Mrs. D. eine Verbindung besteht.«

»Dieselbe Frage habe ich mir auch schon gestellt. Vielleicht ist er zurückgekommen, um Mrs. Desmonds Sachen zu holen, damit es so aussehen würde, als wären sie und ihr Mädchen aus freien Stücken weggezogen.«

»Was hätte Mrs. D. die ganze Zeit über getan?«

»Ich weiß es nicht. Das kommt darauf an, wer die Frau war, die Jemmy in der Kutsche gesehen hat – Mrs. Desmond oder Fanny. Logischerweise hätte es Fanny sein müssen, da auf sie die Beschreibung des Ziegeleiopfers paßt. Aber warum hätte sie goldbestickte Pantöffelchen tragen sollen? Nehmen wir mal an, der Ziegeleimord wurde zwischen zwei und acht Uhr morgens begangen. Selbst dieses betagte Pferd hätte den Weg nach Hampstead in weniger als einer Stunde geschafft – was hat der Fahrer dann in den vier bis zwölf Stunden getan, die zwischen seiner Abfahrt von Cygnet's Court und dem Mord lagen?«

Julian spähte erneut in die Kutsche hinein und schüttelte den Kopf. »Ich liege auf jeden Fall falsch. Der Fahrer muß aus einem anderen Grund zurückgekommen sein. Wären größere Gegenstände in die Kutsche geladen worden, dann wären die Schlammflecken überall verschmiert. Aber hier sind nur die Fußabdrücke des Fahrers auf dem Trittbrett und die schlamm- und lehmbedeckten Stellen, wo er gesessen hat –«

Julian schnippte mit den Fingern. »Wer weiß, Vance, vielleicht ist genau das der Grund, warum er in Mrs. Desmonds Haus zurückgekehrt ist. Wenn schon die Kutsche so bespritzt und verdreckt war, in was für einem Zustand muß dann erst der Fahrer gewesen sein! Bestimmt war seine Kleidung voller Schlamm und Lehm – und Blut, falls er tatsächlich den Ziegeleimord begangen hat. Einer Frau das Gesicht einzuschlagen muß doch ein entsetzliches Blutbad anrichten. Ich gehe jede Wette ein, daß er zu Mrs. Desmonds Haus zurückgekehrt ist, um sich zu säubern und eventuell sogar umzuziehen. Deswegen ist er auch schnurstracks in ihr Zimmer hinaufgegangen, weil dort oben der Waschtisch steht.«

»Ich glaube, Sie haben recht, Sir!« Vance klopfte Julian ein paarmal begeistert auf den Rücken, ehe er verlegen, aber auch ein bißchen amüsiert zurücktrat. »Ich bitte um Entschuldigung, Sir. Meine Gefühle sind mit mir durchgegangen.«

»Mein lieber Vance, ich habe nicht vor, Sie wegen Körperverletzung anzuzeigen. Ich wäre froh – nein, es wäre mir eine Ehre, wenn Sie mich als Kollegen behandeln würden, statt ständig diese Unterschiede zwischen uns hervorzukehren.«

»Ich fühle mich geehrt, Sir, das müssen Sie mir glauben. Aber wissen Sie, für Sie ist das etwas anderes: Sie können so vertraulich mit mir umgehen, wie es Ihnen beliebt – bei einem Gentleman nennt man das Großmut. Bei mir würde die gleiche Vertraulichkeit als Unverschämtheit gelten. Wenn ein Mann in meiner Position diesen Unterschied nicht kennt, fordert er seinen Ruin geradezu heraus.«

»Bitte verzeihen Sie mir. Es war nicht meine Absicht, die gesellschaftliche Ordnung umzuwerfen.«

»Schon gut, Sir«, antwortete Vance nachsichtig. »Ein Gentleman wie Sie braucht nicht viel Rücksicht auf die gesellschaftliche Ordnung zu nehmen. Ein Berg stellt kein Hindernis dar, wenn man auf dem Gipfel lebt.«

»Wer hätte das von Ihnen gedacht, Vance? Ich glaube, Sie sind ein Radikaler.«

»Wer, ich, Sir?« Vances Augen tanzten. »Ich bin bloß ein einfacher, arbeitender Mann, der weiß, wo sein Platz ist.«

»Und der es versteht, andere an ihren Platz zu verweisen.«

Vance grinste. Dann runzelte er die Stirn. »Wir haben schon eine Menge über den Ziegeleimord in Erfahrung gebracht, Sir, aber eigentlich sollten wir doch den Mord an Mr. Falkland aufklären. Haben Sie das Gefühl, daß wir da ebenfalls Fortschritte machen?«

»Ja, allerdings. Ich bin mir nämlich sicher, daß die beiden Verbrechen zusammenhängen. Zwei Wochen vor dem Ziegeleimord hatte Mrs. Falkland eine verdächtige Begegnung mit Mrs. Desmond, und eine Woche später wurde Alexander umgebracht. Ist Ihnen klar, was das bedeutet? Wir müssen unbedingt herausfinden, wer der Fahrer dieses Wagens war. Möglicherweise kannte Alexander seine Identität und vermutete, daß er etwas mit dem Mord in der Ziegelei zu tun hatte. Das wiederum hätte unserem Gentleman ein zwingendes Motiv gegeben, Alexander zu töten.«

»Wenn Mr. Falkland den Ziegeleimörder kannte, warum hat er sich dann nicht an die Behörden gewandt?«

»Vielleicht hatte er nicht genügend Beweise, oder es widerstrebte ihm, einen Freund zu verraten. Aber es gibt noch eine andere Möglichkeit.«

Julian schwieg einen Augenblick. Obwohl er nichts von dem Aberglauben hielt, daß es Unglück bringt, schlecht über einen Toten zu sprechen, war er doch der Meinung, daß man damit nicht leichtfertig umgehen durfte – vor allem, wenn die Lebenden unter den Folgen zu leiden hatten. »Alexander verstand es, die Leute dazu zu bringen, ihm diesen oder jenen Gefallen zu tun. Er verleitete Clare dazu, sich an einem ausgeklügelten Täuschungsmanöver zu beteiligen, dessen Opfer sein Vater war. Er brachte Adams dazu, ihm eine Schuld von dreißigtausend Pfund zu erlassen. Warum sollte ein Mann von Clares Intelligenz oder Adams' Willensstärke so vehement seinen eigenen Interessen zuwiderhandeln?«

Vance nickte zögernd. »Erpressung, Sir?«

»Genau. Es sieht so aus, als hätte Alexander auf diesem Gebiet eine beträchtliche Begabung gehabt. Mal angenommen, so jemand würde erfahren, daß ein Mann aus seinem Bekanntenkreis

einen Mord begangen hat – würde er dann die Behörden informieren? Oder würde er den Schuldigen mit seinem Wissen kon-
frontieren, um selbst Nutzen daraus zu ziehen?«

Sie tauschten einen wissenden Blick. Dann sagte Vance:
»Wenn ich die Sache richtig sehe, Sir, dann sollten wir möglichst
bald den Fahrer dieses Gigs finden.«

»Sie werden eine Beschreibung von Kutsche und Pferd veröf-
fentlichen?«

»Ich werde die ganze Stadt damit zupflastern, Sir. Wenn es
zwischen hier und Hampstead jemanden gibt, der etwas über
dieses Gefährt weiß, werde ich ihn finden. – Nanu, was ist denn
das? Ich glaube, Sie bekommen Besuch, Sir.«

Eine schöne, schwarz-rot gestrichene Stadtkutsche, die von
einem Paar perfekt zusammenpassender Brauner gezogen
wurde, machte hinter dem Gig am Straßenrand halt. Julian fand
es seltsam, daß die Kutsche kein Wappen trug. Ein Mann von
edler Abstammung hätte sein Familienwappen auf die Türen
malen lassen; sogar ein reicher Parvenu hätte irgendein Wappen
gekauft oder erfunden. Aber der Besitzer dieser Kutsche hatte
die glänzenden schwarzen Türen unbemalt gelassen – eine fast
schon trotzige Geste.

»Ich gehe jede Wette ein«, sagte Julian leise, »daß das David
Adams ist.«

Ein Lakai in schwarz-roter Livree sprang vom Rücksitz der
Kutsche und öffnete die Tür. Adams trat heraus. Sein Blick
schweifte die Straße entlang, als suche er ein bestimmtes Haus.
Dann entdeckte er Julian und Vance. Schnell steuerte er auf sie
zu. »Mr. Kestrel! Ich muß sofort mit Ihnen sprechen.«

»Einen Augenblick noch, Mr. Adams. Vance, ich glaube, wir
sind fertig? Es sei denn, Sie könnten uns helfen«, fügte er an
Adams gewandt hinzu. »Wir versuchen gerade, dieses Gig zu
identifizieren.«

Adams warf einen ungeduldigen Blick auf das Gefährt. »Ich
habe den Wagen noch nie gesehen.«

Nein, dachte Julian. Ich glaube, das haben Sie wirklich nicht. Was bedeutet, daß Sie nicht unser mysteriöser nächtlicher Kutscher sind, egal, was Sie sonst getan haben mögen.

Vance verabschiedete sich und fuhr mit dem Gig davon. Im Wegfahren rief er Julian zu, daß er den Wagen an einem sicheren Ort unterstellen werde. Julian trat mit Adams ins Haus und führte ihn in seinen Salon hinauf. »Nun, Mr. Adams, womit kann ich Ihnen dienen?«

»Ist es wahr? Das mit Mrs. Falkland?«

»Was genau möchten Sie denn wissen?«

»Die ganze Stadt redet davon, daß sie bei einem Unfall ein Kind verloren hat und daß jemand diesen Unfall absichtlich herbeigeführt habe. Ist das wahr?«

»Ja. Sie wurde von ihrem Pferd abgeworfen, und ihr Pferdebursche hat in ihrem Sattel zwei Nägel entdeckt. Wir versuchen herauszufinden, wer dafür verantwortlich ist.«

»Wie schwer ist sie verletzt?«

»Sie hat sich den Knöchel verstaucht und sich gehörig den Kopf angeschlagen. Und wie Sie ja selbst gehört haben, hat sie eine Fehlgeburt erlitten.«

Adams begann auf und ab zu gehen, als wäre ihm der Teufel auf den Fersen. Plötzlich fuhr er herum und sah Julian an. »Ich fürchte, das ist alles meine Schuld.«

»Wie meinen Sie das?«

»Ich meine damit, daß ich es vielleicht hätte verhindern können. Sagen Sie mir eins: Hat sie immer noch dasselbe Mädchen – groß, um die Vierzig, mit kantigem Kinn und einem Akzent, der nach West Country klingt?«

»Das ist ihr Mädchen, ja. Martha Gilmore.«

»Verdammt!« Adams begann erneut auf und ab zu laufen. »Ich habe versucht, sie vor dieser Frau zu warnen. Ich hätte noch direkter sein sollen. Wenn sich herausstellt, daß diese Frau ihr das angetan hat – wie soll ich – wie kann ich jemals...?« Er faßte sich mit einer Hand an die Stirn.

»Mr. Adams, wieso glauben Sie, daß Martha den Unfall herbeigeführt hat?«

»Weil dieser Frau nicht zu trauen ist. Ich habe sie gesehen, damals bei...« Er hielt inne.

»Wo haben Sie sie gesehen? Was hat sie getan?«

Voller Widerwillen stieß Adams hervor: »Ich habe sie im Haus einer Frau namens Marianne Desmond gesehen.«

»Mein lieber Mr. Adams. Sie sprechen da ein Thema an, das mir sehr am Herzen liegt. Woher kennen Sie Mrs. Desmond?«

»Ich würde nicht sagen, daß ich sie kenne. Ich bin ihr ein einziges Mal begegnet.«

»In ihrem Haus?«

»Ja.«

»Wie kamen Sie dorthin?«

»Ich war eingeladen.«

»Von Mrs. Desmond?«

»Nein.«

»Hören Sie, wir kommen schneller voran, wenn Sie Ihre Antworten auf mehr als einzelne Silben ausdehnen. Wenn Mrs. Desmond Sie nicht eingeladen hat, wer dann? Der Gentleman, der sie ausgehalten hat?«

Adams warf ihm einen befremdlichen Blick zu. »Spielen Sie jetzt Katz und Maus mit mir?«

»Wie kommen Sie darauf?«

»Nun, Sie wissen offenbar, wer Mrs. Desmond ist. Warum sprechen Sie dann auf eine so vage Weise von ›dem Gentleman, der sie ausgehalten hat‹?«

»Weil ich bedauerlicherweise nicht weiß, wer dieser Gentleman ist.«

Adams starrte ihn an. Dann warf er den Kopf zurück und lachte. »Nein, natürlich nicht! Woher auch, nicht wahr? Wie hätten Sie das je erraten sollen?«

»Dann sagen Sie es mir. Wenn Sie Mrs. Falkland wirklich helfen wollen...«

»O ja, ich werde es Ihnen sagen! Mit dem größten Vergnügen. Sind Sie Mrs. Desmond je begegnet? Nein? Nun, sie ist der letzte Abschaum – ein aufgedonnertes kleines Biest, das für ein Paar neue Handschuhe alles tun und jeden verkaufen würde. Und wer hat dieses kleine Miststück ausgehalten? Der Mann, von dem Sie es am allerwenigsten vermutet hätten – und den Sie als allerersten hätten verdächtigen sollen! Ihr Liebhaber war Alexander Falkland.«

20

SCHURKE ODER OPFER?

Während Adams die Wirkung seiner Worte genoß, drehte Julian eine Runde durch den Raum. Das mußte er erst einmal verdauen. Vielleicht stimmte es ja gar nicht – aber wenn doch, dann ließ es Alexander in einem völlig neuen Licht erscheinen. Daß er eine Geliebte hatte, war an sich nicht überraschend. Für viele Männer aus der vornehmen Gesellschaft war es ganz selbstverständlich, sich eine *chère amie* zu halten, egal, ob sie verheiratet waren oder nicht. Alexander dagegen hatte immer den treuen Ehemann gespielt. Aber paßte das nicht genau zu seinem sonstigen Verhalten – das eine zu scheinen, aber das andere zu sein? In der Öffentlichkeit posierte er als der charmante, unbeschwerte Gastgeber, während seine Briefe an Sir Malcolm ihn als ernsten und nachdenklichen Gelehrten erscheinen ließen. Nach demselben Schema heiratete er eine tugendhafte Frau und erntete Lorbeeren für seine Treue – während er sich die ganze Zeit über eine gewöhnliche Abenteurerin als Geliebte hielt.

Falls Adams die Wahrheit sagte, rief sich Julian ins Gedächtnis. Aber warum sollte er lügen? Es war offensichtlich, daß er Alexander haßte und Freude daran hatte, sein Andenken in den Schmutz zu ziehen. Doch um Alexanders Beziehung mit Mrs. Desmond zu enthüllen, mußte er auch zugeben, daß er selbst mit ihr zu tun hatte, und das zog ihn zwangsläufig tiefer in die Ermittlungen hinein – brachte ihn vielleicht sogar mit dem Mord an Alexander in Verbindung. Nein, es sah wirklich so aus, als würde er die Wahrheit sagen. Und das bedeutete, daß die häßlichste aller Möglichkeiten in Betracht gezogen werden mußte.

Julian versuchte, sich das Treffen zwischen den Falklands und Mrs. Desmond am Eingang zu Cygnet's Court vorzustellen. Als ihr eigenes Mädchen verkleidet, führte Mrs. Desmond Mrs. Falkland in den Hof hinein, während Alexander dem Kutscher und dem Diener erklärte, sie besuche eine kranke Freundin. Bisher war Julian davon ausgegangen, daß die beiden Frauen Alexander mit dieser Geschichte hinters Licht geführt hatten. Jetzt sah es so aus, als hätte Alexander genau gewußt, wer Mrs. Desmond war. Es gab keine Verschwörung zwischen Mrs. Falkland und Mrs. Desmond. Wenn überhaupt, dann hatten sich Alexander und seine Geliebte verschworen, und zwar gegen seine Frau.

Schließlich sagte Julian: »Das ist das erste Mal, daß ich von einer Affäre zwischen Alexander und Mrs. Desmond höre. Es scheint ihm erstaunlich gut gelungen zu sein, die Sache geheimzuhalten.«

»Ja, das war ihm sehr wichtig. Er sah sich gern in der Rolle des Romantikers – des verliebten Jünglings, der nur Augen für seine schöne Braut hat. In Wirklichkeit langweilte ihn jede Art von Tugend. Ich habe Ihnen bei unserem letzten Gespräch erzählt, daß er gern an der Börse spekulierte, weil er das aufregend fand. Er hatte auch sonst eine Vorliebe für aufregende Beschäftigungen. Die Details hat er mir zum Glück erspart – ich wollte sie gar nicht hören. Aber ich bezweifle nicht, daß ihn Mrs. Desmond in dieser Hinsicht voll und ganz zufriedengestellt hat.«

Julian fiel ein, daß Mrs. Desmond ihrer Nachbarin zufolge junge Frauen mit nach Hause gebracht hatte, um sie ihrem Beschützer vorzustellen. Allem Anschein nach hatte Alexander sie nicht nur zu seiner Geliebten, sondern auch zu seiner Kupplerin gemacht. »Warum hätte er Ihnen von Mrs. Desmond erzählen sollen, wo er doch anscheinend niemandem sonst von ihr erzählt hat?«

Adams schwieg einen Moment, als müßte er erst die richtigen Worte finden. »Ich schätze, er wollte mit ihr angeben. Es machte ihm Spaß, mit seinen Neuerwerbungen zu prahlen. Für Alexander lohnte es sich kaum, etwas zu besitzen, wenn niemand da war, um es zu bewundern.«

»Das paßt ins Bild.«

»Dann fangen Sie allmählich an, ihn zu durchschauen. Ich durchschaute ihn schon lange – kannte ihn wahrscheinlich besser als jeder andere. Er konnte nicht umhin, mir seine korrupte Seite zu offenbaren. Ich war sein Finanzberater, und als solcher kommt man gleich nach dem Beichtvater. Deswegen glaubte er wahrscheinlich, daß er nicht mehr viel zu verlieren hatte, indem er mir von Mrs. Desmond erzählte. Er wußte, daß ich bereits ... nun ja, skeptisch war, was seinen Ruf als tugendhafter Jüngling anging.«

»Sie sagen, Sie haben sie nur ein einziges Mal besucht. Wann war das?«

»Oh, Anfang April. An das genaue Datum kann ich mich nicht mehr erinnern.«

»Ich hätte gedacht, ein Mann wie Sie würde gewissenhaft über seine Termine Buch führen.«

»Das war kein Termin. Es war ein spontaner Besuch. Alexander und ich hatten geschäftlich etwas zu besprechen, und Mrs. Desmonds Haus lag gerade am Weg. Deswegen zogen wir uns kurz in ihren Salon zurück. Ich habe keine zehn Worte mit ihr gewechselt.«

»Woher wissen Sie dann genug über sie, um sie so sehr zu verachten?«

»Ihr Charakter war nur allzu offensichtlich. Und Alexander hat ein paar Bemerkungen fallenlassen. Seine genauen Worte habe ich vergessen.«

Sie haben ein praktisches Gedächtnis, dachte Julian. Gesichter, aber keine Daten, Charakterzüge, aber keine Gespräche. Damit kommen Sie bei mir nicht durch, Mr. Adams. Sie müssen schon ein sehr persönliches Erlebnis mit Mrs. Desmond gehabt haben, um sie so zu verabscheuen, wie Sie es tun.

Laut sagte er: »Erzählen Sie mir von Martha. Sie sagen, Sie haben sie bei Mrs. Desmond gesehen?«

»Ja. Ganz kurz. Mrs. Desmond hat mich hereingelassen, und hinter ihr in der Diele habe ich eine andere Frau gesehen. Damals wußte ich noch nicht, wer sie war – ich hatte Mrs. Falklands Mädchen noch nie zu Gesicht bekommen. Ich hielt sie für eine Bedienstete von Mrs. Desmond. Mrs. Desmond schickte mich in den Salon. Sie sagte, ich solle mir wegen der Frau keine Gedanken machen, sie werde sie wegschicken. Und ich nehme an, das hat sie auch getan, denn ich habe sie dann nicht mehr gesehen.«

Nachdenklich wiederholte Julian: »›Mrs. Desmond hat *mich* hereingelassen, Mrs. Desmond hat *mich* in den Salon geschickt.‹ Sind Sie ganz sicher, daß Alexander Sie bei diesem Besuch begleitet hat?«

Adams riß den Kopf hoch. Julian sah, wie sein Körper sich bis in die Fingerspitzen spannte. »Ja, Mr. Kestrel, natürlich hat er das.«

»Ich glaube, Ihre Erinnerung ist in diesem Punkt ein bißchen verschwommen. Aber belassen wir es erst einmal dabei. Wann sind Sie dahintergekommen, daß die Frau, die Sie gesehen hatten, Mrs. Falklands Mädchen war?«

»An dem Abend von Alexanders Gesellschaft – dem Abend, an dem er ermordet wurde.«

»Ja, natürlich. Martha hat ihn aus dem Salon rufen lassen, um ihm zu sagen, daß Mrs. Falkland nicht auf die Gesellschaft zurückkehren werde, und Sie sind mit ihm hinausgegangen.«

»Ja. Und ich habe sie sofort wiedererkannt: die breiten Schultern, das kantige Gesicht, das ausgeprägte Kinn. Sie trug sogar dasselbe Kreuz um den Hals, das sie bei Mrs. Desmond getragen hatte. Da wußte ich, daß die beiden etwas im Schilde führten – sie und Alexander. Warum sonst sollte das Mädchen seiner Frau seine Geliebte besuchen?«

»Vielleicht, um Mrs. Falkland zu helfen. Martha hatte mehrere Wochen vor Alexanders Tod begonnen, ihm nachzuspionieren: Sie durchstöberte seine Räume und fragte seinen Diener über seine Gewohnheiten aus. Vielleicht hatte sie die Geschichte mit Mrs. Desmond herausgefunden und suchte sie in der Hoffnung auf, sie zum Bruch mit Alexander bewegen zu können. Sie ist Mrs. Falkland gegenüber sehr fürsorglich.«

»Warum hat sie dann für sich behalten, was sie über Alexander und Mrs. Desmond wußte?«

»Vielleicht wollte sie es Mrs. Falkland ersparen, von der Untreue ihres Mannes zu erfahren. Oder sie fürchtete, daß wir sie verdächtigen würden, ihn ermordet zu haben, um das Mrs. Falkland angetane Unrecht zu rächen.« Was durchaus der Fall sein könnte, dachte er. »Das würde zumindest eines erklären. Bisher haben Sie immer empört abgestritten, was Clare ausgesagt hat: daß Sie Alexander nach seinem Gespräch mit Martha bitterböse Blicke zugeworfen hätten. Nach dem, was Sie mir gerade erzählt haben, dürfte Ihnen Marthas Anblick einen ziemlichen Schock versetzt haben. Glauben Sie nicht, daß Clare vielleicht doch die Wahrheit gesagt hat?«

»Schon möglich«, stieß Adams zwischen zusammengebissenen Zähnen hervor. »Ich nehme an, das ist genau das, was Sie brauchen, um mir den Mord anzuhängen. Ja, ich war wütend, als mir klarwurde, daß die Frau, die ich bei Mrs. Desmond gesehen hatte, Mrs. Falklands Mädchen war. Ich bin kein besonders weichherziger Mensch, und ich mache mir über die menschliche Natur keine Illusionen. Aber ich finde, wenigstens von den eigenen Bediensteten – oder vom eigenen Ehemann – sollte man Treue erwarten können. Das ist doch nicht zuviel verlangt! Treulosigkeit ist mir zuwider, und Martha war treulos. Ebenso Alexander.«

»Weiß Mrs. Falkland, daß Sie so besorgt um sie sind?« fragte Julian mit ruhiger Stimme.

»Besorgt? Sind Sie verrückt?« Adams durchmaß den Raum mit großen Schritten. »Wenn Sie nur wüßten!...«

»Ja, Mr. Adams? Wenn ich nur wüßte – was wüßte?«

Adams blieb stehen und ballte die Hände, bis die Knöchel weiß hervortraten. »Ich glaubte, daß Mrs. Falkland von den beiden Menschen hintergangen wurde, die ihr am nächsten standen. Deswegen tat sie mir leid – weiter nichts. Und nachdem Alexander tot war, befürchtete ich, daß sie in Gefahr sein könnte. Ich wußte, daß ihrem Mädchen nicht zu trauen war. Sie war in irgendeine anrüchige Sache mit Mrs. Desmond verwickelt – hatte vielleicht sogar mit Alexanders Ermordung zu tun. Ich glaubte, Mrs. Falkland vor ihr warnen zu müssen, wußte aber nicht genau, wie ich es anstellen sollte. Schließlich schrieb ich ihr einen Brief.«

»Das hat sie mir gar nicht erzählt.«

»Ich weiß nicht, was sie Ihnen erzählt oder nicht erzählt hat. Ich habe den Brief geschrieben und zustellen lassen – das ist alles.«

»Was haben Sie geschrieben?«

»Ich kann mich noch genau erinnern, weil ich lange überlegt habe, was ich ihr schreiben soll. ›Mrs. Falkland. Hüten Sie sich vor Ihrem Mädchen. Sie hat Sie hintergangen und Ihrem Mann möglicherweise noch Schlimmeres angetan.‹ Das war alles – ich habe den Brief nicht unterschrieben.«

»Warum nicht?«

»Weil –« Adams zögerte einen Moment. »Weil ich wußte, daß sie mich nicht mag und mir nicht traut. Ich dachte, wenn sie wüßte, daß die Warnung von mir kommt, würde sie ihr keine Beachtung schenken.«

»Sie scheint ihr auch so keine Beachtung geschenkt zu haben.«

»Nein.«

»Ich frage mich, wieso Sie glauben, daß sie Sie nicht mag«, sagte Julian, während er Adams ansah. »Um ehrlich zu sein, ich hatte den Eindruck, daß sie keinen Gedanken an Sie verschwendet.«

Adams' Gesicht verzerrte sich vor Schmerz. »Warum sollte sie auch?«

Julian beließ es dabei. Jemanden zu befragen, war eine Sache, ihn zu quälen, eine andere. Es blieb nur noch eine einzige Frage zu stellen, aber die war von entscheidender Bedeutung. »Wie können Sie so sicher sein, daß die Frau, die sie bei Mrs. Desmond gesehen haben, tatsächlich Martha war? Hatten Sie Gelegenheit, sie sich genau anzusehen?«

»Natürlich hatte ich das! Glauben Sie, ich würde wegen eines bloßen Verdachts soviel Staub aufwirbeln? Ich habe sie nur kurz gesehen, aber sie stand neben der Haustür, und durch das Oberlicht fielen ein paar Sonnenstrahlen genau auf sie. Es war Martha, daran besteht kein Zweifel.«

»Danke, Mr. Adams.« Julian erhob sich. »Sie haben mir sehr geholfen – mehr, als Ihnen selbst bewußt ist.«

»Wie meinen Sie das?« fragte Adams scharf.

»Ihnen muß doch klar sein, daß Sie sich damit verraten haben?«

»Ich weiß nicht, wovon Sie sprechen! Ich habe Falkland nicht getötet!«

»Das bleibt zu klären. Wie dem auch sei – selbst wenn sich herausstellen sollte, daß Sie der Liste Ihrer Verbrechen keinen Mord hinzugefügt haben, sehe ich kaum einen Grund, Ihnen deswegen zu gratulieren.«

Adams wurde bleich. »Ich weiß nicht, worauf Sie anspielen oder was Sie zu wissen glauben. Aber ich lasse mich von Ihnen nicht länger beleidigen. Das muß ich mir von Ihresgleichen schon oft genug bieten lassen. Ich bin nur gekommen, weil ich es für meine Pflicht hielt, Ihnen zu sagen, was ich über Mrs. Falklands Mädchen wußte.«

»In dieser Hinsicht kann ich Sie beruhigen. Martha kann sich gar nicht an Mrs. Falklands Sattel zu schaffen gemacht haben. Sie hat für die entsprechende Zeit ein hieb- und stichfestes Alibi.«

Adams ließ sich langsam auf einen Stuhl sinken. »Wollen Sie damit sagen, daß ich Ihnen das alles völlig umsonst erzählt habe? Und Sie haben mich reden lassen – haben mich sogar dazu ermuntert. Was für ein kaltblütiger Teufel Sie sind.«

»Ich habe Ihre Informationen gebraucht. Sie hätten mir das schon viel früher erzählen müssen. Ach, übrigens: Wir haben noch nicht über *Ihr* Alibi gesprochen. Wo waren Sie am Mittwoch zwischen zwölf Uhr mittags und neun Uhr abends und gestern morgen bis halb neun?«

»Gestern morgen war ich zu Hause. Von dort aus bin ich direkt in mein Kontor gegangen. Meine Bediensteten und Angestellten können das bestätigen. Und am Mittwoch –« Er zögerte. »Nachmittags hatte ich einen geschäftlichen Termin nach dem anderen. Dann habe ich bei Garraway's zu Abend gegessen. Hinterher bin ich in mein Kontor zurückgekehrt und habe noch stundenlang gearbeitet.«

»Kann Ihnen jemand für diese Zeit ein Alibi geben?«

»Nein. Wenn Sie wollen, können Sie gern glauben, daß ich nach Hampstead gefahren bin, um ein paar Nägel in Mrs. Falklands Sattel zu treiben. Aber ich verstehe nicht, wie sich das mit Ihrer vorherigen Theorie vereinbaren läßt. Demnach bin ich doch so besorgt um Mrs. Falkland.«

»Ich werde Ihre kostbare Zeit nicht mit Erklärungen verschwenden.« Julian begleitete ihn zur Tür. »Nur noch eins: Ich hoffe, Sie werden nicht versuchen, das Land zu verlassen, bevor diese Verbrechen aufgeklärt sind.«

»Mein Gott, wollen Sie mir drohen? Glauben Sie, ich lasse mir so leicht angst machen?«

»Ich glaube, Mr. Adams, daß Sie bereits Angst haben. Und ich glaube, mit gutem Grund.«

Julian ließ sein Pferd aus dem Stall holen und brach in Richtung Hampstead auf. Obwohl es nicht regnete, war die Luft feucht. In London hieß das, daß sich gelbliche Nebelschwaden um die Kamine wanden und die Luft intensiv nach Rauch und Pferden roch. Aber als die Häuser weniger wurden und immer mehr Felder an ihre Stelle traten, begann es lieblich nach Erde und Gras zu duften, und Julian glaubte sogar ein laues Frühlingslüftchen zu spüren. Er verließ mit seinem Pferd den Weg und ritt querfeldein über die Heide. Das bedeutete zwar einen kleinen

Umweg für ihn, aber an einem Tag wie diesem konnte er der Versuchung nicht widerstehen.

Einer der größten Vorzüge von Hampstead Heath war für Julian immer gewesen, daß die Heide nicht zu den Orten gehörte, an denen die vornehmen Kreise sich trafen. Man begegnete dort keinen Bekannten; es gab keine feinen Damen, die von einem erwarteten, daß man mit ihnen flirtete, und keine feinen Herren, die versuchten, einen zu übertrumpfen. Ein Mann konnte dort ruhig und friedlich unter den Bäumen dahinreiten. Julian hatte keinen großen Hang zu idyllischer Abgeschiedenheit; er neigte mit Samuel Johnson zu der Meinung, daß ein Mann, der London satt hat, das Leben satt hat. Aber wenn es darum ging, in Ruhe nachzudenken, hatte so ein bewaldetes Fleckchen durchaus seine Vorzüge.

Was die rätselhaften Geschehnisse um die Falklands anging, sah er mittlerweile schon klarer, zumindest teilweise. An seiner Theorie zu Mrs. Falklands Unfall hatte sich nichts geändert; außerdem glaubte er inzwischen zu wissen, warum Adams seinem Schuldner die dreißigtausend Pfund erlassen hatte. Aber es gab trotzdem noch genügend ungelöste Rätsel. Vielleicht waren sie unwichtig, aber woher sollte er das wissen, solange er sie nicht entschlüsselt hatte? Warum tat Quentin Clare wegen seiner Schwester so geheimnisvoll? Warum hatte er die Briefe für Alexander geschrieben? War Fanny Gates das Mordopfer aus der Ziegelei? Und was war aus Mrs. Desmond geworden?

Und vor allem: Hatte Alexander den fraglichen Wagen gefahren? Daß er Mrs. Desmonds Geliebter war, schien festzustehen. Bedeutete das, daß er mit ihrem Verschwinden zu tun hatte – und vielleicht auch mit dem Ziegeleimord? Mehr denn je hatte Julian das Gefühl, daß Alexanders Charakter den Kern des Rätsels bildete. War er in diesem Fall der Schurke oder das Opfer? Oder beides?

Julian machte im Flask halt, um sich mit einem gebratenen Fasan und einem Krug Bier zu stärken, und ritt dann weiter zu Sir Malcolm. Dort angekommen, fragte er nach dem Hausherrn und wurde in die Bibliothek geführt. Sir Malcolm saß mit Quentin Clare am Kamin. Martha wanderte zwischen den Regalen umher und nahm ein Buch nach dem anderen heraus.

Nachdem Julian Sir Malcolm und Clare begrüßt hatte, erkundigte er sich nach Mrs. Falkland. »Gesundheitlich geht es ihr ein wenig besser«, antwortete Sir Malcolm, »aber seelisch...«

Clare erhob sich. »Erlauben Sie, daß ich mich jetzt verabschiede, Sir. Ich nehme an, Sie und Mr. Kestrel haben eine Menge zu besprechen. Danke für die Einladung zum Essen.«

»Sie brauchen doch nicht gleich davonzulaufen.« Sir Malcolm warf einen vielsagenden Blick in Marthas Richtung, um anzudeuten, daß sie sowieso nicht über die Ermittlungen sprechen konnten, solange sie da war. An Julian gewandt, fügte er leise hinzu: »Sie sucht etwas, das Belinda eventuell interessieren könnte. Ich habe nicht viel, was in Frage kommt – sie mag Bücher über Gärten und Pferde –, aber Martha wollte trotzdem nachsehen.«

Nun folgte ein peinliches Schweigen, das schließlich von Sir Malcolm gebrochen wurde. »Mr. Clare und ich sprachen gerade über die Bedeutung von Namen. Ich habe Alexander nach dem Herrscher und Eroberer benannt, und manchmal habe ich deswegen abergläubische Schuldgefühle, weil Alexander der Große auch so jung gestorben ist, auf der Höhe seines Erfolgs.«

»Ich glaube, Sir«, sagte Clare sanft, »daß Sie die Schuld lieber bei sich selbst suchen würden, als gar keine Erklärung für das Verbrechen zu haben. Auf diese Weise zwingen Sie dem Ganzen eine gewisse Ordnung auf – und müssen sich angesichts dieses gewaltsamen Todes weniger hilflos fühlen.«

Julian blickte Clare voller Interesse an. Seine übliche Schüchternheit hatte er abgelegt, und er klang wie in einem seiner Briefe: nachdenklich, feinfühlig, scharfsinnig. Aber die Briefe waren Teil eines ausgeklügelten Täuschungsmanövers gewesen. Sprach jetzt der echte Clare?

»Sie haben recht, mein lieber Junge«, sagte Sir Malcolm. »Der Mord weckt manchmal kranke Gedanken in mir, die man nicht auch noch fördern sollte. Wie wir gerade gesagt haben: Man muß sich wirklich fragen, wieso manche Eltern ihren Kindern diesen oder jenen Namen geben. Mr. Clares Taufname beispielsweise bedeutet ›der Fünfte‹, obwohl er eines von zwei Kindern ist.«

»Was ist mit Ihrer Schwester?« fragte Julian. »Paßt ihr Name zu ihr?«

»Nicht direkt«, antwortete Clare langsam. »Verity schätzt die Wahrheit, aber andere Dinge schätzt sie noch mehr.«

»Zum Beispiel was?« fragte Sir Malcolm.

»Gerechtigkeit. Beides ist nicht immer gleichzusetzen. Oft sind Wahrheit und Gerechtigkeit zwei völlig verschiedene Dinge«, fügte er nach einer Pause hinzu. »Verity hat ihre eigenen Vorstellungen von Recht und Unrecht, und sie decken sich nicht unbedingt mit denen anderer Leute.«

»Ich würde sie gerne einmal kennenlernen«, sagte Sir Malcolm.

»Das ist sehr freundlich von Ihnen, Sir. Aber ich bin mir nicht sicher, ob Sie sie mögen würden.«

»Seien Sie nicht albern, natürlich würde ich sie mögen. Es macht mir nichts aus, wenn sie ausgefallene Ideen hat. Das ist besser, als gar keine zu haben.«

Clare lächelte.

»Ist sie älter oder jünger als Sie?« fragte Julian.

»Älter – ein paar Minuten.«

»Zwillinge!« rief Sir Malcolm. »Das haben Sie mir nie erzählt.«

»Ich habe wohl vergessen, es zu erwähnen, Sir.«

»Dabei sind Zwillinge etwas ungeheuer Interessantes, finde ich. Bestimmt stehen Sie sich sehr nahe.«

»O ja«, antwortete Clare leise. »Seinem Zwilling steht man

näher als jedem anderen Menschen auf der Welt. Es gibt nichts, was Verity und ich nicht füreinander tun würden.«

»Ich glaube, Sie meinen tatsächlich, was Sie sagen«, bemerkte Sir Malcolm.

»Ja. Wir waren uns schon als Kinder einig, daß wir alles für den anderen tun würden, egal, wie schwierig oder gefährlich es wäre. Weder sie noch ich haben das Privileg je mißbraucht – wir haben überhaupt kaum davon Gebrauch gemacht. Aber einmal in Kraft, hatte es absolute Gültigkeit. Nichts war davon ausgenommen.«

»Sie sprechen in der Vergangenheit«, stellte Julian fest. »Verstehen Sie und Ihre Schwester sich inzwischen nicht mehr so gut?«

»Doch.« Clare wich seinem Blick aus. »Aber wir haben uns schon eine Weile nicht mehr gesehen.«

»Sie muß Ihnen fehlen«, sagte Sir Malcolm.

»Ja, Sir. Sehr sogar.«

Martha kam auf dem Weg zur Tür an ihnen vorbei, die Arme voller Bücher. Clare sah sie besorgt an – vielleicht suchte er auch nur eine Gelegenheit, das Thema zu wechseln. »Sie können die vielen Bücher unmöglich allein tragen.«

Sie blieb vor ihm stehen und sah ihn an. Ihr Gesicht wurde weich; sie sprach mit einer Sanftheit, die Julian noch nie bei ihr gehört hatte. »Das ist sehr freundlich von Ihnen, Sir. Aber ich schaffe das schon.«

»Warte, ich läute nach Dutton. Er soll sie dir hinauftragen«, mischte sich Sir Malcolm ein.

Julian und Clare nahmen Martha die Bücher ab und legten sie auf einen Tisch. Clare sagte scheu: »Ich hoffe, Sie werden Mrs. Falkland mein – mein Bedauern wegen ihres Unfalls ausrichten.«

»Das werde ich«, antwortete Martha in herzlichem Ton. »Danke, Sir.«

Auf Sir Malcolms Läuten hin erschien Dutton im Zimmer.

Nachdem er und Martha gegangen waren, wandte sich Julian an Clare: »Kennen Sie Martha schon länger?«

»Nein, ich –« Clare hielt inne und wurde rot. »Ich – ich glaube nicht. Jedenfalls kann ich mich nicht daran erinnern, ihr früher schon einmal begegnet zu sein. Ich habe sie erst ein einziges Mal gesehen, auf Alexanders letzter Gesellschaft. Sie kam, um ihm zu sagen, daß Mrs. Falkland immer noch Kopfschmerzen habe und nicht mehr herunterkommen werde.«

»Sie war Ihnen gegenüber so ungewohnt herzlich«, sagte Julian. »Normalerweise ist sie sehr kühl und beherrscht.«

»Ich weiß nicht, warum sie bei mir anders sein sollte. Ich kenne sie doch überhaupt nicht.« Ratlos blickte Clare von Julian zu Sir Malcolm.

Julian dachte einen Moment nach. »Wo genau in Somerset leben Ihr Onkel und Ihre Schwester?«

»Warum wollen Sie das wissen?« fragte Clare verblüfft.

»Mrs. Falklands Landsitz liegt in Dorset. Ich dachte, wenn Ihre Familie nahe an der Grenze zu Dorset lebt, haben Sie und die Falklands sich vielleicht gegenseitig besucht, und Martha kann sich möglicherweise an Sie erinnern.«

»Onkel George lebt tatsächlich an der Grenze zu Dorset – in einem Dorf namens Montacute. Aber ich habe die Falklands nie auf ihrem Landsitz besucht. Ich glaube nicht, daß es Alexander dort besonders gefallen hat. Er wollte alles renovieren – das Haus und den Park neu gestalten.«

»Das stimmt«, pflichtete Sir Malcolm ihm bei.

Julian nickte. Was die Verbindung nach Dorset betraf, hatte er nur geraten. Aber er hatte die Information bekommen, die er wollte: Er wußte jetzt, wo Verity Clare lebte. Und er würde dieses Wissen gut nutzen.

21

Ein Versprechen

Nachdem Clare gegangen war, erzählte Julian Sir Malcolm, was
er von Adams erfahren hatte: daß Adams Martha bei Mrs. Desmond gesehen und daraufhin Mrs. Falkland einen anonymen
Brief geschickt habe, um sie vor ihr zu warnen. Sir Malcolm
war zutiefst schockiert über die Neuigkeit, daß Mrs. Desmond
Alexanders Geliebte gewesen war. »Aber wenn das stimmt«,
sagte er mit stockender Stimme, »dann muß Alexander sie doch
erkannt haben, als sie auf der Straße an Belinda herangetreten
ist.«

»Ja. Wahrscheinlich hat er die ganze Sache vorher mit ihr
eingefädelt.«

»Aber warum um alles in der Welt sollte er zulassen, daß
seine Geliebte seine Frau zu einem *tête-à-tête* entführt? Hören
Sie, Kestrel, könnte Adams das alles nicht erfunden haben?«

»Möglich wäre es. Falls er selbst Mrs. Desmond ausgehalten
hat und nicht Alexander, dann wäre es sehr praktisch für ihn, das
Ganze einem Toten anzuhängen, der sich nicht mehr wehren
kann. Aber warum sollte er in diesem Fall überhaupt mit irgendwelchen Informationen herausrücken? Er hatte nichts zu gewinnen und alles zu verlieren, indem er seine Verbindung zu Mrs.
Desmond preisgab. Welchen Grund sollte es für ihn geben, das
zu tun? Es muß schon die Wahrheit sein.«

»Aber selbst wenn Alexander Mrs. Desmonds Beschützer
war, dann hieße das doch nicht automatisch, daß er auch der
Fahrer des Gigs war? Oder daß er etwas mit dem Ziegeleimord
zu tun hatte?«

»Nein, nicht notwendigerweise«, sagte Julian sanft. »Eines
allerdings wissen wir: Adams war nicht der Fahrer des Gigs. Ich

würde die ganze Lombard Street darauf verwetten, daß er den Wagen heute zum erstenmal gesehen hat.«

Sir Malcolm ging gedankenverloren im Zimmer auf und ab. »Das alles ist – sehr schwer. Als Sie mich warnten, daß die Ermittlungen unangenehme Dinge zutage fördern könnten, nahm ich an, daß Sie damit Dinge über Alexanders Freunde oder Bedienstete meinten. Ich wußte nicht, daß soviel Schmutz über Alexander selbst aufgewühlt werden könnte. Er hat mich wegen der Briefe hintergangen, und er hat Belinda mit Mrs. Desmond hintergangen. Wer weiß, was er sonst noch alles getan hat? Ich habe Angst weiterzumachen. Wo ich von nun an auch hintrete, der Boden kann jederzeit unter meinen Füßen nachgeben.«

»Alexander war, wie er war. Es ist zu spät, ihn jetzt noch zu ändern. Und Sie waren nicht für ihn verantwortlich. Er hatte seinen eigenen Kopf, seine eigene Seele.«

»Ich war sein *Vater*, Mr. Kestrel. Seine Mutter starb, als er ein Baby war. Wer war verantwortlich für das, was aus ihm wurde, wenn nicht ich?«

»Ich neige eher zu der Ansicht«, sagte Julian langsam, »daß die Menschen für sich selbst verantwortlich sind. Ich weiß, daß der Einfluß eines Vaters sehr weitreichend sein kann. Ich selbst bin in hohem Maß ein Produkt der Erziehung meines Vaters. Aber ich glaube, daß ein Mann sein eigenes Reich regieren muß, wie Shelley es ausdrückt. Alexander besaß alle Vorteile, die nötig waren, um das Beste in ihm zum Vorschein zu bringen: edle Herkunft, Wohlstand, eine gute Ausbildung, gutes Aussehen, einen netten Vater, der ihn in allem unterstützte. Wenn er es trotz alledem geschafft hat, sich zu einem schlechten Menschen zu entwickeln, dann lag der Fehler bei ihm.«

Sir Malcolm seufzte schwer. »Was gedenken Sie als nächstes zu tun?«

»Ist Mrs. Falkland in der Verfassung, mich zu empfangen? Ich würde sie gerne zu Adams' anonymem Brief befragen.«

301

»Wollen Sie sie nicht auch nach Mrs. Desmond fragen?«

»Nein«, antwortete Julian ruhig. »Ich glaube nicht, daß das nötig ist. Und ich weiß, daß es nicht ratsam wäre.«

Zusammen mit Sir Malcolm ging Julian hinauf, um Mrs. Falkland zu befragen. Es hätte sich nicht geziemt, sie allein in ihrem Schlafzimmer aufzusuchen; außerdem glaubte er, daß Sir Malcolms Anwesenheit sich beruhigend auf sie auswirken würde. Er wollte vermeiden, sie erneut aufzuregen.

Eugene saß neben dem Bett seiner Schwester und las ihr laut aus einem der Bücher vor, die Martha ihr gebracht hatte. Sie lehnte halb aufgerichtet im Bett, ihre Kissen im Rücken, und hörte ihm mit geschlossenen Augen zu. Über dem Nachthemd trug sie einen schwarzen Schal. Auf Brusthöhe war er mit der Brosche festgesteckt, die eine Locke von Alexanders Haar enthielt. Julian fand, daß es ihr ähnlich sah, sogar auf dem Krankenbett Trauer zu tragen. Niemand konnte ihr vorwerfen, den gesellschaftlichen Pflichten, die die Witwenschaft mit sich brachte, nicht Genüge zu tun.

Julian erklärte Eugene, daß sie mit ihr allein sprechen müßten. Widerwillig ging er, versprach aber, in der Nähe zu bleiben, für den Fall, daß er gebraucht würde. Er hatte sich schnell in die Beschützerrolle hineingefunden, dachte Julian. Das würde mehr zur Ausbildung seines Charakters beitragen als alle Schulen Englands.

Nach ein paar freundlichen Vorbemerkungen fragte Julian Mrs. Falkland nach dem anonymen Brief. »Ich erinnere mich daran«, antwortete sie. »Er kam einen oder zwei Tage, nachdem Alexander gestorben war. In dem Brief stand, Martha habe mich hintergangen. Außerdem deutete er an, daß sie meinen Mann umgebracht habe. Ich habe diesen Anschuldigungen keine Sekunde lang Glauben geschenkt. Ich kenne Martha seit Jahren, sie war schon mein Kindermädchen. Sie genießt mein uneingeschränktes Vertrauen. Ich dachte mir damals, daß der Schreiber

sich entweder geirrt hatte oder aber in böser Absicht handelte.
Deswegen habe ich den Brief verbrannt.«

»Warum haben Sie den Leuten von der Bow Street nichts
davon erzählt?« fragte Julian.

»Weil ich befürchtete, daß sie die Anschuldigungen ernst nehmen könnten. Ich war mir sicher, daß Martha nichts Böses getan
hatte, und ich wollte nicht, daß sie zu Unrecht verdächtigt
würde.«

»Haben Sie ihr davon erzählt?«

»Nein. Ich hielt es nicht für nötig.«

»Wir haben herausgefunden, wer der Absender des Briefes
ist.«

»Das habe ich mir gedacht. Sonst hätten Sie ja nichts davon
gewußt.« Sie zögerte einen Moment, ehe sie weitersprach. »Wer
war es?«

»David Adams.«

Sie saß da wie erstarrt. Nur ihre Hände bewegten sich, umklammerten das Buch, das Eugene zurückgelassen hatte, noch
eine Spur fester. »Wie eigenartig!«

»Hatten Sie ihn als Verfasser des Briefes in Verdacht?«

»Nein.«

»Hätten Sie das Ganze anders gesehen, wenn Sie es gewußt
hätten?«

»Nein. Ich hätte den Anschuldigungen keinen Glauben geschenkt, egal, von wem sie gekommen wären.« Sie schwieg einen
Augenblick und fragte dann: »Warum hat er Ihnen von dem
Brief erzählt?«

»Er hatte von Ihrem Unfall gehört und machte sich Sorgen um
Sie. Er hatte Angst, daß Martha die Finger im Spiel haben
könnte.«

»Ich weiß nicht, warum er sich so sehr für meine Angelegenheiten interessiert.«

»Wirklich nicht?«

Sie erstarrte, sah ihn mit großen Augen an.

303

»Sie wissen nicht, daß er in Sie verliebt ist?«

Sir Malcolm hob verblüfft den Kopf. Mrs. Falkland umklammerte das Buch so fest, daß sich ihre Fingernägel in den Einband gruben. »Hat er Ihnen das gesagt?«

»Auf jede erdenkliche Weise, nur nicht mit Worten.«

Sie holte tief Luft. »Würden Sie Mr. Adams bitte ausrichten, daß ich ihm für seine Fürsorge dankbar bin, es aber vorziehen würde, wenn er in Zukunft auf jeden Kontakt mit mir und sämtliche Äußerungen über mich verzichten könnte. Unsere Bekanntschaft kam durch seine Freundschaft mit Alexander zustande. Alexander ist tot, und die Bekanntschaft ist zu Ende.«

»Das sind aber harte Worte für einen verliebten Mann.«

»Ich habe ihn nicht um seine Liebe gebeten! Ich habe nicht darum gebeten, mit dieser Liebe belästigt zu werden. Bin ich eine Puppe, die jeder Mann hochnehmen und wieder weglegen kann, der behauptet, mich zu lieben? Habe ich denn gar kein Recht auf eigene Gefühle?«

»Meine Liebe!« Sir Malcolm ging zu ihr hinüber, zog ihre Hände sanft von dem Buch und nahm sie in seine. »Du darfst dich nicht so aufregen. Keiner verlangt von dir, daß du dich mit Mr. Adams abgibst. Mr. Kestrel, ich glaube, zu diesem Thema haben Sie genug Fragen gestellt.«

»Ich bitte um Verzeihung, Mrs. Falkland. Ich werde nicht länger darauf beharren.«

»Sagen Sie mir nur noch eins«, flüsterte sie. »Warum hat Mr. Adams Martha in Verdacht?«

Julian ließ sich einen Moment Zeit, um seine Antwort zu formulieren. »Er behauptet, sie im Haus einer Frau von zweifelhaftem Ruf gesehen zu haben.«

»Das ist lächerlich.« Sie entspannte sich ein wenig, als bewegte sie sich wieder auf festem Boden. »Martha würde nie etwas mit einer Frau zu tun haben, an deren Ruf auch nur der geringste Zweifel bestünde. Sie ist ausgesprochen religiös und hat sehr hohe moralische Maßstäbe.«

»Ja«, sagte Julian nachdenklich, »diesen Eindruck hatte ich auch.« Dann fügte er hinzu. »Wieviel wissen Sie über sie? Was für eine Art Leben hat sie geführt, bevor sie in Ihren Dienst trat?«

»Sie kam mit tadellosen Zeugnissen zu Mama. Ich glaube, sie hatte in einem anderen Haushalt als Zimmermädchen gearbeitet. Ansonsten spricht sie nie über ihr früheres Leben. Ich bin immer davon ausgegangen, daß alle ihre Verwandten tot sind.«

»Wissen Sie, ob zwischen ihr und Mr. Clare irgendeine Verbindung besteht?«

»Mr. Clare?« fragte sie überrascht. »Nein, davon ist mir nichts bekannt.«

»Ich habe sie vorhin zusammen gesehen, und sie hat im Gespräch mit ihm eine ungewohnte Sanftheit an den Tag gelegt – fast schon so etwas wie Zuneigung.«

»Das kann ich mir nicht erklären. Sie hat ihn nie erwähnt.« Julian stand auf, um sich zu verabschieden. Aber er hatte noch eine letzte Frage auf dem Herzen. »Warum finden Sie das Porträt Ihres Mannes so bedrückend?«

Sie ließ sich in ihre Kissen zurücksinken. Ihr Blick wirkte müde und abwesend. »Er sieht darauf so glücklich aus«, sagte sie schließlich. »Das kann ich nicht ertragen.«

»Ich kenne keine Mrs. Desmond, Sir«, sagte Martha. »Ich war nie in ihrem Haus.«

»Du kannst dich nicht daran erinnern, Anfang April ein graues Steinhaus am Cygnet's Court besucht zu haben?«

»Ich habe keine Ahnung, wo Cygnet's Court liegt, Sir.«

»Es handelt sich um einen kleinen Innenhof unten am Themseufer, mit einem halben Dutzend Häuser, die aber bis auf zwei alle baufällig sind.«

»Ich kenne den Ort nicht, Sir.«

»Ein Zeuge behauptet, dich bei Mrs. Desmond gesehen zu haben.«

»Ihr Zeuge irrt sich oder lügt, Sir. Ich war niemals dort.«

»Bist du sicher?«

»Ich schwöre es bei meiner Ehre als Christin, Sir.«

Julian war verwirrt. Konnte es sein, daß Adams doch gelogen hatte? Es war schwer nachzuvollziehen, was für ein Motiv er haben sollte, Martha zu verleumden. Trotzdem, ihre Antworten klangen absolut ehrlich. Außerdem hatte sie einen Eid geleistet, den eine gläubige Frau bestimmt nicht auf die leichte Schulter nehmen würde.

Schließlich sagte er: »Ich würde mit dir gerne offen über ein unangenehmes Thema sprechen – ein Thema, das jemanden, der Mrs. Falkland so treu ergeben ist wie du, bestimmt betrüben wird. Hast du eine Ahnung, wer Mrs. Desmond ist?«

»Nein, Sir.«

»Wir glauben, daß sie von Alexander Falkland ausgehalten wurde.«

Ihr Gesicht wurde hart. »Es tut mir leid, das zu hören, Sir.«

»Aber du bist nicht überrascht?«

»Ich gebe zu, Sir, daß ich etwas Derartiges befürchtet hatte.«

»Warum?«

Sie zögerte. »Es ist nun mal so, daß sich viele junge Männer in der Stadt eine Hure halten. Und Mr. Falkland war abends oft lange unterwegs und schenkte seiner Frau weniger Beachtung als früher.«

»Hast du deswegen angefangen, seine Sachen zu durchsuchen und Valère über ihn auszufragen?«

»Ich habe ihm nicht über den Weg getraut, Sir. Gelinde ausgedrückt.«

»Ich frage mich, Martha, ob du in deinem Bestreben, Mrs. Falkland zu beschützen, nicht doch so weit gegangen bist, die *chère amie* deines Herrn ausfindig zu machen – nicht aus irgendeinem unehrenhaften Grund, sondern um sie dazu zu bringen, mit Alexander zu brechen?«

»Vielleicht hätte ich das getan, Sir, wenn ich von ihr gewußt hätte. Aber ich hatte keine Ahnung. Und das habe ich Ihnen schon gesagt, Sir.«

»Ja, das hast du«, pflichtete er ihr trocken bei.

»Wer behauptet denn, mich in ihrem Haus gesehen zu haben, Sir?«

»Mr. Adams.«

»Ausgerechnet der!« sagte sie verächtlich. »Sein Wort ist keinen Penny wert – er kann ja noch nicht mal auf seine Ehre als Christ schwören. Sie sollten ihn lieber fragen, was er in ihrem Haus zu suchen hatte, statt seinen Verleumdungen über mich Glauben zu schenken.«

»Kannst du dir einen Grund vorstellen, warum er solche Lügen über dich erzählen sollte?«

»Nein, Sir«, räumte sie ein.

Julian mußte sie schließlich wieder entlassen, obwohl er mit ihrem Gespräch alles andere als zufrieden war. Nicht zum erstenmal im Verlauf seiner Ermittlungen hatte er das Gefühl, eigentlich die richtigen Fragen gestellt zu haben – und trotzdem hatte er nicht die richtigen Antworten bekommen. Aber was hätte er sonst fragen sollen? Was hatte er übersehen?

Unzufrieden verließ er Sir Malcolm und ritt in Richtung Heide. An manchen Stellen lugte die Sonne zwischen den Wolken hervor und warf Muster aufs Gras, die aussahen, als wären sie mit einer Schablone gezeichnet. An den spiegelglatten Teichen ließen Kinder Spielzeugboote segeln und Steine über die Wasseroberfläche hüpfen. Wenn sich eines zu weit entfernte, lief sofort ein Kindermädchen hinterher, denn es gab kleinere, von Weiden verhangene Teiche, in denen ein Kind verschwinden und erst nach Stunden, ja oft Tagen wieder auftauchen konnte. Als Julian an einem solchen Teich vorbeiritt, sah er, wie verlockend dieser Anblick für ein Kind sein mußte: hellblau und einladend glitzerte das Wasser durch den Vorhang aus Blättern.

Er verließ die Heide an ihrer südlichen Spitze und steuerte

auf die Straße zu, die nach London führte. Unterwegs kam er an verstreuten Cottages und einzelnen Betrieben vorbei: einer Eisenwarenhandlung, einer Branntweinbrennerei, einer Ziegelei. Da wurde Julian erst bewußt, wo er sich befand, und er fragte einen Mann, der gerade vorbeikam, nach dem Weg zu dem Gelände, wo man die ermordete Frau gefunden hatte.

Der Mann antwortete, als wäre er es gewohnt, danach gefragt zu werden. Er mußte in letzter Zeit schon einer ganzen Reihe von Neugierigen den Weg zu diesem makaberen Ausflugsziel beschrieben haben. Julian fand die Ziegelei ohne Schwierigkeiten, aber es gab nicht viel zu sehen. Die Brennöfen waren längst verschwunden; nur die spärliche Vegetation, die vereinzelten Tonscherben und die vernarbte, rötliche Erde wiesen darauf hin, daß hier einmal Ziegel hergestellt worden waren. Inzwischen schien dieser Ort hauptsächlich als Müllhalde zu dienen, und selbst davon war kaum etwas zu sehen. Alles, was noch irgendwie brauchbar war oder sonst einen Wert hatte, war längst von den Zigeunern und Landstreichern konfisziert worden, die laut Sir Malcolm hier kampierten. Allerdings deutete nichts darauf hin, daß in letzter Zeit welche dagewesen waren; selbst die Ärmsten der Armen mußten vor diesem Ort eine abergläubische Furcht empfinden.

Was konnte den Mörder und sein Opfer hierher verschlagen haben? Kamen sie aus Hampstead, oder waren sie auf dem Weg dorthin? Warum? Um jemanden zu besuchen? Wer in Hampstead hatte etwas mit Mrs. Desmond, ihrem Mädchen oder Alexander zu tun? Julian fiel nur Sir Malcolm ein. Und Sir Malcolm konnte mit dem Ziegeleimord nichts zu tun haben. Oder etwa doch?

Julian war rechtzeitig zum »Grand Strut« wieder in London. Zu dieser nachmittäglichen Parade der *beau monde* und ihres Gefolges im Hyde Park drängten sich in der Rotten Row wie immer Kutschen und Reiter. Damen aus guter, aber nicht reicher Familie waren verzweifelt bemüht, den äußeren Anschein zu wahren; Damen aus reicher, aber nicht guter Familie buhlten um die Bekanntschaft mit Leuten von Rang. Sportliche Damen lenkten Ponys mit farbenprächtigem Zaumzeug durch den Park. Möchtegern-Draufgänger versuchten nach Kräften, mit ihren temperamentvollen Pferden fertig zu werden. Dandys ließen ihre Blicke durch Lorgnons schweifen, machten den Damen schöne Augen und tauschten bissige Bemerkungen über die Herren aus. Alle wetteiferten darum, bewundert zu werden – und doch wurden unter dem Deckmantel der Oberflächlichkeit politische Allianzen geschmiedet, Treffen vereinbart, Duelle arrangiert.

Dann waren da noch die Frauen, die Julian insgeheim als die Streunerinnen von Rotten Row bezeichnete – die Gattinnen junger Gutsherren, die, frisch vom Land eingetroffen, Tag für Tag mutig in ihre offenen Kutschen stiegen und in der Hoffnung ausfuhren, daß irgendeine vornehme Dame der Gesellschaft ihre Einsamkeit mit einem Nicken oder Lächeln lindern würde. Meistens wurden sie enttäuscht: Der *corps d'élite* konnte unmöglich jedes neue Gesicht einlassen, das sich um Aufnahme bemühte. Gelegentlich nahm Julian eine von diesen Frauen unter seine Fittiche, weil er wußte, daß ein wenig Aufmerksamkeit seinerseits sie mitten in die vornehme Gesellschaft hineinkatapultieren würde. Er hätte das gerne öfter gemacht, war sich aber nicht sicher, ob er ihnen damit einen Gefallen tat. So viele von ihnen stürzten sich voller Begeisterung in ihre erste Saison, nur um ein Jahr später wieder aus London zu fliehen, weil sie ihren Schneider nicht mehr bezahlen konnten, von irgendeinem Spieler um ihr Geld geprellt oder von einem vornehmen Lebemann in den Ruin getrieben worden waren.

Julian hatte sich schon mehrere Tage nicht mehr in der Rotten Row sehen lassen, und sein Wiederauftauchen sorgte für Aufregung. Er erwähnte Mrs. Falklands Unfall mit keinem Wort, aber natürlich sprachen ihn alle darauf an. Später konnte er sich rühmen, wesentlich mehr Informationen erhalten als preisgegeben zu haben, aber nichts von dem, was er erbeutet hatte, schien viel wert zu sein.

Gegen sechs Uhr begann sich die Menge zu lichten, weil die Leute nach Hause eilten, um sich zum Abendessen umzuziehen. Julian wollte gerade ihrem Beispiel folgen, als er eine vertraute Stimme hörte: »Mein lieber Freund! Haben Sie einen Augenblick Zeit?«

Es war Felix Poynter, prächtig ausstaffiert mit einem himmelblauen Mantel, einer gelben Weste und fliederfarbenen Handschuhen. Er fuhr ein schickes, kirschrotes Kabriolett, das von einem schönen braunen Pferd gezogen wurde. Hinter ihm saß sein Lakai: ein besonders klein geratenes Exemplar in amethystfarbener Satinlivree, passenden Seidenstrümpfen, gepuderter Perücke und einem mit silberner Spitze besetzten Dreispitz.

Julian ritt neben die Kutsche. »Das ist also Ihr neuer Stil.« Amüsiert ließ er seinen Blick über das Kabriolett und den livrierten Diener gleiten. »Wenigstens werden wir keine Schwierigkeiten haben, Sie im Nebel auszumachen.«

»Ein großer Vorteil«, pflichtete ihm Felix zerstreut bei. »Hören Sie, ich versuche jetzt schon seit über einer Stunde, an Sie heranzukommen. Wir geht es Mrs. Falkland?«

»Ein wenig besser.«

»Da bin ich aber froh.« Felix biß sich auf die Lippe und fragte dann unvermittelt: »Gehen Sie ein Stück mit mir spazieren? Alfred wird sich um Ihr Pferd kümmern.«

»Ja, gerne.« Julian musterte ihn etwas genauer, stellte ihm aber vorerst keine Fragen. Er stieg ab und reichte die Zügel Felix' Diener, der mit herablassender Miene beide Pferde übernahm. Schaudernd wandte Felix sich ab. »Vor zwei Wochen war er noch ein einfacher Stalljunge«, vertraute er Julian an, nachdem sie ein paar Schritte gegangen waren. »Aber seit ich ihn in diese Livree gesteckt habe, ist er so hochmütig geworden, daß er kaum noch mit mir spricht.«

Sie gingen quer durch den Park in Richtung Kensington Gar-

dens. Hier gab es keine Bekannten, die sie hätten stören können
– nur Kindermädchen, Kinder, Hunde und ein paar ältere Offi-
ziere, die einen Spaziergang machten. Sie alle warfen Julian und
Felix neugierige Blicke zu. Zweifellos fragten sie sich, was zwei
junge Beaus in diesem wenig vornehmen Teil des Parks zu
suchen hatten. Trotzdem war es kein schlechter Ort für ein *tête-
à-tête*. Auf einer so weiten, offenen Fläche konnte sich niemand
unbemerkt nähern und ihr Gespräch belauschen.

Felix fuhr sich mit der Hand durchs Haar, woraufhin seine
Locken noch entschiedener in alle Richtungen abstanden. »Das
mit Mrs. Falkland ist wirklich schrecklich. Eine bestialische Tat.
Haben Sie irgendeine Idee, wer es gewesen sein könnte?«

»Ich habe alle möglichen Ideen. Was ich brauche, sind keine
Ideen, sondern Beweise.«

»Ich kenne mich in diesen Dingen nicht so aus. Aber ich hoffe,
daß Sie den Schuldigen finden, wer es auch war. Ich meine, eine
Frau anzugreifen und noch dazu auf diese feige Art...«

»Ein abscheuliches Verbrechen, da bin ich ganz Ihrer Meinung. Einen positiven Effekt hat die Sache allerdings. Als es nur
den Mord an Falkland aufzuklären galt, konnten es die Zeugen
sich selbst gegenüber rechtfertigen, Informationen zurückzuhalten. Schließlich machten sie ihn nicht mehr lebendig, indem sie
sagten, was sie wußten. Aber seit dem Anschlag auf Mrs. Falkland rücken alle mit ihren Geheimnissen heraus.«

»Oh«, sagte Felix betrübt, »tatsächlich?«

Julian blieb stehen. »Mein lieber Freund, Sie etwa auch?«

»Es ist nur eine Kleinigkeit – wahrscheinlich völlig unwichtig!
Ich hätte es Ihnen schon längst erzählt, wenn ich nicht einer
Dame versprochen hätte, Stillschweigen darüber zu bewahren.«

»Welcher Dame?«

»Mrs. Falkland«, gab Felix widerwillig zu. »Und ich habe
immer noch ein ungutes Gefühl dabei, mein Wort zu brechen.
Sie hat mir vertraut, hat sich mein Ehrenwort geben lassen. Aber
als ich hörte, daß sich jemand an ihrem Sattel zu schaffen ge-

macht hat und sie dadurch ihr Kind verlor, dachte ich, was, wenn sie immer noch in Gefahr ist? Und wenn beim nächstenmal noch Schlimmeres dabei herauskommt? Was zählt meine Ehre gegen ihr Leben?«

»Sie haben völlig recht. Sie müssen mir sagen, was Sie wissen.«

Felix nickte resigniert. »Es war an dem Abend, als die Gesellschaft stattfand – an dem Abend, an dem Falkland getötet wurde. Sie erinnern sich bestimmt an das, was ich den Leuten von der Bow Street erzählt habe – daß ich mich mit Mrs. Falkland unterhielt und sie sich irgendwann mit der Begründung entschuldigte, sie habe Kopfschmerzen. Das entsprach soweit auch der Wahrheit. Sie hatte schon den ganzen Abend nicht gut ausgesehen. Wenn sie im Licht stand, konnte man sehen, daß sie blaß und müde war, kraftlos wie eine flackernde Flamme. Man hätte am liebsten die Hände schützend vor sie gehalten, um sie vor dem Erlöschen zu bewahren.

Nichtsdestotrotz setzte sie ein tapferes Gesicht auf, unterhielt sich mit mir über dieses und jenes und behielt währenddessen die Tür im Auge, damit sie Spätankömmlinge beim Eintreten begrüßen konnte. Plötzlich wurde ihr Blick starr und ihr Gesicht kalkweiß. Sie schwankte, und ich mußte sie auffangen.

Sie war nicht völlig bewußtlos. Sie klammerte sich an mich, und irgendwie wußte ich, daß es ihr nicht recht gewesen wäre, wenn jemand mitbekommen hätte, was vor sich ging. Noch hatte niemand etwas bemerkt, es passierte alles so schnell, und es drängten sich so viele Leute um uns herum. Ich blickte mich in Panik um, unsicher, ob ich um Hilfe rufen sollte oder nicht. Da sah ich ihn – David Adams. Er war gerade erst eingetroffen und stand noch in der Tür, von wo aus er seinen Raubvogelblick durch den Raum schweifen ließ. Plötzlich war mir klar, daß ihr Schwächeanfall durch seinen Anblick hervorgerufen worden war.

Ehe ich mich versah, hatte sie sich wieder von mir gelöst und fächelte sich mit ihrem Fächer Luft zu. Niemand wäre auf die

Idee gekommen, daß irgend etwas nicht stimmte, abgesehen davon, daß sie immer noch ziemlich weiß war und Schweißperlen auf ihrer Stirn standen. Adams sah sie jetzt direkt an, und ich befürchtete schon, daß er herüberkommen würde und ich mich ihm in den Weg stellen müßte, eine Vorstellung, über die ich nicht gerade erfreut war, weil mir der Mann schreckliche Angst einjagt. Aber er ist nicht in ihre Nähe gekommen, und sie hat nicht in seine Richtung gesehen.

Sie fing an, mit mir zu reden, und ihre Stimme klang so ruhig und gelassen, daß niemand, der ihre Worte nicht hörte, auf die Idee gekommen wäre, daß sie etwas Ungewöhnliches sagte. Die ganze Zeit über bewegte sie ihren Fächer langsam vor und zurück, als wollte sie der Musik den Takt geben. Sie dankte mir für meine Hilfe und fragte, ob sie sich darauf verlassen könne, daß ich nichts über ihren Schwindelanfall verraten würde. Ich antwortete ihr, daß sie immer auf mich zählen könne, daß ich mir aber Sorgen machen würde, ob sie vielleicht krank sei. Sie antwortete, ihr fehle nichts, es werde ihr gleich wieder bessergehen, aber sie wolle die Gesellschaft verlassen. Sie sagte: ›Ich habe Kopfschmerzen. Falls Sie jemand fragen sollte, werden Sie dann sagen, daß ich Kopfschmerzen hatte – und sonst nichts?‹

Ich versicherte ihr, daß ich alles tun würde, was sie verlangte. Aber ich war nicht glücklich darüber, und wahrscheinlich sah sie mir das an, denn sie fügte hinzu, sie hoffe, meine Worte seien ernst gemeint – vor allem, wenn ich den Grund ihres Schwächeanfalls erraten hätte. Ich war ganz durcheinander und sagte, ich würde mir nie anmaßen, so etwas zu erraten, ich sei mir sicher, daß ich sowieso falsch liegen würde und so weiter. Und sie sagte – nein, vergessen Sie es, das ist nun wirklich nicht wichtig –«

»Das zu beurteilen überlassen Sie besser mir«, fiel ihm Julian ins Wort.

»Also gut, sie hat mir ein Kompliment gemacht. Aber das war nur so dahingesagt.« Felix machte eine Handbewegung, als wolle er es wegschieben. »Sie sagte, sie glaube, daß ich eine Menge mitbekäme, im Gegensatz zu ihren anderen Bekannten aber nichts Unfreundliches über jemanden weitererzählen würde. In Wirklichkeit kann ich mir bloß nichts lange genug merken, um es auszuplaudern.«

»O ja«, murmelte Julian. »Bestimmt ist das der einzige Grund.«

Felix musterte ihn unsicher. »Nun, wie dem auch sei, sie hat gesagt, sie kenne keinen anderen Gentleman, dem sie in dieser Angelegenheit trauen würde. Zu mir aber habe sie Vertrauen. Nun, das hat mir den Rest gegeben, das kann ich Ihnen sagen. Ich schwor, daß sie mir trauen könne, bei meinem Leben. Aber wie konnte ich weiter mein Wort halten, nachdem ich gehört hatte, daß sie in Gefahr war?« Er wurde eine Spur blasser. »Meinen Sie, wenn ich eher etwas gesagt hätte ...«

»Glauben Sie mir, das hätte keinen Unterschied gemacht. Die Saat von Mrs. Falklands Unfall wurde schon viel früher gesät, lange bevor die Nägel in ihren Sattel getrieben wurden. Sie hätten nichts tun können, um es zu verhindern.«

Felix holte tief Luft und nickte. »Warum, glauben Sie, hat ihr Adams' Anblick auf der Gesellschaft so einen Schock versetzt?«

»Ich nehme an, weil sie nicht wußte, daß er kommen würde. Er war ursprünglich gar nicht eingeladen. Er verlangte von Falkland, eingeladen zu werden, und Falkland stimmte zu, aber vielleicht hat er seiner Frau nichts davon erzählt.«

»Glauben Sie, Adams hatte einen Grund, Falkland zu töten, und Mrs. Falkland wußte davon und reagierte deshalb so seltsam, als sie ihn sah – weil sie sich vor dem fürchtete, was er tun könnte?«

»Was Sie sagen, klingt durchaus plausibel«, überlegte Julian. »Aber ich glaube, das ist nur ein Teil der Antwort.«

Als Julian nach Hause kam, lag wie üblich seine Abendkleidung bereit. »Ich brauche die Sachen heute nicht«, erklärte er Dipper. »Schicke jemanden zum White Horse Cellar und bestelle eine

Postkutsche und ein Paar – nein, nimm vier Pferde. Wir haben keine Zeit zu verlieren.«

»Wohin fahren wir, Sir?«

»Nach Somerset – in ein Dorf namens Montacute. Ich möchte mit Miss Verity Clare sprechen.«

22

KATZ UND MAUS

Bevor er nach Somerset aufbrach, sandte Julian eine Nachricht an Vance, in der er ihm in kurzen Worten mitteilte, daß er für ein, zwei Tage wegfahre, um eine Spur zu verfolgen. Sir Malcolm gab er absichtlich nicht Bescheid, weil er sich nicht sicher war, inwieweit er sich darauf verlassen konnte, daß er Clare nichts verriet. Er wollte nicht, daß Clare von seiner Absicht Wind bekam, seine Schwester zu besuchen.

Während er sich für die Reise umzog – er hatte sich für einen dicken wollenen Gehrock und einen Mantel mit einem kurzen Cape entschieden –, überlegte Julian, wie lange er wohl unterwegs sein würde. Es war Freitagabend. Falls unterwegs nichts Unvorhergesehenes passierte, konnten sie die hundertdreißig Meilen bis Somerset in etwa zehn Stunden bewältigen. Mit etwas Glück würden sie am Sonntag noch vor Tagesanbruch wieder in London sein. Er opferte mit dieser Reise kostbare Zeit, da ihm nur noch bis Dienstagmittag blieb, seine Wette mit de Witt zu gewinnen. Aber Quentin und Verity Clare waren von einem Geheimnis umwittert, und Julian glaubte, daß die Schwester der Schlüssel dazu war und nicht der Bruder. Irgend jemand mußte sowieso nach Somerset und mit ihr reden; da konnte er genausogut selbst fahren.

Dipper traf alle Vorbereitungen mit seiner üblichen Umsichtigkeit. Gegen zehn Uhr abends waren sie bereit zum Aufbruch. Sie kamen gut voran: Die Straßen zwischen London und dem West Country waren die besten in England, und an diesem Abend waren sie relativ trocken – obwohl der Staub in Julians Augen und Nase ihn schon bald nach ein wenig Regen lechzen ließ. Das Umsteigen ging jedesmal so schnell vor sich, daß die

Reisenden kaum Zeit hatten, sich die Beine zu vertreten, bevor ihr Gepäck in eine neue Kutsche geworfen wurde. Sie selbst wurden dann mehr oder weniger hinterhergeworfen, und die Kutsche jagte in einem Höllentempo davon. Es war nicht einfach, unter diesen Umständen zu schlafen. Daß es ihnen trotzdem gelang, zumindest sporadisch, lag vor allem daran, daß sie gut mit Brandy versorgt waren.

Julian sah sich eine Karte von Somerset an und beschloß, in Yeovil abzusteigen, einer kleinen Stadt, vier oder fünf Meilen von Montacute entfernt. Er war sich nicht sicher, welche Art von Unterkunft ein kleines Dorf wie Montacute anzubieten hatte; außerdem würde seine Ankunft in einer Postkutsche Aufsehen erregen. Er aber wollte den Überraschungseffekt für sich nutzen. Er hatte den Verdacht, daß Miss Clare alles andere als erfreut sein würde, ihn zu sehen – vielleicht würde sie sogar versuchen, sich zu verstecken oder zu verreisen, bis er wieder weg war.

In Yeovil fand er ein schönes altes Gasthaus, das nach altehrwürdiger Tradition voller labyrinthartiger Gänge und geheimnisvoller Treppen steckte. Eine dieser Treppen verlief sogar mitten durch Julians Zimmer; er mußte sich jedesmal zwingen, ganz bewußt daran zu denken, wenn er das Zimmer durchquerte, weil er sonst auf die Nase gefallen wäre. Nachdem Dipper das Bett seines Herrn nach »Kolonisten« abgesucht hatte, wie er es nannte, legte Julian sich eine Stunde schlafen. Dann wusch und rasierte er sich, zog sich um und ging hinunter in die Gaststube, um zu frühstücken. Dipper gab er frei, damit er seinerseits schlafen oder essen oder sich amüsieren konnte, je nach Lust und Laune.

Nach dem Frühstück mietete er einen Einspänner und einen stämmigen, wortkargen Kutscher und brach nach Montacute auf. Es war ein schöner Tag, die Landschaft leuchtete in idyllischem Grün und war von Sonnenlicht durchflutet. Alle Gebäude – Bauernhäuser, Mühlen, Kirchen – waren aus dem gleichen, honigfarbenen Stein erbaut. Offenbar stammte er aus der Ge-

gend; immer wieder entdeckte Julian große, »wildwachsende«
Brocken dieses Gesteins am Straßenrand. Ganze Dörfer schim-
merten golden im Morgenlicht, auch wenn sich viele der Häuser
halb hinter grünen Bäumen und farbenprächtig blühenden Büschen versteckten.

Montacute war eines dieser golden und grün leuchtenden
Dörfer. Der Ort war streng geometrisch angelegt, mit zwei
geraden Straßen, die sich im rechten Winkel trafen. Er wirkte
mittelalterlich, aber Julians Fahrer erklärte, daß das nur eine
verrückte Laune des damaligen Gutsherrn gewesen sei, der das
Dorf vor einem halben Jahrhundert habe erbauen lassen.

Nachdem Julian den Fahrer mit genügend Geld ausgestattet
hatte, um sich großzügig mit flüssigen Erfrischungen versorgen
zu können, ließ er ihn in einem Gasthaus zurück und spazierte
zu Fuß ins Dorf. Als er ein Ladenschild mit der Aufschrift
POSTAMT entdeckte, ging er hinein. Im Laden standen mehrere Kunden, die ihn alle anstarrten und dann ein wenig näher
heranrückten, um sein Gespräch mit der Frau hinter dem Tresen
besser hören zu können.

»Guten Morgen«, sagte er. »Wären Sie wohl so freundlich, mir
zu sagen, wo Miss Clare lebt?«

»Miss Clare? Es gibt hier keine Miss Clare, Sir.«

»Sie wohnt nicht mehr in Montacute?«

»Sie hat noch nie hier gewohnt, Sir.«

»Sind Sie sicher?«

»Ich lebe hier schon seit mehr als zwanzig Jahren, Sir, und
habe noch nie eine Miss Clare zu Gesicht bekommen.«

Julian war ratlos. Er fragte sich, ob Clare ihn zum Narren
gehalten hatte, als er ihm erzählte, seine Schwester lebe in Montacute. Ein verteufelt weiter Weg, um herauszufinden, daß man
auf ein Windei hereingefallen ist.

»Mr. Tibbs hat eine Nichte und einen Neffen namens Clare«,
trompetete ein Junge von etwa zwölf Jahren, der dem Aussehen
nach der Sohn der Postmeisterin war.

Seine Mutter und die anderen Kunden warfen ihm mißbilligende Blicke zu. Sie schienen der Meinung zu sein, daß man es einem Fremden, auch wenn er noch so vornehm aussah, nicht ganz so leicht machen sollte, der anständigen Landbevölkerung Informationen zu entlocken.

»Mr. Tibbs Nichte wohnt nicht bei ihm?« fragte Julian den Jungen.

»Nein, Sir.«

»Weißt du, wo sie wohnt?«

»Ja, Sir. Mr. Tibbs sagt, sie arbeitet als Gesellschafterin bei einer Dame auf dem Kontinent.«

»Auf dem Kontinent?«

»Ja, Sir, auf dem Kontinent«, antwortete der Junge und nickte heftig.

Julian dachte einen Augenblick nach und fragte dann: »Wo wohnt Mr. Tibbs?«

»Ganz in der Nähe, Sir. Gleich auf der anderen Seite der Kirche.«

»Zeigst du mir das Haus?«

Der Junge warf einen fragenden Blick zu seiner Mutter hinüber, die kurz nickte. Julian dankte ihr und verließ mit dem Jungen den Laden.

Sie gingen um den gotischen Kirchturm herum und folgten einem sonnengesprenkelten Fußweg. »Wie lange lebt Mr. Tibbs schon in Montacute?« fragte Julian.

Der Junge runzelte die Stirn, während er nachdachte. »Er ist letztes Jahr hergezogen, gleich nach Neujahr.«

Januar letzten Jahres, dachte Julian – etwa um diese Zeit war Clare dem Lincoln's Inn beigetreten. »Hast du jemals Mr. Tibbs' Neffen gesehen?«

»Ja, Sir. Er ist Anwalt und lebt in London. Er hat Mr. Tibbs letztes Jahr zu Weihnachten besucht, und während der Erntezeit war er auch zwei Wochen da.«

»Aber seine Schwester hast du nie gesehen?«

319

»Nein, Sir.« Der Junge blieb stehen. »Wir sind da, Sir.«

Er deutete auf ein großes, gepflegtes Cottage, das wie die anderen Häuser aus dem einheimischen, goldenen Stein gebaut war. Es hatte eine breite Front und sehr kleine Fenster, die ihm ein spähendes, argwöhnisches Aussehen verliehen hätten, wäre da nicht das Sträußchen roter und weißer Blumen gewesen, das eines der Fenster zierte. Der Garten vor dem Haus war von einer niedrigen Steinmauer eingefaßt, über die unverschämt üppige, blühende Sträucher wucherten.

Ein alter Mann kauerte im Garten und jätete Unkraut. Er trug eine abgetragene Jacke aus grau-grüner Wolle, Ledergamaschen, dicke Handschuhe und einen alten Hut, dessen Krempe er heruntergeschlagen hatte, um seine Augen vor der Sonne zu schützen. Als er Julian und den Jungen kommen hörte, blickte er auf und erhob sich. Sein Blick verweilte bei Julian – interessiert, fragend, aber seltsamerweise kaum überrascht. »Sieh an, sieh an. Wen haben wir denn da?«

Er war groß und schlank und sah für sein Alter sehr gut aus. Sein Gesicht war voller Fältchen, aber er wirkte so gesund und kräftig, daß man den Eindruck hatte, als kämen die Falten nur daher, daß er zuviel gelacht oder zu oft in die Sonne geblinzelt hatte. Seine Augen waren dunkel und strahlend, sein graumeliertes Haar dicht, seine Stimme ein voller, angenehmer Bariton. Julian lief keine Sekunde Gefahr, ihn mit einem Dienstboten zu verwechseln. Er hatte die Ausdrucksweise und das Auftreten eines Gentleman; wenn er sich selbst um seinen Garten kümmerte, dann deswegen, weil es ihm Vergnügen bereitete.

»Da ist ein Herr, der Sie sehen möchte, Sir«, sagte der Junge.

»Guten Tag, Mr. Tibbs.« Julian trat vor und streckte ihm die Hand entgegen. »Ich bin Julian Kestrel.«

»Julian Kestrel!« rief Tibbs verwundert aus. »Es ist mir eine Ehre.« Er zog seine schmutzigen Gartenhandschuhe aus und gab Julian die Hand. »Sie sind doch nicht etwa den ganzen Weg aus der Stadt hergefahren, nur, um mich zu besuchen?«

»Nicht direkt. Aber da ich nun schon einmal hier bin, würde ich sehr gerne mit Ihnen sprechen.«

»Mit dem allergrößten Vergnügen. Bitte kommen Sie herein.« Er hielt Julian die Gartentür auf.

Julian dankte dem Jungen und gab ihm eine Münze. Der Junge wollte gehen, aber Tibbs hielt ihn mit einer graziösen Handbewegung zurück. »Wärst du so nett, das hier zur Rückseite des Hauses zu fahren, Sim?« Er deutete auf einen kleinen Schubkarren, den er mit Unkraut und Steinen gefüllt hatte. »Und hinterher klopfst du ans Küchenfenster und sagst Mrs. Hutchinson einen schönen Gruß von mir. Sie soll dir ein paar von ihren Keksen geben.«

»Ja, Sir«, antwortete Sim eifrig.

Tibbs ließ Julian ins Haus treten. Er selbst streifte erst die Gartenerde von seinen Stiefeln. »Meine Haushälterin backt ihre eigenen Kekse, mit Sirup und Mandeln. Sie ruinieren die Zähne, ich selbst kann sie nicht mehr essen, aber die Kinder lieben sie. Ich lege großen Wert darauf, mich mit den Kindern gut zu stellen – sie sind ein so dankbares Publikum.«

»Ein Publikum? Wofür?«

»Oh, ein Mann in meinem Alter, vor allem einer, der soviel gereist ist wie ich, sammelt mit der Zeit einen Schatz von Geschichten an. Und meine sind alle wahr – wenn auch natürlich ein bißchen ausgeschmückt.« Er lächelte. »Kinder haben einen großen Appetit auf Unterhaltung, und es macht mir Freude, diesen Appetit zu stillen. Ein für beide Seiten höchst befriedigendes Arrangement. Hier entlang, bitte.«

Er führte Julian in ein großes, sonniges Wohnzimmer mit glänzender Eichenvertäfelung und türkis-gelb bedruckten Chintzvorhängen. Der Raum nahm die ganze Länge des Cottages ein. Durch das Fenster an der Rückseite sah man auf ein kleines Gewächshaus hinaus. Tibbs führte Julian ans Fenster, damit er einen Blick darauf werfen konnte. »Das Gewächshaus ist mein ganzer Stolz. Ich habe es bauen lassen, nachdem ich hier

eingezogen bin. Seit ich auf dem Land wohne, habe ich eine
Leidenschaft für die Gärtnerei entwickelt. Das kam für mich
selbst ziemlich überraschend – ich habe mein Leben lang in der
Stadt gewohnt. Der vordere Garten ist nur fürs Auge gedacht,
aber hier hinten ist es mir gelungen, sogar Trauben und Pfirsiche
zu züchten. Und mein Gurkenspalier ist einfach prachtvoll –
wenn ich mir diese Bemerkung erlauben darf.«

Er wandte sich zu Julian um und sah ihn amüsiert an, die
Brauen fragend hochgezogen.

»Warum dieser durchdringende Blick, Mr. Kestrel? Habe ich
etwas besonders Tiefgründiges gesagt?«

»Ich frage mich gerade, ob es sein kann, daß wir uns schon
einmal begegnet sind.«

»Meinen Sie?« Tibbs riß erstaunt die Augen auf. »Das kann ich
mir kaum vorstellen. Wenn mir je die Ehre zuteil geworden
wäre, Sie kennenzulernen, würde ich mich bestimmt daran erinnern.«

Julian war klar, daß Tibbs' freundliches Erstaunen nur gespielt
war. In Wirklichkeit machte er sich über ihn lustig. Das hier war
ein Duell zweier schlauer Köpfe, und er selbst kämpfte mit
verbundenen Augen. Das war beunruhigend, aber zugleich aufregend. Er hatte es mit einem ebenbürtigen Gegner zu tun.

Laut sagte er: »Es ist nicht so sehr Ihr Gesicht, sondern
vielmehr Ihre Stimme. Ich habe ein Ohr für Stimmen – an
Stimmen kann ich mich besser erinnern als an Gesichter oder
Namen. Und Ihre kommt mir seltsam vertraut vor.«

»Ich wünschte, ich könnte Ihnen helfen, Mr. Kestrel, aber ich
weiß wirklich nicht, wo wir uns hätten begegnen sollen. Ich habe
die letzten zwanzig Jahre größtenteils auf dem Kontinent verbracht.«

»Und ich die letzten zehn.«

»Tatsächlich? Dann nehme ich an, daß wir uns in irgendeiner
europäischen Hauptstadt über den Weg gelaufen sind. Aber ich
kann mich überhaupt nicht daran erinnern. Sie müssen allerdings

bedenken, daß ich inzwischen fast vierundsiebzig bin – vielleicht spielt mir mein Gedächtnis allmählich Streiche.«

»Ich glaube kaum, daß *Sie* derjenige sind, dem hier ein Streich gespielt wird, Mr. Tibbs.«

Tibbs lächelte breit. »Mein lieber Mr. Kestrel, ich kann Ihnen gar nicht sagen, wie sehr ich mich freue, daß Sie gekommen sind! Ich bin völlig ausgehungert nach gepflegter Unterhaltung.«

»Ich fühle mich sehr geehrt, auch wenn ich gestehen muß, daß ich gar nicht Ihretwegen hergekommen bin. Ihr Neffe hat mir erzählt, daß seine Schwester hier bei Ihnen lebe. Eben habe ich erfahren, daß das gar nicht stimmt. Demnach hat sie noch nie hier gelebt. Haben Sie vielleicht eine Ahnung, wie sich ihr Bruder so täuschen konnte?«

Mit einem wehmütigen Lächeln fuhr sich Tibbs durchs Haar und begann, im Zimmer auf und ab zu gehen. »Sie dürfen dem Jungen nicht böse sein. Er hat nur versucht, den Ruf seiner Schwester zu schützen.«

Julians Brauen schossen hoch. Tibbs war ihm gegenüber erstaunlich offen – warum? »Falls ich über ein Familiengeheimnis gestolpert bin, werde ich es hüten, soweit es mir möglich ist. Das letzte, was ich möchte, ist, den Ruf einer Dame zu gefährden. Aber es geht in diesem Fall nicht um meine persönliche Neugier. Ich bin gebeten worden, den Bow Street Runners bei der Aufklärung eines Mordes zu helfen.«

»Ja, ich weiß. Mein Neffe hat mir alles darüber geschrieben. In seinem letzten Brief hat er erwähnt, daß man Sie hinzugezogen habe und daß Sie ihn schon zweimal befragt hätten. Ich hoffe, Sie sind inzwischen fertig mit ihm – das Ganze hat ihn schrecklich mitgenommen.«

»Wieviel hat er Ihnen über seine Rolle in dem Fall erzählt?«

»Daß er die Leiche gefunden hat. Daß er zu den Ereignissen befragt wurde, die dem Mord vorausgingen, und zu seiner Freundschaft mit Alexander Falkland.« Zum erstenmal wurde Tibbs' Blick völlig ernst. »Verdächtigen Sie ihn?«

»Ja.«

»Darf ich fragen, warum?«

Julian beschloß, ihm nichts über die Briefe an Sir Malcolm zu erzählen. Möglicherweise hatte Clare ihm die Geschichte verschwiegen. Wenn er Tibbs jetzt davon erzählte, würde ihn das nur mißtrauisch machen, und er würde noch mehr darauf achten, seinen Neffen nicht zu kompromittieren.

»Weil er sich zu manchen Dingen nur sehr ausweichend geäußert und in einigen Punkten – verzeihen Sie meine Offenheit – glattweg gelogen hat. Er hat beispielsweise behauptet, seine Schwester lebe bei Ihnen; die Dorfbewohner dagegen sagen, sie lebe als Gesellschafterin bei einer Dame auf dem Kontinent. Ist das auch nur ein Märchen, das Sie in Umlauf gesetzt haben, um ihren Ruf zu retten?«

»Es ist die halbe Wahrheit. Sie ist tatsächlich auf dem Kontinent, aber nicht als Gesellschafterin. Sie lebt allein.«

»Verzeihen Sie, Mr. Tibbs, aber wenn eine ehrenwerte Familie versucht, den Aufenthaltsort einer jungen Dame geheimzuhalten, dann selten, weil sie allein lebt.«

»Das haben Sie sehr richtig bemerkt. Und ich wünschte, ich könnte Ihnen eine schauerliche Geschichte über ihre Flucht mit einem italienischen Musiklehrer erzählen, aber das wäre für Verity viel zu konventionell. Sie ist eine Anhängerin von Mary Wollstonecraft, müssen Sie wissen. Sie ist der festen Überzeugung, daß es, wenn ein Mann und eine Frau gleichermaßen intelligent und tugendhaft sind, keinen Grund gibt, weshalb die Frau dem Mann untertan sein sollte. Sie können sich vorstellen, was sie für einen Skandal auslösen würde, wenn sie in London herumlaufen und solche Dinge von sich geben würde – oder, noch schlimmer, in einem kleinen Dorf wie diesem. Die Gezeiten der öffentlichen Meinung arbeiten gegen sie: Zur Zeit ebben sie weg von den Idealen der amerikanischen Republik und der Französischen Revolution und fluten statt dessen in Richtung Familienleben und häusliche Idylle. Damit einher geht die Tendenz, die Frau auf ein Podest zu heben und sie dort gefangenzuhalten, wie meine Nichte es audrückt.

Solange wir auf dem Kontinent lebten, genoß sie große Freiheit. Sie war viel weniger durch irgendwelche Benimmregeln eingeengt, als es hier der Fall gewesen wäre. Als Quentin sich schließlich dafür entschied, nach England zurückzukehren und Anwalt zu werden, und ich den Beschluß faßte, meinen Lebensabend auf heimatlichem Boden zu verbringen, weigerte sich Verity, mit uns zu kommen. Sie wußte, daß sie nicht in der Lage sein würde, die brave Debütantin zu spielen – sie würde nur unangenehm auffallen und damit der Karriere ihres Bruders schaden. Deswegen hält sie sich von uns fern, weigert sich aber nach wie vor standhaft, eine Anstandsdame zu akzeptieren. Und ich kann sie nicht dazu zwingen, auch wenn ich bei dem Gedanken, daß sie allein lebt, ein ungutes Gefühl habe. Sie ist inzwischen dreiundzwanzig, verfügt über ihr eigenes Einkommen, und keine Macht der Welt kann sie zügeln, wenn sie sich etwas in den Kopf gesetzt hat.«

»Sie scheint nicht viel Ähnlichkeit mit ihrem Bruder zu haben.«

»Da haben Sie recht. Quentin hat mir nie irgendwelche Sorgen gemacht. Von frühester Kindheit an war er das, was Sie heute noch vor sich sehen: ein schüchterner, nachdenklicher, fleißiger Junge mit einem so ausgeprägten Gewissen, daß es ihm fast schon hinderlich ist.«

»Inzwischen scheint es etwas abgestumpft zu sein. Immerhin hat er es fertiggebracht, mehrere krasse Betrügereien mit diesem Gewissen zu vereinbaren.«

»Ich weiß nicht, worauf Sie anspielen, abgesehen davon, daß er Ihnen erzählt hat, Verity lebe bei mir. Und das hat er nur ihretwegen getan, weil es äußerst unangenehme Folgen hätte zu enthüllen, was für eine Art Leben sie führt. Die Leute wären entsetzt, wenn sie erführen, daß eine junge, unverheiratete Frau allein im Ausland herumreist – wenn sie überhaupt glauben würden, daß sie allein ist. Verlassen Sie sich darauf: Falls er etwas gesagt oder getan hat, was nicht ganz der Wahrheit zu entsprechen scheint, dann ist das einzig und allein seiner brüderlichen Liebe und Treue zuzuschreiben. Verity ist sein wunder Punkt, müssen Sie wissen. Sein Gewissen ist Wachs in ihren Händen.«

»Er hat mir erzählt, daß sie beide alles tun würden, was der andere verlangt, wenn er es sich nur fest genug wünscht.«

Tibbs lächelte. »Das ist richtig. Und Quentin zieht bei diesem Geschäft den kürzeren, weil er nie etwas Schlimmes oder Gefährliches von ihr verlangen würde, während sie da nicht so viele Skrupel hat. Das soll keineswegs heißen, daß sie korrupt oder eigensüchtig ist – sie würde nie von ihm verlangen, eine Halskette für sie zu stehlen oder etwas in der Art. Aber wenn sie es sich einmal in den Kopf setzt, daß etwas Bestimmtes getan werden muß – selbst wenn keine Autorität auf Erden oder im Himmel ihrer Meinung ist –, dann ruht sie nicht eher, bis sie es getan hat, und möglicherweise wird sie Quentin bitten, ihr dabei zu helfen.«

»Mal angenommen, sie hätte beschlossen, daß es nötig sei, Alexander Falkland zu töten. Hätte ihr Bruder ihr dabei geholfen?«

»Wenn ich ehrlich sein soll – ja, ich nehme es an. Aber warum hätte sie so etwas beschließen sollen? Sie hat ihn doch gar nicht gekannt.«

»Wie können Sie da so sicher sein? Sie sagen, Sie haben sie nicht mehr gesehen, seit Sie vor eineinhalb Jahren hierhergezogen sind.«

»Das stimmt. Aber wie ich Ihnen schon gesagt habe, war sie die ganze Zeit auf dem Kontinent. Und ich weiß, daß Mr. Falkland in England war – Quentin hat ihn von Zeit zu Zeit in seinen Briefen erwähnt.«

»Diese Briefe würde ich gerne mal sehen.«

»Es tut mir leid, Mr. Kestrel, aber ich bewahre Briefe nicht auf.

Meiner Meinung nach tendieren sie dazu, sich irgendwann gegen ihre Verfasser zu wenden – das ist, als hielte man ein Stück eines anderen Lebens als Geisel. Und das erscheint mir reichlich unfair. Deswegen verbrenne ich alle persönlichen Briefe.«

Julian lächelte zweifelnd. Wenigstens waren Tibbs' Ausflüchte unterhaltsam. »Mal angenommen, Falkland war während der letzten eineinhalb Jahre tatsächlich in England – woher wollen Sie wissen, daß Miss Clare in dieser Zeit nie nach England zurückgekehrt ist?«

»Weil ihre Briefe immer auf dem Kontinent abgestempelt waren.«

»Was wir natürlich weder beweisen noch widerlegen können, weil Sie ja keine Briefe aufbewahren.«

»Leider, ja.«

»Sie spielen ein Spiel mit mir, Mr. Tibbs.«

»Mit Ihnen, Mr. Kestrel? Das würde ich nie wagen. Noch dazu, wo Sie zur Zeit das Gesetz vertreten.«

»Sie scheinen mir nicht Gefahr zu laufen, vor Ehrfurcht zu erstarren.«

»Nun ja, ich nehme an, ich habe zu lange das Leben eines Vagabunden geführt. Wenn man so viel von der Welt gesehen hat wie ich, dann wird man gleichzeitig zu zynisch und zu nachgiebig. Man findet es absurd, daß irgend jemand ernsthaft daran glaubt, das Gesetz könne die Menschen dazu zwingen, ein tugendhaftes Leben zu führen, und man empfindet Mitleid mit den armen Kreaturen, die ausgepeitscht, eingesperrt oder sogar gehängt werden, nur weil sie unvollkommene menschliche Wesen sind, die wie wir alle ihre Schwächen und Fehler haben.«

»Mord scheint mir doch etwas mehr zu sein als nur eine Schwäche.«

»Natürlich, da haben Sie völlig recht.« Tibbs akzeptierte Julians Einwand mit einer anmutigen Verbeugung.

Ist irgend etwas von dem, was er sagt, ernst gemeint? fragte sich Julian. Oder will er mich nur unterhalten, wie er die Kinder des Dorfes unterhält? »Darf ich fragen, was Sie getan haben, bevor Sie ins Ausland gingen?«

»Ich war Schneider. Und als Fachmann erlaube ich mir die Bemerkung, daß Ihr modischer Geschmack das, was in den Zeitungen darüber berichtet wird, noch bei weitem übertrifft.«

Nun war es an Julian, sich zu verbeugen. »Ich fühle mich sehr geehrt, Mr. Tibbs. Darf ich Ihnen im Gegenzug sagen, daß ich nie einem Schneider begegnet bin, der es an Galanterie oder Scharfsinn mit Ihnen hätte aufnehmen können?«

Tibbs verbeugte sich erneut – und wieder durchzuckte Julian das Gefühl, ihn von irgendwoher zu kennen. Wo in Gottes Namen war er diesem Mann schon einmal begegnet?

»Ah«, sagte Tibbs, »aber ich wette, Sie sind noch nie einem Schneider begegnet, der jahrelang auf dem Kontinent gelebt hat und nichts anderes zu tun hatte, als seinen Verstand zu schärfen und an seinen Manieren zu feilen.«

»Sie müssen äußerst erfolgreich gewesen sein, um sich so früh aus dem Berufsleben zurückziehen und sich einen solchen Lebensstil leisten zu können.«

»Ich muß zugeben, daß ich tatsächlich recht erfolgreich war. Außerdem wurde ich zum Vormund der Zwillinge erklärt, als die beiden sechs Jahre alt waren, und ihr Vater hinterließ mir für ihren Unterhalt eine ordentliche Summe. Es hat ihnen an nichts gemangelt, was ihnen sein Geld und mein Verstand bieten konnten.«

»Warum sind Sie mit den Kindern ins Ausland gegangen?«

»Ich wollte schon immer reisen«, antwortete Tibbs leichthin. »Ich habe nie geheiratet, hatte keine eigene Familie – nichts, was mich in England gehalten hätte. Die Zwillinge hatten hier auch keine Bindungen mehr, nachdem ihre Eltern gestorben waren. Es gab nichts, was uns gehindert hätte, zu neuen Ufern aufzubrechen.«

»Wohin sind Sie gegangen?«

»Während der ersten Jahre mußten wir den Kriegen auf dem

328

Kontinent aus dem Weg gehen. Wir verbrachten einen Großteil dieser Zeit in der Schweiz. Aber nach Waterloo haben wir uns alles angesehen: Frankreich, Italien, Österreich, das Rheinland. Für Kinder ein ungewöhnliches Leben. Aber ich glaube nicht, daß eine traditionelle englische Erziehung den beiden gerecht geworden wäre. Ich hätte Quentin nicht in eine öffentliche Schule schicken können. Er ist zu sanftmütig – die anderen Jungen hätten ihn bei lebendigem Leib verspeist. Und Verity war zu intelligent und eigensinnig, um herumzusitzen und Tücher zu besticken oder Ofenschirme zu bemalen. Im Ausland, ohne eine Mrs. Grundy, die ständig mit erhobenem Zeigefinger an uns herumkritisierte, konnte ich ihre Erziehung handhaben, wie ich wollte. Wir hatten einen Privatlehrer, der mit uns reiste. Verity lernte dasselbe wie Quentin, sogar Latein und Griechisch. Sie war fest entschlossen, es allen Leuten zu zeigen, die behaupteten, die alten Sprachen seien zu schwierig für das schwache Geschlecht.«

Julian überlegte. »Wie sieht Miss Clare aus?«

»Warum wollen Sie das wissen?« konterte Tibbs in freundlichem Ton.

»Ich hoffe, die Ehre zu haben, sie eines Tages kennenzulernen. Ich möchte die Gelegenheit dazu nicht verpassen, weil ich sie nicht erkenne.«

»Sie ist Quentin nicht unähnlich: blond, mit hellen Augen. Groß für eine Frau und sehr schlank.«

»Hübsch?«

»Mein lieber Mr. Kestrel, das hängt so sehr vom Betrachter ab, daß ich es Ihnen wirklich nicht sagen kann.«

»Ich nehme an, sie hat keine Warzen im Gesicht und auch keinen Silberblick oder Buckel?«

»Nein«, antwortete Tibbs lächelnd. »Nichts dergleichen.«

»Haben Sie eine Ahnung, wie ich es am besten anstelle, sie zu finden? Sie muß auf dem Kontinent doch Freunde haben, die Sie kennen – mal angenommen, daß sie sich tatsächlich dort aufhält.«

»Es ist sehr freundlich von Ihnen, wenigstens in Betracht zu ziehen, daß ich kein ausgemachter Lügner bin.« Tibbs' Augen funkelten. »Und es ist mir ein Vergnügen, Ihnen die Namen und Adressen ihrer Freunde in Paris, Wien und so weiter zu nennen. Geben Sie mir nur ein paar Minuten, sie Ihnen aufzuschreiben.«

Ja, das würde dir so gefallen, nicht wahr? dachte Julian – mich durch ganz Europa irren zu lassen, damit ich ein Windei nach dem anderen aufstöbere. »Ich möchte Ihnen nicht soviel Mühe machen. Danke, daß Sie so freundlich waren, mit mir zu sprechen.«

»Sie wollen doch nicht schon gehen? Ich habe gehofft, Sie würden zum Mittagessen bleiben.«

Julian lächelte sarkastisch. »Das ist sehr nett von Ihnen, aber Katz und Maus ist ein anstrengendes Spiel, und ich brauche meine Energie noch für andere Dinge. Ihr ergebenster Diener, Mr. Tibbs.«

Julian kehrte in das Gasthaus zurück, in dem er seinen Fahrer zurückgelassen hatte. Da er ihn noch relativ nüchtern vorfand, schickte er ihn los, die Kutsche zu holen. Während sie denselben Weg zurücktrabten, den sie hergekommen waren, grübelte er weiter über den rätselhaften Mr. Tibbs nach. Sein Gesicht, seine Stimme – seltsamerweise sogar der Name Montacute – schwebten in irgendeinem fernen Winkel seines Gedächtnisses, ließen sich aber nicht fassen. Er war sicher, daß Tibbs das Geheimnis lüften könnte, wenn er wollte. Aber wie sollte er ihn zum Reden bringen?

Wenigstens wußte er jetzt, daß Verity Clare unauffindbar war und daß ihr Onkel und ihr Bruder ihren Aufenthaltsort geheimhielten. Aber warum? War sie von irgendeinem Schurken verführt, ruiniert oder mit einem Kind zurückgelassen worden? War sie krank oder gar tot? Hatte sie ein Verbrechen begangen – und konnte dieses Verbrechen der Mord an Alexander sein?

Mehr Fragen als Antworten. Und ihm blieben nur noch drei

Tage, um seine Wette zu gewinnen. Frustriert und ein wenig beschämt, weil er im Schlagabtausch mit Tibbs den kürzeren gezogen hatte, weigerte sich sein Verstand, sich noch länger zu konzentrieren. Der Weg war eben und die Kutsche einigermaßen bequem, so daß er schließlich einschlief.

Er träumte, daß er aus großer Höhe auf David Adams niederblickte. Adams wurde von unten von Licht angestrahlt. Er trug eine schwarze Robe und ein Scheitelkäppchen, und sein Gesicht war halb hinter einem langen, grauen Bart verborgen. Er hob eine Hand und ließ seine Stimme durch den weiten Raum schallen: *Hat nicht ein Jud auch Augen? –*

Julian setzte sich kerzengerade auf. »Halt!« rief er dem Fahrer zu. »Drehen Sie um! Wir fahren zurück!«

23

GEISTER

Wenige Minuten später klopfte Julian an die Tür von Tibbs’ Cottage.

»Mr. Kestrel!« Tibbs erschien in der Tür. Er hatte seine abgetragene Gartenjacke gegen einen eleganten Gehrock aus dunkelgrüner Wolle vertauscht. »Treten Sie ein, treten Sie ein! Ich hatte nicht erwartet, schon so bald das Vergnügen zu haben, Sie wiederzusehen.«

»Ich bin zurückgekommen, um Sie um Verzeihung zu bitten.«

»Mein lieber Mr. Kestrel! Aber weswegen denn?«

»Weil ich es – wenn auch nur für kurze Zeit – fertiggebracht habe, Montague Wildwood nicht wiederzuerkennen.«

Ein langsames Lächeln breitete sich auf Tibbs’ Gesicht aus. Er verbeugte sich, und Julian konnte nicht verstehen, wieso ihm nicht sofort eingefallen war, wo Tibbs gelernt hatte, sich so zu verbeugen: stolz, aber zugleich unterwürfig, um einen Applaus buhlend, den er gleichzeitig als sein Recht einforderte. »Ich habe Sie den Shylock spielen sehen, als ich noch ein Junge war. Sie waren großartig.«

»Mein lieber Mr. Kestrel, Sie machen mich sprachlos.«

»Ist das überhaupt möglich?« fragte Julian sanft.

»Ein seltenes Ereignis, aber es kommt vor. Nein, allen Ernstes, ich bin wirklich überwältigt, daß Sie sich an eine so lange zurückliegende Aufführung noch erinnern können. Sie muß Sie sehr beeindruckt haben.«

Das hatte sie tatsächlich. Es war eines der wenigen Stücke gewesen, die sein Vater und er von Anfang bis Ende gesehen hatten. Normalerweise kamen sie erst nach dem dritten Akt, wenn es verbilligte Eintrittskarten gab. An jenem Abend waren sie ungewöhnlich gut bei Kasse gewesen. Nach der Aufführung waren sie noch Eis essen gegangen und hatten das West End erkundet, mit seinen luxuriösen Häuserreihen, den schönen, mit glitzernden Wappen verzierten Kutschen, den prächtig ausstaffierten Lakaien, den vornehmen Damen, die in ihren griechischen Gewändern wie Göttinnen aussahen. Nein, er würde jenen Abend bestimmt nie vergessen – seinen ersten lebhaften Eindruck von dem, was einst die Welt seines Vaters gewesen war.

»Wir müssen uns eingehender darüber unterhalten«, sagte Tibbs gerade. »Ich habe so wenig Gelegenheit, die Geister jener Tage heraufzubeschwören. Ich wollte mich gerade zu einem frühen Mittagessen niederlassen, und ich bestehe darauf, daß Sie mir Gesellschaft leisten.«

»Danke, mit dem allergrößten Vergnügen. Wir haben tatsächlich einiges zu besprechen.«

»Das klingt ja sehr geheimnisvoll. Aber ich habe nichts dagegen. Wir werden uns auf den Boden setzen und traurige Geschichten erzählen, Geschichten über – oh, worüber Sie wollen. Nein, Spaß beiseite, in Wirklichkeit werden wir im Salon auf Stühlen sitzen – das ist viel bequemer. Wenn Sie mir bitte folgen.«

Im Salon war der Tisch gedeckt, und das Essen stand auf einer Anrichte bereit. Tibbs läutete der Haushälterin und ließ sie ein weiteres Gedeck auflegen. Sie aßen kaltes Geflügel, frischen Käse aus Dorset und Obst aus Tibbs' Gewächshaus. Das alles spülten sie mit einer Flasche erstklassigem Frontignac hinunter.

»Ich habe Sie nicht wirklich belogen, als ich Ihnen erzählte, ich sei Schneider«, erklärte Tibbs. »Das war das Handwerk meines Vaters, und ich sollte eigentlich in seine Fußstapfen treten. Aber das Theater schlug mich schon als Kind in seinen Bann, als ich gerade mal so groß war wie dieser Tisch, und nichts konnte diesen Bann mehr brechen. Mit Fünfzehn gelang es mir, Arbeit als Kostümschneider zu finden, und während der nächsten paar Jahre ließ ich nicht locker, bis ich endlich die Chance bekam, ein paar Zeilen im Rampenlicht zu sprechen. Von da an ging es mit meiner Karriere bergauf – mal in winzigen Schritten, mal in schwindelerregenden Sprüngen. Vielleicht sollte ich lieber sagen, die Karriere von Montague Wildwood. Ich war der Meinung, daß ich einen vornehmeren Namen brauchte. ›Tibbs‹ klang so – nun ja, zu sehr nach Schneider. Und meine Familie empfand tiefen Abscheu vor meinem neuen Beruf. Selbst als ich berühmt wurde, zogen sie es vor, nicht mit der verderbten Welt der Bühne in Verbindung gebracht zu werden.«

Julian ging durch den Kopf, daß Tibbs' Verwandte durchaus Grund gehabt hatten, schockiert zu sein. Montague Wildwood war nicht nur ein brillanter Schauspieler, sondern darüber hinaus auch ein notorischer Schwerenöter gewesen: kaum die Sorte Mann, die eine ehrbare Handwerkerfamilie gerne als einen der Ihren anerkannte.

Tibbs schwelgte in Erinnerungen an seine Bühnenkarriere. Julian genoß es, ihm zuzuhören. Er interessierte sich für das Theater, und Tibbs war ein hervorragender Erzähler. Nach einer Weile rief er sich jedoch ins Gedächtnis, daß er eigentlich hergekommen war, um Tibbs' Privatleben zu erforschen. Tibbs schien seine Gedanken lesen zu können, denn plötzlich sagte er: »Aber ich weiß, daß Sie sich nicht für meine Interpretation von Mirabell interessieren – obwohl sie viel gepriesen wurde, wenn Sie mir diese Bemerkung erlauben. Sie wollen etwas über Quentin und Verity hören. Während ich damit beschäftigt war, mir am Drury Lane einen Namen zu machen, hatte meine Schwester das Glück, einen Braumeister zu heiraten, der mit der Zeit ziemlich reich wurde. Die beiden hatten ein Kind, eine Tochter, mit der sie Großes vorhatten. Sie wurde auf die besten Schulen geschickt und darauf getrimmt, einen Gentleman zu heiraten. Ich bin ihr nur ein paarmal begegnet und fand sie reichlich hochnäsig und herrschsüchtig. Aber schließlich war ich auch nur ein ungehobelter Schauspieler und hatte keine Ahnung von wahrer Vornehmheit.

Als es an der Zeit war, heiratete dieses vorbildliche Frauenzimmer einen Anwalt namens Clare – einen erfolgreichen, vornehmen Mann, der genauso hochnäsig war wie sie. Um mich machten die beiden natürlich einen großen Bogen. Ihre noblen Freunde hatten keine Ahnung, daß zwischen uns eine Verbindung bestand. Pflichtbewußt schickten sie mir eine Geburtsanzeige, als ihre Zwillinge zur Welt kamen, und ich verzichtete pflichtbewußt darauf, sie durch mein Erscheinen bei der Taufe in Verlegenheit zu bringen.

Als die Zwillinge sechs Jahre alt waren, kamen ihre Eltern bei einem Kutschenunglück ums Leben, und die beiden wurden bei einem entfernten Verwandten ihres Vaters untergebracht. Ich war ihr einziger Verwandter mütterlicherseits, aber ihre Eltern hätten natürlich nicht im Traum daran gedacht, sie mir anzuvertrauen. Ich hatte ihretwegen ein ungutes Gefühl – schließlich waren sie meine einzigen Verwandten –, und ich schrieb an ihren Vormund, ob ich irgend etwas für sie tun könne. Allerdings schrieb ich als George Tibbs, der nette, ehrbare Großonkel der Zwillinge. Es wäre undenkbar gewesen, als Montague Wildwood an ihn heranzutreten. Sie wissen vielleicht, daß mein Name im Lauf der Jahre mit ein, zwei Skandalen in Verbindung gebracht wurde?«

»Ich glaube mich zu erinnern, etwas Derartiges gehört zu haben.«

Aus Tibbs' Augen blitzte der Schalk. »Auf jeden Fall schrieb er mir einen unerfreulichen Brief, in dem er mir klarmachte, daß die Zwillinge eine Last für ihn waren. Zwischen den Zeilen klang durch, daß er mich am liebsten gebeten hätte, sie ihm abzunehmen, auch wenn er es nicht so direkt ausdrückte. Ich war immer noch am Überlegen, was ich in dieser Sache unternehmen sollte, als sich plötzlich das Schicksal einmischte.« Er schwieg einen Moment und fragte dann mit verblüffender, ruhiger Direktheit: »Ihnen ist sicher bekannt, warum ich England verlassen habe?«

»Ja. Ihre Karriere verdankt ihre Berühmtheit nicht zuletzt der Art, wie sie zu Ende ging.«

»Die größte Dummheit meines Lebens. Er war nämlich ein langjähriger Freund von mir, müssen Sie wissen. Auf der Bühne waren wir Rivalen, und manchmal auch in der Liebe, aber wir haben uns trotzdem gegenseitig bewundert und geschätzt. Bei unserem Streit ging es um eine Lappalie. Eigentlich hätte er so schnell vorbeiziehen müssen wie ein Sommergewitter. Aber wir hatten beide etwas getrunken, und er sagte ... er sagte, ich hätte meinen Zenit bereits überschritten. Ich war damals siebenundfünfzig, und genau diese Angst hatte schon eine ganze Weile an mir genagt. Ich konnte es nicht ertragen, das laut ausgesprochen zu hören. Wir gerieten uns ernsthaft in die Haare, und im Morgengrauen standen wir uns bei Chalk Farm mit Pistolen in den Händen gegenüber. Meine Hand war noch ruhig genug, ihn zu treffen, aber nicht mehr ruhig genug, ihn nur leicht zu verletzen. Ich schoß ihm durch die rechte Lunge. Er lebte nur noch ein paar Stunden.

Natürlich mußte ich das Land verlassen. Aber während meiner letzten Stunden in England fielen mir plötzlich die beiden Kinder wieder ein. Aus einem Impuls heraus stand ich schließlich vor der Tür ihres Vormunds. Ich erklärte ihm, daß ich ihr Onkel George sei und vorhätte, den Kontinent zu bereisen. Vielleicht hätten die Kinder ja Lust, mich zu begleiten. Er war so froh, sie loszuwerden, daß er mir keine Fragen stellte. Nach einer Stunde waren ihre Sachen gepackt, und wir brachen auf. Niemand versuchte, uns in Dover aufzuhalten. Mir wurde erst später bewußt, daß Quentin und Verity mich vor der Verhaftung bewahrt hatten. Die Bow Street Runners suchten nicht nach einem Mann mit zwei Sechsjährigen im Schlepptau.

Den Rest kennen Sie. Ich zog die Zwillinge auf dem Kontinent auf, und zwar in meiner Rolle als George Tibbs: als Schneider im Ruhestand, Weltreisender und Student in der Schule des Lebens. Als die beiden alt genug waren – was nicht lange dauerte, da sie beide sehr frühreif waren –, erzählte ich ihnen von meinen Tagen als Montague Wildwood und warum ich England verlassen hatte. Aber ich erzählte niemand anderem davon. Ich war es den Zwillingen schuldig, sie nicht mit dem Leichtfuß in Verbindung zu bringen, der ich einmal gewesen war. Dazu kam – auch wenn Sie mir das vielleicht nicht glauben –, daß ich das Ganze als eine Art Sühne empfand. Ich hatte meinen Freund und Kollegen getötet, *ergo* gab ich meine Bühnenkarriere auf und ebenso den Ruhm, der damit verbunden war. Montague Wildwood verschwand einfach in der Versenkung. Nicht der schlechteste Weg für einen Schauspieler, seine Karriere zu beenden. Man sollte sein Publikum – genau wie eine Geliebte oder einen Geliebten – nie völlig befriedigt zurücklassen.«

»Warum sind Sie nach England zurückgekehrt?«

»Ich hatte es mir in den Kopf gesetzt, meinen Lebensabend hier zu verbringen. Quentin wollte zurück, um Anwalt zu werden, also beschloß ich, mit ihm zu gehen. Nicht nach London, wo ich Gefahr lief, erkannt zu werden, sondern an einen ruhigen Ort, wo ich mir ein Zuhause einrichten konnte. Ich ging davon aus, Verity bei mir zu haben, aber das Schicksal wollte es anders. Wenigstens kommt Quentin hin und wieder, um meine Einsamkeit zu lindern. Und ich habe die Gärtnerei für mich entdeckt, was mir wirklich viel Freude bereitet.

> ›Dies unser Leben, frei vom Weltgetriebe,
> Findet im Baum sein Wort, im Bach sein Buch,
> In Steinen Predigten, in allem Gutes.
> Ich möcht's nicht tauschen.‹«

Damit schien das Drama zu enden. Eines mußte man Tibbs lassen: Es war ihm wunderbar gelungen, Julian von seinen Ermittlungen abzulenken – bis jetzt. »Haben Ihre Nichte und Ihr Neffe etwas von Ihrer Genialität als Schauspieler geerbt?«

»Verity schon. Wir haben ab und zu Theater gespielt – nichts Aufwendiges oder Öffentliches, sondern nur zu unserem Vergnügen und um unseren Freunden eine Freude zu machen.

Dabei legte sie eine beträchtliche Begabung an den Tag. Sie konnte jedermanns Sprache und Benehmen nachahmen – in dieser Hinsicht haben alle Schauspieler etwas von einem Affen –, und sie erwies sich als ausgezeichnete Charakterdarstellerin. Sie hätte sich auf der Bühne einen ziemlichen Namen machen können, aber das war ihr nicht ernsthaft genug. Sie mußte unbedingt lesen und sich zu allem eine Meinung bilden, um ihre Rolle auf einer größeren Bühne spielen zu können.« Er lächelte. »Eine wahre Portia.«

»Und Mr. Clare – steckt in ihm auch etwas von einem Schauspieler?«

»Nicht das geringste. Er ist zu schüchtern, um auf der Bühne aufzutreten, und zu aufrichtig, um einen Charakter anzunehmen, der nicht sein eigener ist.«

Julian drehte eine Runde durch den Raum. »Eines ist Ihnen sicher klar, Mr. Tibbs: Die Tatsache, daß Sie sind, wer Sie sind, läßt Mr. Clare in einem anderen Licht erscheinen, was die Ermittlungen zu diesem Fall betrifft. Er wurde von einem Vormund großgezogen, der fluchtartig das Land verlassen mußte, weil er einen Mann umgebracht hatte – ja, ich weiß, ein Duell ist etwas anderes als ein kaltblütiger Mord, aber für einen unerfahrenen jungen Mann könnten sich die Unterschiede leicht verwischen. Wenn Clare ein ausreichend starkes Motiv hatte, Falkland zu töten, dann fühlte er sich möglicherweise durch Ihr Beispiel dazu berechtigt.«

»Möglicherweise«, sagte Tibbs in freundlichem Ton. »Sprechen Sie weiter. Welche anderen Laster habe ich meinen unglücklichen Schützlingen mit auf den Weg gegeben?«

»Mr. Tibbs, ich habe die größte Achtung vor Ihrem früheren Beruf, aber es bleibt nun mal eine Tatsache, daß die Schauspielerei eine Art von Täuschung ist.«

»Und deswegen glauben Sie, daß meine Nichte und mein Neffe den Hang zur Täuschung im Blut haben?«

»Ich glaube nur, daß Sie den beiden durch Ihre Schauspielunterricht unter Umständen beigebracht haben, es mit der Wahrheit nicht so genau zu nehmen.«

»Erlauben Sie mir die Bemerkung, daß Sie mich zum Lachen bringen, Mr. Kestrel?«

»Gerne, wenn Sie mich an dem Witz teilhaben lassen, damit ich mitlachen kann.«

»Ausgerechnet aus Ihrem Mund zu hören, daß man zum Lügner und Mörder werden kann, nur weil man Theaterblut in den Adern hat! Jedem anderen hätte ich das wahrscheinlich durchgehen lassen. Verzeihen Sie mir meine Offenheit, aber Ihre Worte klingen wirklich ein bißchen lächerlich, wenn man bedenkt, daß sie aus dem Mund von Julia Wallaces Sohn kommen.«

Julian starrte ihn an. Seine Stimme klang völlig verändert, als er fragte: »Sie haben meine Mutter gekannt?«

»Natürlich. Wenn auch nicht so gut, wie ich sie gerne gekannt hätte – selbstverständlich meine ich das mit dem größten Respekt. Und es tut mir noch heute leid, daß ich nie mit ihr auf der Bühne gestanden habe. Sie war am Theatre Royal Covent Garden und ich am Drury Lane. Dazu kam natürlich, daß sie eine Sternschnuppe am Theaterhimmel war – ein Blinzeln zuviel, und man hätte sie verpaßt, so kurz war ihre Karriere. Trotzdem hat sie einen bleibenden Eindruck hinterlassen. Ich habe sie als Lady Teazle gesehen, und sie hat dieser Rolle einen Zauber verliehen, den ich vorher nie für möglich gehalten hätte. Es war, als würde sich ein Fächer, der immer nur halb geöffnet war, plötzlich zu seiner ganzen Schönheit entfalten.« Er lächelte, um dann leise hinzuzufügen: »Sie sind ihr sehr ähnlich, vor allem um die Augen.«

Julian kam näher. »Erzählen Sie mir mehr von ihr.«

»Was sie vermochte, grenzte fast an Hexerei. Sie war keine Schönheit, aber sobald sie anfing zu reden und zu lachen und ihre Geschichten zu spinnen, vergaß man das. Männer, die in der einen Woche behaupteten, nichts an ihr zu finden, lagen ihr in der nächsten Woche zu Füßen. Ihr Vater war der Schlimmste von allen. Er geisterte jedesmal durch das Theater, wenn sie spielte. Er schickte ihr eine Flut von Briefen, Blumen, Büchern – stellen Sie sich das vor, einer Schauspielerin Bücher zu schicken! Klügere Männer schickten Juwelen – aber klügere Männer bekamen nicht einmal die Uhrzeit von ihr gesagt.

Offen gestanden rechnete niemand damit, daß er sie heiraten würde. Sie hatte sich ihren guten Ruf bewahrt, was im Theater ein ziemliches Kunststück ist, aber sie war trotzdem nur eine Schauspielerin, und er war ein junger Mann von edler Abstammung, der eine große Zukunft vor sich hatte. Sie können sich also vorstellen, wie sehr er die Zyniker verwirrte, als er sich ihr gegenüber als Ehrenmann erwies. Ich hörte, daß es in seiner Familie deswegen einen schrecklichen Aufruhr gab. Haben sie ihm je verziehen?«

»Nein«, antwortete Julian kurz. »Niemals.«

»Schade. Das bedeutet, daß sie sie nie kennengelernt haben, denn sonst hätte sie ihre Herzen im Sturm erobert, da bin ich mir ganz sicher.« Dann fügte er hinzu: »Sie selbst haben sie auch nicht gekannt, nehme ich an?«

»Nein. Sie ist bei meiner Geburt gestorben.«

»Ein schwerer Schlag für Ihren Vater.«

»Ja. Er hatte alles für sie geopfert – Familie, Besitz, Beziehungen –, und ein Jahr später war sie tot. Statt ihrer hatte er ein schreiendes, hilfloses Ding am Hals, das jahrelang von ihm abhängig sein würde. Manche Männer wären vor Wut oder Bedauern verrückt geworden. Nicht so mein Vater. Er hat mir bedingungslos und von ganzem Herzen verziehen, was ich ihm angetan hatte, indem ich auf die Welt kam.«

Tibbs lächelte. Es war kein unfreundliches Lächeln. »Sie sollten mal in Betracht ziehen, sich irgendwann selbst zu verzeihen.«

Julian wurde vor Schreck ganz starr. Er hätte Tibbs gegenüber mehr auf der Hut sein müssen; schließlich hatte er gewußt, daß er gefährlich werden konnte. Aber er hatte sich betören lassen, und der Mann hatte ihn bei lebendigem Leibe seziert.

Er zwang sich, mit ruhiger Stimme zu antworten. »Wir sind ziemlich weit von dem Thema abgekommen, das ich eigentlich mit Ihnen besprechen wollte.«

»Nur ein kleiner Umweg – durch schönere Landschaft, könnte man sagen. Ich wollte Ihnen nur klarmachen, wieviel Sie mit meiner Nichte und meinem Neffen gemein haben. Sie sind alle drei Kinder des Theaters. Man sieht Ihnen das sogar an, Mr. Kestrel. Was ist Ihr schönes Äußeres anderes als eine Rolle, die Sie spielen – mit Ihren Kleidern als Kostümen, Ihren geistreichen Bemerkungen als Text? Die Gesellschaft mag sich den Kopf darüber zerbrechen, wer Sie sind und wo Sie herkommen, aber ich zweifle nicht daran, daß es am Theater noch ein paar alte Freunde von mir gibt, die sich an Ihre Mutter erinnern und wissen, von wem Sie abstammen. Keine Angst – wir würden Sie nie verraten. Wir betrachten Sie als einen von uns.«

Einen von uns, wiederholte Julian im Geiste. Haben sie womöglich recht? Wer weiß. Ich habe keine Familie, keinen Besitz, keinen Beruf. Bestehe ich tatsächlich nur aus Kostümen und Textzeilen? Bin ich wirklich nichts anderes als eine Figur in meinem eigenen Stück?

Die Antwort schallte zurück: Doch. Denn wäre ich nur eine Theatermarionette, dann wäre ich nie in der Lage gewesen, zwei Morde aufzuklären, und würde nicht gerade in zwei weiteren Fällen ermitteln. Seltsam – ich dachte immer, ich täte das zu meinem eigenen Vergnügen oder vielleicht auch, um den Opfern Gerechtigkeit zuteil werden zu lassen. Ich hatte keine Ahnung, daß ich es tat, um meine eigene Seele zu retten.

Laut sagte er: »Trotzdem besteht ein wesentlicher Unterschied zwischen mir und Ihrer Nichte und Ihrem Neffen. Ich bin nicht in einen Mordfall verwickelt, die beiden schon.«

»Niemand könnte sich sehnlicher wünschen, ihre Namen von diesem Verdacht reinzuwaschen als ich. Aber ich habe Ihnen alles gesagt, was ich sagen konnte, und mehr, als ich eigentlich sollte.«

»Sie tun sich unrecht, Mr. Tibbs. Soweit ich sehe, haben Sie nichts preisgegeben, was mir weiterhelfen würde.«

»Ganz im Gegenteil. Ich habe etwas unverzeihlich Indiskretes gesagt. Fragen Sie mich nicht, was es war. Keine Macht auf Erden kann mich dazu bringen, es noch einmal zu sagen.«

»Diese Angelegenheit ist zu ernst für Rätsel, Mr. Tibbs.«

»Zu spät.« Tibbs seufzte. »Denn dieses eine Rätsel habe ich Ihnen bereits gestellt – und ich hoffe bei Gott, daß Sie es nie lösen werden!«

24

MÖGE DIE GERECHTIGKEIT SIEGEN

Julian kehrte in seine Unterkunft in Yeovil zurück und bestellte
eine Postkutsche nach London. Er fand Dipper in der Schankstube und teilte ihm mit, daß es Zeit sei, ihre Sachen zu packen.
Zusammen kämpften sie sich durch den Wirrwarr aus Gängen
und Treppen zu Julians Zimmer zurück. Unterwegs kamen sie
an einem hübschen Zimmermädchen vorbei, das heftig errötete
und davonhastete.

Julian bedachte Dipper mit einem strafenden Blick. »Ich sollte
dich eigentlich an die Leine nehmen.«

Dipper sah sich fragend um, als nähme er an, sein Herr spräche
mit jemand anderem. »Sie ist Fremden gegenüber wohl ein wenig
schüchtern«, meinte er schließlich.

»Wenn es eine Sache gibt, die du für sie inzwischen bestimmt
nicht mehr bist, dann ist es ein Fremder. Ich fühle mich allmählich wie ein richtiger Missetäter, weil ich dich mit mir durch die
Gegend fahren lasse. Du bist eine ungeheuerliche Beleidigung
für die öffentliche Moral.«

»Ich ganz allein, Sir?« fragte Dipper beeindruckt.

»Irgendwie habe ich das Gefühl, diese Standpauke zeigt nicht
die gewünschte Wirkung. Komm jetzt, ich möchte möglichst
schnell aufbrechen. Ich habe in London ein Hühnchen mit Mr.
Clare zu rupfen.«

Nach einer weiteren halsbrecherischen Fahrt erreichten sie London ein paar Stunden nach Mitternacht. Am nächsten Morgen
begab sich Julian zum Lincoln's Inn, begleitet vom Läuten der
Kirchenglocken. Clare war nicht in seinen Räumen und hatte die
äußere Tür abgeschlossen, was darauf hindeutete, daß er nicht

vorhatte, in nächster Zeit zurückzukommen. Julian warf einen Blick in die Kapelle, weil er vermutete, daß Clare dort die Messe besuchte, aber er konnte seinen hellen, schmalen Kopf unter den vielen über Gebetbücher gebeugten Häuptern nicht entdecken. Nachdem er eine Weile stehengeblieben war, um der Musik zu lauschen, schlich er sich wieder hinaus.

Als nächstes begab er sich in die Bow Street. Vance war nicht da, wurde aber für später erwartet. Julian hoffte, daß er seine hartverdiente Freizeit mit Frau und Kindern in Camden Town genoß. Er hinterließ seine Karte, auf deren Rückseite er schrieb: »*Neue Entwicklungen. Ich bin unterwegs zu Sir Malcolm & schaue auf dem Rückweg noch einmal vorbei.*«

Er erreichte Sir Malcolms Haus gegen halb eins und wurde ins Arbeitszimmer geführt. Clare war ebenfalls da. Das hätte er sich eigentlich denken können. Er und Sir Malcolm waren gerade aus der Kirche zurückgekommen und hatten die Köpfe über ein Buch gebeugt, um irgendeine rechtliche Frage nachzuschlagen.

»Mr. Kestrel!« Sir Malcolm kam auf ihn zu und schüttelte ihm herzlich die Hand. »Ich habe mich schon gefragt, was aus Ihnen geworden ist. Gestern habe ich Vance getroffen, und er hat mir gesagt, Sie hätten die Stadt in irgendeiner geheimnisvollen Mission verlassen.«

»So geheimnisvoll war das gar nicht. Ich bin nach Montacute gefahren, um mit Miss Verity Clare zu sprechen.«

Clare riß den Kopf hoch. Sein Gesicht war so weiß, daß seine grauen Augen plötzlich fast schwarz wirkten.

Sir Malcolm sah davon nichts, weil er ihm den Rücken zugewandt hatte. »Haben Sie sie angetroffen? Ist etwas Brauchbares dabei herausgekommen? Was hat sie –« Er brach mitten im Satz ab, weil er plötzlich die Spannung zwischen Julian und Clare spürte. Er blickte vom einen zum anderen. »Was ist los?«

»Miss Clare lebt gar nicht bei ihrem Onkel in Montacute«, erklärte Julian. »Sie hat niemals dort gelebt. Und wenn ich den

Onkel, George Tibbs, richtig verstanden habe, dann hat Mr. Clare das ganz genau gewußt.«

»Wo...« Clare befeuchtete seine Lippen. »Was hat er Ihnen gesagt, wo Verity ist?«

»Warum sagen *Sie* mir nicht, wo sie ist? Dann können wir beide Aussagen vergleichen und sehen, welche glaubwürdiger erscheint.«

»Hören Sie«, mischte sich Sir Malcolm ein, »ich sehe keinen Grund, wieso Quentin lügen sollte.«

»Er hat bereits gelogen, Sir Malcolm. Er hat uns erzählt, seine Schwester sei in Montacute, obwohl er genau wußte, daß sie nicht dort ist. Deswegen würde mich interessieren, was für eine Geschichte er mir diesmal auftischen will.«

»Was spielt das für eine Rolle?« fragte Clare. Seine Stimme war kaum mehr als ein Flüstern. »Was hat Verity mit Ihren Ermittlungen im Falkland-Mord zu tun?«

»Genau das versuche ich herauszufinden.«

»Aber ich schwöre Ihnen, bei meiner... meiner...«

»Ehre?« Julian ließ das Wort in der Luft vibrieren und fügte dann in freundlicherem Ton hinzu: »Sie können es nicht aussprechen. Das überrascht mich nicht.«

Clare wandte den Blick ab.

»Warum müssen Sie mit diesen Lügengeschichten und Ausflüchten fortfahren – gegen Ihren Willen, gegen Ihre Natur, gegen das Gesetz, dem Sie doch so gerne dienen möchten? Es ist noch nicht zu spät, um Ihren Frieden mit Ihrem Gewissen zu machen und uns die Wahrheit zu sagen. Wo ist Verity?«

»Das kann ich Ihnen nicht sagen.«

»Können Sie nicht, oder wollen Sie nicht?«

»Ich kann nicht.«

»Warum nicht?«

»Das kann ich Ihnen auch nicht sagen.«

»Hat sie Alexander getötet?«

»Nein!« Seine Antwort klang fast trotzig.

»Haben Sie es getan?«

»Nein.« Clare ließ den Kopf in die Hände sinken.

»Sie befinden sich in einer gefährlichen Situation, Mr. Clare. Es sind schon Männer aufgrund wesentlich geringerer Verdachtsmomente verhaftet worden.«

»Ich sehe keine Notwendigkeit, auf Drohungen zurückzugreifen!« sagte Sir Malcolm in scharfem Ton.

»Das ist keine Drohung«, entgegnete Julian. »Wer sich weigert, bei den Ermittlungen zu einem Mordfall Fragen zu beantworten, behindert die Justiz. Es erscheint mir reichlich absurd, daß ich zwei Anwälte auf diese Tatsache hinweisen muß, aber so ist es nun mal.«

»Er hat recht, Sir«, wandte Clare sich sanft an Sir Malcolm. »Mr. Kestrel, ich kann Ihnen nichts über meine Schwester sagen. Wenn Sie mich deswegen des Mordes an Falkland verdächtigen, können Sie mich gerne festnehmen lassen. Ich werde London nicht verlassen. Sie finden mich in meinen Räumen, falls Sie sich dazu entschließen sollten, mir einen Constable zu schicken.« Er wandte sich wieder an Sir Malcolm. »Unter diesen Umständen, Sir, ist das einzig Ehrenwerte, das ich tun kann, die Bekanntschaft mit Ihnen abzubrechen. Ich möchte Ihre Freundlichkeit nicht ausnutzen, solange ich sie nicht mit völliger Aufrichtigkeit erwidern kann. Auf Wiedersehen, Sir. Ich möchte Ihnen von ganzem Herzen für alles danken, was Sie für mich zu tun versucht haben.«

Er verbeugte sich und verließ den Raum. Sir Malcolm starrte ihm nach. Im nächsten Augenblick stürmte er hinaus und rief ihm nach: »Quentin! Warten Sie! Wir müssen darüber reden!«

Kurze Zeit später kam er mit finsterer Miene zurück. »Er ist weg. Ich konnte ihn nicht aufhalten. Was fällt Ihnen ein, ihn auf diese Weise zu beleidigen? Einen Freund, einen Gast meines Hauses!«

»In Gottes Namen, Sir Malcolm«, antwortete Julian müde, »wir ermitteln hier in einem Mordfall. Ich habe Sie gewarnt...«

346

»Ich weiß, Sie haben mich gewarnt, daß Ihre Ermittlungen schockierende Dinge aufdecken könnten. Aber über Mr. Clare haben Sie nichts Schockierendes aufgedeckt, abgesehen von der Tatsache, daß er Ihnen nicht sagen will, wo seine Schwester ist. Das macht ihn wohl kaum zum Mörder.«

»Gegen ihn spricht beträchtlich mehr als nur das. Er hat Ihnen in Alexanders Namen Briefe geschrieben, und er will uns nicht sagen, warum. Ich glaube, Alexander hatte irgend etwas gegen ihn in der Hand, aber das kann er nicht zugeben, ohne uns zu sagen, was es war. Wenn das stimmt, dann hatte er ein doppeltes Motiv, Alexander zu töten: die Wut darüber, erpreßt zu werden, und die Angst, daß die Erpressung immer weiter gehen würde, vielleicht noch schlimmere Ausmaße annehmen würde.«

»Und worum ging es Ihrer Meinung nach bei dieser Erpressung?« fragte Sir Malcolm kalt.

»Um Verity, würde ich sagen. Vielleicht kannte Alexander irgendein Geheimnis, dessen Enthüllung ihr geschadet hätte. Es ist genausogut möglich, daß er eine Liebesaffäre mit ihr hatte.«

»Das ist doch nicht auszuhalten!« Sir Malcolm durchmaß in großen Schritten den Raum und gestikulierte aufgeregt mit den Händen. »Erst schenken Sie Adams’ Geschichte Glauben, wonach Alexander diese Mrs. Desmond ausgehalten hat, und jetzt glauben Sie, daß Verity Clare ebenfalls seine Geliebte war!«

»Vielleicht ist das Ganze viel einfacher. Sie übersehen die Möglichkeit, daß Mrs. Desmond mit Verity Clare identisch sein könnte.«

»Wie bitte?«

»Beide sind große, schlanke junge Frauen mit blondem Haar und hellen Augen, und sie sind beide verschwunden. Ich weiß nicht, wieso eine intelligente junge Frau, die Mary Wollstonecraft bewundert, sich in eine oberflächliche Kokotte verwandeln sollte, die ihr Haus wie ein Bordell eingerichtet und anscheinend auch so geführt hat. Aber falls Miss Clare sich dafür entschied, in diese Rolle zu schlüpfen, war sie durchaus in der Lage, sie überzeugend zu spielen. Tibbs hat mir erzählt, sie sei eine begabte Schauspielerin und könne jede Art von Benehmen oder Stimme nachahmen.«

»Das klingt alles nach haarsträubenden Vermutungen. Aber nehmen wir einmal an, es ist etwas Wahres daran. Wollen Sie damit sagen, daß Alexander eine Liebesbeziehung mit Verity Clare hatte und Quentin damit erpreßte, bis Quentin ihn tötete, um der Erpressung ein Ende zu setzen und den Ruf seiner Schwester zu schützen?«

»Vielleicht. Aber man könnte die ganze Theorie genausogut auf den Kopf stellen. Das hieße dann, daß Alexander Clare mit etwas erpreßte, was überhaupt nichts mit Verity zu tun hatte. Verity fand das heraus und arrangierte am Abend von Alexanders Gesellschaft ein heimliches Treffen mit ihm. Sie tötete ihn, um ihren Bruder zu befreien, und Clare weiß davon und versucht sie zu schützen. Irgendwie ergibt das fast noch mehr Sinn. Alle sagen, daß sie kühner und skrupelloser ist als ihr Zwillingsbruder.«

»O Gott!« Sir Malcolm preßte die Handflächen an den Kopf, als versuchte er, zuviel auf einmal hineinzuzwängen. »Angenommen, Verity ist tatsächlich Mrs. Desmond: Wer war dann der Fahrer des Gigs – wer war der Gentleman, der in der Nacht des Ziegeleimords eine Frau aus Cygnet's Court verschwinden ließ?«

»Clare, der seine Schwester retten wollte? Alexander, der sie loswerden wollte? Irgendein anderer Mann, der hinter Alexanders Rücken mit ihr durchbrannte? Wer auch immer er war, er war in den Ziegeleimord verwickelt. Und ich gehe jede Wette ein, daß Alexander zumindest wußte, wer dieser Mann war und was er getan hatte, wenn er es nicht sogar selbst war.«

Mit versteinerter Miene sagte Sir Malcolm: »Ich möchte nicht, daß Quentin aufgrund eines bloßen Verdachts festgenommen wird – noch nicht. Ich bin nicht bereit, an seine Schuld zu glauben, solange Sie nicht mit mehr Beweisen aufwarten können.«

»Sie haben recht, ich bin tatsächlich reicher an Theorien als an Tatsachen. Ich werde tun, was ich kann, um diesen Mangel zu beheben. Vorerst halte ich es ohnehin nicht für nötig, Clare einzusperren. Er wird nicht davonlaufen.«

»Er ist kein Feigling.«

»Er ist kein Narr.«

»Warum gehen Sie so hart mit ihm ins Gericht?«

»Zum Teil deswegen«, antwortete Julian nachdenklich, »weil ich Angst habe, ihm gegenüber zu weich zu sein. Er ist mir sehr sympathisch, und das gefällt mir nicht. Ich habe das Gefühl, irgendwie auf ihn hereinzufallen, aber ich weiß nicht, wie und warum.«

»Eugene vertrauen Sie, obwohl die Beweise gegen ihn sprechen.«

»Eugene habe ich auch nicht bei einer Lüge ertappt. Falls das je der Fall sein sollte, werde ich keine Gnade zeigen.«

Sir Malcolm machte eine bittere, resignierte Handbewegung. »Für Sie spielt das alles sowieso keine Rolle. Falls Eugene oder ein anderer der Verdächtigen Sie enttäuschen oder belügen sollte, ändert das auch nicht viel. Was bedeutet Ihnen schon ein Mensch, ein Freund mehr oder weniger? Aber ich habe meinen Sohn verloren, meine Chance auf ein Enkelkind, und von Belinda ist mir nur die leere Hülle geblieben, die oben im Bett liegt. Dann ist Quentin gekommen, und plötzlich war alles erträglich. Mehr als erträglich – Gott allein weiß, wann ich das letzte Mal so glücklich war. Ich wollte seine Freundschaft, ich brauchte ihn, und Sie haben ihn vertrieben.«

Was wollen Sie eigentlich von mir? dachte Julian. Dann verzichten Sie doch darauf, den Mord an Ihrem Sohn aufzuklären. Adoptieren Sie Clare an seiner Stelle. Begraben Sie die Wahrheit unter einem Haufen Gefühl, und pfeifen Sie auf die Ermittlungen. Aber Sie werden den Rest Ihres Lebens nicht mehr ruhig schlafen können – nicht wegen Alexander, sondern weil Sie der Gerechtigkeit nicht zum Sieg verholfen haben.

Dann fragte er ohne Umscheife: »Wollen Sie, daß ich meine Ermittlungen abbreche?«

Sir Malcolm starrte ihn an, gab ihm aber keine Antwort.

Dutton kam herein. »Peter Vance ist gerade eingetroffen, Sir. Er hat zwei junge Leute bei sich.«

»Junge Leute?« wiederholte Sir Malcolm.

»Ja, Sir. Er hat gesagt, Sie würden die beiden bestimmt sehen wollen.«

»Dann lassen wir sie wohl am besten hereinkommen.« Sir Malcolm wartete, bis Dutton draußen war. Dann sagte er: »Ich kann Ihre Frage jetzt nicht beantworten. Fragen Sie mich noch einmal, wenn Vance und die jungen Leute wieder weg sind.«

Wie sich herausstellte, waren die jungen Leute ein schlankes, etwa sechzehnjähriges Mädchen mit einem kleinen, spitzen Gesicht und großen dunklen Augen, und ein siebzehn- oder achtzehnjähriger Junge mit sandfarbenem Haar und sonnengebräunter Haut, dessen kräftige, schwielige Finger und leichter Stallgeruch Julian sagten, daß er Postjunge oder Stallknecht sein mußte. Beide trugen ihre beste Sonntagskleidung: das Mädchen ein geblümtes Baumwollkleid, in dem sie hübsch und frisch aussah, der Junge ein steifes, sauberes Halstuch und auf Hochglanz polierte Stiefel, in denen er sich sichtlich unwohl fühlte.

»Einen schönen Nachmittag, Sir!« begrüßte Vance Sir Malcolm. »Gut, daß ich Sie zu Hause antreffe. Und Sie, Mr. Kestrel – ich habe Ihre Nachricht erhalten und gehofft, Sie noch hier vorzufinden. Sir Malcolm Falkland, Mr. Julian Kestrel, das hier ist Miss Ruth Piper, und das ist Mr. Benjamin Foley. Sie haben sich heute morgen bei uns in der Bow Street gemeldet und eine Aussage zu dem Einspänner gemacht, dessen Beschreibung wir veröffentlicht hatten.«

Er zog ein angeschmutztes Stück Pergament aus der Tasche und hielt es den anderen hin. Darauf stand:

PUBLIC OFFICE, BOW STREET
6. Mai 1825

50 GUINEEN Belohnung

In Anbetracht der Tatsache, daß am 22. April Herr Alexander Falkland auf niederträchtige und brutale Weise ermordet und in der Nacht zum 16. April eine noch nicht identifizierte Frau auf dem Gelände einer Ziegelei in der Nähe von Hampstead erschlagen wurde, geben wir hiermit bekannt, daß für sachdienliche Hinweise zu dem unten beschriebenen Einspänner, der mit beiden Verbrechen in Verbindung gebracht wird, obengenannte Belohnung ausgesetzt wird. Alle sachdienlichen Hinweise werden von unserem Büro in der Bow Street entgegengenommen.

Darunter folgte eine Beschreibung von Wagen und Pferd.

»Ich kam gerade rechtzeitig ins Büro, um die zwei zu befragen«, fuhr Vance fort. »Dann habe ich ihnen Wagen und Pferd gezeigt, und sie haben beides sofort erkannt. Da an einem Sonntagmorgen kein Gerichtsbeamter aufzutreiben war, der ihre Aussagen zu Protokoll genommen hätte, habe ich die beiden hergebracht, damit sie Ihnen persönlich sagen können, was sie mir gesagt haben.«

Ruth machte einen Knicks. Ben berührte seine Stirnlocke und trat verlegen von einem Fuß auf den anderen.

»Ich bin sehr froh, daß Sie beide gekommen sind«, sagte Sir Malcolm herzlich. »Bestimmt haben Sie von der Ermordung meines Sohnes gehört. Das liegt nun schon ein paar Wochen zurück. Seitdem suchen wir verzweifelt nach Informationen, die uns zu seinem Mörder führen könnten. Möglicherweise kann uns ja Ihre Aussage weiterhelfen. Dafür wäre ich Ihnen sehr dankbar.«

Julian war beeindruckt. Egal, welche persönlichen Zweifel und Probleme Sir Malcolm wegen der Ermittlungen hatte, er konnte sie lange genug beiseite schieben, um diese Zeugen nicht nur zu befragen, sondern ihnen sogar ein paar nette Dinge zu sagen, damit sie sich nicht ganz so unbehaglich fühlten. Plötzlich konnte Julian verstehen, warum er bei Gericht so erfolgreich war. Und er sah zum erstenmal, wieviel Alexanders berühmter Charme dem Vorbild seines Vaters zu verdanken hatte.

Ruth knickste erneut. »Wir würden Ihnen wirklich gerne helfen, Sir. Aber ich kann einfach nicht glauben, daß der Gentleman, der den Wagen gefahren hat, etwas mit dem Mord zu tun haben könnte. Er war ein so netter Mann. Er hätte niemandem etwas zuleide tun können.«

Ben warf ihr einen finsteren Blick zu. Sie reckte ihr Kinn hoch und starrte trotzig zurück.

»Vielleicht fangen wir ganz von vorne an?« schlug Julian vor. »Wo haben Sie den Gentleman gesehen und wann?«

»Es war am Abend des fünfzehnten April«, antwortete sie wie aus der Pistole geschossen.

»Woher wissen Sie das so genau?«

»Weil ich ein Tagebuch führe, Sir. Ich habe an dem Abend etwas über den Gentleman geschrieben, bevor ich ins Bett ging.«

»Sie sind eine unschätzbare Zeugin, Miss Piper«, sagte Julian lächelnd. »Und wo haben Sie den Gentleman gesehen?«

»Im Jolly Filly, Sir. Das ist das Gasthaus meines Vaters. Es liegt in Surrey, ein kleines Stück südlich von Kingston.«

»Surrey«, wiederholte Julian nachdenklich. Das war weit weg von Hampstead und der Ziegelei, auf der anderen Seite von London, jenseits des Flusses. Was konnte den Gentleman dort hingeführt haben? »Bitte erzählen Sie weiter.«

»Er ist so gegen elf gekommen, vielleicht war es auch schon fast halb zwölf. Er hat sein Pferd zum Füttern und Tränken im Stall gelassen – Ben hat sich darum gekümmert, er ist einer von unseren Stallknechten – und ist in die Schankstube gekommen, um sich aufzuwärmen. Es war eine feuchte, neblige Nacht. Später hat es fürchterlich geregnet, aber da war er schon wieder weg.«

»Ja.« Julian nickte. »Jetzt etwas ganz Wichtiges: War er allein, als er kam?«

»Ja, Sir«, antwortete Ruth.

»Hat er mit irgend jemandem gesprochen, während er im Gasthaus war?«

»Nur mit mir, Sir. Als er in die Schankstube kam, fragte ich ihn, ob ich ihm etwas zu trinken bringen solle. Ich helfe mit, die Gäste zu bedienen, müssen Sie wissen. Er hat Kaffee mit Curaçao bestellt, und als ich ihm sein Getränk brachte, hat er mit mir gesprochen – mich gefragt, wie lange ich schon im Gasthaus arbeite und ob es mir gefalle. Dann hat er – na ja, er hat ein bißchen mit mir geflirtet, mich gefragt, ob ich einen Liebsten hätte, solche Sachen. Aber er hat das nur nett gemeint, er wollte sich nur die Zeit vertreiben, bis sein Pferd versorgt war. Er war sehr freundlich. Er gab mir das Gefühl – ich weiß auch nicht –, als wäre ich das netteste Mädchen, das ihm je begegnet ist.«

Bens Blick wurde noch eine Spur finsterer.

Julian wandte sich an ihn. »In der Zwischenzeit haben Sie sein Pferd gefüttert und getränkt?«

»Ja, Sir. Und es war ein ziemlich übler Gaul für einen so feinen Gentleman! Ein dürrer alter Rotschimmel mit einem Hirschhals, genau, wie es hier beschrieben wird.« Er deutete auf die Anzeige. »Und seine Kutsche war bloß eine schäbige alte Nußschale. Das ist kein wirklich feiner Herr, sage ich zu Ruth – einen wahren Gentleman erkennt man immer an seinem Pferd. Aber hört sie auf mich? Sie doch nicht!«

»Ich hab' dir schon gesagt«, erwiderte Ruth ungeduldig, »daß das bestimmt nicht seine eigene Kutsche war. Er war inkog – inkog – na ja, verkleidet eben. Wie ein Held aus einem Roman!«

»Warum war er dann so nobel angezogen?« konterte Ben. »Fährt mit einem so alten Klepper herum und trägt einen schönen schwarzen Mantel und einen Zylinder! Irgendwas hat mit dem nicht gestimmt – das hab' ich sofort gemerkt. Und als ich das hier gesehen habe« – er wedelte mit der Anzeige –, »hab' ich es gleich mit nach Hause genommen, um es Ruth zu zeigen, und ich sage zu ihr, siehst du, dein feiner Gentleman ist in Schwierigkeiten, die Bow Street ist hinter ihm her. Aber sie glaubt es immer noch nicht!« Er hob die Hände, als wolle er den Himmel anrufen, Ruths Starrsinn zu bezeugen. »Er ist immer noch ihr Liebling!«

»Hat der Gentleman etwas darüber gesagt, wo er an dem Abend herkam?« fragte Julian.

Ruth und Ben schüttelten die Köpfe.

»Oder wo er hinwollte?«

Wieder einstimmiges Kopfschütteln.

»Wann ist er aufgebrochen?«

»Gegen Mitternacht, Sir«, antwortete Ruth.

»Hat er einen nervösen Eindruck gemacht? Als hätte er Angst aufzufallen?«

»Nein, Sir, überhaupt nicht. Aber wir hatten an dem Abend nicht viele Gäste, es war sowieso niemand da, der viel Notiz von ihm hätte nehmen können.«

Jetzt blieb nur noch eine Frage – die wichtigste – zu stellen. Sir Malcolm sprach sie schließlich aus. »Wie hat dieser Gentleman ausgesehen?«

Ruth und Ben tauschten einen Blick. Ben sagte: »Ich habe ihn nur draußen gesehen, im Licht der Kutschenlaterne. Er war noch nicht besonders alt – etwa in Ihrem Alter, Sir.« Er nickte zu Julian hinüber.

»Aber Sie haben ihn in der Gaststube gesehen, Miss Piper«, sagte Julian. »Da war es bestimmt so hell, daß Sie uns sagen können, wie er ausgesehen hat.«

»J-ja, Sir. Wenigstens weiß ich, daß er sehr vornehm aussah und daß er sehr ausdrucksvolle Augen hatte. Aber ich bin mir nicht sicher, welche Farbe sie hatten, und an seine Haarfarbe kann ich mich auch nicht so genau erinnern. Er saß in einer Ecke, wo es abends ziemlich dunkel ist. Kerzen sind so teuer, müssen Sie wissen.« Ihre Miene hellte sich auf. »Ich würde ihn bestimmt erkennen, wenn ich ihn wiedersehen würde – da bin ich mir ganz sicher.«

Julian wandte sich an Sir Malcolm. »Falls Sie nichts dagegen haben, schlage ich vor, daß wir alle in die Bibliothek hinübergehen.«

»Warum?«

»Weil ich glaube, daß das diese Befragung vereinfachen könnte.«

»Wie Sie wünschen, Mr. Kestrel.«

Sie traten durch die Verbindungstür in die Bibliothek. Ruth und Ben sahen sich neugierig um. Plötzlich stieß Ruth einen Freudenschrei aus. »Da ist er ja! Das ist der Gentleman!«

Sie deutete auf das Porträt von Alexander.

»O Gott!« Sir Malcolm mußte sich an einer Säule abstützen.

»Es tut mir so leid, Sir«, sagte Ruth. »War das Ihr Sohn – der, der getötet worden ist?«

»Ja«, antwortete Sir Malcolm schwer atmend. »Er war mein Sohn.«

»Erkennen Sie ihn ebenfalls?« fragte Julian Ben.

»Ja, Sir.« Ben wirkte enttäuscht – wahrscheinlich, weil sich herausgestellt hatte, daß der Gentleman kein Verbrecher, sondern ein Opfer war. Bestimmt hätte sich seine Laune schlagartig gebessert, wenn er gewußt hätte, daß Alexander in der Nacht, als er im Jolly Filly haltmachte, eine Frau verschwinden ließ und womöglich eine andere ermordete.

Julian brauchte einen Augenblick, um die Ereignisse jener Nacht im Licht dieser neuen Erkenntnisse zusammenzufügen. Gegen neun Uhr war Alexander mit dem Einspänner zum Cygnet's Court gefahren. Statt in den Hof hineinzufahren, ließ er Gig und Pferd bei Jemmy Otis zurück und ging zu Fuß hinein. Als er zurückkam, trug er eine schlafende Frau auf dem Arm, die einen Mantel, eine Haube und weiße, mit Goldfäden bestickte Pantöffelchen trug. Er setzte sie in den Wagen und fuhr davon.

Als er das nächste Mal gesehen wurde, war er allein. Er traf zwischen elf und halb zwölf im Jolly Filly ein und blieb bis Mitternacht. In der Zwischenzeit unterhielt er sich mit Ruth und ließ sein Pferd ausruhen. Er wirkte weder nervös noch gehetzt – was darauf hindeutete, daß er bereits zu Ende gebracht hatte, was er sich vorgenommen hatte. Die Frau irgendwo hinzubringen, sich ihrer auf irgendeine Weise zu entledigen? Aber sicher nicht durch Mord – jedenfalls nicht den Ziegeleimord. Er hätte nicht die Zeit gehabt, erst den langen Weg nach Hampstead zu fahren, dann dieselbe Strecke zurückzuhetzen, den Fluß zu überqueren und weiter bis nach Surrey zu fahren – ganz zu schweigen davon, daß er in dieser Zeit ja auch noch den Mord ausführen und sich hinterher wieder salonfähig hätte machen müssen.

Nein: Falls Alexander den Ziegeleimord begangen hatte, dann hatte er das später getan, nachdem er das Jolly Filly verließ. Nach vollbrachter Tat kehrte er zu Mrs. Desmonds Haus zurück und ließ auf dem Weg dorthin in Long Acre Wagen und Pferd zurück. Er reinigte sich an dem Waschgestell in Mrs. Desmonds Zimmer von Blut und Ziegelerde und begab sich dann, wie alle vornehmen Herren, im Morgengrauen nach Hause. Schön und gut. Aber wann und wie verschwanden Mrs. Desmonds Habseligkeiten aus Cygnet's Court? Wer war das Opfer des Ziegeleimords? Und warum ging Alexander so weit, ihr Gesicht zu zerstören?

Julian bemerkte, daß er sich von der Gruppe entfernt hatte und vor Alexanders Porträt stand. Sir Malcolm trat an seine Seite. »Sie glauben, daß er die Frau auf dem Gelände der Ziegelei getötet hat, nicht wahr?« sagte er leise.

»Die Indizien deuten in diese Richtung. Aber vielleicht gibt es eine völlig harmlose Erklärung.«

»Danke, daß Sie das gesagt haben. Aber ich glaube es ebensowenig wie Sie. Wir sind bereits dahintergekommen, daß er mich hinters Licht geführt hat. Seine Frau hat er betrogen und Quentin – und möglicherweise auch Adams – in seine Machenschaften hineingezogen. Alexander wurde nicht von Straßenräubern getötet, und er ist auch nicht bei einem Duell oder einem Unfall ums Leben gekommen. Niemand hatte durch seinen Tod so viel zu gewinnen, daß es das Risiko wert gewesen wäre. Ich nehme an, wir hätten uns schon längst die Frage stellen sollen, wodurch er einen anderen Menschen dazu gebracht haben könnte, ihn genug zu hassen, um ihn umzubringen.«

Julian beantwortete diese Frage nicht, sondern sah ihn nur mitfühlend an. Schließlich sagte er: »Sie haben mich gebeten, meine Frage nach unserem Gespräch mit Vance zu wiederholen. Möchten Sie, daß ich meine Ermittlungen einstelle?«

»Nein. Wir bringen das zu Ende.«

»Vielleicht wird es noch mehr solche Enthüllungen über Alexander geben. Vielleicht finden wir heraus, daß er von jemandem ermordet wurde, der ihm nahestand, jemandem, der Ihnen lieb und teuer ist.«

»Dann läßt es sich auch nicht ändern. Wir Anwälte haben für solche Fälle ein Sprichwort: *Fiat justicia, ruat coelum.* Möge die Gerechtigkeit siegen, selbst wenn der Himmel einstürzt.«

25

DAS HAUS OHNE FENSTER

Sir Malcolm, Julian und Vance beratschlagten, wie ihr nächster Schritt aussehen sollte. Julian erklärte den beiden anderen, wie sich die Geschehnisse in der Nacht des Ziegeleimords seiner Meinung nach abgespielt hatten. »Natürlich läßt meine Rekonstruktion eine Menge Fragen offen, aber eines können wir, glaube ich, mit Sicherheit annehmen: Die bewußtlose Frau, die laut Jemmy Otis in dem Gig weggebracht wurde, war Mrs. Desmond.«

»Auf sie trifft die Beschreibung des Ziegeleiopfers aber nicht zu«, gab Vance zu bedenken.

»Nein. Genau darum glaube ich, daß sie die Frau war, die Jemmy gesehen hat. Alexander kann unmöglich das Ziegeleiopfer in dem Gig weggebracht haben. Wenn wir davon ausgehen, daß der Ziegeleimord erst passierte, nachdem er im Jolly Filly haltmachte – wo hat er dann in der Zwischenzeit das Opfer gelassen? Und warum hätte er sich die Mühe machen sollen, mit der Frau den ganzen Weg nach Surrey zu fahren, nur, um dann wieder umzudrehen und sie nach Hampstead zu bringen? Außerdem trug Jemmys bewußtlose Frau goldbestickte Pantöffelchen. Das klingt eher nach Mrs. Desmond als nach ihrem Mädchen. Das Mädchen verschwand allerdings in derselben Nacht, und auf sie paßt die Beschreibung der Ziegeleileiche sehr wohl.«

»Haben Sie nicht gesagt«, fragte Sir Malcolm mit einer Stimme, die vor Widerwillen ganz gepreßt klang, »daß Mrs. Desmond noch andere Frauen in ihr Haus brachte? Daß sie sie – für Alexander herbeischaffte? Woher wollen Sie wissen, daß es nicht eine von diesen Frauen war, die er in dem Gig wegbrachte?«

»Das ist durchaus möglich. Es kann aber auch sein, daß Alexander einen triftigen Grund hatte, sich Mrs. Desmonds zu entledigen. Sie wußte zuviel über ihn. Sie wußte, daß er seiner Frau untreu war, dabei aber gerne den hingebungsvollen Ehemann spielte. Noch schlimmer – sie war sogar an einem Komplott gegen Mrs. Falkland beteiligt. Er ließ sie die Kleider ihres Mädchens anziehen und Mrs. Falkland in ihr Haus in Cygnet's Court locken. Was auch immer hinter dieser Farce steckte, es warf bestimmt kein gutes Licht auf ihn.«

In Wirklichkeit glaubte Julian zu wissen, was hinter der Sache steckte. Aber niemand fragte ihn danach, was ihm ganz recht war, weil er seine Theorie vorerst lieber für sich behalten wollte.

»Angenommen, alles ist so, wie Sie sagen, Sir«, meinte Vance, »was sollen wir jetzt tun?«

»Wir wissen, daß Mrs. Desmond nicht das Ziegeleiopfer war: *ergo* ist sie möglicherweise noch am Leben. Alexander wurde als nächstes in Surrey gesehen, nachdem er sie aus Cygnet's Court verschwinden ließ. Er muß einen Grund gehabt haben, dorthin zu fahren. Vielleicht hatte sie dort Verwandte oder Freunde, die sie ihm abnehmen konnten. Deswegen schlage ich vor, Sie setzen eine neue Anzeige auf, diesmal mit einer Beschreibung von Mrs. Desmond und der Bitte um Informationen zu ihrem Verbleib. Diese Anzeige lassen Sie dann in der Umgebung des Jolly Filly verteilen.«

»In Ordnung, Sir.« Vance nickte. »Zusätzlich werde ich Bill Watkins losschicken. Er soll sich in allen Gasthäusern entlang des Weges nach ihr und Mr. Falkland erkundigen. Was halten Sie davon, Sir?«

»Eine großartige Idee.« Aber was soll ich in der Zwischenzeit anfangen? fragte sich Julian. Durch meine Höllenfahrt nach Somerset habe ich bereits einen ganzen Tag verloren, und ich habe keine Lust, Däumchen zu drehen und untätig darauf zu warten, daß Vances Bemühungen Früchte tragen. Aber welchen

Sinn hat es, ziellos durch die Gegend zu rasen, nur, um beschäftigt zu sein? Davon hat niemand etwas.

Er begab sich nach Hause und machte sich daran, alle Informationen, die er im Verlauf seiner Ermittlungen gesammelt hatte, noch einmal durchzugehen. Neue Erkenntnisse brachte ihm das nicht. Er schickte Dipper los, ein paar Zeitungen zu kaufen, und überflog die letzten Berichte über den Falkland-Fall, weil er hoffte, daß ihm das eine neue Perspektive eröffnen würde. Aber die Zeitungen tappten hinsichtlich der Ermittlungen im dunkeln, seit daraus größtenteils eine Privatangelegenheit von Julian geworden war. Ohne offizielle Berichte oder Zeugenbefragungen hatten die Reporter Schwierigkeiten, auf dem laufenden zu bleiben. Es sei schon ein Trauerspiel, bemerkte die *Times,* wenn die Ermittlungen in einem so ernsten Kriminalfall letztendlich nur mehr der Unterhaltung eines einzelnen Gentleman dienten. *Bell's Life in London* dagegen schwärmte von Julians Rolle und fragte die Leser kokett, wer denn wohl der berühmte unvergleichliche Dandy sei, der nichts unversucht lasse, um »*den schockierenden und abscheulichen Mord an einem gewissen A. F. aufzuklären, der nur allzu kurz Gelegenheit hatte, die beau monde mit seinen vornehmen Abendgesellschaften zu beeindrucken*«. Alexander war immer der Liebling der Gesellschaftsblätter gewesen.

Julian aß mit ein paar Freunden in einem Hotel in Covent Garden zu Abend, lehnte aber ihre Einladung ab, sie in eines der benachbarten Bordelle zu begleiten. Ihm stand der Sinn nicht nach erkauften Zärtlichkeiten. Zu Hause angekommen, fiel ihm ein, daß Philippa Fontclairs Brief immer noch unbeantwortet auf seinem Schreibtisch lag. Er nahm Schreibfeder und Papier zur Hand und begann mit seiner Antwort. Die Ermittlungen erwähnte er nicht – Philippa war bereits mit zu vielen Dingen dieser Art in Berührung gekommen, als letztes Jahr ein Mord ihr beschauliches Landleben gestört hatte.

Er dankte ihr dafür, daß sie ihn an ihrem Geheimnis hatte

teilhaben lassen, und versprach, mit niemandem über den Zustand ihrer Schwägerin zu sprechen, bis sie ihm die Erlaubnis dazu erteilt habe. Dann fügte er hinzu:

Ich würde mir keine allzu großen Sorgen darüber machen, daß Du Dich noch nicht als Tante fühlst. Ich glaube, man kann so etwas nicht in einem Vakuum fühlen. Jedenfalls kenne ich keinen einzigen Mann, der sich ein Leben als Ehemann vorstellen konnte, bevor er tatsächlich eine Frau hatte, oder ein Leben als Vater, bevor er ein Kind hatte. Ich bin fest davon überzeugt, daß Du, wenn Du erst einmal eine Nichte oder einen Neffen aus Fleisch und Blut hast, bestens damit zurechtkommen wirst.

Er tupfte das Blatt mit Löschpapier ab und ließ sich dann in seinen Sessel zurücksinken. Während er nervös mit seiner Schreibfeder spielte, fragte er sich, was für ein Gefühl es wohl war, jemandes Onkel zu sein – oder jemandes Bruder, Neffe oder Cousin. Du bist bloß schlechter Laune, sagte er zu sich selbst: wegen der Ermittlungen entmutigt und nach Tibbs' Vivisektion noch nicht wieder ganz hergestellt. Schreibe deinen Brief zu Ende und geh ins Bett.

Er erwachte kurz nach dem Morgengrauen in völlig anderer Gemütsverfassung. In der Umgebung des Jolly Filly mußte es irgend etwas geben, was für Alexander wichtig gewesen war. Warum sonst hätte er dorthin fahren sollen, nachdem er Mrs. Desmond entführt hatte. Er beschloß, die Gegend pesönlich zu erkunden. Er würde keiner bestimmten Fahrtroute folgen – vielleicht würde er nicht einmal anhalten, um jemanden zu befragen. Er würde einfach Augen und Ohren offenhalten. Wer weiß, vielleicht stieß er zufällig auf etwas, das Vances konventionellen Ermittlungsmethoden entging. Wenn nicht, war es auch nicht so schlimm. Er hatte schließlich nichts zu verlieren.

Er läutete nach Dipper und teilte ihm seinen Plan mit. Gegen sieben war er fertig rasiert, angekleidet, hatte bereits gefrühstückt und war auf dem Weg zu Felix Poynter.

Felix' Butler empfing ihn reichlich erstaunt. »Mr. Poynter ist nicht zu Hause, Sir.«

»Kein zivilisierter Mensch ist um diese Zeit zu Hause. Aber mein Anliegen ist dringend genug, um die Gebote der Höflichkeit außer acht zu lassen.«

»Sir, ich könnte es nie verantworten, selbst...«

»Dann erlauben Sie mir, Ihnen die Verantwortung abzunehmen.«

Er trat vor Felix' Schlafzimmertür und klopfte. Niemand antwortete, deshalb klopfte er lauter. Schließlich rief eine schwache Stimme: »Herein, wer auch immer es sein mag, Hauptsache, dieses Klopfen hört auf. Mein Kopf fühlt sich an, als würden zwei Dutzend Dragoner darin exerzieren.«

Julian trat ein. Felix lugte verschlafen durch die grünen Seidenvorhänge seines Betts. Seine Nachthaube saß völlig schief.

»Guten Morgen«, begrüßte Julian ihn munter.

»Mein lieber Freund!« rief Felix mit schwacher Stimmes. »Ist Ihnen klar, wie spät es ist? Ich liege noch keine Stunde im Bett! Was um alles in der Welt wollen Sie um diese Zeit von mir?«

»Ich bin gekommen, um Sie zu fragen, ob Sie so nett sein könnten, mir Ihr Kabriolett zu leihen.«

»Ist das alles? Und ich dachte schon, Sie hätten zumindest einen Kriegsausbruch zu vermelden.«

»Nichts dergleichen. Ich muß nur im Rahmen meiner Ermittlungen nach Surrey, und da brauche ich eine Kutsche – für den Fall, daß ich jemanden mitnehmen oder zurückbringen muß. Wenn Sie mir also Ihren Wagen leihen könnten, wäre ich Ihnen sehr dankbar.«

»Also wirklich, mein guter alter Junge«, sagte Felix, während er versuchte, sich aus einem Wirrwarr von Laken zu befreien, um sich aufzusetzen, »diese Ermittlungen werden bei Ihnen allmählich zu einer Monomanie.«

»Einer Monomanie?«

»Ja, einer Monomanie. Das bedeutet, daß man von einer einzigen Sache völlig besessen ist. Zusammengesetzt aus *mono,* der Kurzform von ›monoton‹, und *Manie,* was soviel bedeutet wie – na ja, ›Manie‹ eben.«

Julian betrachtete ihn nachdenklich. »Warum ist Ihnen soviel daran gelegen, dumm zu erscheinen?«

»Warum ist Ihnen soviel daran gelegen, klug zu erscheinen?«

»Weil ich glaube, daß ich klug *bin,* zumindest ein bißchen, wohingegen Sie kein bißchen dumm sind, da bin ich mir ganz sicher.«

»Von Ihrem Gerede werden meine Kopfschmerzen nur noch schlimmer. Verstehen Sie mich bitte nicht falsch, ich schätze Sie wirklich sehr, und ich zähle Sie zu meinen liebsten Freunden – aber im Moment wünsche ich mir vor allem, daß Sie gehen.«

»Ich weiß, daß es barbarisch ist, um diese Zeit jemanden zu besuchen, aber ich stehe ziemlich unter Zeitdruck. Ich habe mit de Witt fünfhundert Pfund gewettet, daß ich den Falkland-Mord bis morgen mittag aufkläre, und ich würde die Wette nur ungern verlieren, weil mir jetzt, wo ich eingehender darüber nachdenke, klar wird, daß ich gar keine fünfhundert Pfund habe.«

»Wissen Sie«, sagte Felix und zupfte dabei an der Bettdecke herum, »Sie können immer mit mir rechnen –«

Julian lächelte. »Mein lieber Freund, das ist wirklich sehr nett von Ihnen, aber wenn ich schon gezwungen bin, mir etwas zu leihen, dann lieber von einem der Wucherer, über die ich mich nach Lust und Laune ärgern und aufregen kann. Man ist im Ausleben seiner Gefühle verteufelt eingeengt, wenn man sich von einem Freund Geld leiht.«

»Wenn Sie wirklich nur die Kutsche wollen, dann bedienen Sie sich.« Felix' Miene hellte sich auf. »Nehmen Sie Alfred mit – Sie wissen schon, meinen Diener. Er wird sich um das Pferd kümmern, und vielleicht schaffen Sie es, ihn auf dem Land zu verlieren oder von Zigeunern stehlen zu lassen. Seien Sie so lieb, und bringen Sie mir Federhalter und Papier, dann schreibe ich Ihnen eine kurze Nachricht für den Stallknecht.«

Julian trat an Felix' kleinen Louis-Quinze-Schreibtisch und wühlte sich durch ein Chaos aus Einladungen, Rechnungen, Preisschildern, Rennplänen, Lotterietickets und französischen Romanen. Schließlich fand er einen Notizblock und einen metallenen Federhalter, der mit goldenen Sternen verziert war. Felix schrieb eine kurze Nachricht, mit der er ihn ermächtigte, das Kabriolett zu nehmen, und kroch wieder unter die Bettdecke. Julian dankte ihm und begann die Bettvorhänge zuzuziehen.

»Wissen Sie«, murmelte Felix schläfrig, »eigentlich ist es doch nicht so schlecht, daß Sie um diese Zeit gekommen sind. Jetzt können Sie ein ziemlich übles Gerücht widerlegen, das neuerdings in Umlauf ist. Demnach schlafe ich mit −«

Er wurde von einem Gähnen übermannt. Julian wartete gespannt.

»− aufgedrehten Haaren«, beendete Felix den Satz ziemlich enttäuschend.

»Ich werde alles in meiner Macht Stehende tun, um dieses Gerücht im Keim zu ersticken. Einen schönen Morgen oder − wenn Ihnen das lieber ist − eine gute Nacht.«

Nach seinen zahlreichen Ausflügen nach Hampstead empfand Julian es als erfrischende Abwechslung, endlich einmal nicht nach Norden, sondern in südlicher Richtung nach Surrey zu fahren. Das Lenken einer Kutsche bereitete ihm Vergnügen, insbesondere, wenn es sich um ein so erstklassiges Gefährt wie das von Felix handelte. Die kirschrote Farbe war für Julians Geschmack etwas zu auffällig, aber in jeder anderen Hinsicht war die Kutsche hervorragend: leicht, elegant und perfekt ausgewuchtet. Sobald er den Stadtverkehr hinter sich gelassen hatte, trieb er das Pferd zu einem leichten Galopp an. Zufrieden stellte er fest, daß die Federn der Kutsche einem Tempo von fünfzehn Meilen pro Stunde mehr als gewachsen waren. Er hätte sich gerne ein eigenes Kabriolett geleistet, aber das war verteufelt kostspielig. Es bedeutete, ein zweites Pferd anzuschaffen, unterzubringen und durchzufüttern, außerdem einen Stellplatz für die Kutsche zu mieten und einen Stallburschen wie Alfred anzustellen, der sich um Pferd und Wagen kümmerte. Er mußte den Tatsachen ins Auge sehen: Sein Einkommen reichte nicht für beides – elegante Kleidung und eine elegante Kutsche. Auf die elegante Kleidung aber konnte er unmöglich verzichten.

Er beschloß, im Jolly Filly mit seinen Nachforschungen zu beginnen und sich von dort aus weiter umzusehen. Nachdem er sich von einem Mautner den Weg hatte erklären lassen, bog er zwischen Kingston und Esher von der Straße nach Guildford ab. Er fuhr in östlicher Richtung weiter, vorbei an Erdbeerfeldern und Schafherden, bis er ein langes, niedriges Gasthaus erreichte. Das Haus begrüßte den Betrachter mit einem ausgesprochen wütenden Ausdruck, den es einerseits seinem vorspringenden Obergeschoß verdankte, das wie eine zusammengezogene Braue über dem Erdgeschoß hing, andererseits seiner kräftigroten Terrakottafront, die es aussehen ließ, als wäre es vor Wut ganz rot im Gesicht. Das Schild über der Tür zeigte kein übermütiges kleines Pferd, wie der Name Jolly Filly vermuten ließ, sondern ein traurig dreinblickendes Mädchen mit blauen Augen und goldenen Locken. Julian vermutete, daß das Jolly Filly in einem früheren Leben einmal *Jolie Fille* geheißen hatte.

Seine Ankunft in der farbenprächtigen Kutsche sorgte für einiges Aufsehen. Ben Foley übernahm mit respektvoller Miene das Pferd; diese Kutsche entsprach offensichtlich seiner Vorstellung davon, wie ein richtiger Gentleman reisen sollte. Alfred stolzierte im Hof herum, um vor den anderen Stallknechten mit seiner Livree anzugeben.

Julian ging hinein und fragte nach Ruth Piper. Sie kam in die Gaststube und brachte ihm einen Krug vorzüglichen Biers. »Vor Ihnen war schon ein Herr von der Bow Street hier, Sir«, erklärte sie. »Mr. Bill Watkins. Er kam in aller Herrgottsfrühe, und es gab ein großes Theater. Ben hat allen erzählt, daß wir in der Bow Street waren und den Einspänner wiedererkannt haben und daß sich herausgestellt hat, daß der Fahrer dieser Mr. Falkland war, der ermordet wurde. Daraufhin kamen jede Menge Leute aus dem Dorf und behaupteten, sie hätten den Einspänner auch gesehen. Sie können sich nicht vorstellen, was für Geschichten sie erzählt haben! Demnach haben sie an diesem Abend alle auf ein Bier hereingeschaut und genau gesehen, wie Mr. Falkland dieses und jenes tat. Dabei hat ihn niemand außer Ben und mir länger als eine Minute gesehen – da bin ich mir ganz sicher, Sir! Aber die Leute müssen unbedingt auch ihren Senf dazugeben. Pa sagt, sie wollen bloß einen Anteil an der Belohnung.«

»Belohnungen lösen den Leuten oft die Zunge – manchmal bis zu einem Grad, wo die Erinnerung der Erfindung Platz macht.«

»Jedenfalls tut mir der arme Mr. Watkins leid, weil ihm nichts anderes übrigblieb, als alle diese Leute zu verhören, für den Fall, daß tatsächlich jemand etwas weiß. Müssen Sie auch mit ihnen reden, Sir?«

»Nein, ich bin mir sicher, daß er allein mit ihnen fertig wird. Ich sehe mich lieber hier in der Gegend ein bißchen um.«

»Was hoffen Sie zu finden, Sir?«

Julian lächelte ironisch. »Wenn ich das bloß wüßte!«

Nachdem er ein paar Stunden in der Umgebung herumgefahren war und gelegentlich angehalten hatte, um Fragen zu stellen und seinem Pferd etwas Ruhe zu gönnen, wußte er immer noch nicht, was er eigentlich zu finden hoffte. Es gab nichts Interessantes zu sehen. Die Dörfer mit ihren Kirchen, Gasthäusern und kleinen Läden hätten nicht gewöhnlicher sein können. Die Getreidefelder und Hopfengärten, Taubenschläge und Wassermühlen boten in der schwachen Frühlingssonne zwar ein hübsches Bild, waren aber weiter nicht von Belang. Was hatte Alexander in diese ruhige, angenehme Gegend geführt? Wo konnte er sich hier seiner Geliebten entledigt haben?

Julian fragte sich allmählich, ob er Alexander unrecht tat. Hatte er sich inzwischen so darauf eingeschworen, an diesem allseits beliebten jungen Mann Fehler und Laster zu entdecken, daß er ihn jetzt schon der Entführung und des Mordes verdächtigte? Er wollte versuchen, sich eine Theorie auszudenken, die Alexander in einem günstigeren Licht erscheinen ließ. Angenommen, Alexander hatte Mrs. Desmond zwar nach Surrey gebracht, aber nicht aus einem niederen Beweggrund. Während sie dort waren, hatte jemand den Einspänner gekauft oder gestohlen und ihn dann benutzt, um nach Hampstead zu fahren und den Ziegeleimord zu begehen. Das würde die Ziegelerde erklären, die im Gig gefunden worden war – aber nicht die Lehmspuren in Mrs. Desmonds Haus. Also gut, ein neuer Versuch: Nachdem Alexander Mrs. Desmond nach Surrey gefahren hatte, überließ er ihr den Wagen – er war leicht zu lenken, so daß auch eine Frau damit zurechtgekommen wäre –, und sie fuhr damit zurück nach London, brachte ihr Mädchen auf das Gelände der Ziegelei, tötete es und kehrte in ihr Haus zurück, wo sie sich reinigte und ihre Habseligkeiten wegschaffte.

Das funktionierte genausowenig. Es war nun mal eine Tatsache, daß Alexander, als er im Jolly Filly haltmachte, Pferd und Wagen immer noch dabeihatte. Und er war ohne Begleitung. Wenn Mrs. Desmond den Wagen nach London zurückgefahren hatte, wo war sie dann, während Alexander eine Dreiviertelstunde im Gasthaus wartete, eine Tasse Kaffee mit Curaçao trank und mit Ruth flirtete? Er war Mrs. Desmond erfolgreich losgeworden: Das war die einzig plausible Erklärung für sein sorgloses, ruhiges Auftreten im Gasthaus. Aber wie?

Julian ließ seine Uhr aufschnappen. Halb drei. Was sprach dagegen, zum Jolly Filly zurückzukehren und nach einem vernünftigeren Anhaltspunkt zu suchen? Während er das Kabriolett wendete, mußte er über seinen Wunsch lächeln, eine eigene Kutsche zu unterhalten. Nicht der geeignete Traum für einen Mann, der bald fünfhundert Pfund auftreiben mußte.

Er kam an eine Straßengabelung und überlegte, welche Richtung er nehmen sollte. Die breitere und stärker befahrene Straße würde ihn zum Jolly Filly zurückbringen, aber auf einer Strecke, die er bereits gefahren war. Der schmale Weg, der von der Hauptstraße abzweigte, würde ihn durch eine Gegend führen, die er noch nicht kannte. Als er einen Jungen in einem Russenkittel über ein nahe gelegenes Feld schlendern sah, rief er: »Du da! Kannst du mir sagen, wohin dieser Weg führt?«

Der Junge starrte ihn an, gab aber keine Antwort.

»Kannst du mir sagen, wohin dieser Weg führt?« wiederholte Julian deutlicher, weil er annahm, daß der Junge schwer von Begriff war.

Der Junge schüttelte den Kopf und wich ein paar Schritte zurück. »Ich darf da nicht hingehen.«

»Warum nicht?«

Der Junge wich noch ein paar Schritte zurück. Dann rannte er plötzlich los und verschwand hinter einer Reihe von Hecken.

Alfred schien sich unbehaglich zu fühlen. Vielleicht hatte er Angst, daß Julian von ihm verlangen könnte, dem Jungen hinterherzulaufen und dabei seine amethystfarbene Livree zu ruinieren. Aber Julian zuckte bloß mit den Achseln. »Dann werden wir es eben selbst herausfinden müssen.«

»Entschuldigen Sie, Sir«, meldete sich Alfred zu Wort, »aber vielleicht hat es einen Grund, daß der Junge diesen Weg nicht nehmen darf.«

»Zweifellos. Und ich habe vor, diesen Grund herauszufinden.«

Sie brachen auf, konnten aber nur langsam fahren, weil der Weg holprig war und zunehmend von Bäumen überschattet wurde. Das Pferd hätte sich nur allzuleicht an den scharfen Steinen verletzen können. Sie sahen keine Bauernhäuser oder Cottages; vielleicht befanden sie sich auf einem Privatweg, der zu irgendeinem Landgut führte. Tatsächlich endete er abrupt vor einer hohen grauen Steinmauer. In die Mauer war ein Tor eingelassen, das von quadratischen Steinpfeilern flankiert wurde.

Julian stieg von der Kutsche und trat vor das Tor. Es bestand aus dickem, mit Nägeln beschlagenem Holz. Auf einem Messingschild stand: E. RIDLEY, EIGENTÜMER.

Er versuchte die Tür zu öffnen. Der Schnappriegel ließ sich bewegen, aber die Tür ging nicht auf. Sie mußte von innen mit einem Schloß gesichert sein. An einem der Steinpfeiler war eine Glocke angebracht, also läutete er. Niemand kam, und er läutete noch einmal.

Diesmal hörte er Schritte auf das Tor zuschlurfen. Ein Schlüssel drehte sich knarrend im Schloß, dann ging die schwere Tür einen Spalt weit auf, und ein Mann spähte heraus. Er hatte ein rotes, faltiges Gesicht und ein Vogelnest aus grauem Haar auf dem Kopf. Seine Jacke war schäbig und voller Tabakflecken. »Was wollen Sie?«

Julian überlegte schnell. Wenn er fragte, wo er sich hier befand, würde er wahrscheinlich mit einer fadenscheinigen Erklärung abgespeist werden. Der alte Diener sah aus, als wäre er durchaus in der Lage, neugierige Fremde abzuwimmeln. Er beschloß, es mit ein wenig West-End-Hochnäsigkeit zu versuchen. »Ich wünsche den Eigentümer zu sehen.«

»Haben Sie eine Verabredung?«

»Ich bin es nicht gewöhnt, Termine zu vereinbaren.«

Der Diener blinzelte und wurde ein wenig respektvoller. »Ich meine – weiß Mr. Ridley, daß Sie kommen, Sir?«

»Nein. Ich war gerade in der Gegend, deswegen dachte ich, ich statte ihm einen kurzen Besuch ab. Wollen Sie mich hier im Regen stehenlassen?« Wie auf Bestellung hatte es zu nieseln begonnen.

Der Diener zögerte. Schließlich zog er das Tor auf, und Julian zwängte sich hindurch.

Ihm war selten ein Haus untergekommen, das so wenig einladend wirkte wie das, das nun vor ihm lag. Es war rechteckig und wurde an jeder Ecke von einem spitzen kleinen Turm begrenzt. Der Haupteingang war wie eine Gefängnistür mit Gitterstäben versehen. Nichts milderte die Strenge der grauen Steinmauern – kein Efeu, keine Sträucher, keine Blumen. Aber das Erschrekkendste an dem Haus war, daß es keine Fenster hatte. Man konnte noch die Öffnungen sehen, aber sie waren alle zugemauert. Dabei deuteten die Größe des Hauses und der gepflegte Zustand des dazugehörigen Parks darauf hin, daß sich der Eigentümer die Fenstersteuer durchaus hätte leisten können.

Der Diener nahm einen schweren Schlüssel von dem Ring an seinem Gürtel und schloß die Tür auf. Sie betraten eine mit Steinen gepflasterte, rechteckige Eingangshalle, die, abgesehen von zwei steifen kleinen Stühlen, bar jeder Einrichtung war. Ein Fenster auf der gegenüberliegenden Seite gab den Blick auf einen grasbewachsenen Innenhof frei. Jetzt wußte Julian, warum das Haus an der Außenseite keine Fenster benötigte: Alle Räume gingen nach innen hinaus und bezogen ihr Licht aus diesem Hof. Eine gute Art, sich vor neugierigen Blicken zu schützen – aber welchen Grund hatten die Bewohner, der Außenwelt ein so dunkles, leeres Gesicht zuzuwenden?

»Wen darf ich Mr. Ridley melden, Sir?« fragte der Diener.

Julian wollte gerade eine seiner Karten herausziehen, als ihm einfiel, daß sein Name inzwischen von jedermann mit der Bow Street und Alexanders Ermordung in Verbindung gebracht wurde. Wenn Mr. Ridley in irgendeine anrüchige Sache verwikkelt war, würde er sich vielleicht weigern, ihn zu empfangen. Er beschloß, ein Experiment zu wagen. »Mein Name ist Desmond.«

Der Diener stutzte einen Moment. Die Augen unter den dikken, grauen Brauen musterten Julian prüfend. Aber dann sagte er nur: »Wenn Sie bitte hier warten wollen, Sir. Ich werde nachsehen, ob Mr. Ridley gerade frei ist.«

»Danke.« Julian durchquerte lässig den Raum und tat, als würde er aus dem Fenster blicken.

Der Diener verschwand durch eine Seitentür. Sobald er außer Sichtweite war, folgte ihm Julian. Er lauschte einen Augenblick an der Tür, durch die der Mann verschwunden war, und zog sie dann leise auf. Sie führte zu einer kleinen, schlecht beleuchteten Wendeltreppe. Da er die Schritte des Dieners weiter oben auf der Treppe hörte, folgte er ihm auf Zehenspitzen. Als er so weit oben war, daß er über seinem Kopf die staubigen Stiefel des Mannes sehen konnte, blieb er stehen und drückte sich in den Schatten der Wand. Die Stiefel hielten vor einer Tür an. Man hörte ein Klopfen, dann wurde die Tür geöffnet. »Ja?« rief eine helle männliche Stimme.

»Entschuldigen Sie, Mr. Ridley«, sagte der Diener. »Da ist ein Gentleman, der Sie sprechen möchte. Er behauptet, Desmond zu heißen. Aber es ist nicht der Mr. Desmond, der schon einmal hier war – der, der Nummer zwölf gebracht hat.«

»Bist du sicher?«

»Ja, Sir.«

»Du liebe Güte«, flötete Ridley, »eine höchst unangenehme Situation. Wer kann er bloß sein?«

»Ich weiß es nicht, Sir, aber er ist ein sehr vornehmer Gentleman. Ist in einer prächtigen Kutsche vorgefahren, mit einem Jungen in Livree und allem Drum und Dran. Ich wußte nicht, wie ich ihn abwimmeln sollte.«

»Sag ihm, ich hätte im Moment zu tun – dringende Geschäfte und so weiter. Sag ihm, daß ich später vielleicht Zeit finden werde, ihn zu empfangen, und versuch, in der Zwischenzeit herauszubekommen, was er mit Nummer zwölf zu tun hat.«

»Ich fürchte, ich habe nicht die Zeit, mich mit Ihrem Diener herumzustreiten«, sagte Julian und kam die restlichen Stufen herauf. »Ich muß darauf bestehen, daß Sie mich sofort empfangen.«

Der Diener starrte ihn mit offenem Mund an. Ridley hatte sich schneller wieder gefangen. Er kam hinter seinem Schreibtisch hervor und streckte Julian eine dünne, gelbe Hand entgegen.

Alles an ihm wirkte gelb: das lange, fahle Gesicht, die zitronen-
farbenen Haarsträhnen, die seinen kahlen Kopf umrahmten, die
gelbbraun verfärbten Zähne. »Guten Tag, Mr. Desmond. Bitte
treten Sie ein. Willkommen in meinem Institut.«

Julian blickte sich in dem kleinen Büro um. Überall herrschte
pedantische Ordnung. Die Einrichtung bestand aus einem
Schreibtisch mit Öffnung für die Knie, zwei lederbezogenen
Sesseln, einem Bücherregal und einer Glasvitrine, in der menschliche Schädel unterschiedlichster Größe und Form ausgestellt
waren.

»Wie ich sehe, haben Sie meine kleine Sammlung bemerkt«,
zirpte Ridley. »Die Phrenologen sind jedesmal voll des Lobes.
Natürlich haben wir oft welche im Haus. Es ist erstaunlich, was
sie alles über den Charakter eines Menschen aussagen können,
indem sie lediglich seine Zähne und die Ausbuchtungen seines
Schädels befühlen.«

»Ich habe davon gehört«, antwortete Julian höflich.

Ridley setzte sich wieder an seinen Schreibtisch und forderte
Julian auf, ihm gegenüber Platz zu nehmen. »Nun erzählen Sie
mir doch bitte, was Sie zu uns führt. Womit kann ich Ihnen
behilflich sein?«

Julian beschränkte sich auf kurze, vorsichtige Antworten, um
nicht zu verraten, wie wenig er in Wirklichkeit wußte. »Ich
suche eine junge Frau namens Marianne Desmond.«

»Aha.« Ridley tauschte einen Blick mit seinem Diener und
rieb dann die Hände aneinander. Er trug eine Menge Ringe,
obwohl seine Aufmachung ansonsten schlicht und geschäftsmä-
ßig war. »Darf ich fragen, ob Sie ein Verwandter der jungen
Dame sind?«

»War denn der erste Mr. Desmond ein Verwandter?« konterte
Julian.

»Ich gehe davon aus, daß er ihr Bruder war.«

»Dann dürfen Sie in meinem Fall davon ausgehen, daß ich ein
weiterer Bruder bin.«

»Tatsächlich.« Ridley lächelte wissend, als hätte er bereits viel Erfahrung mit jungen Damen und ihren »Brüdern«.

Aus einem weit entfernten Teil des Hauses klang ein kratzendes Geräusch herüber, dann ein gedämpftes Klopfen.

»Nummer fünf«, bemerkte der Diener stirnrunzelnd.

»Ich bitte um Verzeihung, Mr. Desmond«, sagte Ridley. »Normalerweise ist in meinem Büro nichts – Unangenehmes – zu hören, aber Nummer fünf ist besonders schwierig.«

Aus demselben Teil des Hauses kam ein durchdringender Schrei.

»Geh und sieh nach Nummer fünf«, fauchte Ridley mit einer Stimme, die plötzlich eine Oktave tiefer klang. Der Diener faßte sich an die Stirn und ging zur Tür. »Ach, und Pearson«, fügte Ridley etwas sanfter hinzu. »Benutze die Peitsche nur, wenn es gar nicht anders geht.«

Der Diener nickte und ging.

Julian war vor Schreck sprachlos. Jetzt wußte er, an was für einem Ort er hier gelandet war. »Sparen wir uns weitere Höflichkeitsfloskeln«, sagte er schließlich. »Ich werde Ihnen keine Fragen stellen. Statt dessen werde ich Ihnen sagen, wie sich die Sache meiner Meinung nach verhält, und Sie werden mir sagen, ob ich recht habe.«

Ridley nickte zustimmend.

»Der erste Mr. Desmond kam vor einem Monat mit einer jungen Frau her, die er als seine Schwester ausgab. Sie war blond, blauäugig und hübsch. Er war ein Gentleman von etwa fünfundzwanzig Jahren, mittelgroß, schlank und von edler Gestalt, mit kastanienbraunem Haar, braunen Augen und beträchtlichem Charme. Er behauptete, die junge Dame sei wahnsinnig, und vertraute sie Ihrer Obhut an – gegen eine großzügige Entschädigung, versteht sich. Vermutlich hat er Ihnen dringend empfohlen, die Frau nicht von Ärzten untersuchen zu lassen oder sie irgendwelchen Schaulustigen vorzuführen, wie es mit manchen Insassen solch privater Institutionen geschieht.«

»Er hat gesagt, Fremde würden sie aufregen«, erklärte Ridley. »Sie leidet unter Verfolgungswahn und glaubt, daß ihre Feinde planen, sie einzusperren und zu mißbrauchen. Seltsam, nicht wahr?«

»Unvorstellbar«, antwortete Julian grimmig. »Meine Vermutungen sind also korrekt?«

»So korrekt, als hätten Sie alles mit eigenen Augen gesehen, Sir.«

»Mr. Ridley, ich bin gekommen, um die junge Dame mitzunehmen. Seien Sie so gut, und lassen Sie sie mir sofort bringen.«

»Mein lieber Herr!«

»Ich warne Sie. Falls ich diesen Ort ohne sie verlasse, werde ich mit einem Richter wiederkommen.«

Ridley rieb sich nervös die Hände. »Ich habe nichts Verbotenes getan. Ich habe die arme Kreatur aufgenommen...«

»Gegen eine ansehnliche Summe, nehme ich an.«

»Das ist mein Beruf, Sir – die Betreuung derer, deren verwirrter Geisteszustand ihnen nicht erlaubt, für sich selbst zu sorgen.«

»Aufgrund welcher Autorität wurde sie Ihrer Obhut übergeben?« fragte Julian in scharfem Ton. »Hat ein Arzt bestätigt, daß sie verrückt ist? Hatten Sie überhaupt irgendeinen Beweis dafür, daß dieser sogenannte Mr. Desmond tatsächlich ein Verwandter von ihr war?«

»Ich hatte keinen Grund, an seinen Worten zu zweifeln.« Ridleys gelbliche Zunge schnellte vor und fuhr über seine Lippen. »Er war ein Gentleman.«

»Ich nehme mir die Freiheit, Ihnen mitzuteilen, daß der Gentleman, von dem Sie sprechen, nicht mehr unter den Lebenden weilt. Niemand wird weiter für den Unterhalt von Marianne Desmond aufkommen. Sie können bestenfalls hoffen, daß Ihnen jemand die Frau auf diskrete Weise abnimmt. Ich bin bereit, das zu tun. Falls Sie mich aber zwingen sollten, zu gehen und ein zweites Mal wiederzukommen, werde ich nicht mehr so großzügig sein. Die Entscheidung liegt bei Ihnen, Mr. Ridley. Was ziehen Sie vor?«

Ridley schlug mit der flachen Hand auf seinen Schreibtisch. Es war ihm anzusehen, daß er angestrengt nachdachte. Als er sich schließlich erhob, war er sichtlich bemüht, einen Rest an Gelassenheit zu bewahren. »Bitte folgen Sie mir, Sir. Ich bringe Sie zu der jungen Dame.«

»Ich warne Sie, Mr. Ridley: Meine Anwesenheit hier ist bekannt. Falls ich nicht zurückkommen sollte, werden meine Freunde wissen, wo sie nach mir suchen müssen.«

»Mein lieber Herr! Was wollen Sie damit sagen?«

»Ich glaube, Sie haben mich recht gut verstanden.«

Ridley kam schicksalsergeben hinter seinem Schreibtisch hervor und griff nach einem Schlüsselring. Nachdem er am Kamin eine Kerze entzündet hatte, winkte er Julian hinaus. Sie gingen die Wendeltreppe hinunter und kamen in einen langen, dunklen Gang. Julian vermutete, daß er an der Außenseite des Hauses entlangführte, wo es keine Fenster gab, die Licht spendeten.

Der Gang knickte im rechten Winkel ab und lief dann weiter an der Seite des Hauses entlang. Im flackernden Licht von Ridleys Kerze sah Julian an der Wand zu seiner Rechten eine Reihe schwerer Eichentüren. Auf jede Tür war eine Nummer aufgemalt, von eins bis sechs. Hinter den Türen waren Geräusche zu hören: ruhelose Schritte, Klopfen, das Gerassel von Ketten. Stimmen lachten, murmelten unverständliches Zeug, sangen Lieder. Eine Frau heulte herzzerreißend.

Ein weiterer rechtwinkliger Knick, ein weiterer dunkler Gang mit durchnumerierten Türen. Sechs, sieben, acht, neun, zehn, elf. Vor Nummer zwölf blieben sie stehen.

Ridley zog eine kleine hölzerne Klappe hoch und spähte durch das dahinterliegende Guckloch. »Heute ist sie ruhig, aber das kann sich jeden Moment ändern. Sind Sie sicher, daß Sie die Verantwortung für sie übernehmen wollen?«

»Ganz sicher.«

Achselzuckend wählte Ridley aus dem Bund in seiner Hand einen Schlüssel aus und schloß die Tür auf. Julian ging hinein, gefolgt von Ridley.

Die Zelle war etwa drei auf fünf Meter groß. Sie war nur von einem einzigen kleinen Fenster erhellt, das so hoch lag, daß man nicht hinaussehen konnte. An einer Wand war ein Strohlager aufgeschüttet, und in der Ecke gegenüber befand sich ein Trokkenklosett. Ein feuchter, fauliger Geruch hing in der Luft, obwohl der Boden einigermaßen sauber und mit frischem Stroh bedeckt war. Eine junge Frau lag mit dem Gesicht nach unten im Stroh. Als die Männer eintraten, hob sie benommen den Kopf.

Sie war Anfang Zwanzig und hatte blaue Augen und blondes Haar, das ihr wirr über die Schultern fiel. Ihre Haut war kreideweiß, ihre Augen von dunklen Ringen umgeben. An ihren Wangen und in ihrem Nacken standen kleine Knochen hervor, die an einen Vogel erinnerten. Strohhalme klebten in ihrem Haar, und eine Drecksspur zog sich über ihre Nase. Sie war in einen grauen Wollmantel gehüllt, unter dem ihre Füße herausspitzten. An ihren schmutzigen Pantöffelchen, die ehemals aus weißer Seide waren, hingen noch Überreste von Goldfäden.

Die Frau setzte sich auf und starrte Julian an. Im nächsten Augenblick warf sie sich ihm zu Füßen und umschlang seine Knie. Beinahe hätte sie ihn ins Stroh geworfen. »Oh, Sir! Ich flehe Sie an, bringen Sie mich von hier weg! Ich folge Ihnen überallhin, ich werde Ihre Sklavin sein, wenn Sie mich nur von hier fortbringen! Bitte, bitte –«

»Ja, Mrs. Desmond!« Er versuchte sie hochzuziehen. »Ich bringe Sie von hier fort. Deswegen bin ich ja gekommen...«

»Nein!« kreischte sie. »Sie kommen von *ihm!* Erst hat er mich hier eingesperrt, und jetzt will er mich töten!« Sie trommelte mit den Fäusten gegen seine Beine. »Ich komme nicht mit Ihnen! Nein! Nein«

»Ich habe Sie ja gewarnt, Sir«, sagte Ridley selbstzufrieden. »Sie ist nicht in der Verfassung, transportiert zu werden.«

Als Julian sich zu ihm umdrehte, klang seine Stimme gefährlich ruhig. »Ich glaube, jeder Mensch, der einen Monat in dieser Zelle eingesperrt war, ohne auf Befreiung hoffen zu können, wäre in derselben Verfassung. Mir scheint, Sie nehmen nicht nur Wahnsinnige auf – Sie schaffen selbst welche.«

Schließlich bekam er Mrs. Desmonds Handgelenke zu fassen und ging in die Hocke, so daß sein Gesicht auf gleicher Höhe mit ihrem war. »Mrs. Desmond! Hören Sie mir zu. Ich bin als Ihr Freund hergekommen, um Ihnen zu helfen. Ich werde Sie von diesem Ort wegbringen und Ihnen jeden Schutz bieten, der mir zu Gebote steht. Sie können meine Hilfe ohne Bedenken annehmen.«

Sie blinzelte ihn an, hin- und hergerissen zwischen Hoffnung und Angst.

»Sie wollen doch nicht hierbleiben, oder?« drängte er sanft.

»Nein«, flüsterte sie.

»Werden Sie mir Ihr Vertrauen schenken und zulassen, daß ich Sie sicher von hier fortbringe?«

Sie biß sich auf die Unterlippe und nickte ruckartig.

Er half ihr auf die Füße. Ihr Mantel fiel auseinander, und darunter kam ein weißes Abendkleid zum Vorschein, das inzwischen grau vor Schmutz war. Die durchsichtigen Tüllärmel hingen in Fetzen herunter, und an dem Volant, der den Saum ihres Rockes zierte, klebten Staub, Stroh und tote Spinnen.

Julian hätte Ridley am liebsten niedergeschlagen, aber er dachte an die Probleme und die Verzögerung, die das mit sich bringen würde, und nahm widerwillig davon Abstand. Sollte sich doch die Justiz mit ihm herumschlagen und herausfinden, in wie vielen anderen Fällen er sich freundlicherweise bereit erklärt hatte, einen völlig gesunden Menschen aus dem Verkehr zu ziehen, indem er ihn einfach wegsperrte. Julians Aufgabe war es, sich um Mrs. Desmond zu kümmern. Und er mußte natürlich herausfinden, inwieweit sie Licht in das Leben und Sterben von Alexander Falkland bringen konnte.

HINTER DER MASKE

Alfred riß vor Überraschung den Mund auf, als Ridleys Diener Julian und Mrs. Desmond zum Tor des Irrenhauses hinausführte. Inzwischen goß es in Strömen, und der Feldweg verwandelte sich in ein Schlammfeld. Instinktiv zog Mrs. Desmond den Saum ihres Rockes hoch und trippelte vorsichtig um die Pfützen herum, obwohl sie ihr Kleid und ihre Pantöffelchen kaum schlimmer ruinieren konnte, als sie es ohnehin schon waren.

Beim Anblick des Kabrioletts hellte sich ihre Miene sichtlich auf, und sie betrachtete Julian mit neuem Respekt. »Der Wagen gehört einem Freund«, erklärte er.

»Sie haben aber vornehme Freunde, Sir!« Sie ließ ihre Hand bewundernd über die schnittige Kutsche gleiten.

»Ich habe es bisher versäumt, mich vorzustellen. Julian Kestrel, zu Ihren Diensten.«

»Aber Sir, nach allem, was Sie für mich getan haben, sollte ich *Ihnen* zu Diensten sein.«

Der Unterton in ihrer Stimme gefiel Julian nicht so recht. »Sollten wir nicht besser aufbrechen? Je schneller wir von diesem Ort wegkommen, desto eher sind Sie in Sicherheit.«

»O ja!« Sie ergriff seinen Arm und warf einen ängstlichen Blick zurück zum Irrenhaus. »Bitte, bringen Sie mich sofort von hier weg!«

Er half ihr in das Kabriolett und sprang leichtfüßig hinterher. Alfred kletterte auf seinen kleinen Sitz an der Rückseite des Wagens, und sie brachen auf.

»Wohin fahren wir?« fragte sie.

»Ich dachte, wir machen in einem nahe gelegenen Gasthaus

namens Jolly Filly halt. Die Tochter des Wirts kann sich um Sie kümmern und Ihnen vielleicht ein Kleid leihen, bis Sie Zeit finden, sich neue Sachen zu besorgen.«

»Ich habe in der Stadt jede Menge Kleider – alle so schön, wie dieses hier mal war.« Sie zupfte voller Bedauern an ihrem ruinierten Kleid herum.

»Sie müssen entschuldigen, aber die Umstände Ihres Verschwindens haben mich gezwungen, einen Blick in Ihren Schrank zu werfen. Ihre Kleider sind verschwunden.«

»Aber nicht mein Schmuck? Er hat doch wohl nicht gewagt, mir meinen Schmuck wegzunehmen?«

»Ich fürchte doch.«

»Der Bastard! Dieser miese, hinterhältige Schuft! Ich werde ihn verklagen! Jawohl, das werde ich tun. Es schert mich einen Dreck, wer er ist oder was für feine Pinkel seine Freunde sind! Auch wenn er mir den Schmuck selbst geschenkt hat, gibt ihm das noch lange nicht das Recht, ihn mir wieder wegzunehmen, oder? Ich habe mir das Zeug weiß Gott verdient! Niemand kann sich vorstellen, was ich alles durchgemacht habe, um es zu bekommen! Dieser Hurensohn...«

»Ich bitte Sie, Mrs. Desmond, beruhigen Sie sich! Vielleicht taucht Ihr Schmuck ja wieder auf. Hier, bitte.« Er reichte ihr sein Taschentuch.

»Vielen Dank, Sir.« Sie putzte sich die Nase. Dann begann sie, mit einem Seitenblick auf Julian, geziert an ihren Augen herumzutupfen. Ihre Stimme klang plötzlich nasal und auf zweifelhafte Weise vornehm. »Sie müssen mir verzeihen, Sir, daß ich mich eben so unfein ausgedrückt habe. Normalerweise rede ich nicht so, ganz bestimmt nicht. Aber nach all den Tagen an jenem schrecklichen Ort, ohne jede Hoffnung, je wieder von dort wegzukommen...«

»Natürlich. Nach allem, was Sie durchgemacht haben, wäre jeder mit den Nerven am Ende.«

»Oh, Sie haben so eine nette Art, sich auszudrücken, Sir. Ich bin tatsächlich mit den Nerven am Ende. Sie glauben gar nicht, wie sehr. Und als ich dann auch noch hörte, daß mein Schmuck weg ist – alles, was ich auf der Welt habe! –, da wurde es mir einfach zuviel!« Wehmütig fügte sie hinzu: »Ich glaube nicht, daß ich ihn je zurückbekommen werde. Kein Gericht wird meinesgleichen helfen – nicht gegen *ihn*. Egal, was er mir angetan hat, indem er mich an jenem Ort einsperren ließ, er ist immer noch Alexander Falkland, Esquire, Sohn eines Barons. Und was bin ich?«

»Mrs. Desmond, Alexander kann von keinem Gericht mehr belangt werden, wenn auch nicht aus den Gründen, die Sie annehmen. Er ist tot.«

»Tot?« Ihre Augen leuchteten erfreut auf. »Wie ist er gestorben.?«

»Er wurde ermordet.«

Sie schnappte einen Moment nach Luft. Dann packte sie ihn so heftig am Arm, daß er die Zügel verriß. »Wer war es? Wie ist es passiert? Ich hoffe, es war ein schmerzhafter Tod!«

Julian erklärte ihr kurz, wie Alexander ermordet worden war und wieso man ihn, Julian, in die Ermittlungen eingeschaltet hatte. Sie hing gebannt an seinen Lippen. Er sagte sich, daß ihr Haß auf Alexander verständlich war – nach allem, was er ihr angetan hatte. Trotzdem fand er ihre unverhohlene Freude makaber. Er brach das Gespräch ab. Noch wurde Mrs. Desmond von ihren überreizten Nerven wach gehalten, aber er wußte, daß sie erst einmal Ruhe brauchte und etwas essen mußte, bevor er sie mit Erfolg befragen konnte. Außerdem wollte er Alfred loswerden, der schon die ganze Zeit die Ohren gespitzt hatte. Deswegen fuhr er schweigend weiter. Mrs. Desmond schlief schon nach kurzer Zeit vor Erschöpfung ein, und ihr Kopf sank auf seine Schulter.

Sie erreichten das Jolly Filly gegen halb vier. Julian nahm Ruth beiseite und erklärte ihr, daß Mrs. Desmond eine bemitleidenswerte junge Frau sei, die zu Unrecht in ein Irrenhaus gesperrt worden sei und im Rahmen seiner Ermittlungen wichtige Aussagen zu machen habe. Ruth war anzusehen, daß sie gerne mehr gewußt hätte, aber sie respektierte Julians Wünsche und stellte keine weiteren Fragen. Ein bewundernswertes Mädchen, dachte er – ebenso intelligent wie hübsch. Ihm ging durch den Kopf, daß Dipper bestimmt großen Gefallen an ihr gefunden hätte. Um ihrer Tugend und ihres Seelenfriedens willen war er froh, daß er ihn nicht mitgebracht hatte. Während sie sich um Mrs. Desmond kümmerte, wurde Julian in einen privaten Salon geführt. Er ließ einen Kellner kommen und informierte ihn, daß er in einer Stunde zu Abend essen wolle. In der Zwischenzeit erfrischte er sich mit Kaffee und Brandy und überlegte, wo er Mrs. Desmond unterbringen sollte. Er mußte sie auf jeden Fall nach London mitnehmen: Sir Malcolm würde mit ihr reden wollen, und die Leute von der Bow Street würden von ihr verlangen, ihre Aussage zu beeiden. Aber wo sollte sie die Nacht verbringen? Kein anständiges Gasthaus würde eine junge Frau aufnehmen, die weder ein Mädchen noch Gepäck bei sich hatte. Sie konnte auch nicht in Sir Malcolms Haus übernachten – nicht, solange Mrs. Falkland dort war. Und Julians Vermieterin würde kaum dulden, daß sie bei ihm blieb. Einmal hatte sie Dippers Schwester Sally in ihrem freien Zimmer schlafen lassen, aber Julian glaubte nicht, daß sie dieselbe Gunst auch Mrs. Desmond gewähren würde. Schließlich war Sally ein charmantes, warmherziges – aber das war nicht der geeignete Zeitpunkt, um in Erinnerungen an Sally zu schwelgen.

Ihm fiel nur ein einziger Ort ein, an dem Mrs. Desmond bequem und abgeschieden übernachten konnte und wo verantwortungsvolle Dienstboten ein Auge auf sie hatten. Er traute ihr nicht über den Weg. Wahrscheinlich würde sie mit dem erstbesten Mann davonlaufen, der ihr ein paar Juwelen unter die Nase hielt. David Adams beispielsweise konnte es sich durchaus leisten, sie mit Diamanten zu behängen, und er hatte möglicherweise gute Gründe, sie aus dem Weg haben zu wollen.

Julian läutete erneut nach dem Kellner und bestellte einen Boten, der eine Nachricht nach Hampstead bringen konnte. Dann ließ er sich Schreibfeder und Papier kommen und schrieb an Sir Malcolm. Er teilte ihm mit, daß er Mrs. Desmond gefunden habe, und schlug vor, sie in Alexanders Haus nach London zu bringen. Er schrieb, er werde gegen sieben eintreffen, und bat Sir Malcolm, sie dort zu erwarten und die Dienstboten vorzuwarnen.

Ben Foley, der Stallknecht, erschien im Salon und teilte Julian mit, daß man ihm freigegeben habe, damit er die Nachricht überbringen könne. Julian vermutete, daß er inständig um dieses Privileg gebeten hatte. Jungen in seinem Alter fanden eine solche Verbrecherjagd höchst faszinierend, und die klugen unter ihnen gaben gute Verbündete ab. Julian überreichte ihm die Nachricht. Nachdem er ihm die nötigen Anweisungen und dazu ein großzügiges Trinkgeld gegeben hatte, schickte er ihn los.

Nach etwa einer Stunde kam Ruth mit Mrs. Desmond zurück. Sie sah schon viel besser aus. Ihr Gesicht wirkte immer noch abgezehrt, aber wenigstens war es jetzt sauber, und dank des heißen Wassers – oder durch eifriges Rubbeln – hatten ihre Wangen wieder eine Spur Farbe angenommen. Obwohl ihr Haar immer noch kraftlos wirkte, hatten sie es irgendwie dazu gebracht, sich vorne und an den Seiten ein wenig zu kringeln; der Rest war hoch oben am Hinterkopf zu einem griechischen Knoten zusammengedreht. Ruth hatte ihr das geblümte Baumwollkleid geliehen, in dem er sie gestern gesehen hatte – bestimmt ihr bestes Sonntagskleid.

»Vielen Dank, Miss Piper«, sagte er herzlich. »Sie waren mehr als freundlich.«

»Für *Sie* habe ich das doch gerne getan, Sir.« Sie warf Mrs. Desmond einen vernichtenden Blick zu, wovon diese aber nichts bemerkte, weil sie sich gerade in dem Spiegel über dem Kaminsims bewunderte. Vermutlich fand Mrs. Desmond unter ihren Geschlechtsgenossinnen nur selten Freundinnen, dachte Julian.

Nachdem Ruth gegangen war, drehte sich Mrs. Desmond zu Julian um und tätschelte selbstgefällig ihr Haar. »Ich fühle mich fast schon wieder wie ich selbst. Natürlich ist dieses geschmacklose Kleid nicht gerade das, woran ich gewöhnt bin, obwohl ich annehme, daß es für *ihresgleichen* gut genug ist.« Sie kam ganz nahe heran und sah ihn aus großen, kobaltblauen Augen schmachtend an. »Es ist mir unerträglich, daß Sie mich in diesem Zustand sehen, Sir – so bleich und dürr wie eine Vogelscheuche. Wissen Sie, ich bin nur noch ein Schatten meiner selbst. Sie werden es wahrscheinlich nicht glauben, aber früher gab es Männer, die mich gutaussehend fanden.«

»Das glaube ich Ihnen gerne.«

»Sie sind wirklich zu freundlich. Ich werde mich bestimmt erholen, da bin ich mir ganz sicher, jetzt, da ich aus diesem Höllenloch entkommen bin – jetzt, da Sie mich gerettet haben, meine ich. Ich bin Ihnen so unendlich dankbar. Wie kann ich das je wiedergutmachen?«

»Dazu besteht keinerlei Veranlassung. Ich bitte Sie, keinen Gedanken mehr daran zu verschwenden.«

»Wie könnte ich nicht daran denken? Wo es mir an diesem kalten, verhaßten Ort doch so schlechtging, daß ich schon fast im Sterben lag, und dann kommt der eleganteste Mann Londons – nein, ganz Englands, da bin ich mir sicher! – und scheut keine Gefahr, um mich zu retten! Es gibt nichts, was ich nicht für Sie tun würde – wirklich *nichts*. Sie brauchen nur zu fragen.«

»Mrs. Desmond, ich bin überwältigt von Ihrer Großzügigkeit, aber ich würde nicht im Traum daran denken, Ihre wehrlose Lage auszunutzen.«

»Wie sie sich ausdrücken – so elegant und vornehm!« Sie strich mit den Fingerspitzen leicht über das Revers seiner Jacke. »Glauben Sie, wir könnten...«

Zu Julians großer Erleichterung erschien in diesem Moment der Kellner und begann, das Essen aufzutragen. Der Bratenduft ließ Marianne alles andere vergessen. Sie hatte soviel Zeit auf ihre Toilette verwandt, daß Julian gar nicht mehr daran gedacht hatte, wie ausgehungert sie sein mußte. Gierig verschlang sie Fleisch, Schinken, Lachs, Kartoffeln, Spargel, Brot, Kräuterbutter und das abschließende Biskuitdessert. Das Ganze spülte sie mit mehreren Glas Wein hinunter. Julian gab jede Hoffnung auf, sie hinterher noch befragen zu können – nach einer Mahlzeit wie dieser würde sie schon bald wie ohnmächtig schlafen. Aber der Wein hatte zumindest vorübergehend eine belebende Wirkung auf sie. Eine Weile war sie gewillt zu reden, und zwar ziemlich ungehemmt.

»Mein Vater war Stellmacher in Islington. Ich habe ihn schon seit Ewigkeiten nicht mehr gesehen. Ich weiß nicht mal, ob er überhaupt noch am Leben ist. Sie können sich nicht vorstellen, wie sehr ich mich dort gelangweilt habe: immer nur Steppdecken nähen, Gebete aufsagen und nach dem Schwein sehen, das Ma hinter dem Haus hielt. Das ist doch kein Leben – jedenfalls nicht für ein junges, lebhaftes Mädchen, das noch dazu hübsch ist. Oft sah ich, wie vor dem Gasthaus die Kutschen anhielten – groß und schön bemalt, mit glänzenden goldenen Wappen –, und drinnen saßen feine Damen in schönen Seidenkleidern und pelzbesetzten Mänteln. Und ich dachte mir, warum sollte ich diese Dinge nicht haben? Und ich *könnte* sie auch haben, wenn ich nicht in diesem kleinen Nest festsäße.

Als ich siebzehn war, wurde in der Nähe unseres Hauses eine Truppe Soldaten einquartiert, und einer von ihnen begann mir den Hof zu machen. Er sagte, er werde mich heiraten. Und auch wenn er es nicht ernst meinte, es war mir egal. Wir setzten uns nach London ab und hatten eine Menge Spaß. Aber es war trotzdem ein hartes Leben. Er mußte sich verkleiden, wenn er ausgehen wollte, weil er ja desertiert war. Am Ende haben sie ihn doch erwischt. Ich hatte sowieso schon damit gerechnet. Mir war kein Penny geblieben, also verdiente ich mir mein Geld auf den Straßen der Stadt. Was hätte ich sonst tun sollen? Ich wollte schließlich nicht verhungern. Jedes Mädchen an meiner Stelle hätte dasselbe getan.

Es reichte gerade zum Leben, mehr nicht. Kleider sind so teuer, und ständig muß man die Nachtwächter bestechen. Und die Vermieterinnen nehmen einen so richtig aus, wenn sie erst einmal dahintergekommen sind, daß man nirgendwo sonst hinkann, weil kein anständiges Haus einen aufnimmt. Aber das alles änderte sich schlagartig, als ich Alexander kennenlernte.«

Sie streckte sich ausgiebig und hielt die Hände vors Feuer.

»Wo haben Sie ihn kennengelernt?« hakte Julian nach.

»Ich bin ihm empfohlen worden. Er hat Auntie gesagt – Auntie ist die Chefin des Hauses, für das ich arbeitete –, was für eine Art Mädchen er wollte, und sie hat mich geschickt, weil ich genau seinen Vorstellungen entsprach.«

»Wie sahen die aus?«

Sie lächelte katzenhaft. »Er wollte ein Mädchen, das nichts mehr schockieren konnte. Da war ich doch genau die Richtige, oder? Mir war bis dahin schon so ziemlich alles untergekommen. Er hatte eigentlich gar nicht vor, sich eine Geliebte auf Dauer zu halten, aber nachdem er mich kennengelernt hatte, überlegte er es sich anders. Er fand ein Haus für mich – es war schrecklich muffig, aber ich kaufte Spiegel und Gemälde und alles mögliche andere, um es ein bißchen herzurichten. Er lachte mich aus und sagte, ich hätte keinen Funken Geschmack, aber er bezahlte alles, was kümmerten mich da seine Worte? Meine Kleider und meinen Schmuck suchte er allerdings selbst aus. Er sagte, er lasse nicht zu, daß ich mich selbst auch so schrecklich verunstalte wie das Haus – nicht, solange er gezwungen sei, mich anzusehen.«

Julian schwieg eine Weile. Es war ihm unangenehm, sie über ihre intime Beziehung zu Alexander auszufragen. Aber sie war die einzige, die bereit und in der Lage war, ein Fenster auf Alexanders dunkle Seite zu öffnen, und Julian konnte es sich nicht leisten, wegen der Aussicht zimperlich zu sein. »Sie haben gesagt, er hätte eine Frau gesucht, die er nicht mehr schockieren konnte. Hat er Sie denn schockiert?«

»Nein, nicht besonders. Anfangs hat er mir ein bißchen Angst eingejagt, aber als ich erst mal wußte, was er wollte, hab' ich mich nicht mehr gefürchtet.«

»Was wollte er?«

»Er selbst sein. Sagen und tun können, was er wollte. Manchmal war das, was er wollte, ziemlich unanständig, aber meistens war es bloß öde. Er redete und redete – meine Güte, wie der reden konnte! Er lag den ganzen Abend auf dem Wohnzimmersofa und plapperte von den großen Tieren, die zu seinen Gesellschaften kamen, den Debütantinnen, die verliebt in ihn waren, dem vielen Geld, das er mit seinem Judenfreund gemacht hatte. Wie sehr Lord Sowieso sein Haus bewundert hatte und Lady Wie-hieß-sie-Noch seine Beine. Er hat verächtliche Geschichten über seine Freunde erzählt. Und wenn er der Meinung war, daß ihn jemand gekränkt hatte, konnte er Stunden darüber reden. Er war schrecklich langweilig, wenn er nicht gerade versuchte, liebenswürdig zu sein, aber das tat er nie, wenn wir allein waren. Wenn natürlich andere Leute dabei waren – was selten genug vorkam, er ließ mich ja keine Freunde haben –, dann war er wie eine dieser Figuren, die aus den Uhren herauskommen und herumtanzen oder die Stunde schlagen. Dann mußte er seinen Charme spielen lassen. Er konnte gar nicht anders. Er mußte das Gefühl haben, von allen geliebt zu werden – obwohl ihn sicher niemand so sehr liebte wie er sich selbst.«

»Warum ließ er Sie keine Freunde haben?«

»Es sollte doch niemand erfahren, daß es mich gab. Ich mußte in einem dunklen kleinen Hof wohnen, ohne Nachbarn, abgesehen von der alten Hexe Mrs. Wheeler, die immer am Fenster saß und zu mir herüberspähte. Eine blöde Kuh – hatte die denn nichts Besseres zu tun? Ich konnte es nie erwarten, bis Freitag war, weil sie dann für einen Tag und eine Nacht wegfuhr und ihre Nase nicht mehr in meine Angelegenheiten stecken konnte.«

»Warum war er so ängstlich darauf bedacht, seine Verbindung zu Ihnen geheimzuhalten?«

»Oh, es machte ihm Spaß, alle in dem Glauben zu wiegen, er vergöttere seine Frau. Sie ist so ein richtiges Paradestück, müssen Sie wissen – sie hat ihn zu Tode gelangweilt. Aber er fand es romantisch, ständig um sie herumzuscharwenzeln. Und zu mir hat er gesagt, wenn er sich je zu einer Geliebten bekennen würde, dann bestimmt nicht zu mir. Ich sei ihm nicht fein genug – ich würde seinen Ruf ruinieren, er sei schließlich für seinen guten Geschmack bekannt. Er würde mich nie in der Öffentlichkeit vorzeigen, genausowenig, wie er einen Nachttopf in seinen Salon stellen würde. Na ja, es war mir völlig egal, wie er mit mir redete, aber es war mir nicht egal, daß er mich einfach wegsperrte und mich nichts unternehmen ließ. Ich sagte zu ihm: ›Was hat es für einen Sinn, mir schöne Kleider zu schenken, wenn ich sie nirgendwo vorführen darf? Andere Gentlemen schenken ihren Freundinnen Theaterlogen oder Kutschen, mit denen sie im Park herumfahren können.‹ Und er antwortete: ›Dann suchst du dir am besten einen von diesen Gentlemen, meinst du nicht auch?‹ Ich bin natürlich geblieben. Ich hätte es viel schlechter erwischen können. Früher oder später würde ich ihn sowieso verlassen und mit dem, was er mir geschenkt hatte, so leben, wie es mir gefiel. Bis dahin war ich bereit, seine Spiele mitzuspielen.«

»Was genau meinen Sie, wenn Sie ›Spiele‹ sagen?«

»Oh, ich habe ihm manchmal andere Mädchen gebracht. Er hatte gern frisches Fleisch – Mädchen, die noch nicht so abgebrüht waren und sich noch schockieren ließen.«

»Ich dachte, er fühlte sich gerade deswegen zu Ihnen hingezogen, weil man Sie nicht mehr schockieren konnte.«

»Ja, aber bei mir war das etwas anderes. Er brauchte jemanden, der verstand, was er wollte, und ihm klammheimlich dazu verhelfen konnte. Er hatte nicht mehr viel mit mir am Hut, nachdem er mir das Haus besorgt hatte – als Geliebte, meine ich. Ich war eher seine – wie hat er es genannt? – seine Komplizin.«

»Hatte er denn keine Angst, daß eines von den Mädchen etwas über ihn ausplaudern könnte und auf diese Weise die weiße Weste besudeln würde, die er sich zu bewahren versuchte?«

»Das hätte keine von ihnen gewagt.« Sie beugte sich zu ihm hinüber und senkte die Stimme. »Sie wissen ja nicht, wie sehr er sie eingeschüchtert hat. Er wußte genau, was er tun mußte. Er war abwechselnd nett und grausam zu ihnen, bis sie so verwirrt und verängstigt waren, daß sie alles taten, was er von ihnen verlangte. Oft verband er ihnen die Augen, so daß sie nicht wußten, was um sie herum passierte oder was er als nächstes tun würde. Sie wären überrascht, wie beängstigend das ist.«

»Ich nehme an, das wäre ich«, antwortete Julian mit kalter, beherrschter Stimme.

»Er hat ihnen nicht weh getan – zumindest nicht sehr. Er achtete immer darauf, kein Blut zu vergießen und blaue Flecken zu vermeiden. Das war der Künstler in ihm. Er brüstete sich damit, keine Narben zu hinterlassen.«

Julian stand auf und drehte eine Runde durch den Raum. Gott sei Dank kann Sir Malcolm uns nicht hören, dachte er. Mit ein bißchen Glück kann ich ihm das Schlimmste ersparen. Oder doch nicht? Angenommen, eine von den jungen Frauen, die Alexander gequält hat, hat ihn aus Rache ermordet? Dann wird dieses ganze Doppelleben, das er geführt hat, ans Licht gezerrt werden.

Er schob diesen Gedanken beiseite. Bevor er sich daran machte, unter den vielen gefallenen Frauen, die in London gestrandet waren, nach »Jane Noakes« zu suchen, mußte er erst versuchen, die naheliegenderen Möglichkeiten auszuschöpfen. Er nahm wieder Mrs. Desmond gegenüber Platz. »Erzählen Sie mir von Ihrem Mädchen, Fanny Gates.«

»Da gibt es nicht viel zu erzählen. Alexander wußte, daß ich eine Bedienstete brauchte, die sich um das Haus kümmerte, also machte er sich daran, eine zu suchen, die er kontrollieren konnte. Denn es würde sich natürlich nicht vermeiden lassen, daß sie über ihn und mich Bescheid wußte, deswegen mußte er sich darauf verlassen können, daß sie den Mund hielt. Schließlich brachte er mir eine Maus von einer Frau, um die Vierzig, ohne ein Fünkchen Stil. Zeugnisse hatte sie auch keine. Ich nehme an, daß sie ihr Geld bis dahin auf der Straße verdient hatte, aber inzwischen war sie unansehnlich geworden und nur noch zum Kochen und Bodenschrubben zu gebrauchen. Alexander wollte mir nie verraten, wie er sie gefunden hatte, aber er sagte, daß sie genau das Richtige für uns sei: keine Familie, keine Freunde und dazu ein richtiger Hasenfuß. Sie hat hart gearbeitet, das muß man ihr lassen. Ihr blieb gar nichts anderes übrig. Sie wußte, daß Alexander ihr die Hölle heiß machen würde, wenn sie nicht spurte.«

»Wie das?«

»Oh, er schüchterte sie ein. Drohte, sie ins Gefängnis zu bringen. Er wußte Dinge über sie, von denen ich nichts wußte. In mancher Hinsicht war sie ein ziemliches Ärgernis. Vor allem weil sie so fromm war. Manche Frauen werden so, wenn ihre Reize verblassen. Sobald sie selbst keine Gelegenheit mehr haben, irgendwelche Sünden zu begehen, werden sie furchtbar prüde.«

Wenn man sie so reden hörte, hätte man meinen können, daß nur die anderen Frauen alt wurden. »Inwiefern war ihre Frömmigkeit ein Ärgernis?«

»Sie mißbilligte vieles von dem, was Alexander tat. Einmal kam sie in den Salon, während wir – während wir Besuch hatten. Eins von den Mädchen, von denen ich Ihnen erzählt habe, Sie wissen schon. Sie können sich nicht vorstellen, wie sie sich aufgeregt hat. Von da an sperrten Alexander und ich sie immer in ihre Dachkammer, wenn wir Gäste empfingen. Manchmal sperrte er sie auch nur deswegen ein, weil ihr dummes Gesicht ihn wütend machte – zumindest behauptete er das.«

Plötzlich verfinsterte sich ihre Miene. Julian fragte: »Fehlt Ihnen etwas?«

»Ich mußte nur gerade an jenen Abend denken – den Abend, an dem er mich ins Irrenhaus gebracht hat. Damals hat er Fanny auch eingesperrt – beziehungsweise mir befohlen, sie einzusperren. Es war ein ruhiger Abend. Wir hatten keine Gäste. Alexander lag im Salon auf dem Sofa. Er war gereizt und beleidigt, weil...« Sie hielt inne. »Weil wir einen kleinen Streit gehabt hatten«, fuhr sie schnell fort. »Als ich wieder herunterkam, hatte er ein Glas Brandy vor sich stehen und schenkte mir auch eines ein. Ich trank es, und er redete endlos über dieses und jenes. Bald konnte ich kaum mehr die Augen offenhalten, und alles um mich herum begann sich zu drehen. Bis mir klarwurde, daß er mir etwas in den Drink getan hatte, war es schon zu spät. Danach kann ich mich an nichts mehr erinnern, bis ich schließlich in der Zelle aufgewacht bin, in der Sie mich heute gefunden haben.«

»Dieser Streit, den Sie mit Alexander hatten – worum ging es dabei?«

Verlegen wich sie seinem Blick aus. »Ach, wissen Sie, nichts Wichtiges. Bloß eine kleine Meinungsverschiedenheit.«

»Wenn es ihn dazu veranlaßt hat, Sie in ein Irrenhaus zu sperren, kann es nicht so unwichtig gewesen sein.«

»Nun ja, wissen Sie, ich habe ihm gegenüber Forderungen erhoben.« Sie stammelte ein bißchen und starrte auf die Weinkaraffe, als hätte sie plötzlich Angst, zuviel getrunken zu haben. »Ich wollte mehr Geld, ein besseres Haus, ein Leben in der Öffentlichkeit. Er wollte unsere Beziehung immer noch geheimhalten. Deswegen lagen wir uns ständig in den Haaren.«

»Mrs. Desmond...«

»Oh, Sie brauchen nicht ›Mrs.‹ zu mir sagen. Ich war nie verheiratet – ich fand bloß, daß ›Mrs.‹ bei einer allein lebenden Dame vornehmer klingt.« Mit schmeichelnder Stimme fügte sie hinzu: »Ich wünschte, Sie würden mich ›Marianne‹ nennen.«

»Also gut, Marianne.« Er war durchaus zu kleinen Zugeständnissen bereit. Gott wußte, daß ihm ihre Tricks nicht gefährlich werden konnten. Der Gedanke, daß sie mit Alexander Falkland zusammengewesen war, reichte aus, um einem Mann für Wochen die Freude an den Frauen zu vergällen. »Wenn Alexander Ihre Wünsche nicht erfüllen wollte, warum hat er sich dann nicht einfach geweigert, wie er es in der Vergangenheit getan hatte?«

»Er – er konnte nicht. Ich drohte ihm. Ich sagte, ich würde – peinliche Dinge über ihn verbreiten. Dinge, von denen er nicht wollte, daß seine feinen Freunde sie erfuhren.«

»Welche Dinge?«

»Oh – die Dinge, von denen ich Ihnen erzählt habe. Daß ich seine Geliebte war und ihm diese Mädchen brachte.« Sie errötete. »Sie brauchen mich gar nicht so anzusehen, als würde ich lügen!«

Er lehnte sich zurück und warf ihr quer über den Tisch einen kalten Blick zu. »Ich bin gar nicht der Meinung, daß Sie lügen. Aber ich glaube auch nicht, daß Sie mir die ganze Wahrheit sagen. Weil ich nämlich Bescheid weiß – über Sie und Mrs. Falkland.«

»W-was?«

»Ich weiß, daß Sie sie auf der Straße angesprochen haben. Das war genau zwei Wochen, bevor Alexander Sie ins Irrenhaus gesteckt hat. Sie trugen die Sachen Ihres Mädchens und erzählten ihr irgendeine Geschichte, um sie in Ihr Haus zu locken. Alexander hat Sie dazu angestiftet und war dabei, um sicherzustellen, daß alles glatt lief.«

»Es ... es war nur ein Jux. Ich wollte damit niemandem schaden – außerdem war das alles Alexanders Werk!«

»Sie brauchen keine Angst zu haben, Mrs. Desmond. Das Verbrechen, das Sie und Alexander an jenem Tag begangen haben, interessiert mich nur insofern, als es Licht in diesen Mordfall bringen könnte. Ich werde Sie nicht einmal fragen, wieso Sie Mrs. Falkland in Ihr Haus gebracht haben, weil ich den Grund zu kennen glaube. Aber sagen Sie mir eines: Wissen Sie, was passiert ist, nachdem Mrs. Falkland das Haus betreten hatte?«

»Nein«, sagte sie bedauernd. »Ich weiß gar nichts. Ich hatte keine Zeit, das herauszufinden. Ich mußte sofort wieder gehen.«

Julian war versucht, ihr zu glauben. Ihre enttäuschte Neugier klang ehrlich. »Mit dieser Geschichte haben Sie Alexander gedroht, habe ich recht? Wenn je herausgekommen wäre, daß er eine solche Verschwörung gegen seine Frau angezettelt hatte, wäre es mit seiner Ehre und seinem Ruf endgültig vorbei gewesen.«

»Ich wollte von ihm nur, was mir zustand«, sagte sie abwehrend. »Wenn er mich schon in seine Intrigen mit hineinzog, sollte er wenigstens dafür sorgen, daß es sich für mich lohnte.«

Julian dachte nach. »Sie haben gesagt, an dem Abend, als Alexander Sie betäubte und ins Irrenhaus brachte, habe er Ihnen vorher befohlen, Fanny in ihr Zimmer einzusperren.«

»Ja.«

»Haben Sie eine Ahnung, was aus ihr geworden ist?«

»Wie sollte ich? Vielleicht hat er sie wieder rausgelassen, damit sie ihm half, mich ins Irrenhaus zu schaffen.«

»Schon eher, um ihre Kleider und anderen Habseligkeiten wegzuschaffen. Er wollte den Anschein erwecken, als hätten Sie das Haus aus freien Stücken verlassen.«

Ihre Miene hellte sich auf. »Glauben Sie, daß sie meinen Schmuck hat? Oh, die kann was erleben, die intrigante Hexe! Wissen Sie, wo sie ist?«

»Am Morgen nach Ihrem Verschwinden«, sagte er leise, »wurde auf dem Gelände der Ziegelei in der Nähe von Hampstead eine Frauenleiche gefunden, die in etwa Fannys Alter und Körperbau hatte. Das Gesicht der Frau war so zugerichtet, daß man sie nicht mehr identifizieren konnte. Und wir haben in Ihrem Haus Spuren von Ziegelerde gefunden.«

»O mein Gott!« flüsterte sie. »Alexander?«

»Höchstwahrscheinlich.« Obwohl nur der Teufel weiß, wie wir das je beweisen sollen, dachte er.

»Aber – das klingt gar nicht nach ihm. Ich habe Ihnen doch gesagt, daß er nicht gerne Blut vergoß.«

»Ich glaube nicht, daß das Gesicht des Ziegeleiopfers zum Spaß zerstört wurde. Der Mörder wollte verhindern, daß jemand die Frau identifizierte. Hätte Alexander es fertiggebracht, einer Frau das Gesicht einzuschlagen, wenn es in seinem Interesse gewesen wäre?«

»Er? Er konnte einem Menschen alles antun, wenn dieser Mensch schwach und ängstlich war. Fanny war beides.« In ihrem Bestreben, Julian zu überzeugen, lehnte sie sich zu ihm hinüber und zupfte ungeduldig an seiner Jacke. »Für Alexander zählte Fanny gar nicht. Sie war häßlich, und sie war schwach, was bedeutete, daß sie für ihn ein *Nichts* war. Er hätte keine Sekunde gezögert, sie zu töten, wenn sie ihm im Weg gewesen wäre – zumindest nicht, wenn er es hätte tun können, ohne erwischt zu werden. Das wäre für ihn nicht viel anders gewesen, als eine Fliege zu erschlagen.«

Julian wechselte abrupt seine Sitzposition. Seit er angefangen hatte, in Mordfällen zu ermitteln, hatte er eine Menge zum Thema Verbrechen gelesen. *The Newgate Calendar* war voll von Informationen über das Leben und Sterben von verrohten, herzlosen Verbrechern. Aber nichts davon hatte ihn ausreichend auf diesen Blick hinter die Maske von Alexander Falkland vorbereitet.

»Eine letzte Frage«, sagte er schließlich. »War Mrs. Falklands Mädchen, Martha Gilmore, je in Ihrem Haus in Cygnet's Court?«

»Mrs. Falklands Mädchen?«

»Ja. David Adams behauptet, sie dort gesehen zu haben.«

»Er muß verrückt geworden sein. Was hätte Mrs. Falklands Mädchen in meinem Haus verloren?«

Julian wußte es nicht. Aber er konnte sich auch nicht vorstellen, wieso Adams eine solche Geschichte hätte erfinden sollen. Marthas Besuch in Cygnet's Court war eines der faszinierendsten Teile im Puzzle um die Falklands, weil es weder als Wahrheit noch als Lüge einen Sinn ergab. Woraus Julian schloß, daß dieser rätselhafte Fall noch vieles barg, was er nicht verstand.

27

VERITY

Als Marianne langsam schläfrig wurde, hielt Julian es für angebracht, ihr mitzuteilen, wo er sie für die Nacht unterzubringen
gedachte. Sie war begeistert. »Ich soll in Alexanders Haus übernachten? Das wollte ich schon immer sehen! Was für eine Vorstellung – ich bin in seinem Haus, genieße all seine schönen
Dinge und lasse mich von seinen Dienern verwöhnen, während
er unter der Erde liegt! Es gibt doch noch so was wie Gerechtigkeit auf dieser Welt!«

»Natürlich ist das nur eine Übergangslösung, bis wir eine
geeignetere Unterkunft für Sie gefunden haben. Und es hängt
noch davon ab, ob Sir Malcolm überhaupt seine Einwilligung
gibt. Ich habe ihn gebeten, uns dort zu erwarten.«

»Alexanders Vater? Was meinen Sie, wie er auf mich reagieren
wird? Alexander hat immer gesagt, daß er ein steifer alter Moralapostel ist.«

»Ich glaube, das sollten Sie ihm gegenüber nicht wiederholen.« Julian erhob sich. »Sie begleiten mich also nach London?«

»Ich begleite Sie überallhin«, gurrte sie. »Nur – in die Bow
Street muß ich doch nicht, oder?«

»Ich fürchte, man wird von Ihnen verlangen, Ihre Aussage zu
beeiden.«

»Aber ich will mit der Justiz nichts zu tun haben! Wer weiß,
was sie mich alles fragen werden? Ein Mädchen in meiner Situation muß so ungeheuer vorsichtig...«

Julian murmelte: »Für Informationen zu Alexanders Ermordung sind mehrere beträchtliche Belohnungen ausgesetzt worden.«

»Oh! Oh, dann – ich wollte mich wirklich nicht vor meiner

Pflicht drücken! Wenn ich zur Aufklärung des Falls beitragen kann, werde ich das gerne tun.«

»Ich habe gehofft, daß Sie das so sehen würden.«

Er läutete nach dem Kellner und gab Bescheid, daß man das Kabriolett bereitstellen solle. In der Zwischenzeit bezahlte er die Rechnung und überredete Ruth, eine großzügige Summe für ihr Kleid anzunehmen. Dann brachen er und Marianne nach London auf. Kaum in der Kutsche, schlief sie auch schon ein und wachte erst wieder auf, als sie Alexanders Haus erreichten.

Nachdem er Alfred beauftragt hatte, sich um das Kabriolett zu kümmern, weckte Julian Marianne sanft auf und führte sie ins Haus. Sie blickte sich ehrfürchtig um, voller Begeisterung über die schöne, im Renaissancestil gehaltene Eingangshalle, die Marmortische und vergoldeten Leuchter, die herrliche schwebende Treppe mit ihren auf- und absteigenden Reihen von Engeln. Sie lief hierhin und dorthin, berührte dieses und begutachtete jenes und fragte sich bei jedem Stück, was es wohl gekostet hatte.

Julian nahm Nichols, den Butler, beiseite. »Ist Sir Malcolm da?«

»Ja, Sir. Er erwartet Sie und die – junge Frau – in der Bibliothek. Er hat mich gebeten, Mr. Eugenes altes Zimmer für sie herrichten zu lassen, und das habe ich getan.«

»Gut.« Julian lächelte ihn entschuldigend an. »Ich fürchte, ich ziehe Sie da in eine ziemlich delikate Sache hinein, Nichols. Ich wäre Ihnen sehr dankbar, wenn Sie dafür sorgen könnten, daß Mrs. Desmond keine Besucher empfängt und niemand außerhalb des Hauses erfährt, daß sie sich hier aufhält.«

»Sie können sich auf mich verlassen, Sir.«

»Ausgezeichnet! Ich danke Ihnen.« Er trat auf Marianne zu und bot ihr seinen Arm an. »Kommen Sie, ich bringe Sie zu Sir Malcolm.«

Zunächst war Marianne Sir Malcolm gegenüber recht mürrisch. Sie sah offensichtlich keinen Sinn darin, ihren Charme an den hochgeistigen Vater ihres Geliebten zu verschwenden. Tatsächlich war seine erste Reaktion auf sie eine kaum verhüllte Abneigung. Als er aber hörte, was sie durch Alexanders Schuld hatte erdulden müssen, verwandelte sich sein Widerwille in Mitleid. Sofort fing sie an, ein Schauspiel weiblichen Kummers zu inszenieren. Sie sprach mit leiser, mitleidheischender Stimme und wedelte ständig mit ihrem Taschentuch herum. Sir Malcolms Mitleid schwand. Zwanzig Jahre vor Gericht hatten ihn gegen Krokodilstränen abgehärtet.

Julian äußerte die Vermutung, daß sie sich nach ihrer Reise bestimmt ausruhen wolle. Eines der Zimmermädchen könne ihr helfen und sie mit allem versorgen, was sie für die Nacht benötige. Das ließ sie sich nicht zweimal sagen, so begierig war sie darauf, mehr von dem Haus zu sehen. Julian ging durch den Kopf, daß Nichols sicher gut daran täte, ein Auge auf die leichter transportablen *objets d'art* zu haben.

Sir Malcolm holte eine Brandykaraffe hervor, und sie tranken schweigend ein Glas. Schließlich sagte Sir Malcolm düster: »Welcher Teufel mag Alexander geritten haben, daß er sich wegen *so etwas* von Belinda abwandte?«

»Sie hätten das nicht getan, und ich auch nicht. Aber in Alexanders Augen hatte diese Frau etwas zu bieten. Sie hat zu mir gesagt, bei ihr habe er die Möglichkeit gehabt, er selbst zu sein. Das muß ihm eine Menge bedeutet haben. Den meisten Leuten gegenüber spielte er immer irgendeine Rolle.«

»Aber warum?«

Julian zuckte mit den Achseln. »Er wollte alles: bewundert und geliebt werden, aber auch gefürchtet und gehaßt. Er wollte für seine guten Taten gelobt werden, dabei aber nicht auf das Vergnügen verzichten, Böses zu tun.«

»Ich verstehe nicht, was für ein Vergnügen es einem Mann bereiten kann, mit einer solchen Frau zu verkehren. Jetzt, da Sie sie kennengelernt haben, können Sie doch unmöglich weiterhin glauben, daß sie Verity Clare ist?«

»Es erscheint sehr unwahrscheinlich, daß sie die junge Dame sein könnte, die Tibbs wegen ihrer Intelligenz und Ernsthaftigkeit mit Portia verglichen hat. Obwohl er andererseits gesagt hat, Verity sei eine hervorragende Schauspielerin...«

Er brach mitten im Satz ab und erhob sich aus seinem Sessel. »Was haben Sie?« fragte Sir Malcolm und starrte ihn fragend an.

Julian begann zu lachen. »Sir Malcolm, wir waren taub, stumm und blind!«

»Wieso? Wie meinen Sie das?«

»*Der Kaufmann von Venedig!* Zum zweitenmal hat mich dieses Stück auf die richtige Fährte gelenkt!« Er ging rasch zum Klingelzug hinüber und zog daran. »Wir müssen sofort zum Lincoln's Inn!«

»Warum? Was haben Sie für einen Verdacht? Hat – hat Quentin gelogen?«

»O ja, Quentin Clare hat gelogen – auf eine brillante, unerhörte Weise! Wahrscheinlich ist Quentin Clare der beste Lügner, den kennenzulernen ich je die Ehre hatte.«

Sir Malcolm fuhr sich mit der Hand übers Gesicht und stand dann auf. »Also gut. Suchen wir ihn auf. Sie werden der Kronanwalt sein und ich der Richter. Weisen Sie ihm nach, daß er ein Lügner ist – überführen Sie ihn des Mordes, wenn Sie können. Und wenn Sie es getan haben, verlangen Sie nie wieder von mir, einer Menschenseele zu vertrauen. Denn wenn dieser junge Mann ein Lügner ist, dann gibt es unter den Menschen keine Aufrichtigkeit mehr.«

Die Nacht war bereits hereingebrochen, als sie Lincoln's Inn erreichten. Die Tore waren verschlossen, aber der Nachtportier erkannte Sir Malcolm und ließ sie hinein. Das Gebäude war dunkel. Nur in den Treppenhäusern blinkten noch Lampen, und in den oberen Stockwerken, wo Schreiber oder Notare bis in die Nacht hinein arbeiteten, brannten ein paar Kerzen.

Sie betraten Serle's Court. Der Hof lag still und schweigend vor ihnen. Auf dem Kies klangen ihre Schritte, als würden sie über Glasscherben gehen. Als sie den Hof etwa zur Hälfte überquert hatten, blieb Sir Malcolm stehen und sah zu Clares Fenster hinauf, wo hinter der Jalousie ein schwaches Licht brannte. Seit sie Alexanders Haus verlassen hatten, hatte er kein Wort mehr gesagt, und er sagte auch jetzt nichts. Sie gingen weiter bis zu Nummer 5, stiegen die Treppe hinauf und klopften an Clares Tür.

Clare machte ihnen auf, eine Leselampe in der Hand. Er wirkte bleich und müde, als hätte er lange nicht geschlafen. Sein Halstuch war verknittert, und das helle Haar hing ihm wirr in die Stirn. Er fuhr leicht zusammen, als er sah, wer seine Besucher waren.

Julian musterte ihn einen Augenblick aufmerksam und lächelte dann. »Guten Abend. Haben Sie einen Moment Zeit? Wir würden gerne mit Ihnen reden.«

»Ja – natürlich. Bitte kommen Sie herein.«

Sie traten ein. Clare schloß die Tür und stellte die Lampe auf einen Tisch.

»Es tut mir leid, daß ich Sie um diese Zeit noch stören muß«, sagte Julian, »aber mein Anliegen duldet keinen Aufschub. Ich weiß jetzt nämlich, wo Verity ist.«

Er und Clare tauschten einen langen, wissenden Blick. Dann schloß Clare die Augen und wandte sich langsam ab.

Sir Malcolm sprang vor und packte ihn an der Schulter. »Warten Sie einen Moment! Ich habe keine Ahnung, was das alles soll, aber ich möchte, daß Sie wissen, daß ich Ihnen vertraue. Nein, wenden Sie sich nicht ab. Ich glaube an Sie, Quentin. Ich weiß daß ich auch an Alexander geglaubt habe, aber das war etwas anderes. An ihn habe ich nur deswegen geglaubt, weil ich nicht wußte, wie er in Wirklichkeit war, aber an Sie glaube ich, weil ich Sie kenne und verstehe. Sie haben mich einen Blick in Ihr Herz werfen lassen, und ich weiß, daß dort nichts Niedriges oder

Böses wohnt. Ich glaube nicht, daß Sie meinen Sohn getötet oder sonst einem lebenden Wesen etwas angetan haben. Und nicht nur das – ich würde es auch dann nicht glauben, wenn Sie es mir selbst erzählten. Also sprechen Sie offen, und haben Sie keine Angst. Wo ist Verity?«

Clare drehte sich um und sah ihn bekümmert an. »Verity ist hier. *Ich* bin Verity.«

»Was?« Sir Malcolm machte einen Satz nach hinten. »Wovon sprechen Sie?«

»Ich bin Verity Clare.« Ihre Stimme glitt langsam in ihre natürliche Tonlage hinüber. »Mein Bruder Quentin ist vor eineinhalb Jahren gestorben. Ich bin in seine Rolle geschlüpft.«

Sir Malcolm nahm die Lampe vom Tisch und leuchtete ihr damit ins Gesicht. Sie zwang sich, seinem Blick nicht auszuweichen.

»Ja«, sagte er sanft. »Ich sehe, daß es stimmt. Wie ist es nur möglich, daß Kestrel es eher gesehen hat als ich!«

Sie wurde rot und senkte den Blick.

Sir Malcolm drehte sich benommen zu Julian um. »Wie haben Sie das erraten? Bin ich verrückt, oder haben Sie etwas über den *Kaufmann von Venedig* gesagt?«

»Richtig. Als ich Ihren Onkel besuchte, Miss Clare, sagte er mir zum Abschied, er habe mir ein Rätsel gestellt, von dem er hoffe, daß ich es nie lösen würde. Ich ließ unser Gespräch im Geist Revue passieren, aber ich konnte das Rätsel nicht finden, geschweige denn die Lösung. Heute abend haben Sir Malcolm und ich dann über Sie gesprochen, und mir ist eingefallen, daß Mr. Tibbs Sie mit Portia verglichen hatte – Portia, die sich ebenfalls als Mann des Gesetzes verkleidete. Da ergab plötzlich alles einen Sinn. Sie und Ihr Bruder waren gleich alt. Sie waren mit ihm erzogen worden, hatten sogar Latein und Griechisch gelernt. Sie waren eine begabte Schauspielerin und hatten ein besonderes Talent dafür, Leute nachzuahmen. Sie bewunderten Mary Wollstonecraft und teilten ihre Enttäuschung über den begrenzten Wirkungskreis, der Frauen offensteht. Es hieß, Sie seien kühn, ja sogar skrupellos, wenn es darum gehe, in die Tat umzusetzen, was Sie für richtig halten. Und dann kamen noch meine eigenen Gefühle für Sie hinzu. Ihr Charme hatte eine starke Wirkung auf mich. Das machte mich Ihnen gegenüber noch härter, weil ich irgendeine Art von Täuschung dahinter vermutete. Jetzt weiß ich, daß der Charme durchaus echt war – die Täuschung bestand darin, daß Sie ihn hinter der Identität eines Mannes versteckten.«

Das Kompliment schien wie ein eisiger Wind über sie hinwegzustreichen. Schmeicheleien, die ihm leicht über die Lippen gingen, waren für sie schwer zu verkraften. Ihm fiel ein, daß Tibbs gesagt hatte, sie fühle sich auf einem Podest gefangen. Als er sie ansah, wie sie so bleich und still im Licht der Lampe stand, hatte er plötzlich eine Vision von ihr, wie sie mit Seilen gefesselt zurück auf ihr Podest gehievt wurde – eine abtrünnig gewordene Statue, die man wieder an ihren alten Platz verwiesen hatte.

»Ich schäme mich so«, sagte Sir Malcolm. »Wer weiß, was ich in Ihrer Gegenwart alles gesagt habe – was für Worte ich möglicherweise habe fallenlassen.«

»Sie brauchen sich deswegen keine Gedanken zu machen, Sir. Sie sind einer der wenigen Männer, die nicht die Anwesenheit einer Dame benötigen, um wie ein Gentleman zu sprechen und zu handeln.«

Er musterte sie einen Augenblick schweigend. Dann sagte er sanft: »Erzählen Sie es uns, Miss Clare. Erzählen Sie uns, wie das alles zustande gekommen ist.«

Sie trat hinter das Sofa, stützte die Hände auf die Rückenlehne und senkte den Blick. Julian vermutete, daß sie jetzt, nachdem sie den Schutz ihrer männlichen Identität verloren hatte, Bedenken hatte, ihre behosten Beine zu zeigen. Ihr Schweigen hatte nichts von der früheren Zaghaftigkeit Quentins; sie sammelte bloß ihre Gedanken. Da erkannte er, daß sie nicht nur einen Mann, sondern darüber hinaus einen völlig anderen Menschen gespielt hatte. Verity Clare hatte nichts Zaghaftes – es sei denn im Reich der Gefühle, wo sie verletzlich und unerfahren war.

»Sie wissen, daß Quentin und ich auf dem Kontinent aufgewachsen sind. Wir wurden auf eine Weise erzogen, die die meisten Leute sehr seltsam finden würden.« Sie schwieg einen Moment. »Mr. Kestrel, hat Ihnen Onkel George auch etwas über sich selbst erzählt?«

»Ich weiß, daß er sich früher Montague Wildwood nannte und England verlassen mußte, nachdem er bei einem Duell einen Mann getötet hatte.«

Sie nickte. »Ich wollte nicht von mir aus darüber sprechen. Ich bin mehr als bereit, Ihnen meine Geheimnisse zu erzählen, aber es wäre nicht richtig gewesen, die seinen auszuplaudern.« Ihr Gesicht wurde weicher. »Er war ein wunderbarer Vormund: liebevoll und charmant, und immer voller Respekt mir und Quentin gegenüber. Schon als Kinder hat er uns als vollwertige Menschen behandelt. Konventioneller denkende Zeitgenossen hätten ihm bestimmt geraten, sich irgendwo niederzulassen, statt wie ein Zigeuner mit uns in Europa herumzuziehen, wo wir Sprachen lernten und Kunst, Musik und Ideen aller Art in uns aufsogen. Dieselben wohlmeinenden Menschen hätten ihn wahrscheinlich gedrängt, Quentin in eine Schule zu schicken, statt einen Privatlehrer zu engagieren – und das alles aus dem albernen, banalen Grund, daß Quentin und ich uns so sehr liebten, daß wir es nicht ertragen konnten, getrennt zu werden. Aber das Ungewöhnlichste von allem war, daß Onkel George, als er sah, daß ich gerne lernte und mit Quentin Schritt halten konnte, zuließ, daß ich dieselbe Ausbildung bekam wie er. Mir war damals überhaupt nicht bewußt, was für ein Glück ich hatte. Ich hatte zu der Zeit keine englischen Freundinnen – mir war nicht klar, daß ich, wenn ich hier erzogen worden wäre, nichts anderes gelernt hätte als Französisch, Sticken und Aquarellmalerei.

Erst als ich älter wurde, verstand ich allmählich, daß ich mich von anderen Frauen unterschied. Irgendwann war es für mich an der Zeit, mein Haar hochzustecken und Abendgesellschaften und Bälle zu besuchen, und ich stellte fest, daß ich keine Ahnung hatte, wie ich mich dort benehmen sollte. Das gezierte Getue der anderen Mädchen erschien mir falsch und lächerlich. Ich sprach über Politik und Philosophie, und die Männer sahen mich entsetzt an oder lachten mich aus. Wahrscheinlich habe ich tatsächlich ein paar dumme Dinge gesagt – ich war sehr selbstbewußt und unbesonnen –, aber das war nicht der Grund, warum sie lachten. Sie lachten, weil eine Frau ihre Meinung zu ernsthaften Themen bekundete. Es war, als hätte ein Pferd plötzlich zu sprechen angefangen – manche Leute fanden das beängstigend, andere fanden es lächerlich. Nicht alle unsere Freunde dachten so, aber die vornehmeren unter ihnen schon, und vor allem die Engländer.

Solange ich Quentin und Onkel George hatte, war es mir ziemlich egal, was die anderen von mir dachten. Aber als Quentin und ich volljährig wurden, beschloß er, nach England zurückzukehren und Anwalt zu werden. Unser Vater war ein Mitglied des Lincoln's Inn gewesen, also schrieb er an einen alten Freund von Vater und bat ihn, seine Bewerbung dort zu befürworten. Er wurde angenommen, und es wurde vereinbart, daß er zu Beginn des nächsten Trimesters anreisen sollte, also im Januar letzten Jahres.

Ich versuchte mich für ihn zu freuen, aber in meinem Herzen verspürte ich eine solche Bitterkeit! Bis dahin hatte ich ihn bei allen seinen Unternehmungen begleitet, aber dieser Weg war mir versperrt. Nur warum, *warum*?« Ihre Augen füllten sich mit hellen, zornigen Tränen. »Mein Verstand war genauso scharf wie seiner. Von der Ausbildung her war ich ebensogut zum Anwalt geeignet wie er – vom Temperament her sogar weit besser. Aber was soll ich noch länger über dieses Thema reden: Sie beide kennen ebensogut wie ich die dummen, sinnlosen Vorurteile, die es einer Frau unmöglich machen, einen ernsthaften Beruf zu ergreifen. Sie werden vielleicht sagen: Ist es denn nicht nützlich und bewundernswert, Ehefrau und Mutter zu sein? Doch, natürlich ist es das – aber auf diesem Gebiet stand mir auch keine Zukunft offen. Ich war nicht besonders hübsch. Ich hatte als Frau nichts vorzuweisen. Alles, was ich hatte, war ein Kopf voll Fremdsprachen und sonstigem Wissen und eine spitze Zunge, die die Männer wie aufgescheuchte Hasen flüchten ließ. Ich hatte das Gefühl, in der Falle zu sitzen. Weil ich eine Frau war, mußte meine Intelligenz brachliegen, und weil ich intelligent war, mußte meine Weiblichkeit ebenfalls brachliegen.

Ich wollte nicht, daß Quentin merkte, wie unglücklich ich war. Ein paar Wochen, bevor er nach England aufbrechen sollte, waren wir bei Freunden in der Schweiz eingeladen, aber ich überredete Onkel George, statt dessen mit mir nach Wien zu fahren. Quentin ist allein weitergereist.« Sie schwieg einen Moment, schluckte heftig. »Das war das letzte Mal, daß ich ihn lebend gesehen habe. In dem Dorf, in das er fuhr, brach ein Fieber aus, und er steckte sich an. Als Onkel George und ich davon hörten, reisten wir Tag und Nacht, aber wir kamen zu spät.

Ich war völlig schockiert. Ich fühlte mich, als wäre ein lebensnotwendiger Teil von mir abgehackt worden. Tagelang lief ich in einem Zustand blinder, stumpfer Trauer umher. Onkel George traf alle notwendigen Vorkehrungen. Wir beerdigten Quentin in aller Stille auf dem kleinen Dorffriedhof. Wir sahen keinen Grund, ihn anderswo hinzubringen. Wir hatten kein Zuhause; es gab keinen Ort auf der Welt, an den er wirklich gehörte. Es war ein friedlicher, abgeschiedener Ort. Ich war mir sicher, daß es ihm gefallen würde, dort zu ruhen.

Hinterher blieben Onkel George und ich noch eine Weile. Wir fühlten uns verloren und ziellos, saßen nur untätig herum. Schließlich sagte Onkel George: Verity, so kann es nicht weitergehen. Es ist höchste Zeit, daß wir die Leute über Quentins Tod informieren – indem wir das vor uns herschieben, machen wir ihn auch nicht mehr lebendig. Er sagte, wir sollten wenigstens die

Leute vom Lincoln's Inn wissen lassen, daß er nicht kommen würde und sie die für ihn reservierten Räume an jemand anderen vermieten könnten.«

Sie schwieg einen Moment, als wolle sie sich für ihre nächsten Worte wappnen. »Eines müssen Sie wissen: Die Idee stammte von mir. Ich habe mir das Ganze ausgedacht, und ich allein trage die Verantwortung dafür. Ich wußte schon damals, daß ich etwas Unerhörtes tat. Quentin war noch keine zwei Wochen tot, und ich plante bereits, sein Leben zu stehlen. Trotzdem handelte ich nicht völlig kaltblütig. Zwar ging es mir durchaus darum, das zu bekommen, was er sowieso gehabt hätte: die Chance, seinen Lebensunterhalt zu verdienen, einen Beruf zu erlernen, das Leben anderer Menschen auf der Bühne des Lebens zu beeinflussen. Darüber hinaus aber hatte ich das Gefühl, Quentin am Leben zu erhalten, indem ich mich in ihn verwandelte. Wie konnte er tot sein, wenn die Leute ihm Briefe schrieben, Bücher liehen, ihn zum Essen einluden? Halten Sie mich bitte nicht für verrückt – ich wußte natürlich, daß es nur ein Spiel war. Aber es hat mich getröstet – hat mir geholfen, die Einsamkeit meines Lebens ohne ihn zu ertragen.

Möglich – nein, fast schon unvermeidlich – wurde das Ganze durch das Zusammentreffen mehrerer Umstände. Zum einen war ich bestens dafür geeignet, einen Mann zu verkörpern. Ich bin groß und dünn, und ich habe eine tiefe Stimme. Wenn ich sie ein bißchen rauh klingen lasse, geht sie ohne weiteres als Männerstimme durch. Dazu kommt, daß ich so blond bin, daß niemand erwarten würde, in meinem Gesicht Bartstoppeln zu entdecken. Ich hatte die Ausbildung eines Mannes genossen: Ich konnte Latein und Griechisch, kannte mich in der Philosophie und den Naturwissenschaften aus. Und dank Onkel George hatte ich bei Laienaufführungen schon des öfteren Hosenrollen gespielt. Er hatte sich große Mühe gegeben, mich darauf vorzubereiten. Er sagte, zu viele Schauspielerinnen würden in ihrer Maskerade als Männer überhaupt nicht überzeugen.

Dazu kam die Tatsache, daß Quentin und ich auf dem Kontinent gelebt hatten, seit wir Kinder waren. Wir hatten kaum englische Freunde. Ich konnte mir relativ sicher sein, in London niemandem über den Weg zu laufen, der wußte, wie Quentin aussah. Ich entsprach seiner allgemeinen Beschreibung. Und ich würde mit seinen Papieren, seinen Habseligkeiten und all meinem Wissen über ihn ausgerüstet sein.

Onkel George war von meinem Vorhaben begeistert. Er bereitete mich konsequent auf meine ›Rolle‹ vor: Immer wieder mußte ich üben, wie ein Mann zu gehen, zu sitzen, zu sprechen, ja sogar zu niesen hatte. Und er entwarf Kleider für mich, die verbargen – die mich wie einen Mann aussehen ließen. Er hatte in seiner Jugend eine Schneiderlehre gemacht und war zunächst als Kostümbildner zum Theater gekommen.«

Julian nickte. Tibbs hatte gute Arbeit geleistet – sie mit unförmigen, weiten Jacken, lose sitzenden Hosen und dicken Krawatten ausgestattet, die zwar eines gewissen Stils entbehrten, aber nicht wie eine Verkleidung wirkten.

»Aber Miss Clare«, wandte Sir Malcolm ein, »Ihr Onkel muß doch die Risiken gesehen haben, die Gefahren, die – die –«

»Unschicklichkeit?« ergänzte sie mit leiser Stimme. »Den Betrug? Er meinte es nicht böse. In mancher Hinsicht ist er wie ein Kind. Er sah das Ganze nicht als Betrug – nur als Rolle in einem Stück. *Ich* wußte es besser, Sir. Glauben Sie mir, die Verantwortung liegt allein bei mir.«

Sir Malcolm wirkte nicht überzeugt, sagte aber nur: »Also gut. Erzählen Sie weiter.«

»Onkel George und ich kamen nach London, und ich nahm diese Räume in Besitz. Zu diesem Zeitpunkt hatte ich meine Maskerade bereits in der Öffentlichkeit erprobt und wußte, daß ich in der Lage war, meine Rolle zu spielen. Ich war ein klein wenig nervös, aber die Hochstimmung überwog. Zum erstenmal in meinem Leben konnte ich hingehen, wohin ich wollte und wann ich wollte: ins Theater, in Restaurants, auf einen Spaziergang oder einen Ausritt in den Park. Bei Abendgesellschaften blieb ich im Zimmer, nachdem sich die Damen zurückgezogen hatten, und wurde Zeuge, wie sich das Gespräch der Politik zuwandte, den Vorgängen im Ausland oder irgendwelchen technischen Erfindungen. Und das Beste war – ich konnte studieren, soviel ich wollte. Niemand machte sich Sorgen, daß ich meinen Geist überanstrengen oder mit unschicklichen Themen in Berührung kommen könnte. Die Freiheit stieg mir zu Kopf, bis mir kaum mehr bewußt war, was ich riskierte oder welchen Prinzipien ich zuwiderhandelte. Ich redete mir ein, daß meine Schwindelei gerechtfertigt war: Wenn die Welt den Frauen ihre Rechte verweigerte, dann mußten die Frauen eben zu verzweifelten Maßnahmen greifen, um sich diese Rechte trotzdem zu nehmen. Und Quentin hätte mir mein neues Leben bestimmt nicht übelgenommen. Wir hatten einen Pakt, daß wir beide alles für den anderen tun würden. Wenn ich ihn zu Lebzeiten um diesen Gefallen gebeten hätte, hätte er ihn mir gewährt. Wieso sollte für den toten Quentin etwas anderes gelten?

Aber so einfach war die Sache nicht – das fand ich nur allzubald heraus. Erinnern Sie sich an die Passage, die ich in Mary Wollstonecrafts Buch angestrichen habe, Mr. Kestrel – die über den geübten Heuchler, der das Opfer seiner eigenen Ränke wird? Genauso erging es mir. Es bestand keine Veranlassung, alle Eigenarten Quentins anzunehmen, um in seine Rolle zu schlüpfen. Schließlich kannte ihn in London kein Mensch. Aber ich tat es trotzdem, weil es leichter war, ihn pesönlich nachzuahmen, als irgendeinen beliebigen Mann zu spielen. Aber ich hatte nicht damit gerechnet, daß ich irgendwann tatsächlich Quentin *war*, nachdem ich seine Stimme, seine ganze Art, seine Handschrift und seine Gewohnheiten angenommen hatte. Ich benahm mich sogar dann wie er, wenn ich allein war. Es war mir tatsächlich gelungen, ihn am Leben zu erhalten. Er lebte in mir und durch mich weiter. Und durch meine Augen blickte er voller Abscheu auf das, was ich tat. Er, der Wahrheit und Ehre über alles schätzte, mußte nun mit ansehen, wie ich seinen Namen mißbrauchte, um eine Lüge auszuleben. Ein solches Unterfangen konnte auf Dauer nicht gutgehen, und so war es dann auch. Das Schicksal machte mir einen schrecklichen Strich durch die Rechnung.«

Julian brachte es auf einen Nenner. »Alexander.«

»Alexander.« Sie holte tief Luft, ehe sie weitererzählte. Sie sprach leise, aber gefaßt. »Ich habe Ihnen ja erzählt, wie wir uns kennengelernt haben. Das entsprach soweit der Wahrheit. Wir waren beide im Lincoln's Inn eingeschrieben, und wir aßen in derselben Mensa. Letztes Semester wurde mir eines Tages beim Essen schlecht, und Alexander bot sich an, mich in mein Zimmer zu bringen. Und das, obwohl er mich kaum kannte. Das war typisch für ihn – in kleinen Dingen konnte er sehr großzügig sein. Es gelang mir nicht, ihn von seinem Vorhaben abzubringen. Vor meiner Tür angekommen, dankte ich ihm und versuchte erneut, ihn loszuwerden. Aber inzwischen war er neugierig geworden. Charmant wie immer, beharrte er darauf, mit hineinzukommen und sich um mich zu kümmern. Mir war viel zu übel, um mich lange zu wehren. Er drückte mich in einen Sessel und lockerte mein Halstuch. Da begann ihm die Wahrheit zu dämmern. Er – er riß mir die Jacke herunter und – und – schob seine Hand unter mein Hemd.«

»Dieser Teufel!« Sir Malcolm sprang auf und lief aufgeregt durchs Zimmer. »Was für ein niederträchtiger, erbärmlicher Schuft!«

»Er lag fast auf mir.« Ihr Gesicht war rot angelaufen, ihre Augen weit aufgerissen, aber tränenlos. »Fasziniert ließ er seinen Blick über meinen ganzen Körper gleiten, mit einem Ausdruck, den ich gar nicht beschreiben kann –«

»O Gott!« unterbrach Sir Malcolm sie mit heiserer Stimme. »Was ist dann passiert, Verity?«

»Nichts«, versicherte sie ihm schnell. »Ich mußte mich übergeben. Er holte eine Schüssel und hielt sie mir hin. Hinterher lehnte ich mich zurück, halb ohnmächtig und fast schon jenseits aller Furcht, und fragte ihn, was er als nächstes zu tun gedenke. Lächelnd antwortete er: ›Ich weiß es noch nicht. Ich werde morgen wiederkommen und nachsehen, wie es Ihnen geht, und dann reden wir darüber, ja?‹

Am nächsten Tag kam er tatsächlich. Ich hatte mich erholt und mit einer geladenen Pistole bewaffnet. Ich erklärte ihm, daß ich entweder ihn oder mich erschießen würde – wen, spielte kaum eine Rolle –, wenn ich noch einmal seine Hände auf meinem Körper spüren müßte. Er sah, daß es mir ernst war. Er wußte immer, wie weit er gehen konnte. Wenn er in seinem Gegenüber eine Schwäche entdeckte, ging er sofort darauf los, aber wenn jemand entschiedenen Widerstand leistete, war er hilflos. Obwohl er vieles wagte, fehlte es ihm an wirklichem Mut.

Er sagte, ich hätte seine Absichten mißverstanden. Er versicherte mir, daß eine Kreatur wie ich, die weder Mann noch Frau sei, nicht befürchten müsse, für irgend jemanden begehrenswert zu sein. Er sagte, ich sei für ihn nur in einer Hinsicht wertvoll: wegen des Fleißes, mit dem ich über meinen Büchern säße. Er selbst hatte nicht die Zeit zu studieren, wollte aber trotzdem in seinem Beruf glänzen. Vor allem wollte er *Sie* beeindrucken, Sir.« Sie sah Sir Malcolm an. »Er hoffte auf eine Karriere als Politiker und dachte, daß Ihre Unterstützung da hilfreich sein könnte. Deswegen setzte er es sich in den Kopf, daß ich Ihre Briefe beantworten sollte. Und ich mußte ihn mit Informationen über rechtliche Fragen füttern, damit er bei Diskussionen im Speisesaal Eindruck schinden konnte.

Natürlich haßte ich die Vorstellung, daß er mich in der Hand hatte. Aber was, wenn er mein Geheimnis enthüllte? Die Schande würde nicht nur mich treffen, sondern auch auf Onkel George und das Andenken meines Bruders zurückfallen. Vielleicht würde man Onkel George sogar gerichtlich belangen, weil er mir geholfen hatte. Ich hätte mich lieber all dem gestellt, als – als mich ihm zu ergeben, wie er sich das ursprünglich vorgestellt hatte, auch wenn er es im nachhinein noch so vehement bestritt. Aber solange diese Gefahr nicht bestand, war ich es Onkel George und Quentin schuldig, alles in meiner Macht Stehende zu tun, um mein Geheimnis zu wahren.

Ich zahlte einen hohen Preis dafür. Trotz allem, was Alexander mir abverlangte, hatte er irgendwie das Gefühl, mir gegenüber den kürzeren gezogen zu haben, und er suchte ständig nach Mitteln und Wegen, mir das heimzuzahlen. Das war der Grund, warum er mich zu seinem Freund machte. Ein genialer Schachzug – all seine Grausamkeiten wirkten nach außen hin großherzig und freundlich. Er sorgte dafür, daß ich immer in seiner Nähe war, ließ mich seine Abendgesellschaften besuchen – und alles nur, um mich unter seiner Fuchtel zu haben, mir kleine Fallen zu stellen und dann zuzusehen, wie ich mich wand. Besonderes Vergnügen bereitete es ihm, mich Frauen vorzustellen. Alle glaubten, er wolle mich unter die Leute bringen und mir die Möglichkeit bieten, eine gute Partie zu machen. Das amüsierte ihn königlich. Wenn wir in männlicher Gesellschaft waren, lenkte er das Gespräch jedesmal unauffällig auf skandalöse Themen. Hinterher kam er dann zu mir in die Wohnung und gratulierte mir dazu, wieviel ich wieder über – über die Beziehungen zwischen Männern und Frauen gelernt hätte. Er fand schnell heraus, daß ich die Pistole nicht wegen bloßer *Worte* zücken würde. Also redete er. Er konnte stundenlang reden. Ich hatte bis dahin nicht gewußt, daß es möglich war, einen anderen allein durch Worte so zu verletzen.«

Sir Malcolm schloß für einen Moment die Augen. »Mein armes Mädchen. Wie konnten Sie das alles nur ertragen?«

»Ich hatte einen Trost, Sir. Ihre Briefe.« Als sie ihn mit ihren schönen grauen Augen ansah, lag in ihrem Blick etwas von Quentins altem, schüchternem Ernst. »Als wir anfingen, uns zu schreiben, kannte ich Sie kaum. Von der Studentenbank aus hatte ich Sie vor Gericht beobachtet, und ich bewunderte Ihr Wissen und Ihre Redegewandtheit. Trotzdem war ich anfangs mißtrauisch. Alexander war so abgrundtief falsch – ich hatte Angst, daß Sie genauso sein könnten. Bald wußte ich es besser. Niemand, der Ihre Briefe gelesen hatte, konnte daran zweifeln, daß Sie ein nachdenklicher, großzügiger und zutiefst aufrichtiger Mensch waren. Mir wurde klar, daß zwischen Ihnen und Alexander Welten lagen, und ich fand es unerträglich, mir vorzustellen, wie Sie sich fühlen würden, wenn Sie wüßten, wie er in Wirklichkeit war. Deswegen schuf ich Ihnen einen anderen Alexander – einen, von dem ich hoffte, daß Sie ihn mögen und respektieren könnten.«

»Das habe ich auch getan, Miss Clare. Ich tue es immer noch.«

Sie wandte schnell den Blick ab, als hätte ein zu helles Licht sie geblendet. »Erst als nach Alexanders Tod die Wahrheit herauskam, erkannte ich, was ich Schreckliches getan hatte. Ich hatte Sie getäuscht, konnte Ihnen aber nicht erklären, warum. Ich mußte Sie aufsuchen und um Verzeihung bitten – und dann, oh, Sir, dann waren Sie auch noch *freundlich* zu mir! Nach allem, was ich getan hatte!«

Sir Malcolm mußte lächeln. »Daran waren Sie selbst schuld. Sie hatten ein Band zwischen uns geknüpft, das nicht einmal Ihr Täuschungsmanöver zerreißen konnte. Sie können nicht die Achtung eines Mannes gewinnen und sie dann wie einen Wasserhahn zudrehen.«

»Wenn das der einzige Punkt gewesen wäre, in dem ich Sie getäuscht hatte! Jetzt wissen Sie, daß auch mein Name und mein Geschlecht eine Täuschung waren, daß alles an mir eine Lüge war!«

»Auch Ihr scharfer Verstand? Ihr umfangreiches Wissen? Ihr mitfühlendes Herz? Hätten Sie das alles spielen können? Und selbst wenn, glauben Sie, ich wäre darauf hereingefallen? Halten Sie mich für einen so großen Narren? Gott weiß, daß Sie unrecht daran getan haben, uns alle so zu täuschen – aber es war ein Unrecht, das aus Tapferkeit begangen wurde, ein Unrecht, das bewundernswerter ist als die verkrampften, feigen Vorstellungen, die die meisten Leute von Recht und Unrecht haben!«

»Sie sind offenbar fest entschlossen, mehr Gnade walten zu lassen, als ich verdiene. Aber Ihnen muß doch klar sein...«

»Was?«

Sie wandte sich hilfesuchend an Julian. »Erklären Sie es ihm.«

»Ich glaube«, sagte Julian ruhig, »Miss Clare will damit andeuten, daß sie sich mit ihrem Geständnis zur Hauptverdächtigen gemacht hat, was den Mord an Ihrem Sohn betrifft.«

»Unsinn!« rief Sir Malcolm.

»Das ist kein Unsinn«, entgegnete sie mit fester Stimme. »Ich war seine Feindin. Ich habe ihn gehaßt und gefürchtet, habe mich danach gesehnt, frei von ihm zu sein...«

»Haben Sie ihn getötet?« Sir Malcolm sah ihr direkt in die Augen.

»Nein, Sir. Ich schwöre, daß ich nicht mehr über seinen Tod weiß, als ich der Bow Street erzählt habe. Aber ich bin mir der Tatsache bewußt, daß Mr. Kestrel mehr als mein Wort brauchen wird, um mich von dem Verdacht freisprechen zu können.«

»Ich würde keinen Verdächtigen allein aufgrund seines Wortes freisprechen«, bestätigte Julian. »Aber es gibt einen Umstand, der für Sie spricht. Im Gegensatz zu allen anderen Verdächtigen hätten Sie sich leicht aus dem Staub machen können. Sie hätten wieder Ihre weibliche Identität annehmen und jeden an der Nase herumführen können, der versucht hätte, Sie zu verfolgen. Und trotzdem sind Sie geblieben.«

»Ich war ziemlich hin- und hergerissen«, gab sie zu. »Onkel George hatte immer darauf bestanden, daß ich mir einen Fluchtweg offenhielt, wie er es ausdrückte. Als mir damals die Idee kam, in Quentins Rolle zu schlüpfen, hatte ich anfangs vor, den Leuten einzureden, ich selbst sei gestorben – dann hätten wir niemandem erklären müssen, wo ich abgeblieben war. Aber Onkel George sagte, ich dürfe mir den Rückweg nicht abschneiden – wer wisse schon, ob es nicht einmal nötig sein würde, wieder Verity zu werden? Also behauptete ich in London, Verity lebe bei Onkel George auf dem Land, und in Somerset sagte er, sie – ich – reise als Gesellschafterin einer vornehmen Dame im Ausland herum.

Nachdem ich ihm in einem Brief von Alexanders Ermordung berichtet hatte, schrieb er mir zurück, ich solle unbedingt kommen und bei ihm bleiben. Offensichtlich war er der Meinung, ich solle meine Maskerade aufgeben, die Sache sei zu gefährlich geworden. Aber ich hatte Angst, den Verdacht erst recht auf mich zu lenken, wenn ich plötzlich verschwand, solange der Mord noch nicht aufgeklärt war. Und dann, Sir« – sie wandte sich an Sir Malcolm –, »waren *Sie* so freundlich zu mir. Wie konnte ich da gehen? Alle hätten geglaubt, daß ich den Mord begangen hatte. Sie hätten erst Ihrem Sohn vertraut und dann dem Freund Ihres Sohnes, und beide hätten wir Sie betrogen.« Leise fügte sie hinzu: »Ich habe eine Menge durchgemacht, aber es wäre zuviel verlangt gewesen, Sie zu verlassen.«

Julian sah von ihr zu Sir Malcolm hinüber. Im Aufstehen murmelte er: »Ich habe keine weiteren Fragen an Miss Clare. Dann gehe ich wohl besser...«

»Was fällt Ihnen ein, Mr. Kestrel?« fiel ihm Sir Malcolm streng ins Wort. »Sie haben doch wohl nicht vor, mich mit dieser jungen Dame allein zu lassen?«

»Was spielt das jetzt noch für eine Rolle?« Verity lächelte traurig. »Nach allem, was ich gesehen und gehört habe, glauben Sie doch wohl nicht, daß ich noch einen Rest von Zartgefühl habe, den man verletzen könnte?«

Sir Malcolm trat auf sie zu. »So etwas dürfen Sie nie wieder sagen. Es spielt keine Rolle, was für Flüche oder wüste Geschichten Sie gehört haben oder was für Gift mein Sohn in Ihre Ohren geträufelt hat. Erinnern Sie sich daran, daß Sie zu mir gesagt haben, das Geistesleben sei das einzige, an dem Ihnen etwas liege? Sie führen nun schon so viele Monate das Leben eines Mannes, aber Ihre Gedanken und Ihr Herz sind so rein geblieben wie bei der unschuldigsten Debütantin, die je eine Tanzfläche betreten hat. Und jeder, der etwas anderes sagt, bekommt es mit mir zu tun.«

Wortlos nahm sie seine Hand und hob sie an ihre Lippen.

»Nein, wirklich, Miss Clare«, stammelte er, »das dürfen Sie nicht tun. Ein Vater hätte Ihnen nichts anderes gesagt – und ich bin alt genug, um Ihr Vater zu sein.«

»Oh, mein lieber Sir.« Sie lächelte zärtlich. »Ich könnte nie einen Vater in Ihnen sehen.«

28

TROMPE L'ŒIL

»Was sollen wir jetzt tun?« wandte sich Sir Malcolm an Julian, als sie aus Clares Wohnung wieder in die abgeschiedene Dunkelheit von Serle's Court getreten waren.

»Ich glaube, ich werde in Alexanders Haus zurückkehren. Es gibt mehrere Punkte, die ich gerne mit Mrs. Desmond klären würde. Sie muß mir alles erzählen, was ihr zu Alexanders Beziehung zu Fanny Gates einfällt. Er hat so wenigen Menschen Zutritt gewährt in jene alptraumhafte Welt, in der er sich vom Charmeur zum Sadisten verwandelte – warum gerade ihr? Außerdem glaube ich, daß es nicht schaden kann, wenn wir uns eine Beschreibung von Mrs. Desmonds viel bejammertem Schmuck geben lassen. Ich kann mir nicht vorstellen, daß Alexander ihn einfach weggeworfen hat. Vielleicht hat er ihn verkauft oder verschenkt. Möglicherweise erfahren wir etwas Neues, wenn wir seine Spur verfolgen.«

»Haben Sie sich eigentlich schon einmal überlegt«, fragte Sir Malcolm leise, »daß Alexanders Mörder, wer auch immer es war, der Öffentlichkeit einen Dienst erwiesen hat?«

»Wollen Sie damit sagen, daß wir uns nicht weiter um die Aufklärung des Mordes bemühen sollten?«

»Nein, nein. Mord ist immer ein Verbrechen, egal, wie sehr der Täter dazu provoziert wurde. Aber wenn Alexander dem Mörder etwas angetan hat, wie er so vielen Menschen etwas angetan hat, dann muß die Öffentlichkeit davon erfahren. Ich werde seinen guten Ruf nicht schonen – er hat es nicht verdient. Sein Mörder muß bestraft werden – aber es sollte strafmildernd berücksichtigt werden, was er durch Alexanders Schuld erlitten haben mag.«

»Das ist außerordentlich gerecht von Ihnen, Sir Malcolm, und sehr mutig.«

»Ach was! Das verlangt der gewöhnliche Anstand.«

»Der gewöhnliche Anstand ist heutzutage sehr ungewöhnlich geworden.«

Sir Malcolm tat seinen Einwand mit einer Handbewegung ab. »Wenn Sie mich nicht mehr brauchen, werde ich wohl nach Hause fahren. Belinda geht es schon besser, aber ich möchte sie trotzdem nicht zu lange allein lassen.« Er schwieg einen Moment und sah zu Veritys erleuchtetem Fenster hinauf. »In einer Hinsicht danke ich dem Himmel für diese Ermittlungen. Sie haben mir ein völlig neues Leben eröffnet – ein besseres Leben, als ich es mir je erträumt hätte. Sie müssen sie verdächtigen. Das verstehe ich voll und ganz. Aber ich weiß es besser.«

Die Uhren schlugen gerade elf, als Julian Alexanders Haus erreichte. Voller Selbstironie überlegte er, daß das, was er gerade hörte, das Totengeläut für seine fünfhundert Pfund war. Nur ein Wunder konnte ihm jetzt noch helfen, innerhalb von dreizehn Stunden seine Wette zu gewinnen.

Trotzdem mußte der Mord aufgeklärt werden, egal, wie lange es dauern würde. Er reichte Nichols seinen Hut und erkundigte sich nach Mrs. Desmond.

»Sie ist im Arbeitszimmer, Sir.« Nichols' Blick war mißbilligend. »Sie wollte sehen, wo der Herr getötet wurde.«

Julian ging ins Arbeitszimmer. Als er hineinkam, stand Marianne gerade gefährlich schwankend auf dem untersten Bord des Regals, das in der Nische links vom Kamin angebracht war. Mit einer Hand klammerte sie sich an einem der oberen Borde fest, mit der anderen hielt sie eine Kerze hoch, um in eine Reihe griechischer Urnen spähen zu können.

Julian eilte zu ihr hinüber. »Kommen Sie, ich helfe Ihnen herunter.«

Bereitwillig ließ sie sich in seine Arme fallen. Nachdem er sie abgesetzt und ihr die Kerze aus der Hand genommen hatte, lehnte sie sich schmachtend an ihn. »Ach, mir ist so schwindelig!«

»Erlauben Sie mir, Sie zu einem Sessel zu führen.«

»O nein, ich könnte keinen Schritt gehen. Wenn ich das täte, würde ich sofort ohnmächtig umfallen.«

»Das klingt aber ziemlich ernst. Ich lasse wohl besser einen Arzt kommen.«

»Oh, Sie sind gemein!« Sie stolzierte davon. »Sie könnten wirklich ein bißchen freundlicher zu mir sein, nach allem, was ich durchgemacht habe.«

Er lächelte. »Welch größere Freundlichkeit könnte ich Ihnen erweisen, als Sie mit Respekt zu behandeln?«

»Respekt!« schrie sie entrüstet. »Sie haben leicht reden!« Dann riß sie sich zusammen und verlegte sich auf ein affektiertes Lächeln. »Aber natürlich haben Sie recht – eigentlich ist es an mir, nett zu Ihnen zu sein. Sie sind schließlich mein Retter. Ich möchte Ihnen zeigen, wie dankbar ich Ihnen bin.«

»Ihr Wort genügt mir.«

»Mein Wort ist längst nicht genug.« Sie kam ganz nahe, blickte durch ihre langen Wimpern zu ihm hoch und spielte wie ein Kind mit seinen Revers. »Ich würde alles tun, was Sie möchten – und ich meine wirklich *alles,* egal, was es ist. Dinge, die ein Gentleman nicht gerne zugibt – genau das ist meine Spezialität. Und alles, was ich von Ihnen verlangen würde, wäre ein Ort, wo ich leben könnte – nur, bis ich wieder auf die Füße gekommen bin, Sie verstehen schon –, und ein paar Kleider. Ich würde Ihnen alle Ehre machen, darauf können Sie sich verlassen! Die Freunde eines Gentleman sind bei mir bestens aufgehoben, ich würde die schönsten Abendessen geben, Sie glauben gar nicht . . .«

»Ich fühle mich außerordentlich geehrt, Mrs. Desmond.«

»Und Sie könnten dafür sorgen, daß sich alle um mich reißen, nicht wahr? Alles, was *Sie* in die Hand nehmen, ist doch sofort groß in Mode.«

»Mrs. Desmond, ich bedaure zutiefst, daß ich Ihre besonderen

Talente brachliegen lassen muß, aber ich bin mit meinen Ermittlungen so beschäftigt, daß ich nicht die Zeit habe, ihnen gerecht zu werden.«

»Na ja, falls Sie Ihre Meinung je ändern sollten, lassen Sie es mich wissen.« Sie plumpste in einen Sessel. »Eins muß man ihm lassen: Dieses Haus ist wirklich bildschön! Sich vorzustellen, daß ihm ausgerechnet in diesem Raum der Schädel eingeschlagen wurde! Wo genau ist es passiert?«

»Er wurde unter dem Fenster dort gefunden.« Julian deutete auf das linke Fenster, das auf den hinteren Garten hinausging.

»Der Butler hat mir erzählt, daß an jenem Abend oben eine Gesellschaft im Gange war. Was hatte er da hier unten zu suchen?«

»Wenn ich das wüßte, könnte ich Ihnen vielleicht auch sagen, wer ihn getötet hat.« Neugierig fügte er hinzu: »Was haben Sie in diesen Urnen gesucht, als ich hereingekommen bin?«

»Oh, mir war bloß langweilig, deswegen wollte ich mich ein wenig umsehen. Ich dachte mir, daß mein Schmuck hier irgendwo versteckt sein könnte.«

»Der ganze Raum ist gründlich durchsucht worden. Wenn hier irgendwelche Juwelen gewesen wären, hätte man sie gefunden.«

»Oder auch nicht. Vielleicht hat sie derjenige geklaut, der das Zimmer durchsucht hat.«

»Wie dem auch sei, Sie werden sie kaum hier finden. Aber falls Sie weitersuchen möchten, brauchen Sie nicht mehr die Wand zu erklimmen. Wenn man diesen Schrank dort aufmacht, wird eine Leiter daraus.«

Er deutete auf einen der Satinholzschränke, die zu beiden Seiten der Tür standen. Marianne runzelte die Stirn. »Er sieht genauso aus wie der andere.«

»Ja, ich weiß. Alexander scheint eine Vorliebe für solche Effekte gehabt zu haben. Er hatte einen Hang zur Symmetrie – das macht dieser Raum ganz deutlich. Je eine Nische zu beiden

Seiten des Kamins, je ein Fenster zu beiden Seiten des Spiegels. Aber zugleich sollte es eine nur scheinbare Symmetrie sein. Deshalb sind die beiden Schränke nicht wirklich gleich. Dasselbe Phänomen finden wir drüben in der Bibliothek. Dort stehen zwei Bücherregale, die völlig identisch aussehen, aber eines davon ist ein *trompe l'œil*.«

»Ein was?«

»Ein *trompe l'œil*. Das bedeutet soviel wie ›das Auge täuschen‹. Das eine Bücherregal ist nicht echt – es ist nur auf die Wand gemalt. Im Speisezimmer finden Sie etwas Ähnliches: Die Jalousien sind nur aufgemalt, um die Illusion eines chinesischen Gartens bei Nacht zu vermitteln.«

»Er und seine kleinen Tricks«, schnaubte sie verächtlich.

»Genaugenommen war dieses Haus noch das Ehrlichste an ihm. Damit verriet er der Welt, wer und was er in Wirklichkeit war – verließ sich aber darauf, daß die Welt ihn nicht verstehen würde. Er war selbst ein *trompe l'œil*: Seine Laster ließ er wie Tugenden wirken, seine Feinde wie Freunde ...«

Er brach ab. Seine Augen glitten langsam durch den Raum. Zwei Nischen, die völlig identisch aussahen. Zwei Schränke. *Zwei Fenster.* Alexanders Leiche war unter dem linken Fenster gefunden worden. Mal angenommen, daß in diesem Haus, wo nichts war, was es zu sein schien, auch dieses Fenster eine Besonderheit aufwies?

Er ging darauf zu, die Kerze in der Hand. Die Fensterläden waren offen und zu beiden Seiten in die dafür vorgesehenen Kästen gefaltet. Er blickte in den dunklen Garten hinaus. Der Blick war derselbe wie vom anderen Fenster aus – nichts Besonderes zu sehen. Er untersuchte die kunstvoll drapierten weißen Leinenvorhänge, öffnete und schloß das Fenster und beugte sich hinunter, um das Fensterbrett und die Täfelung darunter zu untersuchen.

»Was tun Sie da?« wollte Marianne wissen.

»Nichts, was uns irgendwie weiterbringt, fürchte ich.« Das

Problem war, daß es für diese Art von Untersuchung viel zu dunkel war. Der rosa-goldene Schimmer der Kerze schien mehr Schatten zu werfen, als er vertrieb. Aber Julian konnte es noch nicht bleiben lassen – nicht, solange eine so faszinierende Möglichkeit unerforscht war. Eine Sache war nämlich anders gewesen, als Alexanders Leiche gefunden wurde: Der linke Fensterladen war geschlossen gewesen.

Er zog ihn aus seiner Halterung und hielt die Kerze erst vor den Laden und dann vor die flache Nische des leeren Kastens. Beides war perlgrau gestrichen und mit aufwendigen Schnitzarbeiten verziert. Er zog auch den zweiten Fensterladen zu und verglich die beiden miteinander. Es war keinerlei Unterschied festzustellen.

Er wandte sich wieder dem linken Kasten zu. Das Ohr an die innere Vertäfelung gepreßt, klopfte er versuchsweise dagegen. Dann unterzog er den rechten Kasten der gleichen Prozedur. Bildete er sich das nur ein, oder klang sein Klopfen diesmal anders? Er versuchte es noch einmal. Sein feines Gehör, das ihn manchmal marterte, indem es unangenehme Geräusche verstärkte, leistete ihm nun gute Dienste. Wenn er sich konzentrierte, konnte er am linken Kasten einen volleren Klang ausmachen.

Marianne kam zu ihm herüber. »Wieso klopfen Sie ständig an den Fenstern herum?«

»Hinter diesem Kasten ist ein Hohlraum.«

»Sie meinen, ein Geheimfach? Wie in einer von Alexanders Schauergeschichten?«

»Das sähe ihm ähnlich – nicht nur die Wirklichkeit in Fiktion zu verwandeln, sondern auch die Fiktion in Wirklichkeit. Finden Sie nicht auch?«

Marianne interessierte sich nicht für metaphysische Fragen. »Wie kommen wir da ran?«

»Mit Gewalt, wenn nötig. Aber vielleicht gibt es einen einfacheren Weg. Ein italienischer Freund von mir hatte auch so etwas in seinem Haus. Man konnte von außen überhaupt nichts sehen, aber wenn man die Vertäfelung an einer bestimmten Stelle berührte, ging sie auf. Versuchen wir es einfach mal.«

Er stellte die Kerze auf das Fensterbrett und preßte seine Finger gegen die Innenseite des Kastens. Nichts passierte. Er versuchte es immer wieder anders, indem er in der Mitte anfing und mit den Fingern über die Vertäfelung glitt, bis eine Hand oben und die andere unten war. Er drückte noch einmal; ein gedämpftes Klicken war zu hören, und die Vertäfelung schwang langsam nach außen. Er nahm die Kerze und leuchtete damit hinein. Eine blendende Mischung aus Farbe und Glanz sprang ihm entgegen. Es war wie in den Geschichten aus Tausendundeiner Nacht, die er als Junge gelesen hatte: eine Zaubertür, die einen geheimen Schatz verbarg.

»Mein Schmuck!« Marianne stieß einen kleinen Schrei aus, schob sich an ihm vorbei und stieß ihre Hand hinein. »Sehen Sie, das ist meine Smaragdbrosche mit den Federn, mein Rubinkamm, mein Kameenarmband! Was ist denn das? Ach, das gehört Fanny.«

Sie warf einen kleinen Gegenstand zur Seite. Julian hob ihn auf. Es war ein Topaskreuz an einer billigen, verfärbten Goldkette. Er hielt sie vor die Kerze, um sie genauer zu untersuchen. Was er sah, ließ ihn nach seinem Lorgnon greifen.

Die Kette war gar nicht verfärbt. Zwischen den Gliedern war eine dunkle Substanz eingetrocknet. Julian schabte ein wenig davon mit seinem Taschenmesser heraus. In dem schwachen, flackernden Licht konnte er lediglich ausmachen, daß es eine rötliche Farbe hatte.

»Sind Sie sicher, daß das Fannys Kette ist?« fragte er.

Marianne zog gerade eine Handvoll Schmuckstücke aus dem Geheimfach und wandte kaum den Kopf. »O ja. Sie hat sie die ganze Zeit getragen. Man hätte meinen können, sie sei aus Diamanten gemacht, soviel bedeutete sie ihr. Habe ich jetzt alles?«

Julian leuchtete mit seiner Kerze in das Fach. Es war leer.

Marianne raffte ihre Schätze zusammen und eilte vor den Spiegel zwischen den Fenstern. »Zünden Sie die Kerzen an!« bat sie.

Er entzündete die Kerzen zu beiden Seiten des Spiegels. Marianne legte ein Schmuckstück nach dem anderen an, und das Kerzenlicht ließ die Juwelen Funken aus Farbe sprühen, während sie sich hin und her drehte und sich im Spiegel bewunderte.

Julian betrachtete erneut Fannys Kreuz – ihr einziges, bescheidenes Schmuckstück. Plötzlich regte sich bei ihm eine Erinnerung. Nachdenklich ging er im Raum auf und ab und umklammerte dabei das Kreuz, als wäre es ein Faden, der ihn durch ein Labyrinth führen würde. Und genau das war es auch.

Es war schon nach Mitternacht, als Julian endlich seine Gedanken geordnet und weitere Schritte geplant hatte. Marianne war längst vor Erschöpfung eingeschlafen. Sie schlummerte in einem Lehnstuhl neben dem Kamin, herausgeputzt mit Halsketten, Armbändern und Kämmen, wie ein kleines Mädchen, das den Schmuck ihrer Mutter anprobiert hatte. Die Erschöpfung war ihr anzusehen, ihre Augen waren von dunklen Ringen umgeben, und das Licht des Feuers betonte ihre ausgezehrten Züge mit brutaler Deutlichkeit. Bleich und überanstrengt, wie sie war, erinnerte sie ihn plötzlich an Mrs. Falkland. Aber Alexanders Geliebte hatte gegenüber seiner Frau einen Vorteil: Es fehlte ihr an Stolz. Die Wunden, die er ihr zugefügt hatte, indem er sie hinters Licht führte, erniedrigte und mißbrauchte, würden wieder heilen. Sie konnte er nicht zerstören, wie er seine Frau fast zerstört hatte.

Julian trat an Alexanders Schreibtisch und warf schnell eine Nachricht hin:

Sir Malcolm – ich habe eine wichtige Entdeckung gemacht. Ich werde morgen früh um neun bei Ihnen vorsprechen und Ihnen alles erzählen. Ich fürchte, ich bin gezwungen, Mrs. Desmond mitzubringen. Mir ist bewußt, daß ihre Anwesenheit in dem

Haus, in dem sich auch Mrs. Falkland aufhält, etwas Peinliches hat, aber ich versichere Ihnen, daß sie unbedingt erforderlich ist. Könnten Sie bitte dafür sorgen, daß der gesamte Haushalt anwesend ist und niemand im voraus von unserem Besuch erfährt? Bitte verzeihen Sie mir meine Geheimniskrämerei, aber die Angelegenheit widersetzt sich jeder schriftlichen Erklärung.
Ihr ergebenster Diener, Julian Kestrel

Er läutete nach Nichols und wies ihn an, die Nachricht baldmöglichst überbringen zu lassen. »Und sorgen Sie dafür, daß eins von Ihren Mädchen nach Mrs. Desmond sieht – man sollte sie nicht die ganze Nacht im Arbeitszimmer lassen. Richten Sie ihr aus, daß ich ihr sehr verbunden wäre, wenn sie mich morgen früh nach Hampstead begleiten würde. Ich werde sie um acht abholen. Darf ich Mr. Poynters Kabriolett bis dahin in Ihrem Stall lassen?«

»Selbstverständlich, Sir.«

»Vielen Dank. Bitte lassen Sie es um kurz vor acht vorfahren.«

»Ja, Sir.«

Julian brach auf. Fannys Kreuz nahm er sicherheitshalber mit. Bis zu seiner Wohnung in der Clarges Street war es nur ein kurzer Spaziergang. Zu seiner Überraschung brannte im unteren Teil des Hauses noch Licht. Dipper spähte durch das Kellerfenster und gab ihm durch ein Zeichen zu verstehen, daß er heraufkommen und ihm aufmachen würde. Einen Moment später erschien er in der Wohnungstür, angetan mit einer Schürze und einem Paar alter Lederhandschuhe. »Was hast du unten gemacht?« fragte Julian, während sie die Treppe zu seiner Wohnung hinaufstiegen.

»Das Silber poliert, Sir, Ihr Reisenecessaire gereinigt, all diese Dinge.«

»Um ein Uhr morgens?«

»Ich fand, das war mal wieder nötig, Sir. Die Sachen sahen allmählich ein bißchen verlottert aus.«

»So ein Unsinn. In Wirklichkeit wolltest du Glucke spielen und warten, bis ich nach Hause komme. Was hast du denn gedacht – daß mich eine *oubliette* verschluckt hat?«

»Ich weiß nicht, was das ist, Sir, aber wenn einen das Ding verschlucken kann, muß es etwas besonders Gräßliches sein.«

Julian lächelte. »Ich werde dir meine Abenteuer in allen Einzelheiten berichten, aber jetzt bereitest du mir erst einmal ein Bad vor und sorgst dafür, daß ich schnell ins Bett komme. Ich muß morgen sehr früh aufstehen, wenn ich meine Wette bis Mittag gewinnen will.«

Als er sich am nächsten Morgen zu Alexanders Haus begab, kam Julian unterwegs der Gedanke, daß es ein Spaß wäre, Felix aufzuwecken und ihn zu fragen, ob er das Kabriolett noch einen Tag behalten könne. Aber das hätte alle Grenzen der Grausamkeit überschritten, und außerdem blieb ihm gar nicht genug Zeit. Felix hatte ohnehin nicht den Eindruck gemacht, als hätte er es eilig, die Kutsche zurückzubekommen, und bestimmt hatte er nichts dagegen, wenn Julian sie benutzte, um Marianne nach Hampstead zu bringen.

Als er eintraf, wartete die Kutsche vor der Tür. Alfred hielt das Pferd und verrenkte sich gerade den Hals, um einem Hausmädchen zusehen zu können, das sich in einer Dachkammer auf der anderen Straßenseite das Haar hochsteckte. Julian erklärte ihm, daß sie unverzüglich aufbrechen würden, und trat an die Haustür, um zu klingeln.

Marianne erwartete ihn im türkischen Salon. Sie hatte ein malvenfarbenes Kleid von Mrs. Falkland gefunden, das diese ausgemustert hatte, um es für Bedürftige zu spenden. Es war ihr um den Busen herum zu eng, was sie aber nicht zu stören schien. Julian fiel plötzlich ein, was Luke über den Zustand gesagt hatte, in dem Mrs. Falkland gewesen war, als sie von ihrem Besuch in Cygnet's Court zurückkehrte. *Ein fliederfarbenes Seidenkleid ... Einer von den Ärmeln war fast weggerissen ... Ja, wenn*

423

man genau hinsah, konnte man sehen, daß das Kleid geflickt worden war. Die Stiche waren so fein, daß man sie nur bemerkte, wenn man von ihrer Existenz wußte. Trotzdem konnte er nach allem, was er inzwischen wußte, gut verstehen, daß Mrs. Falkland dieses Kleid nicht mehr tragen wollte.

Marianne zupfte vor dem Spiegel an sich herum. »Finden Sie nicht auch, daß meine Amethystbrosche auf diesem Stoff gut zur Geltung kommt? Und zu dem Kleid gehört ein wunderhübscher Schal – *mir* hat Alexander nie so etwas Schönes geschenkt! Wohin fahren wir?«

»Nach Hampstead. Wir werden Sir Malcolm einen Besuch abstatten.«

»Aber warum?«

»Weil Sie ihm sagen werden, wer Alexander umgebracht hat.«

Bevor sie Alexanders Haus verließen, schrieb Julian eine Nachricht, in der er eine weitere Person bat, zu Sir Malcolm zu kommen. Nachdem er Luke damit beauftragt hatte, die Nachricht zu überbringen, brach er mit Marianne nach Hampstead auf.

Sir Malcolm hatte schon nach ihnen Ausschau gehalten und öffnete ihnen die Tür, ohne daß sie zu klingeln brauchten. »Folgen Sie mir in die Bibliothek«, flüsterte er. »Ich möchte nicht, daß Belinda uns hört.«

»Wie geht es ihr?« fragte Julian, nachdem sie die Tür der Bibliothek hinter sich geschlossen hatten.

»Besser. Obwohl sie ihr Zimmer noch immer nicht verläßt. Sie kann ein wenig herumhumpeln, aber wir ermutigen sie nicht dazu. Eugene ist bei ihr. Ich habe weder ihr noch sonst jemandem erzählt, daß Sie kommen. Selbst wenn Sie mich nicht um Geheimhaltung gebeten hätten, hätte ich alles in meiner Macht Stehende getan, um ihr eine derartige Begegnung zu ersparen.« Er betrachtete Marianne mit unverhohlener Abneigung.

Bevor sie darauf reagieren konnte, ging die Tür auf, und Mrs. Falkland humpelte herein, auf Eugenes Arm gestützt. »Es tut mir leid«, sagte Eugene hilflos. »Ich konnte sie nicht daran hindern herunterzukommen. Sie hat Sie von ihrem Fenster aus gesehen und gesagt, sie werde notfalls alleine hinuntergehen, wenn ich ihr nicht helfen würde.«

Sir Malcolm eilte ihr entgegen. »Mein liebes Mädchen, setz dich – hier, wo du deine Füße hochlegen kannst.« Er half ihr auf eines der Ledersofas. »Du hättest nicht herunterkommen sollen... du wirst dich bloß aufregen...«

Mrs. Falkland sagte mit kalter, ruhiger Stimme: »War es wirklich nötig, diese Frau herzubringen?«

»Ich habe mich bestimmt nicht darum gerissen«, entgegnete Marianne. »*Er* hat mich dazu überredet.« Sie deutete mit dem Kopf in Julians Richtung.

»Bitte verzeihen Sie mir, Mrs. Falkland«, sagte Julian. »Ich hätte Ihnen das gerne erspart, wenn es möglich gewesen wäre.«

Mrs. Falkland sah sich Marianne genauer an und schnappte nach Luft. »Sie trägt ja mein Kleid!«

»Na wenn schon!« Marianne warf den Kopf in den Nacken. »Sie hätten es ohnehin weggeworfen, und ich besitze nicht mal mehr einen Unterrock. Ich muß doch etwas Anständiges zum Anziehen haben, wenn ich schon Besuche machen soll. Mr. Kestrel hat gesagt, ich soll allen sagen, wer Alexander umgebracht hat – obwohl ich wirklich keine Ahnung habe, wie ich das machen soll, wo ich doch wochenlang eingesperrt war und weniger über den Mord weiß als alle anderen...«

»Was soll das heißen, Mr. Kestrel?« mischte sich Sir Malcolm ein. »Wissen *Sie* denn, wer Alexander getötet hat? Und Belindas Unfall?« fügte er eifrig hinzu. »Können Sie uns jetzt sagen, wer Ihrer Meinung nach daran schuld war?

»Was sagst du da?« Mrs. Falkland blickte schnell hoch. »Mr. Kestrel, wen haben Sie im Verdacht, für meinen Unfall verantwortlich zu sein?«

»Eigentlich hatte ich nicht vor, jetzt schon darüber zu sprechen. Ich möchte Sie nicht zu sehr anstrengen...«

»Sie müssen es mir sofort sagen! Ich habe ein Recht darauf, es zu erfahren! Wen haben Sie im Verdacht?«

Julian sah, daß er sie nicht mehr vertrösten konnte. Er wandte sich an Marianne. »Mrs. Desmond, wären Sie so freundlich, uns für eine Weile allein zu lassen?«

»Ich sehe nicht ein, warum ich es nicht hören darf, wenn sie...«

»Ich fürchte, ich muß darauf bestehen.«

Sie zog einen Schmollmund, schob dann aber ihren Arm unter seinen. »Selbstverständlich, wenn *Sie* mich darum bitten, Mr. Kestrel.«

Er begleitete sie hinaus. Als er draußen auf dem Gang Dutton entdeckte, winkte er ihn heran. »Sind Sie so gut und bringen Mrs. Desmond hinauf ins Wohnzimmer? Und Dutton«, fügte er leise hinzu und hielt ihn einen Moment zurück, »sorgen Sie bitte dafür, daß sie dort bleibt.«

Er kehrte in die Bibliothek zurück. »Ich fürchte, Sie müssen ebenfalls gehen«, sagte er zu Eugene. »Wenn wir Sie brauchen – und wir *werden* Sie brauchen –, dann lassen wir Sie rufen.«

»Aber...« Eugene hielt inne, sah Julian unsicher an und nickte dann. »Ja, Sir. Ich bin in meinem Zimmer.« Im Hinausgehen blieb er kurz stehen, um Mrs. Falkland eine Hand auf die Schulter zu legen. Sie schloß kurz die Augen und legte ihre Hand auf seine, ehe sie ihm ein Zeichen gab zu gehen.

Sir Malcolm stellte sich neben ihr Sofa und hielt mit beiden Händen ihre Hand. Sie lehnte sich angespannt nach vorn. Beide sahen Julian erwartungsvoll an.

Er holte tief Luft. »Mrs. Falkland, Sie haben mich gefragt, wer meiner Meinung nach Ihren Unfall verursacht hat. Wenn Sie unbedingt eine Antwort hören wollen...«

»Ich muß.«

»Also gut. Ich glaube, daß Sie es selbst waren.«

29

WERTVOLLER ALS ALLE PERLEN

»Was?« Sir Malcolm starrte Julian an. »Sie müssen verrückt geworden sein! Belinda soll ihren eigenen Unfall verursacht haben?«

»Ja. Mrs. Falkland hat die Nägel in ihren Sattel getrieben. Sie wurde abgeworfen, weil sie es so wollte.«

»Aber das ist doch grotesk! Einfach lächerlich! Belinda, sag ihm – sag ihm –« Er verstummte.

Bleich, aber gefaßt blickte Mrs. Falkland zu Julian auf. »Wie sind Sie dahintergekommen?«

»Zum einen«, antwortete er sanft, »haben Sie zugegeben, am Abend vor dem Unfall im Stall gewesen zu sein, um nach Phoenix zu sehen. Ich wußte also, daß Sie Gelegenheit hatten, in den Sattelraum zu schlüpfen. Das allein bedeutete natürlich noch gar nichts. Die Vorstellung, daß Sie sich eine solche Verletzung selbst zufügen könnten, noch dazu in Ihrem Zustand, erschien tatsächlich grotesk, um es mit Sir Malcolms Worten auszudrükken. Trotzdem konnten nur Sie den Unfall so vorbereiten. Sie kannten den Tagesablauf Ihres Reitknechts, das Temperament Ihres Pferdes, die Form Ihres Sattels. Sie allein konnten bestimmen, ob und wann Sie reiten gingen, wie Sie aufstiegen und wann der Sattelgurt festgezurrt wurde.

Trotzdem wäre ich wahrscheinlich nicht auf die Idee gekommen, Sie zu verdächtigen, wenn nicht zwei Dinge hinzugekommen wären. Das erste war, daß Sie nicht zulassen wollten, daß ich jemand anderen verdächtigte. Hartnäckig nahmen Sie jeden potentiellen Täter in Schutz und wollten an niemandes Schuld glauben. Noch wichtiger aber war die Sache mit Eugene. Nach Alexanders Tod versprachen Sie ihm, daß er vor dem Herbst nicht in die Schule zurück müsse. Plötzlich aber brachen Sie Ihr Wort, was ausgesprochen untypisch für Sie ist, und bestanden darauf, ihn unverzüglich wegzuschicken. Nach Ihrem Unfall wußte ich, warum: Er war der einzige, der ein konkretes Interesse daran hatte, daß Alexander kinderlos starb. Also mußte er fort. Aber nicht zurück nach Harrow – das war zu nahe. Die Leute hätten sagen können, er sei im Lauf der Nacht heimlich zurückgekehrt. Nein, er mußte weit weg, bis nach Yorkshire. Und als sich dann herausstellte, daß er doch nicht gefahren war, waren Sie entsetzt – nicht, weil Sie befürchteten, er könnte Ihren Unfall verursacht haben, sondern weil er das Alibi nicht genutzt hatte, das Sie ihm zu liefern versuchten.«

Sie antwortete ruhig: »Sie müssen mich für ein Ungeheuer halten.«

»Nein. Ich glaube nicht, daß Sie aus Grausamkeit oder Gleichgültigkeit gehandelt haben. Ich habe zwar an Ihrer Unschuld gezweifelt, aber nie an der Echtheit Ihrer Trauer.«

»Meine Trauer ist tatsächlich echt. Ich habe gewußt, daß es weh tun würde, aber eine solche Qual habe ich nicht erwartet. Ich träume jede Nacht von ihm – von dem Baby, meine ich. Ich träume, daß ich es auf dem Arm halte, und es klammert sich weinend an mich, und ich sage mir, Gott sei Dank, es ist am Leben, ich kann es immer noch retten! Und dann erwache ich allein in der Dunkelheit, und ich weiß, wenn ich es noch einmal tun müßte, würde ich es genauso machen.«

»Warum, Belinda, warum?« Sir Malcolm kniete neben dem Sofa und umklammerte immer noch ihre Hand. »Was hat er dir angetan – was hat dieser Teufel in Menschengestalt dir angetan –, um dich zu einer solchen Verzweiflungstat zu treiben?«

»Du weißt es?« Sie sah ihn verwundert an. »Du weißt, daß er ein Teufel war?«

»Ja.« Sir Malcolm zog sie an seine Brust und blickte grimmig zu Alexanders Porträt hinauf. »Du brauchst also keine Angst zu haben, uns alles zu erzählen, egal, wie schlimm es ist.«

»Du bist so lieb zu mir. Ich weiß nicht, wie du das fertig-
bringst. Was auch immer Alexander gewesen sein mag, er war
trotzdem dein Sohn – sein Kind wäre dein Enkelkind gewesen.
Aber du weißt ja nicht – ich muß dir erklären –«

»Wenn du soweit bist, meine Liebe. Wenn du dich stark genug
fühlst.«

»Ich bin bereit. Bitte laß mich los. Ich kann nicht sprechen,
kann es dir nicht erklären, wenn du mich hältst.«

Er zog sich einen Stuhl heran und setzte sich neben sie. Julian
setzte sich auf die andere Seite, aber etwas weiter nach hinten, wo
sie ihn nicht sehen konnte. Es würde auch so schon schwer genug
für sie sein, ohne ständig an die Anwesenheit eines Mannes
erinnert zu werden, den sie kaum kannte.

»Als Alexander und ich uns verlobten, hatte ich gerade meine
erste Saison hinter mir. Wenn man achtzehn ist, so erzogen
wurde wie ich und noch nicht verheiratet, hat man von nichts
eine Ahnung. Man ist zuversichtlich und bereit, es mit der Welt
aufzunehmen, aber man weiß noch gar nicht, was die Welt
eigentlich ist. Man sieht nur die Teile davon, die die anderen für
einen auswählen. Ich hatte keine Ahnung, daß sich sogar im
Herzen des vornehmen London Tragödien ereigneten – daß
Ehemänner schwach oder grausam waren und daß Ehefrauen
unter ihren Männern litten. Als meine Mutter in zweiter Ehe mit
Mr. Talmadge verheiratet war, mußte sie vieles erdulden. Aber
ich war damals noch sehr jung, und Mama gab sich immer große
Mühe, mich glauben zu machen, daß ich sicher und wohlbehütet
sei – daß mir etwas Derartiges nie passieren könne.«

Ihre Stimme stockte. Sie schluckte und sprach dann weiter:
»Deswegen war ich, als ich Alexander kennenlernte, stolz und
dumm. Die Tatsache, daß ich als Schönheit galt und auf dem
Heiratsmarkt als gute Partie gehandelt wurde, war mir zu Kopf
gestiegen. Ich wurde von allen bewundert. Die Männer erklärten
mir, daß sie meine Sklaven seien, und ich hatte nur Verachtung
für sie übrig. Welcher Mann, der nur einen Funken Selbstwert-

gefühl besaß, wollte schon ein Sklave sein, selbst für die Frau, die er liebte?

Alexander Falkland machte sich für niemanden zum Sklaven. Er war charmant, er war rücksichtsvoll, er gab mir das Gefühl, bewundert und geliebt zu werden – aber er hatte etwas an sich, das schwer faßbar war. Er lachte, und ich wußte nicht, warum. Sein Blick wurde nachdenklich, und ich konnte nicht sagen, ob er an mich dachte oder in Gedanken tausend Meilen weg war. Dazu kam, daß er von allen bewundert wurde. Wie konnte ich da anders, als das zu begehren, was alle Welt so hoch schätzte?

Er hielt um meine Hand an, und ich sagte ja. Anfangs war ich sehr glücklich oder glaubte es zumindest zu sein. Wir hatten eine turbulente Hochzeitsreise, und bevor ich richtig Luft holen konnte, tauchten wir bereits in unsere erste gemeinsame Saison ein. Du weißt, was aus uns wurde – wie beliebt und umschwärmt wir waren und wie sehr uns die anderen nacheiferten. Das war alles Alexanders Werk. Er richtete das Haus ein, suchte unsere Dienstboten aus, stellte unsere Gästeliste zusammen und entschied über die Abfolge unserer Menüs. Ich war ihm dabei keine Hilfe – ich war bloß eines seiner *objets d'art*. Aber das war mir damals noch nicht klar. Ich fand es zu dem Zeitpunkt noch viel zu aufregend, eine der führenden Gastgeberinnen Londons zu sein – und das mit neunzehn Jahren!

Ich dachte nie darüber nach, wie er es sich leisten konnte, das alles zu bezahlen. Ich vermutete zwar, daß die Erträge aus meinem Grundbesitz nicht annähernd ausreichten, aber ich wußte auch, daß er in verschiedene Projekte investiert hatte. Er war ein so kluger Kopf, deswegen dachte ich, daß er durchaus in der Lage war, uns reich zu machen.

Natürlich kannte ich Mr. Adams. Alexander stellte uns vor und erklärte mir, daß Mr. Adams ihn bei seinen Investitionen berate. Wir luden ihn regelmäßig zu unseren Abendgesellschaften ein – den größeren Veranstaltungen, nicht den Dinnerpartys im kleineren Kreis. Alexander hat immer gesagt, daß man es den

Leuten nicht zumuten könne, sich in intimer Atmosphäre mit so einem Menschen an einen Tisch zu setzen. Aber er war immer freundlich zu Mr. Adams, wenn sie zusammen waren, und ich bin seinem Beispiel gefolgt. Als Kind war mir beigebracht worden, zu Leuten wie Maklern und Rechtsanwälten höflich zu sein, und so stufte ich auch Mr. Adams ein.

Letzten März erzählte mir Alexander dann, einige seiner Investitionen seien gescheitert. Er setzte sich neben mich, hielt meine Hand und sprach sehr ernst auf mich ein. Er sagte, er stecke in großen Schwierigkeiten, er habe dreißigtausend Pfund Schulden und kein Geld, um sie zu bezahlen. Das Gesetz verbiete es ihm, meinen Grundbesitz zu verkaufen oder zu belasten, und wenn er kleinere Sachen wie Gemälde oder Möbel verkaufe, dann würden die Händler sofort wissen, daß wir in einer ernsten Notlage waren, und sofort beginnen, ihr Geld anzumahnen. Womöglich würde sogar der Gerichtsvollzieher ins Haus kommen. Und er sagte mir immer wieder, wie leid ihm das alles tue.

Das mag jetzt seltsam klingen – aber ich war froh. Schon seit geraumer Zeit hatte ich eine gewisse Enttäuschung über unser Leben empfunden, auch wenn ich es mir nie so richtig eingestanden hatte. Inzwischen fand ich es längst nicht mehr so aufregend, von allen bewundert zu werden. Ich war es leid. Es bedeutete mir gar nicht soviel, eine gefeierte Gastgeberin zu sein. Alexander und ich waren kaum mehr allein. Wenn wir in Zukunft sparen mußten, würden wir nicht mehr ständig ausgehen oder Gesellschaften geben können. Wir würden mehr Zeit zu Hause verbringen müssen – vielleicht sogar gezwungen sein, uns in mein Haus in Dorset zurückzuziehen. Mir wurde plötzlich bewußt, wie sehr es mir fehlte.

Aber ich sah, daß er meine Gefühle nicht teilte. Er liebte unseren Lebensstil – er wollte nicht, daß sich daran etwas änderte. Ihm ging es einzig und allein darum, einen Weg zu finden, unsere finanzielle Misere zu beheben. Er sagte, unsere Verpflichtungen gegenüber den Händlern seien belanglos – es seien lediglich die dreißigtausend Pfund, die uns zu ruinieren drohten. Dann erzählte er mir, daß Mr. Adams die Schulden aufgekauft habe. Ich sagte: Aber das ist doch gut, oder? Du bist doch mit ihm befreundet – bestimmt wird er mit sich reden lassen und dir Zeit zum Bezahlen geben?

Er antwortete, daß es nicht in seiner Macht stehe, Adams zu beeinflussen, aber daß *ich* dazu in der Lage wäre, wenn ich wollte. Ich sagte: Aber ich kenne mich mit Gelddingen doch überhaupt nicht aus. Wie sollte irgend etwas, das ich sagen könnte, bei einem Mann wie Mr. Adams' Gewicht haben? Alexander antwortete, daß ihn weniger meine Worte bewegen würden als vielmehr mein – mein Gesicht, mein –« Sie hielt einen Moment inne, zwang sich dann aber weiterzusprechen. »Er drückte es höchst elegant aus. Er sagte, ich müßte Mr. Adams nur wohlwollend ansehen, ihn anlächeln, ihn zum Abendessen einladen. Aus seinem Mund klang es wie eine Kleinigkeit – das mindeste, was eine Frau für ihren Mann tun sollte.

Mein Verstand weigerte sich, seine Worte zu begreifen, ich *wollte* ihn einfach nicht verstehen. Als es mir schließlich nicht mehr möglich war, an der Bedeutung seiner Worte zu zweifeln, war ich entsetzt. Lieber wäre ich gestorben, als ihn zu entehren und mein Ehegelübde zu brechen. Er wollte mich an einen anderen verschachern! Mir war nicht klar, ob er mir tatsächlich eine strafbare Verbindung vorschlug oder bloß eine zweifelhafte Freundschaft. Aber was spielte das noch für eine Rolle? Für mich war das alles eins. Ich weigerte mich. Ich weiß bis heute nicht, was ihn je auf die Idee kommen ließ, daß ich anders hätte handeln können.

Ich hätte ihn damals verlassen sollen. Entweder hätte ich mich um eine offizielle Trennung bemühen oder mich in aller Stille nach Dorset zurückziehen sollen. Er hätte es nicht gewagt, mich zurückzuhalten und zu riskieren, daß ich den Leuten erzählte, was er mir vorgeschlagen hatte. Selbst die Abgebrühtesten unter seinen Freunden wären empört gewesen. Aber ich blieb. Ich hatte meinen Stolz. Die Leute sollten nicht erfahren, daß er vorgehabt hatte, mich auf diese Weise zu demütigen, ja, zu *verkaufen*. Der Gedanke war mir unerträglich. Aber ich hatte noch andere, bessere Gründe. Ich wußte, daß Eugene ihn bewunderte, und er hatte nicht viele Menschen, die er bewundern konnte. Er mußte sich bereits wegen seines Vaters schämen – ich wollte nicht, daß er sich auch noch wegen seines Vormunds schämen mußte. Und dann warst da noch du, Papa. Du hast Alexander geliebt. Ich wußte, daß es dir das Herz brechen würde zu erfahren, was für ein Mensch er in Wirklichkeit war.«

»Oh, mein Liebes...« Sir Malcolm schüttelte den Kopf. »Wenn ich mir vorstelle, was du und Verity seinetwegen alles erduldet habt, nur um zu verhindern, daß ich verletzt oder meiner Illusionen beraubt wurde!«

»Wer ist Verity?«

»Das erzähle ich dir ein andermal. Bitte sprich weiter – ich wollte dich nicht unterbrechen.«

»Alexander und ich führten unser Leben weiter wie zuvor – zumindest nach außen hin. Privat sah ich ihn nur, wenn es sich nicht vermeiden ließ. Ich wußte nicht, was er wegen seiner Schulden unternahm, und es war mir auch egal. Einmal haben wir uns gestritten. Ich wollte Eugene zurück nach Harrow schicken, um ihn Alexanders Einfluß zu entziehen. Er war nicht zum Vormund geeignet. Aber Alexander weigerte sich. Er sagte, er könne es sich nicht leisten, Eugene nach Harrow zu schicken, wenn er selbst in Geldnöten sei und ich keinen Finger rührte, um ihm zu helfen.

Ein paar Wochen vergingen. Schließlich war der erste April.«

Sie hielt abrupt inne, als wäre sie um eine Ecke gebogen und stünde plötzlich vor einem Abgrund. Mit leiser, leicht zittriger Stimme erzählte sie weiter: »Alexander bat mich, ihn in den Ausstellungsraum einer Haushaltswarenhandlung am Themseufer zu begleiten. Ich antwortete, daß ich eigentlich gedacht hätte, wir könnten es uns nicht leisten, noch mehr Geld auszugeben. Er entgegnete, daß es um so wichtiger sei, nach außen hin den Anschein von Solvenz zu wahren. Schließlich stimmte ich zu. Er schien mir ein Friedensangebot zu machen, und obwohl ich wußte, daß es mir nicht leichtfallen würde, ihm zu verzeihen oder ihm wieder zu vertrauen, hielt ich es für meine Pflicht, es zumindest zu versuchen. Kurz bevor wir gingen erzählte er mir, er habe Eugene eingeladen, uns zu begleiten, aber mein Bruder habe keine Lust gehabt. Ich schöpfte keinen Verdacht. Warum sollte ich?

Wir spazierten Arm in Arm in den Ausstellungsräumen herum, und die Verkäufer überschlugen sich vor Eifer. Das war immer so. Wenn wir gemeinsam unterwegs waren, scharwenzelten die Leute ständig um uns herum. Ich dachte voller Wehmut an die Zeit zurück, als mir das noch etwas bedeutet hatte – als ich voller Stolz die Bewunderung genoß, die ich mir nicht verdient hatte, und mich über Freundschaften freute, auf die ich mich nicht verlassen konnte. Als wir das Geschäft verließen, kam eine Frau auf uns zugestürzt. Sie war jung und blond und wie ein Hausmädchen gekleidet, und sie wirkte sehr aufgeregt. Sie fragte mich, ob ich Mrs. Falkland sei. Ich bejahte. Da erklärte sie mir, mein Bruder sei von einem Pferd getreten worden und schwer verletzt. Man habe ihn in das Haus ihrer Herrin getragen, und er habe ihr gesagt, seine Schwester sei in einer Haushaltswarenhandlung gleich um die Ecke. Deshalb habe ihre Herrin sie, das Hausmädchen, losgeschickt, mich zu suchen.

Ich habe keinen Augenblick darüber nachgedacht, ob die Geschichte stimmte oder nicht. Alles, was ich denken konnte, war, daß Eugene es sich anders überlegt hatte und uns nachgekommen war und daß er jetzt verletzt und in Gefahr war. Alexander tat sehr mitfühlend. Er fragte das Hausmädchen, ob man schon einen Arzt gerufen habe. Sie verneinte, und er antwortete, wir müßten sofort nach einem schicken. Ich bat ihn, sich darum zu kümmern und mich zu Eugene fahren zu lassen.

Das Hausmädchen sagte, ich müsse zu Fuß gehen, da unsere Kutsche nicht durch die Einfahrt des Hofes passe, in dem ihre Herrin wohne. Ich antwortete: Das macht nichts, bringen Sie mich nur auf der Stelle zu meinem Bruder. Wenn ich einen Moment nachgedacht hätte, hätte ich Luke mitgenommen. Ich hätte auch erwartet, daß Alexander das vorschlagen würde. Aber in akuten Krisensituationen nimmt man sich nicht die Zeit, danach zu fragen, ob die Dinge einen Sinn ergeben. Warum hätte jemand all das erfinden sollen? Woher hätte ich wissen sollen, daß es eine Lüge war?«

»Sie konnten es nicht wissen, Mrs. Falkland«, antwortete Julian sanft. »Sie haben getan, was zu dem Zeitpunkt das Richtige zu sein schien. Jeder Mensch mit Mut und Charakter hätte genauso gehandelt.«

»Ich wünschte, ich könnte das glauben. Ich lasse das Ganze immer und immer wieder Revue passieren – versuche mich an alle Einzelheiten zu erinnern, alles noch einmal zu durchleben, um herauszufinden, was ich hätte anders machen können. Aber es hilft nichts. Ich habe das getan, was ich damals für richtig hielt. Und doch werde ich mein Leben lang das Gefühl haben, daß es meine Schuld war.

Das Hausmädchen führte mich durch einen engen Durchgang in einen kleinen, dunklen Hof. Die meisten der Häuser waren baufällig, aber ganz hinten war eines renoviert worden. Dorthin brachte sie mich. Sie ließ mich durch eine Seitentür hinein und führte mich in einen Salon im hinteren Teil des Hauses. Sie trat beiseite, um mich als erste eintreten zu lassen, und vor mir stand – David Adams.

In diesem Augenblick war mir alles klar. Eugene hatte das Haus nie betreten. Es war alles ein Komplott, um mich mit Mr. Adams allein zu lassen. Und Alexander steckte dahinter.

Ich wollte den Raum sofort wieder verlassen, konnte aber nicht. Das Mädchen hatte uns eingeschlossen. Ich hämmerte gegen die Tür und rief nach ihr, aber sie gab mir keine Antwort.

Ich sagte zu Mr. Adams: Ich nehme an, Sie haben den Schlüssel zu dieser Tür. Seien Sie so gut und schließen Sie mir sofort auf.

Er sagte, das werde er, aber erst müsse er mit mir sprechen. Er bat mich, ihm dieses Täuschungsmanöver zu verzeihen. Er habe keine andere Möglichkeit gesehen, mir sein Herz auszuschütten. Er habe den Eindruck, seine Gefühle für mich seien mir falsch übermittelt worden – er hätte Alexander in dieser Sache nie vertrauen dürfen. Alexander sei ein Teufel, dem überhaupt nichts an mir liege und der gar nicht zu schätzen wisse, was er an mir habe. Aber er – Mr. Adams – liebe mich, er liebe mich schon seit langem und werde alles für mich tun. Er sagte, er verlange vom Leben nichts anderes, als mein Bundesgenosse gegen Alexander und die ganze Welt sein zu dürfen. Wenn ich nur an seine Liebe glauben würde, dann werde er mir sein Herz, sein Vermögen und seine treuen Dienste zu Füßen legen.

Rückblickend glaube ich, daß er es ernst gemeint hat – daß er sich vor mir auf eine Weise entblößt hat, wie er es wohl noch nie vor einem anderen Menschen getan hatte. Vielleicht war mir das schon damals klar. Aber was spielte das für eine Rolle? Ich wollte weder seine Liebe noch seinen Schutz. Schutz! Dieser Mann, der so feurig darum bat, mich vor Alexander beschützen zu dürfen, hatte sich mit Alexander verschworen, um mich in diese Falle zu locken. Ich war seine Gefangene, und er versuchte, mir das einzige abzuringen, was mir noch geblieben war – das einzige, was Alexander nicht hatte beschmutzen können, weil es mir allein gehörte –, meine Ehre. Sie waren beide meine Feinde; ich war ganz auf mich allein gestellt. Und obwohl mir nicht die Zeit blieb, eingehender darüber nachzudenken, hatte ich das Gefühl, daß ich mich nur dadurch retten konnte, daß ich seine Werbung kompromißlos zurückwies. Wenn ich ihm gegenüber hart blieb, würde ich es vielleicht schaffen, ihn so weit zu beschämen, daß er mich gehen ließ.

Also behandelte ich ihn mit Kälte und Verachtung. Ich schleuderte ihm seine Gefühle vor die Füße, als wären sie Abfall, den ich nicht einmal mit den Fingerspitzen anfassen würde. Die Wirkung war katastrophal. So sanft er vorher gewesen war, so wütend wurde er jetzt. Er schrie mich an. Ich sei völlig wertlos, ein Rauschgoldengel, genauso hohl wie der Rest von Alexanders Freunden. Allein die Tatsache, daß ich mich von Alexander anfassen ließe, beweise, daß ich nicht besser sei als eine Hure. Er verachte sich selbst dafür, daß er mich liebe. Er verfluchte mich, verfluchte sich selbst. Plötzlich packte er mich an den Schultern. Ich schrie, er solle mich loslassen. Er fragte mich, ob ich mich schämen würde, von einem Juden berührt zu werden. Ob ich nach Hause laufen und mich waschen würde, um mich ja nicht anzustecken. Für mich spielte es keine Rolle, daß er Jude war – für mich spielte nur eine Rolle, daß er nicht mein Mann war und kein Recht hatte, mich anzufassen. Aber ich war ihm keine Erklärung schuldig. Er war besser als Alexander. Er hätte es wissen müssen.

Aber er wußte es nicht. Er zog mich an sich. Er – er – küßte mich. Grausam, ohne jede Liebe. Niemand kann sich vorstellen, wie schockiert ich war. Er war so stark, und ich so hilflos. Ich hatte mich immer für kräftig gehalten, aber ich hatte noch nie auf diese Weise mit einem Mann gekämpft. Es war, als würde ich versuchen, die heranrauschende Flut zurückzudrängen. Ich schaffte es nicht. Obwohl ich es versuchte. Oh, Papa, ich habe es wirklich versucht...«

»Mein Liebling!« Sir Malcolm drückte sie fest an sich. »Bitte weine nicht!«

»Ich kann nicht anders. Ich schäme mich so. Er hatte recht: Ich *bin* eine Hure. Es gibt keinen Unterschied zwischen mir und den Frauen, die sich in Covent Garden verkaufen. Abgesehen davon, daß ich soviel mehr gekostet habe – dreißigtausend Pfund.« Sie lachte, fast ein wenig hysterisch. »*Eine tugendhafte Frau, wer findet sie? Sie übertrifft alle Perlen an Wert.*«

Sir Malcolm sprach beruhigend auf sie ein, wiegte ihren Kopf an seiner Schulter, streichelte ihr Haar. Nach einer Weile hob sie den Kopf. »Es geht mir schon wieder besser. Bitte entschuldige, daß ich mich so aufführe. Aber ich habe noch nie jemandem davon erzählt, und irgendwie ist dadurch alles wieder aufgewühlt worden.«

»Er darf nicht ungestraft davonkommen!« rief Sir Malcolm erzürnt. »Die Bestie muß bestraft werden –«

»Papa, du darfst dich nicht mit Mr. Adams anlegen! Ich könnte es nicht ertragen, wenn ihm öffentlich der Prozeß gemacht würde. Dann würde das, was mir passiert ist, in allen Zeitungen stehen, und in jedem Salon würden die Leute darüber reden. Und eine private Herausforderung würde er wahrscheinlich nicht annehmen. Männer seiner Klasse sind es nicht gewöhnt, ihre Ehre mit der Pistole zu verteidigen.« Als sie weitersprach, klang ihre Stimme etwas sanfter, und sie nahm seine Hände: »Wenn er sich mit dir duellieren würde, könnte er dich verletzen, und ich lasse nicht zu, daß du für mich dein Leben riskierst. Oder er würde sich einfach nur hinstellen und sich von dir erschießen lassen. Das würde ich ihm ohne weiteres zutrauen. Damit wärst du ruiniert, du wärst gezwungen, das Land zu verlassen. Und das Schlimmste daran wäre – Alexander hätte schon wieder gewonnen! Selbst vom Grab aus würde er uns das Leben noch zur Hölle machen.

Ich sage dir jetzt etwas Seltsames. Ich weiß nicht, ob ich es dir erklären kann. Nach – nach allem, was in Mrs. Desmonds Haus passiert war, fühlte ich mich erst einmal wie erschlagen, so daß ich keinen klaren Gedanken fassen konnte. Ich erinnere mich noch daran, daß ich plötzlich merkte, daß der Ärmel meines Kleides zerrissen war und ich meinen Schal so drapierte, daß man es nicht sehen konnte. Dann wurde mir klar, daß ich mir eine Droschke nehmen mußte, um nach Hause zu kommen, und ich hatte Angst, daß ich nicht genug Geld bei mir haben würde und gezwungen wäre, Mr. Adams darum zu bitten. Verzweifelt durchwühlte ich meine Tasche, konnte aber keine Münzen finden. Die ganze Zeit würdigte ich ihn keines Blickes, konnte aber hören, wie er auf und ab ging, immer wieder auf und ab. Schließlich sagte ich, ich wolle nach Hause, und er ließ eine Droschke kommen und bezahlte den Fahrer, ohne mich danach zu fragen. Ich habe ihm kein einziges Mal ins Gesicht gesehen, aber ich sah seine Hand, als er mir die Kutschentür aufhielt. Sie zitterte.

Jetzt kommt das Seltsame daran, Papa. Sobald ich wieder klar denken konnte, wußte ich, daß ich ihn nicht haßte. Ich hatte Angst vor ihm – mehr Angst, als ich in meinem ganzen Leben jemals vor einem Menschen hatte. Und ich haßte, was er mir angetan hatte. Aber ich konnte zumindest teilweise verstehen, was in ihm vorgegangen war – daß er es einfach nicht mehr ertragen konnte. Ich hätte nicht anders handeln können, aber vielleicht galt das genauso für ihn. Es war wie in einer von jenen griechischen Tragödien, von denen du immer redest, Papa, wo ein Gott in einen Menschen fährt und ihn oder sie schreckliche Dinge tun läßt. Mr. Adams muß nicht bestraft werden – er wird sich selbst bestrafen. Was er mir angetan hat, war seiner nicht würdig, und das weiß er. Er wird dieses Wissen sein Leben lang mit sich herumschleppen, und er wird es mit ins Grab nehmen. Deswegen war es für ihn eine ebenso große Niederlage wie für mich.

Ich empfand keinen Haß für ihn. Ich empfand Haß für Alexander. Er war mein Mann: Es wäre seine Pflicht gewesen, mich zu beschützen. Als wir heirateten, war ich davon überzeugt, daß er mich liebte; inzwischen wußte ich, daß seine Liebe nur geheuchelt war. Aber selbst wenn er nichts für mich empfand, hätten ihn Ehre und Anstand dazu bewegen müssen, mir gegen einen Mann beizustehen, der meinen Ruin plante! Statt dessen verbündete er sich mit diesem Mann. Und dann – aber du sollst erst hören, was er als nächstes getan hat.

An jenem Tag sah und hörte ich nichts mehr von ihm. Am nächsten Morgen bat ich ihn um ein Gespräch unter vier Augen. Ich war sehr gefaßt – oder schaffte es zumindest, diesen Eindruck zu erwecken. Meine schlimmsten Eigenschaften kamen mir dabei zu Hilfe: mein Stolz, der mir nicht erlaubte, ihm zu zeigen, wie gedemütigt ich mich fühlte, und meine Rachegelüste, die ihm den Triumph nicht gönnten, seinen Sieg auszukosten. Ich habe ihm nicht erzählt, was zwischen Mr. Adams und mir passiert war. Er versuchte mit allen Mitteln, es mir zu entlocken, aber ich verlor kein Wort darüber. Ich glaube nicht, daß er es je mit Sicherheit wußte, weil ich es sonst bestimmt von Zeit zu Zeit zu hören bekommen hätte. Er wußte lediglich, daß seine Schuldscheine getilgt waren. Anscheinend kann man sich darauf verlassen, daß Mr. Adams seine geschäftlichen Verpflichtungen erfüllt.

Aber ich wollte dir von unserem Gespräch an jenem Morgen erzählen. Ich verlangte eine offizielle Trennung und bot als Gegenleistung an, nicht zu verraten, wie er mich dazu gebracht hatte, mich mit Mr. Adams zu treffen. Alexander wollte von einer offiziellen Trennung nichts wissen. Er sagte, wir wüßten beide nur zu gut, daß ich nie enthüllen würde, was er mir angetan hatte. Wenn ich es täte, würde ich meinen eigenen Ruf ruinieren. Bereits die Tatsache, daß ich mit Mr. Adams allein gewesen war, würde meine Ehre in einem zweifelhaften Licht erscheinen lassen. Meine ganze Geschichte sei unglaubwürdig – die Leute würden viel eher glauben, daß Mr. Adams mein Liebhaber sei und wir im Haus dieser Frau ein Rendezvous gehabt hätten. Er sagte, die Frau werde das notfalls beeiden, wenn er sie darum bäte. Dann hätte er das Recht, sich durch Parlamentsbeschluß von mir scheiden zu lassen, und er würde keine Sekunde zögern, das auch zu tun. Dann stünde ich als Ehebrecherin da. Er sagte zu mir: Ist es dir das wirklich wert? Willst du dich tatsächlich ruinieren und neue Schande über deinen Bruder bringen? Und denk an meinen Vater – willst du, daß er dich verachtet? Wenn wir beide widersprüchliche Geschichten erzählen – was meinst du, wem er glauben wird?

Da wußte ich, daß er gewonnen hatte. Ich erklärte mich unter zwei Bedingungen bereit, nicht mit ihm zu brechen. Die erste war, daß er nicht mehr – daß wir nur noch auf dem Papier Mann und Frau sein würden. Die zweite Bedingung war, daß Eugene sofort auf eine Schule geschickt werden sollte. Jetzt, da ich wußte, wie Alexander wirklich war, konnte ich Eugene nicht länger unter seinem Dach und seinem Einfluß lassen. Wer wußte schon, wie Alexander ihn verderben, wie er seine Jugend und sein Vertrauen ausnutzen würde?

Also eröffneten wir Eugene am nächsten Tag, daß er nach Harrow zurückkehren sollte. Alexander ließ keinen Zweifel daran, daß das allein meine Entscheidung war, so daß sich Eugenes ganze Wut auf mich entlud. Es war schwer zu ertragen, daß er mich so haßte, während ich ihn doch nur beschützen wollte. Und am Ende waren all meine Bemühungen vergeblich: Nachdem er absichtlich die ganze Nacht draußen im Regen geblieben war, wurde er krank, so daß wir ihn nicht wegschicken konnten. Alexander hatte erneut gewonnen.«

Plötzlich wandte sie sich an Julian. »Ich frage mich, was Sie jetzt denken, Mr. Kestrel? Daß bald darauf unsere Abendgesellschaft stattfand? Daß ich mich unter dem Vorwand, Kopfschmerzen zu haben, zurückzog, damit ich Alexander im Arbeitszimmer abfangen und töten konnte?«

Sanft erwiderte er: »Warum erzählen Sie mir nicht, was in dieser Nacht wirklich passiert ist?«

»Ich nehme an, Sie haben den wahren Grund für mein Verschwinden an jenem Abend bereits erraten. Ich zog mich zurück, weil Mr. Adams da war. Ich wußte nicht, daß Alexander ihn eingeladen hatte, und als ich ihn sah, geriet ich in Panik. Ich weiß nicht, was in diesem Moment in meinem Kopf vorging. Schließlich war ich von so vielen Leuten umgeben. Was hätte er mir da tun sollen? Aber meine Angst vor ihm ließ mich jede Vernunft vergessen. Ich wußte nur, daß ich weg mußte.«

Julian sah keine Veranlassung, ihr zu sagen, daß Felix ihm diesen Teil der Geschichte bereits erzählt hatte. Nach allem, was sie durchgemacht hatte, war es leicht möglich, daß selbst ein so gutgemeinter Vertrauensbruch sie verletzen würde.

»Ich ging auf mein Zimmer. Ich fühlte mich schrecklich. Was wollte er von mir? Warum konnte er mich nicht in Ruhe lassen? Das war schließlich seine einzige Möglichkeit, das mir angetane Unrecht zumindest ein bißchen wiedergutzumachen. Angenommen, er blieb, bis alle anderen Gäste weg waren, und Alexander zwang mich, ihn zu sehen?

Ich läutete nach Martha und sagte ihr, daß ich Kopfschmerzen hätte und nicht mehr auf die Gesellschaft zurückkehren würde, daß die anderen aber ruhig weiterfeiern sollten. Solange noch Gäste da waren, würde Alexander andere Dinge im Kopf haben und nicht an mich denken. Martha schien sich meinetwegen Sorgen zu machen, sagte aber nichts. Sie legte mir mein Nachthemd heraus und sagte, sie sei in ihrem Zimmer, falls ich sie bräuchte.

Ich schloß meine Zimmertür ab, fühlte mich aber noch immer nicht sicher. Alexander hatte Schlüssel zu allen Räumen des Hauses. Ich fand keine Ruhe, wagte nicht einmal, mich auszuziehen, überlegte ständig, was ich tun sollte. Es dauerte nicht lange, bis ich tatsächlich Kopfschmerzen hatte. Ich –« Sie verstummte, schien die Richtung zu ändern. »Ich legte mich auf mein Bett und schaffte es schließlich doch, ein wenig zu schlafen. Dann kann ich mich erst wieder daran erinnern, daß es an meiner Tür klopfte. Es war Martha. Sie war gekommen, um mir zu sagen, daß Alexander ermordet worden war.

Da drehte ich völlig durch. Alles, was ich denken konnte, war, daß Mr. Adams ihn getötet hatte und jetzt unterwegs war, mich zu holen. Ich rechnete jeden Augenblick damit, daß er in mein Zimmer stürzen und mich hinausschleppen würde. Ich traute ihm alles zu. Das war auch der Grund, warum ich schrie. Es hatte nichts mit Alexander zu tun. Ich war froh, daß er tot war. Und es überraschte mich kein bißchen, daß er ermordet worden war. Es war kaum möglich, ihn näher zu kennen und nicht den Wunsch zu hegen, ihn zu töten.

Von da an umgab ich mich mit einer Mauer des Schweigens.

Ich beantwortete alle Fragen so knapp wie möglich. Alexander war tot – ich sah keine Notwendigkeit, seinem Vater in der Seele weh zu tun, indem ich ihm von den Dingen erzählte, die sein Sohn verbrochen hatte. Ich wollte auch nicht, daß der Mord aufgeklärt wurde. Solange der Mörder nicht gefunden war, war ich vor Mr. Adams sicher. Er konnte seine Gefühle für mich nicht offenbaren, ohne Gefahr zu laufen, des Mordes an meinem Mann verdächtigt zu werden.«

Sie schwieg einen Moment, senkte den Blick und sagte dann leise: »Jetzt kann ich endlich von dem Kind erzählen. Mr. Kestrel ist zu rücksichtsvoll, um mich danach zu fragen, und dasselbe gilt für dich, Papa, aber bestimmt fragst du dich, wer der Vater war. Es war Mr. Adams. Das wußte ich deswegen so sicher, weil Alexander und ich uns schon seit geraumer Zeit entfremdet waren, nicht erst nach meinem – meinem Zusammensein mit Mr. Adams, sondern schon vorher. Den Verdacht, in anderen Umständen zu sein, hatte ich schon, als Alexander noch lebte, aber sicher wußte ich es erst nach seinem Tod. Es war wie ein Alptraum. Ich würde einem Kind das Leben schenken, das alle für Alexanders Kind hielten. Die Leute würden es mit Bewunderung und Aufmerksamkeit überschütten, und ich würde die ganze Zeit wissen – ich würde wissen –« Ihre Stimme ließ sie im Stich. »Das Schlimmste daran war, daß Mr. Adams die Wahrheit möglicherweise erraten würde. Das hätte mich für immer an ihn gekettet. Er ist nicht der Typ Mann, der sich von seinem Kind fernhalten läßt. Ich glaube, die Männer seines Volkes hängen sehr an ihrem Fleisch und Blut. Ich würde nie frei von ihm sein, sondern immer daran erinnert werden – eine unerträgliche Vorstellung. Ich mußte dafür sorgen, daß dieses Kind nie geboren wurde.

Ich spielte mit dem Gedanken, mir das Leben zu nehmen. Das erschien mir nur gerecht. Warum sollte ich weiterleben, wenn das Kind sterben mußte? Aber zwei Dinge hielten mich zurück. Ich konnte Eugene nicht auf dieselbe grausame, verachtenswerte

Art im Stich lassen, wie sein Vater es getan hatte. Und – ich weiß, das klingt billig –, aber es ärgerte mich, daß die Leute denken würden, ich hätte es aus Trauer um Alexander getan.

Ich hatte niemanden, den ich um Rat fragen konnte. Angeblich gibt es bestimmte Kräuter, geheime Methoden – aber die kannte ich nicht. Ich versuchte, Terpentin zu trinken. Papas Hausmädchen hat immer eine Flasche davon in ihrem Schrank stehen. Sie stellt daraus eine Möbelpolitur her. Mir wurde furchtbar schlecht davon, aber die gewünschte Wirkung hatte es nicht. Damals, als Sie zum erstenmal kamen und mit mir reden wollten, Mr. Kestrel, an dem Tag, an dem Sie sich bereit erklärt hatten, in dem Mordfall zu ermitteln, litt ich immer noch an den Folgen.«

»Ja«, sagte er. »Ich kann mich noch erinnern, daß Sie damals krank waren.«

»Ich mußte mir etwas anderes ausdenken – etwas, das nicht den Verdacht erwecken würde, daß ich absichtlich eine Fehlgeburt herbeigeführt hatte. Wenn das bekannt würde, müßte zwangsläufig die ganze Wahrheit ans Licht kommen. Und ich hatte Angst vor dem, was Mr. Adams tun könnte, wenn er wüßte, daß ich versucht hatte, sein Kind zu töten. Ich mußte mir etwas einfallen lassen, um mein Tun zu vertuschen – um alle auf eine falsche Fährte zu locken.

Deswegen inszenierte ich das mit dem Unfall. Ich wollte, daß es so aussah, als hätte sich jemand böswillig an meinem Sattel zu schaffen gemacht. Ich hoffte, die Leute würden annehmen, daß dieselbe Person, die Alexander getötet hatte, auch versucht hatte, mich zu töten oder sein Kind. Es tat mir leid, daß ich Phoenix auf so grausame Weise mißbrauchen mußte, denn er ist ein unschuldiges, mir treu ergebenes Tier, das es nicht verdient hat zu leiden. Aber mir fiel keine andere Möglichkeit ein.

Ich verlor das Kind, aber alles andere ging schief. Eugene kam zurück – trotz all meiner Bemühungen, ihm ein sicheres Alibi zu verschaffen. Und Sie, Mr. Kestrel, sind ausgerechnet am Morgen des Unfalls aufgetaucht, als ich schon alle Vorbereitungen getroffen hatte und die Sache nicht mehr rückgängig machen konnte. Ein anderer hätte vielleicht die falschen Schlüsse gezogen, die falschen Fragen gestellt. Dafür waren Sie zu klug und scharfsinnig. Aber wußten Sie damals schon, warum ich es getan hatte? Haben Sie erraten, was zwischen Mr. Adams und mir vorgefallen war?«

»Nicht genau. Aber ich wußte, daß Alexanders Plan, Sie von Mrs. Desmond in ihr Haus locken zu lassen, den Zweck hatte, Sie mit Adams zusammenzubringen. Das war an einem Freitag, dem ersten April. Freitag war der einzige Tag, an dem Mrs. Desmonds Nachbarin, Mrs. Wheeler, nicht da war. Adams hat mir erzählt, er sei ein einziges Mal in Mrs. Desmonds Haus gewesen, Anfang April, und er habe Martha dort gesehen. Als ich ihn fragte, woher er gewußt habe, daß es Martha sei, sagte er, er habe sie ganz deutlich gesehen, weil das Sonnenlicht, das durch das Oberlicht schien, genau auf sie gefallen sei. Mrs. Wheeler hat ausgesagt, daß Alexander Mrs. Desmond immer nur nachts besucht habe; wenn er ihr tagsüber einen Besuch abstattete oder zuließ, daß Adams kam, muß es an einem Freitag gewesen sein, weil er wußte, daß die neugierige Mrs. Wheeler da nicht zu Hause sein würde. Kurz gesagt, Mrs. Falkland – ich war überzeugt, daß Sie und Mr. Adams am selben Tag in Mrs. Desmonds Haus gewesen waren. Am nächsten Tag erließ Adams Alexander eine Schuld von dreißigtausend Pfund. Und als Sie Adams ein paar Wochen später bei Ihrer Abendgesellschaft sahen, verließen Sie überstürzt das Fest. Deswegen vermutete ich, daß Adams sich Ihnen gegenüber irgendwelche Freiheiten herausgenommen hatte. Aber ich habe nie an Ihrer Ehre gezweifelt und Sie nie als etwas anderes gesehen als das unschuldige Opfer eines gemeinen Verrats.«

»Unschuldig? Wie können Sie so von mir sprechen? Ich habe mein eigenes Kind getötet!«

»Nicht in den Augen des Gesetzes«, stellte Sir Malcolm mit

sanfter Stimme fest. »Blackstone zufolge ist eine Abtreibung noch kein Mord, solange sie stattfindet, ehe das Kind sich zum erstenmal im Mutterleib bewegt hat.«

Sie schüttelte verzweifelt den Kopf. »Ich weiß nicht, wer Blackstone ist, aber ich weiß, daß er mich nicht von der Schuld freisprechen kann, die ich fühle. Warum haben Sie mich noch nicht beschuldigt, Alexander getötet zu haben, Mr. Kestrel? Ihnen muß doch klar sein, daß ich gute Gründe hatte, ihn tot zu sehen. Wenn ich in der Lage war, meinen Unfall zu planen, wäre ich bestimmt auch in der Lage gewesen, einen Mord zu planen.«

»Nein, Mrs. Falkland. Sie haben Ihren Mann nicht getötet. Aber ich glaube, Sie wissen, wer es getan hat.«

»W-wie bitte?«

»Sie haben gesagt, Sie hätten den Unfall inszeniert, um die Leute – insbesondere Adams – glauben zu machen, dieselbe Person, die Alexander getötet hatte, habe es auch auf Sie abgesehen.«

»Ja«, antwortete sie zögernd.

»Woher wußten Sie denn, daß nicht Adams selbst Alexander getötet hatte? Eigentlich *konnten* Sie das gar nicht wissen. Es sei denn, Sie kannten die Identität des tatsächlichen Mörders.«

Sie hielt die Luft an, sagte aber nichts.

»Wollen Sie uns nicht verraten, wer der Mörder war?«

»Nein. Nein. Ich werde niemanden ans Messer liefern, der etwas getan hat, wofür ich ihm dankbar bin – der mich von einem Ehemann befreit hat, den ich gehaßt habe, und die Welt von einem Menschen, dem alles Ehrenwerte und Gute ein Dorn im Auge war.«

Julian zuckte mit den Achseln. »Dann bleibt mir nichts anderes übrig, als meine Beweise vorzulegen.«

Er griff in eine Innentasche seiner Jacke und zog Fannys kleines Topaskreuz heraus. »Das hat Mrs. Desmonds Mädchen gehört, Fanny Gates. Mrs. Desmond sagt, sie habe es ständig getragen.« Er berichtete, wie er es in dem Geheimfach gefunden

446

hatte. »Da waren auch ein paar Schmuckstücke, von denen Mrs. Desmond behauptet, daß sie ihr gehören.«

»Aber was hat das zu bedeuten?« fragte Sir Malcolm mit stockender Stimme.

»Es bestätigt, was wir schon seit geraumer Zeit vermuten«, antwortete Julian sanft. »Daß Fanny das Ziegeleiopfer war und daß Alexander sie getötet hat. Er muß ihr das Kreuz abgenommen haben, nachdem sie tot war. Die rötliche Substanz, die in die Kette eingetrocknet ist, könnte Ziegelerde oder Blut sein – vielleicht auch beides. Nachdem er solche Anstrengungen unternommen hatte, um ihr Gesicht zu zerstören und ihre Identität auszulöschen, konnte er ihr unmöglich ein Schmuckstück lassen, das jemand als das ihre hätte identifizieren können. Aber er muß das Gefühl gehabt haben, daß es gefährlich gewesen wäre, sich seiner – und auch Mrs. Desmonds Schmuck – zu entledigen. Deswegen versteckte er beides in dem Geheimfach, das er hatte einbauen lassen, als er sein Arbeitszimmer einrichtete.«

Sir Malcolm streckte die Hand nach dem Kreuz aus. Julian gab es ihm. Er betrachtete es lange und aufmerksam. Es lag auf seiner Handfläche – ein schweigender, unbarmherziger Zeuge. Schließlich schloß Sir Malcolm seine Faust um das Kreuz. Er hob den Kopf, und sein Blick begegnete den lachenden Augen von Alexanders Porträt.

Plötzlich lief er rot an und sprang auf. Er stürzte zu dem Porträt hinüber, riß es von der Wand und schlug es mit voller Wucht gegen den Kaminsims. Der Rahmen zerbarst. Alexanders Gesicht verwandelte sich in zerfetzte Leinwand.

Mrs. Falkland rang nach Luft und sank ohnmächtig in ihre Kissen zurück. Erschrocken fuhr Sir Malcolm herum. Er schleuderte das Porträt beiseite, läutete nach Dutton und befahl ihm, Martha zu holen. Dann kauerte er sich neben Mrs. Falkland, massierte ihre Hände und rief leise ihren Namen. Julian holte die Brandykaraffe und schenkte ihr ein Glas ein.

Martha stürzte herein, in der einen Hand ein Riechfläschchen, in der anderen einen in Essig getränkten Lappen. Nachdem sie die Männer unsanft beiseite gestoßen hatte, hielt sie Mrs. Falkland das Fläschchen unter die Nase und den Lappen an die Stirn. Ihre Augenlider öffneten sich zuckend. Mühsam setzte sie sich auf.

Julian verließ leise den Raum und ging nach oben in den Salon. Marianne saß auf dem Sofa und vertrieb sich die Zeit damit, Mrs. Falklands Nähkästchen durchzustöbern.

»Es tut mir leid, daß ich Sie so lange allein lassen mußte«, sagte er. »Würden Sie mich bitte wieder nach unten begleiten?«

Sie zog einen Schmollmund, folgte ihm dann aber bereitwillig. »Sie könnten mir ruhig erzählen, was passiert ist. Ich weiß wirklich nicht, warum Sie mich hergebracht haben. Bis jetzt habe ich mich bloß gelangweilt.«

»Geben Sie mir noch ein, zwei Minuten, dann werde ich alles erklären.«

Sie kehrten in die Bibliothek zurück. Marianne rauschte mit hoch erhobenem Kopf hinein. »Ich warne Sie – wenn die Leute nicht nett zu mir sind, gehe ich wieder. Alexanders Frau ist so arrogant, sie hat sich mir gegenüber schrecklich –«

Plötzlich blieb sie stehen und starrte zum Sofa hinüber. Martha scharwenzelte immer noch um Mrs. Falkland herum, schüttelte ihre Kissen auf und legte ihr eine Decke über die Füße. Sie sah mit einem gleichgültigen Blick zu Marianne auf. Marianne aber trat ein paar Schritte auf sie zu und starrte sie ungläubig an. »Fanny! Das ist sie doch, oder?« Sie drehte sich verwirrt zu Julian um. »Und zu mir haben Sie gesagt, daß sie tot ist!«

»Sie ist tatsächlich tot. Das hier ist Martha Gilmore, ihre Schwester – und Alexanders Mörderin.«

30

Der Bogen aus Bronze

Martha richtete sich langsam auf. *Sie sind mir also auf die Schliche gekommen,* schien ihr gleichmütiger Blick zu sagen. *Und was jetzt?* Die anderen starrten Julian verblüfft an – alle außer Mrs. Falkland, die traurig, aber nicht überrascht wirkte.

Sir Malcolm erhob sich. »Was... wie... ich verstehe nicht...«

»Das Kreuz hat sie verraten«, erklärte Julian. »Hätten wir das Kreuz nicht gefunden, wäre der Mord an Alexander vielleicht niemals aufgeklärt worden.«

»Wenn ich etwas sagen darf, Sir«, warf Martha ein, »es war kein Mord, es war die gerechte Strafe.«

»Es stand dir nicht zu, ein Urteil über ihn zu fällen«, antwortete Sir Malcolm ernst. »Wir alle wissen, was für ein Mensch er war. Selbst ich, sein eigener Vater, gebe zu, daß er den Tod verdient hatte. Aber was gab dir das Recht, dich zu seiner Richterin zu machen?«

»Ich war Fannys Schwester. Das gab mir Recht genug.«

Sir Malcolm wandte sich wieder an Julian. »Wie um alles in der Welt haben Sie das herausgefunden? Daß Martha und Fanny Schwestern waren?«

»Nicht nur Schwestern. Zwillinge, und zwar eineiige. Das war die einzige Erklärung, die sich mit allen Fakten, die wir hatten, vereinbaren ließ.« Nachdenklich betrachtete er Martha. »Du hast mir lange Zeit Rätsel aufgegeben. Vieles an dir kam mir verdächtig vor, aber ich konnte nichts davon eindeutig mit dem Mord in Verbindung bringen. Zum einen hattest du an dem Abend, an dem Alexander getötet wurde, nach ihm rufen lassen, um ihm zu sagen, daß Mrs. Falkland nicht länger an der Gesellschaft teilnehmen werde. Sowohl Clare als auch Adams waren sich sicher, daß du nichts weiter gesagt und auch sonst nichts Ungewöhnliches getan hattest. Aber Clare behauptete, Alexander habe verstört gewirkt, und kurz darauf ging er hinunter ins Arbeitszimmer, wo er getötet wurde.

Dann war da Adams' Geschichte, der zufolge er dich bei Mrs. Desmond gesehen hatte. Ich konnte mir nicht vorstellen, warum er so etwas hätte erfinden sollen. Aber du hast bei deiner Ehre als Christin geschworen, nie dortgewesen zu sein, und ich war mir sicher, daß du einen solchen Eid nicht auf die leichte Schulter nehmen würdest. Und wie sich herausgestellt hat, hast du tatsächlich die Wahrheit gesagt – wenn auch nicht die ganze Wahrheit. Du mußt gewußt haben, daß es Fanny war, die Adams gesehen hatte.«

»Ich vermutete es, Sir.«

Julian nickte. »Nachdem ich das Kreuz gefunden hatte, fiel mir wieder ein, wie Adams die Frau beschrieben hatte, die er erst bei Mrs. Desmond und dann später bei Alexanders Abendgesellschaft gesehen hatte: dieselben breiten Schultern, dasselbe kantige Gesicht, *dasselbe Kreuz um den Hals*. Schon damals hätte mir auffallen müssen, daß ich dich noch nie mit einem Kreuz oder einem anderen Schmuckstück gesehen hatte. Aber es war ein so kleines Detail, daß es meiner Aufmerksamkeit entging.

Inzwischen ist mir klar, was weiter passiert sein muß. Du hattest Alexander nachspioniert, seine Räume durchsucht und dabei das Kreuz gefunden. Irgendwie hast du dir zuammengereimt, daß er deine Schwester getötet hatte. An dem Abend, an dem er seine Gesellschaft gab, hast du die Kette mit dem Kreuz umgelegt und ihn unter dem Vorwand aus dem Salon kommen lassen, daß du ihm etwas von Mrs. Falkland ausrichten müßtest. Das war der Grund, warum er plötzlich so aus der Fassung geriet – nicht deine Worte, sondern die Tatsache, daß du das Kreuz trugst, das er seinem Opfer abnahm, nachdem er es getötet hatte.

Er wußte natürlich, daß du und Fanny Zwillinge wart. Wahrscheinlich fand er es amüsant, seiner Frau und seiner Geliebten völlig identisch aussehende Mädchen zu geben. Das war eine weitere Variante des *trompe l'œil* – seine gerissenste und grausamste. Als er sah, daß du Fannys Kreuz trugst, muß er sich gefragt haben, ob du das gleiche Schmuckstück hattest oder ob du auf das Kreuz deiner Schwester gestoßen warst – den einzigen Gegenstand auf der Welt, der ihn mit dem Ziegeleimord in Verbindung bringen konnte. Das ließ ihm keine Ruhe. Er mußte ins Arbeitszimmer hinuntergehen und nachsehen, ob sein Versteck entdeckt worden war. Du hast dort bereits auf ihn gewartet, und als er vor die Halterung des Fensterladens trat, um das Geheimfach zu öffnen, hast du zugeschlagen.«

»Ist das wahr?« wandte sich Sir Malcolm an Martha.

»Ja, Sir«, antwortete sie ruhig.

»Natürlich«, fuhr Julian fort, »hast du nicht damit gerechnet, an diesem Abend von Adams gesehen zu werden, der nicht lange zuvor Fanny gesehen hatte. Das war einer der Schlüssel, der mir verriet, daß ihr Zwillinge wart. Der andere war dein Verhalten gegenüber Mr. Clare. Als ich Sir Malcolm letzte Woche einen Besuch abstattete, war ich überrascht über die Art, wie du mit Mr. Clare sprachst: mit einer Sanftheit und Vertraulichkeit, die ich gar nicht an dir kannte. Jetzt weiß ich, warum: Er hatte vorher über seine enge Beziehung zu seiner Zwillingsschwester gesprochen, und das war etwas, wofür du Verständnis hattest. Wahrscheinlich empfandest du um so mehr Mitgefühl mit ihm, weil deine eigene Zwillingsschwester tot war.«

Martha nickte ernst. »Fanny und ich wurden schon vor vielen Jahren getrennt, und es war der Wille des Herrn, daß wir uns in diesem Leben nicht mehr wiedersehen sollten. Aber ich habe sie nie vergessen und auch die Hoffnung nicht aufgegeben, sie eines Tages doch noch zu finden. Schließlich sind wir gemeinsam auf die Welt gekommen. In ihren Adern floß mein Blut, sie hatte den gleichen Körper wie ich und sogar das gleiche Gesicht.«

»Und genau aus diesem Grund hat Alexander das ihre zerstört«, bemerkte Julian mit sanfter Stimme. »Wenn jemand ihre Ähnlichkeit mit dir entdeckt hätte, hätte das die Aufmerksamkeit der Behörden auf ihn, deinen Dienstherrn, lenken können. Die Wahrscheinlichkeit war gering, aber er konnte es sich nicht leisten, dieses Risiko einzugehen.«

Eine Weile sagte niemand ein Wort. Die anderen mußten das Gehörte erst verdauen. Julian hätte noch einen weiteren Beweis für Marthas Schuld hinzufügen können, aber er wollte das leidige Thema von Mrs. Falklands Unfall nicht noch einmal auf den Tisch bringen. Es war ihm nicht entgangen, daß Mrs. Falkland Martha vor dem Unfall weggeschickt hatte, genau wie Eugene. Eigentlich hätte keine besondere Notwendigkeit bestanden, Martha ein Alibi zu verschaffen – es sei denn, Mrs. Falkland wußte, daß Martha Alexander getötet hatte, und hoffte, ihre Schuld an dem einen Verbrechen zu vertuschen, indem sie sie von einem anderen freisprach.

»Warum hat er das nur getan?« fragte Sir Malcolm düster. »Was hatte ihm die arme Frau getan?«

»Vielleicht wußte sie einfach zu viel über ihn«, antwortete Julian. »Sie hat gesehen, wie Adams bei Mrs. Desmond eintraf, und konnte sich wahrscheinlich denken, warum er gekommen war. Und sie wußte alles über Alexanders Leben mit Mrs. Desmond. Möglicherweise hat sie wie Mrs. Desmond versucht, ihn zu erpressen. Nach allem, was wir über sie wissen, vermute ich allerdings, daß sie dafür nicht kühn oder skrupellos genug war. Trotzdem hatte Alexander wohl das Gefühl, daß es zu gefährlich sein würde, sie am Leben zu lassen.«

»Aber warum ist er so weit gegangen, sie zu töten?« Sir Malcolm breitete ratlos die Hände aus. »Mrs. Desmond hat er doch auch bloß ins Irrenhaus gesteckt.«

Julian warf Marianne einen nachdenklichen Blick zu. »Mrs. Desmond hat mir erzählt, daß Fanny in Alexanders Augen wertlos war – ihr Leben zählte für ihn einfach nicht. Vielleicht fand er es nicht der Mühe wert, sich einen raffinierten Plan auszudenken, um sie loszuwerden.«

»Aber warum in Hampstead?« wollte Sir Malcolm wissen. »Mrs. Desmond hatte er nach Surrey gebracht. Warum sollte er den ganzen Weg nach Hampstead zurückfahren, um Fanny zu töten?«

»Diese Frage hat mich auch beschäftigt. Dann ist mir eingefallen, daß er ja noch die Habseligkeiten Mrs. Desmonds loswerden mußte, um den Eindruck zu erwecken, daß sie von selbst gegangen war. Er brauchte einen sicheren Ort, weit weg von Mrs. Desmonds Haus und dem Irrenhaus, in dem er sie zurückgelassen hatte. Hampstead kannte er – er war dort aufgewachsen. Es ist bloß eine Vermutung, aber es würde mich nicht wundern, wenn Mrs. Desmonds Sachen auf dem Grund eines dieser kleinen, von Trauerweiden verhangenen Tümpel lägen, von denen es dort so viele gibt.«

»Ich werde bei den hiesigen Behörden eine Suchaktion veranlassen«, versprach Sir Malcolm.

»Das wird viel bringen«, murrte Marianne. »Inzwischen sind die Sachen längst ruiniert.«

»Wenn Alexander Mrs. Desmonds Habseligkeiten nach Hampstead gebracht hat«, überlegte Julian, »dann hat er Fanny vielleicht dazu gezwungen, ihm zu helfen. Sie hätte bestimmt nicht gewagt, sich zu weigern. Auf dem Gelände der Ziegelei hat er sie dann umgebracht, ist nach London zurückgefahren und hat Wagen und Pferd einfach irgendwo stehenlassen. Dann ist er in Mrs. Desmonds Haus zurückgekehrt, um sich zu säubern und umzuziehen. Ein nahezu perfektes Verbrechen.«

»Aber Martha ist ihm auf die Schliche gekommen«, sagte Mrs. Falkland. Aus ihrer Stimme sprach ein seltsamer, ruhiger Stolz.

»Ja«, pflichtete Julian ihr bei und wandte sich an Martha. »Aber du warst schon vor dem Ziegeleimord mißtrauisch geworden. Du hast Mr. Falkland genau eine Woche nach dem

Mord an Fanny getötet. Laut Valère hattest du aber schon ein paar Tage zuvor angefangen, ihm nachzuspionieren. Warum?«

»Fanny hatte mich vor ihm gewarnt, Sir. Etwa zwei Wochen bevor sie starb, bekam ich einen Brief von ihr. Das war das erste Lebenszeichen nach achtzehn Jahren. Sie ist von zu Hause weggelaufen, als wir noch junge Mädchen waren. Unsere Eltern waren gestorben und hatten uns ein bißchen Geld hinterlassen. Ein Mann namens Gates machte Fanny den Hof und überredete sie dazu, mit ihm davonzulaufen – ob ihretwegen oder wegen des Geldes, weiß ich bis heute nicht.«

»Gates ist der Nachname, den sie bei Mrs. Desmond benutzt hat«, sagte Julian.

»Ich wünschte, ich könnte glauben, daß sie vor dem Gesetz ein Recht dazu hatte, Sir«, seufzte Martha kopfschüttelnd. »Jedenfalls habe ich jahrelang versucht, sie zu finden. Sie hatte etwas Unrechtes getan, aber es war meine Pflicht, sie wieder aufzunehmen und ihr zu helfen, ihre Taten zu bereuen und wiedergutzumachen. Sie war immer noch meine Schwester. Aber vielleicht schämte sie sich zu sehr oder hatte nicht das Geld zurückzukommen – wie auch immer, ich habe sie nie wiedergesehen. Ich weiß nicht, was sie in all den Jahren gemacht hat, in denen wir getrennt waren.«

Marianne ließ ein kurzes, verächtliches Schnauben hören, wahrscheinlich, um anzudeuten, daß sie zu diesem Thema einiges zu sagen hätte. »Ich weiß, daß sie keine Zeugnisse hatte, als Alexander sie zu mir schickte.«

»Wo kann er sie kennengelernt haben?« fragte Sir Malcolm.

»Ich habe keine Ahnung.« Marianne zuckte mit den Achseln.

»Das können wir nur vermuten«, meinte Julian. »Vielleicht hat sie herausgefunden, daß Martha für die Falklands arbeitete, und wollte sie besuchen. Alexander hat sie gesehen und war wegen der Ähnlichkeit fasziniert.«

»Das ist möglich, Sir«, stimmte Martha zu. »In Sherborne, wo wir aufgewachsen sind, gibt es ein paar Leute, von denen sie gewußt haben könnte, daß ich in Mrs. Falklands Diensten stand.«

»Seltsam, daß in keiner der Beschreibungen, die wir von ihr haben, die Rede davon ist, daß ihr Dialekt nach West Country klang«, bemerkte Julian.

»Davon war nicht mehr viel zu hören«, erwiderte Marianne. »Ein ländlicher Dialekt verliert sich mit der Zeit, wenn man weit genug in der Welt herumkommt – was bei ihr bestimmt der Fall war, da wette ich drauf.«

»Warum hat sie sich denn überhaupt bereit erklärt, für Sie zu arbeiten?« fragte Sir Malcolm.

»Warum denn nicht?« gab Marianne zurück. »Es war eine gute Stelle, mit regelmäßiger Bezahlung. Später hat sie natürlich gejammert und gebettelt, kündigen zu dürfen, aber Alexander hat nur gelacht und sie gefragt: Wovon willst du denn leben? Bildest du dir wirklich ein, daß du in deinem alten Beruf noch einen Penny verdienen könntest? In deinem Alter?«

Martha starrte sie unverwandt an. »*Die Hunde werden Isebel an der Mauer von Jesreel auffressen.*«

»Was meint sie damit?« kreischte Marianne. »Das lasse ich mir nicht bieten! Was fällt ihr ein, mich so zu erschrecken…«

»Vielleicht möchten Sie lieber wieder hinauf in den Salon?« schlug Julian mit sanfter Stimme vor.

»O nein«, antwortete sie hastig, »ist schon gut. Ich finde es nur nicht richtig, daß sie einen so erschreckt.«

Er wandte sich wieder Martha zu. »Du hast gesagt, du hättest einen Brief von Fanny bekommen. Wann war das?«

»Am siebten April, Sir. Ich kann mich noch an den genauen Wortlaut erinnern: ›*Liebe Martha, ich bin in großen Schwierigkeiten. Wirst Du mir die Vergangenheit verzeihen und mit mir sprechen? Ich wage es nicht, zu Dir nach Hause zu kommen oder Dich zu mir einzuladen. Kannst Du am Sonntag gegen Mittag zur Kirche St. Martin in the Fields kommen? Dann erkläre ich Dir alles. Egal, was passiert, hüte Dich vor Deinem Herrn. Wenn*

Du auch nur einen Funken Mitleid mit mir hast, dann laß ihn diesen Brief nicht sehen. Ich weiß nicht, was er mit mir machen wird, wenn er davon erfährt.‹

Der Brief war nicht unterschrieben, aber ich wußte, von wem er war. Ich hatte keine Ahnung, wo Fanny sich aufhielt oder woher sie den Herrn kannte. Ich konnte mir auch nicht vorstellen, warum sie solche Angst vor ihm hatte, aber ich war fest entschlossen, es herauszufinden. Ich war an jenem Sonntag zum verabredeten Zeitpunkt in St. Martin in the Fields, aber Fanny ist nicht gekommen.«

»Ich kann mich an den Sonntag erinnern«, sagte Marianne. »Fanny wollte unbedingt in die Kirche gehen. Normalerweise ließ ich sie auch, aber an dem Morgen ging es mir nicht so gut, und ich bestand darauf, daß sie sich um mich kümmerte. Wie sie sich aufgeregt hat! Daraufhin habe ich gesagt: Wie du willst, Fräulein Unverschämt – mal sehen, was Alexander dazu zu sagen hat! Das hat sie ganz schnell wieder zur Vernunft gebracht.«

»Was kann sie dazu veranlaßt haben, das alles zu schreiben?« fragte sich Sir Malcolm. »Sie hatte Alexanders Tyrannei doch schon so lange ertragen. Man möchte meinen, sie hätte sich längst in ihr Schicksal ergeben.«

»Alexander und Mrs. Desmond hatten kurz zuvor Mrs. Falkland hinters Licht geführt und sie zu dem Treffen mit Mr. Adams gezwungen«, rief ihm Julian ins Gedächtnis. »Mrs. Falkland war eine ehrbare Frau und die Dienstherrin von Fannys Schwester. Vielleicht wurde es Fanny einfach zuviel. Entweder ihre Angst oder ihr Gewissen trieben sie dazu, sich Martha anzuvertrauen und um Hilfe zu bitten.«

»Es kam kein weiterer Brief von ihr«, erklärte Martha. »Ich wußte nicht, ob der Herr etwas getan hatte, um sie zum Schweigen zu bringen, oder ob sie einfach der Mut verlassen hatte. Ich beschloß, nach ihr zu suchen. Ich wußte, daß sie in London gewesen war, als sie den Brief abschickte, weil er nur mit einer

Zwei-Penny-Briefmarke frankiert gewesen war. Ich nahm an, daß der Herr wußte, wo sie sich aufhielt, weil sie sonst nicht solche Angst vor ihm gehabt hätte. Irgend etwas konnte mit ihm nicht stimmen, und wenn ich herausfand, was es war, konnte ich Fanny vielleicht finden. Ich ließ mir nicht anmerken, daß ich ihn verdächtigte – aus Angst, daß er Fanny etwas antun könnte. Aber ich beobachtete ihn. Wenn er ausging, setzte ich alles daran zu erfahren, wohin. Und wenn er zu Hause war, ließ ich ihn nicht aus den Augen.

Ich wollte mich in seinem Arbeitszimmer umsehen, aber es war schwierig, einen Zeitpunkt zu finden, wo ich sicher sein konnte, daß mich niemand erwischen würde. Ich wußte, daß ich dort nichts verloren hatte. Meine Chance kam an dem Morgen, nachdem Mr. Eugene die ganze Nacht draußen im Regen geblieben war. Er kam im Morgengrauen nach Hause, naß und kalt wie ein Wintertag, und die Herrin steckte ihn sofort ins Bett und schickte nach dem Doktor. Da ich nicht gebraucht wurde, nutzte ich die Gelegenheit, um mich ins Arbeitszimmer zu schleichen. Der Herr war die ganze Nacht unterwegs gewesen, und ich dachte mir: Wenn er ausgerechnet jetzt nach Hause kommt, geht er bestimmt gleich ins Bett oder sieht nach Mr. Eugene. So oder so, hierherein kommt er bestimmt nicht.

Ich hatte mich getäuscht. Plötzlich ging die Haustür, und ich hörte Schritte auf das Arbeitszimmer zukommen. Ich konnte den Raum nicht unbemerkt verlassen, also versteckte ich mich hinter den Vorhängen eines der Fenster. Er kam herein und trat an das andere Fenster, und ich sah, wie er auf die Innenvertäfelung der Fensterladenhalterung drückte, und zwar so.« Sie machte eine Handbewegung. »Die Vertäfelung schwang auf, und drinnen war ein Fach. Er griff ein paarmal in seine Manteltasche und leerte den Inhalt in das Fach. Als er fertig war, ließ er die Vertäfelung wieder zuschnappen und ging.

Ich wollte sehen, was er versteckt hatte, aber in dem Moment hörte ich, daß draußen in der Diele nach mir gerufen wurde. Mr.

Eugene hatte Fieber, und meine Herrin brauchte mich. Während der nächsten paar Tage war ich so beschäftigt, daß ich keine Gelegenheit hatte, ins Arbeitszimmer zurückzukehren. Eines Abends aber war es soweit. Ich schlüpfte hinein und öffnete die Halterung so, wie ich es bei Mr. Falkland gesehen hatte.

In dem Geheimfach lag ein Häufchen Schmuck. Die Sachen waren auffälliger als alles, was meine Herrin tragen würde. Ich nahm an, daß der Herr den Schmuck für eine Geliebte gekauft hatte und daß er ihn deswegen versteckte... damit meine Herrin ihn nicht fand. Ich wollte die Sachen gerade zurücklegen, als ich sah...« Ihre Stimme zitterte einen Moment. »Ich sah das Kreuz.

Ich wußte sofort, daß es das von Fanny war. Sie hat es schon als Kind getragen. Früher hatten die Leute immer lachend zu uns gesagt, daß es die einzige Möglichkeit sei, uns auseinanderzuhalten... die mit dem Kreuz sei Fanny. An der Kette klebte etwas Rötlichbraunes... ich konnte nicht mit Sicherheit sagen, was es war. Mir wurde vor Angst ganz übel. Ich wußte nicht, was ich von der ganzen Sache halten sollte.

Ich beschloß, den Herrn zu fragen, wie er an Fannys Kreuz gekommen war und wo sie sich aufhielt. Am nächsten Tag hörte ich, daß er allein in seinem Arbeitszimmer war, also ging ich hinein. Er saß am Schreibtisch und blätterte in einem seiner Bücher über Häuser. Mit hochgezogenen Augenbrauen sah er mich an.

In diesem Moment benahm ich mich wie ein Feigling. Ich schäme mich, es zu sagen, aber statt an Fanny zu denken, dachte ich an mich selbst. Er war mein Herr. Wenn er mich entließ, würde ich meine Herrin nie wiedersehen. Zuerst brachte ich kein Wort heraus – ich wußte einfach nicht, was ich sagen sollte. Schließlich schaffte ich es, ihn zu fragen, ob er wisse, was aus meiner Schwester geworden war.

Er sagte: ›Was sollte ich darüber wissen?‹ Und er klang dabei so sanft und wirkte so erstaunt, daß ich einen Moment lang dachte, ich hätte mich getäuscht. Vielleicht wußte er ja wirklich nichts über Fanny.

Dann fiel mir wieder ein, daß er ja Fannys Kreuz hatte und daß sie mir geschrieben hatte, sie fürchte sich vor ihm. Ich wurde wütend, und das machte mich mutig. Ich sagte, sie habe mir einen Brief über ihn geschrieben. Er stand auf und ging um den Tisch herum. ›Wo ist dieser Brief?‹ wollte er wissen. ›Den kann ich Ihnen nicht zeigen‹, antwortete ich. ›Martha‹, sagte er lächelnd und ließ mich die ganze Zeit nicht aus den Augen. ›Wie kann ich dir helfen, wenn du dich mir nicht anvertraust?‹ Er drängte mich weiter, ihm den Brief zu geben, bis ich schließlich herausplatzte, daß ich ihn verbrannt hatte, weil Fanny Angst vor dem hatte, was passieren würde, wenn der Brief in seine Hände fiel.

Daraufhin sagte er: ›Wenn das so ist, dann hat es nie einen Brief gegeben, und ich bin deiner Schwester nie begegnet.‹ ›Aber da *war* ein Brief‹, erwiderte ich. ›Das kann ich beschwören.‹ Er lächelte, als würde er mit einem Kind reden. ›Du hast keine Ahnung von unseren Gesetzen‹, sagte er. ›Ich schon. Dem Gesetz nach ist nur das wahr, was man vor Gericht durch Beweise belegen kann. Du hast nichts vorzuweisen als dein Wort, und ich kann mir nicht vorstellen, daß irgend jemand dem Glauben schenken wird. Was meinst du?‹

Ich stand bloß da und starrte ihn an. Was er sagte, war so falsch und böse, und er sagte es mit einer solchen Unverfrorenheit. Ich hatte so etwas noch nie erlebt. Er glaubte, gewonnen zu haben – glaubte, daß ich schwieg, weil mir keine Antwort einfiel. Er raffte seine Papiere zusammen und ging zur Tür. Plötzlich aber drehte er sich um und musterte mich spöttisch. Ganz leise sagte er: ›Hast du von der Frau gehört, die tot auf dem Ziegeleigelände gefunden wurde? Eine tragische Geschichte, findest du nicht auch?‹

Nachdem er gegangen war, stand ich wie angewurzelt da. Ich

hatte von dem Ziegeleimord gehört – während der letzten paar Tage waren die Zeitungen voll davon gewesen. Ich wollte es nicht glauben, aber ich hatte keine andere Wahl: Die arme Seele, die man auf dem Ziegeleigelände gefunden hatte, war meine Schwester, und mein Herr hatte sie getötet. Er war in der Mordnacht die ganze Nacht unterwegs gewesen – daran konnte ich mich genau erinnern, weil es dieselbe Nacht war, in der Mr. Eugene draußen im Regen geblieben war. Am nächsten Morgen hatte ich ihn heimkommen und Fannys Kreuz verstecken sehen. Aber was am meisten gegen ihn sprach, war die Tatsache, daß das Gesicht der Frau zerstört worden war. Ich wußte inzwischen, warum: Weil dieses Gesicht genauso aussah wie meines.

Er konnte nicht wissen, daß ich das alles bereits erraten hatte. Mir war klar, was er mit seinen Worten bezweckte: Ich sollte denken, daß das Ziegeleiopfer möglicherweise Fanny war, ohne mir jemals sicher sein zu können. Ich sollte den Rest meines Lebens unter dieser Ungewißheit leiden. Er wußte ja nicht, daß ich Fannys Kreuz gefunden hatte. Ich hatte keine Gelegenheit gehabt, es ihm zu sagen.

Ich war noch nie zuvor so wütend gewesen wie in diesem Moment. Am liebsten wäre ich auf der Stelle vor Gericht gegangen und hätte ihn angezeigt, meine Schwester ermordet zu haben. Aber dann fiel mir ein, was er gesagt hatte: daß vor Gericht nur das als wahr galt, was man durch Beweise belegen konnte. Ich glaubte nicht, daß ich genug Beweise dieser Art hatte, um ihn für den Mord an Fanny bezahlen zu lassen. Er war ein Gentleman mit adligen Freunden und einem berühmten Anwalt als Vater. Vielleicht würde es ihm gelingen, sich wegen des Kreuzes irgendwie herauszureden. Wer würde mir schon Glauben schenken, wenn sein Wort gegen meines stand?

Ich bat den Herrgott um Beistand. Mit geschlossenen Augen schlug ich meine Bibel auf. Die Stelle, die ich aufgeschlagen hatte, war aus dem Buch Hiob.« Mit starr geradeaus gerichtetem Blick zitierte sie:

»Weißt du das nicht von Urzeit her, seit Gott Menschen auf die Erde gesetzt hat:
daß kurz nur währt der Frevler Jubel, einen Augenblick nur des Ruchlosen Freude?
Steigt auch sein Übermut zum Himmel und rührt sein Kopf bis ans Gewölk;
Schmeckt süß das Böse in seinem Mund, birgt er es unter seiner Zunge;
Flieht er vor dem Eisenpanzer, durchbohrt ihn der Bogen aus Bronze.

»Hätte mir der Herr noch deutlicher zeigen können, was ich zu tun hatte?

Sie werden mich der Bow Street übergeben, nehme ich an. Sie müssen tun, was Sie für richtig halten. Aber ich bereue nichts. Soweit ich es beurteilen kann, hat er über alle Menschen Unglück gebracht. Mich zu hängen, wird ihn auch nicht mehr zurückbringen. Und selbst, wenn das möglich wäre, glaube ich nicht, daß irgend jemand von Ihnen das wollen würde.«

Sie blickte herausfordernd in die Runde. Niemand sagte ein Wort.

»Man wird sie doch nicht hängen, oder, Papa?« fragte Mrs. Falkland ängstlich. »Nicht, wenn wir den Leuten erzählen, warum sie ihn getötet hat?«

»Ich weiß es nicht, meine Liebe. Wir werden alles in unserer Macht Stehende tun, um ein gerechtes Bild von ihren Motiven zu zeichnen – alles andere hängt vom Richter ab.« Er fügte hinzu. »Hast du wirklich die ganze Zeit gewußt, daß sie die Mörderin war?«

Mrs. Falkland sah Martha traurig an. »Weißt du noch, wie du nach mir gesehen hast, nachdem ich mich von der Abendgesellschaft zurückgezogen hatte? Du hast angeboten, mir eines von deinen Mittelchen gegen Kopfschmerzen zuzubereiten, und ich habe nein gesagt. Aber später stellte ich fest, daß ich tatsächlich

Kopfschmerzen hatte. Ich wollte nicht nach dir läuten und die Aufmerksamkeit der anderen auf mich lenken, deswegen stahl ich mich in dein Zimmer. Das war gegen Mitternacht. Du warst nicht da. Später hörte ich, daß du den Leuten von der Bow Street gegenüber ausgesagt hast, du seist in der fraglichen Zeit in deinem Zimmer gewesen. Da fiel mir wieder ein, wie du mich gehalten und getröstet hast, nachdem du mir von dem Mord erzählt hattest, und wie du gesagt hast, daß jetzt alles gut werden würde. Und plötzlich verstand ich: Alles war gut, weil du dafür gesorgt hattest. Ich werde dir immer dankbar sein, Martha.« Sie verlor die Fassung. »Und du wirst mir so fehlen!«

Da dämmerte Julian, wie allein sie war. Als Alexanders Frau hatte sie so viele Freunde gehabt – aber es waren Alexanders Freunde gewesen. Und seinen Freundschaften fehlte die Substanz – sie waren aus seinem Charme geboren und starben mit ihm. Ihr waren nur noch Sir Malcolm, Eugene und Martha geblieben. Und jetzt würde Martha sie verlassen.

Er flüsterte Sir Malcolm zu: »Ich glaube, Sie sollten Eugene kommen lassen. Ich wollte nicht, daß Mrs. Falkland ihre Geschichte in seiner Gegenwart erzählen muß, aber jetzt braucht sie ihn – vor allem, weil ich glaube, daß ich gerade Vance kommen höre. Ich habe ihm eine Nachricht geschickt, bevor ich London verließ, und ihn gebeten, ebenfalls herzukommen.«

Kaum hatte er das gesagt, wurde Vance auch schon hereingeführt. Im Schlepptau hatte er seinen Untergebenen Watkins. Sir Malcolm begann ihn über das Kreuz und Marthas Geständnis aufzuklären. Erst jetzt nahm sich Julian die Zeit, einen Blick auf die Uhr zu werfen. Es war kurz vor zwölf. Geschafft, de Witt! dachte er. Und das ganze vier Minuten zu früh.

31

SCHLÜSSE

Nach Marthas Verhaftung trieb Julian seine fünfhundert Pfund ein und verschwand für zwei Wochen aus London. Er wollte es vermeiden, ständig neugierigen Bekannten und Zeitungsreportern über den Weg zu laufen; außerdem war das eine gute Möglichkeit, das Interesse der Gesellschaft wachzuhalten: Man verschwand ausgerechnet dann, wenn man am gefragtesten war. Wie Tibbs sehr richtig gesagt hatte, durfte man sein Publikum, genau wie eine Geliebte, nie völlig befriedigt zurücklassen. Aus der Abgeschiedenheit eines Cottages in Hampton Court verfolgte er die Nachwirkungen seiner Ermittlungen anhand von Zeitungsberichten und den Briefen von Sir Malcolm, einem der wenigen, die wußten, wo er war.

Getreu seinem Entschluß ließ Sir Malcolm die Öffentlichkeit rigoros darüber aufklären, wie Alexander Marianne der Freiheit beraubt und Fanny ermordet hatte. Die Aufklärung des Ziegeleimords verdrängte fast die Neuigkeit von Marthas Schuld. Alexander gab einen weit skandalöseren Schurken ab als Martha, und sämtliche Zeitungen, angefangen von den Gesellschaftsblättern bis hin zu den billigsten Gazetten, kündeten von seinen Verbrechen.

Sir Malcolms Offenheit hinsichtlich der Taten seines Sohnes hatte allerdings Grenzen: Er ließ nichts an die Öffentlichkeit dringen, was Mrs. Falkland beschämt oder belastet hätte. Die ganze Geschichte ihres Zusammentreffens mit Adams in Mrs. Desmonds Haus wurde totgeschwiegen, und die Leute erfuhren auch nicht, wer sich an ihrem Sattel zu schaffen gemacht hatte. Sir Malcolms größte Sorge war, Marianne zum Schweigen zu bringen, die gerade genug über Mrs. Falkland und Adams wußte,

um gefährlich zu sein. Er schloß mit ihr einen Handel ab: Unter
der Bedingung, daß sie England verließ und nichts über Alexanders Komplott gegen seine Frau verlauten ließ, würde er ihr
vierteljährlich eine bestimmte Summe zahlen. Vorerst aber blieb
sie noch in London, um gegen Ridley auszusagen, der wegen
Freiheitsberaubung und anderer Delikte angeklagt worden war.
Es gab eine Welle des Protestes wegen der Zustände in vielen
privaten Irrenhäusern; Sir Henry Effingham sollte einen Parlamentsausschuß leiten, der sich mit diesem Thema beschäftigen
würde.

In einem seiner Briefe an Sir Malcolm erkundigte sich Julian
nach Quentin Clare. Sir Malcolm berichtete in kurzen Worten,
daß eine plötzliche Krankheit Mr. Clare gezwungen habe, eine
Kur im Ausland anzutreten. Julian zog seine eigenen Schlüsse.

Als er Ende Mai nach London zurückkehrte, erwarteten ihn
unzählige Briefe und Einladungen. Darunter war auch eine
Karte von David Adams, auf deren Rückseite eine Nachricht
stand: »*Werden Sie mich empfangen? Geben Sie mir nur die
Gelegenheit, mit Ihnen zu sprechen – mehr verlange ich nicht. In
Gottes Namen, bitte!*«

Julian klopfte mit der Karte auf seine Handfläche. Schließlich
schrieb er eine knappe Antwort, in der er Adams mitteilte, daß er
am nächsten Abend nach neun Uhr zu Hause sein werde.

»Danke, daß Sie mich empfangen, Mr. Kestrel.«

»Sie schulden mir keinen Dank, Mr. Adams. Ich fühle mich
wegen der Ermittlungen verpflichtet, mir anzuhören, was Sie zu
sagen haben. Nur deswegen habe ich Sie empfangen.«

»Also wissen Sie Bescheid. Über Mrs. Falkland und die dreißigtausend Pfund. Sie hat es Ihnen erzählt?«

»Ja, sie hat diese Demütigung auf sich genommen.«

Adams fuhr sich mit der Hand über die Augen. Er wirkte
abgezehrt – auf eine undramatische Weise, als wären Überanstrengung und Schlaflosigkeit inzwischen feste Bestandteile sei-

nes Lebens. »Ich war mir nicht sicher. In den Zeitungsberichten wurde davon nichts erwähnt.«

»Sie brauchen sich keine Sorgen zu machen. Jeder, der Mrs. Falkland nahesteht, weiß, welchen Preis sie zahlen würde, wenn sie Sie anzeigen würde. Ihre Ehre und ihr Seelenfrieden sind ihr wichtiger, als Sie Ihrer gerechten Strafe zuzuführen.«

»Mein Gott, glauben Sie, ich bin deswegen gekommen?«

»Ich habe keine Ahnung, warum Sie gekommen sind, Mr. Adams.«

Adams' Lippen verzogen sich zu seinem alten, ironischen Lächeln. »Ich nehme an, aus demselben Grund, warum ich mich zu Falklands Gesellschaft einladen ließ. Aus demselben Grund, warum ich Mrs. Falkland jenen Brief geschrieben habe, in dem ich sie vor ihrem Mädchen warnte. Aus demselben Grund, warum ich nach ihrem Unfall zu Ihnen gekommen bin und Ihnen erzählt habe, daß ich ihr Mädchen – oder die Frau, die ich für ihr Mädchen hielt – bei Mrs. Desmond gesehen hatte. Weil ich vor Sorge um sie fast verrückt wurde. Weil ich ihr helfen, sie beschützen wollte. Glauben Sie bloß nicht, daß ich nicht weiß, wie grotesk das klingt. Ich bin wie ein Mann, der ein Haus in Brand steckt und dann hineinrennt, um die Bewohner zu retten, obwohl es dazu längst zu spät ist.«

»Wie wollen Sie ihr jetzt noch helfen?«

»Ihr Unfall damals – niemand scheint zu wissen, welche Bewandtnis es damit hatte. Sie haben doch nicht etwa vor, die Sache einfach auf sich beruhen zu lassen? Wenn sie immer noch in Gefahr ist...«

»Sie ist nicht mehr in Gefahr. Wir wissen, wer den Unfall verursacht hat, aber wir haben die Sache privat geregelt, um ihr einen Skandal zu ersparen.«

»Wer war es?«

»Das kann ich Ihnen nicht sagen.«

»In Gottes Namen, das Kind, das sie verloren hat, war vielleicht von mir...«

»Sie haben in dieser Angelegenheit keinerlei Rechte, Mr. Adams.«

Adams schwieg einen Moment.

»Wie geht es ihr?« fragte er schließlich mit ruhiger Stimme.

»Sie ist am Boden zerstört. Aber ich denke, sie wird sich erholen. Sie ist sehr stark. Sie wird sich aus dem, was ihr geblieben ist, ein neues Leben aufbauen. Viel haben Sie und Alexander ihr ja nicht gelassen.«

»Kestrel, ich wollte das nicht. Ich hatte nie die Absicht, ihr weh zu tun. Er war es, dem ich weh tun wollte. Ich habe sie geliebt – fast vom ersten Augenblick an. Ich wußte sofort, daß sie so weit über ihm stand wie der Himmel über der Erde. Ich kannte ihn: seine Gier, seine Eitelkeit, sein ungesundes Streben nach immer neuen, aufregenderen Zerstreuungen. Ich wußte, daß der Liebling der Gesellschaft in Wirklichkeit ein korruptes, teuflisches Kind war. Aber ich hängte mich trotzdem an ihn – nicht nur, weil er meinem Geschäft förderlich war, sondern auch, weil ich hoffte, daß er sich am Ende selbst ruinieren würde. Das wollte ich nicht versäumen. Und natürlich *ihretwegen* – weil ich von ihrem Anblick lebte. Es war hoffnungslos. Selbst wenn sie nicht verheiratet gewesen wäre, hätten ihre Familie und Freunde nie zugelassen, daß sie sich an einen Juden verschwendete. Aber ich konnte meine Liebe zu ihr nicht aufgeben, auch wenn sie jeder Grundlage entbehrte. Weder meine Selbstverachtung noch ihre Gleichgültigkeit konnten dieser Liebe etwas anhaben.

Als ich Falklands Schuldscheine aufkaufte, dachte ich keine Sekunde daran, sie zu benutzen, um mich ihr zu nähern. Ich wollte ihn bloß in der Hand haben – ihn dazu bringen, mich um mehr Zeit und günstigere Bedingungen anzuflehen. Als es dann soweit war, versuchte er, mich mit seinem Charme und seinen Überredungskünsten um den Finger zu wickeln. Er erwartete von mir, daß ich ihn wie einen Schuljungen behandelte, dem ein Fehler unterlaufen war, und nicht wie einen erwachsenen Mann, der seine Familie fast an den Bettelstab gebracht hatte. Das reichte mir nicht. Ich wollte sein Blut. Ich konnte ihn in die Queer Street bringen – ihm die Gerichtsvollzieher ins Haus schicken, ihn dazu zwingen, all die schönen Dinge zu verkaufen, an denen sein Herz so hing. Aber dann würde ich als der Schurke dastehen – der habgierige Jude, der einen Freund schröpfte. Nein: Statt dessen wollte ich ihn dazu bringen, den schlimmsten Bedingungen zuzustimmen, die ich mir ausdenken konnte – um zu beweisen, daß es keine Abgründe gab, in die er sich nicht hinabbegeben würde, wenn es um seinen Reichtum und seine Eitelkeit ging.

Ich erklärte ihm, daß ich ihm wegen der Schuldscheine nicht nur entgegenkommen, sondern sie ihm sogar ganz erlassen würde, wenn er mir etwas Entsprechendes dafür bieten könnte. Ich sagte ihm, daß ich mich einen Dreck um seine Gemälde, seine Möbel oder sonst etwas aus seinem Museum von einem Haus scherte. Er besitze nur eine Sache, die für mich einen Wert habe: seine Frau.

›Wie meinen Sie das?‹ fragte er und riß die Augen auf. Ich sagte: ›Warum sollte Sie das schockieren? Ich dachte, solche Arrangements wären in der *beau monde* an der Tagesordnung.‹ Ich wollte, daß er sich weigerte, vor mir zurückschreckte – ich wollte sehen, wie er sich wand. Aber nichts dergleichen. Er reagierte auf meinen Vorschlag mit einer kühlen, lässigen, geschäftsmäßigen Nüchternheit, die mir den Atem raubte. Ich hatte vorgehabt, ihm den Spiegel vorzuhalten, um ihm zu zeigen, was für eine erbärmliche Kreatur er war. Dann hätte ich das mit seinen Schuldscheinen irgendwie geregelt und ihn rausgeworfen. Aber selbst in dieser Situation wirkte er weder gedemütigt noch beschämt. Er zeigte lediglich sein wahres Gesicht und schien sich dessen kein bißchen zu schämen. Ich konnte mich unmöglich zurückziehen, solange er noch triumphierte. Und plötzlich konnte ich der Versuchung nicht widerstehen. Mit ihr allein zu sein, ihr meine Gefühle zu offenbaren! Nicht, um sie wie eine

Prostituierte zu kaufen, wie Falkland glaubte, sondern um ihr ein einziges Mal ungestört gegenübertreten zu können, ohne alle Hindernisse und Störungen. Wer weiß – vielleicht würde es mir ja gelingen, ihre Liebe zu wecken. Geld hatte ich genug. Wir könnten zusammen weggehen und irgendwo im Ausland leben. Falkland war ein Teufel, der überhaupt nichts für sie empfand. Ich würde ihr einen Gefallen tun, indem ich sie einem solchen Mann wegnahm.

Sie glauben wahrscheinlich, daß ich verrückt gewesen sein muß. Kannte ich diese Frau wirklich so schlecht, daß ich annehmen konnte, sie würde meinetwegen auf ihre Ehre, ihr Zuhause und ihre Familie verzichten – für mich, der ihr nicht mehr bedeutete als ihre Dienstboten, ja sogar viel weniger als ihr Pferd? Ich kann Ihnen nur antworten, daß eine Liebe wie die meine einen Mann dumm macht, seine Augen mit Mondlicht blendet und Nägel durch sein Gehirn treibt, die ihn am Denken hindern. Ich war so verrückt, daß ich, als Falkland den Plan ausheckte, sie in das Haus jener Frau zu locken, einfach zustimmte – obwohl ich hätte wissen müssen, daß eine Frau von ihrem Stolz und Mut nie einem Mann nachgeben würde, der sie hinterlistig in eine Falle lockte, um sein Anliegen vorbringen zu können.

Ich brauche Ihnen wohl kaum zu sagen, daß sie mich voller Verachtung behandelte. Ich hätte es wissen müssen. Sie war so kalt wie Eis. Was dann passierte – ich habe es nicht getan, weil ich glaubte, sie auf diese Weise gewinnen oder erobern zu können. Ich tat es aus Verzweiflung. Ich erwarte nicht, daß Sie mich verstehen.«

»Aber Sie hoffen es«, entgegnete Julian ruhig. »Warum sonst sollten Sie mir das alles erzählen?«

Adams starrte ihn an, mißtrauisch und ein wenig beschämt. »Ich verlange kein Mitgefühl von Ihnen.«

»Nein. Das glaube ich Ihnen sogar.«

»Dann verstehen Sie mich ein wenig?«

»Nein. Aber ich glaube, Mrs. Falkland tut es.«

»Woraus schließen Sie das?« Adams hielt den Atem an.

»Aus der Art, wie sie über Sie gesprochen hat.« Er überlegte einen Moment, wieviel von dem, was sie gesagt hatte, er Adams gegenüber wiederholen konnte, ohne indiskret zu sein. »Wenn ich alles, was sie gesagt hat, in ein paar Worten zusammenfassen sollte, würde ich sagen, daß sie nicht den Wunsch hat, Sie wiederzusehen, daß sie Ihnen aber verzeiht.«

Adams holte langsam und tief Luft. »Sie verzeiht mir.« Dann, mit einer Leere, die teils Erleichterung, teils Verzweiflung war: »Es ist vorbei.«

»Ja. Wenn Sie wirklich etwas für sie tun möchten, dann lassen Sie sie los.«

»Oh, ich bin sehr schlecht im Loslassen!« Adams lachte bitter. »Aber Sie haben recht. Sie haben mir geholfen, wieder zur Vernunft zu kommen. Ich habe schließlich Pflichten; ich bin der einzige Sohn meiner Eltern. Ich sollte irgendeine spröde Rebecca oder Rachel heiraten und den Fortbestand der Familie sichern.« Er nahm seinen Hut und Mantel. »Ich danke Ihnen, Mr. Kestrel. Sie waren sehr geduldig, sich das alles anzuhören. Darf ich Ihnen einen Rat geben?«

»Bitte.«

»Kaufen Sie Eisenbahnaktien. Irgendwann werden diese Personenzüge hoch im Kurs stehen.« Er lächelte sein spöttisches Lächeln und ging.

Julian sah ihm eine Weile nach. Inzwischen verstand er, wieso Mrs. Falkland trotz allem, was er ihr angetan hatte, so verständnisvoll von ihm sprechen konnte. Sie waren sich sehr ähnlich, stolz, wild, unabhängig – grausam zu anderen, wenn die Pflicht es verlangte, aber am grausamsten zu sich selbst.

Es hätte eine große Liebe werden können – aber sie war tot geboren worden, wie ihr Kind. Über rein gesellschaftliche Barrieren hätten sie sich hinwegsetzen können, nicht aber über den Abgrund, der jetzt zwischen ihnen klaffte.

ANFÄNGE

Martha bekannte sich schuldig, Alexander ermordet zu haben – sehr zur Enttäuschung der Öffentlichkeit, die auf einen sensationellen Prozeß gehofft hatte. Der Richter wußte nicht so recht, zu welcher Art von Strafe er sie verurteilen sollte. Schließlich entschied er sich für eine lebenslange Verbannung in die australische Strafkolonie von Botany Bay. Julian hörte von Sir Malcolm, daß Mrs. Falkland darum gebeten hatte, sich von ihr verabschieden zu dürfen, daß Martha aber abgelehnt habe. Es zieme sich nicht, meinte sie, daß Mrs. Falkland gegenüber der Mörderin ihres Mannes Mitleid an den Tag lege.

Bald darauf bekam Julian einen Brief von Mrs. Falkland, in dem sie ihn bat, ihr einen Besuch abzustatten. Er kam ihrem Wunsch nach und konnte feststellen, daß sie sich gesundheitlich weitgehend erholt hatte, obwohl sie immer noch sehr dünn war und ihr Gesicht seltsam weich wirkte, als wären die Linien einer Kreidezeichnung sanft verwischt worden. Aber was ihm am meisten auffiel, war ihr zögerndes Verhalten: der unsichere Versuch eines neugeborenen Wesens, sich in der Welt zurechtzufinden. So viele ihrer früheren Ansichten und Prinzipien waren über den Haufen geworfen worden. Er fand sie zwar nicht mehr ganz so schön wie früher, dafür aber um so anziehender.

Nachdem sie die üblichen Begrüßungs- und Höflichkeitsfloskeln ausgetauscht hatten, sagte sie: »Ich wollte Sie fragen, was ich wegen Eugene unternehmen soll. Er bewundert Sie ungemein, und Sie scheinen ihn besser zu verstehen als jeder andere. Sollte ich einen Privatlehrer für ihn engagieren, eine andere Schule für ihn suchen...«

»Reisen Sie mit ihm ins Ausland«, antwortete Julian, ohne zu zögern. »Setzen Sie ihn der Wirkung von Musik, Kunst, guter Küche und eleganter Utnerhaltung aus. Aber bringen Sie ihn nicht mit den gelangweilten, hochnäsigen Engländern zusammen, die im Ausland leben – mischen Sie sich lieber unter kultivierte, vornehme Ausländer. Er wird sich anfangs linkisch vorkommen, aber er wird sich damit entschuldigen können, daß er Sprache und Sitten nicht kennt. Mit der Zeit wird er den nötigen Schliff und das entsprechende Selbstvertrauen bekommen – vielleicht auch ein bißchen eingebildet werden, aber ein wenig sanfter Spott wird ihn davon kurieren. Es wäre mir eine Ehre, Ihnen ein paar Einführungsschreiben mit auf den Weg zu geben, wenn Ihnen damit gedient wäre.«

»Das ist sehr freundlich von Ihnen. Aber – glauben Sie nicht, daß eine Auslandsreise einen gefährlichen Einfluß auf ihn ausüben könnte?«

»In welcher Hinsicht?«

Sie senkte den Blick und sagte mit leiser Stimme: »Alexander ist in seiner Jugend ebenfalls auf dem Kontinent herumgereist. Er war damals nicht viel älter als Eugene.«

»Alexander hat viele Dinge getan«, entgegnete er in sanftem Ton. »Ich glaube nicht, daß Sie es sich leisten können, alles zu meiden, womit er in Berührung gekommen ist. Sie brauchen um Eugene keine Angst zu haben. Er hat vielversprechende Anlagen. Und er hat Sie. Mit Ihnen als Leitstern kann er gar nicht umhin, einen ehrbaren Kurs einzuschlagen.«

»Danke. Sie haben mir sehr geholfen.« Sie gab ihm die Hand. »Ich möchte, daß Sie eines wissen – ich trage Ihnen nichts nach. Sie haben nur Ihre Pflicht getan. Sie haben Papa geholfen, die Wahrheit herauszufinden, und ich weiß jetzt, daß er das viel mehr gebraucht hat, als an Alexander zu glauben.« Sie hob entschlossen den Kopf. »Ich *werde* mit Eugene ins Ausland reisen. Ich werde schon auf ihn aufpassen.«

Nein, dachte Julian, er wird auf Sie aufpassen. Sie werden mit ihm nach Paris, Venedig und Rom fahren, und er wird sich alles

staunend und voller Freude ansehen. Und er wird Sie dazu
bringen, es durch seine Augen zu sehen. Um seinetwillen werden Sie Ihren Kummer vergessen müssen, Leute einladen und
neue Bekanntschaften schließen. Vielleicht wird es sogar einen
Mann geben, der Sie davon überzeugen kann, daß die Welt
immer noch schön ist und Ihr Leben unmöglich schon mit
Zwanzig vorbei sein kann...

Wenn er noch lange in diese Richtung weiterdachte, würde er
sich noch selbst um die Stelle bewerben. Er beugte sich über
ihre Hand und verabschiedete sich. An der Tür drehte er sich
einen Moment um. Ihr Blick war in die Ferne gerichtet, als
könne sie bereits die salzigen Winde des Kanals auf ihrem Gesicht spüren.

Der Frühling wurde vom Sommer abgelöst. Londons Wirbel-
wind aus Bällen, Abendgesellschaften, Konzerten, Opern und
Theateraufführungen erreichte seinen Höhepunkt und flaute
dann langsam ab. Ende Juli verließen die ersten Kutschen London und brachten Grundbesitzer zu ihren Landgütern, junge
Männer zu Jagdhütten und schöne Nomadinnen in Kurorte
und Seebäder, wo sie nach neuen Beschützern Ausschau halten
würden. Die Gerichte schlossen für den Rest des Sommers ihre
Pforten; in der Burlington Arcade und der Savile Row
schleppte sich der Handel müde dahin. Die Besitzer bescheide-
nerer Läden machten sich mit ihren Lehrlingen bereit, neben
der Hitze und dem Staub des Sommers auch den Abwasserge-
stank zu ertragen, der von der Themse heraufstieg.

Eines Nachmittags spazierte Julian gerade die Bond Street
entlang, als eine Kutsche neben ihm anhielt und eine Stimme
ausrief: »Na so was, Mr. Kestrel! Wie kommt es, daß Sie immer
noch in dieser schrecklichen Stadt weilen?«

»Wie kann eine Stadt schrecklich sein, die Sie mit Ihrer Anwesenheit beehren, Lady Anthea?«

»Was für ein charmanter Lügner Sie doch sind! Nein, im

Ernst, ich dachte, Sie wären schon längst in Schottland, Moor-hühner jagen.«

»Dort werde ich in ein paar Tagen auch sein. Und was hält Sie in London?«

»Ich habe von jedem meiner beiden Neffen eine Einladung bekommen, lasse sie aber noch ein wenig zappeln, bevor ich ihnen mitteile, welche ich annehme. Als reiche Erbtante will man ja auch noch ein bißchen Spaß haben – oh!« zischte sie. »Sehen Sie sich das an! Oder nein, tun Sie so, als würden Sie nicht hinsehen, aber schauen Sie trotzdem. Sir Malcolm Falkland und *dieses Mädchen*!«

Julian sah sich diskret um. Sir Malcolm kam gerade aus der Hookhams-Bibliothek. Er war in Begleitung eines rotgesichti-gen jungen Mannes mit einem hohen Kragen, einer unscheinba-ren Frau mittleren Alters und einem hochgewachsenen, schlan-ken Mädchen, das ganz in Schwarz gekleidet war.

»Das ist also Miss Clare«, sagte Julian leise.

Lady Anthea nickte so heftig, daß ihre falschen schwarzen Locken nur so flogen. »Sie wissen schon, die Schwester dieses seltsamen jungen Mannes – nein, man darf ja nicht schlecht von den Toten sprechen –, dieses *unglücklichen* jungen Mannes, der so eng mit Alexander Falkland befreundet war.«

»Wie ich höre, ist er vor ein paar Wochen im Ausland gestor-ben?«

»Ja. Für mich kam das nicht besonders überraschend. Er hat schon immer recht zerbrechlich ausgesehen. Und ich glaube, er hat schrecklich an Alexander gehangen. Die Neuigkeit, daß er ein richtiger *Verbrecher* war, muß ihm das Herz gebrochen haben. Dann kommt dieses Mädchen daher, seine Schwester, Sir Malcolm nimmt sie unter seine Fittiche, und ehe man sich ver-sieht, sind die beiden unzertrennlich! Alle sagen, daß er sie heiraten wird, sobald ihre Trauerzeit vorüber ist. Stellen Sie sich das mal vor! Wie kann sich ein so vernünftiger Mann in seinem Alter noch einmal verlieben! Sie könnte seine Tochter sein!«

»Ich hoffe, Sie täuschen sich, Lady Anthea. Bestimmt gäbe das gesetzliche Komplikationen.«

»So habe ich es nicht gemeint, Sie Schlimmer! Ich wollte damit nur sagen, daß sie vom Alter her seine Tochter sein könnte. Selbstverständlich bin ich davon überzeugt, daß sie in jeder Hinsicht respektabel ist. Ich war noch nie der Meinung, daß eine exzentrische Erziehung bei einem Mädchen *zwangsläufig* zu zweifelhaften Moralvorstellungen führt. Und *so* gewöhnlich sieht sie gar nicht aus. Ein guter Hutmacher könnte bestimmt etwas aus ihr machen –«

»Ich glaube, ich werde die Gelegenheit nutzen, sie kennenzulernen.«

»Ja, unbedingt, tun Sie das, und dann kommen Sie bei mir vorbei und erzählen mir alles über sie.«

Eher fahre ich nach Jericho, dachte Julian bei sich. Laut sagte er: »Mit dem größten Vergnügen, wenn ich vor meiner Abreise noch Zeit finde.«

Er trat einen Schritt zurück, um ihre Kutsche abfahren zu lassen, und näherte sich dann der Gruppe vor Hookhams. Sir Malcolm begrüßte ihn herzlich und stellte ihn Miss Clare vor.

Er beugte sich über ihre Hand. »Ich habe mich schon auf diese Begegnung gefreut.«

»Ich auch. Mein Bruder hat mir erzählt, mit wieviel Scharfsinn Sie die Ermittlungen in dem Mordfall geführt haben.«

»Das war sehr freundlich von ihm. Ich habe ihn ebenfalls sehr geschätzt. Ich habe mit großem Bedauern von seinem Tod gehört.« Er konnte der Versuchung nicht widerstehen hinzuzufügen: »Sie sehen ihm erstaunlich ähnlich.«

Sie erwiderte seinen Blick, ohne mit der Wimper zu zucken. »Ja, die Leute haben immer gefunden, daß wir uns sehr ähnlich waren.«

Die Ähnlichkeit war nicht so groß, wie Julian erwartet hatte. Ihre neue Aufmachung ließ sie völlig anders wirken: Das steife weiße Halstuch war durch einen Spitzenkragen ersetzt worden, und ihr Gesicht wurde von einer Haube eingerahmt, unter der weich fallende Locken herausquollen. Bestimmt nicht ihr eigenes Haar – das konnte unmöglich so schnell nachgewachsen sein –, aber sehr viel überzeugender als Lady Antheas falsche Löckchen. Julian erkannte darin das Werk George Tibbs, der seine Theaterkarriere schließlich als Kostümschneider begonnen hatte. Er hatte ihr geholfen, sich als Mann zu verkleiden – jetzt trug er zweifellos dazu bei, ihr den Wiedereinstieg in ihr Leben als Frau zu erleichtern.

Sir Malcolm machte Julian mit der älteren Frau bekannt, die als Miss Clares Gesellschafterin eingestellt worden war. Sie hieß Miss Meeks. Die Vorstellung, daß Verity Clare eine Anstandsdame brauchte, amüsierte Julian königlich, aber natürlich konnte Sir Malcolms zukünftige Frau nicht ohne Begleitung in London herumlaufen.

Der junge Mann mit dem furchterregenden Kragen war ein Anwalt namens Pruitt, der gerade ein juristisches Gespräch mit Sir Malcolm geführt hatte und kaum erwarten konnte, es wieder aufzunehmen. »Natürlich liegt der grundsätzliche Unterschied zwischen den zwei besagten Verbrechensformen in der Unmittelbarkeit der Verletzung.«

»Zweifellos, Mr. Pruitt«, antwortete Sir Malcolm. »Aber glauben Sie wirklich, daß dies der geeignete Ort ist…«

»Aber dieses Prinzip läßt sich auf Verkehrsunfälle so schwer anwenden. Logisch betrachtet, dürfte es keine Rolle spielen, ob eine Kutsche, die jemanden überrollt, vom Besitzer selbst oder von seinem Diener gefahren wird, und trotzdem hat das Gericht genau diese Unterscheidung getroffen, und zwar in – in – mir fällt der entsprechende Fall gerade nicht ein…«

»*Reynolds versus Clarke*«, murmelte Miss Clare.

Sir Malcolm fiel die Kinnlade herunter. Er starrte sie mit einer Mischung aus Stolz und Sorge an.

»Na so was! Ich glaube, Sie haben recht, Miss Clare!« rief Pruitt aus. »Aber woher wissen Sie denn das?«

»Oh, mein Bruder hat mir ständig von seinen Studien erzählt. Da habe ich zwangsläufig etwas aufgeschnappt.«

»Wir sind gerade auf dem Weg zu Gunter's, Mr. Kestrel«, mischte sich Sir Malcolm hastig ein. »Hätten Sie Lust, uns zum Eisessen zu begleiten?«

»Mit dem größten Vergnügen.«

Miss Meeks warf einen besorgten Blick gen Himmel. »Ich hoffe, es fängt nicht zu regnen an.«

»Möglich, daß wir damit die Götter herausfordern«, gab Sir Malcolm zu. »Aber ich bin bereit, dieses Risiko auf mich zu nehmen, wenn ihr anderen es auch seid.«

Sie setzten sich in Bewegung. Sir Malcolm bot Miss Clare seinen Arm an, und Julian geleitete eine aufgebrachte Miss Meeks. »Ich habe es nicht gern, wenn die Leute von ›den Göttern‹ sprechen, als gäbe es mehr als einen«, vertraute sie ihm an. »Das klingt so unchristlich.«

Sir Malcolm hörte ihre Bemerkung und drehte sich zu ihr um. »Ich wollte Sie nicht beleidigen. Ich fürchte, wenn man sich ein Leben lang mit den Klassikern beschäftigt, hat man mit der Zeit das Gefühl, als würden einem ständig irgendwelche launenhaften Gottheiten über die Schulter blicken und darauf warten, Unheil anzurichten.«

»Eine schreckliche Vorstellung!« Sie schauderte. »Wie konnten sich die Menschen nur so eine Religion ausdenken?«

»Euripides wäre wahrscheinlich Ihrer Meinung gewesen. Er hat geschrieben: ›*Wenn die Götter Böses tun, sind sie keine Götter.*‹ Aber an anderer Stelle hat er ein freundlicheres Bild von ihnen gezeichnet.« Er zitierte ein paar Zeilen auf griechisch.

»Sehr treffend«, sagte Miss Clare lächelnd. »Aber Miss Meeks versteht Sie nicht.«

Pruitt starrte sie mit aufgerissenen Augen an. »Sie wollen doch nicht sagen, daß Sie *Griechisch* können, Miss Clare?«

»Mein Bruder hat mich ein bißchen unterrichtet«, gab sie zu.

476

Julian fragte sich, wie lange sie ihr eigenes Wissen und Können noch hinter Quentin verstecken würde. Lange genug, nahm er an, um den Leuten Zeit zu lassen, sich an den Gedanken zu gewöhnen, daß es in ihrer Mitte einen Baronet gab, dessen Frau klassische Sprachen konnte und Recht studierte. Sie lernte gerade, Kompromisse zu schließen. Aber Julian war sich sicher, daß sie immer versucht sein würde, Grenzen zu überspringen und die Leute zu verwirren, indem sie sich nicht ihren Erwartungen entsprechend benahm. Er mußte an die Inschrift der Schatulle denken, die in *Der Kaufmann von Venedig* Portias Bild enthielt: »*Wer mich erwählt, muß geben und muß wagen, was er hat.*«

Sir Malcolm schien dieses Risiko mit Freuden eingehen zu wollen. Seine Augen leuchteten von Liebe und Bewunderung, als er sagte: »Warum übersetzen Sie es nicht für uns?«

Er wiederholte die griechischen Zeilen. Sie überlegte einen Moment und wandte sich dann lächelnd an Julian. Ihr Blick lud ihn ein, an einem Scherz teilzuhaben, den nur sie drei ganz verstehen konnten:

> »*In vielen Gestalten zeigt sich das Göttliche,*
> *vieles vollenden wider Erwarten die Götter.*
> *Und was man gehofft, das erfüllte sich nicht,*
> *jedoch für das niemals Erhoffte fand einen Weg der Gott.*
> *So vollzog sich auch hier das Geschehen.*«

NACHBEMERKUNG

Alle Figuren in diesem Roman sind erfunden. Straßen, Städte und andere Schauplätze, die namentlich genannt werden, sind authentisch, mit der Ausnahme von Cygnet's Court, Haythorpe and Sons und dem Jolly Filly. Den Lesern, die Hampstead kennen, wird vielleicht auffallen, daß Sir Malcolms Haus im Grove (der jetzt Hampstead Grove heißt) sehr lose auf Fenton House basiert. Serle's Court, in dem Quentin Clare seine Zimmer hat, heißt heute New Square, und wo sich der Kiesplatz mit Springbrunnen und Miniatur-Uhrenturm befand, liegt jetzt ein Garten.

Ich möchte mich bei Dana Young für ihren Expertenrat zum Thema Pferde und Reiten bedanken. Ebenfalls bedanke ich mich bei der Honourable Society of Lincoln's Inn, vor allem beim Chief Porter Leslie Murrell, für ihre großzügige Unterstützung bei meinen Recherchen. Bei folgenden Personen stehe ich für ihre Hilfe und ständigen Ermutigungen in der Schuld: Julie Carey, Cynthia Clarke, Mark Levine, Louis Rodriques, Edward Ross, Al Silverman, John Spooner und Christina Ward.